# Vento Leste

Otohiko Kaga

# Vento Leste

Tradução
Pedro Barros

Título original: *Ikari no Nai Fune / Riding the East Wind*
*Copyright* © 1982 by Otohiko Kaga
Edição original publicada no Japão em 1982 por Kodansha Ltd., Tokyo
Direitos da edição brasileira acordados com Otohiko Kaga, por intermédio do Japan Foreign-Rights Centre / Ute Körner Literary Agent, S.L., www.uklitag.com
© Editora Estação Liberdade, 2014, para esta tradução

|  |  |
|---:|:---|
| *Preparação* | Antonio Carlos Soares |
| *Revisão* | Fábio Fujita |
| *Composição* | B.D. Miranda |
| *Capa* | Miguel Simon |
| *Editores* | Angel Bojadsen e Edilberto F. Verza |

CIP-BRASIL. CATALOGAÇÃO NA PUBLICAÇÃO
SINDICATO NACIONAL DOS EDITORES DE LIVROS, RJ

K17v

Kaga, Otohiko, 1929-
    Vento Leste / Otohiko Kaga ; tradução Pedro Barros. -São Paulo : Estação Liberdade, 2014.
504 p. ; 23 cm.

Tradução de: Riding the East Wind
Sumário
ISBN 978-85-7448-234-7

1. Romance japonês. I. Barros, Pedro. II. Título.

14-09490                                    CDD: 895.63
                                                 CDU: 821.521-3

10/02/2014   13/02/2014

Todos os direitos reservados. Nenhuma parte da obra pode ser reproduzida, adaptada, multiplicada ou divulgada de nenhuma forma (em particular por meios de reprografia ou processos digitais) sem autorização expressa da editora, e em virtude da legislação em vigor.

Esta publicação segue as normas do Acordo Ortográfico da Língua Portuguesa, Decreto nº 6.583, de 29 de setembro de 2008.

*Todos os direitos reservados à*
Editora Estação Liberdade Ltda.
Rua Dona Elisa, 116 | 01155-030 | São Paulo-SP
Tel.: (11) 3661 2881 | Fax: (11) 3825 4239
www.estacaoliberdade.com.br

# 錨のない船

**NOTA DOS EDITORES**

A presente edição de *Vento Leste* foi vertida a partir da edição norte-americana, publicada em 1999 pela Kodansha International, filial da Kodansha, Tokyo — portanto, tradução feita da língua inglesa —, uma exigência determinada pelo autor. A edição americana é ligeiramente adaptada do original publicado no Japão em 1982. Os nomes dos personagens principais da obra, baseada em pessoas e eventos reais, foram alterados, ainda que mantida a autenticidade dos detalhes históricos, incluindo documentos como a correspondência oficial entre o Ministério das Relações Exteriores do Japão e sua embaixada em Washington. Também foi mantida a essência do teor das negociações entre os representantes japoneses e norte-americanos.

# SUMÁRIO

Um verão nas montanhas, 11
A Libélula Vermelha, 107
A missão, 173
O Hayate, 251
Os ecos, 299
O sorriso do diabo, 357
O poço congelado, 431
Epílogo, 501

# I

## Um verão nas montanhas

# 1

"*Banzai!*", gritava a multidão agitando suas bandeirinhas estampadas com o sol nascente. Mulheres trajando quimonos pretos se alinhavam em frente à estação de trem de Karuizawa, ao lado de velhos camponeses vestindo antigos uniformes da Guerra Russo-Japonesa e de estudantes com bermudas cinzas. Com os braços levantados em harmonia, todos gritavam, repetidamente, "*Banzai! Tenno heika banzai!*", "vida longa ao Imperador, sucesso no campo de batalha!"

Numa plataforma de madeira, havia um jovem esbelto vestindo um novíssimo uniforme do Exército Imperial. A cada grito de "*Banzai!*", o jovem curvava-se em reverência e sua cabeça raspada brilhava ao sol forte daquela tarde. Em um muro atrás dele, pendia uma grande faixa com caracteres chineses, pintados com tinta vermelha brilhante: "Felicitações na sua partida para o front." Esta era uma das milhares de cerimônias idênticas que se realizavam naquele dia de agosto de 1941 em frente às estações de trem por todo o Japão.

De repente, a multidão virou-se para uma mulher ocidental, vestindo longa saia branca, blusa de renda e um enorme chapéu com uma rosa na aba. Para os habitantes da estância turística de Karuizawa, ver turistas ocidentais era comum; mas, quando Alice Kurushima saiu da estação e caminhou por entre a multidão, a presença dessa estrangeira em trajes exóticos pareceu causar-lhes espanto. Esqueceram-se de seus "*Banzais*" por um momento e deram um passo para trás, permitindo que a mulher passasse.

— Tanaka — Alice chamou seu cozinheiro, em inglês, ignorando a cerimônia —, consiga-nos um táxi!

— *Oui, madame, tout de suite...* — respondeu Tanaka, curvando-se, cumprimentando-a com o chapéu branco. Porém, ao vasculhar a praça, não encontrou táxi nenhum. Tudo o que conseguiu foram dois riquixás.

— *Madame, allez-vous en* riquixá. Suba, por favor!

— E a bagagem? — perguntou Alice, virando-se. Os carregadores tinham empilhado mais de uma dúzia de baús e malas de vime em frente à estação. Seu marido, Saburo, permanecera lá, encoberto pela montanha de pertences. Ao seu lado estavam suas filhas Eri, trajando calças largas americanas, e Anna, em um quimono, além das criadas Yoshiko e Asa. Todos pareciam desnorteados.

— Madame — disse Yoshiko, em inglês —, Asa e eu levaremos a bagagem. Por que a senhora e o mestre não vão nos riquixás?

— Será que vocês conseguem levar tudo? Trouxemos muita coisa.

— Não se preocupe, madame. Nós podemos pegar uma carroça emprestada na Pousada Peony — respondeu Yoshiko, apontando para a pousada no outro lado da praça.

Neste momento, o sol surgiu de trás das nuvens. Alice rapidamente cobriu os braços com uma echarpe, acreditando que o sol destas terras altas lhe era nocivo. Ficou aliviada por estar usando um chapéu grande e uma longa saia.

Yoshiko foi até a Pousada Peony e, em vez de uma carroça, voltou com um carro de boi, uma relíquia do passado. Quando a família empilhou toda a bagagem, o carro ficou bastante carregado, mas não podiam fazer nada quanto a isso, e seguiram em frente. Alice e Saburo foram nos riquixás, enquanto Tanaka e as duas criadas puxavam o carro de boi e Anna e Eri empurravam-no. Os condutores dos riquixás eram homens velhos que se moviam a passo de tartaruga, de modo que os outros não encontraram dificuldades para acompanhar a procissão, que seguia pela avenida principal de Karuizawa.

Alice observava tudo à sua volta. A estância turística montanhosa não mudara nada nos cinco anos em que estiveram fora. No meio da floresta de lariços, havia as mansões multicoloridas dos estrangeiros e dos japoneses ricos que passavam o verão ali; e, um pouco além da floresta, destacavam-se os declives marrom-amarelados do Monte Asama. Uma trilha branca de fumaça subia de sua cratera em direção ao céu azul.

Chegaram ao estábulo e seguiram por uma estrada barrenta, em meio às plantações de arroz. A mansão dos Kurushimas ficava logo ao fim dessa estrada. Quando a avistaram, com seu telhado vermelho e paredes caiadas, Eri gritou:

— Chegamos em casa! — e começou a correr pelo jardim coberto de folhas caídas. Tanaka e as criadas, com a bagagem nos braços, foram atrás dela.

Alice desceu do riquixá e caminhou em direção à residência. Virando-se para Saburo, que a seguia vagarosamente, comentou em inglês:

— Está escorregadio, tome cuidado! — e depois disse em japonês para Tanaka, que se ajoelhara em frente à porta principal: — Por que não leva a bagagem para dentro?

— Porque, madame, a chave... não funciona. *Rien à faire* — respondeu Tanaka, reverenciando-a com a boina branca.

— Há muitas chaves — interrompeu Yoshiko. — Não sabemos qual é a da porta principal.

— Deixe-me tentar — disse Saburo. Mas antes que pudesse fazê-lo, tropeçou numa pilha de folhas de lariço; Tanaka ainda conseguiu segurá-lo a tempo.

— Oh, papai, você é tão desajeitado... — Eri arrancou-lhe as chaves da mão e experimentou-as na porta uma a uma, porém não teve sucesso. — Devem estar enferrujadas.

— Vamos entrar pela varanda? — propôs Anna.

— Madame Arizumi — respondeu Tanaka, curvando-se —, eu já tentei, mas está trancada por dentro. *C'est impossible*. Simplesmente não há *rien à faire*.

— Talvez você tenha pegado o molho de chaves errado — disse Yoshiko. — Eu vou ver se o caseiro tem outras chaves — Yoshiko ordenou que Asa tomasse conta dos baús e malas e saiu rapidamente para procurar o caseiro, que vivia numa pequena fazenda atrás da mansão.

— A casa realmente está em péssimas condições — pretendeu dizer Alice a Saburo, mas, quando se virou, seu marido já não estava lá, tinha ido ao campo de arco e flecha ao sul do jardim. Foi Anna quem lhe respondeu.

— Claro, mamãe. Estivemos fora por cinco anos. E teve aquele terrível tufão no verão passado. Dizem que até a estação de trem foi inundada com água barrenta.

Tudo indicava que as monções foram excepcionalmente longas este ano, sendo que a cidade fora atingida por um tufão na noite de 22 de julho. A chuva veio inundando montanha abaixo, transformando as estradas em rios. A praça ficou alagada e a água invadiu a estação, causando pânico. Tóquio também fora atingida pela tormenta; as casas dos distritos localizados nas partes mais baixas, próximos à baía, ficaram alagadas. Por toda a planície de Kanto, os trens pararam de circular.

15

Os Kurushimas aguardaram o fim da época das chuvas; saíram de Tóquio e vieram para a mansão só no começo de agosto.

Mas a enorme pilha de folhas não podia ser resultado apenas desse único tufão. Evidentemente o caseiro negligenciara o lugar todos esses anos em que estiveram fora. A pintura começara a descascar, a poeira cobria as janelas e as telhas escondiam-se sob uma espessa camada de folhas. Até a bicicleta e a sua carreta foram deterioradas pelo clima, avermelhando-se de ferrugem. A casa inteira teria de ser pintada e passar por uma limpeza cuidadosa. Alice espiou através da janela, reprovando a bagunça que pôde ver.

Yoshiko retornou da casa do caseiro com uma chave nova, com a qual imediatamente abriu a porta. A criada entrou primeiro, seguida por Tanaka, Alice e Anna. O ar cheirava a mofo e tudo estava coberto de poeira. Alice ficou perplexa com o que via.

De repente, Anna gritou e agarrou-se a sua mãe:

— Bichos! Vejam, está cheio de bichos!

— Onde? Oh, meu Deus, mamãe! — gritou Eri, também se agarrando a sua mãe.

O piso estava coberto de manchas negras que começavam a tomar vida. Algumas eram pequenas, outras chegavam a cinco centímetros de comprimento. Com o seu resplendor negro, pareciam cigarras. Atiçadas pela luz a que foram repentinamente expostas, saltavam como sementes numa caixa que alguém tivesse sacudido e soltavam um zumbido sinistro.

— Façam algo! — gritou Anna, cobrindo os olhos com as mãos. — Eu não suporto bichos.

Anna parecia estar a ponto de vomitar. Eri e sua mãe conduziram-na ao sofá, acariciando-lhe as costas; quando iam deitá-la ali, porém, perceberam que o sofá estava também coberto de insetos. Até o teto e os lintéis pareciam contorcer-se com eles. Eri levou então sua irmã mais velha para fora.

— Vamos ter que nos livrar dessas coisas! — disse Eri. Recuperando-se do choque, bateu o pó de suas mãos e ordenou que a criada entrasse com ela. Depois, chamou seu pai: — Papai, venha cá! Rápido! Tem um monte de bichos aqui!

O som da voz de Eri pareceu despertar Alice:

— Deixem-me ajudá-los — disse ela. Também não gostava muito de insetos, eram coisas repulsivas, imundas e nojentas, mas não podia apenas ignorá-los.

Saburo surgiu na porta e entrou:

— Aaaaaaaah! — gritou ele, recuando abruptamente ao ver o terrível cenário. Constrangido por ter reagido dessa forma na frente de sua família, pegou uma vassoura e marchou casa adentro como um samurai. — Agora é guerra! — declarou.

Todos se juntaram ao ataque. Armados de mata-moscas, jornais, esfregões e vassouras, golpearam o chão, as paredes e os móveis. Os insetos pulavam e se esquivavam, mas eram seres estúpidos e a maioria foi esmagada com facilidade; os que conseguiram escapar se refugiaram no teto e no topo dos pilares.

— Tive uma ideia — disse Saburo, que saiu e logo voltou segurando uma lembrança de sua viagem aos Estados Unidos em janeiro. Era um aspirador de pó da General Electric. O equipamento, com seu longo pescoço e um saco inflável preso à base, ainda era novidade no Japão. Ele ligou a máquina, e com um bramido forte, sugou os insetos do teto, dos pilares e da parede.

— Papai, isso é *maravilhoso*! — disse Eri, aplaudindo encantada, enquanto os outros olhavam boquiabertos aquela incrível máquina. — Mamãe, é um equipamento especial para pegar insetos? — perguntou.

— Sim, é sim, querida! — respondeu, séria.

— Não, não é, não. Você está querendo me enganar.

— É sim. Há muitos insetos nos Estados Unidos, e você acha que nós os capturamos *com as mãos*, é?

Resolvido o problema, era hora de cuidar da faxina geral da casa. Sob direção de Alice, todos cobriram nariz e boca com máscaras de limpeza e começaram a trabalhar. Deixando Anna encarregada de limpar as escadas, Alice foi para o segundo andar. No quarto onde seu filho Ken permanecera na última estada da família, encontrou as roupas espalhadas quase que da mesma forma que ele as deixara há cinco anos, quando ainda era um adolescente. Imaginou como ficariam nele agora, um jovem de 22 anos de idade — com certeza muito pequenas e, provavelmente, espalhafatosas. Não tinha como saber. Aquele verão em Karuizawa, cinco anos atrás, fora a última vez que Ken vivera com eles. Enquanto o resto da família viajava mundo afora — para a Bélgica, e depois para a Alemanha —, Ken permanecera sozinho no Japão. Alice sentira-se péssima por ter de deixá-lo em Tóquio no período escolar apenas com os criados. E, quando finalmente retornou ao Japão, encantada com a perspectiva de cuidar ela mesma de Ken, ele se fora para o Exército.

Alice ouviu suas filhas rindo e caminhou até as escadas para ver o que estava acontecendo.

— Ei, olhe o papai! — gritou Eri. Alice desceu, deu uma olhada no marido e não conseguiu conter o riso: Saburo Kurushima, antigo embaixador do Japão na Alemanha, estava numa cadeira na varanda vestido com um macacão novíssimo que comprara em Tóquio para trabalhar no jardim da mansão, máscara de gaze e um chapéu de palha. Botas à altura dos joelhos completavam o conjunto.

— Não sei como ele consegue se mover nesse traje — disse Anna, balançando a cabeça.

— Ele *não* está se movendo — brincou Eri —, Sua Excelência já está exausta.

Depois de passar o esfregão em parte do piso, Saburo colocou-o de lado e foi descansar na varanda. Quando quis acender seu cachimbo, lembrou que teria de tirar a máscara do rosto primeiro. Suas duas filhas caíram na gargalhada.

— Deve ter se cansado ao manusear o aspirador de pó — disse Alice, rindo também.

Logo em seguida, Saburo fechou os olhos, deliciando-se com a brisa fresca que vinha da floresta, e cochilou.

Em poucas horas de trabalho agitado, os outros trataram de deixar a casa apresentável novamente. Alice sentou-se ao lado de uma montanha de tapetes e cobertores pendurados, e rabiscou no caderninho que sempre tinha consigo:

1. Trocar todo o papel de parede.
2. Sete janelas quebradas — substituir.
3. Conseguir um biscateiro (ou caseiro) para varrer as folhas do telhado.
4. Substituir o revestimento de zinco da pia por aço inoxidável — completamente enferrujado.

Percebendo que se esquecera do jardim, desceu da varanda e inspecionou o terreno.

A mansão dos Kurushimas já fora conhecida por seu jardim de musgos, que acarpetava a área entre dois arvoredos. As folhas de outono e a neve do inverno eram as maiores ameaças ao jardim, e os Kurushimas haviam pedido a um jardineiro local para cuidar dele durante o ano. Mas eles estiveram fora por cinco anos, e o filho do velho jardineiro se incumbira do serviço. Parece que os recados não haviam chegado até ele, pois o jardim estava abandonado. Sob uma espessa camada de folhas podres, os musgos morreram.

Alice adicionou mais um item ao seu caderninho.

5. Refazer jardim de musgos com grama.

Eri queria uma quadra de grama para jogar tênis. Para criar o espaço necessário para isso, teriam que cortar duas árvores... não, talvez quatro. Seria caro e Alice ainda tinha dúvidas. Teria que chamar o jardineiro para fazer um orçamento, e depois pensar no assunto. Parada ali, via em sua imaginação Eri rebatendo a bolinha em uma quadra de tênis de grama verdíssima. Decidiu que teriam uma quadra, não importando o quanto custasse.

Alice caminhou até o fim do jardim, onde havia um laguinho raso, cercado de pedras, o qual eles haviam construído para ser uma piscina para os pássaros. A água estava limpa; se as folhas fossem retiradas, ainda poderia ser usada. Um pouco além do lago havia uma cerca, semelhante à de estacas brancas da fazenda de Alice em Connecticut. No Japão, a maioria das casas tinha muros de pedra. De vez em quando, via-se uma cerca numa das casas vizinhas, mas nunca era pintada, já que os japoneses preferiam deixar a madeira lisa. A cerca pintada de branco de Alice, porém, desaparecia sob a grama alta.

6. Pintar cerca.

No campo de arco e flecha, uma parte da grama fora desarraigada. O alvo com seu triplo olho-de-boi ficara descoberto. A plataforma de madeira apodrecera, e o alvo, carregando as cicatrizes de inúmeras flechas, envergava para um lado. Saburo iniciara a prática do esporte quando era chefe da Agência de Comércio, antes de ser designado enviado especial na Bélgica. Era um sujeito desajeitado fisicamente, não propenso à atividade esportiva; apesar disso, tentara jogar golfe e tênis, como todo mundo. Logo, porém, perdeu o interesse por esses esportes, apenas o arco e flecha ele continuou a praticar. O arco e flecha japonês era um exercício rigoroso, muito mais um ritual zen do que um esporte. Era praticado com quimono cerimonial, e cada tiro era precedido de uma esmerada reverência. A família Kurushima construíra um pequeno campo para essa prática atrás de sua casa em Tóquio, e Saburo sempre praticava ali. Mas, ao ser designado para morar em outros países, teve de deixar o esporte de lado e não atirou uma flecha sequer nos últimos cinco anos.

7. Consertar o campo de arco e flecha.

Saburo trouxera o arco e algumas flechas, e por isso Alice queria tudo ajeitado para ele. Mas havia tantas outras coisas a serem feitas. Suspirou, e então riscou "6. Pintar cerca". Pensou mais um pouco e riscou "4. Substituir o revestimento de zinco da pia por aço inoxidável". Teriam que economizar.

O Japão já se encontrava em guerra com a China havia quatro anos. Quando os Kurushimas retornaram ao Japão no Ano-Novo, a primeira coisa que os incomodou foi o fato de itens do dia a dia, como comida e roupas, estarem em falta. Antes de saírem da Alemanha, Alice repreendera Tanaka por ter comprado grandes quantidades de enlatados e vinho, achando que aquilo era estupidez. Teve de se desculpar. A Alemanha também estava em guerra, com a comida severamente racionada, mas nada sério se comparado ao Japão. Alice não podia comprar carne nem ovos, e não havia como achar queijo ou manteiga. Vinho importado desaparecera por completo das lojas. Antes de tudo, ela deveria ter ficado agradecida a Tanaka: o cozinheiro garantira-lhes um estoque de enlatados e vinho suficiente para durar um ano.

Alice cobriu Saburo, que cochilava na varanda, e começou a desfazer as malas com Tanaka e as criadas.

Planejara pôr a casa em ordem em três dias, mas acabou levando dez. O telhado estava coberto por uma espessa camada de folhas podres, que fediam. Alice precisava de homens fortes para limpá-lo, mas os biscateiros da região estavam todos longe, em algum front na China. No final, acabou encontrando um camponês aposentado para fazer o serviço — era tudo o que o velho homem podia fazer, pois seu coração já não aguentava mais muito esforço. Depois de três dias, ainda engatinhava lentamente sobre o telhado.

— Bem, que se dane, eu mesmo vou fazer isso! — disse Saburo, já encostando uma escada na parede, mas Alice o fez desistir da ideia. Assim que o homem conseguiu eliminar as folhas, descobriram que as telhas estavam bastante deterioradas, pelo menos metade delas teria de ser substituída, e achar alguém que fizesse o serviço seria uma tarefa árdua. Yoshiko, nativa de um bairro próximo, pediu à sua mãe, Toku, que procurasse entre a população local. E, depois de um longo período de negociações, finalmente conseguiram alguém para trabalhar nas telhas. Para plantar o gramado, Toku arrumou um velho camponês; só que não era uma época boa para se plantar grama, e o homem teve de trazer grama de seu próprio pasto. As janelas também eram um problema, o vidraceiro estava no front, e sua esposa era incapaz de atender sozinha ao pedido de sete novas janelas. E nenhum pintor viria em tão pouco tempo. A cidade tinha escassez de homens para executar todas as tarefas que Alice rabiscara no seu caderninho.

Alice costumava anotar imediatamente todas as suas ideias. Fazia isso porque várias passavam pela sua cabeça ao mesmo tempo, e temia que, se pusesse uma em prática, acabaria esquecendo as outras. Mas, quando chegava o momento de executar seus vários planos, tendia a se esquecer dos cansativos detalhes: negociações, pagamentos, burocracia. Era Yoshiko quem cuidava disso. Yoshiko estava com os Kurushimas havia mais de dez anos, desde que Saburo fora designado diretor da Agência de Comércio, e vivera com eles todo o tempo em que estiveram fora do país. Tornara-se indispensável para Alice, e era a única que tinha o privilégio de ler o caderninho da patroa. Tirar as folhas, consertar o telhado, plantar a grama, substituir as janelas, pintar a casa. Era Yoshiko quem transformava em realidade todos os planos da patroa.

Quando a parte externa da casa finalmente ficou ajeitada, Alice concentrou-se no interior dela. Trocou os papéis de parede do corredor e remendou todos os colchões rasgados dos quartos. Avaliou o cômodo central da casa, que servia tanto como sala de estar quanto como sala de visitas para entreter os convidados, e decidiu remodelá-lo em um estilo que chamaria de "flamengo".

Tirariam a cristaleira italiana e trariam o baú decorativo holandês, que estava no segundo andar. A mesa de rotim iria para a varanda, e a antiquada mesa de jantar, esculpida pelo marceneiro a partir de uma única peça de madeira, seria trazida da cozinha e colocada no centro da sala. Substituiriam as cadeiras velhas pelas de madeira, trazidas de Bruxelas. O carpinteiro e o pintor foram convocados para ajudar a mover os móveis pesados. Depois de muita agitação, quando enfim tudo estava aparentemente no devido lugar, o baú holandês parecia, de alguma forma, não combinar com a mesa; levaram-no então para fora e trouxeram de volta a cristaleira italiana. Agora tudo parecia perfeito. Alice decorou a sala com algumas rendas que encontrara em um antiquário no centro velho de Karuizawa, colocou na mesa um vaso de flores, vindo de Bruxelas; o toque final foi um moinho em miniatura que haviam comprado em Roterdá. A sala estava agora "flamenga", pelo menos na cabeça de Alice.

Após quatro dias redecorando o cômodo, Alice estava pronta para receber convidados. E não havia necessidade de enviar convites, já que era tradição a mansão dos Kurushimas estar aberta a visitas aos sábados. Foi só se espalhar a notícia de que Saburo Kurushima viera com sua família para Karuizawa, pela primeira vez em cinco anos — três anos e meio como enviado especial na Bélgica, e um e meio como embaixador na Alemanha —, para que velhos amigos que passavam férias na região começassem a aparecer.

Alguns vieram sozinhos, outros em grupo: Alice Grew, a esposa do embaixador dos Estados Unidos, com sua filha mais nova, Elsie; Kazuo Yoshizawa, o antigo embaixador do Japão na Inglaterra, com sua única filha, Wakako; os Wolffs, donos de uma companhia alemã de importação e exportação em Yokohama, e seu filho Peter; e o padre Hendersen, pastor da igreja anglicana local, sua esposa, Audrey, e sua filha, Margaret. Alice, que adorava entreter as pessoas, apresentou-os à "sala flamenga". Tanaka, que cozinhava para os Kurushimas desde a época em que viviam em Berlim, intuía muito bem os gostos de cada convidado, e planejava suas refeições de acordo com eles. Normalmente, gostava de servir comida japonesa, como sashimi e tempurá, para os ocidentais; e, para os japoneses, *petite cuisine*, da qual ele se tornara mestre na França e na Alemanha. Mas, apesar de os Kurushimas terem um estoque grande de enlatados e vinho, era complicado conseguir carne fresca e principalmente verduras. O clima enfraquecera muito a colheita desse ano, e não se achava verdura nos mercados. Os Kurushimas só conseguiam comida fresca em quantidade suficiente para seus jantares porque a mãe de Yoshiko conhecia os fazendeiros dos distritos próximos.

## 2

Numa manhã de sábado, lá pelo meio de agosto, chegou um cartão-postal, por meio de entrega expressa. Era de Ken, seu filho, que estava na Escola de Aviação do Exército em Kumagaya. No cartão, ele dizia que não viera ver seus pais até agora por causa de suas obrigações militares, mas finalmente conseguira uma semana de folga e iria chegar em casa no final da tarde desse mesmo sábado. Segurando o cartão com força, Alice correu em direção a Saburo.

— Ken está vindo para casa! — anunciou.

— Ah! — disse Saburo, acenando com a cabeça, absorto pela leitura do jornal.

— Sa-bu-ro — gritou ela —, eu disse que Ken está vindo para casa.

— Ah, sim! — respondeu, levantando a cabeça e olhando-a com curiosidade através das lentes grossas dos óculos. Seus olhos negros, no entanto, ainda não davam sinal de ele ter compreendido muito bem. Estava completamente absorto em seus próprios pensamentos.

— É Ken — repetiu Alice pela terceira vez. — Nosso *filho* está vindo para casa.

— Verdade? — perguntou Saburo, finalmente sorrindo, e leu o cartão-postal que Alice lhe entregara. Um pouco abaixo da mensagem em japonês havia várias linhas em inglês: japonês para o pai, inglês para a mãe. — Que bom!

— Não é apenas uma coisa boa — disse Alice, batendo o pé no chão como uma menininha —, nós vamos ter que preparar um belo jantar para ele.

— Sim, vamos... não vamos?

Alice queria continuar a conversa sobre a comemoração pela volta de Ken, mas Saburo não lhe deu chance. Mostrando-lhe o jornal, disse:

— Alice, veja, o Exército alemão parece não saber o que fazer. Os russos estão resistindo bravamente. Tudo indica que Stalingrado não será derrotada este ano.

Agora era Alice quem estava indiferente. Quem se importa com o Exército alemão? Seu filho estava voltando e tinham que preparar uma festança para ele.

— Refugiados alemães, vindos dos Estados Unidos e das Índias Holandesas, desembarcaram no Japão — continuou Saburo. — Foram divididos em diversos grupos, e estão sendo colocados em várias estâncias pelo país. Aqui em Karuizawa, estão nos hotéis Mikasa e Mampei.

— Oh, sério? — disse Alice, acomodando-se no sofá ao lado do marido. Abriu seu caderninho; o que iria servir para Ken? Ele certamente não comia nada decente no Exército.

1. Bife. 1,5 quilo. Mandar Yoshiko ao açougue em Ueda.
2. Verduras. Comprar no velho mercado negro quando passar por perto.

— Parece que são alemães típicos — continuou Saburo, comentando as notícias, sem dar atenção às preocupações de sua esposa. Como a habilidade de Alice para ler japonês era limitada, todas as manhãs Saburo resumia as notícias para ela. — Levam uma vida rigorosa em comunidade, acordam às 6 da manhã e fazem calistenia em grupo na praça em frente ao hotel. Aposto que a calistenia alemã é bem diferente da nossa ginástica.

— Sim — disse ela, acenando com a cabeça —, tenho certeza que sim. — Colocou um braço em volta dos ombros dele e sorriu, beijando-o no rosto, sabendo que ele seguia um ritual. — Está tudo certo com os alemães, Saburo. Mas, ouça, você precisa escolher o vinho.

— Está bem, está bem — Saburo colocou o braço em volta dos ombros rechonchudos da esposa, e ela acomodou a cabeça no peito dele. Então a beijou, mas não da forma que se espera que um senhor de 55 anos beije sua esposa de 51, mas sim como um recém-casado beija sua noiva. Os olhos de Alice estavam fechados, os lábios entreabertos, e podia sentir o marido olhando-a intensamente. Pensou em tudo o que deixara para trás — seus pais, sua casa, seu país — para que pudesse acompanhar aquele homem mundo afora nos últimos trinta anos.

— Sim, o vinho... — disse Saburo, apertando os ombros da mulher. — Que tal um Moselle safra 1936?

— Ótimo! — Saburo sempre escolhia o vinho da adega particular, e ela nunca o questionava. E agora concordou com entusiasmo, pois ele finalmente demonstrara algum interesse em recepcionar bem o filho.

Havia algo mais que Alice queria discutir, mas hesitou, sem saber ao certo como trazer o assunto à tona. Em junho, na casa deles em Tóquio, durante uma refeição em que comemoravam a promoção de Ken a tenente, este anunciou:

— Eu quero ir para a Escola de Aviação. Quero ser piloto.

Alice ficou atordoada. Precisava aprender a aceitar que seu filho, por ser homem, poderia ser recrutado. Ela, porém, detestava as profissões militares, e seu coração doía só de pensar que o filho era um soldado. O único consolo era o fato de Ken ser um oficial técnico, um engenheiro aeronáutico, e não teria de se envolver em batalhas. E agora decidira de repente ser piloto.

Alice estava determinada a fazer o filho mudar de ideia. Mas Saburo, em vez de tentar convencer Ken a esquecer isso, como ela esperava, simplesmente disse:

— Se é isso que você quer fazer, vá em frente. Você tem que seguir seu caminho.

— Por que você tem de voar? — cortou Alice, rispidamente. — Um engenheiro aeronáutico não precisa ser piloto. Você pode fazer seu trabalho em terra.

— Mamãe, um bom engenheiro precisa voar com o avião que projetou — disse Ken, com suavidade. — Você não sabe o real resultado de seu trabalho se não o pilotar — como sempre, era gentil com ela, mas falou decidido, sua cabeça estava feita. Demonstrava a mesma persistência silenciosa que seu pai tinha quando estava furioso.

Só então a intenção de Ken ficou clara para Alice, e isso a fez desmaiar. O filho queria ser *piloto de testes*. O trabalho mais perigoso do mundo, um voo com o anjo da morte. Um piloto de testes da Aeronáutica.

— Não! — disse ela. — Não permitirei. Ken, entenda, por favor, você é meu único filho.

— Ken, apenas faça o que tem que fazer, por sua conta — Saburo simplesmente repetiu o que havia dito, só que dessa vez em inglês.

— Ele tem que fazer o quê? — espantou-se Alice. — Por que ser piloto de testes é algo que se tem que fazer? — sua visão começou a ficar turva e a única coisa de que tomou consciência foi que estava deitada no sofá, com o marido e os filhos olhando para ela.

— Há algo de errado? — perguntou Saburo, sentado agora junto dela.

— Sim, eu quero que você alerte Ken sobre o perigo, que o faça desistir da ideia de ser piloto de testes — a determinação de Alice era tão forte quanto a de Ken em junho. A visita seria uma oportunidade rara de conversar com ele.

Saburo balançou a cabeça, com firmeza.

— Não posso fazer isso.

— Por quê? Ele é nosso filho. Não podemos deixá-lo morrer.

— Alice — disse, puxando-a para mais perto de si —, Ken é japonês, é um soldado servindo o Império japonês. Ouça, eu sei o que você vai dizer, que não é obrigação dele tornar-se um piloto de testes. Mas um soldado recebe ordens, e ultimamente essas ordens têm vindo do *Tenno*.

O *Tenno*. Alice sentiu o corpo estremecer. Conhecia o significado da palavra *Tenno*, não o inglês "Imperador", mas o japonês "Filho do Paraíso", e toda a sua grandeza sagrada. Saburo reverenciava o Imperador. Para ele, uma ordem do *Tenno* era incondicional. Quando o designaram enviado especial na Bélgica, ganhou do Imperador um leque de marfim, um presente para as esposas dos diplomatas elevados à categoria de embaixador. Ao retornar do palácio, mostrou-o a ela, segurando-o com grande respeito. Alice tirou-o de sua mão, e começou a parodiar uma dançarina do leque peruana que tinham visto em Lima. Saburo ficou furioso.

— Isso não é brinquedo! — gritou — É um presente pessoal de Sua Majestade, o Imperador!

Alice parou e, tratando a coisa com o mesmo cuidado que Saburo tivera, colocou-o de volta na caixa de paulównia. Ela estava zombando um pouco ao agir dessa forma, mas Saburo aparentemente considerou o gesto apropriado. Os sentimentos dele sobre o assunto ela nunca entenderia. Para ela, o Imperador era somente o chefe de Estado. E, como chefe de Saburo, aquele cavalheiro corcunda, atarracado e baixinho merecia seu respeito, mas não ia além disso.

Alice afastou-se dele e disse:

— Não me interessa que ele é o Imperador. Ele não tem o direito de ordenar que meu filho morra.

Saburo olhou para ela como se estivesse olhando para uma estranha. Retirou os óculos do rosto e limpou as lentes com um lenço de papel. E numa voz quase inaudível, como se endereçada aos óculos e não a ela, disse:

— O fato de ele ser piloto de testes não significa que irá morrer. Se Ken projetar uma aeronave de alta performance e segura, naturalmente será seguro para ele voar também. Temos que acreditar em Ken. Ele já é um homem.

— Um homem... — murmurou Alice. — Sim, acho que você tem razão — sentiu nas suas mãos o confortante calor das mãos de Saburo, que estavam sempre quentes, mesmo durante o inverno. E a pele dele parecia ainda mais branca do que a dela. Ao contrário de Ken, cujas mãos eram peludas como as de seu avô James Little ou as de seu tio Norman, as mãos de Saburo eram delicadas, sem pelo algum, como as de uma mulher, mas sem o brilho e a maciez das de Alice.

— A que horas Ken vai chegar? — indagou Saburo, ansioso para mudar de assunto. Levantou-se e foi dar uma olhada no jardim. Pérolas de luz brilhavam entre os lariços e os vidoeiros brancos, fazendo cintilar o gramado recém-plantado, enquanto cigarras zuniam ao vento. Saburo retornou e pegou na prateleira a tabela de horários dos trens.

— Ele está em serviço até o meio-dia. Isso significa que provavelmente não conseguirá pegar o trem que sai de Kumagaya nesse horário. O próximo é o das 13h32, que chega em Karuizawa às 16h28. Logo, deve estar aqui um pouco depois das 17.

— Oh, meu Deus! — disse Alice, e esquadrinhou seu caderninho. — Tenho que preparar tudo.

Saiu rapidamente da sala. Quando estava indo ao andar de cima para limpar o quarto de Ken, viu Yoshiko e dirigiu-se em direção a ela a passadas largas, e não com os delicados passos que se espera de uma dama japonesa.

— Ken-está-vindo-para-casa! — anunciou com empolgação, alongando cada sílaba como se cantasse uma ária.

O humor da patroa era contagiante, e Yoshiko, que beirava os 30 anos de idade, ficou encantada:

— Mestre Ken está vindo? Que maravilha!

— Yoshiko, quero que você e Tanaka preparem tudo para o jantar. Apenas sigam o que anotei em meu caderninho. Todo o resto eu deixo por sua conta. Não se esqueça de ligar para o mercado para ver se consegue sashimi, e tente também comprar carne.

— Estamos com sorte, madame — disse, após dar uma rápida olhada no caderninho de Alice. — Acabaram de chegar quinhentos *momme* de carne. Minha mãe conseguiu para nós em Ueda. — Quinhentos *momme* eram o equivalente a dois quilos, e a carne vinha de um matadouro no mercado negro.

— É filé, corte de primeira. Vou colocar na geladeira.

— Sim, nós *estamos* com sorte — disse Alice, apenas fazendo eco.

Tanaka adentrou a sala com as mangas da camisa levantadas e vestindo um avental de borracha, o que indicava que devia estar lavando roupa. O cabelo curto e grisalho fazia com que parecesse mais velho, apesar de estar apenas na casa dos 40. Com um sorriso no rosto corado, perguntou:

— Madame, o que mestre Ken gosta de comer?

— *Eu* lhe digo — interrompeu Yoshiko, com um tom de voz de quem parecia saber tudo sobre o assunto. — Está tudo em ordem, madame, deixe os detalhes por nossa conta. Vou arrumar o quarto dele agora mesmo.

— Não, não, eu mesma vou fazer isso.

Havia quatro quartos no segundo andar da casa. Um era de Saburo e Alice, um de Eri, um de Anna, e o do meio, que tinha vista para o jardim, era o de Ken. Anna pediu para usá-lo quando seu marido viesse ficar com eles, mas Alice negara terminantemente:

— Esse quarto pertence a Ken! — dissera.

A criada se esmerara na limpeza, o quarto estava bem limpo. Na parede estavam pendurados o chicote de equitação de Ken, sua raquete de tênis, e uma espingarda de pressão alemã, a qual ele mantivera meticulosamente polida. Mas a primeira coisa que chamou a atenção de Alice foi a cama grande, feita sob encomenda. Tocou os lençóis com as mãos e, como achou que estavam um pouco úmidos, substituiu-os por um novo conjunto.

Havia um cheiro estranho no quarto, que Alice reconheceu ser das coisas de Ken que estavam no armário. Cheiro de homem, concluiu. As camisas e calças pareciam suspirar nos cabides, como se alguém tivesse acabado de pendurá-las. Eram todas roupas que Alice comprara para ele havia bastante tempo, e pareciam muito infantis para que as usasse agora. Percebeu então que não comprava roupa para o filho havia anos.

Ao contrário de Anna e Eri, Ken passara mais tempo longe da mãe do que com ela. Nascera quando Saburo era cônsul em Chicago. Vivera os primeiros cinco anos de vida nos Estados Unidos, e tinha 8 quando pisou em território japonês pela primeira vez, e ali ficou desde então. Um mês depois de terem voltado para o Japão, Saburo e Alice partiram, com as meninas, para Atenas, onde Saburo foi cônsul-geral; depois, foram para Lima, no Peru, onde ele ocupou o cargo de ministro da embaixada. Quando retornaram ao Japão, para que Saburo assumisse a chefia da Agência de Comércio, Ken já tinha 13 anos. A família convivera por quatro anos, até que Saburo foi designado enviado especial em Bruxelas, deixando Ken no Japão sozinho novamente. Depois de Bruxelas, foi para Berlim assumir o cargo de embaixador na Alemanha. Regressaram, finalmente, em abril último; pouco antes de aterrissarem, no entanto, Ken fora recrutado para o Exército. O filho de Alice, que passara quase metade dos seus 22 anos longe dela, estava voltando para casa esta noite. Ela desejava tanto vê-lo que podia sentir o cheiro de Ken em suas roupas. Era seu único filho.

Alguns anos atrás, quando Saburo disse a ela, pela primeira vez, que gostaria que Ken fosse levado para o Japão, ela se opôs por um único motivo: queria tê-lo ao seu lado. Mas Saburo não se deixara convencer, queria que Ken crescesse na terra de seus antepassados, como um japonês verdadeiro, o que Alice não teve como contestar, e acabou aceitando. Mas nunca deixou de sentir muito a falta dele.

Ken havia sido uma criança bonita. No ano passado, um pouco antes do início da guerra, quando a última chama de paz começava a se apagar na Europa, a família morava em Bruxelas e Ken fora do Japão até lá para visitá-los. Tinha 17 anos quando o deixaram, e repentinamente tornou-se um belo rapaz de 20 anos. Era seu filho, e mesmo assim Alice o considerava deslumbrante. Durante uma viagem de trem da Bélgica para a França, Ken fora sondado por um diretor de cinema. O adido militar que o acompanhava retirou o homem de perto, dizendo que era uma afronta absurda convidar o filho de um embaixador para ser ator. Uma semana depois, a Alemanha invadiria a Polônia, dando início à guerra. Ken ficou na França sem ter como retornar ao Japão, só conseguindo através da Inglaterra e dos Estados Unidos. Alice suspirou quando o filho lhe mostrou o cartão que o diretor lhe dera — seu nome: René Clair.

— Mamãe.

Alice virou-se. O som da voz de sua filha despertou-a das lembranças. Atrás de Eri, que possuía olhos redondos e provocadores, estava Anna, com olhar atento e ansioso.

— Mamãe, o que está procurando? — perguntou Eri, enfiando a cabeça dentro do armário. Vestia uma saia branca curta e segurava uma raquete de tênis.

— Só estou dando uma olhada nas velhas camisas polo de Ken — disse Alice, tentando não demonstrar emoção; mas, incapaz de esconder a excitação em suas bochechas, deixou escapar: — Ken está vindo para casa!

Eri atirou a raquete na cama e abraçou sua mãe:

— Mamãe, isso é demais! Quando ele vem? Amanhã? Depois de amanhã?

— Adivinhe.

— Não sei. Quando? — Eri chegou mais perto de sua mãe tentando arrancar a resposta de seus olhos.

— Eu acho que deve ser logo — disse Anna calmamente. — Está impresso no rosto da mamãe. E aposto que é hoje. Não é?

— Sim — respondeu, concordando com a cabeça. — Deve chegar no final da tarde.

— Que maravilha! — disse Eri, começando a pular pelo quarto. O chão de madeira ressoava como uma bateria gigante.

— Eri, acalme-se — disse Anna.

— Anna, deixe-me ficar feliz. Veja, minhas pernas estão tremendo, estão fazendo "toin-toin"! — gritou Eri, já pulando na cama como em um trampolim. E começou a tagarelar de forma ardente, misturando inglês e japonês: — O que vamos fazer quando Ken chegar? Ah, já sei. *Mazu issho ni* tênis *wo shit*, depois vamos à piscina, e andar a cavalo. *Uma ni noru no*. Você sabe cavalgar, mamãe, pode vir conosco até a queda Shiroito. Que chato que você não sabe, Anna. *Zannen ne*! Ah, e podemos jogar pôquer também. Mamãe, vamos todos jogar pôquer!

— Eri, por favor, fique quieta. Mamãe, Ken vai ficar quanto tempo?

— Ele não disse, mas acho que tirou folga por uma semana.

— Que maravilha! — exclamou Eri, jogando as pernas para cima e dando um salto mortal. — Mamãe, vou jogar tênis — disse, já saindo rapidamente do quarto.

— Que garota boba — disse Anna, enquanto arrumava os lençóis com cuidado e centralizava o travesseiro. Recuou para vistoriar melhor a cama, e então ajeitou meticulosamente os lençóis e o travesseiro. Como sua mãe bem sabia, Anna era uma perfeccionista, até para os padrões japoneses.

— O travesseiro tem que estar exatamente no centro. Mamãe, você acha que assim está bom?

— Ora, sim. Está bem no meio.

— Não, não está. Ainda está meio torto.

— Está bom do jeito que está.

— Não está. Veja — disse, medindo a distância até uma ponta da cama com os dedos —, tem uns sete centímetros a mais deste lado. — Moveu o travesseiro mais um pouco, ficando enfim satisfeita.

Resolvido isso, sua mãe continuou a tirar as camisas polo do armário. Olhou-as bem antes de pendurá-las em seu braço; parecia em dúvida.

— Estão sujas? — perguntou Anna.

— Não, foram todas lavadas e passadas. Apenas ficaram um tanto infantis agora para o Ken.

— Sério? — perguntou Anna, pegando uma delas e examinando-a. — Na minha opinião, estão ótimas.

— Mas Ken já é um homem. É um tenente do Exército. Um oficial militar deve ficar ridículo com uma camisa como essa.

— Não é verdade. Os alemães no hotel Mampei usam camisas até mais leves. O problema é o tamanho. Ken deve estar muito mais alto do que quando o vimos pela última vez.

— Sim, provavelmente — disse Alice. — Mas onde vamos comprar camisas nos dias de hoje?

— Por que não nos preocupamos com isso só quando Ken chegar? Se precisar, pegamos emprestadas algumas camisas de alguém.

— Está bem — concordou a mãe, colocando as camisas de lado e dando uma olhada pelo quarto. Tudo parecia em ordem, só faltava o jantar. Ao se virar para Anna, notou que algo a afligia. Sua figura baixa e atarracada parecia muito com a da mãe, mas herdara traços do rosto do pai: tinha as sobrancelhas grossas. O olhar transparente e acanhado era dela mesma. Sempre que estava preocupada com algo, suas pupilas marrons ganhavam um tom esverdeado, apresentando um brilho opalino.

— Mamãe — murmurou Anna —, preciso lhe contar uma coisa.

— O que é? — perguntou, sentindo um aperto no peito.

— Vamos até o meu quarto que lhe conto.

O quarto de Anna era espaçoso, mas recebia pouca luz pois era virado para o norte. Tinha duas camas de aço separadas, um sofá e uma cadeira esculpida em madeira, no estilo Karuizawa.

— Você o decorou muito bem — disse Alice, olhando em volta.

Anna afastou as cadeiras, estava quieta, consumida por pensamentos.

— É algum segredo? — incitou Alice.

Anna permaneceu sentada, sem expressão no rosto.

— Já sei... você está grávida, não é?

— Não — estremeceu e, por fim, começou a falar. Contou sua história com relutância e vagarosamente, como se retirando, uma a uma, coisas que escondera em uma gaveta. — Yoshiaki e eu não estamos nos dando muito bem. Não brigamos, nem nada do tipo. Apenas estou sentindo uma frieza em nosso... casamento. Ele é jornalista, e eu sempre soube que nossa vida seria complicada. E aceitei o fato de ele gostar bastante de sair para beber. Mas, ultimamente, ficou muito ruim. Há noites em que ele só chega em casa depois do amanhecer; outras vezes, fica fora por dois ou três dias. Mês passado, quando o Gabinete renunciou e o ministro das Relações Exteriores, Matsuoka, teve de deixar o cargo, sumiu por mais de dez dias. Depois me contou que tinha ficado na sala de imprensa do ministério das Relações Exteriores. Achei um pouco estranho e liguei para o escritório a fim de averiguar. Disseram-me que não, que nunca permanecera lá, que ele sempre... — a voz de Anna perdeu força e ela desviou o olhar.

Sua mãe sentiu o peito se comprimindo ainda mais.

— Anna, me conte. Por favor, me conte tudo.

— Está bem — suspirou. — Ele tem o que chamam de *mekake*. Sabe o que significa, mamãe? Ele tem uma relação extraconjugal. Resgatou uma gueixa de um desses recintos, e colocou-a numa casa que ele comprou para ela em Iidabashi, exatamente no caminho entre o Ministério do Exterior e a nossa casa em Nagata-cho. Dizia aos seus colegas que estava indo para casa, quando, na verdade, todas as noites ficava com ela em Iidabashi...

— Anna, você tem certeza disso tudo? Não está só imaginando?

— Sim, tenho certeza — disse, com rugas de dor evidenciando-se em sua testa, fazendo com que parecesse dez anos mais velha. — Quando liguei para a sala de imprensa, ninguém sabia onde ele estava. Achavam que tinha ido para casa, fato que achei bem estranho. Então, um dia, eu estava fazendo compras em Kagurazaka e os vi. Yoshiaki andando com uma mulher bem próxima a ele. Estava chovendo, mas escondi meu rosto sob um guarda-chuva e os segui. Senti-me envergonhada pelo simples fato de estar seguindo alguém, mas não tive escolha. Continuei seguindo-os até que entraram em uma casa. Podia ver as silhuetas deles através de uma janela no segundo andar. E mal conseguia me mover. Fiquei do lado de fora sob um aguaceiro, e pessoas começaram a me olhar com suspeita, por isso fui para casa.

— Por que você não entrou e o enfrentou? É o que eu teria feito.

— Eu não podia — respondeu, com fraqueza. — Ao fazer isso, estaria expondo sua infidelidade, o que significaria o fim de nosso casamento. E não quero deixá-lo. Mamãe, como posso fazer Yoshiaki desistir dessa mulher, e a gente voltar à nossa vida normal?

— É impossível! — disse Alice. Qual era o problema dessa garota? Como uma mulher poderia perdoar um marido infiel? Será que a filha se tornara uma típica esposa japonesa, disposta a aceitar uma vida submissa, propensa a suportar sofrimentos em silêncio?

— O que é impossível?

— É impossível que você o perdoe. Ele deixou de lado suas obrigações de marido, e você já não precisa mais cumprir as suas de esposa. Concorda comigo?

— Mamãe, eu o amo!

— Ah, querida... — disse Alice, balançando a cabeça energicamente e começando a andar pela sala. Ah, sim, amor. Amor era o problema. Ela nunca gostara do tal Yoshiaki Arizumi, desde o dia em que começara a frequentar sua casa como correspondente da Agência de Notícias de Tóquio em Berlim. Um homem magro, que parecia fraco, sempre mostrando não ser muito fluente em alemão, e aliado aos militares para pregar o Eixo entre Japão, Alemanha e Itália. Um homem que se atrevera a dizer para seu marido pró-americano que Hitler era o maior homem da história. Quando estava bêbado, suas opiniões mais simplórias tornavam-se verdades absolutas, e nunca sabia quando se calar.

Quando ele pedira a mão de Anna em casamento, Alice se opôs por completo. Saburo respondera, de forma incerta e relutante, que se os dois queriam se casar, ele e Alice não poderiam se opor. Anna começara a chorar. Ela era uma garota tímida e obediente, mas caía em lágrimas quando queria as coisas a seu modo. Alice ficara sem saber o que fazer ou a quem procurar, e sentira vontade de chorar também. E odiava choro.

— Anna — perguntou Alice —, o que você ainda vê neste homem? Ele a traiu, você sabe.

— Eu sei, mas ainda o amo. Se ele demonstrasse o menor sinal de remorso, eu com certeza o perdoaria.

Alice abraçou sua filha.

— Se você sente assim...

— Devo contar ao papai?

— Não sei — Alice pensou nisso enquanto a segurava em seus braços. Saburo era um homem cauteloso e moderado, mas quando se enervava explodia de forma rápida e violenta. Em vez de simpatizar com a infelicidade da filha, poderia explodir com o homem responsável por isso. Não, Alice deveria falar com Arizumi. Tentaria convencê-lo a desistir da *mekake*. Seria o mais correto.

— Ele sabe que você o viu com outra mulher?

— Não, acho que não.

— Comentou alguma coisa com ele?

— Não, nem uma palavra.

— E se eu falasse com ele primeiro?

— Bem... Não, mamãe, eu mesma vou falar com ele. E aí, se for necessário, você pode falar com ele também, está bem assim?

— Oh, Anna, minha pobre criança... — Alice acariciou suas costas com ternura, desejando, de alguma forma, atrair para si parte do sofrimento da filha.

# 3

Com a cabeça inclinada para evitar que o chapéu de cozinheiro o atrapalhasse, Tanaka colocou lenha no fogão. Quando Asa assoprou o cachimbo de bambu para ventilar as chamas, a feição corada de Tanaka incandesceu-se, fazendo com que parecesse um demônio escarlate. O aroma da carne, das verduras, dos temperos e dos óleos espalhava-se pelo ar. Anna balançou a cabeça em aprovação, e Tanaka a reverenciou, satisfeito. Conversar com a jovem patroa, que falava francês, era algo que lhe agradava.

— *C'est délicieux, sans aucun doute*, madame Arizumi.

— Sim, realmente, o cheiro está bom.

— Sim, madame. *C'est la cuisine de Bourgogne*. Perfeita para vinho tinto, *j'en suis sûr*.

Anna sorriu para Tanaka. Deixar esse homem carinhoso, e bastante vaidoso, feliz era algo que sempre a animava.

Tanaka chegou a estudar pintura em Paris, mas um amigo o convenceu de que a guerra iria começar e que eles deveriam se refugiar num país pertencente ao Eixo. Partiu então para Berlim, onde passou a levar uma vida boêmia. Assim que o Pacto Tripartite foi assinado, a embaixada japonesa teve que realizar mais banquetes do que tinha capacidade, e Tanaka foi contratado temporariamente para trabalhar como cozinheiro. Ele acabou descobrindo que seu verdadeiro talento era a culinária, não a pintura. As técnicas da *cuisine* francesa que aprendera em Paris o levaram a ser contratado como *chef*. Quando Saburo renunciou ao cargo de embaixador, trouxe Tanaka de volta para o Japão para ser seu cozinheiro particular.

De acordo com Yoshiko, a razão que Tanaka deu para aceitar esse emprego foi "minha admiração pela personalidade de madame Alice Kurushima". Em outras épocas, fora "se eu continuasse na Alemanha, teria sido convocado para a guerra e esta foi uma boa oportunidade para fugir." E, quando se entregava à fraqueza de beber à noite, dizia "trabalhar para os

Kurushimas é muito bom para aprender inglês". Realmente, apesar de se orgulhar muito do seu conhecimento de francês, forçava-se a praticar seu inglês, mesmo sendo muito ruim, com as pessoas, em especial com Anna e Eri. "A madame e a senhorita me abençoaram com sangue estrangeiro e inglês perfeito", gostava de dizer.

— Madame Arizumi, hoje vou preparar seu prato favorito. *C'est ce qu'on appelle du punch en français*. Conseguimos belos pêssegos, melancias, uvas e maçãs. E também um rum muito bom.

Desde aquela tarde em Berlim, quando Anna elogiara o ponche de Tanaka, tornara-se um prazer prepará-lo para ela, não importando a ocasião. De acordo com Tanaka, o item favorito de Saburo era sushi; de Alice, salada de arroz; de Anna, ponche; e de Eri, charutinho de repolho. Nada o convenceria do contrário. Sempre que a família se juntava para jantar, um ou dois desses pratos estavam no menu. Costumava anunciar para quem preparara cada prato, e não se importava se aquela pessoa não experimentasse nem um pouco sequer.

— Asa, coloque mais lenha no fogo — Asa obedeceu a ordem de Tanaka, mas fazendo beiço e movendo-se preguiçosamente em direção ao fogo, com seu largo uniforme branco, um avental que o cozinheiro a fazia usar. Essa camponesa de Chiba aparentava ter 14 ou 15 anos, praticamente a mesma idade de Eri; era mais baixa do que ela, mas tinha uma compleição bem maior e seios grandes. Não falava uma palavra sequer em inglês, e seu japonês tinha um sotaque tão forte que era quase impossível para os Kurushimas entenderem-na. Yoshiko, já habituada ao modo refinado de falar — proveniente de Tóquio — da família, várias vezes a repreendia:

— Qual o seu problema, garota? Se você quer falar, fale direito! — O resultado foi que Asa parou de falar por completo.

Asa tinha um rosto rechonchudo e as bochechas inchavam quando fazia beiço. A sua resposta aos pedidos dos Kurushimas era um monossílabo ou um grunhido. Era uma garota tristonha, mas precisavam de alguém com braços fortes, já que homens estavam em falta no mercado. Pegava água no poço, carregava sacos de verduras, cortava lenha; tudo com a mesma desenvoltura masculina.

Em razão da chegada de Ken, a cozinha estava bastante agitada. Anna considerou esta a primeira coisa agradável a acontecer em muito tempo. Como seu pai, nunca fora propensa à prática de esportes ou a jogos, e passava seus dias em Karuizawa lendo ou bordando. E, como passara a maior parte da sua vida fora do país, tendo ido a escolas japonesas apenas por alguns anos, na época em que seu pai foi chefe da Agência de Comércio, era difícil para ela ler livros em japonês. Assim, lia, na maioria das vezes, em francês ou inglês. Mas, ultimamente, tornara-se cansativo para ela ler mais do que algumas páginas do que quer que fosse. Nunca tivera amigos no Japão, e agora suas únicas conhecidas eram Wakako, que conhecera na Europa, filha do embaixador Yoshizawa; e Elsie, filha do embaixador Grew. As três se juntavam para conversar, ou para levar o cachorro de Elsie para passear, ou, por vezes, para uma noite de pôquer na casa dos Yoshizawas.

O fato de estar vivendo sozinha, longe do marido, que levava uma vida de libertinagem, fazia com que se sentisse mais insatisfeita e desiludida. Seus dias tornaram-se insuportavelmente monótonos. Até pensou em voltar para Tóquio; mas, ao vislumbrar que ficaria confinada o dia inteiro dentro de uma casa escura e sem nada para fazer — o marido quase nunca ficava lá —, sob um verão quente e úmido, preferiu permanecer em Karuizawa.

E agora a chegada iminente de Ken fez com que a casa inteira, inclusive a cozinha, se animasse novamente. Anna percebeu que ela só se sentira confortável para revelar aquele segredo, o qual guardava havia muito tempo, porque a chegada de Ken alegrou muito Alice, e aí sentiu que poderia falar *qualquer coisa* para ela, não importando o quão desagradável fosse. De qualquer forma, só o fato de ter contado já era um alívio. Seu andar ficou mais leve e, ao ver seu pai lendo na sala de estar, foi até ele nas pontas dos pés e acariciou-lhe as costas.

— Anna, você me assustou... Por que está tão dengosa?

— O que está lendo? — deu uma rápida olhada no livro: era uma biografia, em inglês, de Franklin Delano Roosevelt. — É interessante?

— Ora, é sim. O presidente dos Estados Unidos é uma figura interessante.

— É mesmo? — perguntou, sentando-se à sua frente, de onde poderia olhá-lo melhor. Saburo era um amante da leitura, e o tempo que reservava para isso era decididamente necessário para ele. Nunca permitia que o interrompessem, nem sua família. Anna já vira sua mãe e Eri serem repreendidas por interferirem na sua leitura, mas também sabia que ela era a única exceção. Desde pequena, nunca fora repreendida por perturbá-lo quando estava compenetrado numa leitura. Acima de tudo, parecia que ele se encantava com o fato de a filha se interessar pelo que ele estava lendo.

— Diga-me, papai, como é Roosevelt?

— Bem, é uma pessoa complexa, impossível descrevê-lo com uma palavra. Certamente não é um homem comum; ele é o que, em música, se chama de polifônico. Você acha que é fácil lidar com ele? De repente, ele se torna durão, mostra-se indeciso, e logo em seguida fica resoluto. Se eu tivesse que defini-lo, diria, talvez, que ele sempre tem a noção exata de como as coisas devem acontecer, embora seja flexível o suficiente para se adaptar a qualquer situação. E prefere ações a palavras. É do tipo que age enquanto pensa, em vez de pensar primeiro para agir depois.

— Ele me parece um sujeito difícil de entender. Mas é um grande homem, não é?

— Ah, sim, é um grande homem.

— Você já o conheceu, papai?

— Não. Já conheci o secretário de Estado, Cordell Hull, numa conferência em Londres, quando eu estava indo para a Bélgica.

— E como é Hull?

— Sério, acadêmico, um idealista.

— Hull é mais velho, não?

— Sim, uns dez anos mais ou menos... O que está acontecendo, Anna? Por que, de repente, resolveu interessar-se por Roosevelt e Hull?

— Nada de mais, eu apenas...

O fato era que Anna, várias vezes, ouvira seu marido falar mal de Roosevelt e Hull, e estava curiosa para saber que tipo de homens eles realmente eram. O marido contara que "a família de Roosevelt era judia, você sabe, da Holanda". E era por isso que "ele não desperdiçava chances de ganhar dinheiro para os Estados Unidos. Basta ver o lucro gigantesco que estavam tendo ao vender armas para a Inglaterra." E dizia ainda que "a família de Hull é de brancos pobres de passado duvidoso, e ele deve ser judeu também, pelo que a gente sabe". E mais: "Apenas a fim de manter seus interesses obscuros, a dupla Roosevelt-Hull, os judeus plutocratas, oprimia os países mais pobres do mundo: Japão, Alemanha e Itália."

— Papai, Roosevelt é judeu?

— Não, acho que não. Ele é holandês de nascença e não me recordo de ter lido que fosse judeu.

— E Hull?

— A mãe de Hull é irlandesa. Não sei nada sobre seu pai, mas acho que é inglês.

— Mesmo assim, poderia ser judeu?

— Eu, sinceramente, duvido — as pupilas negras de Saburo tremeluziram por trás dos óculos de lentes grossas e aro prateado. Achou muito interessante a forma com que sua filha fazia pergunta atrás de pergunta, como uma estudante aplicada, algo não muito comum entre as garotas japonesas.

Como que se desculpando, Anna continuou:

— Arizumi diz que os judeus têm de ser destruídos. Diz que eles são a raiz de toda a maldade no mundo.

— Bem, o jovem Arizumi é um admirador de Hitler.

*Um admirador?*, pensou Anna. *Ele está completamente intoxicado por Hitler. Tem uma cópia do* Mein Kampf *em casa, e vários outros artefatos nazistas. Em vez de um quadro pendurado na parede, tem uma bandeira com a suástica; ao lado do altar xintoísta da família, pendurou uma foto de Hitler, que trouxera de Berlim, e um archote que os membros do partido usam. Quando chega bêbado em casa, cantarola o* Horst Wessel[1*].

— Ele tornou-se um completo fanático — disse Anna, com desgosto.

— E como está o trabalho dele? — perguntou Saburo, mudando de assunto com sutileza.

— Está correndo por aí, como sempre. Anda tão ocupado que dificilmente volta para casa. No mês passado, quando o Gabinete renunciou, ficou fora por quase duas semanas.

— Bem, estamos passando por um período conturbado. Todo dia acontece algo novo e inesperado. O mundo está se movendo a galope.

— E onde vai parar, papai?

— Não sei — disse, suspirando. — Espero que não em guerra. Estava lendo, agora mesmo, as atas oficiais do encontro entre Roosevelt e Churchill, e foi a primeira vez que eles citaram o Japão como um possível inimigo.

---

1. Horst Wessel foi um herói nazista, morto em seu quarto por inimigos políticos em 1930. Desde então, a canção que relata sua vida tornou-se um hino para o movimento.

— Papai, Arizumi... — começou a falar com certa hesitação. — Arizumi parece ter se esquecido de mim ultimamente. — Apesar do acordo com sua mãe, decidiu contar a ele parte do que estava acontecendo.

— É! — Saburo pareceu não entender muito bem o que ela lhe disse. — Ele anda muito ocupado?

— Sim, acho que sim. Espero que seja isso.

— Acha que poderia ser outra coisa?

A preocupação expressa no rosto do pai fez Anna recuar de suas intenções. Não podia lhe contar a verdade, seu pai tinha uma confiança muito pura nas pessoas, e quando era traído sua raiva podia ser aterrorizante. Certamente, direcionaria sua ira para Arizumi, e Anna ainda não queria separar-se do marido.

— Sim, tem algo mais — disse Anna, concordando com a cabeça, escondendo a confusão que se passava dentro de si. Falou como se fizesse uma importante confissão: — Ultimamente, Arizumi aliou-se aos direitistas pró-alemães. Estão se infiltrando no Ministério da Marinha e em outros redutos pró-americanos, e ameaçando os militares. Alguns de seus amigos vieram à nossa casa para um encontro secreto. Tinham uma faixa em torno da cabeça e portavam uma adaga em seus cintos. Ele me assusta, papai. Anda por aí carregando um cartaz com lemas como "O Japão deve destruir os Estados Unidos, a Inglaterra e a Rússia" e "Sejam fiéis ao Eixo!". Gostaria que ele fosse apenas um repórter.

— Obviamente ele está perturbado.

— Sim, está — e continuou, falando baixinho —, e eu estou com medo. É como se ele tivesse enlouquecido, formulando suas frases apenas com lemas.

Enquanto falava, Anna lembrou-se de uma conversa que tivera com o marido um pouco antes de ir para Karuizawa, no começo do mês. Em um tom de voz gentil, não muito comum, Arizumi perguntara:

— Você pode pedir para seu pai fazer uma coisa por mim? Você sabe que eu sou secretário da Cruz de Ferro e que estamos tentando promover o Eixo. Acha que conseguiria convencer seu pai a ser o nosso presidente? Na verdade, ele não teria que fazer nada, apenas emprestar o nome ao cargo.

— Meu pai se opôs ao Pacto Tripartite. E não vejo como ele poderia aceitar ser chefe de seu grupo, já que renunciou ao cargo de embaixador logo que o pacto foi assinado.

— Mas as coisas mudaram. Os Estados Unidos e a Inglaterra estão pressionando demais o Japão. Iniciaram um embargo econômico. Bloquear os ativos financeiros e impedir a exportação de petróleo são atos abusivos. Até seu pai deve concordar comigo.

— Eu não entendo nada de política — dissera Anna, recusando com veemência o pedido de seu marido. — Se você quer que ele seja seu presidente, por que você mesmo não o convida?

E foi só agora, com seu pai, que se lembrou dessa conversa.

— Papai — perguntou como quem não quer nada, apesar de a pergunta ser importante para ela —, você se opôs ao Eixo, não?

— Lógico — respondeu com firmeza. — O enviado especial de Hitler, Stahmer, negociou o tratado em Tóquio com o ministro das Relações Exteriores, Matsuoka, enquanto eu estava em Berlim. Foi tudo arranjado pelos meus superiores às minhas costas. E, de repente, veio a ordem, sem eu poder contestá-la, para assinar o pacto. Então, eu...

— Renunciou ao cargo de embaixador.

— Anna, você se tornou uma especialista em política.

— Não, não me tornei, mas sempre me interessei pelo seu trabalho. Eu via tudo o que acontecia enquanto estávamos na Alemanha. Apenas nunca conversamos sobre isso — disse Anna, abrindo um sorriso.

As famílias dos diplomatas, geralmente, não são informadas sobre os segredos de Estado, e não podem revelar o que descobrem. O lema entre os Kurushimas era "mantenha os olhos abertos e os lábios cerrados".

Seu pai devolveu-lhe o sorriso. Já apresentava rugas profundas próximas aos olhos, afinal era um homem de 56 anos de idade. Mas, após a renúncia ao cargo de embaixador — um fato que quase não foi comentado dentro do Ministério das Relações Exteriores —, recebera um *status* especial de semiaposentadoria, conhecido dentro da diplomacia como *en disponibilité*. Era uma estratégia do ministério para fazer o mundo se esquecer dele sem que o aposentassem de vez. Mas significava um limbo, em que ele aguardava ordens que nunca vinham; e isso o envelheceu rapidamente. Em casa e sem se exercitar, acabou criando uma pança, sua pele começou a cair e o cabelo ficou grisalho.

— Papai, o que você vai fazer agora?

— Não sei. Talvez eles voltem a precisar de mim... não sinto vontade de fazer nada. Fui diplomata por trinta anos, e fiquei 25 fora do país. Sinto-

-me cansado. Outro dia... — hesitou, e então olhou Anna diretamente nos olhos —, não comente sobre isso com ninguém... mas, outro dia, o ministro das Relações Exteriores, Toyoda, pediu que eu voltasse à ativa e aceitasse o cargo de vice-ministro. Mas eu rejeitei, e rejeitei porque, nos dias de hoje, a diplomacia, sobretudo nas complexas e confusas negociações com os Estados Unidos, é complicada demais para um velho homem cansado como eu. Esse foi o motivo real, mas eu disse a ele apenas que não estava bem de saúde.

— Papai, e como você está, na verdade?

— Não muito bem. Minha pressão sanguínea está alta, e volta e meia fico ofegante.

— Você precisa se exercitar mais.

— Humpf! — grunhiu Saburo. — É engraçado ouvir isso de você, que também não é exatamente uma atleta.

— Ken e Eri parecem ter nascido para os esportes. Eu não.

— De qualquer forma, acho que vou seguir seu conselho e ir até o campo de arco e flecha — Saburo fechou o livro, levantou-se, ergueu os braços e espreguiçou-se.

# 4

Anna estava compenetrada na leitura de um romance inglês do século XIX, uma daquelas histórias em que uma donzela do campo é seduzida por seu jovem mestre e acaba dando à luz um filho dele. Pegara o livro na estante de sua mãe — um dos poucos romances guardados em meio ao monte de livros sobre animais e plantas; a capa vermelha já estava rasgada e as páginas amarelando nas pontas. Fora publicado em 1911, três anos antes de sua mãe se casar. Assim, a filha estava lendo o mesmo livro que a mãe lera quando ainda era solteira, trinta anos atrás. Enquanto lia, imaginava como teria sido sua mãe na época; ela até parecia a jovem Alice lendo, e não ela mesma. Algumas passagens que Alice considerara marcantes — na maioria, descrições psicológicas — estavam sublinhadas com caneta, as quais Anna lia com atenção especial.

Anna podia ouvir o assobio de flechas atravessando o céu sobre o jardim, e o vento chacoalhando as árvores. O sol iluminava seu quarto, e uma brisa acariciou suas bochechas. Ela deu uma olhadela através da janela, estendendo a visão até além da floresta de lariços, que formava uma linha reta e simétrica em direção ao Monte Hanare, com sua forma prosaica, parecendo uma bacia invertida.

Alguém estava gritando; outro corria pelos corredores em direção à porta principal. Ken estava de volta! Anna saiu de seu quarto em disparada, mas, ao chegar às escadas, caminhou mais lenta e delicadamente. Contra a luz vinda da porta, a silhueta alta de Ken permanecia enegrecida. Anna se infiltrou através das mulheres que cercavam Ken, passou por Eri, Alice e Yoshiko, e quando estava a ponto de beijá-lo ficou paralisada ao ver um homem ao seu lado. Era Yoshiaki Arizumi. Depois de um momento de atordoamento, lançou um olhar provocador sobre o marido, cumprimentou-o com displicência e, sob as vistas dele, atirou os braços em volta do pescoço do irmão e beijou-o em uma bochecha e depois na outra. Os Kurushimas eram provavelmente a única família japonesa que se beijava com a efusividade americana, uma forma de cumprimento que Anna nunca dera a Arizumi.

Além de seu cheiro próprio, Ken exalava um odor de soldado, uma mistura de fumo, couro e suor.

— Oh, Ken, você realmente parece ótimo — disse Anna, puxando-o e admirando-o em seu uniforme. No lado direito do peito dele, havia asas azuis, o distintivo de um soldado da Aeronáutica. Essas listras estavam mais gastas do que em junho, quando fora promovido a tenente. Com exceção de pequenos círculos brancos em volta dos olhos, a área coberta pelos óculos, todo o resto de seu rosto estava bronzeado. Era o retrato de um piloto.

— Ken, entre! — gritou Eri.

Ken bateu o pó branco de suas botas e as entregou a Yoshiko. Alice e Eri o acompanharam para dentro, deixando Anna e o marido sozinhos. Foi só aí que Anna percebeu que Arizumi trajava um quimono de cânhamo branco com cós azul-marinho. Acostumada aos trajes ocidentais usados por todos na estância, o figurino do marido parecia um tanto pretensioso. Sentiu um pouco de pena dele. Após cumprimentarem rapidamente Arizumi, Eri e sua mãe voltaram toda a atenção para Ken. Anna forçou-se para ser agradável com o marido.

— Se me dissesse que viria, teria me preparado melhor.

— Na verdade, vim para cá fazer uma matéria. Foi uma tarefa repentina, assim não tive tempo de contar-lhe que viria. Os alemães que fugiram dos Estados Unidos e das Índias Holandesas foram colocados aqui em Karuizawa. Vou entrevistá-los — enquanto falava, Arizumi movia a cabeça como um tigre de brinquedo, mexendo os lábios finos. — Quero tirar o suor do corpo, mergulhar na banheira, e aí procuro um hotel.

— Um hotel? Não, você pode ficar aqui. Tem um quarto para nós no segundo andar.

— Não vou incomodar? Com certeza, seria mais conveniente.

Quando falava assim, Anna nunca sabia se estava sendo sincero ou irônico. Aparentemente, ele esquecera-se da carta que Anna lhe enviou assim que chegara em Karuizawa, contando que havia um quarto para eles e que poderia vir a qualquer hora... ou seria apenas mais um deboche?

45

— O trem estava lotado, cheio de *gaijin*, como o esperado — disse ele, usando a palavra que significa literalmente "estrangeiro". — Ouvi alguém falando alemão, então fui lá falar com ele. Era um homem chamado Wolff, que vive numa mansão vizinha a esta. Disse que é dono de uma companhia de importação e exportação. Você o conhece? — sem aguardar a resposta, continuou: — E aí, em Kumagaya, um soldado alto entrou. Era Ken. Impressionante! A última vez que eu o vira foi em nosso casamento, e ele usou terno na ocasião. E, assim, Ken e eu viemos juntos... Está bem, vou tomar um banho rápido.

Enquanto isso, Anna deu uma arrumada no quarto. Havia livros e revistas abertos por todo canto. Colocou-os de lado, e tratou de fechar sua agenda da época da faculdade, cheia de poemas escritos por ela e de matérias de jornais, tomando o cuidado de amarrá-la firmemente com um barbante. Por um momento entrou em pânico; sem saber onde escondê-la, acabou colocando-a no guarda-roupa da mãe. Antes que Anna pudesse trocar os lençóis, Arizumi subiu.

— Ah, este é o quarto? — disse, olhando em volta. — Que luxo. Bem Kurushima — Arizumi trocara sua roupa por uma camisa esporte de mangas curtas e bermuda, o que deixou Anna surpresa. Só japoneses ricos usavam bermudas europeias no verão. Seu marido, um filho de fazendeiro do nordeste do país, nunca demonstrara antes gostos tão ocidentais. Sentira aí a influência da outra mulher: uma gueixa com certeza *tinha que estar* antenada com a última moda.

— Esta é sua cama. Coloquei a mala no armário.

— Mas que luxo... — Arizumi deu uma olhada pela janela. — Jardim grande. Muitas árvores. Sim, uma bela vista. Eu não me importaria em ser rico o suficiente para ter uma mansão como esta. A propósito, falou com seu pai?

— Sobre o quê? — perguntou Anna, fingindo não saber do que se tratava.

— Você não o convidou, pelo jeito... — disse com uma expressão ácida. — Isso é muito desagradável... desagradável demais. Seu marido se mata por esse movimento... pela nação... pelo Japão. Você sempre me desaponta quanto a isso. Você *é* japonesa, não é?

— Lógico que sou — respondeu, com o sorriso desaparecendo de seu rosto. Arizumi nunca se dirigira a ela dessa forma. — Sobre o que exatamente você está falando?

— Já lhe disse: você me desaponta, é antipatriótica.

— Por que você não para com isso e fala exatamente o que tem em mente? — a voz de Anna tornou-se áspera.

Ele dirigiu-lhe um sorriso amargo, o que significava pena.

— Acho que não devo. Eu a machucaria demais.

— Nada que você possa dizer me machucaria — disse, alongando cada sílaba.

— Ah, deixe para lá. Faz muito tempo. Para que perder tempo com uma discussão tão besta?

— Concordo — Anna tentou sorrir, mas o sorriso não vinha. Desejou ver o marido, acumulara esse desejo nas noites em que dormiu sozinha, mas agora o homem a enojava. Por que seus lábios eram tão finos e borrachudos, parecendo tentáculos de lula crus? Por que ele os movia dessa forma tão nojenta?

Houve uma batida na porta. Eri entrou pulando como um cachorrinho.

— Qual é o problema? Estamos todos esperando vocês lá embaixo. Já fatiaram a melancia e mamãe mandou que eu viesse chamá-los. E acho que papai quer falar com você, senhor Arizumi. Ele não o disse textualmente, mas sinto que quer — e saiu correndo, flanando pela escada.

Arizumi puxou Anna para perto de si e tentou beijá-la. Anna recusou, mas o homem era mais forte, e quando a abraçou ela não conseguiu resistir. E se perguntou se seria capaz de deixá-lo.

E, então, ele sussurrou em seu ouvido:

— A pequena Eri tornou-se uma garota bem grandinha — disse, descrevendo dois seios com as mãos. Ele sempre disse que a melhor parte do corpo de Anna eram seus seios grandes.

— Ela ainda é uma criança! — Anna sentiu o nojo voltar.

— Quantos anos ela tem mesmo?

— É onze anos mais nova do que eu. Ainda tem 15.

— Você quer dizer 15 pela contagem americana, estilo Kurushima?

— Não, 15 pela contagem japonesa, estilo Arizumi.

No Japão, uma criança ao nascer era considerada como tendo um ano de idade, ou seja, sempre tinha um ano a mais do que na forma ocidental de contar.

— Já é uma mulher crescida. Aposto que terá muitos homens à sua volta.

Anna não respondeu.

# 5

O jantar foi servido na sala flamenga. Nas cabeceiras da longa mesa, sentaram-se Alice e Saburo, com Arizumi à direita de Saburo e Ken à esquerda. Anna e Eri sentaram-se à esquerda e à direita de Alice.

Yoshiko serviu o jantar. Arrastando de forma desajeitada a bainha do vestido longo que Alice a obrigara vestir, foi trazendo os pratos criados por Tanaka. Alice, que tinha a mesma altura de Yoshiko, desenterrara o vestido de seu baú de roupas. Era bem antigo, ela usara uma década atrás, mas achou que era apropriado por ter um colarinho bordado no estilo flamengo.

Os *hors d'oeuvres* de tempurá e sashimi de atum foram seguidos por um ensopado de carne com legumes, e depois arroz com feijão vermelho e sopa de pepinos-do-mar para completar o casamento das cozinhas japonesa e ocidental. Da adega, Saburo trouxe um Burgundy 1933 e um Moselle 1936. Arizumi, apertando os lábios, disse:

— Que festança, ainda mais se considerarmos a escassez de comida no país! É algo inu... sitado — Anna pensou ter ouvido o marido começar a dizer "antipatriótico", em vez de "inusitado".

O centro das atenções era logicamente Ken. Todos queriam ouvir sobre sua vida. Três meses atrás, entrara para a Escola de Aviação da Aeronáutica em Kumagaya, e estava aprendendo a pilotar um 95-1 Trainer, apelidado de Libélula Vermelha. O avião tinha dois assentos; o estudante voava atrás do instrutor. Os dois manches eram conectados, permitindo que o instrutor corrigisse os erros do estudante. Ken voava duas vezes todas as manhãs. E já voara sozinho muitas vezes.

— Isso está indo muito rápido — resmungou Arizumi, mastigando uma fatia grossa de bife. — Se você pode voar sozinho em apenas três meses, qual a duração do curso?

— Seis meses. Antes levava um ano, mas foi encurtado por causa das atuais necessidades militares.

— Bem, e é suficiente?

— Tem que ser suficiente. O mundo não vai aguardar.

Arizumi balançou a cabeça energicamente em sinal de desaprovação.

— Ei, Ken! — Eri invadiu a conversa dos adultos com sua voz aguda e perguntou: — Você ficou com medo quando voou sozinho pela primeira vez?

— Não, não fiquei, estava apenas concentrado em fazer o que me ensinaram e não cometer erros. Na verdade, a partir do momento em que estou no ar, fico relaxado. É como um jogo de rúgbi. Você treina muito, mas quando começa a jogar para de pensar em qualquer coisa, apenas mantém um olho na bola e outro nos adversários.

— Ken era a estrela do time de rúgbi da escola — intrometeu-se Arizumi. Os Kurushimas nunca tiveram a chance de vê-lo jogar pois estiveram longe durante os anos de ensino médio de Ken. Mas Arizumi teve, e continuou contando os detalhes de um jogo em que o time de Ken perdeu porque ele, o jogador-chave do time, fora isolado e desgastado pela equipe adversária.

— Mas Ken — Eri recomeçou, a fim de não permitir que Arizumi roubasse a conversa —, quando você está lá em cima, o que vê? A Terra e o céu são diferentes vistos de lá?

— Lógico que são. Nuvens voam como se fossem grandes cachimbadas. A Terra fica muito bonita vista daquela altura. Quando se voa sobre Kumagaya, o Monte Asama é o ponto que melhor se vê. É possível ter uma noção exata do seu formato.

— Uau! Quer dizer que, se eu escalasse até o topo do Monte Asama, poderia vê-lo pilotando o avião? — perguntou Eri, sentando-se com os braços cruzados. Foi um gesto que ela viu uma heroína fazer numa ópera em Berlim, e acreditava ser isso o que se faz quando se está sonhando com algo. — Fantástico!

— Ken, eu sempre quis lhe perguntar — disse Anna com suavidade —, o que você prefere: projetar aviões ou pilotá-los?

— Lógico que prefere pilotá-los — disse Eri, estendendo os braços como asas e levantando-se da cadeira.

— Não, acho que não — disse Anna, esquadrinhando o irmão. — Eu lembro que você adorava fazer aeromodelos. Seu quarto costumava ser uma pequena fábrica de aviões. Acredito sinceramente que você prefere projetá-los. — De fato, as paredes do quarto de Ken eram cobertas por cópias heliográficas e fotografias. No chão e na escrivaninha, havia pilhas enormes de papel prateado, cola e elástico; e aeromodelos semiterminados e varas de bambu prontas para serem esculpidas em forma de pequenas fuselagens. No teto, ele pendurava uma miscelânea de cargueiros, jatos e bombardeiros. Os livros escolares de Ken permaneciam intocados num saco no corredor.

Ken levara muitas vezes Anna consigo para testar os aeromodelos. No verão, tentava fazer com que os modelos pegassem um vento vindo do leste, que os soprava em direção a Akasaka, ao oeste. Quantas vezes ela fora com o irmão levar um modelo, que ele acabara de fazer, pintado exatamente como o avião real, com piloto, painel de controle e manche, para o campo aberto próximo ao hotel Sanno. As hélices brilhavam quando o modelo subia, até que repentinamente os elásticos se soltavam e o aviãozinho começava a cair até pousar numa árvore ou se arrebentar no telhado do hotel. Quando Anna lamentava a perda, Ken dizia, sorrindo: "Sempre podemos fazer um novo. De qualquer forma, é muito legal que ele tenha durado tanto tempo."

— Quando eu os projetava, me imaginava pilotando os modelos. Por isso, acho que, mesmo antes, preferia pilotá-los — disse Ken.

— Mas se fosse só isso, não se esforçaria tanto e perderia tempo para projetá-los. Podia fazer um modelo simples com pauzinhos, que voariam melhor.

— Acho que você está certa — admitiu.

— Mas pilotar um avião *é* muito mais divertido do que construí-lo, não é? — ainda empolgada, Eri não podia perder essa.

— Não necessariamente — disse Ken, com gentileza, como se estivesse com medo de sua irmãzinha não entender. — Tudo o que um piloto faz é voar. Quando você pilota, não deixa nada para a posteridade; mas, quando projeta uma máquina de primeira linha, faz algo de produtivo para o mundo.

— Oh! — disse Eri vagamente.

— Então você deveria desistir de pilotar — disse Anna —, e se concentrar apenas em projetos.

— Não posso. Não depende de mim. Eu sou um soldado, sigo ordens — Ken deu uma olhadela para sua mãe, e então se virou para seu pai, cujos olhos estavam fixos em Alice. Anna, ciente das discussões furiosas dos pais sobre a entrada de Ken na Escola de Aviação, pôde sentir a tensão no ar. Alice estava escutando com alegria os filhos conversando em japonês, mas uma sombra agora pairava sobre seu rosto. Fingiu um sorriso morno, e pegou um pouco da salada de arroz da tigela que Yoshiko segurava para ela.

— Se você discorda de uma ordem, pode se negar a cumprir? — perguntou Eri, parecendo não entender nada.

— Lógico que não — disse Arizumi com um sorriso altivo. — No Exército Imperial, uma ordem é um comando vindo diretamente de Sua Majestade. Não se pode rejeitá-la.

— Bem, Ken, e se recebesse a ordem de se matar?

— Logicamente teria de fazê-lo.

Quanto mais Eri ponderava sobre o assunto, mais lhe parecia estranho. A sua estada no Japão foi curta, e não tinha a menor ideia de como funcionava o Exército Imperial. Nem Anna, mas os livros e as observações de Arizumi ensinaram a ela que os militares japoneses tinham um modo peculiar de fazer as coisas.

Abruptamente, Eri perguntou para a mãe, em inglês:

— Mamãe, isso acontece no Exército americano também? Podem ordenar que o soldado se mate?

— Bem, eu nunca estive no Exército, portanto não posso afirmar com certeza, mas creio que eles não dão esse tipo de ordem nos Estados Unidos.

— Eu achava que não. Graças a Deus!

— Ah, a propósito, acabei de me lembrar — disse Saburo, limpando o bigode com o guardanapo. — Recebemos uma carta de Lauren, que o pessoal de Tóquio nos encaminhou. Ela diz que George foi recrutado.

— Foi para o Exército ou para a Marinha? — perguntou Ken.

— Adivinhe.

— Deixe-me ver — disse Eri. — Aposto que vai para a Aeronáutica.

— Exatamente. Seu primo George é membro da Força Aérea Americana.

Um suspiro de admiração surgiu na mesa toda. George e Lauren eram os filhos de Norman, o irmão mais velho de Alice. Anna os vira apenas quando ainda eram crianças, mas Ken os tinha visto no ano passado quando voltava da Europa para o Japão.

— Então George é igual a Ken. Veja só, ambos são aviadores! — disse Eri. Ficou tão animada com a ideia que jogou a cadeira para trás, derrubando o garfo no chão. — Quem é mais alto, Ken, você ou George?

— Temos mais ou menos a mesma altura.

— E se parecem também — disse Anna.

Saburo, quando retornava para o Japão através dos Estados Unidos no começo do ano, visitou a família Little em Chicago, e trouxe fotos que mostravam que George era uma cópia de Ken; podiam ser irmãos. Em outras palavras, Ken, com seu nariz conspícuo, suas feições talhadas e olhos fundos, parecia um completo caucasiano, com poucos traços orientais.

— Sobre o que vocês estão falando? — perguntou Arizumi, desconfiado.

— Oh, me desculpe — respondeu Anna e começou a traduzir para o japonês os pontos principais da conversa. A regra na casa dos Kurushimas era que, se houvesse uma visita que não entendesse inglês, conversariam em japonês por educação. Mas havia ocasiões em que as conversas ficavam tão animadas que todos, exceto o convidado, passavam a falar em inglês. Quando isso acontecia, alguém normalmente servia de intérprete, mas Anna parecia ter-se esquecido por completo do marido.

— Entendi — disse Arizumi, mantendo o tom baixo. — Primos em ambos os lados do Pacífico certamente é algo incomum; mas, se Japão e Estados Unidos entrarem em guerra, Ken e George serão inimigos, não é? E, dada a situação internacional, há uma boa chance disso acontecer. E quando isso acontecer, Ken e George vão ter de lutar um contra o outro, uma luta pela vida, goste-se disso ou não. Eu tenho dúvidas se Ken está mentalmente preparado para isso. Pergunte para ele em inglês, vai. Gostaria de saber o que sua mãe acha disso.

— Eu não posso... — O que esse homem disse? Uma guerra entre Japão e Estados Unidos? Só de imaginar já era doloroso. E insinuar que Ken e George poderiam ter de matar um ao outro, que coisa mais insensível para se dizer! Anna balançou a cabeça, fazendo careta. Não, nada a convenceria a fazer essa pergunta.

A conversa na mesa continuou, e ninguém mais, felizmente, reparou no que Arizumi dizia. A conversa agora era sobre Lauren, a irmã mais nova de George, que estudava Arte Oriental na Universidade de Chicago e que aparentemente desenvolvera um grande interesse por arte japonesa. A maioria dos Littles estudava cultura japonesa. Norman era presidente da Sociedade Nipo-Americana de Chicago, e Saburo conhecera Alice frequentando a casa dos Littles, onde aprendia inglês. Lauren se correspondia com certa frequência com Alice e Anna, e quando ela e Ken se reencontraram em Chicago, depois de doze anos, uma nova amizade surgiu entre eles. Havia uma foto no quarto de Ken em Tóquio em que ele aparecia dançando com Lauren numa festa que os Littles organizaram em sua homenagem. Eri definiu em sua mente juvenil que Ken e Lauren estavam apaixonados e provocava seu irmão com isso o tempo todo.

— Ei — começava Eri de novo — como foi dançar com Lauren? Aposto que ela é boa... aposto que é uma *excelente* dançarina. Como você se sentiu, hein, Ken?

Ken já passara por isso antes, e encarava tudo como uma brincadeira.

— Ela era leve como uma brisa, cheirosa como uma flor, a melhor dançarina de Chicago. Bastou uma dança com ela para eu me apaixonar!

— Verdade? Que legal! Ah, eu não aguento isso! Eu vou para os Estados Unidos ver o casamento de Ken e Lauren. Ah, por que eu não posso ir para lá? Todos já foram. Não é justo!

Era verdade. Anna e Ken nasceram lá, mas Eri nascera na Itália, quando seu pai era primeiro-secretário na embaixada em Roma. Sempre quisera ver o país de sua mãe, e no final do ano passado implorou para que seu pai a levasse junto. Mas teria sido muito caro, e seu desejo não foi atendido. *Ela obviamente ficou desapontada*, pensou Anna, *mas mesmo assim seu modo de falar é afetado demais. Acima de tudo, ainda é uma criança, com ombros e quadris ossudos.*

— Anna, por que você está me olhando? Tem algo errado no meu rosto? — Eri encolheu-se diante do olhar de Anna.

— Não estou olhando para você.

— Eri, vou levar você para os Estados Unidos um dia — disse sua mãe. — Quero levar todos vocês. Na verdade, eu mesma quero ir. Parece que faz um século que vim para cá.

— Mamãe, não pode ser um século inteiro — objetou Eri, com seu jeito único de enfatizar as coisas.

— Faz um século. Tente contar que você vai ver.

— Então quantos anos você tem, mamãe?

— Ora, 200, lógico.

Ken assobiou.

— Está bem. Saburo, quantos anos foram pela sua contagem?

— Bem, nós saímos dos Estados Unidos em 1927. Foi há catorze anos.

— Apenas catorze anos! — exclamou Alice. — Não, você deve estar enganado. Veja quão velha eu fiquei. Já sou uma velha megera, devo ter pelo menos 200 anos.

— Mamãe! — gritaram Eri e Anna juntas, uma observando a outra.

— Apenas uma vez, apenas uma vez — disse a mãe com mais seriedade —, eu queria que todos nós pudéssemos ir juntos para os Estados Unidos.

— Papai ainda vai ser embaixador nos Estados Unidos — disse Eri.

— Mas o tio Tonomura já é o embaixador — objetou sua irmã, reprovando-a. — Eu lembro que ele costumava nos visitar quando estávamos em Chicago.

— Então o papai pode ser o próximo embaixador, depois do tio Tonomura.

— De qualquer forma — disse Alice, suspirando —, apenas torço para que possamos todos viajar juntos para lá.

Todos permaneceram em silêncio.

— Nos dias de hoje... — começou a dizer Arizumi, mas seu inglês logo o fez desistir, e virou-se para Anna. — Eu quero que você diga a ela uma coisa. Desde que os Estados Unidos bloquearam os ativos financeiros do Japão, todos os japoneses que moram lá estão indo embora. Os empresários que estão em Nova York e em Los Angeles já começaram a voltar para casa. Em tempos como estes, seria muito difícil realizar o desejo de sua mãe.

Anna hesitou por um momento, mas acabou traduzindo o comentário.

Alice, com um desconforto semelhante ao de sua filha, disse:

— Estou totalmente ciente de que, no momento, minhas esperanças são irreais, talvez impossíveis.

— E mais uma coisa — continuou Arizumi, em japonês, para sua esposa. — Dada a presente situação, é muito provável que Ken e George *venham* a travar uma batalha aérea. Apenas pense nisso, os dois presos num duelo sobre o Pacífico Sul. Uma luta de cachorros, voando para cima e para baixo, de um lado para o outro.

A risada escandalosa de Arizumi foi cortada pelo pesado silêncio que se formou à sua volta. Para Anna, isso era uma tortura. O homem com quem se casara parecia não ter o menor respeito pela família dela.

Foi Ken quem quebrou o silêncio:

— Se ocorresse uma batalha aérea, tenho certeza de que George a venceria. Ele foi ginasta na faculdade, e está acostumado a dar saltos mortais... A propósito, onde está a sobremesa? Ah, aqui está!

Yoshiko, seguindo ordens de Tanaka, fez uma tigela enorme de ponche de frutas, e a posicionou diante de Anna, produzindo um pequeno ruído ao colocá-la na mesa.

— Está certo, apaguem as luzes.

Todos aguardaram ansiosos no escuro. Anna acendeu um fósforo, mas este logo se apagou. Na segunda tentativa, ateou fogo na borda da tigela. Chamas azuis se espalharam, combustadas pelo líquido de dentro da tigela, e logo coloriram os rostos em volta da mesa com um tom azul claro. As chamas se espalharam por toda a tigela, iluminando os pêssegos, uvas e maçãs, que flutuavam, dando a impressão de que tinham acabado de amadurecer ali sob aquela luz mágica e extraterrena. As chamas se elevaram ainda mais sobre os pedaços de frutas, até que a coisa toda bruxuleou como uma miragem de torres góticas. Eri aplaudiu, e todos se juntaram a ela nos aplausos. Até que, enfim, as torres de luz foram, uma a uma, sumindo para dentro do líquido, e a sala ficou escura novamente. Mesmo depois que as luzes foram reacesas, a miragem permanecera em suas mentes por um tempo.

Anna viu Tanaka parado no canto, envergonhado, e disse para ele:

— *C'était très bien* — o cozinheiro voltou a andar com seu passo afetado.

— Foi incrível! — repetiu Anna.

— Você gostou? *Je suis très heureux*. Queimou de forma muito bela. O poder do fogo de madame Arizumi foi magnífico.

— Ah, eu queria que não tivesse terminado — disse Eri. — Quero ver novamente.

— Bem, *mademoiselle*, você deveria beber antes que esfrie. *Tout de suite*! — Tanaka ajudou Yoshiko a servir o ponche. Quando Alice elogiou cada etapa do jantar, Tanaka agradeceu fazendo uma reverência como uma garota envergonhada que ganha a atenção de um rapaz, e cobriu o rosto corado com as mãos.

Um humor jovial e animado voltou à mesa. Enquanto Ken soprava uma maçã em sua colher, Anna disse para ele:

— Você se lembra da casa em que morávamos em Chicago?

— Lógico que sim — havia um tom nostálgico em sua voz. — No ano retrasado, eu cheguei a procurá-la. Perguntei no consulado, mas eles disseram que fazia muito tempo, e não sabiam de nada. Então eu e Lauren saímos para procurá-la — com a menção do nome de Lauren, Eri piscou para sua mãe. — Fazia tempo que Lauren não ia até nossa antiga casa também, e sua lembrança estava muito fraca. Tudo que pudemos lembrar era que havia um hotel bem rústico por perto, e que se podia ver o lago de nossa janela.

— Então como vocês a achariam? — perguntou Eri, apressando a conversa.

— Ao acaso — interrompeu Saburo. — Eu também cheguei a procurá-la quando estive em Chicago este ano.

— É como uma história de detetive.

— Ken está certo. Era uma casa de três andares, pintada de branco, próxima ao lago Michigan. Ficava perto de um "hotel rústico" chamado The Drake, onde europeus ricos se hospedavam. Sim, três andares: no primeiro ficava o escritório consular, e os dois de cima eram a nossa residência. Não havia muitos japoneses em Chicago naquela época, assim fazíamos tudo naquela casa. De qualquer forma, o resultado da minha investigação foi... — seus olhos voltaram-se para cima, e ele sorriu para Eri. — Triste dizer, mas nossa casa foi derrubada para dar espaço a uma estrada.

— Ah, que sacanagem!

— De qualquer forma — disse Saburo, com o sorriso ainda voltado para Eri —, depois dessa casa branca, mudamo-nos para outra. Era no campus da Universidade de Chicago. Essa permanece lá, e foi onde Ken e Anna cresceram.

— Papai — disse Ken com certa empolgação —, era próxima à Casa Roble?

— Sim, era.

— Foi o que eu pensei! Eu a achei também. Era uma casa antiga de dois andares, com degraus que vinham da rua até a porta. Então foi o lugar onde crescemos.

— Papai, o que é a Casa Roble?

— É um estranho prédio de tijolos que se parece muito com o hotel Imperial. Eri, você conhece o famoso arquiteto Frank Lloyd Wright, não? Bem, Wright construiu a Casa Roble também. É no campus, e a universidade a preserva. Acho que eles a usam para encontros de estudantes ou algo do tipo.

— Eu me lembro! — Anna parecia igualmente empolgada. — Tinha me esquecido do nome, mas lembro-me de uma casa de tijolos que parecia estranha. Mamãe me levava para passear lá perto. Eu pensava que era assombrada! Eu tinha medo. Havia escadarias em lugares estranhos, o que me dava a impressão de ser um castelo ou uma prisão.

— Então — continuou Ken —, da Casa Roble, virei na terceira rua, e um quarteirão adiante eu a vi, a décima segunda casa à direita. Tinha uma placa com os nomes dos donos atuais. Estava muito velha. As janelas estavam estragadas, a varanda estava completamente coberta de pó; mas parecia que havia pessoas morando lá. Lauren sugeriu que entrássemos, mas eu disse que não. Ficamos apenas do lado de fora, observando. Foi como um sonho, e eu não queria ser acordado. Papai, você conheceu os atuais donos?

— Ah, não! Eu me senti da mesma forma... não queria estragar o sonho. O que fiz foi andar em volta dela para ver se estava do mesmo jeito. O olmeiro no nosso jardim virou uma árvore enorme.

— É tão gostoso ouvir isso — disse Alice. — Vamos todos um dia visitar aquela casa.

— Um dia... — ecoou Eri.

# 6

A família decidiu tomar café na varanda, mas acabou encontrando um enxame de grandes mosquitos listrados e mariposas. Só depois de jogarem repelente e as criadas os perseguirem com mata-moscas é que puderam tomar café em paz. Se ignorassem os poucos mosquitos zumbindo em suas orelhas, poderiam curtir a refrescante brisa gelada e o delicioso sabor do expresso de Tanaka. Quando esfriou, foram para a sala de estar. Nesse momento, os Hendersens chegaram: o pastor da igreja anglicana; sua esposa, Audrey; e a filha Margaret. Os três eram antigos amigos dos Kurushimas, mas ainda não conheciam Arizumi.

Quando foi apresentado ao marido de Anna, o padre Hendersen se ajoelhou e disse:

— *Hajimemashite* — antes de dizer-lhe em japonês fluente: — Eu conheço Anna desde que era uma garotinha. Ficou uma moça linda!

Audrey e Margaret também cumprimentaram Arizumi em japonês. Margaret nascera no Japão, frequentou uma escola primária local, e depois se tornou colega de classe de Eri na escola Futaba para garotas, em Tóquio. Seu japonês era perfeito.

Padre Hendersen, que vestia um robe clerical negro, era suíço. Era um pouco mais velho do que Saburo, mas estava bem para um homem de mais de 60 anos. Sua idade era mais visível nos tachos de cabelo branco em sua cabeça e na papada enrugada e caída, mas movia-se com agilidade, como se sua figura alta e magra estivesse montada numa mola. Audrey, inglesa de nascença, tinha cabelo loiro com um toque de ruivo, que Margaret herdara.

— Audrey, sente-se — disse Alice, conduzindo-a ao sofá.

Quando a esposa do pastor sentou-se, acabou puxando a fita flamenga atrás dela, revelando assim o forro desgastado que estava escondido. Anna discretamente pegou a fita e a recolocou no lugar, tocando de leve as costas da senhora Hendersen ao fazer isso. O toque pareceu ter sido recebido como um gesto afetivo, e ela virou-se para Anna com um sorriso.

— Como você está, tia Audrey? — perguntou Anna.

— Bem, o médico me disse para eu descansar bastante, mas, minha querida, como posso?

Era nítido que ela não estava muito bem. Parecia pálida e seus olhos estavam inchados. Anna explicou para seu marido que, no começo do verão, a senhora Hendersen sofrera o seu terceiro ataque cardíaco.

— Já experimentou medicina chinesa? — perguntou Arizumi.

— Ora, não — respondeu a senhora Hendersen, parecendo um pouco surpresa.

— Eu costumava ter problemas no coração. Meu rosto era todo inchado. Até que tomei um pouco de pó Wu Ling e extrato Ta Chai Hu, e me recuperei por completo.

— Oh... — a senhora Hendersen permanecia boquiaberta, olhando Arizumi escrever num papel o nome dos medicamentos.

— Você não quer continuar indo ao hospital, quer? Deixe-me apresentá-la a um especialista em medicina chinesa.

— Obrigada, mas...

— Já se foi o tempo da medicina ocidental, sabe? Agora é a vez da medicina do Oriente.

— Yoshiaki — interrompeu Anna —, me passe aquela almofada, por favor? — Anna então a ajeitou no sofá, de forma que a senhora Hendersen pudesse descansar o corpo de forma mais confortável.

No outro lado da sala, Ken, Eri e Margaret estavam entretidos em outra conversa muito animada. De repente, Eri bateu palmas.

— Ei, que tal dançarmos?

Margaret aplaudiu também.

— Grande ideia! Vamos dançar!

A sugestão inocente de Eri fez surgir um olhar de incredulidade no rosto de Arizumi. Nos dias de hoje, ninguém dançava no Japão; festas e bailes eram considerados antipatrióticos.

Anna levantou uma objeção também.

— Nem todos aqui estão com vontade de dançar — disse. — Seria rude.

— Sem problemas, querida — disse a senhora Hendersen do sofá. — Eu gosto de música.

— Aqueles que não podem dançar podem assistir — observou Ken. — Vamos, me ajudem — e começou a empurrar a mesa de jantar e as cadeiras para um canto da sala. Os mais novos e as criadas atiraram-se ao trabalho, e logo tinham uma pequena pista de dança.

Ken trouxe então um fonógrafo elétrico portátil. Parecia uma maleta, mas ao ser aberto revelava uma vitrola com alto-falantes. Colocou vários discos na haste alta e apertou o botão. O disco que estava mais abaixo caiu na vitrola, o braço moveu-se automaticamente em direção à margem do disco, e a música envolveu a sala. Arizumi ficou espantado ao ver essa nova invenção.

— Papai comprou nos Estados Unidos — disse Anna com orgulho. — Ele gosta das últimas inovações.

Era uma música alegre e radiante, obviamente americana.

— "San Antonio Rose", a favorita de Ken — anunciou Eri.

— Está bem, vamos lá! — disse Margaret, agarrando Eri pela cintura e começando a dançar, fazendo o papel do homem. A meia-calça de Margaret revelava suas longas, finas e masculinas pernas ao conduzir pelo salão, com muita técnica, sua parceira, que estava colada a ela. Margaret era um tanto dura, mas Eri a acompanhava mexendo os quadris com desembaraço. A saia da menina rodava com os giros dados pela outra. Ao término da música, Alice aplaudiu com efusividade, encantada, e todos a acompanharam.

Com um clique alto, o disco seguinte caiu e automaticamente começou a tocar. Arizumi observava o fonógrafo, impressionado com sua precisão mágica. Em matéria de tecnologia, concluiu, os Estados Unidos estavam mesmo à frente do Japão.

— "Changing Partners", por Bing Crosby — anunciou Anna. — Essa é a música favorita de mamãe. Vejam, ela vai dançar! — Havia um tom infantil e brincalhão na voz de Anna, o qual Arizumi nunca escutara antes.

Alice pisou no salão, seus ombros balançando para cima e para baixo no ritmo da batida. Sem hesitar um minuto, Ken agarrou a mão de sua mãe e os dois começaram a dançar. Ken era um grande dançarino. Por ele ter quadris rígidos e pernas longas, Arizumi comparou-o a um dançarino flamengo. Quanto à mãe, seus movimentos foram duros no começo, mas relaxaram aos poucos. A forma que ela deslizava de um passo a outro, a vivacidade em seus olhos, o modo como girava sobre os calcanhares, nem parecia uma mulher com mais de 50 anos. Tanaka e Yoshiko enfiaram a cabeça para dentro da sala a fim de ver madame Kurushima e mestre Ken dançando, e o padre Hendersen acompanhava o ritmo batendo palmas. Eri e Margaret pararam de dançar para assistir, tão curiosas que ficaram.

Quando a música terminou, houve uma salva de palmas, mas a voz de Alice se sobrepôs.

— *Banzai*! Nós fomos magníficos! Fomos maravilhosos, não fomos?

O ritmo da terceira música era rápido. Eri, incapaz de se conter, ordenou que Ken dançasse com ela. Padre Hendersen pediu a honra a Anna. Margaret ficou sem parceiro, mas acabou encontrando Tanaka atrás de um pilar e o arrastou até o salão.

— Ah, não, *mademoiselle*, eu realmente não posso, *je ne peux pas danser* — protestou. Mas, quando Alice o incentivou com a cabeça, ficou mais confiante, moveu-se e balançou os quadris com certa elasticidade. Ficou cheio de orgulho por dançar com essa linda garota loira, e passava em frente a Yoshiko e Asa várias vezes como que dizendo "Olhem para mim, suas camponesas".

Arizumi fugiu dessa atividade tumultuada e foi para a varanda, onde encontrou o sogro sentado sozinho, fumando cachimbo. Sentou-se a seu lado e acendeu um cigarro Homare. Manteve um sorriso no rosto a fim de preservar Saburo, mas pensava por dentro: "Que família esquisita, que noite esquisita." Ele vira coisas que nunca tinha visto — ou que nunca mais veria — acontecer em uma família japonesa normal. Em outubro passado, todas as casas de dança no Japão foram fechadas; em tempos de emergência nacional, a "prejudicial busca" por bailes fora banida. Era preciso ser audacioso para dançar, até mesmo dentro da própria casa. Mas aqui, sem receio nenhum, dançavam como se fosse a coisa mais natural do mundo.

Além disso, o jantar fora escandalosamente generoso. O arroz estava racionado, a distribuição de verduras restringida com severidade, e carne e peixe eram praticamente impossíveis de se obter. Lógico que os Kurushimas haviam guardado para a ocasião, mas mesmo assim fazer um banquete daquele nível era inimaginável para qualquer outra família comum. O estoque de vinho e conhaque deve ter vindo das longas viagens para o exterior, mas como haviam conseguido arranjar tanta carne e verduras frescas? Obviamente tratava-se de uma família privilegiada. Sem dúvida estavam sendo financiados por parentes americanos.

Americano. *Sim*, pensou, *a senhora Kurushima é inteiramente americana. Seu sangue é escocês, puramente anglo-saxão. Nota-se isso em Ken e Eri. Se Ken não vestisse um uniforme de soldado do Exército Imperial, e não falasse japonês, ninguém imaginaria que ele é japonês.* De fato, quando Arizumi dividiu o ofurô com ele à tarde, levou um choque. Sabia que Ken tinha braços peludos, mas nunca vira um peito coberto por tanto cabelo negro grosso; era um peito de urso. Nenhum japonês era assim. E o cheiro de Ken era nojento! Agora compreendia por que os japoneses, quando falavam de modo depreciativo sobre ocidentais, diziam que eles "fedem a manteiga". Arizumi jurou nunca mais tomar banho com ele outra vez.

E pensar que Ken em vez de cueca usava tanga! Até Arizumi, orgulhosamente japonês, vestia cuecas desde a infância, e lá estava Ken naquelas roupas de baixo totalmente japonesas, um *fundoshi* branco. Não só isso, mas seus pratos favoritos eram sashimi e tempurá, e falava japonês sem sotaque nenhum. Quando se encontraram no trem em Kumagaya, achara estranho ver um militar japonês com feições americanas; mas, logo que começaram a conversar, não descobrira nada "estrangeiro" na aparência de Ken. Agora, porém, esse militar japonês tornara-se americano por completo. Como dança!

Eri também parecia muito mais caucasiana do que japonesa. A única coisa oriental nela era o cabelo escuro. Quando Ken e Eri estavam dançando juntos, pareciam um casal de *gaijin*, que estava por acaso no Japão.

Arizumi observou sua mulher na sala. Das três crianças Kurushima, Anna foi a que mais herdou traços do pai. Arizumi sempre considerou a boca pequena e os olhos estreitos características marcadamente japonesas. Mas agora, enquanto ela dançava com o padre Hendersen, pôde perceber que corria também sangue caucasiano em suas veias. Isso se demonstrava nos movimentos lépidos, no brilho dos olhos que pareciam quase azuis, e — de repente lhe ocorreu isso — no cheiro forte que ela exalava ao fazerem amor.

Arizumi observava a cena da varanda. Estaria essa vívida e alegre família, dançando suas danças americanas, vivendo de fato em 1941?

Sete de julho foi o quarto aniversário da invasão da China, e Arizumi comparecera à entrevista para a imprensa dada pelo general Hideki Tojo, o ministro do Exército e diretor da Agência da Manchúria. Enquanto tomava notas, Arizumi petrificara-se diante daquela cabeça redonda e raspada e do som daquela voz aguda e animada entonando: "*Ima yaaah sekai no josei waaah...*"

> *Nos dias de hoje, em que a situação internacional está complicada, bastante confusa, e não se sabe como resolvê-la, essa celebração pelo quarto aniversário do Incidente Chinês enche-me de emoção. Durante essa Guerra Sagrada, na qual nos envolvemos nos últimos quatro anos, por meio dos valorosos sacrifícios de nossos oficiais e soldados a serviço de Sua Eminência Imperial e Majestosa, e com o sincero apoio da população local, vimos nossos corajosos soldados derrotarem hordas de tropas chinesas. E, irradiadas pela luz de Sua Eminência Imperial e Majestosa, nossas forças imperiais brilham sobre a nação japonesa, e vão nos trazer mais vitórias gloriosas, sem precedentes na história...*

O discurso de Tojo fora um pastiche de frases sentimentais e floridas. Mas, se alguém o escutasse com atenção, a sua predição de vitórias futuras tinha um significado claro: alertar a nação quanto à possibilidade de uma guerra mundial e a necessidade de estar preparada para isso.

Nuvens sombrias cobriam as ilhas japonesas. Nos dez anos seguintes ao Incidente Chinês, a nação entrou em um consenso: "resolver" o problema da China à força, depois criar o Polo de Prosperidade Conjunta no Grande Sudeste Asiático, e promover "cooperação harmoniosa" entre as nações asiáticas sob o amparo japonês. Apenas os Estados Unidos atrapalhavam o Japão. Até hoje, os Estados Unidos se opuseram às ações japonesas, e certamente continuarão se opondo no futuro. O que Tojo chamou de "valorosos sacrifícios de nossos oficiais e soldados" foi denunciado nos Estados Unidos como "a violação de Nanking". Em fevereiro, foi enviado a Washington um novo embaixador, Henji Tonomura, o qual desde a primavera envolvera-se em intermináveis negociações com o presidente Roosevelt e com o secretário de Estado Hull. E não havia sinal de melhora na relação entre os dois países.

Arizumi virou-se para olhar Saburo, que se divertia assistindo à sua família dançar, enquanto soprava a fumaça do seu cachimbo na brisa noturna. Parecia totalmente relaxado, sem nenhuma preocupação, ao recostar-se na sua poltrona de vime.

O homem era um mistério. Arizumi tinha alguns modelos para classificar as pessoas: ambição, sede de poder, paixão por dinheiro, desejos pessoais. Saburo não se encaixava em nenhum deles. E não conseguia imaginar o que seu sogro estava pensando, qual era seu objetivo de vida.

Arizumi conheceu Saburo durante o Incidente de 26 de Fevereiro de 1936, uma tentativa de golpe de Estado por militares de direita. Ele era ainda "foca" e fora para Nagata-cho, em Tóquio central, onde ficavam muitos dos gabinetes do governo, a fim de saber o que estava acontecendo. Observava os soldados rebeldes que haviam tomado o hotel Sanno, quando viu várias mulheres em um lado da rua, abaixo da ribanceira. Essas mulheres carregavam potes e, ao colocá-los na calçada, faziam gestos aos soldados. Sob a neve, tudo isso parecia um jogo de sombras. Arizumi ficou intrigado e foi até lá. Atravessou o Santuário de Sanno logo à frente, seguiu pelo declive ao lado do ginásio e chegou ao beco. As mulheres serviam missô e porções de arroz para um pelotão de soldados rebeldes, e eram comandadas por uma estrangeira. Arizumi observou a cena a distância, e as seguiu depois que elas pegaram os potes vazios e subiram a ladeira. Elas entraram em uma mansão em frente à embaixada mexicana. A inscrição na placa em frente à casa era Saburo Kurushima. Arizumi reconheceu o nome. Pertencia ao diretor da Agência de Comércio, cuja mulher, lembrou-se, era americana. Em meio a um golpe, com o Exército mobilizado, eis a família de um oficial veterano distribuindo comida para os rebeldes.

Arizumi farejou um escândalo. No dia seguinte, fez uma visita à Agência de Comércio. Inicialmente, Kurushima aceitara o pedido do repórter para uma entrevista, mas quando Arizumi fez uma pergunta malvada sobre as atividades de sua esposa, o gentil diretor explodiu:

— Como se atreve? Qual o problema de minha mulher dar comida a algumas pessoas famintas? Você é um repórter que cobre o Ministério das Relações Exteriores, não é? Como se atreve a entrar aqui e levantar essa questão idiota? Saia daqui, saia já daqui!

Secretárias e assistentes entraram correndo, e Arizumi foi retirado sem cerimônias. O artigo nunca foi escrito.

Três anos depois, Arizumi encontrou-se com Saburo Kurushima mais uma vez. Arizumi era correspondente da Agência de Notícias de Tóquio em Berlim, e Kurushima o embaixador na Alemanha. Era um período turbulento: o Exército alemão invadira a Polônia no mês anterior, e a Inglaterra e a França declararam guerra à Alemanha. Arizumi competia com repórteres de outras agências por informações. Ou Kurushima havia se esquecido do primeiro encontro que tiveram, ou fingiu que ele não ocorrera, pois tratou Arizumi com a mesma cortesia que dava a qualquer repórter que encontrava pela primeira vez.

Um dia, ao entrar na Embaixada Japonesa, Arizumi deu de cara com um enorme buquê de rosas, tão grande que atingia o teto. Os aromas dessas milhares de flores adocicavam o ambiente. Para a sensibilidade dos japoneses, acostumados aos arranjos de três ou quatro flores em um vaso simples, o efeito era mais bizarro do que bonito, mais opressor do que agradável.

Foi então que uma jovem, certamente a secretária do embaixador, apareceu. — Meu pai está atendendo um visitante — disse-lhe. — O senhor poderia, por favor, aguardar alguns minutos?

— Sim, com certeza — respondeu Arizumi, mudando de súbito para uma forma mais educada de falar. — Você, então, é filha do embaixador?

— Meu nome é Anna Kurushima. Muito prazer.

Ele ficou imediatamente seduzido pelos seus pequenos olhos cônicos. Não querendo parecer precipitado, voltou o olhar para o buquê de rosas.

— É lindo, não é?

— Sim. Mas meu pai não gosta.

— É verdade, há rosas demais.

— Não é só isso. Ele despreza a pessoa que as enviou.

— Oh, e quem é essa pessoa?

— Hitler — disse, dando pouca importância.

— Mas por que ele o despreza?

— Porque Hitler adora guerras. E meu pai as odeia.

— Entendo.

Sem o menor receio, a filha do embaixador expressara uma crítica ao homem mais poderoso do mundo. Arizumi entendera como uma característica da sua juventude, e a achou bastante charmosa.

— Mas seu pai aceitou o cargo de embaixador na Alemanha — disse ele, provocando-a.

— Só depois de recusar várias vezes. Ele sempre lhes dizia que não queria vir à Alemanha em momentos como este. Tio Tonomura implorou para que aceitasse.

A garota continuou explicando que o ministro das Relações Exteriores era amigo de seu pai desde os tempos em que viveram em Chicago, quando Tonomura, na época adido da Marinha no consulado, costumava pegá-la para passear e a carregava nos ombros. Como Tonomura era um homem alto, ela via o chão muito longe, mas se sentia segura.

Esse foi o primeiro encontro de Anna e Arizumi, e muito antes de eles começarem a se ver com maior frequência. Como resultado, as portas para a sociedade nazista em Berlim começaram a se abrir para ele. Era conhecido não como correspondente, mas como amigo da família do embaixador japonês, e depois como noivo de Anna. Com Anna ao seu lado, foi convidado para festas nas casas do ministro das Relações Exteriores, Ribbentrop, e do comandante da *Luftwaffe*, Goering. Arizumi se lembrava que a exuberância da mansão de Goering fazia a residência dele parecer um castelo de um devaneador cujos sonhos não tinham limites. Havia uma piscina aquecida no porão, próxima a uma sala enorme cujo chão era uma complexa rede de trens elétricos, que corriam através de montanhas, lagos e vales. Olhando-a mais de perto, percebia-se que a sala inteira era uma miniatura da Alemanha. Quando todos os convidados se reuniam, o Brigadeiro entrava vestido com um traje folclórico alpino completo, com calças de couro e chapéu tirolês, e começava a manobrar os trens. Um criado apertava um botão. Apitos soavam. E pequenas locomotivas partiam, uma após a outra, das estações. Depois de um certo tempo, um sol vermelho se punha sob miniaturas de montanhas e vales, e uma escuridão artificial caía sobre a sala; logo, os faróis dianteiros se acendiam e os trens atravessavam o Reich durante a noite.

Após a apresentação, que terminou com uma salva de palmas, os convidados foram conduzidos ao andar de cima para admirar o "Retrato da senhora Goering", pintada pela própria Sua Excelência. Era um quadro grande — devia ter dois metros e meio por três —, que retratava a bela e jovem Emmy Goering sentada em um sofá estilo Ludwig II com o filho recém-nascido no colo. A moldura dourada cintilava sob a lamparina, refletindo luz por toda a sala. O que mais impressionava os convidados, apesar de tudo, era o fato de os móveis serem duas ou três vezes maiores do que o normal. As mulheres soltavam ruidosas gargalhadas quando se espreguiçavam nos sofás projetados para gigantes e afundavam em almofadas enormes. Na sala de jantar, havia uma geladeira colossal doada por uma companhia americana. O comandante a abriu, e dentro tinha um imenso e colorido arranjo de comida de diferentes lugares do mundo. Em seguida, foram apresentados ao quarto, o qual, explicou Sua Excelência, era mantido a zero grau centígrado. Acariciando seu rosto vermelho e rechonchudo, disse-lhes que a temperatura em nível de congelamento estimulava a pele; esse era o segredo da eterna juventude.

Anna e Arizumi viajaram pelo mundo fantástico de Goering, com Arizumi traduzindo para ela o que o comandante dizia. Apesar de não saber quase nada sobre política, Anna não conseguia entender por que o Japão se aliara a criaturas tão excêntricas. Observava de longe Goering, com suas pernas peludas e gordas, oferecer coquetéis a seus convidados.

— Que homem curioso.

— Sim, ele é estranho. Mas, por causa dele, a Força Aérea Alemã é o que é hoje.

— Você gosta dele?

— Mais do que gostar dele, eu diria que ele é uma necessidade — respondeu Arizumi, fazendo uma pequena reverência em direção a Emmy Goering, que se aproximava deles com um prato de morangos holandeses.
— Nos dias de hoje, precisamos de homens excepcionais. Um político comum não irá nos guiar pelos mares tenebrosos que temos pela frente.

— Creio que não — disse Anna, um tanto surpresa pelo repentino poder de persuasão nas palavras de seu noivo.

Anna observou com atenção os traços do rosto de Emmy Goering, pensando o quanto eles lhe lembravam os de uma mulher momentos depois de dar à luz. Então se virou para Arizumi e disse, em japonês:

— O homem é infantil demais para mim.

Sem saber sobre o que seus convidados conversavam, Emmy ofereceu-lhes morangos, mencionando que a geladeira deles era capaz de manter totalmente frescas as frutas colhidas no último verão.

Ao contrário da festa dos Goerings, a lista de convidados que compareceram a um banquete na casa dos Ribbentrops era limitada ao embaixador Kurushima, a alguns outros diplomatas que trabalhavam na embaixada e a selecionados membros da imprensa. Frau Ribbentrop recebia os convidados à porta, mas a partir daí eles eram escoltados por dez homens uniformizados, que permaneciam rigidamente às suas costas o tempo todo. Os homens eram todos altos e fortes, com um certo brilho nos olhos, e vestidos em uniformes mais escuros do que aqueles usados pelos soldados nazistas comuns. Sempre que um dos convidados se dirigia a Frau Ribbentrop, os homens educadamente recuavam um pouco, mas não de forma que não pudessem ouvir o que estava sendo dito. As conversas, como resultado disso, não eram muito animadas. Na verdade, o encontro todo era muito tenso, com o tilintar dos copos de coquetéis e os passos pesados dos garçons soando artificialmente alto na sala.

No começo de abril de 1940, o Exército alemão invadia a Dinamarca e a Noruega. Em maio já avançara sobre Holanda, Luxemburgo e Bélgica, e ultrapassara facilmente a linha Maginot já dentro da França. No fim de maio, o Exército britânico debandara de Dunkirk, e no meio de julho os alemães ocuparam Paris.

Logo após a rendição francesa, o brilhante triunfo do *blitzkrieg* inflamou a opinião pública no Japão. Até então, o governo se comprometera com os Estados Unidos e a Inglaterra, mas agora se ouvia por todo o canto o desejo de "avançar para o sul", de que o Japão formasse uma aliança com a Alemanha e invadisse o Sudeste Asiático. Os jornais estavam repletos de editoriais fervorosos instigando o Japão a libertar as colônias britânicas, inglesas e holandesas e formar um Polo de Prosperidade Conjunta no Grande Sudeste Asiático.

Arizumi, ao ler os jornais e revistas enviados do Japão, sentia que a nação desejava seguir o exemplo do sucesso alemão para resolver o "Incidente Chinês" e conseguir uma vitória convincente na Ásia. Havia, entre os oficiais mais jovens, um notável aumento na quantidade de debates pela criação de uma aliança militar nipo-germânica. Diziam que, nesse momento de oportunidade histórica, o embaixador Kurushima estava errado ao manter uma posição submissa, uma política de compromisso com os Estados Unidos e a Inglaterra. Alguns se atreviam a dizer que, se Kurushima não fosse substituído por um embaixador pró-alemães, o Japão "perderia o bonde da história".

Em julho, o príncipe Konoe indicou um novo gabinete, que incluía Matsuoka, um pró-nazista, como ministro das Relações Exteriores. As negociações entre Japão e Alemanha foram feitas sem o conhecimento de Kurushima. Matsuoka conversou diretamente com o enviado especial de Hitler a Tóquio, Stahmer, e, em meados de setembro, um encontro foi organizado na presença do Imperador. Os itens discutidos nesse encontro nunca foram divulgados, logo em seguida, porém, Kurushima recebeu um telegrama de Tóquio com a ordem para assinar o Pacto Tripartite com a Alemanha e a Itália. De repente, Saburo Kurushima tornou-se o homem do momento. Um homem que não participara das negociações, que não conhecia os termos, tornava-se o protagonista do drama para assinar o tratado.

No dia da assinatura, centenas de jornalistas das três potências do Eixo e de vários outros lugares se juntaram na chancelaria de Hitler, em Berlim. Entre eles, estava Yoshiaki Arizumi. Ao centro da enorme mesa, sentava-se Ribbentrop, com o ministro das Relações Exteriores italiano, Ciano, à direita, e o embaixador Kurushima, à esquerda. Quando Kurushima foi assinar o documento, Arizumi se surpreendeu ao ver no rosto do embaixador a mesma expressão que fizera quando o expulsou da Agência de Comércio em Tóquio. Mas isso não foi tudo. Assim que terminou, Kurushima atirou a caneta-tinteiro na mesa, como se quisesse se livrar daquela coisa nojenta. Normalmente, a caneta usada para assinar um documento de tal importância era guardada como um tesouro por quem a usou, ou doada a um museu, ou presenteada a alguém como sinal de grande consideração. Nesse caso, a caneta de Kurushima rolou sem cerimônia pela mesa, e um jovem oficial a segurou apenas quando estava caindo.

Muitos meses depois, quando soube que Kurushima anunciara sua intenção de renunciar ao cargo, Arizumi solicitou, e conseguiu, uma entrevista pessoal.

— Por que o senhor está renunciando?

— Por questões de saúde. Minha pressão está alta. Tenho acessos de vertigem. E, depois de conversar com meu médico, submeti o pedido de renúncia.

— Que pena, senhor. Logo agora que as relações entre o Japão e a Alemanha se tornaram tão importantes.

— Pena? — o embaixador olhou para Arizumi sem compreender. Este estava a ponto de explicar que seria uma pena em termos de posteridade, ter de se afastar no momento em que atingiu o ápice da sua carreira como diplomata, mas preferiu deixar para lá. Kurushima não entenderia.

No fim do ano, Alice e suas duas filhas retornaram para o Japão através do Canal de Suez; em fevereiro de 1941, Saburo também seguiu de volta para casa, mas através dos Estados Unidos. Arizumi deixou a Alemanha em março e chegou ao Japão em meados de abril. Ele e Anna se casaram no final do mês, numa cerimônia no hotel Imperial.

Nessa noite de verão em Karuizawa, diferentes estilos de música animavam os dançarinos, e a que tocava agora era um *charleston*, que até Arizumi podia reconhecer. Ken dançava com Anna, enquanto Eri e Margaret batiam palmas acompanhando o ritmo.

Depois de um tempo, Arizumi virou-se para Saburo, que ainda fumava seu cachimbo, e disse-lhe com deferência:

— Há algo que eu venho querendo lhe perguntar, senhor... não oficialmente, é lógico. E, se envolver segredos de Estado, não precisa responder.

— Isso me soa sinistro — disse Saburo, com um sorrisinho, ao se levantar da cadeira de vime e se espreguiçar.

— É verdade que, durante a troca de governo no mês passado, o ministro das Relações Exteriores, Toyoda, o convidou para ser vice-ministro e o senhor rejeitou?

— Huuuum. Boatos desse tipo circulam por aí?

— Boatos? Não, senhor. Eu ouvi de fonte bastante segura.

— Entendo — Saburo deu uma tragada no cachimbo e assoprou a fumaça lentamente. — Bem, é verdade. Ele de fato me convidou, e eu rejeitei. Por questões de saúde.

Questões de saúde? Esta era a mesma desculpa que Saburo dera quando renunciou ao cargo de embaixador na Alemanha, mas estivera no campo de arco e flecha havia pouco e não parecia estar com problemas. Qual era o motivo real? Parecia uma decisão infeliz, já que as negociações entre Japão e Estados Unidos estavam em estágio tão crítico. Por esse motivo, o príncipe Konoe renunciou, e levou consigo o ministro das Relações Exteriores pró-alemães. O novo ministro era, reconhecidamente, a favor da reconciliação com os Estados Unidos e a Inglaterra. Tornar-se o vice-ministro de Toyoda seria uma oportunidade perfeita para Saburo Kurushima trabalhar contra o Eixo, em favor da paz entre Japão e Estados Unidos. Além disso, ser vice-ministro garantiria uma futura promoção a ministro das Relações Exteriores.

— Se o senhor me permite a franqueza — disse Arizumi, elevando sua voz para que pudesse ser ouvido mesmo com o barulho da música vinda de dentro da casa —, acho que o senhor deveria ter aceitado. Em tempos como este, o que o Japão precisa é de alguém que entenda os Estados Unidos. O senhor é...

— Eu não sou qualificado para essa função. Vou lhe dizer com franqueza: para manter a paz entre Japão e Estados Unidos é preciso um homem com mais poderes do que eu. Na verdade, isso será impossível a não ser que seja realizado por um homem forte o suficiente para resistir à enorme pressão exercida pelos militares, principalmente por aqueles imbecis do Exército que são antiamericanos ao extremo. De Tojo para baixo, estão todos ansiosos por uma guerra contra os Estados Unidos.

— Eu não diria dessa forma — disse Arizumi. — Senhor, são os Estados Unidos que querem entrar em guerra. Todas essas sanções contra o Japão, o embargo ao petróleo, o congelamento de nossos ativos financeiros, toda essa pressão econômica... é óbvio que estão tentando nos forçar a revidar.

— Eu não nego que os Estados Unidos estão nos empurrando para um precipício, nem que estamos cercados por uma rede de potências coloniais ocidentais hostis. Mas também é fato que muitos japoneses acreditam que a única forma de escapar dessa rede de sanções é guerreando. E você é um deles, não é? Você não costumava aplaudir o Eixo? E não dizia que o Japão deveria usar o Eixo para "esmagar essa conspiração anglo-americana"?

— Eu realmente disse, e ainda acredito nisso. Em razão de vitórias alemãs, duas grandes colônias, a Indochina francesa e as Índias Holandesas, foram libertadas e estão a ponto de emergir como nações independentes. Se a Inglaterra for derrotada, a Índia se tornará mais um país asiático com uma afinidade natural com o Japão. Foi porque os alemães derrotaram as forças coloniais na Ásia que nos aliamos a eles. O Japão não tem a menor ambição territorial em relação a essas colônias. Nós só queremos ter relações econômicas harmoniosas com eles... sim, para levá-los a um "polo de prosperidade conjunta". Mas, veja, os Estados Unidos são uma potência colonial também. Por que se opõem a nós? É óbvio... por causa das Filipinas. Querem proteger os próprios lucros que têm com as colônias, tal qual a Holanda, a França e a Inglaterra.

— Bem — disse Saburo —, mesmo que você esteja certo, seria um suicídio entrar em guerra com os Estados Unidos. Não subestime aquele país.

— Não estou subestimando. Estou dizendo que o Japão deveria ser poderoso o suficiente para impedir que os Estados Unidos interfiram na nossa missão na Ásia. O Eixo é o primeiro passo, e então a invasão da Indochina.

— E o terceiro passo, suponho, é invadir as Índias Holandesas.

— Exatamente.

— Ah, mas a Inglaterra, que ocupa Singapura, não aceitará isso. Churchill trará os Estados Unidos para uma guerra contra o Japão a fim de proteger os interesses britânicos na Índia e os interesses americanos nas Filipinas.

— Por isso que o senhor deveria agir, prevenir que tudo isso aconteça. Como vice-ministro, o senhor seria o homem que negociaria com os americanos.

— Não, eu não — Saburo deu um sorriso morno e bateu as cinzas do cachimbo. — Não sou o homem para isso.

*Por que não?*, pensou Arizumi. *Logicamente as negociações seriam difíceis para qualquer um. Mas Kurushima conhece os Estados Unidos melhor do que qualquer outro diplomata japonês, seu inglês é fluente, conhece Cordell Hull, e é um velho amigo do embaixador Tonomura, que no momento está cuidando das negociações em Washington. Desde que assinou o Pacto Tripartite, ele se afastou dos assuntos públicos. Em vez de servir à nação, parece estar negligenciando toda a responsabilidade.*

Arizumi pensou nos estudantes do grupo da Cruz de Ferro, os quais ele recrutara de várias universidades por meio de palestras sobre a Alemanha. Reverenciavam Hitler e organizavam seminários sobre o *Mein Kampf*. Quanto mais estudavam, mais militantes se tornavam. Para os estudantes pró-nazistas de Arizumi, o ministro das Relações Exteriores, Matsuoka, que negociara o Pacto Tripartite, e o embaixador Kurushima, que o assinara, eram heróis, tal qual Hitler. Assim, quando descobriram que Arizumi era genro de Kurushima, pediram a ele que tentasse convencer o sogro a aceitar o cargo de líder honorário do grupo.

— Mas, senhor — continuou Arizumi —, o senhor ainda é jovem. Tem muito trabalho como diplomata pela frente.

— Já tenho 56 anos. Sou um homem velho. Quero descansar.

— Então me diga, o senhor ainda guarda remorsos por ter assinado o Pacto Tripartite?

— O que quer dizer? — perguntou Saburo, abaixando o cachimbo. Empurrou o descanso para os pés da cadeira de vime, colocou os pés no chão e, com um rápido movimento de mãos, matou um mosquito que o incomodava.

73

— Sei que o senhor se opunha ao Eixo e, apesar de nunca ter revelado seus reais motivos publicamente, percebi que renunciou por causa disso. Mas os tempos mudaram. A Alemanha conquista vitória atrás de vitória, e o Japão, por meio da aliança com os alemães, está prestes a atingir uma supremacia estratégica no Oriente. Não demorará muito para que Rússia e Inglaterra se rendam à Alemanha. Aí os Estados Unidos estarão sozinhos e sem forças para se opor às potências do Eixo. O resultado será a paz na Terra. O mundo estará dividido em três grandes polos: o Polo de Prosperidade Conjunta Europeu, centrado na Alemanha; o nosso próprio Polo de Prosperidade Conjunta no Grande Leste Asiático, centrado no Japão; e o Polo de Prosperidade Conjunta Americano, centrado nos Estados Unidos. Um equilíbrio perfeito de poder...

— Eu duvido muito. Você presume que a Inglaterra e a Rússia vão se render à Alemanha, mas eu não acho que isso acontecerá logo.

— Mas, senhor — persistiu, com sua voz ganhando força —, a Alemanha *pode* fazer isso com a *nossa* ajuda. Nós podemos esmagar os russos na Manchúria; depois, esmagar os britânicos em Singapura, Burma e então na Índia! Com nossa ajuda, a Alemanha pode derrotar Inglaterra e Rússia.

— Mas, se fizermos tudo isso, os Estados Unidos certamente não ficarão inertes.

— O senhor está certo. Japão e Estados Unidos não devem entrar em guerra. Temos de achar um jeito de transformar o sonho nipo-germânico em realidade, não se esquecendo da Itália, e prosseguir o "avanço para o sul" sem provocar os Estados Unidos para uma guerra. O ponto de partida desse sonho foi o Pacto Tripartite, um evento de incrível importância histórica.

— Eu não quero mais falar sobre isso. A lembrança daquele tratado me enche de desgosto.

— Mas... — começou Arizumi, e então ficou em silêncio. Viu uma contração no rosto de Saburo, e sabia por experiência própria que era um sinal de profunda irritação.

— Você não vai dançar? — perguntou Saburo com gentileza, como se estivesse envergonhado por sua raiva.

— Eu não consigo. Não sou bom dançarino. Mas sei dar alguns passos de teatro nô. Por que o senhor não dança?

— Não sou bom dançarino também. Mas posso atirar algumas flechas.

Olharam-se e riram. Mas o jovem tinha a impressão de que o verdadeiro Saburo Kurushima o eludira novamente. Para ele, Saburo continuava um mistério.

# 7

Ken e Margaret dançavam juntos. Ela era uma moça alta, mas seu parceiro era ainda mais alto, e ela não queria ananicá-lo da forma que fizera com outros rapazes japoneses. Formavam um casal atraente: Ken parecia um adolescente com sua camisa polo vermelho-claro com listras azuis da cor do céu, e Margaret com sua saia branca de tenista. Enquanto rodopiavam pela sala, Anna ficou intrigada ao ver como pareciam ora crianças, ora adultos. Não conseguia parar de observá-los.

— Ei, olhe para eles — disse Eri, puxando as mangas de Anna. — Eles não ficam fantásticos juntos?

— O que você quer dizer com "fantástico"?

— Você sabe o que eu quero dizer, Anna. Ken e Maggie formariam um lindo casal.

— Vai começar isso de novo? — Anna ficou exasperada. *Apenas um minuto atrás você o estava casando com Lauren*, pensou, observando os olhos sorridentes da irmã. — Eri, você já parou para pensar que, quando Ken casar, ele vai morar longe daqui? É isso que você quer que aconteça?

— Ah, não. Ele nos pertence. Então nunca vamos permitir que ele se case.

Antes que Anna pudesse dizer quão boba ela era, Eri já tinha ido embora, e se infiltrou na conversa da mãe com a senhora Hendersen, dizendo algo que as fez sorrir.

A fumaça de um repelente vagueava em ondas pela varanda. Anna observava seu marido e seu pai conversando. Tinham aproximado suas cadeiras, e discutiam intensamente. *Será que Arizumi o convidara mesmo para ser líder da Cruz de Ferro? Estaria ele tentando descobrir sua opinião sobre alguns assuntos diplomáticos? Papai, você está com frio aí fora? Devo levar-lhe um suéter?*

A noite se aproximava, e isso incomodava Anna. Pela primeira vez em muito tempo, teria que dividir a cama com o marido. Quando ele se aproximasse, seria ela capaz de esquecer a amante dele?

O céu ainda brilhava com a luz azulada do dia, mas os galhos dos lariços já se enegreciam. *Apenas meio ano se passou*, pensou Anna, *mas já fiquei mais velha. Ken, Eri e Maggie ainda têm a liberdade típica da juventude para fazer o que quiser.*

Nada parecia cansar Ken. Com rodopios vigorosos e reboladas animadas, girava pela sala, conduzindo Margaret, e depois Eri, e depois Anna, sem sequer começar a suar. Glenn Miller, Benny Goodman, Teddy Wilson, Frank Sinatra, Louis Armstrong. Sons de instrumentos de jazz animavam o ambiente. "Let's Dance", "Moonlight Serenade", "It's Been So Long", "You Turned the Tables on Me". Anna dançava sentindo os olhos do marido acompanhado-a pela sala. Eram os olhos de um homem que conhecia apenas hinos de guerra japoneses e marchinhas nazistas.

Em meio a uma dança, a criada Yoshiko adentrou a sala e cochichou algo no ouvido de Alice. Anna parou ao ver a expressão séria no rosto da criada.

— Há dois homens à porta da frente — anunciou sua mãe.

— Quem são eles? — perguntou Anna.

— Não sei. Estão fazendo algum tipo de exigência. Querem saber os nomes de todos.

Eri, que ouvira a conversa, interrompeu:

— Mamãe, o que está acontecendo? — perguntou, apreensiva.

Alice colocou um dedo sobre seus lábios.

— Não é nada, fique quieta.

E começou a andar em direção ao corredor, mas Anna a impediu.

— Não, mamãe, eu vou — algo no ar sugeria que sua mãe devia ficar afastada.

Dois homens estavam à porta, um com seus 30 anos, e o outro com vinte e poucos. Ambos vestidos com bermudas e camisas de cores espalhafatosas, o mais velho segurava uma boina. Tinham os rostos queimados de sol, os braços e as pernas eram musculosos. E não pareciam muito à vontade naqueles trajes informais no estilo europeu.

— Posso ajudá-los? — perguntou Anna.

— Sim, senhora, gostaríamos de fazer algumas perguntas — o mais velho falou em japonês fluente, o que amenizou sua aparência grosseira. — Esta é a residência do senhor Kurushima?

— É sim.

— Saburo Kurushima, que foi embaixador na Alemanha?

— Sim, isso mesmo.

O homem deu uma espiada para dentro. — Você está organizando algum tipo de encontro aqui hoje à noite? — viu Eri espiando do corredor. Acordes de jazz podiam ser ouvidos vindos da sala de estar. — Qual a nacionalidade da sua convidada?

— Nacionalidade? — Anna deu um meio-sorriso. — Esta é minha irmã, Eri Kurushima.

— Oh, me desculpe.

— Com licença, mas quem é você? E o que você quer?

— Peço desculpas, nós cometemos um... — começou a dizer Anna.

— *Isso* é o que nós somos — disse o mais jovem deles, balançando um distintivo preto diante do rosto de Anna. Eram da Polícia Militar. Os olhos de Anna se abriram. — O que é essa música? — continuou o homem, agora quase gritando. — Como se atrevem a tocar música do inimigo em meio a uma emergência nacional?

— Senhora, sentimos muito — interveio o parceiro, ainda falando com educação. — Mas nós imaginamos que vocês poderiam se conter em consideração à decência pública.

— Sim, é claro... — gaguejou Anna, desejando ter desligado o som antes de vir para fora. Em vez disso, parecia que alguém tinha aumentado o volume.

— Vai desligar ou não? — o jovem ficou bastante agitado. Ela imaginou que ele fosse apenas uma criança, mas analisando melhor suas feições percebeu que devia ter uns dez anos mais.

— Com licença um momento — disse ela, virando-se e sinalizando com os olhos para Yoshiko, que estava atrás dela.

Yoshiko entrou, e em seu lugar veio Ken. Para surpresa de Anna, ele trajava um uniforme militar completo, com espada e chapéu pontudo. Andou em direção aos dois homens com passadas largas e confiantes.

Com uma voz grave, disse com firmeza:

— Esta é a casa de um oficial do Exército Imperial. Quero saber o que estão fazendo aqui!

— Sim, senhor — disse o mais velho. — É a música, senhor. É nossa obrigação informar que ela não é apropriada em meio a uma emergência nacional.

— Por que não é apropriada? É música alemã. Estão nos pedindo para não tocarmos música de um de nossos aliados?

— Ah, não, não nesse...

— Você não pode *dançar*! — gritou o outro homem, com a voz trêmula, como que se forçando para o som sair de sua garganta. — Dançar está proibido nos dias de hoje!

— Eu sei que as casas de dança foram fechadas — respondeu Ken, batendo com a ponta da espada no chão —, mas ninguém está proibido de dançar. Sobretudo danças alemãs. São consideradas diversão perfeitamente saudável. Não são?

— Sim, certamente, senhor — disse o mais velho deles. — Desde que sejam alemãs, não tem problema.

Ken, sem sorrir, observou os dois homens e se apresentou:

— Sou o tenente Ken Kurushima, filho do embaixador Saburo Kurushima. Se vocês são realmente da Polícia Militar, digam seus nomes e postos.

— Sim, senhor, desculpe-me, senhor — mostraram-lhe as insígnias. Ken fez sinal afirmativo com a cabeça, com seriedade. — Está tudo em ordem. Agora saiam daqui!

Quando os intrusos estavam longe, já não podendo mais ouvi-los, houve um estouro de gargalhadas, seguido por um incômodo silêncio. Depois de alguns segundos, a senhora Hendersen observou que, recentemente, aumentara em Karuizawa o número de policiais militares e da Polícia do Pensamento, e que estrangeiros estavam sob vigilância cerrada. De fato, havia alguns dias seu marido fora chamado por ter lido no sermão de domingo a passagem "subversiva" de Mateus 5:9: "Abençoados são os que buscam a paz: por isso devem ser chamados de filhos de Deus."

Com um meneio de ombros, o padre Hendersen disse:

— Foi logo depois que a Alemanha declarou guerra à Rússia, assim imaginei que a polícia estava um pouco mais nervosa do que o normal.

— O que você disse a eles?

— Como eu achava que eles não entenderiam o significado de "paz" na Bíblia, disse: "Não seria a guerra um meio de trazer a paz?" E então me deixaram ir.

— Está havendo um abuso ultimamente — disse Anna, que lhes contou a visita que recebera de um grupo de mulheres vestindo uma tarja nos braços, com a inscrição "Liga Patriótica das Mulheres do Grande Japão". Vieram alertá-la de que suas roupas ocidentais eram muito ostentosas, e que ela deveria trocar para o que chamaram de "estilo de combate", que era um quimono preto liso ou jardineiras. — Todos parecem estar querendo dizer aos outros o que fazer. Talvez a gente deva parar de dançar por um tempo.

— Não, está tudo sob controle — disse Ken, enfaticamente. — Não se preocupe.

— Tudo correu bem hoje porque você estava aqui para nos proteger, mas o que vai acontecer quando você não estiver por perto? Se papai for para Tóquio, nós mulheres ficaremos sozinhas aqui em casa.

— Teremos Tanaka — disse Eri —, mas também não vai ajudar muito.

— Não vai ter problema — disse Arizumi. — Não importa se é a Polícia Militar ou a Polícia do Pensamento, só sei que não podem tocar no embaixador. E Ken deu-lhes a desculpa perfeita. Como seu pai foi embaixador na Alemanha, ele tem muitos amigos alemães. Diga à polícia que estão entretendo nossos aliados. Eles acreditarão. Não sabem a diferença entre Alemanha e Estados Unidos. Alemão e inglês têm o mesmo som para eles.

— Eu não gosto disso — discordou Anna, como que por despeito a ele —, dessa ideia de que se é alemão é bom, e se for americano é ruim. Não estamos em guerra com os Estados Unidos.

— Mas podemos estar a qualquer momento — respondeu o marido. Anna o fuzilou com o olhar. *Pelo menos podia respeitar minha mãe...*

A noite ganhou uma nova coloração com a chegada de Ryoichi Koyama, o único filho do dono da pousada Peony. Ele e Ken eram amigos desde a infância. Por ter tido poliomielite quando ainda criança, cresceu sem conseguir mexer a perna direita, e mancava muito. Mas, mesmo com apenas uma perna boa, conseguiu ser acima da média em natação, equitação e tênis. Após graduar-se no ginásio, ajudava a família na pousada.

— Ora, ora, que maravilha! — disse Ryoichi, com voz emocionada. — Até o nosso distinto pastor e sua família estão conosco hoje à noite. —

E caminhou em direção ao espaço onde Eri e Margaret estavam, e viu o fonógrafo. — Ah, que discos legais! Vamos lá, toquem para mim.

— Não podemos — disse Ken. — A polícia esteve aqui há pouco, e acabaram com a nossa diversão.

— Quem, os PMs? Ah, aqueles caras têm incomodado muito ultimamente. Não se preocupem com eles. São apenas um bando de idiotas. Uau, este aqui é demais! Vamos, coloque para tocar — Ryoichi tirou um disco da pilha e o entregou a Eri; era "West End Blues".

— Se a polícia voltar, diremos que é uma canção alemã — disse Ken, ainda de uniforme e espada, já convidando a mãe para uma dança. Padre Hendersen conduziu Eri ao salão, e Ryoichi e Margaret formaram outro casal. Ryoichi movia-se bem com sua boa perna direita. Era um movimento estranho, mas divertido de assistir, e combinava perfeitamente com a música.

— Quem é ele? — perguntou Arizumi a Anna.

— Um velho amigo de Ken, filho do dono de uma pensão.

— Entendo. Há certamente algumas pessoas interessantes visitando esta casa. Qual é a música?

— Um dos três blues clássicos de Louis Armstrong.

— Ah, sim, entendi — disse Arizumi. — Não estamos no Japão, aqui é Estados Unidos.

Outra música de Armstrong começou a tocar, "Strutting with Some Barbecue", que tinha uma bela melodia e muito balanço. Os movimentos de Ryoichi tornaram-se mais incríveis ainda, e Margaret divertiu-se ao pular para trás e arremessar-se em direção a ele.

E a dança continuou por um tempo, até que Ryoichi sentou-se ao piano e começou a tocar "Summertime", de Gershwin. Tocava bem, seus dedos deslizavam sobre as teclas. Até Arizumi ficou impressionado. Depois, a fim de descansar, Ryoichi sugeriu que fossem passear. Eri e Ken concordaram, e os Hendersens, que já queriam mesmo voltar para casa, se juntaram ao grupo. Apenas Arizumi não se mostrou disposto a ir, alegando muito cansaço, mas Saburo insistiu para que fosse junto e ele não teve como recusar.

Estava um breu. Ao saírem da casa, não conseguiam ver nada à frente. Ken liderava o grupo, iluminando o caminho de areia em meio às plantações de arroz com sua lanterna do Exército. Após passarem o estábulo, estavam na estrada principal, e viam pontos de luz por todos os lados, vindos das casas. Mas não havia ninguém mais na estrada, o que era um tanto assustador. Quando a família chegou à rua do comércio no centro de Karuizawa, encontraram as lojas ainda abertas e turistas perambulando sob os postes de luz, vestidos de várias formas: com quimonos de algodão para o verão, calças de camponeses e trajes informais brancos estrangeiros.

Aqui em Karuizawa ninguém dava muita atenção a esses estrangeiros, mas com Alice era diferente. Ela usava um longo vestido branco que parecia varrer o chão, e um chapéu de aba tão grande que mais se assemelhava a um guarda-sol rechonchudo. A aba do chapéu encostava na orelha ou na bochecha de seu marido, que a acompanhava vestindo um elmo — estranha vestimenta para um passeio noturno —, fazendo com que ele tivesse que se desviar. Eram obviamente marido e mulher, e as pessoas admiravam aquela estranha combinação de marido japonês e esposa ocidental. Alice conversava em inglês, seu sotaque era da costa atlântica, e chamava seus familiares quando ficavam para trás; ela ia lendo em voz alta as placas em inglês das lojas. Ken sempre foi popular em Karuizawa, e muitas pessoas lembravam-se dele. Os velhos donos das lojas pelas quais passavam acenavam para ele com a cabeça, e ele parava para conversar com amigos.

Os Kurushimas esperavam encontrar um baile *bon*, mas não tiveram sorte. Em geral, em meados de agosto, todos os santuários e templos a milhas de distância ecoavam batidas de instrumentos de percussão. Em Karuizawa, montavam um palco na praça próxima às quadras de tênis, e homens e mulheres, vestindo quimonos de verão, vinham dançar. Mas *bon odori*, pelo que parecia, era uma festa que só ocorria em períodos de paz. Agora que o Japão encontrava-se em guerra com a China havia quatros anos, os santuários abstinham-se de tais frivolidades, e as pessoas ficavam em casa. Hoje à noite a praça estava escura; não havia ninguém lá. O grupo ficou desapontado. Mas Ken deu uma sugestão:

— Ryoichi disse que tem um *bon odori* no Templo Jingu. Vamos lá dar uma olhada?

Então se abraçaram e começaram a subir a viela que dava acesso ao templo. Passaram pela última loja na cidade e seguiram pela estrada escura em frente, até chegar à pequena igreja de madeira do padre Hendersen. Virando à esquerda um pouco antes da igreja, seguiram por um estreito caminho de romaria até os campos do templo. Ali, toparam com um baile *bon* bastante animado. Os organizadores fizeram o que puderam: o palco foi montado com caixotes de madeira; os instrumentos de percussão eram baratos e pequenos, como brinquedos; e, em vez de uma pequena banda, como era o usual, a música vinha de uma pequena vitrola manual. Mas havia uma quantidade incrível de pessoas, sendo que mais da metade eram estrangeiros. As mulheres ocidentais dançavam em círculo. Todas vestiam quimonos de verão, assim como seus filhos, que dançavam formando um círculo maior em volta, copiando o que elas faziam.

Arizumi, cumprindo o papel de jornalista, falou com algumas pessoas e voltou para dizer:

— São refugiados alemães vindos de território inimigo, as Índias Holandesas, imagino.

Quando Arizumi foi entrevistar outras pessoas, Ken adentrou o círculo dos dançarinos, seguido por Eri, Margaret e Alice. Saburo, os Hendersens e Anna assistiam a distância. Toda vez que um novo número começava, o velho homem encarregado da vitrola anunciava o nome da música com um megafone, acompanhado pelos gritos da entusiasmada multidão. Anna não conhecia as músicas, mas estava adorando permanecer ali porque se lembrava das festas às quais seu pai a levava havia alguns anos nos bairros tradicionais de Tóquio, Kanda e Asakusa. Era uma tradição japonesa — sim, verdadeiramente japonesa — e ela percebeu como tinha saudade disso.

— Qual o problema? Por que não está dançando? — perguntou seu marido, com papel e caneta na mão.

— Não posso, não sei dançar.

— Ah, entendo. Você pode participar do *jitterbug*[2*] americano, mas não conhece as danças do seu próprio país. Bem, não se preocupe com isso, apenas imite alguém que conseguirá acompanhá-los. *Bon odori* é coisa rara nos dias de hoje, e certamente vale um artigo. Vou chamá-lo de "Cenas de solidariedade em Karuizawa: japoneses e alemães se unem em passatempo sadio".

Saburo observou os alemães e perguntou a Arizumi sobre eles. Este, encantado com o fato de seu sogro perguntar-lhe algo, contou o que descobriu.

— As mulheres são refugiadas da Batavia Holandesa. Assim que começou a guerra com a Rússia, ficaram impossibilitadas de retornar à Alemanha.

---

2. Jitterbug - dança tradicional americana, acompanhada por jazz. [N.T.]

Estão todas separadas de seus maridos. É um grupo de mulheres e crianças, mas parecem estar suportando tudo muito bem. Elegeram uma líder e, sob sua direção, trabalham em turnos, da alvorada, às 6 da manhã, até o apagar das luzes, às 10 da noite, com um período determinado para cada tarefa: limpeza, costura, tricô, calistenia, educação dos filhos. A líder parece ser membro do partido nazista. Seu marido foi preso, e ela não sabe se está vivo ou morto. Marquei uma entrevista com ela mais tarde no hotel Mampei.

Uma loira rechonchuda de meia-idade, vestindo uma tarja com a suástica na manga do quimono de algodão, dirigiu-se em alemão a Arizumi. Este, orgulhoso de poder praticar a língua, apresentou-a a Saburo e a Alice. Alice apertou as mãos da mulher com cordialidade e trocou algumas palavras com ela em alemão, mas Saburo apenas fez uma negligente reverência e virou-se. Ele era fluente em alemão, tendo trabalhado como intérprete quando foi embaixador na Alemanha, mas a nazista o desconcertou. Vira muitas pessoas como ela em Berlim, arrogantes e prepotentes, e não gostava delas. Foi então embora, e Alice e Anna o acompanharam.

Estavam quase saindo do templo, quando Eri veio correndo em sua direção.

— Papai, qual o problema? — perguntou. — Viemos até aqui, por que não podemos ficar e dançar um pouco?

Saburo ignorou-a, e continuou andando.

— Papai não está de bom humor agora — explicou Alice, e Eri pareceu entender, ficando em silêncio. Ken e os Hendersens logo os alcançaram, deixando apenas Arizumi para trás. Ouvia-se a conversa dele com a alemã, pontuada por altas gargalhadas.

Naquela noite, Anna não conseguiu dormir. Embora tenha trazido a cama de seu marido para o lado da sua, e colocado sobre elas uma rede de mosquitos, estava apreensiva quanto à sua volta. Horas se passaram, a casa ficou em silêncio, e ele ainda não retornara. Abriu um pouco a janela, e a brisa gelada da noite entrou, trazendo o som dos insetos outonais e balançando levemente a rede contra insetos. Anna ouviu um galo cantar e, mais ao longe, latidos de cães. Então, tudo ficou silencioso novamente, tão silencioso que ela não aguentou. Levantou-se, foi ao banheiro, e saiu pela porta de trás em direção ao jardim. Os insetos começaram a zumbir em uníssono. O som a penetrou. Caminhou até o fim do arvoredo, onde parou e olhou para cima. À sua direita encontrava-se a Via Láctea. A Estrela do Norte brilhava muito mais no céu japonês do que se lembrava de ter visto na Alemanha. Em pé, naquele lugar, tomou uma decisão: independentemente de quanto o marido a pressionasse, ela não mais lhe concederia seu corpo. Enquanto ele não largasse aquela mulher, enquanto ela não tivesse provas concretas de que ele a deixou, ela resistiria. A decisão estava tomada, o que a aliviou por completo e a fez voltar para o quarto.

Ao amanhecer, Arizumi retornou, com forte bafo de álcool. Tentou acordá-la várias vezes, balançando-a, mas acabou desistindo e deitou na cama. Na última vez que tentou acordá-la, Anna já estava desperta. Mas endureceu o corpo, recusando-se a responder. Naquela posição rígida, voltou a dormir.

# 8

O canto dos pássaros invadiu a mente de Eri, e ela acordou. *Legal*, pensou, *Ken está aqui hoje, iupiii!* O brilho do sol matutino adentrou o quarto através das cortinas. Será um belo dia. *Nós podemos ir nadar... ou cavalgar... ou jogar tênis. Podemos ir de bicicleta até a floresta de Mikasa ou, melhor ainda, podemos pegar o trem até as montanhas e escalar o Monte Asama. Se Ken quiser jogar golfe, eu não me importo, apesar de não ser boa nisso. Ken me parece tão homem, tão bonito, como se tivesse herdado o melhor de papai e mamãe. Eu recebi apenas os restos. Anna, me desculpe, mas você também ficou com o resto. Ken tem tudo, ele é maravilhoso. As pernas, o peito, o rosto...* Eri soltou um riso nervoso... *mas tem que mudar seu corte de cabelo. Pobre Ken, teve que raspar seu grosso cabelo escuro, suave como o de mamãe e brilhante como o de papai. E por que sua cabeça raspada parece tão azul? Sebosa, de alguma forma, e melada. Mas, quando veste a boina militar fica bonito. Um militar, um oficial do Exército Imperial. Eu gosto do uniforme militar. Aqueles uniformes azuis da Marinha me lembram água gelada. Sim, tudo bem, eles escondem a banha, assim como aqueles uniformes de fábricas alemãs. É como se o cáqui se refletisse no seu bronzeado... E o cheiro dele! Uau! Enche a sala, e é apenas seu cheiro natural. E a barba! Quando Ken dança comigo, esfrega os fios da barba na minha testa, e quando eu digo que machuca ele faz de novo — de propósito, aposto — e queima minha testa, me faz sentir como se eu estivesse queimando... Oh, Ken dança tão bem. Quando fomos à escola de dança em Berlim, todos comentavam minha performance, mas era provavelmente por eu ser filha do embaixador; os alemães sempre me adulavam, mas nada comparado a ele. Onde ele aprendeu a dançar desse jeito? No Japão?...*

*Está tão claro lá fora. Um céu azul novinho em folha. Todas as folhas douradas e brilhantes dos lariços brilhando à luz do sol. Como a cena de um filme que eu vi. Já sei, vamos fazer um piquenique com Ken, vou convidar mamãe e Anna, e Maggie também. Vamos pegar o trem para as montanhas, descemos em frente à Queda Shiroito e trilhamos pela floresta em direção ao monte. Vou preparar algumas lancheiras, vou ter de conversar com Tanaka primeiro. Que tipo de coisa Ken costuma comer no Exército? Ele falou algo sobre comida da Companhia Aérea, uma comida especial leve e saudável. Tem até chocolate, doces e bebida alcoólica. Chocolate! Eu não comi nenhum desde Berlim. Quando voltei ao Japão — voltei? Certamente não me senti "voltando" — quando eu vim ao Japão, quando eu vim visitar a terra de papai... bem, quando cheguei aqui, não consegui achar chocolate em lugar nenhum. Eles não vendem por aqui. Não tem nada neste país, não tem bolos, não tem doces, nem chocolate. Tem lojas de doces, mas as prateleiras estão completamente vazias! Não será fácil preparar uma cesta. Tanaka e eu teremos de usar o cérebro!*

*Maggie...* Eri ergueu as pernas de repente e espreguiçou os braços. Podia ver espirais negras no teto ondulado de madeira. *Maggie estava estranha ontem. Nós deveríamos fazer as nossas redações em inglês — ela trouxe o caderno de redação com ela. Essa era a ideia. Mas assim que começou a dançar, esqueceu tudo (inclusive o caderno ao voltar para casa)! Maggie sempre disse que não gostava de dançar, mas assim que "San Antonio Rose" começou a tocar, agarrou-me pela cintura e começou a dançar como se fosse um príncipe ou algo assim. Nunca age dessa forma, tenho certeza absoluta de que foi para se mostrar para Ken, sim, estava apenas querendo chamar a atenção de Ken. Aí, mais tarde, eu estava dançando com Ken. E por que não? Queria dançar com ele. Vi Maggie se insinuando para ele, e o agarrei antes que ela colocasse as mãos nele, e começamos a dançar. Dei um sorriso para Maggie e, nossa, que olhar ela disparou contra mim! Fuzilou-me com os olhos! Nunca a vi olhando para mim daquele jeito. Realmente me assustou. Pensei que iria me matar. E então Maggie — qual o problema dela? — tentou incitar* papai *para dançar. Ela é sempre muito reservada perto dele, quando ele fala com ela, tudo o que ela consegue fazer é responder com algumas palavras educadas. Em seguida, convidou o marido de Anna para dançar. Devia estar fora de controle. Nunca o viu antes e lá estava ela — uma garota! — convidando-o para dançar. Bem, finalmente aquela desvairada da Maggie começou a dançar com Tanaka. Quero dizer, é impensável Tanaka dançar com alguma de nós.*

*Maggie está apaixonada por Ken... Oh, Deus!* O pensamento fez Eri sentir-se como se tivesse mordido um pedaço de chocolate estragado. Não aguentaria se Maggie lhe roubasse Ken. Mas também fantasiou Maggie como uma noiva perfeita para o irmão. Então decidiu que iria sim convidar Maggie hoje, e que as duas fariam tudo juntas, com Ken. De manhã iriam à igreja. Depois, poderiam ir nadar no Lago Kumoba, ou talvez às quadras de tênis.

Eri estava totalmente desperta agora. Bocejou, alongando os braços como se desejasse abraçar o sol através das árvores. Trocou de roupa, e colocou bobes no cabelo. Enquanto o resto da família ainda parecia dormir, atravessou delicadamente o corredor e saiu em direção ao jardim. O ar estava bastante gelado, e a luminosidade fez com que sentisse vontade de pular. De repente, viu os ombros largos do irmão.

— Eri, já levantou?

— Você também levantou cedo, Ken.

— Não é cedo para mim. Já são 6 horas. Acordamos a esta hora no Exército — Ken olhou para ela e fez-lhe uma saudação.

— O Exército... — Eri olhou com tristeza para a cabeça raspada do irmão. Que pena que ele não tem mais aquele cabelo bonito! Apesar disso, como já era tenente, tinha um belo futuro pela frente.

— Ken, como é o Exército?

— Difícil dizer. Difícil para garotinhas como você entender.

— Não me amole!

Ken vestia um quimono listrado de verão, feito de brim proveniente de Kokura. Com seu rosto bronzeado, e talvez por causa da cabeça raspada, parecia um estudante do ginásio. Certamente não demonstrava a autoridade de um membro do Exército Imperial.

— Isso me faz lembrar de uma coisa. Eri, você conheceu o comandante da minha escola, não?

— Quem? Hum... Acho que não.

— Sim, você o conheceu. Em junho, logo após eu ter entrado na Escola de Aviação, o general Shingo, nosso comandante, me chamou. Do nada, ele me perguntou: "Tenente, você tem uma irmã?" "Sim, senhor", respondi, e ele disse: "Humm! Ela fala inglês muito bem." Você o conheceu, não? No trem, neste inverno.

— Espere um minuto, você quer dizer aquele oficial... o gordo de voz grossa e bigode?

— Sim, Eri, aquele "gordo" era o general Shingo. E você quase me causou problemas com ele.

— Mas como eu poderia saber?... — Eri caiu na gargalhada e contou-lhe o que ocorrera no trem naquele dia.

Era o Dia da Fundação, em que se comemorava a fundação mítica do Japão em 660 a.C. As escolas estavam fechadas, e Eri e Margaret decidiram se afastar das cerimônias e usaram esse mais sagrado feriado nacional para ir esquiar em Sugadaira. O trem em que embarcaram estava quase vazio. As duas garotas se sentaram e imediatamente começaram a fofocar sobre os colegas e professores. Eri acabara de se transferir para a escola cristã na qual Margaret estudava, e estava querendo obter dela informações sobre a escola. Quando começaram a conversar sobre as virtudes e idiossincracias que as freiras lhes ensinavam, misturavam palavras inglesas e japonesas, e quando entravam nas partes mais picantes falavam apenas em inglês.

Foi aí que o oficial, com a lâmina de sua espada silvando, interrompeu e perguntou em inglês, com uma voz tonitruante:

— Posso sentar?

Assustada, Eri respondeu:

— *Doozo*.

O homem puxou a espada e, colocando-a entre as pernas, atirou-se no assento ao lado de Margaret, espremendo-a no banco.

— Humm! — disse o oficial, alisando o bigode. — Você é japonesa?

— Sim, senhor — respondeu Eri. As estrelas e barras douradas no colarinho do oficial brilhavam com a luminosidade do inverno. E aqui estava ela, vestindo um uniforme de esqui, em tempos de guerra. Sentiu-se acachapada.

— Qual seu nome, menina?

— Eri, senhor.

— Humm — o oficial lançou-lhe um olhar penetrante. Se ela tivesse dito "Kurushima", o nome era incomum o suficiente para que ele adivinhasse quem era seu pai. E não seria nada bom para o antigo embaixador que soubessem que sua filha estava indo esquiar no Dia da Fundação, ainda mais acompanhada por uma amiga ocidental.

— E o nome da sua família?

— Sim, senhor, é Kuru... shima.

— Kurushima! É parente do embaixador Kurushima?

— Sim, senhor. Sou sua filha.

— Então é por isso que fala inglês tão bem. Bem, estou com sorte. Já que passaremos algum tempo juntos, vai me ajudar com o inglês. A minha pronúncia é ruim. Você pode corrigi-la — ele disse isso como uma ordem. — Vamos começar com o *th*. Vamos lá, diga:

— *Th*.

— *Suuu*. De novo!

Os outros passageiros viraram-se, mas quando viram que se tratava de um oficial do Exército, ninguém se atreveu a falar nada. O oficial era insistente, e continuaram a aula sem se preocupar com os outros. Depois do *th* foram para o *r*, e então para a diferença entre *r* e *l*. Eri ficou menos nervosa e começou a pronunciar as palavras num volume mais alto quando o corrigia.

Quando a aula de inglês estava no seu momento mais intenso, o trem chegou à estação do oficial, e ele levantou-se para sair. — Muitíssimo obrigado — disse em inglês. — Você é uma boa professora. Eu aprendi muito.

As duas meninas ficaram aliviadas, e exaustas. Margaret, que ficara espremida em seu assento, relaxou, se espalhando na cadeira como uma esponja na água, e Eri estava molhada de suor.

— Nunca senti tanto medo em minha vida — disse a Ken. — Então ele é o comandante da sua escola... Bem, não o invejo.

— Na verdade, o general falou bem de você. "A sua irmã é uma garota muita corajosa", ele me disse.

— Verdade? Falou algo sobre Maggie?

— Ele a chamou de "uma bela moça estrangeira". Pensou que ela levava você para esquiar.

— Maggie, uma bela moça?

— E ele achou que você era apenas uma garotinha.

— Isso é injusto!

Ken sorriu, e começou a imitar o comandante: seu bigode, sua pança, e seus ombros roliços que balançavam ao andar. "Qual seu nome, garota? Eri? Que nome estranho! Qual o nome da sua família? Humm, Kurushima, é? Você quer dizer o embaixador na... Humm! Então a filha do embaixador vai praticar um esporte do inimigo numa época em que o país está se preparando para a guerra? Isso é traição! Porém, como recompensa por uma aula de inglês, vou dispensar-lhe de forma especial. Está bem assim, hummm?"

Eri não conseguia parar de rir. Pensou que suas bochechas iam estourar.

— Ken e Eri! — era sua mãe. — Vocês estão muito animados para esta hora do dia.

— Ken estava muito engraçado. Imitou com perfeição um general!

— O café está na mesa — Alice deu um tapinha nos ombros de seus filhos. — O papai já levantou. E Anna também. Todos levantaram cedo hoje.

Após o desjejum, toda a família, com exceção de Saburo e Arizumi, foi à igreja anglicana assistir à missa dominical, que começava às 10 horas. Era uma igreja simples de madeira e ficava numa clareira um pouco depois da última loja, na estrada velha de Karuizawa. À esquerda da igreja havia um monumento em homenagem a Alexander Shaw, o missionário que veio da Escócia para o Japão em 1886. Três anos depois, Shaw construiu lá uma casa simples, o que levou Karuizawa a ser uma cidade de veraneio. Corria sangue escocês nas veias de Eri, de sua mãe, e a menina sentia uma admiração especial pelo reverendo Shaw. Gostava de receber a comunhão na pequena igreja construída em homenagem a ele.

Margaret estava sentada à esquerda, próxima ao altar, e sua mãe, Audrey, à sua frente, preparava-se para tocar o órgão. Os quatro Kurushimas se dirigiram ao mesmo banco. Eri, tentando sentar-se em silêncio, mas enlevada pelo fato de seu irmão estar com eles, observou com o canto dos olhos e viu, à sua direita, as pernas e os longos braços de Ken, e, à sua esquerda, Margaret se ruborizando. Eri ficou impaciente, queimando-se de ciúmes, e começou a bater os joelhos.

— Shhhhh! — repreendeu-a sua mãe.

As pessoas começaram a chegar e logo a igreja ficou quase cheia. Havia alguns japoneses, mas três quartos da congregação eram estrangeiros. Como as relações do Japão com a Inglaterra e os Estados Unidos estavam prejudicadas, muitos nativos daqueles dois países voltaram para casa. Ainda assim, boa parte da congregação era composta por ingleses e americanos.

Vestindo uma toga branca, o padre Hendersen andou em direção ao altar e iniciou a missa em inglês. Abriu o livro de orações e começou a lê-las. O hino 357 foi cantado, acompanhado por Audrey ao órgão. Podia-se ver os troncos dos vidoeiros brancos pela janela, e o gorjeio dos pássaros atravessava a fina parede de madeira. Quando a congregação se ajoelhou para orar, um gato meandrou entre eles. Eri observava a cruz vermelha bordada na toga do padre Hendersen, quando se lembrou que Ken pouco vinha à igreja. De acordo com a antiga criada Toku, durante o primário e o colegial, quando estudava em uma escola católica missionária, Ken apenas frequentava a igreja anglicana nas missas de domingo, em respeito à vontade de sua mãe. Porém, depois que entrou no colegial técnico de engenharia em Yokohama, parou de ir.

Era a hora da comunhão, as pessoas formaram fila e se ajoelharam no corredor do altar. O padre Hendersen levantou a Eucaristia, e deu o pão e o vinho a cada um dos comungados. Entre eles, Margaret, Alice, Anna, Eri... e Ken também! *Então Ken ainda acredita em Deus. Ele ainda tem fé.*

Após a missa, os Kurushimas dirigiram-se ao presbitério atrás da igreja, onde Audrey servia chá e biscoitos caseiros na varanda. Padre Hendersen olhou em volta para ter certeza que eram os únicos ali, e então disse com hesitação, em japonês:

— Provavelmente não poderemos mais usar a igreja depois que terminar o verão.

Os Kurushimas se olharam.

— Por quê? — perguntou Anna, meio que expressando a surpresa que tomou toda a família.

— Esta sempre foi uma igreja de verão. Fechamos no começo de setembro. O que não sabemos é se eu ainda serei o pastor aqui no ano que vem... — e começou a falar em inglês para Alice entender. — Em junho, todas as igrejas protestantes do país se fundiram na Igreja Unida de Cristo no Japão. A ideia era fazer a igreja cooperar com o esforço de guerra, submetendo-se ao Imperador. Eu disse a eles que a nossa igreja anglicana não poderia nunca colocar Cristo abaixo do Imperador em escala de importância, e nos recusamos a aderir. Desde então, fomos tachados de pró-americanos, pacifistas, de agirmos contra o Imperador. As autoridades começaram a mexer os pauzinhos. Não sei por quanto tempo me permitirão continuar minha missão religiosa.

— Mas você não fez nada de errado — disse Anna. — Você não desobedeceu ao Imperador.

— Não... — O pastor alto e magro desenhou um círculo no chão com os pés. — Infelizmente ser um bom cristão no Japão nos dias de hoje, pregar a paz na Terra a todos os homens, significa se rebelar contra o Imperador. A situação é complicada. O ministro da Educação está tentando tornar ilegal a Igreja Anglicana, e ele sem dúvida gostaria de erradicar por completo a nossa religião.

— Isso é ultrajante — gritou Anna. — Não podem continuar com isso.

— Não, Anna, estamos num momento em que eles *podem* continuar com isso, sim.

Anna olhou com apreensão para Ken, como que dizendo para ele: "Ei, diga alguma coisa!"

— Eu também não entendo — disse Ken —, mas parece haver um grande engano por parte do Exército quanto ao cristianismo. Sempre tomo cuidado para não saberem que sou cristão. Se meus superiores e companheiros descobrissem, não iriam gostar.

— Oh, Ken! — Alice olhou para o filho, preocupada.

— Não se preocupe, mãe — sorriu Ken. — Sou malandro como uma serpente, inofensivo como uma pomba.

De volta para casa, Eri vestiu uniforme de tênis, ansiosa para enfrentar Ken. Mas, de repente, Ryoichi Koyama apareceu e convidou Ken para cavalgar com ele. Eri teve então de se contentar em extrair do irmão uma promessa de jogo para mais tarde. Enquanto isso, jogaria com Margaret.

As quadras de tênis que ficavam atrás do correio podiam ser alugadas pelo período de duas horas. Os jogadores de tênis japoneses costumavam treinar *smashes* e voleios na primeira meia-hora, mas decidiram começar logo o jogo, seguindo a sugestão de Eri. Margaret jogava melhor, Eri perdia sempre para ela. Mas hoje Eri jogou com raiva, lutando em todos os pontos. Surpreendeu Margaret ao ganhar três games seguidos.

— O que aconteceu, Eri? Você está fantástica hoje.

Mas Margaret ganhou o quarto e o quinto games, deixando o placar em 2-3. Foi aí que Ken e Ryoichi apareceram, ambos vestindo camisas brancas e calças de equitação. Eri errou um golpe de *slice* simples, e então teve o serviço quebrado um atrás do outro. Logo, Margaret já liderava o *set* por 5-3. Eri ficou impaciente e começou a devolver saques fracos diretamente na rede, e acabou perdendo o *set*.

— Nós temos a quadra por mais quarenta minutos. Por que vocês não jogam um *set* contra a gente?

— Não podemos, vestidos deste jeito — disse Ken, olhando as próprias calças de equitação e as botas.

— Vocês podem pegar shorts e tênis emprestados no clube.

Ken percebeu que Margaret o olhava com certa intensidade, mas deu de ombros e se dirigiu à administração do clube.

— Você não vai jogar também? — perguntou Eri a Ryoichi. Mesmo com sua perna ruim, Ryoichi tinha a fama de ser excelente voleador.

— Não, obrigado. Não quero ser esmagado por Ken, por isso acho que vou apenas ficar sentado. De qualquer forma, não gostaria de me meter entre vocês duas e um tenente jovem e encantador.

— Ah, não seja bobo!

Quando Ken voltou usando tênis apropriado para o esporte, Eri disse a Margaret para jogar contra ele; Ryoichi seria o juiz. No começo, o jogo esteve a favor de Margaret, mas logo Ken reagiu e por um tempo o jogo ficou bastante equilibrado. Margaret fazia seus pontos com voleios, mas não conseguia defender os *smashes* de Ken. Eri manifestava-se com fervor, embora não fosse claro para quem eram os apupos. As pessoas das quadras vizinhas vieram assistir ao jogo. O placar era 3-3. O game seguinte foi para 40 iguais, e então Ken fez dois pontos consecutivos e ganhou o *set*. Ao final, Margaret estava bastante corada, e tão cansada que mal conseguia ficar em pé, mas havia se divertido.

Ken foi o primeiro a mergulhar na piscina. As garotas o admiravam enquanto ele deslizava pela água. Havia outros jovens nadando, mas nenhum deles com o estilo e a velocidade de Ken. Quando saiu, espirrou alguns pingos de água dos pelos de seu tórax nas garotas, fazendo-as gritar. Ryoichi o desafiou para uma disputa, que foi surpreendentemente equilibrada.

Margaret mergulhou próximo a Ken e Eri, dourando seu longo corpo branco na água. Ken nadou por baixo dela, agarrou-a e a jogou para cima. Eri viu um remoinho de bolhas douradas quando que ela caiu na água de volta.

Pouco depois o tempo esfriou bastante, e decidiram voltar para casa. Ao se despedirem, Ken segurou longamente as mãos esticadas de Margaret. Ela sorriu, balançando os cabelos molhados. Foi um sorriso amável, de garotinha, se espalhando pelas sardas embaixo de seus olhos.

Choveu nos dois dias seguintes. Ken passou o tempo lendo revistas que trouxera consigo e mostrando à família fotos da Escola de Aviação de Kumagaya. Havia fotos do avião de treinamento 95-1, apelidado de Libélula Vermelha, do Ki-43 e do caça Hayate. Eri não conseguia decorar todos os nomes, mas gostava de ir ao quarto de Ken bisbilhotar a mesa e as estantes de livros, e remexer as fotografias e revistas estrangeiras que ele colecionava: *Aeroplane, Aerodigest, Aero-Science, Aeronautical Journal*. Sentia orgulho em saber que o irmão era um engenheiro do Exército, que construía aquelas máquinas voadoras.

— Ken, que tipo de avião você pretende construir?

— Bem, não sei. Eu acabei de me alistar, e não tenho a menor ideia do que vão me pedir para fazer.

— Mas deve haver algum tipo de avião que você deseja projetar.

— Bem, tem sim. Por exemplo... — folheou seu caderno de anotações e mostrou-lhe um esboço feito a lápis. — Esta é a minha ideia para o caça do futuro. O motor vai fornecer uma energia tremenda, atingindo assim uma velocidade enorme. Normalmente, para se conseguir velocidade, as asas têm de ser pequenas, mas aí a carga sob as asas aumenta, fazendo com que perca maneabilidade, e então não se pode dar giros e coisas assim. Mas com esse avião consegue-se muita velocidade e maneabilidade. Entende o que quero dizer?

— Não — disse Eri, dando de ombros —, mas entendo por que você quer construir um avião como esse. *Você* pode fazer isso. Ken, eu sei que pode.

— Eu espero — disse, balançando a cabeça e passando os dedos sobre as folhas do caderno.

Na manhã seguinte, assim que a chuva cessou, Ken convidou a irmã para ir caçar pássaros com ele. Passara a tarde anterior limpando sua espingarda de pressão.

— Você vai caçar com isso?

— Lógico. Não é tão boa quanto um rifle, mas você vai se surpreender com a mira dela.

Saíram para o campo úmido e fresco. Ken vestia calças folgadas e chapéu de caçador; Eri, calças largas e cachecol.

— O que vamos caçar?

— *Kojukei*.

Eri não sabia o que era um *kojukei*. Não conhecia o nome de muitos pássaros, e os poucos que conhecia eram nomes ingleses. Os nomes japoneses tinham de ser traduzidos para ela.

— Que espécie de pássaro é esse?

— Vou lhe mostrar.

Ken infiltrou-se no bambuzal. Eri apressou-se atrás dele, com medo de se perder. Então, de repente, ouviu um tiro. Algo caiu do céu, mas não pôde identificar o que era. Ken sumiu para dentro dos arbustos e voltou com um pássaro enorme. Os olhos do pássaro ainda brilhavam, ele batia suas asas negras. Quando o levou até Eri, ela pulou assustada.

— Oh, está sangrando. Coitadinho!

— Não, o rabo dele é que é vermelho.

— Esse é um *kojukei*?

— Não, é um *yamadori*, um faisão. É um grande achado, na verdade. Essa espécie só aparece de madrugada. E é difícil atingi-la com uma espingarda de pressão.

Ken torceu o pescoço do pássaro, desembainhou a faca, abriu a barriga do bicho, e removeu as vísceras com uma varinha. Eri tapou os olhos, mas espiou através dos dedos.

— O que você vai fazer com ele?

— Se você não retira as tripas, a carne começa a apodrecer.

— Você vai comer?

— Eu o matei para nós comermos.

O faisão tinha o corpo pintado com manchas brancas e pretas, e suas penas eram lustrosas. Eri não conseguia esquecer seus olhos brilhando e suas asas batendo. Ela nunca comeria aquele pássaro. Já vira algumas vezes sua mãe matar uma galinha: cortar a cabeça fora, segurar o corpo de ponta-cabeça e lavar o sangue que escorre do pescoço. Sua mãe de bom coração não pensava duas vezes antes de realizar tal carnificina. Ken herdara esse talento.

Ken colocou o rifle nos ombros mais uma vez e mirou um pássaro pequeno, que se movia sobre folhas escuras caídas numa poça de água límpida. Atirou. O pássaro voou, e parecia que ia continuar voando, mas caiu de repente como se tivesse batido num muro invisível. Ken saiu correndo e o agarrou. Dessa vez, o pássaro já estava morto.

— Um pardal.

— Ah, não! — Eri suspirou ao ver a mancha de sangue inchada nas mãos dele. — Você não vai comê-los, vai?

— Por que não? São deliciosos. Principalmente esses aqui da montanha. São bastante gordos, e a carne tem um aroma das frutas silvestres da montanha.

A cesta estava se enchendo pouco a pouco. A mira de Ken era fantástica. Mesmo quando atirava andando, o chumbinho atingia o alvo.

Saíram da floresta e desceram uma ladeira suave por entre árvores espalhadas sobre um grosso carpete de bambuzinhos. Ken parou e elevou sua espingarda de pressão, pedindo para Eri se esconder atrás de uma árvore.

— O que é? — cochichou ela.

— *Kojukei.*

Eri não conseguia ver nada além dos bambus que cobriam a ladeira. Nada se mexia. Então ouviu um grito agudo; e, de um outro canto, uma resposta. De repente, de todos os lados ecoou uma série de gritos altos e agudos: *pio-pio-pui.*

— Eu já os escutei antes. Eles aparecem lá perto de casa de vez em quando.

— É verdade. Mas nunca numa quantidade como essa.

Ken moveu-se lentamente através do bambuzal. As nuvens sumiram e o topo da montanha foi coberto pelo raiar do sol. Quando Ken levantou os braços, vários pássaros voaram. E então ouviu-se um ruído abafado, e depois outro. Por toda a sua volta, pássaros começaram a voar. Ken continuou atirando. Com cinco disparos seguidos, derrubou vários pássaros. Eri estava impressionada. Era como se os pássaros tivessem um cordão preso neles e o bico da espingarda apenas os puxasse. Ken limpou cada pássaro antes de colocá-los na cesta.

Começou a chuviscar, e veio um nevoeiro fraco das montanhas. Ken e Eri se apressaram, mas no meio do caminho caiu um temporal. Como não trouxeram proteção para chuva, ficaram ensopados.

— Está com frio? — perguntou Ken.

— Um pouco. Mas andar esquenta.

— Vamos pedir a Tanaka para fazer um banquete com esses pássaros hoje à noite.

— Boa ideia. Mas, Ken, você não acha que essa chuva é uma espécie de punição divina por causa dos pássaros que você matou?

— Não. É o céu se revoltando por eu ter de ir embora novamente.

Estava quase na hora de Ken partir. Eri sentiu vontade de chorar. E, como uma resposta, ao chegarem em casa o céu estava desabando, caía um temporal daqueles, com muitos raios e trovões.

Anna tinha medo de tempestades, e encontraram-na escondida sob a rede contra mosquitos. Um pouco mais tarde, enquanto Ken ajudava Tanaka na cozinha e Eri se esforçava ao máximo para deixar Margaret com ciúmes por ter ido caçar com o irmão, ouviram um grito: era Yoshiko, a criada, que dificilmente se irritava.

— O córrego está transbordando. Temos de ir para o porão.

Quando todos correram até a porta da cozinha para olhar, viram que o jardim atrás da casa estava inundado; o caminho para o estábulo transformara-se num lago, lençóis d'água atravessavam-no e chegavam até a estrada principal um pouco à frente. Deve ter sido assim durante o tufão de julho; isso era apenas uma lembrança de que a cidade de Karuizawa fora um dia um berço d'água e um pântano.

A água já estava batendo nas janelas do porão. Quando a família reabrira a mansão, tiveram que drenar muita água. Agora havia ali muitas coisas amarzenadas, não apenas vinho, mas todo tipo de bens estragáveis: baús, cadeiras, livros. Era muito tarde para tirá-los. Precisavam evitar que a água entrasse através das janelas.

A ideia de Ken era encher sacos de batata com areia e colocá-los em volta das janelas. Dentro desse dique feito à mão poderiam construir uma segunda parede protetora, empilhando tijolos e pedras. Era trabalho para os homens da casa. Saburo foi se trocar; quando reapareceu vestindo capa de chuva, chapéu e botas, escorregou e caiu, sujando suas roupas de lama. Tanaka apareceu em trajes de banho para fazer o serviço, mas logo distendeu um músculo carregando um dos sacos pesados e parou de trabalhar.

Assim, Ken e Asa acabaram tendo que fazer todo o serviço. Ken tirou a roupa, ficando apenas de tanga, e Asa vestia suas calças folgadas de fazendeiro. Juntos, eles encheram os sacos de terra e empilharam-nos perto das janelas. Pareceu funcionar, e quando a chuva parou o nível da água começou a baixar. Após concluírem a missão, Ken e Asa voltaram cobertos de lama e foram aplaudidos pelo restante dos criados. Ken permaneceu de tanga. Eri ficou envergonhada de olhar, mas percebeu que Margaret estava ainda mais embaraçada e olhava fixamente para o chão. Ken fez um afago nos ombros rechonchudos de Asa e disse:

— Muito obrigado, você realmente salvou o dia.

Eri, surpresa consigo mesma pelo ciúmes que sentiu, mas mantendo a voz o mais calma que podia, agradeceu a criada com formalidade.

## 9

O dia seguinte foi lindo. A fumaça branca do vulcão do Monte Asama trilhava pelo céu escuro e preenchia o horizonte com sua forma desajeitada. O ar estava fresco, e enxames de libélulas vermelhas voavam pelo céu azul. Sobre as pontas balançantes de capim-dos-pampas, ainda molhadas e coloridas, folhas amareladas tremiam nas árvores. No chão, folhas caídas adormeciam presas na lava dos campos.

Era a última noite de Ken. Na manhã seguinte, voltaria para o Exército. Alice daria um jantar de despedida e convidou os Hendersens, os Wolffs e os Yoshizawas para um churrasco no quintal. Tanaka construiu uma churrasqueira empilhando pedaços de lava. Atiçou o carvão até que ficassem bastante vermelhos, e então colocou espetos de carne e verduras para grelhar. Incensos foram acesos para espantar os insetos, e uma dúzia de lanternas vermelhas foram penduradas nas árvores; nos pinheiros, Ken pendurou as bandeiras do Japão e da Alemanha. "Talismãs", disse ele, para afugentar a Polícia do Pensamento.

Wolff, um homem barrigudo, careca e com cabeça quadrada, dono de uma empresa de importação e exportação, conversava em alemão com Arizumi. Ao seu lado, seu filho Peter, um jovem muito refinado, sentava-se ereta e corretamente, e comia seus espetos com delicadeza.

Saburo conversava com Kazuo Yoshizawa, que fora embaixador na Inglaterra. Yoshizawa era um conhecido liberal, simpático às causas anglo-americanas. Ele se opusera ao Pacto Anti-Komintern entre Japão e Alemanha, e pedira para se afastar de suas funções. Os dois diplomatas se sentavam separados de Wolff, mantendo as vozes baixas enquanto falavam sobre a invasão alemã na Rússia.

— A União Soviética não será tão facilmente derrotada — disse Yoshizawa. — Os jornais nos fazem crer que Stalingrado cairá qualquer dia, mas não é bem assim...

— Notícias recentes dizem que os alemães estão se preparando para uma longa batalha.

— E são verdadeiras. Até Hitler já percebeu que não conseguirá derrotar a Rússia com apenas um de seus *blitzkriegs*. Lógico que será uma batalha longa. Mas o que vai acontecer se durar até o inverno? Duvido que os alemães estejam preparados para lutar durante o inverno russo. O ápice da guerra no front russo deverá acontecer antes do fim do inverno.

Yoshizawa olhava fixamente para a suástica bordada na manga de Wolff. Não conseguiu evitar franzir as sobrancelhas quando foram apresentados, e não aceitou o cumprimento efusivo do alemão, indo logo para o outro canto do quintal. Isso quase gerou uma situação desconfortável, se não fosse Arizumi dirigir-lhe em alemão algumas palavras, chamando sua atenção.

— O que me preocupa — disse Saburo — é aquele encontro entre Roosevelt e Churchill. Eu fico imaginando que tipo de acordo eles fizeram. De acordo com nossos informantes, discutiram não apenas sobre a guerra contra a Alemanha, mas também um bloqueio do Ocidente ao Japão.

— Esse Churchill é um político formidável — Yoshizawa bateu as cinzas do charuto que acabara de acender. — A situação da Inglaterra é desesperadora, e Churchill quer que os Estados Unidos refreiem Hitler indiretamente dando ajuda militar à Rússia. Está esperando uma chance de fazer os Estados Unidos declararem guerra à Alemanha. A diplomacia de Churchill é brilhante. Só me preocupo com o fato de o Japão ficar impedido de agir.

— Como você acha que eles veem o Japão?

— Bem, Churchill deve estar preocupado com a possibilidade de nós atacarmos a Índia. Assim como as derrotas da França e da Holanda os preocupam, pois a Indochina e as Índias Holandesas podem cair em mãos alemãs, agora com o Eixo o Japão surge como ameaça. Estão com medo de a Índia ser a próxima.

— Se a Índia o preocupa, Churchill é um colonialista ao extremo.

— Percebe-se que ele está tentando unir seu colonialismo à defesa da democracia de Roosevelt. E Roosevelt certamente não quer perder as Filipinas.

— E isso é o que os faz tão hipócritas — isso veio de Arizumi, que apareceu de repente ao lado de Saburo. — Roosevelt fala em defender a democracia, mas tudo o que ele quer é proteger as colônias no Oriente.

É por isso que ele está pressionando economicamente o Japão, tentando nos deixar nervosos. É um truque sujo.

Yoshizawa bateu as cinzas do charuto mais uma vez, com certa irritação, ofendido com o fato de Arizumi ter se intrometido.

— E o que você sugere que façamos?

— O Japão deveria tomar uma decisão séria, e fazê-los renunciar ao colonialismo.

— Ameaças vazias não funcionam com os americanos. Matsuoka já as tentou.

— Mas se nós permanecermos assim, o que acontecerá com a Indochina e as Índias Holandesas? Vão continuar sendo colônias para sempre. E a Índia? A Índia merece ter sua liberdade também. Esta é nossa missão: ajudar a Ásia a acabar com essa opressão dos poderes ocidentais.

— Nós podemos continuar com a nossa "missão" sagrada, mas não conseguiremos enganar os americanos. Os americanos acreditam que o Japão quer assumir o controle da Ásia, a fim de substituir os impérios europeus por suas próprias leis. Logicamente vão se opor a isso. Oposição mais força levam à guerra. Guerra significaria uma avassaladora perda de vidas para o Japão, e também para os Estados Unidos.

— Mas nossas Forças Armadas são invencíveis, somos fortes o suficiente para derrotar os Estados Unidos!

— Eu não contaria com isso.

Yoshizawa balançou sua pequena mão rosada, acabando com a conversa, demonstrando que não queria discutir isso, ainda mais com gente como Arizumi. Deu uma baforada atrás da outra no charuto, e fechou os olhos sob uma nuvem de fumaça. Cinzas caíram em sua camisa.

Arizumi poderia ter mandado Yoshizawa para a cadeia pela sua colocação. Estava prestes a responder àquilo, mas Saburo o paralisou com o olhar, e Arizumi voltou para perto de Wolff. Alice conseguia decifrar pedaços da conversa, algo sobre o antigo embaixador na Inglaterra... uma mente fechada... ainda quer uma reconciliação com a Inglaterra e os Estados Unidos... um velho liberal cansado.

Gargalhadas vieram da direção de Ken e Eri, que haviam construído mais uma churrasqueira e grelhavam espetos de carne nela. Ryoichi e Peter estavam lá, junto com Margaret e Wakako Yoshizawa; e Anna também. A dona de casa que envelhecera uma semana atrás, angustiada com o adultério do marido, transformava-se novamente numa jovem. Seu cabelo estava penteado, e vestia o mesmo tipo de vestido azul de sua irmã mais nova.

— Mamãe, venha cá! — gritou Eri. — Os pássaros que Ken matou estão deliciosos.

— Este está pronto — disse Anna, colocando um espeto no prato de sua mãe. Ken puxou-lhe uma cadeira.

— Ken está imitando todos os comediantes famosos. Agora vai imitar Sua Excelência General Shingo, comandante da Escola de Aviação de Kumagaya — Eri caía na gargalhada.

— Eri, ele ainda nem começou — disse Anna, rindo também.

Ken fez no rosto, com os dedos, o bigode redondo do Kaiser e gesticulou imitando uma pança de chope. Então sua voz ecoou pelo jardim. Yoshizawa e o padre Hendersen viraram-se para olhar.

— Nós, da grande nação de Yamato, temos dificuldades com outras línguas, principalmente o inglês. Por isso temos de treinar o idioma. Você aí, essa professora aí, vamos começar com você. Agora, rarran, pronuncie! "Breath"... "Breese"... "I lead"... "I read"... "I love you"... "I hug you"!? Hum... Essas línguas estrangeiras são difíceis!

Mexendo o bigode, levantou-se com dificuldade da cadeira, usando a espada como se fosse a bengala do general. Eri chorava de rir. Anna ria junto e massageava as costas da irmã.

Alice sugeriu que comessem a sobremesa e tomassem café na sala de estar, já que esfriara um pouco e uma garoa começava a cair.

Wolff sentou-se ao piano e começou a tocar. Seus dedos grossos se moviam com leveza sobre o teclado, suas rosadas bochechas rechonchudas e as papadas tremiam dramaticamente. E cantou, com um timbre perfeito de tenor, "Der Leiermann" e "Der Lindenbaum", de Schubert. Lágrimas escorreram pelo seu rosto. Em meio a uma música, Arizumi resolveu acompanhá-lo, e as passagens tristes de Schubert foram arruinadas por sua voz destoante.

*Manche Trän' aus meinen Augen*
*Ist gefallen in den Schnee...*

Arizumi andou ruidosamente pela sala e sentou-se ao lado de Anna:

— Oh, quem é essa moça? — disse, virando-se para ela, com surpresa fingida. — *Meine Frau?* Foi difícil reconhecê-la. *Sie sind sehr schön*!

Anna afastou-se do seu bafo de bêbado e aproximou-se de Ken.

— Bem, *com licença*! — levantou-se cambaleante e curvou-se perante ela. — Desculpe-me pela indelicadeza de ter-me dirigido à esposa de um tenente do Exército Imperial!

Eri observou-o e disse:

— O senhor está bêbado, não está, senhor Arizumi?

— Estou bêbado. Sim, estou bêbado! — e andou trôpego em direção a Peter Wolff e resmungou algo. Peter levantou-se respeitosamente e, acompanhando o padre Hendersen que estava ao piano, começou a cantar com Arizumi:

*Die Fahne hoch! die Reihen dicht geschlossen!*
*SA marchiert mit ruhig festem Schritt.*
*Kameraden die Rotfront und Reaktion erschossen*
*Marchiern im Geist in unsern Reihen mit.*

— O que estão cantando? — perguntou Yoshizawa a Saburo.

— É a canção "Horst Wessel". A predileta do partido nazista, muito popular hoje em dia.

— Ah, entendo. *SA marchiert*, certo? Mas pensei que Hitler tivesse se livrado de Röhm, o chefe da SA. Achava que os "defensores do Estado alemão" não eram a SA, mas sim a SS e a Gestapo.

— É verdade. Você está bem informado — os dois cantores assustaram Saburo.

— O objetivo final de Hitler é dominar o mundo. A leitura do *Mein Kampf* já foi tão desencaminhada que dá vontade de rir. Você já leu?

— Sim, li sim.

— O livro diz algumas coisas bem nojentas sobre os japoneses.

— Eu sei. Foram cortadas da tradução para o japonês pelo direitista Murobuse.

— Lógico que foram. Se tivessem publicado com todas aquelas passagens intactas, teria sido proibido. Apenas traduziram o que combina com o regime atual e deixaram o resto de lado. Assim, os japoneses terão orgulho de dar suas vidas por esse nobre aliado. Mas as agressões alemãs servem apenas para eles mesmos. Preocupam-se tanto que quanto mais sangue japonês for derramado, melhor. — Yoshizawa atirou a bituca do charuto no cinzeiro, e logo pegou outro e mordeu a ponta.

O dueto terminou sob aplausos constrangidos. A seguir, Ryoichi deslizou para o banquinho do piano e começou a tocar "Let me go, lover". Ken e Margaret se levantaram e começaram a dançar. Isso animou o padre Hendersen a convidar Wakako para uma dança, e até o senhor Wolff, com sua pesada barriga, se ajoelhou diante de Eri e solicitou-lhe a gentileza. Os três casais rodopiaram pelo salão. Após as canções de Schubert e o hino nazista, essa música ao ritmo de Nova Orleans animou o ambiente.

Yoshizawa virou-se novamente para Saburo e disse:

— O talento daquele garoto deixa qualquer pianista profissional envergonhado.

Ryoichi então continuou com "San Antonio Rose", e se formaram três novos casais: padre Hendersen e Eri, Ken e Wakako, e Wolff e Margaret. Peter, Arizumi e Anna permaneciam sentados, como se abandonados pelos outros. O jovem alemão, com uma mecha de cabelo castanho caída sobre a testa, observava fria e sarcasticamente os passos desajeitados de seu pai e trocava piscadelas com Arizumi.

— Por que você não está dançando? — perguntou Saburo a Alice.

Ela balançou a cabeça.

— Não consigo, agora não. Ken vai embora amanhã de manhã. Não estou com vontade de dançar.

— Seu filho é um rapaz maravilhoso — disse Yoshizawa, juntando-se à conversa em inglês. Então, furioso, completou: — Todos os jovens como ele estão virando soldados. Que desperdício!

— Mas, senhor Yoshizawa — protestou Alice —, sentimos muito orgulho pelo fato de nosso filho ser um soldado.

— Madame — respondeu, apontando a chama do charuto diretamente para o peito dela —, eu não consigo acreditar que esteja dizendo a verdade.

Alice deu-lhe um sorriso enigmático, do tipo que um japonês costuma dar a um estrangeiro. O diplomata conseguia ler nas entrelinhas, pensou ela. Ken não estava no Exército Imperial por vontade própria, mas simplesmente porque fora recrutado. Ele só estava na Aeronáutica porque as autoridades queriam explorar seu talento como engenheiro.

— Ainda assim — disse Yoshizawa, encorajando-a —, tenho certeza de que Ken será um piloto de primeira linha. É um excelente atleta, e tem bons reflexos. E um piloto de primeira linha nunca se coloca em perigo.

— Tem certeza? — Alice observava o rosto alegre do filho enquanto ele dançava.

— Sim, total. Um piloto é como um diplomata. Um especialista em diplomacia nunca faria uma asneira que colocasse seu país em risco.

— Mas, senhor Yoshizawa — protestou ela, suas bochechas se inflando como as de uma menina zangada com o pai —, não importa quão bom seja um diplomata, há momentos em que os problemas são simplesmente grandes demais para serem resolvidos. Quando isso acontece, ele não consegue deixar de colocar seu país em perigo.

— Eu acho que você se refere ao fato de haver limites mesmo aos mais talentosos — disse Saburo, tentando ser o mediador.

— Esses limites, madame — disse Yoshizawa, enquanto assistia, com prazer, à sua filha Wakako dançar com Ken —, esses limites podem ser esticados ao infinito. E esse é o grande mistério dos seres humanos.

Alice não se levantou para dançar. Preocupava-se com Anna, que estava sentada, com o olhar fixo no chão. Ou Arizumi não percebera o fato, ou a ignorava de propósito, pois conversava animadamente com Peter. O jovem alemão estava sentado de forma rígida e com as costas viradas para os dançarinos, como que desejando demonstrar seu desprezo por essa música "decadente".

# II

## A Libélula Vermelha

# 1

As gaivotas voavam em fila, como se fossem pipas atadas por um fio invisível. Vinham uma atrás da outra, mal movendo suas asas, seguindo a brisa marinha. De vez em quando, uma rajada de vento fazia o grupo interromper o voo, mas logo se recuperavam e continuavam a elegante procissão.

Ele estava deitado na praia, observando as gaivotas sob o pôr do sol: seus pescoços amarelos estavam virados para baixo, as silhuetas de suas asas cinza contra as nuvens laranja expandiam-se sem limite no céu. O ritmo das ondas seguia o ritmo das aves. Era uma praia em Long Island, um vislumbre de areia branca.

*Adoraria voar assim. Voar naturalmente, sem o menor medo ou preocupação,* pensou Ken.

— Lauren — disse em inglês —, gostaria de ser uma dessas gaivotas. Ter a alma de uma delas.

— Você já tem.

— Gostaria que fosse verdade.

— Veja o pôr do sol.

O sol se escondia por trás dos distantes arranha-céus de Manhattan, dourando um lado das construções e escurecendo o outro. Os cabelo lisos de Lauren cacheados ao vento trançavam-se em seus dedos. O perfume dela se misturava com os odores da praia. Sentiu seu desejo aumentar como se viesse do mar.

— Lauren — ele abraçou a garota, e seus corpos se cobriram de areia.

As gaivotas continuaram seu voo, tornando-se pontos pretos a distância. Seu desejo cresceu, quente e persistente... de repente, acordou.

Não estava em Long Island. Aqui o teto era baixo, e homens estavam dormindo sobre esteiras de palha em camas de madeira. Era seu quarto na barraca dos oficiais, e parecia ser outro sonho, este ainda mais irreal. Virou-se em sua cama e observou a fraca luz vindo das janelas. A brisa da manhã soprava através dos pinheiros sussurrando como uma onda. Estava claro lá fora, um dia propício para voar. Logo percebeu que a cama ao seu lado estava vazia. Onde estaria Haniyu? Provavelmente no banheiro.

Deve ter caído no sono mais uma vez. Estava bem mais claro do lado de fora. Eram 5h30, a cama ao lado continuava vazia. Trinta minutos haviam se passado. *Onde diabos está Haniyu?*

Ken sentou-se na cama e deu uma olhada pelo quarto. Havia cinco camas. No outro lado estavam Yamada, Sugi e Hanazono; aqui, ele e Haniyu. Os roncos e o saliente bolo de carne eram sem dúvida de Yamada. A superfície das mesas viradas contra as janelas brilhavam com o sol da manhã. Na mesa de Haniyu, havia um estojo de violino. Ken foi até o corredor. Não havia ninguém lá.

Foi então que Hanazono sussurrou:

— Faz duas horas que Haniyu saiu.

— Que estranho.

— Dei uma olhada pela barraca, mas não há sinal dele. Estou preocupado.

— Procurou no aeródromo?

— Ainda não.

— Vamos lá — os dois vestiram rapidamente seus uniformes e saíram apressados pelo bosque de pinheiros em direção ao aeródromo.

— Kurushima, tem alguma ideia de onde ele possa estar?

— Não, mas sei que ele gosta de tocar seu violino atrás do campo de tiro. Talvez esteja lá.

Hanazono parou de repente e disse:

— Aposto que *não*. Tocar violino a esta hora da manhã? Não, eu acho que o cara desertou.

— Desertou? — Ken estava admirado. Essa possibilidade nunca havia passado por sua cabeça. Era impensável que um oficial do Exército Imperial pudesse desertar, fugir da Escola de Aviação.

— Já faz uma semana — disse Hanazono — que Haniyu está deprimido. O cara acha que não consegue voar. Anda desmoralizado, como se tivesse perdido toda a autoconfiança. Não consegue comer direito, está sempre suspirando, e mal consegue dormir. Quando finalmente desmaia, fica resmungando durante o sono. Você não tinha percebido?

— Sim, percebi... — Ken sabia que Haniyu andava deprimido. Sempre fora um sujeito quieto, mas nos últimos tempos parecia pálido e abobado. Quando perguntou-lhe se havia algo de errado, Haniyu respondera sem forças: "Não, nada."

Haniyu era um rapaz baixo, de compleição fraca e rosto de criança. Parecia muito mais novo do que realmente era, sempre o confundiam com um dos jovens cadetes matriculados na escola. Assim como Ken, entrara na Escola de Aviação logo após ter terminado os estudos civis e fora designado tenente depois de servir como engenheiro aeronáutico aprendiz.

Hanazono não o respeitava muito. O tenente Hanazono, um soldado mediano que estivera na Academia Militar Júnior, que conquistara sua promoção de simples homem da infantaria a oficial da Aeronáutica, não aceitava com facilidade que aquele fracote com atitudes medrosas fosse um oficial. Dois meses atrás, Hanazono repreendera-o em voz alta por não ter levantado da cama ao toque da alvorada. E duas noites atrás, quando Haniyu estava saindo com seu violino para praticar durante o tempo livre, gritara com ele novamente, dessa vez por sua atitude "não militar". — Você é um desajeitado. Se tem tempo para tocar esse instrumento, pode lutar judô comigo. — Cabisbaixo, Haniyu o seguira em direção à sala de tatame, onde praticaram por quase uma hora.

— Como foi? — Ken perguntara a Hanazono.

— Muito ruim. Haniyu ficou sem fôlego depois de alguns golpes. Quando eu o girei com uma pegada mais forte, ele desistiu.

— Desistiu?

— Esse é o problema com Haniyu. Ele nunca dá o que pode. Ele não tem aquela garra de "lutar até a morte" que um verdadeiro soldado precisa ter. O modo como ele desiste, gritando "Está bom! Já está bom!", nos dá o direito de não tratá-lo como um de nós.

— Ele não tem bons reflexos nem força. Não precisa amedrontá-lo.

— Amedrontá-lo? — Hanazono parecia indignado. — Eu quero ensinar àquele garoto o que é espírito de luta.

Ken não mais objetou. Poderia ter problemas se fosse contra Hanazono. Por trás, havia centenas de graduados na Academia Militar. Dentre os oficiais aeronáuticos, engenheiros, como Ken, Haniyu e Sugi, e médicos, como Yamada, eram minoria, e vinham de escolas civis. Apesar disso, Hanazono era o único soldado de fato no esquadrão de Ken, o que levava este a suspeitar que o tenente estava lá para monitorar o comportamento do grupo e fazer com que seguissem "o caminho certo". Hanazono repreendia quem cometesse o menor deslize de comportamento.

No fim do aeródromo, ficava o campo de tiro, cercado por muros de terra. Quase todos os dias de madrugada, Haniyu ia lá tocar violino, mas agora, como Hanazono predissera, não havia sinal dele. Subiram os montes, cobertos de grama dos pampas, e observaram os hangares fechados, as birutas balançando ao vento, o aeródromo com uma dúzia de aviões de treino. Não havia sinal de ninguém. Uma fumaça subia da chaminé do refeitório, e em volta dele soldados se moviam, mas nada de Haniyu.

— Dez minutos para o toque de alvorada. Droga! — Hanazono passeou a palma de sua mão pelo bigode. Logo após o toque de alvorada, haveria inspeção. Era uma inspeção simples, uma ronda superficial por todos os quartos pelo oficial da semana. Mas se na hora alguém não estivesse no quarto, a coisa ficava séria. E se os superiores decidissem que o homem desaparecido tinha desertado, a responsabilidade seria não apenas do desertor, mas do esquadrão inteiro.

Quando passavam pelos hangares, Ken percebeu uma porta entreaberta. Não havia esquadrão de combate naquela base, e os únicos aviões eram de treinamento; os hangares, portanto, não eram motivo para preocupação. Além disso, infantarias entravam e saíam dos hangares o tempo todo, e era comum se ver uma porta aberta. Mesmo assim, isso incomodou Ken.

— Ei — disse —, vamos dar uma olhada aí dentro.

Através de uma janela próxima ao teto, um raio de luz brilhava no manche e na parte traseira de um 95-1 de treinamento, o avião biplano de dois lugares que todos chamavam de "Libélula Vermelha". Ao lado do avião, estava a figura casual de Haniyu com seu pijama branco.

— Haniyu! O que está acontecendo? O que está fazendo? — gritaram os dois ao mesmo tempo.

Um arrepio pareceu passar por seus ombros enquanto ele se virava. Sua expressão não demonstrava surpresa, mas reagiu como se não acreditasse que eles estavam realmente ali. — O que fazem aqui?

— O que *nós* estamos fazendo aqui? Seu cabeça de merda, está quase na hora do toque de alvorada! — gritou Hanazono. — Que diabos *você* está fazendo aqui?

— Eu não conseguia compreender... — disse, numa respiração pesada — como funcionava a aba da parte traseira. Então vim estudar.

— A essa hora? Droga, nós só temos cinco minutos. Venha! Teremos problemas se nos encontrarem no caminho de volta.

Mas Haniyu continuou observando a parte traseira do avião, e os outros dois quase que tiveram que arrastá-lo para fora do hangar. Ao correrem pelo bosque de pinheiros, puderam ver o corneteiro saindo da estrada arborizada em direção ao portão principal. O corneteiro se posicionou e fez a chamada, a borla avermelhada de seu instrumento brilhava. Imediatamente, de todas as construções em volta veio o grito "*Kisho*". Os três homens entraram no quarto cobertos de suor.

Sugi e Yamada correram em direção a eles. — Onde vocês estavam? — gritou Sugi. — Pensamos que tinham desaparecido.

— Os cavalheiros saíram para uma caminhada matutina? Que fino — o corpo gordo de Yamada balançava com a gargalhada.

— Rápido! — Ken e Hanazono gritaram para Haniyu. Fizeram-no tirar o pijama e se enfiar dentro do uniforme, e então o obrigaram a arrumar rapidamente a cama. Mas as ordens urgentes tornavam-no apenas mais desajeitado. Ele só agiu com presteza quando Hanazono gritou: — Isso é uma emergência! O inimigo se aproxima!

— Todos os cinco presentes, senhor — gruniu Hanazono para o oficial da inspeção. Dando uma rápida olhada por cima dos ombros, o oficial continuou pelo corredor. Hanazono soltou um longo e pesado olhar sobre Haniyu.

Todos os cinco seguiram em direção ao chuveiro e começaram a se barbear. Ken usava o barbeador elétrico que seu pai lhe trouxera dos Estados Unidos. Seus companheiros de quarto já tinham se acostumado, mas no começo fora motivo de curiosidade.

A face no espelho era diferente. As partes cobertas pelo capacete de voo e óculos eram praticamente brancas, enquanto o resto do rosto estava bronzeado pela exposição à forte luz infravermelha das altas altitudes, do seu queixo sépia para as bochechas ainda mais escuras. Todos os rostos à sua volta tinham a mesma variação de tonalidade, mas o branco de seus olhos e o tom azul de sua cabeça raspada apareciam de forma mais intensa do que nos outros.

Quando Ken foi a Karuizawa, na folga do mês anterior, suas irmãs ficaram impressionadas pela mudança em sua aparência. Lembrava-se agora de como Eri quase chorara ao vê-lo, e como ela correra e o abraçara com um olhar de pena, encostando seus lábios delicados em suas bochechas.

113

A face no espelho não era japonesa, era sem dúvida a de um estrangeiro, com sangue ianque correndo nas veias. Ken lembrava-se de um episódio no centro de alistamento na última primavera. Após raspar o cabelo pela primeira vez na vida, ele alinhou-se com outros jovens de tangas e cabeças raspadas que esperavam pelo exame médico. Os homens do Exército o pesaram, mediram a circunferência de seu peito, e fizeram raios-X. Em um momento, solicitaram-lhe que tirasse a tanga. Puxaram seu prepúcio e apertaram seus testículos. Ordenaram-lhe que ficasse de quatro no chão, e um dedo com luva de borracha foi inserido em seu ânus. Todos os outros convocados tiveram que passar pelo mesmo procedimento humilhante como se tudo fosse natural, e Ken não ficou embaraçado, até que um oficial médico o encarou e perguntou:

— Você é japonês?

— Sim, senhor.

Então examinou os documentos de Ken como se algo estivesse faltando, e examinou seu corpo da mesma forma, da cabeça aos pés.

Assim que o exame terminou, um oficial médico mais velho anunciou o nome de Ken, e lhe disse:

— Você passou, é forte o suficiente para servir a nação — após uma pausa, prosseguiu: — Sua mãe é caucasiana?

— Sim, senhor.

— Um meia-raça, certo? E seu espírito de luta? Tem bastante?

— Sim, senhor.

— Metade *disso* não será suficiente. Cuide-se.

Em janeiro, Ken entrara para o 8º Esquadrão Aéreo, em Yokaichi, como soldado de segunda classe. O seu treinamento começou com os mesmos exercícios básicos que aprendera no colegial em Yokohama: — Atenção! —Armas ao ombro! — Ajeitar baionetas! — Marchar! O acampamento em Yokaichi era exposto aos ventos gélidos que vinham do lago Biwa, mas inicialmente as coisas não eram nem um pouco mais difíceis do que os treinos de rúgbi. Correr em volta do aeródromo, mesmo que pelo dobro do tempo, não era problema. Recrutas com físicos fortes eram respeitados no Exército, e era por essa razão que, em geral, o líder do esquadrão e os velhos NCOs o deixavam em paz.

Mas então houve um detalhe com a comida.

— Estou aqui para buscar a comida para o 3º Esquadrão da 1º Companhia, senhor — informou Ken.

O sargento, um sujeito gordo, baixo e arrogante, endireitou seus ombros e gritou:

— Hein? Que língua é essa que você está falando? Diga de novo em japonês.

Ken repetiu o pedido, e o sargento continuava a encará-lo com ar superior.

— Ei, você não é japonês. Por isso você não consegue falar a nossa língua. Diga novamente.

Ken repetiu o pedido, falando com mais velocidade, o que parecia irritar ainda mais o sargento.

— O quê? Como se atreve a falar em inglês comigo! Que olhar é esse? Hein? Tem algum problema com o Exército Imperial? Tem alguma reclamação sobre servir Sua Majestade o Imperador?

— Não, senhor.

— Não? Então que olhar é esse? Qual o seu nome, hein? Kurushima? Seu estrangeiro desgraçado, vou acabar com esse seu estrangeirismo!

O sargento levantou o punho e acertou o queixo de Ken. Ken permanecera lá com educação, recebendo o soco sem tentar se proteger. O segundo soco foi mais forte, mas Ken ainda não demonstrara muita dor. Quando um terceiro soco não causou reação nenhuma, o sargento apanhou uma concha que estava encostada num caldeirão cheio de água fervente e acertou-lhe as nádegas com força. Dessa vez doeu bastante, e na segunda pancada Ken caiu no chão de quatro. O sargento ainda o acertou mais duas ou três vezes.

— Agora me entende, seu *keto*? — a palavra significava "bárbaro cabeludo".

O sargento finalmente desistiu, e Ken retornou ao seu esquadrão carregando num lado do ombro um bastão de bambu com um balde de sopa, e no outro uma tigela de arroz fumegante. Assim que chegou, um dos soldados gritou:

— Você demorou! Parece um macaco, mas mal consegue carregar um bastão de bambu! — e empurrou-o ao chão.

Ken ainda viria a ouvir vários *ketos*. Fofocas sobre ele corriam pelo acampamento, e epítetos voavam até ele de todas as direções: "*keto*", "estrangeiro desgraçado" e até "espião russo", pois o Exército japonês considerava a União Soviética inimiga. O Exército era a favor dos alemães e contra os americanos e os russos, mas ninguém sabia que Ken era filho do embaixador que assinara o Pacto Tripartite. E Ken guardava isso para si.

Após o primeiro estágio de exercícios, o treinamento tornara-se brutal. Nos dias em que um vento vindo do norte cobria de neve a superfície do lago, os recrutas recebiam a ordem de se perfilar ali sem camisa ou jaqueta. Os soldados seminus eram então levados a colher sementes em um campo. Em fevereiro, quando o tempo estava mais severo, realizavam essa tarefa por vários dias. A pele de Ken parecia murchar com o frio, e seu estômago estava tão vazio que doía quando ele ria.

Se alguém cometesse o mais ínfimo deslize — esquecer uma simples linha do Juramento dos Soldados Imperiais, se atrasar para a inspeção, estar com uma baioneta com uma gota de óleo na ponta, ou apresentar um crescimento não simétrico nas pernas —, a punição seria estendida para o esquadrão inteiro. Os homens teriam que dar uma volta completa em torno do aeródromo em velocidade dobrada, e então alinhar-se na ordem em que chegaram. Isso era fácil para Ken; mas, depois que chegou em primeiro duas vezes seguidas, alguns recrutas disseram para ele: "Você é muito rápido. Você está fazendo a gente suar." Depois disso, diminuiu sua passada.

Após o treinamento básico, Ken passou no exame para oficial de voo júnior, e quatro meses depois foi promovido a tenente da Aeronáutica. Essa promoção rápida foi resultado do tratamento especial que o Exército dava a engenheiros, já que havia poucos deles lá. Os NCOs que estavam se aproveitando dele até um tempo atrás não ficaram muito felizes em ver aquele "bárbaro cabeludo" ser promovido tão rapidamente.

O ressentimento dos oficiais era compartilhado pelos graduados da Academia Militar. Hanazono era um deles. Como só fora promovido a tenente após uma década de treinamento, reclamava que os oficiais técnicos eram um bando de fracotes sem espírito de luta e disciplina militar.

Quando Ken retornou do banheiro, encontrou Yamada e Sugi conversando com Haniyu. Sugi virou-se e piscou para Ken.

— O que estão fazendo? — perguntou Ken.

— Estamos tentando ensinar Haniyu a tirar um avião de uma queda em parafuso, mas ele não consegue entender minhas explicações. Talvez eu não saiba explicar coisas que conheço bem. O doutor Yamada aqui também não consegue ensiná-lo.

— Eu conheço a teoria — disse Yamada, endireitando a jaqueta do seu uniforme, cujas costuras pareciam que iam estourar —, mas não consigo explicar esse troço!

— Então, uh,... — disse lentamente Haniyu, como se estivesse meio dormente —, uma queda em parafuso acontece... quando você tenta esquivar-se. Daí você muda para a outra alavanca... Por que se faz isso?

— Porque — Ken riu —, quando você está se esquivando, a única coisa que funciona é o seu manche de direção. Os seus ailerons simplesmente não funcionam.

— Por que não?

— Porque você está se esquivando.

— É isso que eu não entendo.

Sugi e Yamada se olharam e suspiraram.

— Ok, venha cá que vou desenhar um diagrama — Ken levou Haniyu até sua mesa.

Havia remela nos olhos de Haniyu, e ele apresentava uma barba de três dias. A aparência dele preocupava Ken. O líder do esquadrão, Otani, era fanático por uma boa aparência. E fazia questão de lembrá-los de que, como membros da Aeronáutica, devem estar sempre preparados para morrer, e preparação para a morte incluía higiene. E sempre insistia para que lavassem as partes de baixo e vestissem tangas limpas, mantivessem seus corpos limpos e suas cabeças raspadas.

Hanazono entrou, vestindo a jaqueta do uniforme e um *hakama* cerimonial de pregas. Na mão direita carregava a *Antologia dos juramentos imperiais*.

— Ei, vocês nunca participam das leituras dos juramentos imperiais?

— Sim — disse Sugi —, mas agora estamos estudando teoria da aviação.

— Sugi fora promovido um ano antes dos outros, o que o tornava sênior, e até Hanazono devia-lhe respeito. Desapontado, o último virou-se, com suas dragonas brilhando, e saiu do quarto.

— Esse cara está ficando realmente detestável. São um bando de fanáticos, esses graduados da Academia. Vejam, estão lá agora.

Através da janela, viram um grupo de homens no topo de um pequeno monte. Em uníssono, esses faziam duas reverências esmeradas, primeiro em direção ao Palácio Imperial, e depois em direção à sagrada imagem de Ise. Retiravam suas boinas, inclinavam o corpo para frente 45 graus, e então enrijeciam-se como brinquedos mecânicos; e, segurando seus livros de juramentos imperiais à frente, entonavam cada sílaba com enfado, como monges cantando um sutra. O vento carregava suas vozes para além das barracas.

— Eles realmente estão levando a sério o momento atual — disse Sugi.

— Hanagono é tão insistente que eu acho que teremos que fazer isso qualquer hora. O que acha?

Yamada balançou a cabeça. — Eu perco o fôlego ao subir aquele monte. Afeta meu voo, e voar é o serviço que presto à Sua Majestade. Então não conte comigo.

— Eu vou — disse Haniyu. De repente, o homem melancólico de alguns momentos atrás ficou entusiasmado. Pegou rapidamente uma cópia dos juramentos imperiais, enfiou a boina na cabeça e foi para fora com Sugi.

Yamada balançou a cabeça:

— Que sujeito engraçado.

— O que acha dele, de um ponto de vista médico?

— O que quer dizer?

— Bem, ele anda deprimido ultimamente; mas logo fica animado de novo. Quando está em um avião, entra em pânico e começa a resmungar, dizendo que não foi feito para o voo; no minuto seguinte, porém, ele agarra o manche e voa como um profissional.

— É, ele anda assim — Yamada contorcia-se dentro do uniforme apertado. — Minhas costas estão coçando à beça. Onde está meu coçador? Eu pensei que tinha colocado...

— Está aqui — Ken pegou a pequena pata de madeira, que havia caído entre as camas, e a entregou.

— Ok, sei que sou médico. Minha especialidade original era medicina interna, e agora querem me tornar um médico da aviação. Em outras palavras, não sei muito sobre psiquiatria. Mas Haniyu parece ter algum tipo de problema psicológico.

— Você quer dizer o que eles chamam de neurose?

— Bem, não sei como Haniyu seria diagnosticado, mas ele é claramente instável.

— O que podemos fazer para ajudar? Eu o conheço desde quando estudávamos juntos. Ele nunca foi um atleta, mas sempre teve uma boa cabeça.

Ao se formar, entrou na companhia aérea Tachikawa, e fiquei sabendo que criou alguns projetos para uma nova máquina com performance incrível.

— Esse tipo de cara não deveria voar, e sim ser mantido em terra onde suas habilidades técnicas podem ser usadas.

— Mas um engenheiro deve ser capaz de pilotar. Só quando se está lá em cima pilotando um avião é que se pode ter uma perspectiva real da tecnologia. Essa é a política da Aeronáutica.

— Sim, eles têm razão. Mas veja os médicos: se querem inventar um novo medicamento, passam o serviço para um especialista em farmacologia, e não para um cirurgião-geral.

— Eu acho que tenho uma ideia do que está incomodando o rapaz — Ken sorriu, mas apenas porque o queixo quebrado e os ombros achaparrados de Yamada pareciam-lhe engraçados de alguma forma. — Ele tem consciência de que é filho de um general que liderava a Aeronáutica. Haniyu se pressiona porque não ficaria bem o filho de um general ter medo de voar.

— Você provavelmente se sente da mesma forma.

— Provavelmente. Em algum lugar dentro de mim tenho ciência de que o filho do embaixador Kurushima não pode ser um covarde.

— Mas felizmente, seu desgraçado, você é bom piloto. Tão bom que me enoja. Eu não consigo controlar um manche como você. Só consigo controlar um espetinho de batata ou salsicha. Isso me lembrou de que estou faminto! Acredita? Fizeram-me sentir vontade de comer aquela gororoba que servem aqui.

Ken acomodou na cama seu uniforme de voo, o capacete e a armadura do seu paraquedas. Em seguida, poliu as botas com óleo de baleia. Tinha que preparar tudo para seu voo de treinamento às 8 horas.

— Ah, Haniyu quase me fez esquecer. Tenho que alimentar o coelho — Yamada saiu com uma cesta cheia de folhas de cenoura. Sugi e Haniyu quase trombaram com ele ao entrar correndo no quarto.

— Boas notícias! No Dia da Aeronáutica, um esquadrão de Libélulas Vermelhas será enviado para Tóquio.

Yamada voltou para dentro e perguntou:

— Quem vai pilotá-los?

— Nós.

— Mas não voamos sozinhos ainda. Tem certeza de que não vão nos enviar para o espetáculo aéreo com nossos instrutores a bordo?

— Lógico que não. Agora vamos voar sozinhos.

— Quando isso? — perguntou Haniyu, com uma expressão séria.

— Não sei. Talvez hoje ou amanhã. Provavelmente amanhã.

— Isso é loucura! — a cesta de folhas de cenoura soltava um som arrastado das mãos agitadas de Yamada. — Eu não estou pronto ainda. Mal consigo controlar o manche com o instrutor atrás de mim.

— Nós temos apenas vinte aviões, assim nem todos irão participar — disse Ken. — Dos cem oficiais de voo e sessenta cadetes, apenas vinte irão voar. Mesmo que coloquem dois em cada avião, serão apenas quarenta.

Sugi parecia entusiasmado. — Eles provavelmente farão um teste para selecionar os pilotos. Eu adoraria voar no espetáculo aéreo. Imagine voar a baixíssima altitude, bem sobre as cabeças daquela multidão no campo de aviação de Haneda.

— Não, obrigado — disse Yamada.

— Se houver uma seleção — disse Haniyu —, tenho certeza de que vão preferir os graduados na Academia.

Nesse momento, Hanazono apareceu. Ele provavelmente estava no corredor espionando-os. A face de Haniyu corou-se, enquanto os outros três assumiram um olhar de inocência.

# 2

O Dia da Aeronáutica comemorava-se em 20 de setembro. Desde a manhã, o rádio anunciava os eventos que seriam realizados em Tóquio e em outras onze grandes cidades por todo o país. Haveria cerimônias de apresentação dos novos aviões de combate comprados com contribuições públicas, palestras sobre aviação e defesa civil, além de filmes, concertos e exibições. Um DC-3 levaria quatrocentas viúvas e crianças de soldados mortos para verem a capital do ar. No aeródromo de Haneda, estava programado um grande espetáculo aéreo.

 O tempo nublado dos últimos dias finalmente melhorou. Sob um claro céu de outono, pessoas aglomeraram-se no aeródromo; ao meio-dia, a polícia estimava que havia mais de 300.000 pessoas no local. As arquibancadas estavam lotadas, e as estradas e os campos de arroz derramavam mais espectadores. Yoshiaki Arizumi estava lá para cobrir o evento, acompanhado de um fotógrafo.

 Os 51 novos aviões da Marinha e da Aeronáutica receberam nomes como "Servir a Nação" e "Patriota". Os aviões estavam alinhados, suas asas prateadas de duralumínio brilhavam ao sol; em frente de cada um deles havia um piloto vestindo uniforme de voo. Os espectadores aplaudiram quando garotas em quimonos, tentando evitar que suas mangas balançassem com o vento, se dirigiram aos pilotos para entregar-lhes um buquê de flores.

 Depois do discurso de um representante dos cidadãos que contribuíram para a compra desses aviões, o ministro do Exército, Tojo, subiu à plataforma para expressar a gratidão da nação, e a multidão se agitou. O bigode negro de Tojo e suas medalhas amarelas podiam ser vistas mesmo a distância. Arizumi já escutara muitos discursos de Tojo. Ele sempre lia um texto manuscrito, e falava lenta e claramente, dando ênfase à última sílaba de cada palavra para emocionar a multidão. Entre os ministros do gabinete do príncipe Konoe, Hideki Tojo era uma estrela ascendente. Konoe era de berço aristocrata, mas suas posições nunca eram claras e havia sinais de fraqueza nele. As pessoas se assustavam com a possibilidade de ele recuar um ou dois passos para Roosevelt, e os editoriais dos jornais martelavam a ideia de que seria desastroso confiar o futuro do Japão a esse irresoluto primeiro-ministro almofadinha. Em contraste, o varonil e decisivo Tojo parecia ter a garra necessária para cortar o nó górdio. Tojo viera da Infantaria e, ao servir como comandante da Aeronáutica, percebeu logo a importância de uma força aérea em combates modernos. Foi logo reconhecido como um homem que combinava o poder decisório de Hitler com a visão de Goering, e os jovens da Cruz de Ferro, por exemplo, acreditavam que ele poderia salvar o Japão.

O salvador começou a falar:

*Neste momento, agraciado com a augusta presença do príncipe imperial, tenho o grande prazer de testemunhar a esplêndida cerimônia para dedicar esses aviões adquiridos por meio de contribuições de ardoroso patriotismo de todos vocês reunidos aqui hoje, e do povo de toda a nação.*

*A nossa situação é tensa, tanto interna quanto externamente. Nestes tempos, é com profunda gratidão que o Exército recebe esses modernos equipamentos de guerra, símbolos do apoio sincero do povo. Tenho certeza de que aqueles que pilotarem essas aeronaves patrióticas, e os oficiais e soldados que os ajudarão dos campos de batalha, vão retribuir o presente de vocês e iluminar os campos de guerra com brilhantes conquistas de bravura militar...*

O discurso foi seguido de uma frenética ovação. Em seguida, o ministro da Marinha, Oikawa, leu uma pequena nota, mas a recepção foi bem menos entusiasmada. Corriam rumores de que o desanimado ministro da Marinha, preocupado com a ideia de uma guerra contra a Inglaterra e os Estados Unidos, conspirava com Konoe para selarem um compromisso de paz. Dizia-se também que a posição do governo em relação aos Estados Unidos fora discutida numa conferência secreta na presença do Imperador no dia 6 de setembro, e que uma decisão fora tomada: se uma solução diplomática falhasse, o Japão utilizaria força militar para quebrar o embargo ocidental.

O céu azul foi coberto pelo ronco dos motores. Sobre a multidão, dezesseis aviões de carga e de caça da Marinha reluziram com o sol, e a formação completa executou um *loop*. A multidão aplaudiu. Então, os aviões vieram em queda rápida, mais e mais próximos do chão, com os motores gritando, enquanto as asas prateadas cortavam o ar bem sobre a cabeça das pessoas. De repente, desviaram e bombardearam um alvo simulado um pouco além do aeródromo. A terra balançou, uma fumaça branca subiu. O som do choro de um bebê no meio da multidão foi engolido pelo dos aplausos.

Após a Marinha, foi a vez da Aeronáutica. Primeiro veio uma grande formação de caças, aviões de reconhecimento, bombardeiros leves e aviões de transporte. Depois, do alto-mar, ouviu-se o ronco forte dos bombardeiros pesados; em grupos de três, voavam em direção à multidão. Atrás deles vinham os caças, em volta da formação maciça como num combate aéreo. Mas os bombardeiros afastaram os aviões menores e, zumbindo baixo sobre o aeródromo, despejaram bombas reais num alvo de mentira, do qual sobraram apenas pedaços de madeira em chamas. O estrondo da explosão ecoou pela plateia, remexendo seus estômagos. Garotinhas encostaram seus rostos nos peitos de suas mães. Velhos em uniformes antigos da era Meiji demonstraram admiração. Uma massa de espectadores excitados foi em direção às formações de policiais, empurrando e gritando, e tentaram invadir o aeródromo. Uma dúzia deles conseguiu. Mas a polícia, gritando nos seus megafones, agiu de imediato e agarrou os invasores.

Arizumi, vestindo sua faixa da Agência de Notícias de Tóquio no braço, se infiltrou na multidão. Havia pais com seus filhos e professores com grupos de estudantes de primeiro e segundo graus. O Clube de Garotos da Defesa Naval estava lá, assim como a Liga Patriótica das Mulheres do Grande Japão e a Associação dos Veteranos Provincianos. Grupos de estudantes universitários em uniformes e polainas curtas elevavam as cores de suas escolas. Faixas balançavam ao vento: "Clube dos Paraquedistas", "Clube de Aviação". Os mais notados eram os jovens da Cruz de Ferro, com uniformes cáqui, suásticas brasonadas nas mangas e imitações perfeitas de capacetes do Exército na cabeça. Arizumi observou com orgulho as reverências de vários estudantes no grupo. Uma dúzia deles formou um círculo em torno de um estudante de Direito que fazia um discurso. Totalmente rígido, balançando seu punho direito fechado, ele gritava:

*A nossa aliada Alemanha cresce, cresce de glórias! Com uma força incapaz de ser vencida, a Alemanha, de vitória em vitória, marcha para construir uma nova ordem mundial. O herói do século, Adolf Hitler, realiza significativas conquistas, expandindo grandemente seu reino. Bruxelas, Dunquerque e Paris já caíram, e agora o Exército alemão vai como uma onda raivosa de Smolensk para Moscou. Qualquer dia a União Soviética irá se render. A Inglaterra já teve seu dia. O povo ariano cresce e demonstra uma maciça solidariedade, e um Círculo de Prosperidade Conjunta está emergindo na Europa. Senhores, em tempos como este, qual a nossa tarefa? A resposta é óbvia. Devemos responder às grandes conquistas de Hitler, o herói do Ocidente, e criar uma nova ordem na Ásia Oriental. Expulsar a União Soviética, libertar as colônias inglesas, americanas, francesas e holandesas, e estabelecer um Círculo de Prosperidade Conjunta na Ásia Oriental de verdadeira paz e liberdade. Essa é a tarefa urgente que se apresenta!*

O orador apertou seu punho fechado contra o peito, e o balançou no ar, numa imitação perfeita do Führer.

*Este é o momento de fazer funcionar o Eixo. Chegou a hora de nos revelarmos ao mundo. Atacar a União Soviética! Destruir os Estados Unidos e a Inglaterra! Esmagar o embargo que nos cerca! Este é o momento de nós, estudantes, darmos nossas vidas pela nação imperial, pela nova ordem no Oriente, pelas pessoas da Grande Ásia Oriental! Temos de responder ao chamado dos espíritos de nossos heróis mortos e alistarmo-nos incontinenti! Neste momento urgente da história, não devemos mais tolerar estudos infectados por conhecimentos estrangeiros. Joguem fora seus livros! Joguem fora seus livros e peguem suas espadas!*

Após o discurso, os membros da Cruz de Ferro aplaudiram com fervor; depois, levantaram ambos os braços e gritaram três vezes seguidas: — *Banzai* Sua Majestade, o Imperador! — E com o braço direito estendido gritaram: — *Heil* Hitler! — Seguiram-se então uma série de *Banzai* e *Heil* Hitler, e em cada grito ouviam-se as vozes de mais estudantes.

Mas o som dos motores logo os abafou. Voando em direção a eles vinha uma formação de aviões biplanos de treino. Quando alguém anunciou que os pilotos também eram estudantes, os outros em terra pularam de excitação. Catorze grupos, de três aviões cada, circundavam o aeródromo bem próximos às cabeças da multidão.

Comparados aos aviões que eles tinham visto naquela tarde, os pequenos aviões de treino eram vergonhosamente lentos. Os motores dos Libélulas Vermelhas ronronavam quando passavam sobre a multidão. Era como assistir a uma aula para crianças após uma demonstração de ginastas olímpicos. Mas havia ternura na imagem, e a multidão acenou em solidariedade a esses jovens da sua geração que tiveram visão suficiente para saber que o Japão precisaria de suas habilidades específicas.

A formação voava muito baixo, quase ralando no chão. Quando os aviões chegaram a dez metros de altura, os estudantes puderam ver os rostos dos pilotos e acenaram freneticamente para eles. Chapéus eram jogados para o ar, bandeiras e faixas balançavam para saudá-los.

Anna contou a Arizumi que Ken pilotaria um Libélula Vermelha, e ele procurava seu cunhado em cada avião. Na segunda aeronave do quarto grupo, viu um rosto que parecia o de Ken. O piloto tinha uma compleição maior do que a média e estava em pé no assento, balançando seus longos braços. — Vamos, Ken! — gritou Arizumi. Por um instante ficou envergonhado por ter demonstrado entusiasmo tão infantil.

No momento em que terminou o mar e começou o aeródromo, Ken percebeu que o que parecia ser um monte de sementes de gergelim era na verdade uma grande multidão de pessoas. Depois de voar uma vez sobre o aeródromo, virou à esquerda e veio novamente em altitude bastante baixa. Ele praticara essa manobra por uma semana. Estava tão baixo que quase sentia suas rodas tocar o solo. No avião-líder, o instrutor levantou a mão. Ken, na aeronave atrás dele à esquerda, trocou um olhar com Yamada, que estava à sua direita. Então ele viu a parte principal do aeródromo e a multidão vindo até ele como uma onda gigantesca.

Ao ver o terminal Haneda, Ken pensou que o Príncipe estava em algum lugar daquele teto. *Não seria um escândalo sem precedentes se eu batesse em sua Alteza? Mas eu posso chegar bem perto e assustá-lo.* O primeiro avião ia em direção aos assentos de observação situados no teto. A formação de Ken se aproximou, passando a dez metros do telhado, próximo o suficiente para que pudesse ver as expressões nos rostos das autoridades quando engasgaram e abaixaram suas cabeças. *O Príncipe deve ter sentido o maior pavor de sua vida. Podiam prender-nos por Lesa Majestade. Mas pelo menos Sua Alteza está tendo uma oportunidade de conhecer o corpo de aviação.*

Estavam agora bem sobre a multidão. Ken podia ver milhares de manchas brancas agitadas, mãos acenando para ele. Eram grupos de estudantes. Ken acenou de volta. O avião-líder iniciava agora uma subida rápida. Ken puxou o manche com toda a força. Céu azul, vento, sol, luz. *Subir, subir!* Cem, duzentos, quatrocentos metros. *Agora reduzir a velocidade e fazer a curva. Virar para a esquerda, e descer novamente. Onde diabos está Yamada? Vamos lá, atrás de mim. Ok, aí está você. Agora o* loop *final.* O aeródromo, o mar, o céu azul, o aeródromo, o mar. *Missão completa!* As ordens eram para quebrar a formação nesse ponto, e cada um retornar ao solo na escola por navegação visual. Ken subiu a quinhentos metros. Seguindo a costa da baía de Tóquio, rumou em direção ao norte.

O avião de Ken passou sobre as docas em Shibaura, lotadas de cargueiros. Sobre o parque em Hamamatsu-cho, ao norte da baía, virou para voar sobre as ruas da cidade. De repente teve a ideia de passar sobre a casa de sua família em Nagata-cho. Lógico que os pilotos da Aeronáutica estavam expressamente proibidos de fazer qualquer desvio, mas já que voava sobre a vizinhança não seria de fato um desvio, seria? Podia ver os prédios altos do distrito de entretenimento, Shimbashi e Ginza. Era uma tarde de sábado, as ruas estavam lotadas de carros e pessoas; nessa cidade de milhões de pequenas casas, os espíritos dos moradores pareciam ser esmagados no ar.

Um pouco além das brilhantes paredes vermelhas do santuário Hie e do branco cretáceo do prédio da Assembleia, lá estava a residência de sua família, uma distinta casa de dois andares estilo ocidental, próxima à Embaixada do México. Lembrava um pouco a mansão deles em Karuizawa, com seu telhado vermelho e paredes caiadas. Refletia os gostos de Alice — uma casa de campo de Connecticut no meio de Tóquio.

Alguém estava no jardim. Seria sua mãe? Passou sobre a casa; tentou voltar para dar mais uma olhada, mas agora seria complicado. À sua direita estava o Palácio Imperial; à sua esquerda, a residência do Príncipe. Ninguém invadia esses céus, não com tantos habitantes importantes. Voou em direção a Akasaka, virou, e começou a descer. Viu o hotel Sanno e, na ladeira atrás dele, a casa de sua família e... não era sua mãe, era Eri! Ken acenou, e Eri o viu. Ela acenou para ele e correu para casa a fim de contar a todos. Queria passar mais uma vez sobre a casa, mas a Polícia Militar suspeitaria se voasse pelo mesmo lugar duas vezes a baixa altitude. Podia ver o prédio da Assembleia, os ministérios do governo em Kasumigaseki e várias embaixadas estrangeiras. Voava sobre o centro nervoso do Império Japonês. Ken saudou sua família com um balançar de asas e se afastou rumo ao norte.

Provavelmente fora visto por sua mãe. Podia ouvi-la dizer: "Que emoção, Ken surgindo assim do céu! Vamos chamar Anna e contar a ela. Oh, veja, ele está voando bem! Que pena, Papai adoraria *tanto* tê-lo visto!"

Ken não escrevera a sua família uma única carta desde o encontro que tiveram no meio de agosto em Karuizawa. Todos os dias tinha que participar de um treinamento intensivo, e mal tivera tempo de recuperar o fôlego. Teve que digerir em seis meses o que normalmente levaria um ano. No terceiro mês de treinamento começaram os voos solo. Tão logo ele aprendeu bem as técnicas envolvidas — *loops*, giros, revirar o avião na subida —, começou a voar em formação (era na verdade muito cedo para o esquadrão de Ken fazer isso, mas as instruções foram aceleradas para o espetáculo aéreo). Estivera ocupado não apenas com o treinamento no *cockpit*, mas com aulas teóricas: aeronáutica, motores, meteorologia, navegação, pilotagem. As aulas tomavam todas as suas tardes, as matérias penetravam em sua mente um teste após o outro.

Ken queria voltar para sua casa em Nagata-cho pelo menos mais uma vez. Queria ver seu pai, sua mãe e Eri, e tinha também saudades de Tanaka e das criadas. Mais do que tudo queria apenas ver novamente a casa, o jardim, seu próprio quarto.

Um extenso campo apareceu à sua frente: o espaço de espetáculos de Toyama. Logo à sua direita estava o hospital do Exército, onde Haniyu, que nunca se sentiu com confiança para pilotar, estivera uma semana atrás, depois de destruir seu avião de treino. Ken rapidamente rumou para o leste, iniciando uma descida brusca. Sobre o Colégio Militar e a Academia Militar de Toyama, ele aproximou-se dos alojamentos do hospital militar, que pareciam de madeira. Em alta velocidade, passou pela janela do quarto de Haniyu, a segunda da direita, e tão próximo que quase tocou o telhado. Será que Haniyu percebeu? Mais uma vez, fez um giro sobre a Universidade Waseda e desceu em direção ao hospital. Tinha certeza de que poderia ver a imagem de alguém deitado numa cama. Será que Haniyu percebeu que era ele?

Ken tinha que voltar. Pegou altitude. Quinhentos, setecentos, mil metros. Nos subúrbios de Tóquio, as plantações de arroz estavam amarelando.

No domingo passado, Ken foi visitar Haniyu no hospital. Haniyu quebrara o fêmur esquerdo e a fíbula direita. Estava impossibilitado de mover, com pernas e tronco engessados. Sofrera também laceração superficial no escalpo, e sua cabeça estava toda enfaixada. Deitado na cama, ele não lembrava em nada um soldado machucado, mas sim um galã de uma peça de teatro que se ferira num duelo por uma mulher. Qualquer impressão militar se esmaecia diante da bela jovem enfermeira que o assistia. Quando ela colocou as flores de Ken num vaso, este percebeu a mão pequena que surgia das mangas do quimono. Era pequena, branca e delicada, diferente das mãos rechonchudas de Eri ou das longas e finas de Margaret. Ken nada sabia sobre quimonos, mas percebeu que a garota vestia um de fino trato. Parecia ser a irmã de Haniyu, pelos traços do rosto, com os mesmos olhos e nariz, e principalmente a pequena curvatura do queixo fino.

— Toshiko — murmurou Ken para si no avião. Enquanto voava de volta para a base, a ideia de que era ela na janela do hospital o encheu de alegria.

# 3

Quando o bonde passou pelas paredes vermelhas do santuário Hie, Ken viu ao longe os arredores arborizados dos palácios dos príncipes Fushini e Kan'in. Sentiu uma onda de nostalgia ao passar pelo hotel Sanno e pelas ruas de Akasaka em volta dele. *Esta é a minha cidade natal*, pensou Ken, quando desceu do bonde e atravessou a avenida. Tudo parecia estar do mesmo jeito: a floricultura, a loja de verduras, a farmácia, o vendedor de arroz, o estúdio do fotógrafo, a barbearia e até mesmo os anúncios dos médicos pendurados nos postes de telefone. A única coisa diferente eram as bandeiras do sol nascente penduradas nas entradas das casas e dentro de ônibus e bondes. Hoje era o Dia de Meiji, o primeiro imperador do Japão da era moderna. O céu de outono estava sem nuvens, e o vento era fresco e refrescante.

Ken andava a passos largos e, ao virar numa rua, encontrou uma multidão de pessoas. Havia várias faixas penduradas nos edifícios próximos com grandes slogans do tipo: "Saudamos sua partida para o front." Bandeiras menores eram agitadas pela multidão. Alguém com uma voz áspera fazia saudações. Por ser alto, Ken viu facilmente sobre as cabeças das pessoas um jovem nervoso, da mesma idade que a sua, sobre a plataforma com uma bandeira do sol nascente em volta do pescoço. O jovem parecia não estar acostumado a ter a cabeça raspada, pois a coçava ao ouvir o discurso. Seus olhos espantados observavam a população, as crianças com seus chapéus escolares, as donas de casa da Liga Patriótica das Mulheres com seus aventais, e o velho de cabelos brancos em uniforme da defesa civil que discursava próximo a ele.

De repente, o jovem percebeu a presença de Ken. Um olhar de surpresa cruzou seu rosto, e lhe fez uma esmerada reverência. A reverência foi tão estranha que as pessoas se viraram para ver. Mas Ken não se lembrava de tê-lo visto antes. Como a "celebração" acontecia em frente a um mercado que os Kurushimas frequentavam desde que Ken era garoto, concluiu que o jovem deve ter-se lembrado dele como um velho freguês. A ladeira se alinhava com mansões, incluindo a dos Kurushimas, mas abaixo ficava uma rua de pequenas lojas, e Ken era sempre cumprimentado por pessoas das quais não se lembrava.

Ele subiu lentamente o caminho que dava na ladeira. O beco estava fechado dos dois lados por altos muros de pedras. Estava escuro, com um cheiro de umidade e bolor. O cheiro lembrava-o de que estava em casa. Tudo estava igual aqui, até o brilho escuro da grama úmida e o buraco na parede onde, quando garoto, colocara uma garrafa com uma mensagem secreta.

Um grupo de garotos subia a ladeira. Eram estudantes do Ginásio Municipal, vestindo uniformes cáqui e boinas estilo militar. Devem ter sido liberados só agora das cerimônias do Dia de Meiji na escola. Comparados ao uniforme de oficial de Ken, feito de pura lã, os dos garotos, feitos de fibra têxtil brilhante, pareciam baratos e gastos. Ken sentiu pena deles, a mesma pena que sentiu, na rua abaixo, do jovem recruta que estava sendo enviado para o front na China. O sentimento incluía um pouco de embaraço pela sua posição privilegiada de membro da elite do Exército.

— Atenção! — ouviu um deles gritar. Sua voz ecoou por toda a rua estreita. Os meninos pararam, tiraram as pequenas boinas e saudaram Ken. Inicialmente pensou ser uma brincadeira, mas assim que os saudou de volta os garotos o rodearam. Havia um olhar solene em seus rostos.

— Tenente, senhor — disse um deles. Era um garoto magro com uma voz aguda, que poderia ser um estudante do primário, mas não havia timidez em sua atitude. — Senhor, o senhor pertence à Aeronáutica?

— Isso mesmo — disse Ken, com um sorriso.

— Nós torcemos de verdade para o senhor mandar esses americanos para o inferno!

— Contem comigo — concordou Ken seriamente.

— Mande-os de verdade para o inferno, destrua-os — disse o garoto, abaixando a cabeça e demonstrando embaraço por ter falado tanto.

Ken sentiu como se essa vozinha fosse uma agulha espetando-lhe o coração. Quando estava de uniforme e boina sobre o rosto bronzeado, ninguém imaginava que ele tivesse sangue duplo, e que a outra metade era americana. Para os garotos, ele não era um "estrangeiro desgraçado", mas um oficial imperial alto e de feições agudas, em quem esses estudantes confiavam.

"Mande-os para o inferno" se tornara a esperança da maioria dos japoneses, um desejo que os editoriais dos jornais expressavam e que dominava as conversas na Escola de Aviação. Por que os Estados Unidos os ameaçava? O Japão nunca fizera nada a eles, então por que tentavam tirar o sangue dos japoneses? Ken ficara surpreso quando os Estados Unidos embargaram os metais brilhantes — alumínio, molibdênio, e outros — usados na construção de aviões e, um pouco depois, proibiram companhias americanas de vender aos japoneses os equipamentos para produzir combustível aéreo. Em janeiro, as cotas para importação de estanho e sucata tinham sido cortadas pela metade, e a lista de itens embargados continuou aumentando, incluíram até materiais estratégicos — cobre, níquel e madeira — e, em junho, todos os produtos petrolíferos. Ao fim de julho, Roosevelt congelara todos os bens financeiros do Japão nos Estados Unidos. Era o equivalente a declarar guerra econômica. Nessa época, a opinião pública no Japão tinha atingido seu ponto de ebulição. Nos jornais, as manchetes eram agressivas: "Atacar os Estados Unidos!", "Vamos acabar com os esquemas de dominação mundial de Roosevelt!"

Ken nunca conseguiu gostar de Roosevelt, mas também se incomodava com jornalistas como Arizumi e intelectuais e oficiais militares como Hanazono que evocavam qualquer ato de Roosevelt como estímulo para suas paixões fanáticas. Se o Japão começasse uma guerra não teria chance alguma. Era óbvio pela diferença de produção de aviões de cada país. A potência industrial americana, a qual Ken vira com seus próprios olhos pouco tempo atrás, e sua simplicidade para desenvolver novos aviões eram impressionantes. Que incrível coleção de aviões eles tinham no Museu da Força Aérea, no Campo Wright, enquanto o Japão não tinha sequer um museu aéreo! Mas, acima de tudo, os americanos tinham uma firmeza nas ideias, e sua mãe era um bom exemplo. Percebia-se isso também no embaixador Grew e em Lauren. Era grande a força de caráter dos americanos. Quando você soma tudo, seria um ato de suicídio nacional o Japão entrar em guerra contra os Estados Unidos.

De coração mesmo, Ken simplesmente odiava a ideia de entrar em guerra contra o país de sua mãe. As palavras do garoto "Mande-os para o inferno" machucaram seu peito.

Quando chegou ao topo da ladeira, olhou para trás. No céu de outono sem nuvens, além de onde brilhavam insensíveis as telhas do quartel de

Akasaka, o Monte Fuji projetava sua forma pura sobre a cidade. Havia mais neve na montanha do que há dois meses, quando o vira do Libélula Vermelha; contra o céu azul esse cone quase perfeito era um branco bastante diferente.

Ao olhar de cima da ladeira para ver se o Monte Fuji estava visível, hábito desenvolvido por anos e que fazia de forma inconsciente, Ken reconquistou a paz. E quando viu sua própria casa, ao atravessar a construção amarela exótica da embaixada mexicana, firmou com prazer as botas no chão. Estivera longe por muito tempo.

O quarto no canto do segundo andar pertencia a Eri, mas era de Anna antes de ela se casar. Chamara-o, brincando, de "posto de observação", já que de lá podia-se ver tanto a embaixada mexicana quanto o Ginásio Municipal, e era um ponto excelente para espionar diplomatas e estudantes. Agora Ken olhava as cortinas com faixas vermelhas e amarelas que sobraram dos tempos de Anna.

A cerca de madeira branca (estilo de Connecticut, disse sua mãe) em frente estava alinhada com as azaleias (isso, ela aclamava, era estilo Edo), que floriram todas de uma vez na primavera. Essa casa era bastante conhecida nas vizinhanças como o "Palácio Azaleia", e muitas pessoas vinham na primavera admirar as flores.

O portão de ferro estava fechado. Ken estava quase tocando a campainha, mas parou e resolveu entrar pela porta da cozinha. Esta não estava trancada e, ao abri-la, ouviu o som de água corrente e a voz de Tanaka conversando com alguém, provavelmente Yoshiko. Com passos silenciosos, atravessou o jardim, escondeu-se atrás da cerca, e viu sua mãe conversando com o jardineiro sob o forte sol matutino. O rosto do velho jardineiro lhe era familiar.

O jardim tinha aproximadamente seiscentos metros quadrados. Próximo ao muro haviam plantado cerejeiras, caquizeiros e zelkovas. Mas não muitas, pois havia grama no centro, com uma mesa de ping-pong sobre ela. Um pouco além do muro, ficava a fazenda do príncipe Konoe, cuja folhagem escura e exuberante crescendo sobre a cerca no estilo do Templo Kennin dava-lhe uma aparência elegante. Na verdade, o jardim todo parecia uma clareira em meio às florestas. Em volta da grama, havia uma pequena estufa, um canteiro de flores e um laguinho. Esse lago era raso, projetado para ser uma piscina para pássaros, com um poleiro numa ilha ao centro.

O jardineiro e Alice discutiam sobre algo.

— *So-ko da-me!* — gritava ela, em um japonês bastante precário. — Não aí! Aqui!

— É melhor aqui, madame. Muito melhor. Não há nada de errado com minha visão.

— Esta pedra não está correta.

— Está sim.

Mas Alice insistia, e o velho homem, com uma faixa na testa abaixo de seu cabelo cortado em estilo escovinha, desistiu, mudando a posição da pedra que ela acabara de colocar no chão. Havia várias outras pedras lá prontas para serem ajeitadas.

— Não, não está certo! — disse Alice, balançando os braços. — Ficou ainda pior agora — era típico dela, ao perceber que cometera um engano, imediatamente corrigi-lo. — Não, não, *so-re da-me*. Coloque a pedra de volta onde ela estava. Ficava melhor lá. Eu estava enganada.

Mas o velho homem ou não entendeu o inglês dela ou estava cansado das ordens intermináveis de mudança dessa mulher, pois ficou parado e recusou-se a respondê-la.

— Está vendo? Coloque a pedra de volta onde ela estava. Você estava certo, eu admito.

Não houve resposta do velho homem. Ken julgou ser este um bom momento para aparecer. Como um ator fazendo uma entrada dramática, saltou ao jardim batendo suas botas, apertou a boina contra o peito, e fez reverência.

— Ken! — gritou sua mãe. Ela ficou tão animada que chutou longe a pedra sobre a qual discutia. Olhou para ele por um instante, abriu um sorriso largo e correu para seu filho. Ken encontrou-se com ela no meio do caminho e a abraçou com vontade.

— Oh, Ken, que bela imagem você deve estar tendo de mim. Estou coberta de lama.

— Mamãe — ignorou a lama e a beijou em ambas as bochechas.

Alice bateu a terra das mãos. — Isso é tão inesperado, você me surpreendeu. Se tivesse me dito que viria, eu teria preparado um banquete.

— Não foi fácil sair. Na verdade...

Alice entendeu e cortou seu filho no meio da frase. — Você está lindo. Que bronzeado maravilhoso! Anna vem hoje também, assim teremos toda a família reunida para o jantar — olhou para seu filho desconfiada: — Você não tem que voltar já, tem?

— Não, tenho dois dias completos. Posso ficar até a manhã de depois de amanhã. A não ser, é claro, que haja uma emergência.

— Uma emergência? — seus olhos brilhantes novamente se escureceram.

As condições de trabalho de Ken tornaram-se rigorosas nos últimos tempos, e oficiais eram chamados de volta em meio a licenças. Isso fazia parte do treinamento. Os soldados tinham que estar preparados para retornos imediatos para o campo, fato comum em tempos de guerra.

Ken mudou rapidamente o assunto:

— Onde está papai?

— Está lá em cima — o sorriso retornou ao rosto de Alice. — Deve estar lendo. Desde que ficou semiaposentado tem tempo de sobra. Visita o ministro apenas ocasionalmente, e passa a maior parte dos dias com a cabeça enfiada nos livros. Eri estava aqui um minuto atrás, jogando ping-pong com Maggie. Se Anna chegar mais cedo, podemos almoçar todos juntos.

— Por curiosidade, o que você está fazendo com essas pedras?

— Um jardim Kyoto.

Alice começou a explicar seus projetos com entusiasmo. Queria arrumar as pedras na forma do ideograma chinês para "arroz", e fazer um canteiro de flores no centro e nos cantos. Isso, disse ela, seria no "estilo zen" de Kyoto.

— Entendeu, Ken?

— Não — sorriu. — Não faz sentido.

— Demonstre mais respeito, meu menino — e apontou-lhe o dedo. — Você já deve ter visto esse tipo de jardim em Kyoto. Naquele templo tudo é zen, sabe? O jardim de pedras. Fomos lá juntos.

— Ah, sim — Ken concordou com a cabeça, mas não tinha a menor ideia sobre o que ela falava.

— Então o que você vai fazer com isto? — Ken apontou para a pedra que estava próxima aos seus pés.

— Diga a esse homem que ele estava certo, que fica melhor onde ela estava. Peça para ele colocá-la de volta lá.

Ken transmitiu as instruções ao jardineiro. O velho homem passou as mãos pelo queixo e disse:

— Eu imaginei que fosse isso que ela estava dizendo em inglês, mas agora acho que a pedra fica cem vezes melhor onde está. Veja, está em perfeito equilíbrio com a pedra do outro lado. Perfeito. Eu fiquei parado pois não sabia como dizer isso a ela.

Quando Ken traduziu isso, sua mãe mordeu a língua de aborrecimento e encolheu os ombros. — Que homem mais teimoso!

— Mas, mamãe, ele está admitindo que você estava certa. Ele está elogiando seu senso estético.

— Ah, sim, meu senso estético. Diga a ele que eu gosto da pedra onde ela estava, e que comece a trabalhar na próxima.

O velho jardineiro pegou outra pedra. — Por favor, diga a sua mãe que eu entendo perfeitamente o que ela quer. Peça a ela que deixe o resto por minha conta. Vou fazer tudo do jeito dela.

Ken piscou para o homem e disse para Alice:

— Estou com fome!

— Que horas são?

— Quase meio-dia.

— Deus do céu! — de repente, Alice ficou afobada. Correu para dentro de casa gritando: —Tanaka! Yoshiko!

Ken acenou com a cabeça para o velho homem e seguiu para a entrada da frente. Yoshiko, que o esperava lá, observou admirada sua espada do Exército. Tanaka, com seu chapéu de cozinheiro, botou a cabeça para fora da cozinha e o cumprimentou, abaixando os quadris numa espécie de reverência. Atrás dele, Asa, com o olhar rabugento de sempre, fez a Ken um aceno indiferente. Alice estava de avental, ocupada na pia.

Quando Ken entrou em casa, primeiro foi à sala de estar. Aquela era a sala da família. Ao centro havia uma fornalha cercada de cadeiras, com um baú ornamental feito de mogno peruano coberto de fotos da família em um dos lados.

A velha foto em moldura prateada era de seus pais ao se casarem. A jovem noiva, vestindo um chapéu de laço e segurando um buquê de cravos, estava sentada, com o noivo, de fraque, ao seu lado. Havia uma foto de Anna no seu primeiro aniversário, que mostrava os pais felizes segurando o bebê. E havia fotos da família em diferentes anos tiradas nas várias residências: Chicago, Lima, Roma, Tóquio, Bruxelas e Berlim. Havia uma foto de Ken, um pouco antes de ser convocado, de terno e cabelo partido ao meio. Uma fotografia chamou sua atenção, e ele a pegou. Fora tirada durante sua última visita a Chicago. Mostrava Lauren ao lado de Ken e George, os dois jovens com os rostos sorridentes encostados no dela. Ken e George pareciam irmãos, e Lauren era bastante parecida com Alice quando nova. Ken sabia que George estava agora na Força Aérea americana. Será que já voava? Algum dia, Ken gostaria de co-pilotar um avião com ele, e levar sua família para uma viagem a algum lugar. Não ouvira nada de seus primos americanos havia bastante tempo. Desde que o embargo começou, nem sempre chegavam as cartas que iam ou vinham dos Estados Unidos.

Não conseguia decidir sobre aonde ir antes, se ao escritório do pai ou ao quarto de Eri. Então ouviu uma música, e vozes altas e risonhas vindas de trás da porta de Eri. Ficou ouvindo parado no corredor. Quando escutou "One O'Clock Jump", de Count Basie, bateu na porta.

— Quem é? — era a voz de Eri.

— Sou eu. — disse, imitando a voz de seu pai.

— Papai? Só um minuto! — a música parou. Ken escutou o barulho de coisas sendo escondidas rapidamente. Tentou abrir a maçaneta. A porta estava trancada, mas logo foi aberta pelo outro lado.

Pensando que era seu pequeno pai, Eri ficou apavorada quando viu o uniforme imponente de seu alto irmão. — Ken! Que truque sujo! Você é terrível! — E voou em direção a ele. Agarrou o irmão pela jaqueta e beijou-o em ambas as bochechas. Ele sentiu o aroma do cabelo de Eri, e também perfume, e percebeu que ela usava batom em excesso.

Margaret estava lá também, e outra garota que ele não conhecia, ambas também usando maquiagem, que fazia seus uniformes escolares parecerem ainda mais infantis. Quando Ken acenou com a cabeça para Margaret, achou que ela ficou embaraçada. O rosto da menina corou, como se tivessem acendido um fósforo nele. Ken quase podia ver o vermelho refletido no seu cabelo.

— O que vocês estão fazendo, meninas? — perguntou Ken, imprimindo um tom de desaprovação ao inspecionar o quarto. Sobre a cama, estava o vestido e o véu de noiva de sua mãe. Um estojo de maquiagem fora escondido rapidamente sob a cama.

— Arrá! — disse Ken, com um sorriso fingido.

— Não conte para mamãe! — implorou Eri.

— Se você não quer que ela descubra, é melhor tirar essa maquiagem. — Ken pegou um lenço e ajudou a limpar o ruge das bochechas de Eri e da outra garota, de nome Keiko. Eri ficou curvada, e com medo.

— Eri, se componha! — disse Margaret. — Ken, Eri é uma mestre em maquiagem. Um pouco antes de você aparecer, ela nos ensinava a nos maquiar.

— Eu não. A gente estava "ensaiando um casamento" — disse Eri. — Margaret era a noiva; e Keiko, o noivo. Mas quem você acha que é o verdadeiro noivo de Maggie?

— Eri, não diga isso, não se atreva! — Margaret tentou tapar a boca de Eri, com as mãos.

— Tenente Ken Kurushima! — gritou Keiko. — Maggie disse que quer ser sua noiva!

— Sua... — Margaret pulou em direção a ela. Eri se meteu no meio das duas e as separou.

Ao sair do quarto, Ken ajeitou as pregas de seu uniforme e assumiu uma postura sóbria antes de bater na porta do escritório de seu pai.

— Entre — Saburo calmamente colocou um marcador no livro que estava lendo, e virou-se. — Oh, Ken, seja bem-vindo. Conseguiu uma folga? — seu pai engordara um pouco, o bigode ficara mais grisalho.

— Sim, senhor. Estou de volta por dois dias — Ken o reverenciou e sentou no sofá. — Estou atrapalhando?

— Lógico que não. Eu não estava trabalhando. Não ter nada para fazer nestes dias tem me deixado com tempo de sobra. Como estava entediado, comecei a ler isto — pegou o livro de sua mesa e o entregou a Ken. Era em inglês: *A importância de um caça na batalha aérea*.

— Ei, esse é...

— Isso mesmo, peguei emprestado no seu quarto. É bastante interessante. Dá um belo panorama da produção de aviões militares em todo o mundo.

— Comprei nos Estados Unidos no ano retrasado. Mas a maior parte das informações já está ultrapassada. O progresso nos projetos de aviões nos últimos anos tem sido impressionante. Os aviões com asas mais altas e biplanos aqui nas fotos já são obsoletos. Asas mais baixas são comuns hoje em dia, e os motores têm o dobro de potência.

— Entendo — Saburo observava seu filho, impressionado. — E seu progresso pessoal?

— Estou melhorando um pouco. Já faço voos solo de longa distância e já consigo fazer manobras complicadas, como *loops*. Agora treinamos formação. Voei numa formação durante o espetáculo aéreo em Haneda.

— Imaginei — Saburo deu um tapa no joelho. — O jovem Arizumi estava lá cobrindo o espetáculo, e nos contou que viu alguém parecido com você voando a baixa altitude.

— É verdade. Eu fiz um zumbido no terminal. E após o espetáculo voei sobre a nossa casa. A Eri não comentou nada sobre isso?

— Não.

— Sério? Engraçado. Tenho certeza de tê-la visto acenando para mim. Eu voei tão baixo que quase encostei nas árvores do jardim.

— Bem, se ela o tivesse visto, certamente não teria guardado segredo. Tem certeza de que não foi apenas imaginação? As pessoas têm uma certa tendência a ver aquilo que elas querem ver.

Ken pensou sobre isso. Tinha certeza de que Eri acenara para ele. Mas talvez tenha sido uma ilusão.

Um gongo soou no andar de baixo. Era um gongo de navio que estivera na casa da família de Saburo em Yokohama, e os Kurushimas sempre o usavam para anunciar que a comida estava na mesa.

Uma batida na porta e Eri enfiou a cabeça para dentro.

— O almoço está pronto.

— Nós ouvimos — respondeu Ken, e pediu para sua irmã entrar. — Por um acaso você percebeu quando eu voei sobre nossa casa no meu avião de treinamento no dia do espetáculo aéreo?

— Quando foi isso?

— Vinte de setembro, um sábado, durante a tarde.

— Não — disse ela, balançando a cabeça. — Não vi nada.

— Sério? — Ken olhou desapontado. Ele queria fazer uma surpresa à sua família, mas se enganara. E começou a pensar que nem Haniyu tampouco sua irmã o tinham visto.

— Ken — disse Saburo —, vamos dar uma andada depois do almoço. Está um belo dia lá fora. Que tal um passeio pelo Santuário Meiji?

— Sim, senhor — Ken ficou rígido. Com os olhos fixos no pai, fez-lhe um cumprimento militar, pendendo seu tronco para a frente exatamente quinze graus.

# 4

Ele não se acostumava com as altas botas militares apertando as canelas. Sentia como se suas pernas não pertencessem ao próprio corpo, mas a um crustáceo coberto por uma concha dura andando sobre pedregulhos. As botas não eram a única coisa com a qual não se acostumava. A cada passo, a espada presa à cintura entrava na sua frente, como que por vontade própria. Os samurais do passado podiam, ao menos, prender o cabo de suas espadas no cinto. Ken sentia que não ficava bem com nada que vestia — nem seu uniforme, nem sua boina, nem suas faixas de oficial. Era um tenente da Força Aérea apenas por fora. Internamente, seu corpo delicado não tinha nada ver com militares.

Soldados o cumprimentavam quando Ken passava por eles, e ele retornava a saudação. Que coisa incômoda era isso, essa lembrança constante da graduação de cada um. Ao mesmo tempo, tinha que se manter atento para oficiais superiores, já que era obrigado a vê-los antes de eles o verem e saudá-los primeiro. Por ser membro da restrita sociedade hierárquica japonesa chamada Exército, não podia fazer nada quanto a isso. Mas não se acostumava com esse monte de saudações — acima de tudo, era apenas um jovem tenente, promovido só em junho passado. E se ele falhasse ao saudar um oficial mais velho, as repercussões seriam intermináveis, principalmente se alguém como Hanazono, que tinha uma atenção monomaníaca para o Código de Cortesia Militar, chegasse a saber.

Mesmo quando não quebrava o regulamento, a altura de Ken chamava atenção. De longe, era tido como japonês, mas quando o viam de perto as pessoas logo percebiam que olhavam um rosto estrangeiro. O fato era que o uniforme militar japonês parecia ter sido confeccionado para nunca vestir um ocidental de pernas longas. Algum sujeito esperto o desenhara para fazer com que uma raça de homens baixos pudesse impressionar.

Talvez Ken não tenha sido feito para ser soldado. Lembrava-se dos primeiros dias no Exército, em janeiro passado, quando entrou para o 8º Esquadrão Aéreo em Yokaichi, do frio que sentira na cabeça raspada. Sempre fora sensível ao frio, mas agora a friaca parecia enfiar-se em seu crânio, e tremia sem parar. Recruta de segunda classe, uma simples estrela no colarinho, o mais baixo de todos. Foi assim que tudo começou.

Ao se aproximarem do Santuário Meiji, Ken olhou para baixo e viu a cabeça e os ombros do pai. Tentava andar lentamente, mas ainda assim o pai estava apressado, tentando acompanhá-lo. Poucos teriam imaginado que essa figura roliça e velha com um sobretudo preto e chapéu de feltro, marcando o caminho com sua bengala, era o pai do oficial que andava a seu lado.

Em janeiro, Ken se surpreendera quando seus pais apareceram num domingo, no período de visita. Nunca pensara que o pai, que não gostava de sair e tornara-se quase um recluso desde que retornou ao Japão, viesse para Yokaichi, uma pequena cidade ao norte de Kyoto, a dez horas de trem de Tóquio. Mas foi motivo de assombro ainda maior, para ele e para todo o pelotão, o fato de o Exército, que tornara-se um canteiro de hostilidade contra os Estados Unidos, ter aceitado uma mulher americana em suas dependências.

*Eu me lembro que as pessoas que estavam na sala de visitas a observavam com suspeita. Lá estava ela, entre mulheres de calças de fazendeiro e quimonos cinza, vestindo um chamativo vestido vermelho com enfeites amarelos! Não só isso, mas ao me ver saiu correndo e jogou seus braços em volta do meu pescoço e beijou-me a bochecha. Podia-se ouvir pessoas rindo em silêncio e fazendo comentários maldosos. Será que mamãe não percebeu quão chocante era esta imagem — uma mulher beijando um homem em público, mesmo que fosse seu filho? Acho que justamente por não perceber que ela é a mamãe... Mais tarde, ao voltar para minha barraca, os soldados mais velhos me aguardavam. "Então sua velha é americana, né? Ela fala engraçado, né? E você também é metade americano. Então estavam certos quando disseram que você é um espião." Os boatos se espalharam por todo o regimento. Fiquei conhecido como o "meio-americano". E logo o "meio" foi cortado, e todos passaram a me chamar de "o americano".*

*Eu me lembro de um sargento no refeitório me atormentando. "Ei, ianque! Vamos consertar esse seu rosto ianque, mostrar-lhe o verdadeiro 'espírito de* *luta'. Venha cá." Aquela concha que ele já usara em minhas nádegas veio agora voando em direção ao meu rosto. No Exército havia uma lei não escrita que não se batia no rosto de um soldado quando ele era punido. Mesmo que fosse um simples recruta, ainda era um "filho do Imperador", e os NCOs mais velhos tentavam não deixar sinais de violência em você. Mas não comigo. Meu rosto tornara-se um alvo — o rosto desse estrangeiro desgraçado, o rosto nojento de ianque, um rosto não proveniente da terra do sol nascente — sim, esse rosto, esse <u>rosto</u>! E o atacavam com conchas, punhos, botas, xingamentos, escarradas. Meu rosto branco, americano, meia-raça, ficou inchado, minhas sobrancelhas inflaram como amêndoas, e, surpreendentemente, meus olhos ficaram orientais com cantos finos — os olhos deles.*

*Juro por Deus (oh, Deus, deixe-me jurar perante o senhor!) que eu aguentava a dor sem reclamar. Quando me socavam eu nem tentava me defender. Quando perceberam que eu aceitava tudo em silêncio, disseram que eu estava sendo "arrogante" e aumentaram seus esforços. "Como se atreve!", gritavam para mim. "Pensa que pode ficar de bico calado, é?" E vinham em minha direção com seus pulsos voando.*

*Sim, eu era "arrogante". As pancadas eram pior do que tudo que já experimentara antes, mas eu possuía reservas de força. Achavam que apenas alguns socos iriam me fazer chorar? Estou treinado para isso desde pequeno. Quando tinha oito anos, minha família me deixou sozinho em Tóquio para eu ter uma educação japonesa. No meu primeiro dia de escola, mal podia entender uma palavra do que a professora dizia. Quando as outras crianças conversavam comigo, eu não sabia responder. Sempre falamos inglês nos Estados Unidos, e papai sempre estava muito ocupado para me ensinar japonês. O pouco de japonês que ouvi foram algumas frases curtas que minha irmã Anna, que é três anos mais velha, aprendera. Meus colegas de classe achavam que essa minha falta de habilidade para falar era sinal de estupidez, e me gozavam por isso.*

*Um dia corri para me esconder atrás de um arbusto. Três crianças chatinhas gritando "Ei, ianque!", "Porco branco", me atacaram e me derrubaram, chutaram terra em meus olhos e me socaram. Fechei meus olhos. O sangue em meus lábios tinha gosto de sal do mar. Prendi minha respiração e fingi que estava morto. Quando eles pararam, assustados com a possibilidade de ter me matado, chutei um deles no saco e derrubei um outro com um cruzado. O terceiro tentou fugir, mas dei-lhe um tranco por trás e o imobilizei. Eles começaram a chorar, gemendo, gritando por ajuda. Continuei a bater neles, até que alguns adultos vieram correndo. Gritei para eles em inglês, xinguei tanto em inglês que eles recuaram. De punhos fechados, berrei para eles: "Que se danem vocês todos! Eu odeio vocês, seus japas, seus japas nojentos! Vão para o inferno!"*

*Essa palavra "japas" me colocou de lado, me senti um caucasiano. Claro que não era um caucasiano. Vivi no consulado japonês em Chicago, fui criado como um japonês e sempre me lembravam de que eu era um japonês. Mas quando me vi cercado por crianças japonesas, e vi seus rostos amarelos achatados, e os ouvi zombarem de mim em sua língua piegas, eu me considerei um caucasiano. Lutei contra eles como um estrangeiro, com meu rosto e minha língua estrangeira, e venci. Sim, no momento em que me tornei um branco até os adultos me deixaram em paz. Percebi quão covardes são os adultos japoneses, fugindo de um estrangeiro, mesmo sendo um garoto.*

*Quando um japonês se considera um oriental, ele se sente desajeitado e inferior a um caucasiano — essa foi minha descoberta. Era o outro lado da hostilidade e da superioridade que um caucasiano sentia em relação a um oriental. Vi várias vezes, no consulado em Chicago, crianças brancas batendo, derrubando, ameaçando filhos de oficiais japoneses, simplesmente por parecerem asiáticos. Era um momento de intenso preconceito contra japoneses, um tempo em que os jornais estavam cheios do "perigo amarelo", quando leis eram aprovadas proibindo a imigração japonesa. Onde as crianças brancas estavam no comando, as crianças asiáticas não tinham nada a fazer a não ser correr e se esconder. E a partir do momento em que a criança branca mantinha sua superioridade, mesmo no Japão, as crianças japonesas somente atacavam-na em grupo, cheias de inveja e rancor misturado com medo. E se a vítima revidasse, caíam em prantos e fugiam, gritando por ajuda.*

*Eu tinha que ser forte. Eu nunca sabia quando seria tachado de "branco". Eu me envolvi com esportes não porque eu gostava, mas para deixar meu corpo forte. No primário, lutei boxe; no ginásio, fiz iatismo, turfe e judô; no último ano de ginásio, descobri o rúgbi; e, no colegial, me tornei um excelente "abertura". Eu era uma tora. Enquanto eu fosse melhor atleta do que meus colegas de sala, ninguém me incomodaria.*

*Mas tudo isso mudou no Exército. Eu era um recruta de bunda chata. O abuso recomeçou, fui vítima do mesmo tipo de violência. Os fanfarrões do primário vestiam agora uniformes de sargento. Mas, após catorze anos de treinamento, eu era forte o suficiente para resistir. Os socos deles não iriam me quebrar. Nunca. Surrado e humilhado, nunca perdi minha compostura.*

*Honestamente nunca recuei. E continuei a me preparar para o exame para oficial. Quando passei, fui promovido a piloto de caça júnior. Ao me ver no refeitório em meu novo uniforme, o sargento não conseguiu esconder a expressão de choque e preocupação ao me reverenciar. Mas eu não tinha sentimento de vingança. Ele era apenas mais um japonês de ideias fracas entre milhões que me via como um estrangeiro e reagia com rancor e intolerância automáticos. Não seria bom colocar toda a culpa nele.*

Ken e seu pai andavam através dos arcos nos arredores do Santuário Meiji. Deram uma parada em frente à fonte para lavar as mãos e as bocas com água sagrada, e então subiram para o corredor do santuário e ficaram lado a lado, juntando as mãos em oração. Ao se virarem, viram uma multidão enorme lá embaixo, vindo de ambos os lados dos largos caminhos que davam no santuário. A maioria eram soldados e marinheiros. Destacavam-se entre eles os jovens pais com suas viúvas e descendentes, que faziam uma visita em razão do Dia das Crianças. Em um ano normal, as meninas teriam vestido quimonos coloridos e alegres, mas agora estavam com robes simples, sombrias roupas usadas de suas mães e irmãs mais velhas, ou até em calças cinza de fazendeiro. Os garotos vestiam uniformes militares obrigatórios: pequenos generais e almirantes — e até, para surpresa de Ken, pequenos pilotos em uniformes de voo. Viu uma mãe sozinha com o filho, que vestia um quimono cerimonial preto e calça de pregas. O pai deveria estar no front na China.

Pais e filhos formaram uma fila em um lado do corredor do santuário, onde havia uma placa "Orações especiais para o Dia das Crianças". A multidão ocupou todos os degraus, seus rostos tinham uma expressão de orgulho bastante japonesa, serenamente confiantes em seus papéis de mães, pais e crianças do poderoso império japonês. Os vários militares presentes, aparentemente de folga de seus regimentos e navios, moviam-se em grupos de cinquenta ou mais. Viam-se uniformes da Marinha, uniformes do Exército, uniformes da defesa civil, calças de fazendeiro, uniformes de estudantes ginasiais. Havia bandeiras nacionais, bandeiras da Marinha Imperial com raios vermelho-sangue do sol da manhã, faixas com os dizeres "Rezem pela vitória!", "Acabem com Chiang Kai-Shek!", "Inglaterra, fora da Ásia!", "Saudações à aliada Alemanha pelas grandes vitórias", "Comemorem o Dia de Meiji"...

A multidão avançou em direção a Ken e seu pai como uma onda. Logo as pessoas notariam que Ken não era... na verdade, havia tantos visitantes que Ken não chamava a atenção. As nuvens de poeira levantadas pela multidão alvoroçada faziam piruetas no ar e iam em direção aos rostos dos pais e crianças que vinham atrás.

Saburo fechou os olhos e disse: — Vamos para algum lugar silencioso — e saíram de perto da multidão, virando em uma rua que dava numa floresta próxima. Marcas do outono eram vistas por toda parte. A luz do sol baixo resplandecia sobre folhas de várias cores: o marrom e o carmesim das zelkovas e paulównias, o escarlate dos maples de Yoshino, o amarelo dos ginkgos. De moitas da grama alta vinham lânguidos zumbidos de insetos morrendo. Pisando sobre as folhas que cobriam o caminho de pedregulhos, pai e filho foram em direção a um banco e sentaram-se.

— Está quente aqui — disse Saburo, acendendo o cachimbo. — Em Berlim, já estaríamos no inverno. Lembra do frio que passamos em novembro em Nova York e Chicago? Faz a gente perceber que o Japão é um país sulista.

Faixas azuladas de fumaça saíam de seu cachimbo e, quando atingiam certa altura, eram levadas pelo vento. Ken se lembrou da Europa em setembro quando as folhas começavam a mudar de cor. No ano retrasado, usou suas férias de colegial para visitar a família na Europa, e em 1º de setembro estava na França, ao mesmo tempo que a Alemanha invadia a Polônia. Foi um caos. Ele foi rapidamente para Liverpool, onde refugiados japoneses de todo o continente se juntaram, e retornaram ao Japão através dos Estados Unidos.

Ken suspirou. — Estamos vivendo um momento extraordinário.

— Com certeza. Nos últimos dois anos, o mundo ficou louco — Ken notou a tristeza estampada no rosto do pai.

Uma folha pousou em seu cachimbo. Ken pegou um cigarro Faisão Dourado, que o pai acendeu para ele com seu isqueiro. Não havia ninguém por perto. Cada rajada de vento derrubava uma chuva de folhas, que se batiam ao cair.

— Papai — disse Ken em voz baixa —, muita gente no Exército está dizendo que o Japão deveria atacar os Estados Unidos. Até há pouco tempo, diziam para nós atacarmos a Rússia e procurarmos a ajuda da nossa aliada Alemanha. Mas agora mudou para "Vamos atacar os Estados Unidos".

— Eu imagino — disse o pai, concordando com a cabeça.

— O que você acha disso, como diplomata? Acha que haverá guerra entre Japão e Estados Unidos?

— Humm — antes de responder, olhou para os lados para ter certeza de que ninguém poderia ouvir. — Chegamos a um ponto muito perigoso. Infelizmente há pessoas em ambos os países que gostariam de começar uma guerra. Principalmente nas Forças Armadas — olhou em volta outra vez.

— Papai — disse Ken —, vamos olhar sobre os ombros do outro enquanto falamos. Se virmos alguém, damos um sinal nos virando para a frente.

— Está certo — concordou com um sorriso. — As Forças Armadas japonesas, sobretudo o Exército, subestimam o poder dos Estados Unidos. E não apenas materialmente. Muitas pessoas aqui se enganam ao acreditar que temos o monopólio do poder espiritual. Acham que os Estados Unidos vão desistir. E seguem isso às cegas, ameaçando invadir a Indochina, por exemplo, o que iria apenas provocar os Estados Unidos. O resultado disso foi que os Estados Unidos congelaram nossos ativos financeiros e embargaram o petróleo exportado para nós. Sem petróleo o Japão fica indefeso. Por consequência, a facção a favor da guerra argumenta que devemos começar uma guerra antes que nossos suprimentos acabem.

— Você acha que é apenas o Exército?

— Ah, não, há uma facção a favor da guerra também na Marinha, em especial, eu acho, entre os almirantes. A maioria dos oficiais superiores da Marinha está bastante hesitante sobre iniciar uma guerra, mas não se opõe abertamente por causa da pressão do Exército e do sentimento popular. Não querem passar a imagem de submissos ou covardes. E o Exército está usando isso como um meio de buscar o apoio deles à guerra.

— Até na Escola de Aviação, sabe, volta e meia surgem comentários sobre a nossa "tímida Marinha". Mas posso lhe assegurar que não há na Aeronáutica extremistas lutando por um ataque imediato à Inglaterra ou aos Estados Unidos. Todos têm consciência de que a produção de aviões deles é bem mais avançada que a nossa.

— E quanto a nossa técnica no ar?

— Diria que é equilibrada agora. Os 97 que o Exército usou contra os russos na Manchúria são provavelmente superiores em maneabilidade a qualquer coisa que Lockheed ou Curtiss tenha desenvolvido. E o Ki-43 e o Caça 1, que em abril foram escolhidos para serem os principais aviões de ataque, são ainda mais modernos. Mas o problema é: o que vai acontecer? O poderio aéreo não será resolvido no duelo de um contra um; será uma disputa de velocidade, performance em altas altitudes, e armamento sofisticado. Se produzirmos somente aviões de alta maneabilidade, vamos ficar para trás.

— Há aviões sendo desenvolvidos?

— Estão ainda em estágio de planejamento. Eu mesmo vou trabalhar em projetos de novos aviões. Mas precisamos de tempo. Se alguém começa uma guerra agora, será cedo demais.

— Não, não devemos iniciar uma guerra de forma nenhuma.

— O problema é que um soldado é feito para lutar.

— Eu queria perguntar-lhe sobre isso — olhou diretamente para Ken, como se admirasse uma estátua. — O que você acha de ser um soldado hoje em dia?

Ken mordeu seus lábios e permaneceu quieto.

— Eu queria perguntar quando estávamos todos em Karuizawa, mas não tive chance. Sabe, quando sua mãe e eu fomos visitá-lo naquele campo em Yokaichi, ficamos preocupados com você, parecia bastante abatido.

— Eu estava em treinamento básico naquela época, e bastante desgastado pelas tarefas.

— Sua mãe notou marcas em seu rosto.

— Oh, é mesmo? Eu levei... algumas pancadas por lá. Mas não foi nada, acontece toda hora no Exército.

— Mas deve ter doído.

— Não doía nada quando eles me batiam. O que foi duro, papai, e ainda é, é que não consigo me acostumar com o que eles chamam de "espírito de luta japonês". Para eles, o Juramento Imperial para soldados é a verdade absoluta. Não é permitido desviar uma polegada sequer daquilo. Na Escola de Aviação, vários cadetes formados na Academia Militar têm na mente apenas o Juramento Imperial. São as "ilustres palavras de Sua Majestade" o dia inteiro.

— Imagino que sejam bastante fanáticos.

— Sim. São uma raça bem diferente da nossa, graduados em escolas civis. São fanáticos que acreditam que o Imperador é literalmente um deus vivo.

— Todos os cadetes são assim?

— Aqueles que não são têm que fingir que são. Estão sempre brigando conosco, nos atacando pela "falta de espírito de luta".

De repente Ken interrompeu sua fala. Percebeu que não conseguiria fazer seu pai entender que Hanazono e outros como ele confundiam ferocidade com veneração ao Imperador.

De um caminho entre as sombras das árvores emergiram um jovem e seu pai. O garoto, em uniforme escolar, ajoelhou perante Ken antes de seguir seu pai até uma clareira coberta de grama, onde sentaram-se e abriram uma lancheira de madeira contendo bolinhos de arroz misturado com trigo. Parecia uma refeição bastante pobre.

— Não se pode ganhar uma guerra só com espírito de luta — continuou Saburo.

— Concordo. Os oficiais da Aeronáutica deviam perceber isso. Mas, infelizmente, mesmo entre eles há alguns que dizem que podemos compensar nossa inferioridade em tecnologia com espírito guerreiro. Eu não consigo aceitar esse tipo de pensamento.

— É preciso evitar um conflito, sobretudo com os Estados Unidos. É loucura. O Japão sairia completamente derrotado.

— Completamente? — Ken ergueu as sobrancelhas e o olhou firme. Seu pai retornou a expressão de assombro.

— Sim. O balanço das forças é muito desigual. Nem mesmo em materiais estratégicos chegamos perto. Eles têm dez vezes mais carvão do que a gente, quinhentas vezes mais petróleo, dez vezes mais ferro. Se olharmos a produção industrial, eles produzem seiscentas vezes mais óleo do que nós, onze vezes mais aço. Deveria ser óbvio até para uma criança! Não há como lutar contra um gigante como esse e ganhar. O Exército acha que pode sobressair pelo "espírito de luta" e com ataques-surpresa. Mas se esquecem de que os Estados Unidos têm seu próprio patriotismo. Seu senso de justiça — o que os americanos chamam de "jogo limpo" — é particularmente forte. E eles entenderiam um ataque-surpresa, que tem sido uma especialidade japonesa, como sinal de covardia, e reagiriam com fúria. O Japão não pode entrar em guerra com eles, é impossível...

Saburo parou de falar de súbito e virou-se para a frente. Ken olhou para o outro lado. Uma dúzia de homens robustos vestindo emplumados robes pretos de samurai, com os tamancos de madeira batendo ruidosamente no chão, vinham em direção a eles. Eram direitistas. Formando um círculo na grama, começaram a discutir em voz alta sobre algo. Pai e filho que comiam seus lanches os observaram incomodados e logo se levantaram e foram embora.

— Devemos ir também? — Saburo levantou-se e espreguiçou-se. — Faz tempo que não vou a Ginza.

Ao saírem do santuário, entraram num trem para Yurakucho, no distrito de Ginza. Ao chegarem lá, a primeira coisa que lhes chamou a atenção foi um enorme pôster, no qual havia em volta das palavras alguns desenhos de aviões B-29 e B-17:

PARAMOUNT APRESENTA WILLIAM HOLDEN
EM
*I WANTED WINGS*

ESTRELANDO: TRÊS MIL DOS ÚLTIMOS BOMBARDEIROS AMERICANOS!

Como que para se desculpar pela ostentação do poderio militar americano, o pôster incluía um anúncio tímido: "Valioso material para estudo das ameaças atuais vindas de país hostil." Outro pôster anunciava o filme *Mr. Smith Goes to Washington (A mulher faz o homem)*, com os agradáveis rostos de Jean Arthur e James Stewart traçados artisticamente. Havia também um pôster de *Edison, the Man*, estrelado por Spencer Tracy.

— Que escândalo! São todos filmes americanos! — observou Ken, dando um leve sorriso. Para alguém que era submetido dia e noite a um frenético antiamericanismo na Escola de Aviação, ver pessoas se aglomerando para assistir a esses filmes estrangeiros, sem sinal de hostilidade em seus rostos, parecia-lhe na verdade subversivo.

Ginza estava cheia de pessoas curtindo o feriado. Que contraste em relação aos uniformes militares, os robes pretos de samurai e as calças de fazendeiro vistos no Santuário Meiji. Aqui as mulheres passeavam em quimonos coloridos com estampas de pássaros e flores. Em frente de cada cinema e restaurante, filas de pessoas aguardavam para entrar. As calçadas e esquinas onde os ônibus municipais azuis paravam estavam lotadas. No cruzamento principal de Ginza, enormes faixas penduradas no telhado da loja de departamento Mitsukoshi pediam aos passantes que "enviassem um presente para um soldado no front". Vendiam sacolas de presentes para os soldados.

Saburo e Ken entraram por uma rua perpendicular e foram em direção a um restaurante ocidental. Anos atrás, quando Saburo era diretor da Agência de Comércio e Ken estava no ginásio, sempre comiam lá. O restaurante especializou-se em culinária francesa e servia um delicioso pato com molho de limão, bolo de carne provençal, e *bouillabaisse*. Os garçons, com idênticas jaquetas brancas e calças pretas, movimentavam-se graciosamente enquanto serviam essas refeições sofisticadas em pratos com bordas douradas.

Hoje, porém, havia uma placa na porta de entrada: "Devido a ordens das autoridades, não servimos jantar. O café está aberto." Há mais de um ano, os restaurantes foram proibidos de servir arroz; apenas batata, trigo e feijão eram permitidos. Mas mesmo agora esses substitutos do arroz estavam ficando escassos, e muitos estabelecimentos tiveram que fechar. Já podia se considerar uma grande conquista manter um café aberto em Ginza.

O pai de Ken encostou a testa na porta de vidro e deu uma espiada. Ao reconhecer o dono de cabelo grisalho sentado no caixa, abriu a porta.

— Embaixador! — o velho homem levantou-se e o cumprimentou.

— Há quanto tempo!

— Estão servindo alguma coisa hoje?

— Não temos podido preparar muitos pratos ultimamente...

— Tudo bem, nós já comemos, mas será que podemos conseguir algo para beber?

Com uma olhada de lado na dúzia de clientes no café, o proprietário sussurrou: — Vamos lá em cima. Esse deve ser o seu filho. Ele era pequeno na última vez que vieram. Que rapaz formidável ele se tornou.

Não havia ninguém no segundo andar. Mesas de pau-rosa com vasos prateados estavam arrumadas sobre um grosso tapete vermelho iluminado por candelabros. Nada parecia ter mudado havia anos.

Curvando o corpo um pouco para a frente, o velho homem disse:

— Temos sopa de bolinhos de arroz e café. Nós os preparamos apenas para poucos fregueses.

— Bem, são raridade hoje em dia.

— A sopa é até doce — disse, com orgulho. — Lógico que não há açúcar disponível, mas usamos açúcar de batata e mel, e tem o mesmo gosto. Para o café, usamos grãos brasileiros. Temos um grande estoque.

— Bom. Vamos experimentar.

— A sopa, ou o...?

— Ambos.

— Obrigado, senhor — o velho homem esfregou as mãos com alegria, cumprimentou-os novamente e saiu da sala.

— Café é um problema nos dias de hoje — disse Saburo, ao pegar seu cachimbo. — Até em casa estamos em falta, e tivemos que substituí-lo.

De onde estava sentado, Ken podia ver a loja de departamento na rua em frente. As pessoas remexiam as prateleiras cheias de sacolas de presentes para os soldados. Pendurados nas paredes havia vários anúncios desesperançosos: "Espelhos de mão de aço para proteção contra granadas", "Bombas para purificar a água", "Substitutos de sopa", "Sapatos de borracha para trabalhar". De repente, notou um estrangeiro entre os pedestres numa rua lateral. Era um jovem caucasiano, andando com uma japonesa vestindo roupa ocidental. Os dois conversavam com bastante intimidade. Será que eram marido e mulher? Seja lá o que fossem, formavam uma imagem curiosa.

— Papai — disse Ken, num tom de voz um tanto infantil —, posso perguntar uma coisa?

— O quê? — perguntou Saburo, com o sorriso cauteloso que assumia quando seus filhos tentavam convencê-lo de algo.

— Por que casou com a mamãe?

— Não há um motivo assim simples. De qualquer forma, você conhece as circunstâncias pelas quais nos juntamos, não?

— Sim, mas...

Parecia que Ken estava querendo outra coisa, mas mesmo assim Saburo contou a história. Alice nascera em Washington Square, em Nova York. Seus pais eram escoceses e se conheceram quando viajavam pelos Estados Unidos; o pai era um pastor protestante. Foi através do irmão de Alice, Norman, que era membro da Sociedade Nipo-Americana em Chicago, que ela conhecera o jovem cônsul japonês naquela cidade. Saburo visitava frequentemente a casa de Norman, e sua amizade com Alice floresceu dali. Ficaram noivos em 25 de março de 1914, e em 3 de outubro do mesmo ano casaram-se numa casa em Nova York onde ela passara a infância.

— Deve ter sido estranho um japonês casar com uma americana naquela época.

— Imagino que sim.

— Não houve obstáculos?

— Obstáculos?

— Preconceito contra casamento entre duas raças. Dos pais de mamãe, por exemplo.

— Oh, eu não sei... bem, na verdade, houve certa resistência. A família de sua mãe se opôs um pouco no começo, mas Alice estava tão determinada que eles logo desistiram. Como você sabe, os Littles sempre gostaram do Japão. A começar por Norman, que tomou consciência disso durante a Guerra Russo-Japonesa, e a família criou um certo interesse pelo país, que para a maioria dos americanos naquela época era ainda um arquipélago obscuro nos confins do Oriente. Eu conheci também os pais de Alice. Eles me convidaram algumas vezes para as festas. Então, quando pedi a mão da filha deles, bem, imagino que tenha sido uma surpresa, mas já haviam me aceitado entre eles. Não, eu não acho que tenham tido algum tipo de preconceito, ficaram apenas um pouco incomodados com nosso aspecto.

— E os seus pais, papai?

— Oh, não houve objeção nenhuma. Meu pai era de Yokohama, como você sabe. Ele abriu uma companhia de construção de barcos no período Meiji, e lidava com muitos estrangeiros. Na verdade, o grande obstáculo foi o Ministério das Relações Exteriores. Um diplomata muitas vezes tem que lidar com segredos de Estado, e o ministro tenta evitar que sua equipe traga estrangeiros para a família. Em caso de casamento, é preciso fazer um pedido formal para obter a permissão.

— E houve alguma dificuldade para conseguir a permissão?

— Não muita. Veja, a Primeira Guerra Mundial acabava de começar, e o Japão e os Estados Unidos eram aliados contra a Alemanha.

— Então foi graças a uma guerra que você e mamãe puderam ficar juntos — riu Ken.

— É verdade — Saburo riu também, mas a risada logo morreu. Ambos pareceram ter tido o mesmo pensamento vacilante no fundo de suas mentes, e quando se olharam Ken notou o pressentimento nos olhos do pai.

— Se houver uma guerra agora... — começou a dizer.

— Será difícil para sua mãe. E para você e suas irmãs também. — E virou o olhar.

— Já parou para pensar sobre o que *aconteceria* caso a guerra começasse?

— Não, não parei. Não me permito sequer pensar nisso. A tarefa de um diplomata é impedir uma guerra de todas as formas possíveis. E não considero a alternativa. Essa é a diferença entre um soldado e um diplomata.

— Ok, mas e quanto a você e mamãe... — Ken pressionou. — O que eu queria lhe perguntar é se quando se casaram chegaram a pensar nos filhos que teriam? Quero dizer, chegaram a imaginar como seria a vida deles como meio-japoneses e meio-americanos? Eu sei que é uma pergunta difícil de responder, mas eu adoraria saber.

— Lógico que pensamos sobre isso. E sua mãe e eu concordamos em um ponto: que criaríamos nossos filhos como crianças japonesas. A única vida que eu poderia ter era como diplomata japonês. Sua mãe aceitou isso ao casar comigo.

— Então por que me deixou sozinho no Japão, enquanto levou Eri e Anna com vocês mundo afora?

— Eu...

Foi então que o proprietário veio se arrastando com as bandejas. — Desculpem-me pela demora. Nossos cozinheiros e garçons estão todos no Exército, eu tenho que cuidar sozinho do estabelecimento.

Saburo retirou a tampa da tigela de porcelana. — Ah, bolinhos de arroz verdadeiros! — disse, admirado.

— Sim, senhor — era um gesto de extravagância, e o velho homem estava orgulhoso disso. — É ilegal, mas eu não conseguiria servir a Vossa Excelência uma sopa de bolinhos de arroz sem bolinhos de arroz.

— Deliciosa — disse Saburo, após uma colherada. — Eis o sabor do Japão em paz.

— Com certeza, senhor. Eu aguardo com muita ansiedade pelo dia em que poderemos voltar a comer coisas assim.

Alguns fregueses chamavam lá embaixo. O velho homem estava saindo quando Saburo o parou e perguntou: — Você sabe qual a peça em cartaz no Kabuki?

— Bem, *Os leões*, dizem que Ennosuke está brilhante; e no Teatro Tóquio estão apresentando *Chusingura*.

— Ah, parece interessante. Se formos agora, talvez a gente pegue a sessão da noite.

— Quer que eu peça para lhes comprarem ingressos?

— Não, está tudo em ordem. Vamos assistir apenas a um ato, assim não precisamos de reservas. Temos que estar em casa para o jantar. Minha esposa nos aguarda.

Quando ficaram sozinhos novamente, Saburo contou que, quando ainda era estudante, costumava ir sempre com o proprietário ao Kabuki. — Ele é um grande fã desse teatro. Você provavelmente nunca assistiu a *Os leões*, não é?

— Não. Pouco conheço sobre o Kabuki.

— É porque você passou a maior parte do tempo jogando rúgbi. Bem, deveria assistir ao menos uma vez. Agora, sobre o que falávamos... sim, a razão pela qual o deixamos sozinho no Japão. Era pelo fato de você ser um garoto. Eu queria que você fosse considerado um japonês, que se tornasse o melhor dos japoneses. Como você sabe, a família de um diplomata viaja de país em país como um navio sem âncora. Eu queria que você se sentisse *pertencendo* a este país.

— A mamãe concordou com isso?

— Ela foi contra no começo. Mas no final concordou também. Ela se opunha baseada no amor por você como mãe, era bastante natural que ela quisesse tê-lo por perto enquanto você crescesse.

— Foi esse o único motivo? — perguntou Ken, de modo suspeito.

— O que você quer dizer? — Saburo ergueu suas grossas sobrancelhas. Um pequeno pedaço de comida estava pendurado na ponta de sua boca.

— A mamãe não quis me criar nos Estados Unidos? Qualquer pessoa pode notar que tenho traços ocidentais. Qualquer um me consideraria um americano. Mas aqui eu era visto como um estrangeiro. Eu nunca poderia ter me tornado totalmente japonês. Mamãe deve ter percebido isso, ela deve ter passado pela mesma coisa quando veio para cá pela primeira vez. Ela sabe o que é...

— Você foi infeliz no Japão?

— Infeliz...? — Ken pensou sobre isso. — Não que eu tenha sido infeliz, é que nunca me *permitiram* ser japonês.

— E você poderia ser um americano?

— Agora não. Já é muito tarde. Mas antes...

— Não, Ken, se nos o tivéssemos criado nos Estados Unidos, você nunca teria se tornado totalmente americano. Metade do seu sangue é meu. É sangue japonês.

— Eu sei disso, mas ainda assim...

— Ken — Saburo olhou para o filho e falou lentamente: — Foi por causa de sua aparência estrangeira que você foi maltratado no Exército?

— Sim, acredito que sim.

— E você me odeia por isso?

— Não! — balançou a cabeça, surpreendido pela pergunta do pai. — Eu não odeio ninguém. Deve ter sido inevitável me deixar aqui. Mas, papai, eu queria apenas que você soubesse como foi para mim, como me trataram. Estou mais confiante agora. Sinto que posso superar qualquer problema. Mas apenas gostaria que você soubesse.

— Fico feliz que você se sinta mais confiante. Mas agora você terá mais do que a sua cota normal de problemas, e será duro.

— E talvez eu falhe. Aí é que será realmente duro.

— Vamos embora? — disse, levantando-se.

— Papai, você tem comida nos lábios.

Ao chegarem no Kabuki, Saburo, que estava familiarizado com a disposição do teatro, guiou o filho por uma escada lateral, em direção ao andar de cima. A subida fez com que começasse a suar, e respirava com dificuldade. Ken ficou preocupado, mas depois de um tempo o pai pareceu ficar bem de novo.

Ken viu que as fileiras da frente estavam quase cheias. A maioria da plateia era composta por jovens mulheres em quimonos. Logo lhe chamou a atenção o fato de não haver ali um soldado sequer. *Que curioso*, pensou. *Deve ser o único lugar no Japão onde não há um militar.*

Os aplausos pararam e as cortinas se abriram.

Um leão e seu filhote, com suas crinas vermelhas e brancas balançando em suas patas, começaram a dançar. Eles viajavam por uma paisagem dominada por um alto pico e um vale profundo. Ken sorriu. O narrador começou o canto:

*Do topo da montanha muito alta*
*O leão chuta seu filho*

*Em direção a um profundo desfiladeiro —*
*Tão profundo quanto seu amor de pai —*
*E observa o filhote*
*Caindo, rolando indefeso.*
*Mas o leãozinho então se vira*
*E sobe de volta, usando suas patas*
*Para ser jogado novamente para baixo.*

Seu pai o trouxera aqui só para ver essa cena. *Quando me deixou sozinho no Japão, não estaria ele me chutando em direção ao desfiladeiro?*, se perguntou Ken. *Talvez eu devesse ser grato a ele; eu certamente não guardo mágoas dele, nem de ninguém em relação a isso. Aprendi a me virar. Mas será que ele entendeu alguma vez o que é cair indefeso? Ele nunca teve de levar esses tombos sozinho. Ele não sabe como é lá embaixo. Mas sim, eu posso ser grato, posso entender isso como um ato de gentileza, a oportunidade que ele me deu de criar uma força interna.*

A cena era seguida por um interlúdio cômico. Os leões, pai e filho, recomeçavam a dançar enquanto uma *naga-uta* clássica era cantada. O ritmo aumentou, os leões agora saracoteavam entre peônias e borboletas.

Quando os aplausos cessaram e eles se levantaram para ir embora, Ken disse para o pai: — É a melhor coisa que vi em muito tempo. Muito obrigado, papai.

— Foi assim tão bom? — Saburo observou Ken, admirado com a formalidade repentina do filho.

Pegaram um táxi em frente ao teatro. Era um carro movido a carvão, dirigido por um velho homem enrugado. Toda vez que ele pisava no acelerador, o carro soltava um rugido insuportável; uma fumaça branca formava uma trilha atrás deles. Um pouco antes do cruzamento de Akasaka, Saburo pediu ao motorista para parar. Ken imaginou que seu pai percebera que o carro nunca conseguiria subir a ladeira em direção a casa deles, e ficou surpreso quando ele saiu do veículo e começou a andar em direção ao hotel Sanno, pelo qual haviam acabado de passar.

— Tive uma ideia — disse Saburo a ele. — Vi um estúdio de fotografia aberto, pensei em tirarmos uma foto nossa.

— Foto nossa? — Ken olhou para ele com os olhos bem abertos. Seu pai sempre agia com impulsos repentinos.

Quando entraram, foram atendidos por outro velho. Do proprietário do restaurante ao motorista de táxi, e até os atores no Kabuki, parecia que os únicos homens na cidade eram velhos.

— Vieram para uma foto comemorativa, senhor? Ah, eu me lembro, tirei uma foto do rapaz para comemorar sua promoção a tenente. Parabéns mais uma vez! Felizmente ainda tenho umas chapas e posso fazer isso agora mesmo... Sentem-se aqui...

# 5

Alguém estava batendo na porta. Parecia vir da porta da frente. Era um homem. Quem poderia ser no meio da noite?

Ken procurou o interruptor do abajur. Então imaginou quem poderia estar espreitando lá fora. Tóquio era repleta de fanáticos. Talvez estivesse aguardando uma luz acesa para subir ao segundo andar. Ken olhou seu relógio de pulso: 2h30. As batidas continuaram, parecia uma metralhadora. Então ouviu a voz de um rapaz:

— Tem alguém aí?

Seria um soldado vindo trazer a ordem para que voltasse à base? Sua mãe dissera que o telefone não estava funcionando bem, às vezes ficava mudo no meio de uma conversa. Talvez a Escola de Aviação o quisesse de volta e não conseguira encontrá-lo pelo telefone.

Ken pulou da cama e rapidamente vestiu o uniforme. Desceu as escadas com suas pantufas, tentando não fazer barulho. Ao fim das escadas, viu Yoshiko tentando negociar com o visitante inesperado.

— Quem é, por favor?

— Um mensageiro do Ministério das Relações Exteriores.

— Só um minuto, por favor.

Quando Ken apareceu no corredor, Yoshiko, envergonhada de ter sido vista com seu comprido quimono de baixo de seda, se escondeu atrás de um biombo flexível.

— Vou ver quem é — disse Ken, abrindo a porta. Do lado de fora, mal iluminados pela luz da varanda, havia dois homens: um policial de uniforme e um rapaz de terno preto, que se apresentou como sendo um mensageiro do Ministério das Relações Exteriores. Este anunciou, numa frase suave e bem ensaiada, que o ministro tinha um assunto urgente para discutir com o embaixador Kurushima, e solicitou que Sua Excelência tivesse a gentileza de o acompanhar.

O homem permaneceu lá, tremendo, e sua respiração era branca sob o ar congelante.

— Entrem. Já vou chamar meu pai.

A luz no escritório de Saburo já estava acesa. Quando Ken bateu na porta, seu pai disse para ele entrar, como se o estivesse aguardando. Saburo vestia seu terno matutino.

— Já estava acordado, papai?

— Sim — disse, puxando a ponta do terno sobre sua protuberante barriga. A costura de sua calça listrada parecia que ia arrebentar. — Engordei tanto que minhas roupas não me servem mais.

Ken não precisou lhe contar sobre o mensageiro, pois seu pai ouvira tudo.

— O que pode ser a esta hora da noite? — perguntou Ken.

— Deve ser algo importante.

Ken endireitou-se. — Acordo a mamãe?

— Não, deixe-a dormir. Não vou saber mesmo do que se trata até chegar lá. Ah, lembra a foto que tiramos ontem? Queria ver como ficou.

Saburo saiu do escritório e desceu, conduzindo o mensageiro até a sala de estar. Ken os seguiu, mas depois foi em direção à sala de jantar. Yoshiko colocou o rosto para dentro e perguntou:

— Quer alguma coisa para beber?

— Não, obrigado.

Ken então sentou numa cadeira para esperar a reunião de seu pai terminar. Essa intimação no meio da noite, o que poderia ser? Tinha que ter alguma relação com as negociações entre os Estados Unidos e o Japão que começaram na primavera passada. Os jornais noticiavam as conversas do embaixador Tonomura com o presidente Roosevelt e o secretário de Estado Hull. Embora guardasse para si sua opinião, seu pai devia ter mais do que um interesse passageiro pelo assunto. Afinal, se os Estados Unidos ainda suspeitavam das intenções japonesas e investigassem isso, era por causa do Pacto Tripartite que Saburo assinara.

Os Kurushimas normalmente evitavam qualquer discussão sobre assuntos diplomáticos. Lógico que isso não os impedia de fofocar sobre vários políticos e suas famílias. Em Berlim, eles se divertiam com as histórias das inúmeras excentricidades de Hitler, Goering e Ribbentrop; ao retornar ao

Japão, as façanhas da família do embaixador Grew davam munição para o moinho de fofocas. Mas evitavam qualquer conversa sobre os papéis que exerciam sobre os fatos. A única exceção era Yosuke Matsuoka, o ministro pró-nazistas das Relações Exteriores do Gabinete do príncipe Kanoe, de quem Saburo não gostava. Essa foi a única vez que a família ouviu comentários negativos sobre um colega escaparem de sua boca: "Matsuoka não está preparado para a função." "Com Matsuoka no comando, as coisas vão ficar mais turbulentas do que nunca." "A política de Matsuoka deve parecer extremamente desconcertante para Roosevelt." Quando o Gabinete Konoe renunciou e o Gabinete Tojo assumiu, Matsuoka foi substituído por Shigetoku Togo. Saburo então resmungou: "Esse homem quase nos colocou em guerra por sua completa incompetência... As coisas devem melhorar um pouco agora."

Logo, Saburo apareceu vindo da sala de estar e disse para Yoshiko:

— Preciso de uma mala já. Onde está aquela grande que comprei na Alemanha?

— Em cima do cofre da dispensa, senhor.

— Vou buscá-la — Ken tirou as pantufas e correu escada acima. Ao encontrar a mala, trouxe-a logo para baixo.

Depois de separar alguns documentos, seu pai saiu com o mensageiro. Logo ouviu-se o som de um carro arrancando do lado de fora.

Ken voltou para seu quarto no segundo andar e vestiu novamente o robe de dormir. Então, como se tivesse se lembrado de súbito, atravessou o corredor em direção ao quarto dos pais, abriu a porta com suavidade, e entrou.

Um estreito facho de luz vinha de fora, a cama estava na sombra. O rosto de sua mãe brilhava no escuro, crescendo e diminuindo de forma delicada no ritmo silencioso de sua respiração. Era um rosto em paz, não consciente de que o marido fora intimado para algum negócio urgente.

De volta ao silêncio do seu quarto, Ken sentia a gravidade do momento. Seu pai já devia ter chegado ao Ministério das Relações Exteriores. E sua mãe estava dormindo. A casa inteira estava dormindo. Do lado de fora, todo o Japão estava dormindo.

Lembrou-se de um rio no inverno, em Connecticut, do som do gelo quebrando-se, da água correndo sobre o dique semicongelado, onde sincelos, como pequenos ancinhos, haviam se formado. Ele tentara quebrar um. "Não, Ken, é perigoso!" Sua mãe tentava segurá-lo. "Mas, mamãe, os sincelos são tão bonitos." "Não, você vai cair no rio e morrer congelado." O som claro da voz de sua mãe ecoou delicadamente em seu ouvidos, e ele adormeceu.

# 6

Alice acordou sentindo-se como se algo pesado estivesse sobre ela. Havia uma luz na escuridão. A porta estava aberta, e alguém estava lá, em pé. Era o marido. E ele vestia seu terno matutino.

— Saburo? Você vai sair?

— Não. Acabei de voltar.

Surpresa, ela pulou da cama. O que acontecera no meio da noite? Por um instante achou que era uma das piadas de Saburo. Acendeu a luz. O rosto do marido estava pálido e cansado. Nunca o vira tão tenso. Não, não era uma piada.

— Alice — começou, falando baixo mas com firmeza —, tenho que ir a Washington.

Ela concordou com a cabeça, sem dizer uma palavra, observando o rosto dele. Estava desperta agora.

— Hoje de madrugada um mensageiro veio me chamar para ir à residência do ministro das Relações Exteriores. Quando cheguei lá, Togo explicou que as negociações com os Estados Unidos chegaram a um perigoso impasse. Então ele me pediu que eu fosse a Washington como enviado especial e cuidasse das conversações. A missão é de importância crucial. Eu aceitei. — Antes que Alice pudesse dizer qualquer coisa, continuou: — Temos que prevenir uma guerra, a todo custo. Pelo bem do Japão, e também dos Estados Unidos, pelas vidas de milhões de jovens e de seus pais em ambos os países. Sou apenas um homem baixo, de habilidade limitada, apenas um pequeno filho de Deus. Mas, quando tantas vidas estão em perigo, tenho que usar todas as minhas forças.

— Saburo — murmurou Alice, receosa —, eu entendo.

— Alice — disse Saburo, colocando seus braços em volta dela. — Esse vai ser o maior acontecimento de nossas vidas.

— *Entendo* — ela fechou os olhos e encostou a cabeça no peito do marido. — Que Deus o proteja. Quando você tem que ir?

— Amanhã de manhã, provavelmente. O ministro das Relações Exteriores pediu ao embaixador Grew para me conseguir um lugar no Pan American Clipper.

— Amanhã?... Tão cedo?

— Sim — beijou-a nos lábios. Abraçou-a mais uma vez, e então a soltou. — Agora, por favor, me ajude a me preparar. Tenho que ler todos estes documentos. As próximas 24 horas serão as mais atarefadas de minha vida.

Saburo pegou grossos blocos de documentos de sua pasta e os colocou na sua mesa; depois, tirou o paletó e sentou para ler. Alice trocou rapidamente sua camisola por um vestido preto de cetim, em caso de receberem visitas oficiais. *Ah, sim*, pensou, *primeiro o café. Saburo vai querer muito café*. As luzes estavam acesas na escada e no corredor no andar de baixo, mas a casa permanecia em perfeito silêncio. Ninguém mais estava acordado. Na cozinha, pálida e vislumbrante, ficava o fogão a gás de que tanto ela se orgulhava, o qual haviam comprado na Suécia. Olhou o céu através da janela. A lua cheia estava no lado oeste, as árvores balançavam-se brancas sob o luar. Havia tufos de nuvens brancas cinzentas no céu azul-marinho. A manhã estava próxima. O relógio marcava alguns poucos minutos depois das cinco.

Alice preparou uma jarra de café, não muito forte, do jeito que Saburo gostava. Encheu uma xícara, adicionou leite, e subiu em direção ao quarto. Ia falar, mas silenciou em respeito à concentração do marido. Ele lia freneticamente, todo o seu ser estava dedicado ao material à sua frente, em inglês e japonês, manuscrito e datilografado.

Alice sentou-se em silêncio o mais longe possível dele, olhando-o de vez em quando. O refrescante som das páginas sendo viradas misturava-se com o sussurro das árvores do lado de fora. Ela via a luz do início da manhã, e sentia nos pés um gelo vindo do chão. Levantou-se e cobriu as pernas do marido com um manto. Então começou a anotar no seu caderninho as coisas que ele precisaria para a viagem. Era inverno em Washington, ela teria que pôr roupas quentes na mala. Agora ouvia os pardais. Saburo estava sentado com a mesma postura, com uma pilha de documentos já lidos no lado esquerdo da mesa.

Houve uma batida fraca na porta. Era Ken. Alice saiu para o corredor a fim de falar com ele.

— Ken, você levantou cedo.

— O que você quer dizer? Já são 6h30. No Exército, já estaríamos trabalhando duro a esta hora — ele vestia um suéter que ela lhe tricotara.

— Então, o que acontece com papai?

— Ele vai ter que viajar numa missão muito importante.

— Eu sei. Ele vai para os Estados Unidos, não vai?

— Como você sabia?

— Bem, veio alguém aqui do Ministério das Relações Exteriores às 2 da manhã. Imaginei que devia ser algo assim. Acima de tudo, papai é o único diplomata no Japão que consegue se expressar com facilidade em inglês e negociar com o presidente americano e o secretário de Estado em igualdade de condições.

— Oh, Ken, você me deixou envergonhada. Eu deveria ter acordado para cuidar dele. Em vez disso, fiquei dormindo.

— Eu ia acordá-la, mas papai não deixou — Ken inclinou-se e beijou a mãe na bochecha. — Quando ele parte?

— Provavelmente amanhã de manhã.

— Então vou tentar prolongar minha folga. Quero vê-lo partir.

— Mas você não pode mencionar isso para ninguém. A missão é ultrassecreta. O Exército não pode saber...

— Entendo. Vou inventar uma boa desculpa.

Yoshiko acabara de acender a fornalha na sala de estar, e o carvão crepitava sobre as chamas que subiam dos gravetos. Anna ficou olhando o fogo com indiferença. Usava um vestido verde-claro de ficar em casa, da época de sua juventude, mas que não combinava com o cabelo desgrenhado e os olhos cansados. Anna chegara na noite anterior, um pouco antes do jantar. Durante a refeição não dissera uma palavra, e logo se recolheu em seu velho quarto no segundo andar. Alice a seguiu. Lá, então, Anna contara em prantos para a mãe que seu casamento com Arizumi estava a ponto de terminar.

Agora de manhã, levantando suas grossas sobrancelhas, Anna cumprimentou a mãe e perguntou:

— Por que está saindo tão cedo?

— Tenho que fazer algumas tarefas — Alice não parecia muito disposta a conversar. — Conseguiu dormir ontem à noite?

— Sim, estranhamente bem — Anna sorriu sem graça. — Sempre durmo bem aqui. Foi a primeira vez em muito tempo que dormi tão bem, mas ainda assim não me pareceu o suficiente.

— Não precisa ficar acordada, querida. Por que não volta para a cama?

— Sim, mas... Ken deve voltar para o alojamento hoje de manhã, não é?

— Parece que ele vai estender sua folga por mais um dia.

— Que bom. Poderei ouvir suas histórias sobre o Exército.

Eri, vestindo seu uniforme escolar, entrou junto com Ken. E, como escutara o final da conversa em inglês das outras, perguntou para Ken:

— *Honta na no*? É verdade? Vai ficar aqui até amanhã?

— Vou — respondeu Ken.

— Oh, Anna tem tanta sorte! Vai ter a chance de ficar um dia inteiro com Ken. Eu tenho que ir para a escola. Não é justo! Ken saiu com o papai o dia inteiro ontem. Nunca consigo ficar um minuto com ele.

— A escola acaba às 3, não é? — disse Anna.

— *So, so* — interrompeu Alice, participando da conversa em japonês. — Venha depois direto para casa.

— Não se preocupe, Eri — disse Anna —, eu conto para você *tudo* o que ele me disser.

— Oh, Anna! *Você é* quem quer saber tudo. Eu não me importo. Meu interesse é apenas pelo bem de Maggie. Ela é quem ficou triste quando Ken saiu com papai ontem — os olhos de Eri eram redondos e brilhantes. Ela tentava chamar a atenção de qualquer forma. — Ken, você tem que me prometer uma coisa: que não irá se casar com Lauren.

— Uau! — Ken ficou assustado. — Assim, de repente!

— Mas Ken, Maggie o ama mais do que Lauren.

— Ei! — disseram Ken e Anna em um coro de desaprovação.

— Eri! — juntou-se sua mãe.

— Qual o problema? — a menina afastou-se um passo. — Disse alguma coisa que não devia? Não olhem para mim assim. Parem com isso, por favor!

— Eri — disse Anna, um pouco mais afável —, os sentimentos das pessoas não são tão simples. O que ciclana ou beltrana sente por Ken é assunto particular delas, não é algo que você compreenda.

— Mas eu *entendo*! — ela começava a ficar desesperada. — Entendo muito bem. E você sabe também, mas não diz. Você é covarde, Anna!

— Não é questão de entender ou não entender — o tom de sua voz ainda era afável. — É assunto sério, e talvez um pouco sutil para você.

— Como se atreve a...?

— Parem com isso, meninas! — disse a mãe. Yoshiko trouxe o jornal da manhã. Anna e Eri permaneceram lá, evitando-se mutuamente. Ken deu uma rápida espiada pelas manchetes.

Yoshiko informou que o café estava pronto, e Alice, depois de mandá-la chamar o marido, se aproximou dos filhos e disse:

— Tenho de lhes contar uma coisa — fez um sinal com a cabeça para Ken, e então olhou para as garotas. — Ken já sabe. Amanhã cedo seu pai vai para os Estados Unidos numa missão da maior importância: evitar uma guerra contra os americanos. Ele pretende empreender todas as suas forças nisso.

— Se existe alguém que pode fazer isso é *ele* — disse Anna, concordando, como se tentasse convencer a si mesma. Mas logo uma sombra de preocupação atravessou seu rosto. — Mas o que acontecerá com ele se houver uma guerra?

— Se isso acontecer, temo que papai não poderá retornar até que a guerra termine. Mas não se preocupem, os Estados Unidos são um país civilizado. Não é o tipo de lugar onde se maltrataria um embaixador inimigo.

— Mas nunca haverá uma guerra, não é? — Eri procurava um sinal de afirmação no rosto de sua mãe. Alice olhou para Ken.

— Sinceramente, estamos à beira de uma guerra, a situação é crítica — Ken apontou com o indicador o jornal esparramado em cima da mesa. — Vejam estas notícias. A maioria das pessoas aqui está ansiosa por uma guerra. Todos clamam para que façamos alguma coisa antes que nossos mantimentos acabem e que o petróleo seque, senão estaremos arruinados.

— De qualquer forma — disse Alice —, temos que acreditar no seu pai, e rezar por paz. Hoje à noite gostaria de fazer um jantar de despedida, apenas com a nossa presença. Anna, você me ajuda? Eri, venha direto da escola para casa.

As duas irmãs concordaram com a cabeça.

— E mais uma coisa. Não comentem nada sobre a viagem de papai com *ninguém*.

— Mantenham os olhos bem abertos — disse Ken.

— E os lábios selados — ecoaram as irmãs em resposta.

— Se algo for dito, pode ser perigoso para ele. Há muitas pessoas por aí que não vão gostar da ideia de alguém ser enviado aos Estados Unidos para implorar por paz. Um enviado especial seria um alvo para eles.

— O que você quer dizer? — Eri parecia confusa.

— Ela quer dizer — explicou Anna — que há o perigo de ele ser assassinado.

— Assa-ssi-na-do? Ah, não! — exclamou Eri e, num gesto comum entre as estudantes japonesas, ventilou sua boca com ambas as mãos, como se estivesse recolhendo as palavras que acabara de dizer.

Ao ouvir da criada que Saburo descera, dirigiram-se à sala de jantar.

— Oh! — piscou Saburo ao ver a família reunida. — Estão todos aqui — seus olhos avermelhados demonstravam tensão e cansaço. As calças de seu terno matutino apareciam por baixo do robe, e o bigode estava desajeitado, um lado desalinhado com o outro.

Alice sentou-se à sua frente; os filhos, ao seu lado. Tanaka e Yoshiko serviram o café da manhã. Tanaka costumava esconder-se na cozinha; mas, parecendo ter notado que hoje era um dia especial, insistiu em servir pessoalmente a Saburo o mingau substituto, feito de cevada — criação própria —, e o café sucedâneo, feito de raízes de chicória.

— Sa-bu-ro — as crianças pararam de comer quando a mãe falou, e olharam atentamente para o pai. — E como anda o trabalho?

— Vou conseguir terminar.

— Hoje à noite gostaria de fazer um jantar de despedida em que apenas nós e as crianças estivéssemos presentes.

— É uma grande ideia, mas vou estar correndo o dia inteiro sem um minuto de descanso. Tenho que fazer uma dúzia de ligações, começando pelo primeiro-ministro e o ministro das Relações Exteriores.

— Mas vai estar de volta hoje à noite, não?

— Provavelmente.

— Vamos todos esperá-lo, não importa a hora que chegue.

O silêncio de Saburo afetou todos os outros, e terminaram o café sem pronunciar uma palavra. Quando Yoshiko veio dizer a Eri que estava na hora de se arrumar para a escola, ela se ajoelhou, despediu-se do pai com relutância, e saiu. Quando Ken informou que conseguira estender sua folga até o dia seguinte, Saburo concordou com a cabeça, mas depois de alguns minutos perguntou:

— O que você acabou de dizer?

Quando Anna contou que também ficaria mais uma noite, Saburo concordou novamente e, então, para provar que dessa vez entendera, perguntou:

— Você não se importa em deixar Arizumi sozinho por tanto tempo?

— Não — respondeu.

— Não? — murmurou seu pai, e se calou outra vez. Depois de tomar mais uma xícara de café, despertou e, balançando a cabeça com vigor, levantou-se. Alice, Ken e Anna despertaram também, e o observaram caminhar em direção ao escritório.

Alice chamou o cozinheiro.

— Tanaka, contamos com você hoje à noite.

— *C'est entendu, madame. Laissez-moi faire* — Tanaka concordou com a cabeça, cheio de orgulho, inflando seu peito como um pombo.

# 7

Um pouco depois da meia-noite, Ken ouviu o barulho de um carro se aproximando e correu para a porta de entrada. Sua mãe, Anna e Yoshiko o seguiram.

Saburo conversava com o jovem mensageiro que o conduzira até sua casa:

— Até amanhã, ou melhor, até mais tarde.

— Estarei aqui às 4h30, senhor.

— Bem-vindo de volta — disse Alice, e todos o cumprimentaram, ajoelhando-se. Saburo estava exausto. Yoshiko tirou-lhe os sapatos, e ele subiu à soleira. Cambaleou, e Ken o segurou. Mesmo assim, não se esqueceu do beijo que sempre dava na esposa ao retornar para casa.

— E minha bagagem? — perguntou-lhe impacientemente.

— Está pronta, querido — respondeu, sorrindo.

— Verdade? Obrigado. Não tenho muito tempo. Tenho que sair da base aeronaval em Oppama hoje de manhã. Uma pessoa do ministério, Yoshimoto, vai comigo, e tenho que encontrá-la na estação de Tóquio às 5 da manhã. Eles vão mandar um carro às 4h30.

— Quatro e meia? Então você ainda tem duas horas e meia. E aposto que ainda nem jantou.

— Jantar? Nem me lembrei.

— Primeiro vá tomar um banho — disse Alice num tom agradável — para comermos algo. E depois você ainda vai tentar dormir um pouco.

— Seu desejo é uma ordem, madame — o rosto de Saburo relaxou um pouco, e ele acariciou os ombros da esposa.

Quando saiu do banho e adentrou a sala de jantar vestindo um quimono comum, sua esposa e as crianças aguardavam-no à mesa. Ken estava vestido com seu uniforme militar; e Eri, com o da escola. Anna e sua mãe trajavam quimonos.

— *Ho!* — exclamou num grunhido japonês de surpresa ao ver a esposa trajando quimono.

Saburo acenou com a cabeça para as crianças, e depois para Tanaka, Yoshiko e Asa, que estavam em pé atrás da família.

— Que comemoração! Pena que não terei tempo para aproveitá-la.

Alice entendeu todas as palavras em japonês, e respondeu em inglês:

— Você tem tempo de sobra, querido. Do modo que você engole com pressa a comida, o jantar não lhe tomará mais do que trinta minutos.

Saburo soltou mais um grunhido, coçando a cabeça. Ele era famoso por comer rápido, e conhecido por terminar de comer antes de todos os outros chegarem à metade.

— Tanaka se esmerou para preparar todos os seus pratos favoritos. Anna e Eri o ajudaram — continuou Alice.

— Mas mamãe fez a maior parte das coisas — disse Anna.

O jantar era uma combinação de comida japonesa — brema-do-mar completa, o prato tradicional para ocasiões especiais, com sashimi, tempurá, arroz e feijão vermelho — e culinária francesa — patê de *foie gras*, carneiro assado e salada. Havia saquê e vinho. A mesa estava repleta de coisas que eram praticamente impossíveis de se obter nestes tempos. Quando começaram a comer, Tanaka trouxe uma garrafa de vinho tinto numa cestinha, movendo-se lentamente para não balançar muito.

— Saint Emilion safra de 1914 — anunciou.

— É o ano da Primeira Guerra Mundial, 1914 — murmurou Ken.

— Não, querido — disse Alice. — É o ano de nosso casamento, um ano de paz.

Saburo olhou a garrafa.

— Eu me lembro. Compramos uma dúzia de Saint Emilions na época.

— Sim, é verdade.

— Exatamente 27 anos atrás — disse Anna, respeitosamente.

— Papai — perguntou Eri —, você vai se encontrar com George e Lauren lá nos Estados Unidos, não vai?

— Acho que não terei tempo para isso.

— O papai é um enviado especial — explicou sua irmã. — Não terá tempo para agir como uma pessoa comum.

— Mas pode ao menos vê-los, não pode?

— Ele vai para Washington. E eles moram em Chicago.

— Bem, então eles podem ir para Washington para vê-lo.

— Vamos, parem com isso, não comecem a brigar de novo — disse-lhes Ken.

— Ken — disse seu pai —, sabe, hoje foi um dos dias mais ocupados da minha vida. Mas também serviu para mostrar que, se uma pessoa se entrega por inteiro, pode atingir qualquer objetivo.

— Sim, senhor — Ken viu isso como uma forma de seu pai se autoencorajar.

— O problema — continuou Saburo, em inglês, em respeito a Alice — é que há uma grande oposição neste país a qualquer negociação diplomática. Minha missão nos Estados Unidos está sendo mantida ultrassecreta, mas alguém parece já ter adivinhado que algo está sendo feito. Hoje, do lado de fora do Ministério das Relações Exteriores, um grupo de fanáticos gritava: "Acabem já com as relações com os Estados Unidos!", "Deem a Roosevelt um ultimato!" O motivo pelo qual amanhã, digo, essa manhã eu pegarei um trem na estação de Tóquio é para ludibriar qualquer terrorista que pense em fazer algo. Mas ainda assim fico preocupado, já que meu rosto é um pouco conhecido dos jornais.

— Por que Ken não vai com você vestido com o uniforme militar? — perguntou Alice. — Você pode fingir que é um pai enviando seu filho para o front. Dessa forma, deixaria de ser suspeito. Ah, temos um velho manto e um chapéu de pena que você pode vestir. As pessoas vão achar que você é algum senhor do campo. Talvez seja melhor não tirar esse bigode.

Saburo passou a mão pelas bochechas e pelo queixo, e todos riram.

— Um senhor do campo? Hum, nada mal.

— Sa-bu-ro — continuou ela —, tem mais uma coisa. Quando estiver lá, não se esqueça de me comprar uma nova haste para o aspirador de pó.

— Aspirador de pó?

— Sim, o nosso é da GE. E não consigo achar as peças por aqui.

— Está bem, se não me esquecer, comprarei.

— É melhor não esquecer! Você ficará em sérios apuros se não a trouxer.

Alice fez Yoshiko trazer o aspirador, e mostrou a ele a parte quebrada. Saburo caiu na gargalhada, coçando estupefato a cabeça.

— Vejo que estou encarregado de uma missão da maior gravidade!

É uma ordem mais complicada do que qualquer coisa que possa revelar de meu encontro com o presidente Roosevelt.

— Venha, querido, você tem que dormir um pouco — disse ela, cutucando-o com gentileza. Era um pouco antes das 3.

Assim que os pais foram para o quarto, Ken e as meninas foram para a sala de estar aguardar a partida do pai. Anna e Eri dormiram ali desconfortavelmente sob cobertores. Ao lado dele estava o enorme e pesado baú que Alice preparara, e as roupas serviriam para disfarçar Saburo como um senhor do campo. Ken teve um ideia repentina. Em pedaços de papéis de arroz, escreveu os ditos populares do momento: "Orem por sucesso no campo de batalha", "Saudações na sua partida para o front", "Doe sete vidas por seu país". E então colou-os no baú meio ao acaso, tentando parecer rústico. Usou pouca cola, para que pudessem ser facilmente removidos com água. Depois, verificou os horários das saídas para ter certeza de que o primeiro trem do dia na linha Yokosuka partiria às 5h12.

Às 4 horas, Saburo ainda não tinha aparecido; dez minutos depois, desceu de braços com Alice. Enquanto vestia o disfarce de senhor do campo, o carro chegou. Ken colocou a lancheira que Tanaka preparara para ele na sua algibeira militar de couro, e pegou o baú. Saburo abraçou Alice. Apertou as mãos das filhas e trocou reverências com Tanaka, Yoshiko e Asa. Quando a porta se fechou, Eri caiu em lágrimas e enfiou o rosto no colo da mãe. Alice sorria enquanto acenava para ele.

As ruas estavam escuras e desertas. Não havia outros carros em volta. Mesmo assim, por precaução, não seguiram o caminho normal. Foram em alta velocidade por um desvio em direção a Akasaka, passando pelo Portão Hanzomon e circulando os muros do Palácio Imperial. Ao passarem por Nijubashi, a ponte dupla que dava nos recintos imperiais, Saburo e Ken abaixaram a cabeça com reverência.

Chegaram na estação de Tóquio às 5h05. O trem partiria em sete minutos. Correram em direção à plataforma, onde encontraram o primeiro trem do dia pronto para partir. Entraram num dos vagões de terceira classe. Ao se acomodarem nos bancos duros de madeira, dois jovens entraram e, por acaso, sentaram não muito longe deles. O jovem de terno carregando uma sacola grande era o oficial do ministério, Yoshimoto; o outro, num uniforme da defesa civil, era um funcionário chamado Shimazu. Ambos pareciam burocratas de escritório indo para o trabalho.

No momento em que o trem saiu, Ken olhou em volta, mas não viu ninguém mais na plataforma. No trem, além deles, havia apenas um grupo de marinheiros, uma velha senhora trajando um quimono esfarrapado, e um civil que parecia ser um empregado da base naval de Yokosuka. Até o mais alerta dos espiões não teria como descobrir que o senhor do campo acompanhando seu filho oficial era Saburo Kurushima, enviado especial para os Estados Unidos. O pensamento fez Ken sorrir sozinho.

Quando o trem começou a se mover, Saburo inclinou-se em direção à janela e dormiu. Não acordou até chegarem a Yokosuka. Ken evitou dormir a fim de ver o que acontecia; ele agora era o guardião de seu pai. Nas vezes em que o sono batia forte, levantava e andava para cima e para baixo pelo corredor. Ao passarem por Zushi, começou a amanhecer; as ondas na baía de Tóquio se avermelhavam. Era um belo dia de outono.

Na estação de Yokosuka, uma limusine da Marinha os aguardava. Em alta velocidade, como um rebatedor deslizando em direção à base, se dirigiram para o campo aeronaval em Oppama, e pararam ao lado de um 96 Continental Raider com as hélices já girando. Ken construíra uma vez modelos desse avião. Era o melhor bombardeiro intermediário da frota japonesa, capaz de atingir velocidades de até 400 km/h, com uma autonomia de voo de até 6.000 quilômetros. O avião ficou conhecido durante a invasão da China em 1937. Ken nunca vira um de verdade e deu uma rápida olhada. Era um avião incrível. Seu pai estaria seguro nele.

— Tudo bem, Ken — disse Saburo. — Obrigado por tudo.

— Cuide-se, papai — disse Ken, carinhosamente. Retirou a lancheira de sua algibeira e a entregou a seu pai.

— Vou fazer meu dever — disse o pai em inglês, elevando o tom da voz para encobrir o barulho das hélices — e você cumpra o seu.

— Sim, senhor.

O pai e Yoshimoto quase caíram no chão escorregadio da ladeira instável. De alguma forma conseguiram entrar no avião.

O avião subiu suavemente em direção à aurora; depois, guinou para o oeste. Não parecia a partida de uma aeronave transportando homens numa missão diplomática vital, mas sim um bombardeiro se preparando para mais um treino matutino.

# III

## A missão

# 1

Saburo suspirou ao abaixar a caneta tinteiro. Queria anotar todos os detalhes da missão na agenda, mas agora estava muito cansado para escrever. Vestiu o roupão de dormir e deitou na cama do hotel. Apesar de estar exausto, o nervosismo o impedia de cair no sono. Ao arrumar as coisas no seu baú, seus dedos tocaram um vidro de aspirinas e um pequeno frasco embrulhado em papel. O pó branco do frasco era cianeto, que lhe fora dado no dia de sua partida por um professor de medicina que conhecia. Caso não fosse possível encontrar uma solução pacífica para a crise, Saburo tomaria esse pó. Esperava não ter que usá-lo. Escondeu-o entre duas camisas e fechou o baú. Ao deitar na cama novamente, lembranças de seu último dia em Tóquio vieram-lhe à mente.

Lembrou-se do momento em que esperava Tojo no parlatório frio da residência oficial do primeiro-ministro. Quando Tojo enfim apareceu, trajava um quimono comum. E Saburo, por ter ido fazer uma visita oficial, esperava que ele o recebesse de uniforme de general. Achou que o traje informal de Tojo era um sinal de condescendência. Talvez nem Saburo nem sua missão eram tão importantes para ele. Isso fez crescer seu desapontamento ao ver o tamanho da cabeça raspada de Tojo, e seu desconforto por sentir que os assuntos complexos que definiriam o destino do Japão não caberiam naquele crânio limitado.

Tojo olhou silenciosamente o memorando em sua mão, e então disse, com solenidade:

— Quando mencionei sua missão ao Imperador, Sua Majestade disse: "Eu ouvi dizer que Kurushima estava doente. Já se recuperou?"

Saburo ajoelhou-se.

— Sinto-me honrado pela preocupação de Sua Majestade — o Imperador deve ter-se lembrado de que ele rejeitara o cargo de vice-ministro no antigo gabinete por questões de saúde.

— Você recebeu uma tarefa árdua, Kurushima — disse Tojo. — Eu lhe daria, talvez, 30% de chances de ter sucesso.

— Trinta por cento... você acha que é tanto assim?

— Está por sua conta. Se tomar uma posição resoluta, e se os pressionar, vamos conseguir.

— Mas... — dada a crise, sentia que Tojo estava sendo otimista demais.

— Os Estados Unidos ainda não estão preparados para a guerra — continuou Tojo. — Eles não têm capacidade para entrar em guerras no Atlântico e no Pacífico ao mesmo tempo. Não podem lutar simultaneamente contra o Japão e a Alemanha. E o povo americano não quer ir para a guerra. Se explorar essas fraquezas, e manter a pressão, você pode conseguir um acordo.

— Mas não podemos apenas pressioná-los. Diplomacia é uma arte de dar e receber. Não chegaremos a um acordo a não ser que façamos algumas concessões também. Creio que a maior concessão neste momento seria uma retirada japonesa da China.

— Não! Absolutamente não! — a voz de Tojo ficou mais alta, e seu bigode balançava. Falava para ele como se estivesse repreendendo um estudante. — Entenda bem isso. A China está além dos limites. A China é um território manchado de sangue do Exército Imperial, de muito sangue. Se eu tivesse que me render à pressão americana e retirar-me da China, nunca mais poderia aparecer novamente no Santuário das Vítimas de Guerra.

Saburo ficou sem saber o que dizer. O plano A, que já havia sido rejeitado pelo primeiro-ministro, presumia concessões dos Estados Unidos em troca de uma retirada japonesa da China em alguns anos. Mas agora Tojo insistia em ocupação permanente.

Depois de discutir alguns outros detalhes da viagem de Saburo, Tojo olhou para o memorando que segurava, manuscrito em pequena e bonita grafia, e deu uma ordem bastante estranha:

— Saburo, eu quero essas negociações terminadas no final de novembro.

Saburo ficou estupefato pela segunda vez. Negociações complexas vinham acontecendo havia seis meses sem nenhum sucesso, e agora Tojo estava dizendo para ele terminar as conversas em menos de um mês. Se chegasse a Washington no meio de novembro, Saburo teria apenas pouco mais de duas semanas.

— Não é possível.

— Não é possível? Ouça, Kurushima, tem que ser feito. O final de novembro é o prazo-limite, e foi aprovado por Sua Majestade.

— Sim, senhor — Saburo concordou com a cabeça ao ser mencionado o Imperador. Tojo tinha acesso total à Sua Majestade, portanto, o que Tojo lhe contava como tendo sido dito pelo Imperador não deveria ser questionado. Ao mesmo tempo, Saburo demonstrou coragem ao fazer mais uma pergunta:

— Se não tivermos sucesso nas negociações até o final de novembro, o senhor vai recorrer à força militar?

— Não posso dizer, no momento.

— Mas... — era inacreditável. Aqui estava ele, o recém-nomeado enviado especial, e Tojo não lhe dizia qual o curso da ação. Era bastante ultrajante, apesar ele já esperar por essa conduta, dada a notória arrogância militar. Um pouco depois da invasão da China, num encontro de gabinete com o primeiro-ministro, os militares foram questionados sobre quão longe pretendiam ir. Quando o ministro da Marinha deu uma resposta, o ministro do Exército explodiu, gritando: "Como ousa discutir tal assunto diante de civis!"

Tojo era ministro do Exército e primeiro-ministro, e não permitiria que um diplomata, um simples civil, conhecesse os segredos militares. Nem Saburo podia fazer muito quanto a isso, apesar de ser insultante. Não podia discutir com Tojo. Nem recuar, já tendo se comprometido a assumir a missão. Recuperando-se, Saburo fitou os olhos do primeiro-ministro e disse:

— Se eu tiver sucesso nas negociações, imagino que haverá forte oposição de certos grupos no Japão, principalmente do Exército. Se eu conseguir entrar num acordo com os Estados Unidos, posso ter sua garantia de que irá me apoiar, mesmo que precise conter a oposição doméstica?

— Se você conseguir entrar num acordo aceitável para nós, é claro. Eu juro que não usaremos força militar.

Saburo suspeitava que o Imperador e o líder do Exército já haviam tomado a decisão de entrar em guerra se as negociações falhassem. Mas ele também sentia que Tojo queria de verdade evitar a guerra, se fosse possível. Tojo daria pelo menos uma chance às negociações. Saburo ficara um pouco aliviado.

O barulho do mar entrou pela janela aberta. Já era quase manhã na Ilha Midway. Próximas aos horizontes, linhas vermelhas cortavam o limpo céu azul, e o facho de um farol longíquo era agora difícil de ser visto. Será que o Pan American Clipper conseguiria voar hoje de manhã, ou teriam que ficar lá mais um dia? Já era 11 de novembro. Não haveria como ele chegar a Washington dia 13, como fora agendado. O mês já estava pela metade. Dia após dia, tempo precioso e irrecuperável era perdido. Tentou dormir. Mas quando fechou os olhos desta vez, seu encontro de despedida com o embaixador Grew na embaixada americana veio-lhe à mente com detalhes.

Grew fora amigo de Saburo por mais de dez anos. Eles conheciam bem a personalidade de cada um, e Grew sabia melhor do que ninguém como pensavam os pró-americanos. E a filha de Grew, Elsie, era amiga de Anna.

— Você está levando novas propostas? — perguntou Grew.

— Não, não tenho nada de novo — disse Saburo, falando alto, já que Grew tinha problemas de audição.

— Que pena — franziu as sobrancelhas, mexendo no bigode branco. — Então temo que não haja muito sentido na sua ida. Não haverá acordo se os dois lados continuarem repetindo as mesmas posições.

— Mas mesmo assim sinto que tenho que ir.

— Você prevê algum avanço?

— O único avanço sou eu. Nos últimos seis meses, as negociações ficaram presas ao mesmo curso rígido. Eu posso ser capaz de afrouxar um pouco as coisas. E, felizmente, tenho facilidade para a língua do seu país.

— Entendo, em vez de uma nova proposta, estão enviando um novo homem. Pode funcionar. O seu inglês *é* muito bom. Há muitos americanos que não conseguem usar a língua com a mesma qualidade e precisão.

— O único problema com o novo homem — disse Saburo, num tom de voz sério — é que ele não conhece as pessoas do outro lado. Li biografias de Roosevelt, e acho que compreendo boa parte de sua personalidade. Mas encontrei-me com Cordell Hull uma vez apenas, e não há biografias dele... Que tipo de homem é ele?

— Creio que também não o conheço.

Grew permaneceu em silêncio por um tempo, como se estivesse vasculhando a memória, e então disse:

— Eu me encontrei com ele apenas uma vez. Foi no verão de 1935, quando estive de folga em Washington. É difícil descrever Hull numa única palavra. No caso do presidente, pode-se dizer que é um grande otimista, um homem de vigor extraordinário. Mas o secretário de Estado é cauteloso, sabido; é difícil delinear alguma característica dele.

— Você diria que ele é prático e negociador?

— Pelo contrário, diria que é um idealista. É um homem de visão elevada, e seu idealismo pode torná-lo inflexível de vez em quando. Ele odeia envolver-se em detalhes. Prefere decidir as coisas pelos princípios.

— Isso será um problema — Saburo deu um longo suspiro. — Minha proposta será: colocar por um momento nossos princípios de lado, e chegar a um acordo por concessões detalhistas recíprocas.

— Esse é o tipo de coisa que deixa o secretário de Estado mais desconfortável.

— Eu sei que Hull é do Tennessee.

— Isso mesmo. Tem um sotaque forte. Você vai ter mais dificuldade de entender a fala dele do que o meu inglês de Boston. Curiosamente, suas origens campestres parecem reforçar sua visão internacional. Da mesma forma que um isolacionismo conservador pode nascer em grandes cidades do mundo, o inverso também pode acontecer.

— Eu sei que os isolacionistas têm a maioria no Congresso, e que se opõem com veemência à entrada dos Estados Unidos na guerra.

— É verdade. Nesse campo, os apoiadores de Roosevelt e Hull estão em total minoria no Congresso. Por outro lado, a fim de manter a paz, seria melhor para o Japão evitar atos que provoquem o Congresso.

— Como, por exemplo...

— Por exemplo, invadir a Indochina francesa, ou infestar as manchetes de jornais com discursos antiamericanos de seus líderes, ou realizar ataques preventivos.

— Ataques preventivos?

— Ataques-surpresa, do tipo que o Exército japonês gosta. Se isso acontecer, aí todos os isolacionistas no Congresso vão se tornar internacionalistas do dia para a noite. E pode ter certeza de que, nesse caso, o presidente terá a maioria.

— Um ataque-surpresa seria ultrajante — disse Saburo enfaticamente.

— Mas os militares japoneses me preocupam. Eles conhecem muito pouco das características do povo americano. Tudo o que pensam é sobre a glória do momento, nunca sobre as consequências a longo prazo.

— Você está certo. Os jovens oficiais que tentaram o golpe de Estado em 1936 eram desse tipo.

— Os japoneses têm essa característica de tornar heróis aqueles que vencem um jogo, mas perdem o campeonato. Os jovens oficiais de 1936 eram assim, e também os grandes samurais heróis do passado, Yoshitsune e o xogum Nobunaga. Mas, nos Estados Unidos, os verdadeiros heróis são aqueles que *prevalecem*.

Em 1936, durante o chamado "Incidente de 26 de fevereiro", o exército rebelde ocupou o hotel Sanno próximo à casa de Saburo, e Alice, confundindo-os com soldados em manobras militares, ofereceu-lhes sopa ao vê-los sofrendo sob a neve. Grew ficou bastante comovido com a história, e disse-lhe que ela agira bem, pois a maioria dos homens eram simples soldados e não deveriam ser culpados pelo motim.

Como se lesse os pensamentos de Saburo, Grew perguntou:

— Como está sua esposa?

— Bem, obrigado. E as crianças também.

— Bom.

Sabendo que sua esposa também gostaria de se despedir, Grew pegou o telefone e ligou para ela. Alguns minutos depois ela apareceu, e Saburo contou-lhe rapidamente sobre a urgente viagem.

— Mas assim tão de repente! — exclamou ela.

— Ele acabou de receber a missão mais importante do mundo — disse seu marido —, e a mais difícil.

— Por favor, cuide-se. Pelo bem de seu país.

— E pelo bem do seu também — acrescentou Saburo. Ao apertar a mão da mulher, dizendo *Gokigenyo* em despedida, percebeu lágrimas nos olhos dela.

— Alice — disse baixinho para si mesmo, e virou-se na cama. Raramente ele pensava no corpo nu de sua mulher, mas agora a lembrança do ato de amor na manhã de sua partida, enquanto as crianças aguardavam no andar de baixo, era vívida, quase palpável. Logo o sono caiu sobre ele como uma cortina pesada.

Algum tempo depois, acordou ao som de batidas na porta. Seu jovem assistente, Yoshimoto, entrou e informou-lhe entusiasmado:

— Consertaram o avião. Partimos em uma hora.

— Deus é pai.

O hotel estava movimentado. A manhã surgira, mas traços de escuridão permaneciam no céu. O ônibus para o aeroporto já estava cheio de soldados americanos. Saburo conseguiu um lugar apenas porque alguém guardara para ele no fundo.

Já no avião, Yoshimoto virou-se para ele e disse:

— Veio um cabograma hoje de manhã do cônsul em Honolulu. Ele acha que haverá uma multidão de repórteres no aeroporto.

— Que droga! Mas daqui em diante a imprensa americana estará vigiando cada passo que dermos.

— Quer preparar uma declaração para ler no aeroporto?

— Acho que não é necessário. Responderei as perguntas conforme elas vierem.

— Passei a tarde de ontem preparando um quadro com todos os pontos de desacordo entre o Japão e os Estados Unidos. O senhor pode olhá-la mais tarde.

— Obrigado... Bem, Yoshimoto, você finalmente vai para os Estados Unidos. Você não deve ter trazido roupas, não é?

— É verdade, posso comprar lá. Eu queria mandar fazer um novo terno para mim — ele riu, mostrando seus belos e saudáveis dentes brancos. Seu rosto era bronzeado, como o de Ken. Sem saber se conseguiria um assento no avião, sua ideia era acompanhar Saburo apenas até Hong Kong, e tudo que levava consigo eram as roupas do corpo. Ele era da prefeitura de Fukushima, e seu sotaque provinciano era bastante forte. Mas era um jovem sério, determinado a ajudar Saburo da melhor forma possível.

— Dormiu o suficiente?

— Sim, senhor, dormi muito bem.

— Isso é bom.

Abaixo deles, na linha do horizonte, estava o mar límpido e pacífico, suas pequenas ondas avermelhadas pelo sol nascente pareciam cardumes de peixes. Poderia esse mar tornar-se um campo de batalha? Isso não pode acontecer. Com esse pensamento, Saburo fechou os olhos e uma moleza agradável se apossou de seu corpo. Escreveria na agenda depois que chegassem a Pearl Harbor.

## 2

**12 de novembro, quarta-feira, Honolulu**
*Saímos da Ilha Midway ao amanhecer e tocamos as águas de Pearl Harbor à tarde. Assim que nos aproximamos da terra, recebemos a ordem de fechar as cortinas das janelas, o que nos fez perceber que chegávamos a uma base militar.*

**14 de novembro, sexta-feira, no caminho aéreo entre São Francisco e Nova York**
*Em Honolulu, embarcamos no California Clipper — um avião muito maior do que o China Clipper —, e depois de um voo noturno chegamos em São Francisco. Havia uma multidão de repórteres. Honolulu não era nada comparada a essa cidade. "O que o senhor achou do discurso de Churchill?", perguntavam. "Quais são as chances de sucesso nas negociações?", "Por que enviaram o senhor, o homem que assinou o Pacto de Áxis?"... Finalmente, livrei-me deles e, depois de um breve descanso na casa do cônsul, embarcamos neste Stratoliner para Nova York.*

*Estes assentos de primeira classe são reclináveis. Bastante confortáveis. Talvez consiga dormir um pouco. Estou cansado, muito cansado. Tudo o que consigo fazer é rabiscar estas anotações.*

*J se aproximou e contou-me algo um tanto assustador. Parece que G, que vem se tornando um transtorno desde que saímos de Manila, foi entrevistado por um repórter no aeroporto de São Francisco e disse: "Vim acompanhando o embaixador Kurushima, e ele me confessou estar pessimista quanto às negociações. Ele acredita que não há nem 1% de chance de sucesso." J sugeriu que eu respondesse a isso quando chegássemos a Nova York. A declaração devastadora de G é um tormento enorme, mas me recuso absolutamente a respondê-la. Seria impróprio para o embaixador de uma nação independente ficar aborrecido com qualquer fofoca jornalística.*

**15 de novembro, fim da tarde de sábado, no meu quarto na embaixada japonesa em Washington**
*Houve um pouco de turbulência no voo para Nova York, provavelmente porque o Stratoliner voa bastante alto (é um belo avião. Se Ken estivesse conosco, me explicaria). Dessa vez consegui dormir de verdade. Um pouco depois do meio-dia, aterrissamos no LaGuardia. Depois de um breve descanso, partimos para Washington e chegamos aqui esta tarde.*

*Pela janela do avião, vi que uma multidão nos aguardava: o embaixador Tonomura, oficiais da embaixada, vários cidadãos japoneses que vivem nos Estados Unidos, oficiais do Departamento de Estado Americano, repórteres, cinegrafistas, radialistas e hordas de curiosos. Desci a rampa e me deparei com um impenetrável muro de microfones. Reverenciei uma pessoa e apertei as mãos de outra; e recebi a punição de ter de passar por inúmeros fotógrafos, radialistas e repórteres, que pediam uma entrevista. Finalmente entrei na limusine, e um pouco depois cheguei aqui na embaixada, na avenida Massachusetts.*

*Estou num quarto no segundo andar. Amanhã é domingo, graças a Deus, e meu encontro com o presidente e o secretário de Estado foi agendado para segunda-feira. Estou tão cansado. Minha incapacidade de dormir em Midway parece inimaginável agora. Tenho dormido como um bebê nos últimos dois dias. Talvez minha insônia tenha sido superada pela exaustão.*

Saburo acordou um pouco antes das 10 horas. Por ter dormido em aviões nas últimas duas noites, considerou o conforto de uma cama um luxo real, e dormiu bastante. Como não teria que se encontrar com o embaixador antes do meio-dia, não precisou se apressar.

O quarto era quente e confortável, aquecido por um vaporizador, mas do lado de fora o panorama era de inverno. Através da janela podia ver as folhas das árvores cobrindo a avenida, e no jardim da embaixada os ciprestes pareciam balançar com o frio.

Por ser domingo, havia menos tráfego na avenida Massachusetts do que no dia anterior, os capôs polidos dos grandes carros americanos brilhavam com o sol da manhã. Não havia como comparar com os chacoalhantes calhambeques de Tóquio, movidos a vapor. Era uma terra de excessos. Desde o momento em que entrou em território americano, em Manila, todas as refeições foram banquetes de carne e verduras. Que contraste doloroso com o Japão, onde tornara-se uma dificuldade conseguir um simples filé de peixe! Os pedestres na avenida Massachusetts trajavam uma variedade colorida de estilos, tão diferentes dos grossos quimonos cinza e uniformes militares nas ruas japonesas. Uma terra que não está em guerra, uma terra que não passava necessidades, um país pacífico e próspero — a grande, a imensa nação americana. Pelo amor de Deus, o que queria o Japão, um pequeno grupo de ilhas no Extremo Oriente, ao brigar com um gigante como esse? Mais uma vez, Saburo sentiu a miséria da situação em que ele próprio se encontrava.

Desceu para dar uma volta. Apenas poucos funcionários da embaixada apareceram para trabalhar; ajoelhavam-se respeitosamente quando o reconheciam. Yoshimoto o aguardava no saguão do hotel e entregou-lhe um jornal.

— O senhor vai tomar café? Está servido na sala de jantar.

— Dormi demais. Vou almoçar logo, por isso vou esperar até lá.

— O embaixador disse que quer almoçar com o senhor.

Saburo colocou o grosso e pesado jornal em cima da mesa. O *New York Times* de domingo devia ter umas cem páginas; algo inimaginável no Japão, onde o papel estava sendo racionado e as páginas eram finas. Saburo não sabia por onde começar. Yoshimoto apontou para um artigo no fim da primeira página com a manchete "Enviado Kurushima chega aos EUA". Sua foto estava lá, junto com uma citação dizendo que ele torcia pela paz. Mas o artigo era muito menor do que ele esperava, e bastante discreto. Folheou as páginas de notícias e anúncios, pensando que deveria haver algo mais sobre a missão, mas nada encontrou. Talvez não houvesse mais nada. Aumento de impostos, inflação, novos automóveis, casacos de pele, cinema, atrizes, futebol americano, beisebol, coluna social — tudo era mais importante do que as negociações com o Japão. A única grande notícia relativa à guerra era uma reportagem especial acerca das forças alemãs e russas, com uma análise detalhada sobre o fracasso do ataque alemão a Moscou.

O embaixador Tonomura cumprimentou Saburo no saguão, e juntos andaram até a sala de jantar. Ontem estiveram com inúmeras outras pessoas, e Tonomura queria aproveitar o dia para uma prazerosa conversa a sós com ele.

O embaixador passara muito tempo de sua vida na Marinha, e mesmo agora cada centímetro do diplomata alto e de ombros largos parecia de um almirante. Tinha um olho de vidro, que não se mexia, resultante do chamado "Incidente de Xangai", ocorrido nove anos atrás. Ele estava sentado num posto de vigilância com o ministro Shigemitsu num parque em Xangai, observando as tropas japonesas comemorarem o aniversário do Imperador, quando uma bomba colocada por um nacionalista chinês explodiu, matando vários oficiais e fazendo sangrar seu olho direito.

Saburo conheceu Tonomura em Chicago, quando este era adido da Marinha na embaixada. Acabou se tornando ministro das Relações Exteriores por acaso, e foi ele quem pediu ao relutante Saburo que ocupasse o cargo de embaixador em Berlim. Quando Saburo o visitou em Washington no começo do ano, antes de sua volta para o Japão, Tonomura contou-lhe sobre as negociações iniciais. Mas agora era a primeira vez que os dois trabalhavam juntos.

— Dormiu bem? — perguntou Tonomura enquanto se acomodava na cadeira. — Sua viagem deve ter sido cansativa. Mas temo que o trabalho aqui o deixará ainda mais exausto.

A comida chegou. Era um almoço japonês numa fila de caixas envernizadas, acompanhado de sopa de peixe cozido. Após três dias de refeições ocidentais, com aquele monte de carne e gordura, Saburo estava agradecido.

Os dois homens trocaram informações sobre as respectivas famílias, e então Tonomura disse:

— Fiz uma visita a Cordell Hull ontem de manhã. Ele é um homem bastante duro, sabe? Tentei amansá-lo sugerindo que nós tentássemos ao menos chegar a um acordo na proposta de reduzir as restrições comerciais no plano A. Mas ele fugiu do assunto, dizendo que teria que negociar também acordos semelhantes com a Inglaterra e a Holanda, e que estava fora de questão fazer um acordo apenas com o Japão. Quando argumentei dizendo que era um caso especial, que nossas negociações avançariam se pudéssemos encontrar um ponto de concordância, ele me disse que eu estava sendo "inoportuno" e ficou bastante irritado.

— É normal Hull ficar irritado?

— É um tipo estranho de irritação. Ele parece se esconder dentro de si. Nunca eleva a voz ou deixa transparecer seu desconforto. Em vez disso, seu rosto permanece rígido, inflexível. Parece uma parede grossa de aço. Pode-se empurrá-la, bater nela, mas não se conseguirá resposta nenhuma. Pode-se, isso sim, deixá-lo louco.

— Acredito que os internacionalistas como Hull estão com dificuldades no Congresso.

— Sim, ele é um intervencionista wilsoniano tentando negociar com um Congresso onde os isolacionistas estão em maioria. Ele e Roosevelt estão encontrando problemas principalmente na Câmara dos Deputados. Mas também é fato que Cordell Hull teve uma carreira longa tanto no Senado quanto na Câmara, e é bastante respeitado por ser um velho homem de Estado. Você tem que se lembrar de que ele é onze anos mais velho do que Roosevelt. Tem 70 anos agora. Mas apresenta uma vitalidade extraordinária para um homem de sua idade. Vai ao escritório aos domingos, enquanto Roosevelt costuma tirar o dia para descansar. Nunca aparece nos círculos sociais de Washington, dizendo que não pode desperdiçar tempo. E, quando você solicita uma reunião com ele, normalmente consegue para o mesmo dia.

— Mesmo Roosevelt deve submeter-se a ele.

— Sim. Logicamente é o presidente quem toma as decisões finais. Mas se Hull se opõe a algo, tenho certeza de que Roosevelt pensa duas vezes no assunto. Ouvi dizer que, quando Roosevelt concorreu à presidência pela primeira vez, Hull, que era um advogado importante no Tennessee, foi responsável por grande parte do financiamento da campanha.

— Ah, sim, lembro-me de ter lido a mesma coisa numa biografia de Roosevelt.

— Hull é um cavalo. Um cavalo fortíssimo. O presidente cavalga num puro-sangue.

— Ou seja, "se você quer atingir um xogum..."

— Isso mesmo, "mire no cavalo." Falando em xoguns, o que você acha de Tojo? Eu não o conheço. De repente, em julho, esse ninguém se torna o ministro do Exército, e em outubro já é o primeiro-ministro.

— Eu também não sei muito sobre ele. Encontrei-me com ele pela primeira vez um pouco antes de sair do Japão.

— Por ter sido comandante da Força Aérea, imagino que ele seja um especialista em aviação. Mas acontece que ele subiu de posição vindo lá de baixo. Sabe, isso me preocupa. Os americanos têm uma estratégia para dois oceanos, cobrindo tanto o Atlântico quanto o Pacífico. Eu imagino se isso não é um pouco demais para um soldado compreender.

— Também me preocupo — disse Saburo, abaixando os pauzinhos. — Tojo contou-me que os americanos estão despreparados para a guerra em ambos os lados, e que eu deveria pressioná-los a negociar. Usar o Eixo, as vitórias alemãs, e "pressioná-los com força", ele disse.

— Isso é ridículo! O homem é precipitado. Será que não percebe que "pressionar com força" não vai diminuir a oposição que Cordell Hull impôs? — seu olho falso brilhou como se estivesse vivo.

— Ele disse algo ainda mais negligente. Quando sugeri que o recuo de nosso Exército da China, como imaginado no plano A, seria a melhor forma de conseguirmos um acordo, ele explodiu. Disse que, se isso acontecesse, não poderia mais aparecer no santuário em homenagem às vítimas de guerra.

— Essas pessoas do Exército nunca nos contam o que está acontecendo. Você não acha que ele nos mandou negociar enquanto se prepara para a guerra?

— Tenho certeza de que ele está fazendo alguma preparação. E não tenho dúvidas de que os americanos estão fazendo a mesma coisa. De qualquer forma, ele me prometeu que, se tivermos sucesso nas negociações, iria conter as facções pró-guerra em casa.

— Bem, fico feliz em ouvir isso — Tonomura terminou seu prato e começou a mexer o chá. — Não podemos manter essa política rígida em que qualquer contestação nos move um passo para mais perto do desfiladeiro.

Saburo olhou em volta para ter certeza de que estavam sozinhos na sala.

— Tem mais uma coisa que me preocupa. A ordem para nós terminarmos as negociações até o fim do mês pode significar que há um plano para atacar no começo de dezembro. Ele coloca esses problemas complicados em nossos ombros, nos dá meio mês para resolvê-los, e, enquanto nos matamos para encontrar uma solução, termina os preparativos... Você interpreta dessa forma?

— Vamos tentar evitar esse pensamento. Pode significar que todos nossos esforços serão em vão. Vamos tentar o nosso máximo pela paz. A guerra seria um desastre para o Japão, para os Estados Unidos, para toda a humanidade.

— Com certeza.

Saburo fitou com carinho o velho almirante, nove anos mais velho do que ele. Antes de partir para essa viagem, ouvira que o velho homem recusara, de início, o cargo de embaixador, dizendo que seria muito difícil se chegar a uma reconciliação com os Estados Unidos enquanto o Japão fosse membro do Eixo. Ele dissera ao ministro das Relações Exteriores se considerar "vergonhosamente inadequado para tamanha responsabilidade em tempos de emergência nacional, com poucas possibilidades de sucesso". Sua consciência não permitiria. Mas acabou se rendendo aos apelos de seus colegas e aceitou uma missão que estava fadada ao fracasso. Sua situação era dolorosamente similar à de Saburo.

— A esperança é a última que morre. O que me diz, Kurushima-san?
— Concordo.
— Por mim, sou um velho homem, não vou durar muito neste mundo. Adoraria conduzir essas conversas a uma conclusão perfeita como meu último ato para o povo.
— Mas se obtivermos sucesso, as facções internas pró-guerra virão atrás de nós, balançando suas espadas.
— Ainda assim iria para casa. Não me preocupo em ser assassinado. Quase me explodiram em Chicago mesmo.
— Não, não, *eu irei* primeiro. É natural que o enviado especial retorne primeiro.
— Não, não permitirei. Você ainda é jovem. Não posso permitir que morra.
— Não, sério, eu insisto.

Os dois diplomatas perceberam que discutiam como garotinhos e caíram na gargalhada. Mas, provavelmente, ambos pensavam sobre o terrível acordo que os representantes japoneses tiveram que assinar na conferência em Portsmouth, ao fim da Guerra Russo-Japonesa, e no seu retorno ao país carregando um tratado para um povo inebriado com a vitória.

# 3

**17 de novembro, manhã de segunda-feira**
*Essa manhã, às 10h30, o embaixador Tonomura e eu nos encontramos com o secretário de Estado, Cordell Hull, no Departamento de Estado. Após uma breve conversa, ele nos conduziu à Casa Branca, onde nos reunimos com o presidente Roosevelt às 11 horas. Depois disso, o secretário propôs que continuássemos o assunto apenas com ele em seu escritório, mas nos desculpamos, dizendo que preferíamos conversar sobre detalhes amanhã.*

*Quando fui apresentado a Hull, ele me cumprimentou com uma expressão rígida no rosto. Não me pareceu ser aquela tensão que uma pessoa demonstra ao ver alguém pela primeira vez, mas sim uma espécie de brusquidão natural, como se apertar minhas mãos fosse apenas uma obrigação. Na verdade, não foi nosso primeiro encontro. Eu o conheci em 1936, a caminho da Bélgica. Lembro-me de ter-lhe pedido a opinião sobre o livre comércio.*

*Ele certamente envelheceu nos últimos cinco anos. Parece ter perdido um pouco de cabelo, e sua forma de falar demonstra a repetição e a teimosia características de homens velhos. Em vez do que Tonomura chamou de "muro de aço", tive a impressão de um "corredor de pedra", estreito e talvez intransponível.*

*Em vez de falar logo sobre os problemas, Hull parecia sugerir que discutíssemos os detalhes apenas após estabelecermos alguns princípios. Ele nos deu um preâmbulo. "A falta de sabedoria demonstrada pelos homens após os resultados da Primeira Guerra Mundial" — ele poderia muito bem estar apenas nos lendo um documento oficial — "nos fez enfrentar a presente crise. É nossa maior vontade salvar o mundo de uma repetição daquela tragédia." Eu admito que fiquei tocado por essa afirmação honesta de seus objetivos, e declarei abertamente por que fui enviado aqui pelo nosso governo.*

*E então seguimos para a Casa Branca, os três caminhando através de uma multidão de repórteres e câmeras. Hull é ainda mais alto do que Tonomura, e eu me senti um anão ao passar por todos aqueles americanos que nos observavam.*

*Tonomura e eu devemos ter causado estranheza, dois orientais, membros de uma raça alienígena, andando em direção à Casa Branca. Quando morávamos em Chicago, minha raça era sempre evocada das formas mais desagradáveis. Pedras eram jogadas em mim quando andávamos por um bairro tradicional. Uma vez, na lagoa, alguém cuspiu na minha cara. Nesse mesmo dia, no aeroporto em Washington, uma repórter me perguntou sem nenhuma delicadeza: "Eu sei que sua esposa é branca, uma americana. Diga-me, ela é mais alta do que você?"*

*Foi a primeira vez que me encontrei com o presidente Roosevelt. Seu rosto grande, famoso por uma centena de fotografias, era uma intricada teia de rugas. Curiosamente, Hull, apesar de mais velho, tinha um rosto mais suave e jovem. E suas vozes eram tão diferentes! Enquanto Hull falava num tom monótono e baixo, quase sem entonações, a voz de Roosevelt era polifônica, cheia de sotaque e ênfases. Num momento, ele solta uma gargalhada amistosa; em outro, seu rosto assume a expressão mais séria possível, enquanto ele discute algum ponto crucial com você. Você pode facilmente adivinhar o que se passa na cabeça de Hull pelas suas simples expressões, mas os pensamentos de Roosevelt parecem ficar dispersos naquele monte de expressões ricas e sutis, e suas ideias mais pessoais são difíceis de se saber. Quando as pessoas falam sobre homens verdadeiramente grandes, deve ser esse tipo de homem que têm em mente. E lá estava eu, cara a cara com um patrício tão digno quanto o nosso príncipe Konoe, mas com um vigor e uma intensidade difícil de ser encontrada entre os aristocratas japoneses. Nenhum truque ou artifício produziria efeito sobre esse homem. Tudo o que podia fazer era expor meus pensamentos da forma que eles vinham em minha mente. Felizmente meu inglês, o inglês que pratiquei conversando com Alice por muitos anos, é parecido com o do discurso de Roosevelt, um inglês nova-iorquino, e conseguia falar sem hesitar.*

*Ontem, um cabograma do Ministério das Relações Exteriores insistia para nós chegarmos e assinarmos um acordo até 25 de novembro. Eu procurava por um momento oportuno e uma forma apropriada de contar isso ao presidente. Mas percebi que teria que mencionar essa questão logo no começo de nossa conversa.*

*"Temos ainda que considerar o elemento tempo aqui", disse a ele. "Se a situação continuar assim, as condições para a defesa natural do Japão, principalmente as econômicas, vão piorar. O Japão está sob tremenda pressão econômica por causa do boicote americano, e desistir sem fazer nada seria*

*intolerável para uma nação soberana com respeito próprio. Temos que fazer algo se quisermos chegar a um acordo."*

*Da forma como coloquei isso, Roosevelt pareceu receber bem. Tive a impressão de que ele queria estender as negociações a fim de ganhar tempo para avançar sua Marinha no Pacífico. O presidente finalizou sua resposta com o seguinte comentário: "O ex-secretário de Estado Bryan disse uma vez que não há palavra final entre amigos. Nós somos amigos."*

*"Sim, lógico que somos..." E foi isso. Não haveria mais discussão sobre o elemento tempo. O presidente, pelo que me parecia, transformara habilmente uma questão de tempo em uma de amizade. Lógico que os americanos não tinham pressa para terminar as negociações. Arrependi-me de ter mencionado isso, e mudei de assunto. "Os Estados Unidos pediram um recuo completo das forças japonesas na China. Apesar de isso parecer bom para seu povo, tal recuo seria impossível para nós."*

*"Levando-se em conta o problema da China, entendo que um recuo seria difícil para seu país. Os Estados Unidos não têm a menor intenção de interferir ou mediar a guerra entre China e Japão. Não sei se essa palavra existe em dicionários de diplomacia, mas gostaríamos de ser um 'introdutor'."*

*Quando Roosevelt disse isso, o secretário de Estado agitou-se em sua cadeira, e expressou sua insatisfação fazendo um pequeno beiço. Percebi então que o presidente e Hull não tinham entrado em acordo antecipadamente sobre essa oferta de ajuda, isso fora apenas uma inspiração súbita de Roosevelt. Mais tarde, perguntei a Tonomura sobre esse fato, mas ele não percebera qualquer mudança na maneira de agir de Hull. O nosso almirante de bom coração também entendeu a afirmação do presidente sobre não haver última palavra entre amigos como uma simples expressão de amizade e boa vontade, e achou-a "emocionante".*

*Enquanto Roosevelt falava comigo, Hull ficou em silêncio, aparentemente por respeito à iniciativa do presidente. Mas sempre que discordava de algo que o presidente dizia, ele demonstrava com um suave movimento de corpo ou uma leve apertada nos lábios. Como eu poderia descobrir o que ele estava realmente pensando? Eu imaginei que ele fosse dizer algo quando estivesse bastante desconfortável. Queria desarmá-lo, e percebi que a única forma de fazer isso era trazer à tona o ponto principal de discordância nas negociações até o momento: o Eixo. Que ironia era para mim ter que justificar um pacto, que me levara à renúncia, para um homem que se opunha ferozmente a ele! Por um momento senti quão patética e humilhante era minha condição de diplomata. Encarei isso como sendo o preço a pagar por ter assinado o acordo contra meus próprios instintos, que a retribuição finalmente viera. Foi aquele pacto que nos levara a essa crise, e tudo o que podia fazer era cobrir a situação com uma nuvem de fumaça de palavras. Em tempos como este, as palavras de um diplomata fogem da realidade e ficam flutuando no ar — simples palavras.*

*"As intenções japonesas ao participar do Pacto Tripartite são prevenir uma expansão da guerra e manter a paz." Não podia acreditar que estava dizendo isso, mas continuei. "Em caso de um dos participantes ir para a guerra, a obrigação de auxiliar esse aliado é mínima, tanto que o Japão é livre para ajudar ou se recusar de acordo com sua própria interpretação soberana do tratado. Eu sei que parte da opinião americana entende que isso significa que o Japão está esperando o momento certo de atacar os Estados Unidos pelas costas. Esse é um grave engano sobre nossas intenções. Pela "nossa própria interpretação soberana do tratado", quero deixar claro que nosso país não é uma ferramenta ou um peão da Alemanha, e que, em caso de acordo entre os Estados Unidos e o Japão, tal acordo iria — e escolhi a melhor palavra em inglês que poderia pensar — obscurecer o Eixo. A obrigação puramente formal de o Japão entrar na guerra em auxílio à Alemanha não representaria mais uma ameaça aos Estados Unidos.*

*De repente, Cordell Hull interrompeu minha arenga mentirosa. Seu rosto demonstrava repugnância pela minha pessoa. "Qualquer tipo de acordo de paz para o Pacífico, com o Japão ainda pendurado no Eixo com a Alemanha, faria com que eu e o presidente fôssemos severamente criticados. Tal acordo de paz não seria levado a sério, e todos os países interessados no Pacífico iriam redobrar seus esforços para se armar contra a agressão japonesa."*

*O secretário de Estado, em outras palavras, iria se manter no alto patamar da moral. Ele estava dizendo que, enquanto o Japão se recusasse a dissolver o Eixo, os Estados Unidos teriam o Japão como um inimigo, e aumentariam suas forças militares. Tojo, ainda assim, não aceitaria a anulação do Eixo. Apesar de não ser sincera, minha sugestão de que um acordo com os Estados Unidos obscureceria o Eixo era a única solução prática possível antes que nosso tempo se esgotasse. Era uma solução "oriental" que salvaria a pele do Japão e que poderia ser aceita pelos nossos militares. Mas Hull não queria saber disso, já que iria contra todos os seus princípios. Para ele, qualquer nação pertencente ao Eixo era cúmplice das agressões de Hitler, e inimiga da humanidade.*

*Hull continuou: "Quando Hitler começou uma marcha de invasão por toda a Terra com 10 milhões de soldados e 30.000 aviões, e com um anúncio oficial de que os objetivos das invasões não tinham limite, os Estados Unidos ficaram em perigo, e esse perigo cresce a cada semana desde então. Nossa nação reconheceu o perigo e começou a preparar sua defesa antes que fosse tarde."E completou dizendo que os Estados Unidos gastariam "10, 25, ou até 50 milhões de dólares" para se defender.*

*Soava como uma ameaça, e eu respondi: "Até esse momento, a Alemanha não ordenou que o Japão entrasse na guerra em benefício próprio, e o Japão espera que isso não aconteça..." Minha voz enfraqueceu, e fiquei em silêncio. Se eu expressasse um desejo de paz diante do orçamento de Hull de 50 milhões de dólares, pareceria que eu tinha recuado diante da pressão americana já que as preparações militares japonesas eram insuficientes. Tojo certamente não ficaria satisfeito. Mas se eu seguisse a posição rígida que Tojo queria e ameaçasse Hull, bem, era óbvio que esse não era um oponente que se silenciava com uma ameaça. Eu podia ver que as conversações estavam terminando. Se eu ostentasse o nosso poderio militar e pressionasse Hull para um confronto, pareceria bom para Tojo e eu me tornaria um herói no Japão. Mas preferi me conter. Disse para mim mesmo para ser paciente, e retornei à embaixada.*

Saburo tragou fundo seu cachimbo e assistiu ao desfile dos faróis dos carros que trafegavam pela avenida Massachusetts. Washington estava em movimento, enquanto ele imergia em seus pensamentos e esperanças. Todos os esforços do ministro das Relações Exteriores para criar o plano A, e então o plano de segurança B, diante de oposição militar intensa, todas as suas ideias ingênuas sobre como prevenir uma guerra, a ponto de mandar um enviado especial sentar-se à mesa de negociações, tudo parecia dissolver-se no ar de Washington, inútil e irrelevante.

Um país ordenar a outro que anule um tratado que assinara sob a própria vontade soberana não era nada razoável. Depois de tudo o que acontecera, para o Japão sair do Eixo agora era impossível, dada a situação em Tóquio. Mas Cordell Hull não tinha tanto conhecimento ou simpatia pela situação doméstica japonesa. Talvez soubesse algo sobre isso, mas para ele a única coisa que importava era o princípio de oposição à Alemanha. Nada mais importava. Tal qual Tojo, que pouco se interessava pelo pavor americano de Hitler, Hull também não se preocupava com o que acontecia no Japão.

Houve uma batida na porta. Era o embaixador.

— Mandei um cabograma para Tóquio com nossas discussões de hoje — disse ele.

— Você deve estar cansado. Foi um dia longo.

— Com certeza foi. O que você achou de Hull?

— Ele é bastante cabeçudo, não? A mente dele está completamente fixada na Alemanha e em Hitler. Entendo a preocupação de Hull, mas quando começa a fazer sermão daquela forma empertigada, como se o Japão não fosse uma nação independente, eu me incomodo. É preciso ter muita paciência para continuar sorrindo durante tudo aquilo. Eu tenho temperamento explosivo, você sabe — disse Saburo.

— Você nunca deve perder as estribeiras diante dele. São incontáveis as vezes que ele me deixou nervoso, mas sempre fiquei em silêncio.

— Não se preocupe, já enfiei na minha cabeça que devo sempre me controlar. E, verdade seja dita, eu concordo com muito do que ele diz. Principalmente sobre a Alemanha. Hitler *é* um agressor perigoso. Mas eu gostaria que Hull parasse de nos englobar a Hitler, como se fôssemos apenas um apêndice da Alemanha. O Japão não tem o menor interesse na Europa ou nos Estados Unidos. Nossa única preocupação é o Leste Asiático.

— Mas é precisamente o Leste Asiático que preocupa os Estados Unidos. Desde que foi firmado o Eixo, tiveram medo de que os aliados dos alemães tomassem o Oriente.

Saburo concordou com a cabeça:

— Mais uma vez, eu entendo a preocupação deles. Mas o que seria esse Leste Asiático que os preocupa? As Filipinas americanas, a Indochina francesa, as Índias Holandesas, a Índia britânica? A não ser o Japão, a China e a Tailândia, são todas colônias. Se a ideia americana de paz for simplesmente proteger as colônias...

— Sim, você está certo. A presença americana nas Filipinas torna-os vulneráveis nesse argumento; é o ponto cego deles. Mas, da perspectiva deles, o Japão quer conquistar todas as colônias para estabelecer seu próprio império.

— Sabe, Tonomura-san, os dois ficam sempre falando sobre a opinião pública americana, mas será que percebem quão esmagadoramente a opinião pública japonesa se opõe a essa negociação?

— Estamos numa situação difícil.

Nesse momento, Tonomura e Saburo perceberam que estavam em pé o tempo todo. Mas, quando sentaram no sofá, não havia muito mais a ser dito.

### 18 de novembro, noite de terça-feira
*Esta manhã, às 10 horas, o embaixador e eu conversamos com Hull no Departamento de Estado por cerca de três horas. Como no nosso encontro anterior, Hull expôs sua oposição a Hitler, a barbaridade cruel dos nazistas, e as mentiras e traições da diplomacia alemã. Ele nos disse mais uma vez que a aliança japonesa com a Alemanha era o grande obstáculo nas negociações conosco. Então afirmou (como se tivesse escutado às escondidas minha conversa com Tonomura na noite anterior) que os Estados Unidos pretendiam dar independência às Filipinas em 1946. E acrescentou que a Marinha americana estava saindo da China e que, longe de intervir no Leste Asiático, se esforçava para atingir a paz no mundo. Eu afirmei com clareza que seria impossível para o Japão sair do Eixo, e que para nós o tratado não tinha qualquer expansão militar em seus objetivos. Estávamos afundando nos mesmos argumentos. Incapaz de ficar em silêncio, Tonomura interveio com uma nova ideia: sugeriu que tentássemos voltar à situação que existia antes de os Estados Unidos nos embargarem; o Japão retiraria suas tropas do sul da Indochina, os Estados Unidos rescindiriam o embargo, e assim poderíamos amainar a tensão entre os dois países. Hull concordou, com relutância, em considerar a ideia.*

*De acordo com os jornais, ontem o Congresso americano assinou uma emenda para o Pacto de Neutralidade. Foi aprovado no Congresso por uma maioria esmagadora — 50 a 7 —, mas foi muito mais apertado na Câmara: 212 a 194. Apesar dos esforços de Roosevelt de trazer os Estados Unidos para a guerra europeia, havia uma grande resistência a isso. O povo americano ainda não quer guerra — o que nos dá alguma esperança. Enquanto Hull ainda estiver interessado na paz com o Japão, temos que prosseguir com as negociações, mesmo que avançando um único passo, ou meio passo. Não podemos entrar em guerra. A guerra seria um desastre sem paralelos para ambos os países.*

*Acho que a proposta de Tonomura, focada em apenas um ponto do plano B, foi uma ideia excelente para sair daquele "beco sem saída". A ordem absurda de Tóquio para assinarmos um acordo até o dia 25 deste mês não nos dá tempo suficiente para negociar todo o plano B com os Estados Unidos. Conseguir que o intratável Cordell Hull disse que consideraria rescindir o embargo, isto é, retomar a situação em que estávamos antes de julho — com a condição de discutirmos primeiro isso com a Inglaterra e a Holanda — foi uma pequena vitória. Ao retornar para a embaixada, mandei um cabograma para o ministro das Relações Exteriores em Tóquio, com o seguinte teor:*

"Nossas condições mínimas para fazer as negociações andarem são rescindir o embargo ao Japão e uma garantia de certa quantidade de petróleo. No nosso encontro do dia 18, sugerimos retomar a situação que existia antes de 24 de julho. A julgar pela atitude dos americanos até então, os Estados Unidos não vão concordar com isso apenas com base nas vagas promessas de recuarmos do sul da Indochina. Por isso, neste caso, eu recomendo de forma veemente que o senhor informe aos Estados Unidos que o Japão deseja começar já uma retirada de suas forças do sul da Indochina."

*Em outras palavras, considerando que o plano B era a retirada japonesa do sul da Indochina depois que os Estados Unidos encerrassem o embargo comercial ao Japão, e dessem garantias formais de que não interviriam na China ou impediriam o Japão de adquirir suas matérias-primas nas Índias Holandesas, eu agora advogava para o Japão recuar da Indochina em troca apenas do fim do embargo, esquecendo as outras condições, e que o Japão agisse primeiro. Lembro-me de meus receios quando li o plano B em Tóquio, e coloquei nesse cabograma tudo o que tinha de mais importante. Escrevi-o com todas as minhas forças, e quando terminei agarrei a mão de Tonomura e nos olhamos, concordando com a cabeça. Esse cabograma era nossa única esperança.*

## 20 de novembro, noite de quinta-feira
*O rosto de Tonomura estava pálido quando ele me trouxe nesta manhã a resposta do ministro das Relações Exteriores. "Isso não vai funcionar. Tóquio não tem ideia da situação aqui. Veja isso. Apenas veja o tom. Estão a ponto de destruir tudo."*

*O tom era frio e inflexível, com uma referência sarcástica às nossas propostas com interesses "pessoais".*

"Dada a tensão doméstica no Japão, a presente crise não pode ser resolvida por meio de promessas americanas de restaurar a situação de antes do embargo. Recuar do sul da Indochina com base apenas em tais promessas é impossível. Não podemos nos dar ao luxo de considerar propostas com interesses pessoais como as que você nos enviou. Você deve apresentar o plano B para o governo americano. Esta é a proposta final do governo imperial japonês. Não deve haver outras concessões em absoluto. Se o lado americano não aceitar o plano B, não temos nada a fazer senão terminar as negociações. Se as negociações terminarem, que assim seja."

*Eu podia ver a expressão no rosto grande e grosseiro de Tojo. Quando o conheci naquele último dia em Tóquio, expressara sua insatisfação com o inglês nada fluente de Tonomura e com a pouca habilidade dele para lidar com as conversações, e reclamou que o embaixador tinha muitas iniciativas próprias antes de esclarecê-las para Tóquio. Mas eu sabia o que realmente incomodava o ministro das Relações Exteriores. O plano B era um compromisso que ele conseguira elaborar apenas após longas e veementes discussões com o Exército. A menor modificação nesse plano iria forçá-lo a voltar a debater com eles. Mas eu ainda esperava — quase que rezava — que Tojo tentasse mais uma vez, que fizesse mais um esforço para convencer o Exército.*

*Neste mesmo minuto, os Estados Unidos e a Inglaterra estão preparando suas defesas contra o Japão em Hong Kong, Manila, Guam, Ilhas Wake, Havaí. Todos os portos estão repletos de navios de combate. Bombardeiros e caças estão cruzando os céus do Pacífico. Se eu pudesse, voltaria para o Japão agora e lhes contaria a situação aqui em Washington. Alguém tem que lhes narrar o que não pode ser descrito numa comunicação rígida de um cabograma: a atmosfera na Casa Branca, o tom dos jornais, o sentimento do povo americano.*

*"Não temos nada a fazer senão apresentar o plano B original", disse para Tonomura. Não havia nada mais a dizer.*

*"Creio que você esteja certo", respondeu com uma encolhida desamparada de ombros. "Mas eu e você sabemos que Hull nunca irá aceitar esse plano."*

*"Só nos resta tentar."*

*O Congresso ainda se opunha à guerra, e o próprio Hull gostaria que as negociações continuassem. Eu sentia que ainda havia um vislumbre de esperança enquanto caminhávamos para o Departamento de Estado.*

*Quando Hull começou a ler a tradução para o inglês do plano B que o nosso embaixador o entregou, notei algo curioso. Apesar de seus modos solenes e seu interesse aparente na proposta, ele olhou as páginas com uma velocidade surpreendente. Em vez de ler cada palavra, parecia repassar um material que já conhecia. Foi nesse momento que comecei a suspeitar que eles estavam interceptando nossa correspondência. Será que os americanos quebraram o código?*

*Os planos A e B foram cabografados do ministério das Relações Exteriores para o embaixador em 4 de novembro, no horário de Washington, o dia em que parti de Tóquio. Depois disso, uma grande quantidade de pedidos cabográficos e instruções viajou pelo Pacífico. Estavam todos codificados, e se o código fora quebrado, e toda a correspondência tiver sido lida, significa que Hull e Roosevelt já sabiam tudo o que a gente ia dizer antes de sequer abrirmos as bocas. Pensando melhor, desde o primeiro dia Hull teve uma atitude estranhamente condescendente em relação a mim. Ele era bastante previsível quando eu lhe apresentava uma proposta nova.*

*No dia 7 de novembro, Tonomura entregou o plano A para o secretário de Estado. Hull demonstrara pouco interesse por esse documento crucial, e fez um rápido discurso para Tonomura sobre as intenções de paz americanas. Se Hull já conhecia o conteúdo do plano B — a proposta de segurança que apresentaríamos caso fosse recusado o plano A —, seu comportamento fazia bastante sentido.*

*E em 9 de novembro, o secretário Walker disse algo curioso para Tonomura, que "tanto o presidente quanto o senhor Hull já tinham provas de que o Japão iria recorrer à força militar". Onde eles conseguiram a "prova"? Um pensamento extraordinário passou pela minha cabeça. Será que estariam lendo também as mensagem militares? Será que os americanos sabiam mais sobre as intenções do Exército japonês do que os próprios representantes do governo japonês, que quase nada sabiam?*

*Por fora, gentil como uma pomba; por dentro, venenoso como uma cobra. Essa foi a imagem que Hull me passou quando o estudei com cuidado. Como se tivesse preparado as respostas de antemão, como se ele e o presidente já tivessem concordado sobre o que ele diria, recusou com confiança as propostas do plano B uma a uma: não era mais possível os Estados Unidos cortarem a assistência a Chiang Kai-shek, dada a intensidade da agressão de Hitler, e também a ajuda à Inglaterra. Mesmo que recuássemos do sul da Indochina, poderíamos invadi-la pelo norte dias depois. Assim, nossa oferta era sem sentido. E assim prosseguiu.*

*Nesse ponto, eu trouxe à tona a oferta anterior de Roosevelt de servir como o que o presidente chamava de "um introdutor" entre o Japão e a China. Eu disse que um "introdutor" deveria ser neutro, e se o presidente realmente era sincero no que dizia não deveriam os Estados Unidos deixar de apoiar Kai-shek? Hull lembrou-nos do discurso hostil que Tojo fizera no dia 17, e disse achar bastante difícil ver alguma iniciativa japonesa para uma política pacífica, e que, quando o presidente ofereceu servir como "introdutor", ele baseava-se na presunção de que nosso governo adotaria primeiro uma política menos hostil. Hull colocava a colher no discurso de Roosevelt. Nossa proposta de impedir a guerra vindoura por meio de concessões recíprocas foi mais uma vez enterrada sob os princípios rígidos de Hull.*

*Então ele disse que, de qualquer forma, a ajuda americana a Chiang Kai-shek não era tão significante quanto se falava.*

*A quem você está querendo enganar?, eu pensei. O seu país já fez empréstimos gigantescos a ele, e o está provendo com pilotos americanos e um suprimento enorme de armas e munição. Isso fica claro a partir de relatos de nossa própria gente na China, e está até listado no orçamento militar americano.*

*Quando Tonomura, falando como um oficial militar, disse que a retirada de nossas forças do sul da Indochina era um concessão de valor militar crucial, o secretário de Estado simplesmente inclinou a cabeça em dúvida e não respondeu.*

*Tojo não está nos ajudando em nada. Cada palavra de seus discursos é traduzida nos Estados Unidos. O último foi o mais bombástico, ele estava obviamente atuando para o povo, e achei isso nojento. No mesmo momento em que me envia para Washington, vira-se e faz discursos inflamados contra os Estados Unidos. Lógico que eu sei o que ele quer fazer: seguindo uma linha dura em público, ele acha que pode forçar Washington a se comprometer. Mas tudo acaba sendo vazio e cria um ruído hostil aqui.*

*E não é apenas Tojo. O ministro das Finanças e o diretor da Agência de Planejamento também têm soltado o verbo em público. O que não quer dizer que os linhas-duras no lado americano estejam afrouxando um pouco as coisas. O ministro da Marinha, Knox, declarou recentemente que a Marinha está pronta para a guerra e pode responder a qualquer ataque em qualquer front. E os jornais estão repletos de editoriais hostis. Mas Hull e Roosevelt foram cui-*

*dadosos em suas entrevistas. As deles são um teatrinho escolar em comparação com as de Tojo.*

*Estou começando a sentir que Tonomura e eu estamos presos entre os linhas-duras de ambos os países, tentando pacificar ambos os lados sem sucesso.*

*Hull estava rejeitando o plano B sabendo muito bem — sabendo, estou convencido, por ter lido os nossos cabogramas — que rejeitá-lo significa guerra. Não consigo fugir da ideia de que o homem quer guerra. Sua rigidez e pequenez mental são um perigo tanto para o Japão quanto para os Estados Unidos. Tenho que fazer algo. Acho que vou tentar falar com ele mais uma vez, e agora sozinho.*

## 21 de novembro, noite de sexta-feira

*Fui sozinho ver Cordell Hull. Falamos por quase trinta minutos, numa atmosfera inesperadamente amistosa (em vez de "amistosa", talvez eu devesse dizer "agradável", tão agradável que me fez sentir desconfortável. Acima de tudo, demonstrava indiferença pela minha função de enviado especial).*

*Comecei dizendo: "Anteriormente eu lhe disse que qualquer acordo que fizermos com os Estados Unidos iria 'obscurecer' o Pacto Tripartite. Você afirmou mais de uma vez que o obstáculo principal para esse acordo entre nossos países é essa aliança. Como sou o homem que assinou o pacto, gostaria de explicar porque eu acho que isso não deve ser um obstáculo."*

*"Tudo bem. Vá em frente."*

*"Posso lhe assegurar que não há acordos secretos anexos ao Pacto Tripartite. Dou minha palavra de honra que isso é verdade."*

*"Acredito em você."*

*"Obrigado. Assim, as únicas obrigações japonesas são aquelas descritas em detalhes no texto do pacto. Por exemplo, se os Estados Unidos e a Alemanha forem à guerra, a posição japonesa seria determinada de acordo com sua própria vontade. Não estamos presos a nenhuma interpretação que os outros signatários possam ter. Não recebemos ordens da Alemanha."*

*"Sim, eu entendo."*

*"Trouxe comigo um documento que diz isso com clareza. Se quiser, posso assiná-lo na sua presença e dá-lo a você."*

"Tudo bem, vou aceitar. Há algumas pessoas com quem eu gostaria de discutir isso."

"Você diz o presidente?"

"Não, não o presidente." E mudou de assunto de repente. "Já que você fez essa viagem tão longa para Washington, eu deveria convidá-lo para jantar. Infelizmente, estou muito ocupado. Por um acaso, você joga golfe?"

"Não, sou um desastre nisso."

"Na verdade, eu também. Golfe gasta muito tempo, você não pode simplesmente parar tudo para jogar enquanto está conduzindo assuntos de Estado. E assuntos de Estado com certeza não são bons para a saúde. Tive uma gripe outro dia, e não consigo me curar."

"Estimo as suas melhoras."

"Obrigado. Falando nisso, eu gostaria de dizer-lhe o quanto admiro seu inglês; é de primeira linha. Sei que sua esposa é americana. Ela foi sua secretária?"

"Não, ela era minha professora de inglês quando fui cônsul em Chicago."

"Oh, então ela foi sua professora? Bem, é óbvio que era uma das melhores. Graças a ela, as negociações seguiram com mais facilidade do que antes. Seu conhecimento do idioma permitiu que os dois países avançassem bastante no entendimento mútuo."

"Senhor secretário", disse, decidido a cortar essa baboseira, "o que quer que aconteça, eu gostaria de evitar uma guerra entre nós. Não há como você aceitar essa proposta do nosso governo?"

"Bem, esse tipo de coisa não pode ser feito às pressas. Vamos dar a ela o tempo que ela merece."

"Nós não temos tempo. O governo japonês está com pressa. Como eu lhe disse antes, há uma data-limite para a minha missão."

"O governo japonês está com pressa, mas o americano não. Uma diferença de culturas, talvez?"

"Acho que não."

"Senti que a última proposta que você me apresentou era um ultimato do Japão."

"Não, absolutamente não. É apenas uma proposta, não um ultimato."

"Bem, se é apenas uma proposta, vamos gastar o tempo necessário para considerá-la."

"Mas nós não temos tempo."

*"Por que não?"* Um sorriso começou a aparecer nos cantos de seus penetrantes olhos cinza. Senti que ele zombava de mim. Seu sorriso parecia dizer: *"Eu posso ver o que se passa na sua cabeça."*

*"Acho que você entende a nossa situação. Estamos tentando achar uma solução pacífica enquanto contemos os linhas-duras em casa, principalmente no Exército."*

*"Lógico que entendo. Temos linhas-duras aqui também. Acredite, é difícil para mim também."*

Ao dizer isso, levantou-se da cadeira e estendeu a mão. Sua mão estava quente quando a apertei. Ele parecia estar gripado de verdade. Disse a ele para que se cuidasse e fosse descansar.

## 22 de novembro, sábado

Às 8 da noite o embaixador Tonomura e eu visitamos o secretário Hull na sua suíte no hotel Waldman Park. Conversamos com ele por três horas.

A simpatia que Hull tivera comigo ontem acabara por completo. Parecia profundamente irritado ao nos dizer que foi *"desencorajado"* pela insistência do governo japonês por uma solução rápida e por nossas *"demandas"* coercivas.

Percebi que a expressão sorridente de Hull de ontem era apenas uma máscara. Ao contrário do naturalmente simpático Roosevelt, que parecia sempre estar se divertindo, Cordell Hull parece ser capaz apenas de uma calma aristocrática ou de uma irritação profunda. Nada no meio-termo. Um cavalheiro num dia, um tirano no outro.

*Um cabograma veio hoje do ministério das Relações Exteriores para o embaixador:*

"Creio que esteja ciente da dificuldade que é para nós estender a data-limite para as negociações. De qualquer forma, como o governo imperial deseja fazer o possível para entrar em acordo com os Estados Unidos e resolver a crise sem comprometer a política nacional, e como você está fazendo o máximo sob condições complicadas, vamos estender o prazo. Suas novas instruções são para concluir as conversações no dia 29. E qualquer acordo deve

INCLUIR ASSINATURAS DA INGLATERRA E DA HOLANDA, GARANTINDO ASSIM O CONSENTIMENTO DELES. VAMOS ESPERAR ATÉ ESSA DATA. MAS ESSE É O PRAZO FINAL. NÃO HAVERÁ PRORROGAÇÕES, POR FAVOR FAÇAM O MÁXIMO DE ESFORÇO PARA CONCLUIR AS NEGOCIAÇÕES DE FORMA SATISFATÓRIA ATÉ LÁ. APÓS ESSA DATA, OS EVENTOS OCORRERÃO AUTOMATICAMENTE."

*Então eles estenderam um pouco nosso prazo, mas será que conseguiremos algum sucesso com quatro dias a mais? Tóquio não está entendendo o sentimento em Washington. Na minha partida, Tojo me disse que eu tinha até o final de novembro. Depois que cheguei em Washington, me encurtaram para até o dia 25, e agora sou empurrado de volta para o dia 29. Não ajuda muito a nossa posição de barganha o governo mudar arbitrariamente o prazo dessa forma. Sinto que nosso governo já desistiu das negociações. E acho que o lado americano também. Mas Tonomura e eu não perderemos as esperanças. Vamos ficar firmes até o fim.*

### 23 de novembro, domingo

*Estados Unidos e Japão descansam sob nuvens escuras, repletas de trovões, imaginando quando os raios vão espocar. Mas não o Sunday Times, que continua grosso como sempre, repleto de notícias sobre futebol americano, filmes, fofocas da sociedade.*

*À tarde recebi uma visita inesperada da família Little. Norman, o irmão de Alice, veio com seu filho George e sua filha Lauren.*

Quando Saburo terminou de ler o jornal, entregou-o a Yoshimoto, dizendo-lhe para cortar os artigos circulados em vermelho. Seguiu pelo corredor vazio em direção à varanda. O sol estava deslumbrante entre as nuvens, mas um vento gelado que passava através das roupas o fazia tremer; pelo menos o corredor era aquecido.

Era curioso, bastante curioso, que quase ninguém da embaixada aparecera para trabalhar, enquanto que no Departamento de Estado todos os oficiais importantes estavam firmes no serviço, apesar de ser domingo. Isso o incomodou, particularmente porque os dois países estavam próximos de um ponto sem retorno. O plano B era a última proposta. O Japão não tinha nada de novo para oferecer depois disso. Hull chamara o plano de um ultimato. Não era essa a verdadeira intenção, mas se fosse rejeitado, ou o prazo vencesse, significaria guerra.

Algo mais o incomodava. O pessoal da embaixada levava um tempo enorme para codificar e decodificar os cabogramas oficiais. Ele esperava que fosse criada uma cadeia de comando para que a mensagem chegasse o mais rápido possível até os codificadores na sala de comunicações. Quando chegou em Washington, pedira a Yoshimoto que se responsabilizasse. Mas logo percebeu que qualquer pedido feito por um jovem oficial do ministério das Relações Exteriores, um forasteiro entre o pessoal da embaixada, não seria levado a sério. As coisas começaram a melhorar um pouco depois de Saburo conseguir que o embaixador desse algumas ordens. Mas mesmo assim havia um limite, pois Tonomura tinha os problemas opostos; ele viera da Marinha, não era alguém do ministério. Além disso, ele não estava familiarizado com o processo de compor e receber cabogramas oficiais e, principalmente, não tinha uma equipe formada por ele mesmo entre os funcionários. Ele não tinha aqueles mais chegados, que conhecia desde o início da carreira, que são fundamentais para o funcionamento de qualquer grupo japonês, sobretudo um grupo de burocratas. Saburo, que passara a vida inteira no ministério das Relações Exteriores, conseguia se comunicar com o pessoal melhor do que o embaixador. Mas Saburo era um enviado especial, e os funcionários da embaixada não eram oficialmente seus subordinados.

Essas distinções burocráticas sutis resultavam num atraso desnecessário na cadeia de comando. Ninguém se apressava quando ele ou Tonomura solicitavam algo, e se fosse urgente estariam com problemas. Mas sensibilidades profissionais eram envolvidas, e não havia nada que se pudesse fazer para reformar o sistema.

Estava muito gelado. Mas Saburo permaneceu na varanda observando os arbustos cheios de espinhos das árvores negras que balançavam sob o céu nublado. As árvores eram robustas e altas, cresceram com a força do solo rico, tão diferentes das esqueléticas de Tóquio. Nas folhas havia fios que pareciam ser de gelo, como se as árvores estivessem cheias de joias penduradas. De repente, deu-se conta de que sorria: pensava em Alice. Sonhara com ela essa manhã. Ela estava com a mesma camisola que vestia na manhã em que ele partiu. No sonho, Alice o lembrava com firmeza de seu pedido — comprar uma nova haste para o aspirador de pó!

Alice, Ken, Anna, Eri... lembranças de sua família ficaram nubladas e distantes. Desde que chegara, locomovia-se de limusine entre a embaixada e o Departamento de Estado; não fora a qualquer outro lugar. Mas, agora que a proposta final de seu governo fora entregue, tinha tempo de sobra, esperava apenas uma resposta dos americanos. Fizera o que estava a seu alcance para que Hull concordasse. Não tinha mais ideias novas.

Com um impulso repentino, entrou para vestir o sobretudo, o cachecol e o chapéu de feltro, e saiu para andar. Andou em volta da embaixada em direção ao sul e caminhou lentamente pela ladeira que dava no parque Rock Creek. Adentrou a floresta, e pouco depois chegou a um campo de equitação, onde viu uma jovem num cavalo. A respiração do animal deixava uma trilha branca no ar gelado, e o suor em seus flancos parecia gorduroso sob o sol turvo de inverno. Quando Saburo pisou sobre as folhas caídas que brilhavam com o gelo, elas quebraram como pedaços de vidro. Não havia ninguém no campo de golfe ou nas quadras de tênis, mas as fileiras de árvores invernais pareciam lhe vigiar como se fossem guardas de madeira.

Virou-se. Já não conseguia mais ver a embaixada. Percebeu que poderia ser perigoso embrenhar-se sozinho na floresta. Havia muitos lunáticos antijaponeses neste país, e os Estados Unidos tinham seus extremistas que não se sentiam felizes com a ideia de uma missão de paz. Mas Saburo estava sozinho agora pela primeira vez desde sua chegada e, em vez de desconforto, sentiu uma forte sensação de alívio. Subordinado do Império Japonês, enviado especial — por um momento ele pôde deixar de lado esses títulos, esses uniformes, e voltar a ser uma pessoa comum. Mas quão indefesa era essa pessoa, pensou. Aviões e tanques, canhões e navios de combate estavam sendo mobilizados para destruição mútua. Com uma simples palavra do Imperador, com um simples comando do presidente, dezenas de milhões de jovens seriam enviados para matar uns aos outros. E essa imensa força tinha que ser parada por essa pessoa única e indefesa. Um sentimento de juízo final tomava Saburo. Cabisbaixo, subiu a montanha íngreme em direção à embaixada. Estava fora de forma. Os músculos da perna pareciam ter atrofiado. Respirava com dificuldade quando chegou ao topo.

Ao entrar no saguão, três americanos levantaram-se para cumprimentá-lo. Norman Little sorriu ao erguer seus braços para abraçá-lo. Ao lado de Norman estava George, vestindo seu uniforme, e Lauren, com roupas normais de aluna colegial. Cada um deles abraçou Saburo, e todos se sentaram em volta de uma mesa.

— Você deve estar tendo muito trabalho nestes dias — disse Norman. — Lemos sobre sua missão nos jornais. Vimos várias fotos suas. Esperamos uma oportunidade para vir vê-lo, e então George conseguiu uma folga, e decidimos pegar um voo para cá na noite passada.

— George, fiquei sabendo que você virou um piloto — disse Saburo.

— Sim, senhor, estou na Corporação Aérea do Exército.

— Então você é o mesmo que Ken.

— Oh, Ken é da CAE também?

Saburo riu.

— Sim, mas nós não a chamamos assim. Ele foi recrutado no início do ano. Só descobri quando me mandaram de volta para o Japão.

— Ele é piloto?

— Não, até agora ele é um oficial técnico que trabalha com projetos de aviões. Mas ele pilota para testá-los.

— Ah, então ele é piloto de testes — havia um brilho em seus olhos azuis (apenas a cor era diferente dos de Ken). — Eu ainda faço voos de treinamento. Temos treinamento de nível básico e intermediário por dez semanas cada, e então partimos para etapas mais avançadas. Gostaria de pilotar um caça, mas não sei se serei qualificado...

— Ken quer fazer a mesma coisa — uma sombra passou pelo rosto de Saburo. Embora a ideia fosse terrível, era possível que George e Ken tivessem que lutar entre si.

— E Lauren começou a estudar japonês na Universidade de Chicago — continuou seu pai.

— *Konnichiwa* — disse Lauren, cumprimentando-o. — *Gokigen ikaga desu ka?*

— Muito bom. Quando começou?

— Em abril. Minha professora é nissei. Mas o que eu quero mesmo é estudar arte japonesa.

A conversa deles logo se encaminhou para coisas mais sérias, com Saburo dizendo que esperava vê-los em Chicago "se e quando um acordo for assinado". Para animá-los, Norman pegou um pacote em sua pasta. Era um pequeno cavalo de brinquedo, um Pegasus de madeira. Sua tinta branca já descascava em alguns pontos.

— Você se lembra deste cavalinho? — Norman deu um tapa no brinquedo, que começou a se mover em ziguezague.

— Deixe-me pensar...

— Era de Ken — disse George, sorrindo. — Nós o achamos quando limpávamos o porão na última primavera. Nem mamãe nem eu sabíamos o que era, mas Lauren lembrou-se porque ela dera o cavalinho para Ken no Natal há alguns anos. Seu filho esqueceu-o quando vocês retornaram ao Japão. Ah, e também achamos uma das bonecas velhas de Anna, mas a roupinha estava estragada e não conseguimos consertar.

— E então papai disse que queria pintá-la com tinta branca fresca — completou Lauren. — Mas eu disse para ele que devíamos deixar como estava. Você acha que Ken vai se lembrar disso?

Saburo deu um tapinha no cavalo. Movendo suas asas, o pequeno Pegasus ia para frente e para trás como se voasse lentamente.

Norman pegou mais três pacotes que sua esposa Aileen, que sofria de asma, havia preparado.

— Este é para Alice, um par de luvas de laço que Aileen fez para ela. E estas são bonecas para Anna e Eri. Sei que suas filhas estão um pouco grandes para brincar com bonecas, mas Aileen insistiu em fazê-las. E aqui tem um prendedor de gravata para você, com o brasão da família Little.

— Obrigado — disse Saburo. — Sinto muito não ter lhes trazido nada. Minha partida foi tão repentina...

— Não tem problema — Norman sorriu. — É muito bom podermos vê-lo.

Conversaram mais um pouco, e então os três foram embora. No momento em que partiram, Yoshimoto, que parecia ter ficado esperando, apareceu.

— Veio um cabograma do ministro das Relações Exteriores.

Era uma reconfirmação do novo prazo. Dia 29. Faltavam seis dias.

— Yoshimoto — disse Saburo —, tenho um favor para lhe pedir; pode fazer amanhã, se quiser. Eu queria que você comprasse uma haste para um aspirador de pó da General Electric. As especificações estão anotadas aqui.

— Você disse aspirador de pó? — Yoshimoto parecia surpreso, mas aceitou a ordem sem fazer mais perguntas.

## 24 de novembro, segunda-feira

*Há sinais de que Cordell Hull começou a agir. De acordo com os relatos do homem que colocamos em frente ao Departamento de Estado, houve um constante fluxo de visitantes: o representante diplomático holandês, o embaixador inglês, o embaixador chinês, o agente diplomático australiano. Alguns deles estiveram lá mais de uma vez. Com certeza, o secretário de Estado teve reuniões importantes com seus aliados. Eu queria pensar que toda essa atividade significa que ele aceitou nosso plano, e que se apressava em formular uma resposta que respeitasse nosso prazo. Mas, a julgar pelo descontentamento de Hull no nosso encontro de sábado, não acredito que sua resposta será favorável. A hora da verdade estava chegando, minuto a minuto.*

*Os jornais estão cheios de boatos: Hull vai nos oferecer um acordo temporário de paz por mais três meses, Roosevelt quer estender para seis meses, etc. Algumas das matérias acentuam os esforços do governo para encontrar uma solução pacífica, mas alguns garantem que, caso haja guerra, o Japão será derrotado facilmente, e outros clamam por uma cruzada a fim de evitar que os japas conquistem o mundo.*

*Tonomura estava chateado com minha saída sozinho ontem, e pediu para eu ser cuidadoso. "Muitas pessoas gostariam de vê-lo morto", disse ele.*

*"Você fala sobre os extremistas americanos?"*

*"Não, os americanos nunca fariam algo tão estúpido."*

*"Então quem iria querer me matar?"*

*"Primeiramente os nazistas. Depois, jovens oficiais militares japoneses."*

*"Você quer dizer que nosso lado é mais perigoso?"*

*"Exatamente. Se você fosse assassinado, teriam uma desculpa perfeita para começar uma guerra. Cá entre nós, eu não ficaria surpreso se Tojo o quisesse fora do caminho."*

*"Você está brincando!"*

*"Não, não estou, não. Veja só isto." Entregou-me um documento manuscrito. "Veio do escritório do adido militar. É o discurso de Tojo ao abrir a nova sessão da Assembleia em 17 de novembro, o discurso que causou tanto alvoroço na imprensa americana, e que enfureceu Hull. Como pode um homem ser tão idiota a ponto de fazer essas ameaças cretinas em um momento como este? Fiquei irado quando li."*

*Eu conseguia ver a figura do primeiro-ministro inflando seu peito e falando com os parlamentares. Podia quase ouvir aquela entonação bizarra ecoando pela Câmara.*

*"Com base num acordo com o governo Vichy, resolvemos reforçar nossa presença no sul da Indochina, em julho. Mas os Estados Unidos, a Inglaterra e a Holanda responderam a essa medida defensiva natural com suspeita e ciúmes, e congelaram nossas finanças. Além disso, impediram nossas exportações, atacaram nosso Império com um embargo econômico, e aumentaram rapidamente a ameaça militar..."*

*Como Tojo pôde fazer afirmações sérias como essas depois de aprovar um eventual recuo do sul da Indochina no plano B?*

*"Não é necessário dizer, um embargo econômico feito por uma potência com a qual não estamos em guerra não é menos hostil do que a própria guerra!"*

*Aplausos. Aplausos dos membros da Assembleia, aplausos do público, aplausos dos jornalistas. Logo pensei em Arizumi. Ele certamente estava lá ouvindo cada palavra do discurso de Tojo. Arizumi nunca perdia um discurso de Hitler enquanto esteve em Berlim, e agora sem dúvida nenhuma seguia Tojo com o mesmo entusiasmo.*

*"Desde a fundação de nosso Império, a política nacional foi baseada num espírito de amor pela paz. A fim de garantir a sobrevivência e a autoridade de nosso Império, e para estabelecer uma nova ordem no Grande Leste Asiático, fizemos, e continuamos a fazer, todo o esforço possível para encontrar uma solução diplomática. Apesar disso, a julgar pelas negociações feitas até o momento, as consequências desse esforço diplomático são difíceis de prever. Em função disso, o governo, antecipando todos os possíveis obstáculos no nosso caminho, está se preparando. Estamos preparados para qualquer eventualidade..."*

*Mais aplausos. O que ele quis dizer com "qualquer eventualidade"? Foi isso o que o ministro das Relações Exteriores mencionou no cabograma: "Após essa data, os eventos ocorrerão automaticamente"? Se Tojo estiver planejando um ataque-surpresa, uma* blitzkrieg *no estilo de Hitler, será muito perigoso. Os americanos sempre falam das ações repentinas de Hitler como atos covardes, como punhaladas pelas costas. Se Tojo tentar algo assim na Ásia, fará com que o povo americano fique a favor da guerra da noite para o dia.*

"*O que você acha?*", perguntou-me Tonomura.
"*Acho que ele está puxando nosso tapete.*"
"*E veja só isso. Um discurso de Toshio Shimada apoiando Tojo na Assembleia.*" O ultranacionalista Shimada era famoso por sua voz bombástica e por suas opiniões radicais.

"*Sabemos muito bem que o maior obstáculo para chegarmos a um bom desfecho do problema com a China é a hostilidade de certas potências ocidentais, lideradas pelos Estados Unidos. Mas como podem elas encontrar alguma ideia agressiva em nossa perfeitamente correta e apropriada posição, quando estamos contribuindo de forma ativa para a manutenção da paz no mundo? Como se atrevem os Estados Unidos a manter o embargo ao Japão? Devemos responder a uma conversa com conversa, a ações com ações. Nesse ponto, nossa única opção deve ser a guerra. A nação inteira concorda com isso.*"

"*Deus, isso é terrível*", murmurei. Eles informavam aos americanos que estavam a ponto de atacá-los, enquanto nos mantinham pregando pela paz. Era totalmente irracional.

"*Imbecil, não?*", concordou Tonomura. "*Foi por isso que eu disse que as pessoas que gostariam de vê-lo morto são Tojo e sua corte.*"
"*Preferia morrer a destruir as negociações e tornar-me um herói nacional.*"
"*Eu penso da mesma forma.*"

## 26 de novembro, noite de quarta-feira

*Estava tudo um marasmo. Todo o nosso trabalho foi paralisado de repente. Voltamos ao ponto de partida. E o prazo final está chegando. Não há mais cartas a serem colocadas na mesa. Mas eu tenho que fazer algo. Jovens estão a ponto de começar a se matar. Tenho que fazer algo.*

*Ontem solicitei um encontro com Cordell Hull, mas não consegui. Atividades estranhas e hécticas ocorriam no lado americano, centralizadas na Casa Branca. Nosso observador informou que, um pouco antes do meio-dia, o presidente encontrou-se com Hull, o secretário do Exército, Stimson, o secretário da Marinha, Knox, o general Marshall e o almirante Stark. Foi com certeza para discutir o "problema japonês". Hull teve mais contatos com os embaixadores da Inglaterra, da China e da Holanda nos últimos três dias, e sem dúvida fizera algum tipo de proposta para os militares deles. Mas eu acho impossível acreditar que toda essa atividade seja resultado apenas de nosso plano B. Deve haver mais alguma razão para isso.*

*(Talvez eles* tenham *quebrado o código japonês. Nesse caso, eles mesmos devem estar tentando entender o significado do prazo de 29 de novembro, 30 de novembro em Washington. Será que estão com medo de que o Japão faça algum tipo de manobra militar no dia 1º de dezembro?)*

*Finalmente conseguimos arranjar um encontro com Hull hoje. Solicitamos que fosse pela manhã, mas nos fizeram esperar até quase 5 da tarde. Hull nos entregou uma folha de papel — a "nota Hull". Meu coração acelerou quando a li. Dizia que nossa última proposta era totalmente inaceitável, e continuava reafirmando os princípios da posição americana. A nota não apenas ignorava todos os pontos que eu levantara, como ia além do que Hull dissera até então, pressionando por uma retirada total de nossas forças da China e da Indochina francesa, e demandava que abandonássemos imediatamente o Eixo.*

*Fiquei chocado. Disse-lhe que era impossível, que nos levava ao ponto em que estávamos seis meses atrás, no começo das negociações. Mas Hull, sem explicações, sem erguer sua voz ou discutir, disse calmamente: "Essa é uma resposta do governo dos Estados Unidos. Aqui você vai encontrar todas as nossas exigências, os princípios teóricos detalhados de nossa posição." Ele disse isso com uma firmeza e uma compostura que não nos permitiu debater.*

*Antes de vir para Washington, eu entendia que dois países com diferentes convicções nacionais não podiam participar de um diálogo verdadeiro apenas declarando essas convicções. Só poderiam chegar a um resultado se deixassem de lado esses princípios ou ideologias e encontrassem um meio-termo, concordando com concessões separadas e específicas. Era nisso que colocávamos nossas esperanças, e o plano B representava isso para nós. Mas Hull simplesmente reafirmou seu modo de pensar e recusou-se a responder a qualquer de minhas perguntas. Não haveria concessões sem compromissos.*

*Eu não tive coragem de transmitir a nota de Hull para o nosso governo na mesma hora, e disse que gostaria de voltar para a embaixada e estudá-la com cuidado. Então Tonomura perguntou, numa voz próxima a um grunhido: "Os americanos não têm outra resposta à nossa proposta a não ser essa nota?"*

*"Oh, não", disse Hull, "essa é nossa posição."*

*"No último encontro, apresentamos nossa proposta final. E gostaríamos de sua resposta a ela."*

"Essa é a sua resposta."

"Então você está dizendo que é a última palavra do seu governo?"

"Não, é apenas nossa posição."

"Eu gostaria de pedir-lhe um último favor. Outro dia o presidente disse que 'não havia última palavra entre amigos'. Poderíamos falar com o presidente mais uma vez?"

"Mas isso é entre amigos."

"Então não somos amigos?"

"Sim, somos. Mas o presidente anda muito ocupado." Hull pensou por um momento, então pegou o telefone e ligou para a Casa Branca. Roosevelt aceitou nos ver amanhã.

Achei que Hull desistira das negociações. Esse homem, cujos modos transpareciam de imediato se estava feliz ou infeliz, hoje não parecia estar nem de um jeito nem de outro. Estava calmo, mas frio; foi educado mas sem expressões no rosto. Acima de tudo, agia com indiferença em relação a nós dois. Não poderia se importar menos com a posição japonesa. Havia uma serenidade estranha nele quando finalizou as negociações, uma autoconfiança que parecia dizer: "A posição do governo americano é a única que conta no mundo."

Quando voltamos para a embaixada, Tonomura e eu apenas nos olhamos, e suspiramos. Nossos suspiros disseram tudo, era uma mistura de desânimo com exaustão. Não havia mais nada a dizer. Era insuportável a ideia de que as conversas tivessem chegado a um fim como esse, e que a situação se movesse agora "automaticamente" para a guerra. O rosto de Tonomura estava vazio quando digitou o cabograma para o ministro das Relações Exteriores. Eu via meu próprio desalento refletido no rosto dele.

Foi então que me ocorreu a ideia de pedir ao presidente Roosevelt que enviasse um cabograma pessoal ao Imperador.

Logo depois da minha chegada a Washington, o primeiro-secretário, Terasaki, contou-me sobre um influente ministro cristão chamado Stanley Jones. Jones era amigo do presidente, e insinuou a Terasaki algum tempo atrás que talvez pudesse ajudar a quebrar o lacre das negociações se Roosevelt e o Imperador falassem diretamente. Terasaki era casado com uma americana chamada Gwen. O jovem diplomata era fluente em inglês, tinha vários amigos americanos, e era próximo do doutor Jones. Talvez pudesse pedir a Jones para sugerir ao presidente que escrevesse uma mensagem pessoal ao Imperador.

*Dei o primeiro passo, escrevendo imediatamente um cabograma que pedia ao governo para indagar ao Imperador se ele aceitaria tal mensagem. Seria uma medida extrema, mas o único modo de passar por cima de Tojo. O Imperador era o único que poderia parar a tragédia iminente. Quando ia enviar meu cabograma, notei quão sérias eram as implicações envolvidas nisso. Mesmo se o Imperador estivesse disposto a aceitar, o presidente talvez recusasse. Se Roosevelt concordasse, mas dissesse qualquer coisa na mensagem que ofendesse a dignidade de seu interlocutor, eu estaria desgraçado para o resto da vida. Mas quando discuti o assunto com Tonomura, ele disse sem hesitar: "Vamos fazer isso. Divido a responsabilidade com você. Vamos nós dois assinar o cabograma."*

*Assim, logo depois que cabografamos a nota de Hull para Tóquio, mandamos outra mensagem propondo que Sua Majestade interviesse.*

*O embaixador Tonomura e eu conversamos até tarde sobre nosso encontro com o presidente Roosevelt. Estávamos bastante cientes de que esse seria nosso último encontro com ele; também nos demos conta de que, de acordo com a atitude do secretário de Estado, nem mesmo um encontro com o presidente salvaria a situação. Imaginamos a reação à nota de Hull em Tóquio. Sem dúvida, realizaram uma conferência de cúpula de governo e dos militares. Podia até ver seus rostos ao lerem a nova proposta americana, que ignorava todas as nossas discussões até o momento e, na verdade, demandava uma total submissão japonesa. A guerra era inevitável agora. A única pessoa que poderia pará-la era o Imperador.*

*Os americanos certamente não atacariam primeiro. O Exército japonês, com sua aptidão para surpresas, irá provavelmente atacar na Tailândia ou nas Índias Holandesas. Mas, se atacar primeiro, dará ao governo americano, que estava bloqueado até agora pelos isolacionistas, a desculpa perfeita para entrar na guerra. Por favor, faça os americanos iniciarem o conflito! A única coisa que podemos fazer agora é orar para o Exército japonês desrespeitar suas tradições e se conter.*

## 27 de novembro, noite de quinta-feira
*A nota de Hull é hoje a manchete principal dos jornais americanos: "Negociações entre Japão e Estados Unidos atingem impasse final"; "Condições ameri-*

canas entregues aos japoneses; Hull recusa-se a recuar"; "Guerra e paz lado a lado na balança"; "Proposta final para os enviados japoneses". Nenhum dos jornais noticia a nota de Hull como uma mera "posição"; todos veem como a resposta oficial final do governo, e reconhecem que as conversações atingiram um ponto derradeiro. Era óbvio que os americanos não esperavam que o governo japonês engolisse a nota de Hull.

O UPI diz numa nota que Hull pretendia propor um acordo temporário de seis meses; mas, quando encontrou os representantes do governo chinês na tarde de ontem, a delegação Chung-king se opôs com veemência, e Hull arquivou o plano. Também foi noticiado que Hull se curvou finalmente à opinião pública, que se opõe de forma esmagadora a qualquer concessão ao Japão (Hull sempre se refere à "opinião pública". Nada de errado quanto a isso — uma posição firme é sempre um sucesso entre a população de qualquer país. Mas minha estada em Washington tentando uma solução pacífica vai de encontro à opinião pública japonesa. O simples fato de as conversações estarem acontecendo em Washington e não em Tóquio representa uma concessão do governo japonês. Mas tais pontos nada contam para Hull). De qualquer forma, o resultado foi uma resposta linha-dura.

Hull estava presente no encontro de "último suspiro" que eu e Tonomura tivemos às 14h30 com o presidente. A reunião durou uma hora.

Fomos lá preparados para um encontro tenso, por isso ficamos um pouco surpresos quando nos levaram ao escritório do próprio presidente — na última vez em que conversamos foi numa sala formal de reuniões. Era sua área de trabalho privativa. A mesa era uma mixórdia de papéis, e enquanto conversávamos fomos interrompidos diversas vezes pelo telefone. Estávamos tendo uma imagem do dia a dia do presidente.

Roosevelt nos ofereceu cigarros. Tonomura colocou um entre os lábios e o presidente lhe acendeu um fósforo. Por causa de seu olho de vidro, porém, o embaixador não conseguiu alinhar seu cigarro com o fósforo. Roosevelt sorriu e acendeu mais um para ele.

"Normalmente nesta época", disse o presidente, "eu estou de férias no campo. Mas neste ano o senhor Kurushima está aqui, e o senhor Lewis do Sindicato dos Mineradores tem criado confusão, então não foi possível sair."

"Peço desculpas", eu disse, sorrindo. "Mas quem está causando mais problemas, o senhor Lewis ou eu?"

"Ora, o senhor Lewis, é claro."

*Todos riram. Mas Hull deixou apenas que um pequeno sorriso aumentasse as bordas de seus olhos e logo reassumiu a máscara.*

*"Na última guerra", disse Roosevelt, "tanto o Japão quanto os Estados Unidos sofreram com a atitude autojustificada da Alemanha, uma nação cega aos sentimentos das outras nações. Mas, desde o início das negociações entre os nossos dois países, fiquei satisfeito em descobrir que há pessoas no Japão que também gostam da paz. A grande maioria do povo americano torce por uma solução conciliadora no Pacífico. Não importa quão séria ficou a crise, eu quero que você saiba que eu não vou desistir."*

*"Mas, senhor presidente", interrompeu Tonomura, "a resposta dada pelo governo americano ontem foi amargamente frustrante para o nosso lado."*

*"Sim", respondeu Roosevelt, "eu também estou frustrado que a situação tenha atingido esse impasse. No entanto, desde que as conversações começaram, a ocupação do sul da Indochina pelo Exército japonês foi um grande revés, e recentemente tivemos motivos para temer mais invasões."*

*"O que o senhor quer dizer com isso?"*

*"O seu Exército começou a agir. Temos informações seguras sobre as ações militares na Indochina francesa e próxima à costa chinesa."*

*Tonomura e eu nos olhamos. Quando saí de Tóquio, o ministro das Relações Exteriores expressara certa preocupação sobre os militares fazerem algo que provocasse os Estados Unidos. E agora isso aconteceu. Os americanos certamente estavam preocupados com uma aliança entre o Japão e a Tailândia, e uma eventual tomada do sudeste da Ásia.*

*"Eu entendo perfeitamente", disse Roosevelt, com um sorriso, "que não podemos julgar a atitude do povo japonês, que esteve em guerra com a China por quatro anos, pela medida da experiência americana, que sempre foi de paz. Porém, durante suas conversas com o secretário de Estado, não ouvimos uma vez sequer os líderes japoneses expressarem um desejo de paz, e isso fez as conversações ficarem bastante difíceis do nosso ponto de vista. Se seguirmos dessa maneira, qualquer acordo temporário com vocês nos fará ganhar apenas alguns meses. Entendo que não atingiremos nada sem que haja algum acordo baseado em princípios entre nossos dois países. Como você sabe, na minha reunião a bordo de um navio com o primeiro-ministro Churchill, em agosto, chegamos primeiro a um acordo sobre nossos princípios básicos, e aí então é que agendamos nossas discussões."*

*O sorriso nunca saiu de seu rosto enquanto continuava seu argumento eloquente. Ao contrário de Hull, ele sempre demonstrou preocupação pela nossa posição enquanto falava. Fiquei bastante impressionado. Enquanto Hull era repetitivo e idoso, a maneira de falar de Roosevelt era vigorosa e versátil. Mas ele também argumentava, no final, com base em seus princípios morais. Quão americano ele era.*

*Há apenas dois meses, o primeiro-ministro Konoe também propôs, por meio de nosso embaixador, uma conversa a bordo de um navio com Roosevelt. Apesar de o presidente aparentemente demonstrar algum interesse no assunto, Hull logo se opôs dizendo que seria muito arriscado. Lorde Kido, o guardião do Selo Privado, descreveu de forma fantástica o episódio. O Japão convidara os Estados Unidos para o segundo andar de uma casa a fim de admirar a paisagem. Os Estados Unidos exigiram saber que tipo de paisagem era antes de subir. O Japão recusou-se a responder, dizendo aos Estados Unidos que eles teriam que subir e dar uma olhada. Assim, nenhum dos dois se moveu. Pareceu-me que os Estados Unidos estavam com receio, caso lá subissem, de serem chutados escada abaixo de novo pelo Japão. O lado japonês propôs segurar um limite e então cuidar dos detalhes. O lado americano suspeitava que o Japão iria explorar qualquer afirmação do acordo nipo-americano em favor próprio.*

*Nossa conversa com Roosevelt durou um tempo até que Tonomura, num tom que só poderia ser chamado de implorante, pediu ao presidente que usasse sua posição de homem de Estado para resolver o impasse. Roosevelt apenas sorriu e apertou sua mão. Não respondeu.*

*O encontro foi um desastre. Roosevelt apoia a nota de Hull. Lógico que sim. Então vamos para a guerra. Não há nada que eu possa fazer?...*

## 27 de novembro, ainda noite de quinta-feira

*Fiz uma ligação internacional para Yamamoto, diretor do Escritório de Assuntos Americanos do Ministério das Relações Exteriores, em Tóquio. Como nossa ligação estava grampeada, falamos num código que acertáramos antes.*

| | |
|---|---|
| KURUSHIMA: | *Alô. Kurushima falando.* |
| YAMAMOTO: | *Alô. Como vai a questão do casamento [as negociações]?* |
| KURUSHIMA: | *Do mesmo jeito. A coisa do sul continua sendo o maior problema.* |
| YAMAMOTO: | *A coisa do sul.* |

Kurushima: *Sim, todo o casamento depende disso. Vou lhe passar os detalhes por carta. E como andam as coisas por aí? O bebê está a caminho [a crise está a caminho]?*
Yamamoto: *Sim, parece que vem logo.*
Kurushima *(surpreso):* *Mas ainda não nasceu, nasceu?*
Yamamoto: *Você os deixou informados [falou com a imprensa] sobre seu encontro com Kimiko [o presidente] hoje?*
Kurushima: *Não, apenas disse que nos conhecemos. Não há nada mais que possamos fazer aqui. Na verdade, não vejo chance nenhuma de que eles se casem.*
Yamamoto: *Vou lhe mandar um cabograma sobre isso. A situação realmente parece muito ruim.*
Kurushima: *Sim... mas eles querem continuar discutindo um possível casamento. Ao mesmo tempo estão preocupados com o bebê. Creio que Tokugawa [o Exército] está mastigando apenas as pontas.*
Yamamoto: *Bem, não mais do que antes.*
Kurushima: *Kimiko vai sair da cidade amanhã e estará na casa de campo dele até quarta-feira.*
Yamamoto: *Por favor, faça o possível.*
Kurushima: *Farei o meu melhor. Tonomura está trabalhando nisso comigo.*
Yamamoto: *Algo mais?*
Kurushima: *Não, nada. Apenas que tudo depende da coisa do sul. Só isso.*

## 28 de novembro, manhã de sexta-feira

*Dei uma rápida olhada nos jornais matutinos. Depois da nossa conversa ontem com Roosevelt, Hull disse à imprensa que a situação ficou muito perigosa, pois "os militares japoneses extremistas estavam no comando", e que ele estava "fazendo o possível e o impossível" para conseguir um acordo com o Japão antes que a situação "fugisse do controle", mas que reforços chegavam à Indochina e que "um ataque japonês poderia acontecer em poucos dias".*

*A nota de Hull parecia ter sido preparada para provocar nossas forças a atacar primeiro. Nessa entrevista, Hull usou uma linguagem que iria enfurecer os militares japoneses. Estou muito assustado. Nosso Exército está cheio de selvagens, que se iram com rapidez e estão prontos para correr cegamente, sedentos por um ataque rápido e decisivo. Se esses fanáticos responderem às provocações de Hull e atacarem primeiro, será um desastre. O Japão irá provar a fúria total de um Estados Unidos unido contra ele. O país será destruído.*

### 28 de novembro, noite de sexta-feira

Um cabograma veio de Tóquio. Não surpreendia o fato de o governo estar alvoroçado depois da nota de Hull.

"A proposta americana é assombrosa e lastimável ao extremo. Não podemos negociar com base em tal proposta. O Império apresentará sua resposta, que lhe será cabografada dentro de dois ou três dias. Apesar de as bases para as conversações terem chegado a um fim, o senhor deve evitar dar a impressão de que as negociações terminaram."

*Que diabos ele estava dizendo? Que de fato as negociações haviam terminado, mas que por razões estratégicas deveríamos continuar conversando como se ainda pudéssemos chegar a um acordo? O que será que Tóquio tinha em mente? E agora que provavelmente nosso código fora quebrado, que resultado esperavam obter com aquele tipo de ambição? Quem eles estão tentando enganar? Ficaram loucos se acham que vou agir conforme eles querem.*

*E declarar que nossas negociações "haviam terminado" — eu me recuso a aceitar. Hull e Roosevelt podem alegar que a guerra é vindoura. Tojo pode declarar e delirar o que quiser, mas enquanto eu estiver nisso o esforço diplomático não terá terminado, e não terminará até que um ou outro lado dê um ultimato.*

Uma correspondência pessoal entre Roosevelt e o Imperador, a última medida possível para impedir a guerra, fora rejeitada por Tóquio.

"A respeito de sua proposta: nós a confiamos às autoridades responsáveis, mas todos são da opinião de que tal medida não seria apropriada neste momento. Esperamos que entenda."

*Entender? Essa era minha última jogada. Nada mais restava.*

*Pensei sobre isso até tarde da noite. Em caso de uma recusa do ministro das Relações Exteriores, um cabograma pessoal do presidente para o Imperador era a única esperança. Os americanos, provavelmente, não atacariam primeiro. A única pessoa capaz de ordenar que o Exército não lance um ataque surpresa é o Imperador. Se Sua Majestade, o chefe de Estado, emite uma ordem para não atacarmos primeiro, os militares têm que obedecer. Sua Majestade está acima da opinião de qualquer mortal. Apenas um homem na Terra pode fazê-lo agir — o presidente Roosevelt. Que se danem as instruções governamentais!*

*Telefonei para Terasaki, o primeiro-secretário. Ele veio rapidamente ao meu quarto, sem nada perguntar.*

*Disse para ele: "Acabei de receber um cabograma do ministro das Relações Exteriores, com uma rejeição absoluta do plano sobre o qual conversamos; ele o considerou "não apropriado neste momento". Mas eu quero tentar de qualquer forma. Terasaki, tenho que enfatizar que isso fica entre nós. Não contei sequer ao embaixador Tonomura. Não quero envolvê-lo."*

*"Eu entendo", disse ele, concordando com a cabeça. Confiava bastante em Terasaki. Quando pedi a ele que aproximasse o doutor Jones do presidente, a larga testa sob sua franja em formato de cuia brilhou de entusiasmo.*

*"Apenas lembre-se", eu o avisei, "que a coisa toda está repleta de perigo. O ministro das Relações Exteriores é contra, por isso é óbvio que não podemos agir através de nosso governo. Gostaria de ter certeza de que o cabograma do presidente será enviado ao embaixador Grew, e que ele o entregará pessoalmente no Palácio. Dessa forma, o governo não terá como interceptá-lo. Você tem que entender que será o fim de nossas carreiras se alguém descobrir o que estamos fazendo. E, se isso chegar aos ouvidos dos militares que andam criando bazófia nas ruas de Tóquio com seus sonhos de atacar os Estados Unidos, eles nos cortariam em pedaços."*

*"Sim, estou bastante ciente disso. Vou trabalhar com a maior discrição possível."*

*"Se algo acontecer, pode colocar toda a culpa em mim."*

*"Não, senhor, eu vou dividir a responsabilidade. Na verdade, quando me encontrei anteontem com o doutor Jones, dei a ideia de uma mensagem pessoal para o Imperador, e ele prometeu que tocaria no assunto no próximo encontro com o presidente."*

*"Ótimo! Assim que for possível, diga a Jones que qualquer cabograma do presidente deve ser enviado para Grew, em Tóquio."*

"Sim, senhor."

Ao observar Terasaki saindo, fiquei pensando que esse é o homem em quem eu posso confiar."

### 29 de novembro, sábado

Os jornais locais demonstram aversão aos japoneses. Se o nosso lado não aceitar as demandas justas e de acordo com a lei dos americanos, qualquer guerra será de nossa inteira responsabilidade. Os Estados Unidos não irão fazer nada de errado.

Agora são 10 da manhã. Em Tóquio, catorze horas à frente, é meia-noite, 30 de novembro. O prazo terminou.

A pura diplomacia nada pode fazer. Se o presidente decidir enviar um cabograma pessoal, e se sua mensagem chegar até o Imperador, e se Sua Majestade tomar as rédeas da situação... mas essas são esperanças vagas agora.

### 30 de novembro, noite de domingo

Há um fardo grosso de jornais à minha frente. E vejo logo na primeira página que a manchete principal é um fragmento do discurso de Tojo: "A exploração do povo asiático pelos britânicos e americanos tem que terminar. Inglaterra e Estados Unidos, caiam fora da Ásia!" Essa obra-prima de arrogância japonesa conseguiu irar o povo americano. Há chamadas para a guerra a fim de proteger os interesses americanos e britânicos na Ásia. Hull telefonou para o presidente no seu recanto em Warm Springs para informar o que estava acontecendo. Roosevelt vai interromper suas férias e voltar para Washington na manhã de 1º de dezembro.

Discuti o assunto com o embaixador Tonomura, e decidimos pedir explicações a Tóquio. Mas logo chegou um cabograma do ministro das Relações Exteriores explicando que houvera um engano colossal.

"O DISCURSO, NA VERDADE, NÃO FORA FEITO PELO PRIMEIRO-MINISTRO TOJO, E SIM ESCRITO PELA LIGA DE DESENVOLVIMENTO DA ÁSIA PARA O PRIMEIRO-MINISTRO LER NUM ENCONTRO ORGANIZADO POR ELA, NO DIA 30. E COMO O DIA 30 ERA DOMINGO, QUANDO OS JORNAIS NÃO CIRCULAM, O PRESIDENTE DA LIGA, POR INICIATIVA PRÓPRIA E SEM A APROVAÇÃO DO PRIMEIRO-MINISTRO, ENTREGOU O DOCUMENTO PARA a imprensa, que estava sedenta por material para as edições de sábado à tarde.

O discurso então foi impresso sem o conhecimento ou a aprovação do primeiro-ministro, e sem passar pela censura do governo. Na verdade, o primeiro-ministro não fez discurso nenhum no domingo, ele estava ocupado com outra coisa, e nem ele nem qualquer outra pessoa no governo sabiam ou aprovaram o discurso.

Fique sossegado que tomaremos as medidas cabíveis contra a Liga de Desenvolvimento da Ásia."

*Eu estava pasmo. Pela grosseria de uma organização patriótica ordinária, pela grosseria dos jornais em publicar tal discurso, pela incompetência de um governo que não consegue controlar algo tão importante. É inacreditável!*

## 1º de dezembro, segunda-feira
*Um pouco depois das 10 da manhã, Tonomura e eu ligamos para Cordell Hull no Departamento de Estado. O secretário estava pálido por causa do "discurso de Tojo". Tentei explicar o que acontecera, e pedi que entendesse uma situação que seria inimaginável na imprensa americana. E acabamos discutindo.*

*Não houve novas soluções para terminar com o impasse.*

## 5 de dezembro, sexta-feira
*Um cabograma chegou de repente de Tóquio ordenando a transferência do primeiro-secretário, Terasaki, e de outros três oficiais da embaixada para a América do Sul, dentro de dois dias.*

*Essa é uma ordem desconcertante e uma terrível inconveniência que chega bem na hora em que Terasaki estava fazendo de tudo para conseguir um cabograma de Roosevelt para o Imperador. Enviei uma resposta em meu próprio nome.*

*"Dada a presente situação, a transferência abrupta de Terasaki me causará grandes dificuldades. Eu gostaria que ele fosse mantido aqui até o fim das negociações."*

*O que Tóquio está tramando? Não faz sentido. Daqui a dois dias será 7 de dezembro. É um domingo. Por que eles querem transferi-lo num domingo?*

*Não posso perder Terasaki bem agora. Mas os funcionários da embaixada parecem encarar as transferências como uma promoção, estão até combinando uma festa de despedida para eles.*

# 4

Dois funcionários da embaixada conversavam.

— Ei, adivinhe! Consegui vender meu carro. Não foi por um bom preço, mas pelo menos o vendi.

— Você acha que foi melhor vender agora?

— Claro, quanto mais cedo, melhor. A guerra é inevitável. Você não viu o jornal hoje? Alguém do Departamento de Estado disse que ela vai estourar dentro de algumas semanas. Você não consegue vender seu carro depois que a guerra começar, você sabe.

— Você acha que seremos evacuados?

— Com certeza. Diplomatas inimigos não podem ficar por aí como se nada tivesse acontecido. Nós provavelmente seremos transferidos um pouco antes que o ultimato seja dado. Algumas pessoas já estão prontas para ir embora, até já pediram a seus inquilinos para acertar o restante do aluguel no final do dia.

— Mas como vamos chegar em casa? Não há mais navios dos Estados Unidos para o Japão.

— Você não ouviu? O Tatsuta-maru saiu de Yokohama no dia 2 de dezembro. Vai aportar em Los Angeles no dia 14, e então retornará via Panamá para Yokohama no dia 15 de janeiro.

— Eu não sabia.

— Ei, acorde! Todos os funcionários mais velhos já têm seus lugares reservados. Só pessoas como nós é que não devem saber o que está acontecendo.

— Então vamos mesmo ser evacuados.

— É melhor você também vender seu carro. Ouça, eu posso conseguir um bom preço por ele, conheço um negociante.

— Está bem, obrigado. Acho que seria inútil manter um carro aqui.

Saburo ouvira trechos dessa conversa de onde ele estava no jardim. Suas pernas começaram a tremer com o frio, e ele bateu o pé, chutando as pedras do caminho. A lua começava a minguar, embora ainda estivesse brilhante como uma lua cheia. Exatamente um mês antes, quando fora convocado pelo ministro das Relações Exteriores no meio da noite, a lua brilhava dessa forma. Que mês estranho e frenético havia sido este, e ainda assim, depois de tudo isso, a mesma lua nascia.

Lembrou-se da praia na Ilha Midway, de como as ondas lavaram as palavras que ele rabiscara na areia. Escrevera tantas palavras, mas agora todas haviam sido lavadas. Muitos trabalhos fúteis deviam existir no mundo, mas em nenhum mais palavras eram desperdiçadas do que no seu. Todos os acordos que alguém imagina, as expressões sinceras e elegantes de amizade, tudo era eliminado sem deixar rastro pelas ondas que surgiam quando os interesses das nações colidiam. Saburo comentara isso com seu filho no ano retrasado. E Ken respondera que, em vez de gastar a vida fazendo coisas como aquela, ele queria construir algo que durasse, qualquer coisa — uma ponte, uma máquina. Ken acabou indo projetar aviões porque ele conhecia muito bem a natureza do trabalho de seu pai.

O teto da embaixada ficava branco sob a luz da lua. As folhas das árvores baixas brilhavam como agulhas de gelo. Saburo era a única pessoa disposta a andar no jardim numa noite tão fria como esta. Deixando um rastro de respiração atrás dele, chegou até o fim do jardim e observou mais uma vez a lua. As crateras na superfície fizeram com que pensasse num cadáver. Ele tinha um frasco de cianureto no bolso. Desde que recebera a nota de Hull, carregava sempre o pequeno tubo com ele. Convencera-se a engolir o veneno no dia em que começasse a guerra entre os Estados Unidos e o Japão, quando ficasse claro que todos os seus esforços em busca da paz tinham sido em vão. Não guardava ressentimentos em relação a Tojo e ao ministro das Relações Exteriores, ou em relação a Hull e Roosevelt, ou mesmo àquelas pessoas, soldados e civis, em ambos os países que pareciam tão sedentas por guerra. Todos eles tinham agido da forma que deviam, dadas suas respectivas posições; sobretudo Cordell Hull. Ele era um homem velho, rígido, puritano, ainda um idealista totalmente dedicado aos seus princípios e aos de seu país, que permanecera uma torre de inflexibilidade contra todos os esforços de Saburo nas últimas duas semanas. Não conseguia odiar o homem. Acima de tudo, Hull fora um magnífico oponente.

Como alguém poderia ter ressentimentos quando perdia para uma pessoa como ele? Não, se Saburo escolheu a morte era pelo remorso em relação ao seu fraco julgamento em aceitar tamanha tarefa, algo que ele sabia que era inútil. Naquela noite enluarada em Tóquio, sabia, com firmeza, que a tarefa estava acima de suas capacidades, que estava destinado ao fracasso mesmo se empreendesse todos os seus esforços, e que se falhasse seria em parte responsável pela morte de milhões de pessoas. Não que estivesse tão "preparado" assim para a morte no momento em que disse ao ministro das Relações Exteriores "Tudo bem, eu vou", mas sua própria morte já se tornara um fato consumado. Os americanos provavelmente não entenderiam. Os japoneses sim. Mas e Alice?...

Saburo estremeceu. No jardim, o frio trincava os ossos, mas foi na verdade o pensamento de que Alice nunca seria capaz de entender sua morte que o fez tremer.

Quando voltou ao saguão de entrada, Yoshimoto o aguardava.

— Estava procurando pelo senhor.

— Aconteceu alguma coisa?

— O Departamento de Estado acabou de anunciar no rádio que Roosevelt mandou um cabograma pessoal para o Imperador.

— Verdade? Fico feliz em ouvir isso.

— E tem mais... — Yoshimoto hesitou. — Informaram também que 125.000 soldados japoneses se instalaram na Indochina, e que, junto com uma esquadra de navios de guerra, duas divisões se dirigem ao golfo de Sião.

Eram as piores notícias possíveis.

— Se for verdade, temos problemas. O embaixador sabe disso?

— Sim, senhor, ele ligou e pediu-me para que o informasse.

— Obrigado. Falando nisso, e aquele memorando para o governo americano que começou a vir de Tóquio hoje de manhã? Estão dando prosseguimento a isso?

— Acho que sim — pelo tom de sua voz, Yoshimoto não parecia muito certo. Os únicos com acesso direto aos cabogramas eram Iguchi, o conselheiro responsável pela sala de comunicações, e os criptógrafos, burocratas que não estavam dispostos a dividir o conteúdo de mensagens secretas com Yoshimoto, um forasteiro.

— Quero ver Terasaki — disse Saburo.

— Acho que ele está na festa de despedida.

— Festa de despedida?

— Sim, senhor. Desde que Terasaki e outros três receberam ordem de se transferir para a América do Sul, eles...

— Eu ouvi. Há trabalho a ser feito. Diga para eles cancelarem ou pelo menos terminarem a festa cedo. O memorando pode ser de crucial importância.

— Mas, senhor, não podemos fazer isso — havia um certo sarcasmo em sua voz. — *Todos* estão lá, com exceção do conselheiro Iguchi, que está na sala de códigos. Terasaki é bastante popular.

— Pelo amor de Deus! — gritou Saburo.

Como podiam perder um tempo precioso no exato momento em que chegavam cabogramas que provavelmente traziam o ultimato do governo japonês aos Estados Unidos? E ele também conhecia o tipo de invejas burocráticas e infantis que se escondiam por trás disso. Iguchi, ciente de que participava de eventos históricos, deixara bem claro que ele, e só ele, era responsável por lidar com o iminente documento; e seus colegas, mostrando ressentimento pela forma como ele monopolizava isso, foram todos para a festa.

Naquela manhã, um cabograma chegara de Tóquio dizendo que um memorando em inglês seria cabografado para ser entregue ao governo americano. Seria um documento longo — a resposta completa do governo à nota de Hull de 26 de novembro —, e que levaria provavelmente um dia para ser recebido e decodificado. O documento deveria chegar a qualquer momento. Saburo não excluiu a possibilidade de ser uma declaração de guerra.

Antes veio um cabograma com instruções para tratar o documento como ultrassecreto, e para garantir que nenhum datilógrafo ou outra pessoa não autorizada fosse envolvida.

Durante toda a manhã, os principais funcionários da embaixada se aglomeraram na sala de comunicações para aguardar sua chegada. E quando já estavam cansados de esperar e iam sair para o almoço em grupos de dois ou três, os cabogramas começaram a chegar. Um especialista em codificação iniciou seu trabalho, mas pelo fato de a máquina de decodificação ter sido destruída por ordem do ministro das Relações Exteriores cinco dias atrás, e a maioria dos livros de código ter sido queimada, esse era um processo longo e meticuloso. Antes que o especialista terminasse de decodificar um cabograma, o próximo chegou, e o próximo, até que sobre a mesa ficou uma pilha alta de papel telegráfico. Saburo sugeriu que cada página fosse datilografada logo após ser decifrada, mas Iguchi, que comandava a operação, discordou.

— Já que não nos é permitido utilizar um datilógrafo, algum dos nossos funcionários, Okumura, por exemplo, terá que datilografar — disse ele.

— Será mais fácil se decodificarmos tudo primeiro.

Ao final da tarde, a decodificação ainda não terminara. Saburo pegou as páginas que estavam prontas. O que ele viu foi uma releitura das negociações nipo-americanas até o momento, refutando ponto a ponto, em linguagem forte, as demandas feitas na nota de Hull. Também parecia que o governo abandonara todas as propostas de compromisso feitas no plano B.

Saburo virou-se para o embaixador.

— Parece um ultimato.

Tonomura concordou com a cabeça.

Mais tarde, no começo da noite, o pessoal da embaixada foi embora. Saburo achou que estavam saindo para jantar e logo voltariam, e só quando foi andar pelo jardim é que descobriu, para sua surpresa, que estavam todos na festa de Terasaki.

Saburo dirigiu-se rapidamente à sala de comunicações.

— Como está a decodificação? — perguntou a Iguchi.

— Estamos trabalhando sobre o décimo cabograma — Saburo se assustou por ter entrado sem precisar bater na porta.

— Vamos conseguir terminar a tempo?

— O que você quer dizer com "a tempo"?

— Quero dizer, vamos terminar toda a decodificação e a datilografia até a hora em que teremos de entregar o memorando?

— Mas — riu o conselheiro — não nos disseram *quando* temos que entregar.

— Sim, eu sei. Mas é importante que estejamos prontos para entregá-lo no exato momento que for especificado. Está bastante claro que é um ultimato. Temo que isso signifique guerra.

— Bem, eu não tiraria conclusões — disse Iguchi, com o tom um pouco hostil de um burocrata de carreira. — Só para ter certeza, eu decodifiquei primeiro o último cabograma, o décimo terceiro. Com certeza não me parece um ultimato. Ei-lo.

Saburo leu a folha que lhe foi entregue. Era uma denúncia contra o "estado de sítio" que fora montado contra o Japão pelas forças "ABCH" — americana, britânica, chinesa e holandesa. A última frase dizia:

"Deve-se concluir que todos esses países estão juntos com os Estados Unidos, ignorando as posições japonesas."

— Acho que deve haver algo mais — disse Saburo.

— Não, é só isso. Isso é a coisa toda. Os cabogramas chegaram do meio--dia às 14 horas, mas não vem nada mais já há algum tempo. Amanhã é domingo, e eles não costumam enviar cabogramas aos domingos.

Saburo não disse nada.

— A meu ver, não é um ultimato — continuou Iguchi. — A guerra ainda está longe. Afinal, o Tatsuta-maru ainda não chegou.

— O que o Tatsuta-maru tem a ver com isso?

— Bem, é o navio que vem pegar os japoneses aqui, não é? Só deve chegar em Los Angeles no dia 14 de dezembro; portanto, presume-se que mesmo os nossos militares mais ansiosos para dar tiros vão ter que esperar até essa data para começar a guerra.

Saburo sentiu receios profundos, e eles não eram limitados apenas ao memorando. Por que Roosevelt aguardara até agora para enviar o cabograma ao Imperador? Seria um truque, para que pudessem dizer que o presidente mandou uma mensagem pessoal, mas que o Imperador ignorou-a, tornando assim a guerra inevitável? Pensou que, pelo menos, o cabograma iria forçar o Japão a deixar de lado qualquer plano para uma guerra por alguns dias; afinal, o embaixador teria que respondê-lo. Mas agora ele já não estava mais tão certo quanto a isso. Talvez não fosse a mensagem conciliatória que ele esperava. E por que o Departamento de Estado esperou esse momento em particular para anunciar o avanço das tropas japonesas na Indochina?

— De qualquer forma — disse ele a Iguchi —, informe-me quando terminar a decodificação. Eu quero olhar o documento inteiro — e subiu para seu quarto.

As árvores no Parque Rock Creek balançavam para a frente e para trás sob o luar. Os galhos pareciam peixes, turvos e agourentos, nadando na noite. De frente para sua escrivaninha, Saburo colocou a cabeça sobre as mãos. Percebeu que esquecera de tirar seu sobretudo, mas estava sem força nos ombros e pernas, e não conseguiu se mover. Começou a adormecer. De repente, levantou-se, chamou Yoshimoto e lhe disse que queria discutir o cabograma de Roosevelt com Terasaki tão logo ele voltasse da festa.

Um pouco depois das 23 horas, foi acordado por um telefonema do conselheiro Iguchi. A decodificação terminara, e o memorando completo estava sendo levado a ele. Quando Saburo acabara de tirar seu sobretudo e ajeitava sua roupa amarrotada, Iguchi bateu à porta.

O conselheiro trazia um sorriso confiante no rosto.

— Li a coisa toda com cuidado. Não diz nada sobre as negociações terem terminado — entregou-lhe um rascunho manuscrito.

— Vou ler agora mesmo.

— Tudo bem, vou deixar com você até amanhã.

— Mas você tem que datilografá-lo, não tem?

— Okumura é o único de nós que pode datilografá-lo em inglês. Acredito que ainda esteja na festa de Terasaki. Vou pedir para que faça tudo amanhã.

Tão logo o conselheiro saiu, Saburo começou a ler. Iguchi estava certo, o documento parecia apenas recontar o curso das negociações até o momento. Não havia nada de novo nele. Começou a sentir-se sonolento novamente e, decidido a deixar tudo de lado até amanhã, derrubou-se na cama.

Saburo dormiu bem até as 9 horas, quando foi acordado pelo adido naval, que ligava para dizer, com sua voz áspera:

— Quando cheguei nesta manhã, senhor, descobri uma porção de telegramas. Levei-os para a sala de comunicação, mas não havia ninguém trabalhando. Achei que o senhor devia saber porque talvez seja importante.

— Obrigado.

Saburo ligou imediatamente para o conselheiro Iguchi no seu telefone residencial. A voz confiante de Iguchi assegurou:

— Sim, sim, estou ciente deles. Não se preocupe, liguei para o especialista em codificação e disse para ele ir para a embaixada agora mesmo.

Saburo então ligou para o embaixador na sua residência e contou para ele dos telegramas. Uma "porção" de telegramas soava-lhe agourento.

Era um dia bonito. O céu azul claro parecia quase outonal. Carros brilhavam sob a luz do sol na avenida Massachusetts, e até as árvores baixas enfileiradas no bulevar pareciam reluzir. Saburo vestiu seu terno preto de seda, como fazia todas as manhãs, com o objetivo de ficar já pronto para ir ao Departamento de Estado a qualquer momento, e então desceu para o saguão.

Dois adidos militares estavam ali lendo o *New York Times*.

— Essa droga de jornal é muito grande — reclamava um deles. — Você se cansa só de ler as manchetes.

— Você viu que Roosevelt mandou um cabograma pessoal para o Imperador? Esses americanos estão certamente bolando planos fantásticos.

Saburo agradeceu o adido naval por ter-lhe ligado, e depois disse:

— Não vi o resto do pessoal por aqui ainda.

— Não, senhor, ninguém ainda apareceu para trabalhar. Talvez eu nem devesse dizer isso, senhor, mas, francamente, a disciplina nesta embaixada deixa a desejar. Isso nunca seria permitido na Marinha.

Foi então que alguém abriu a porta da frente e entrou rapidamente; era um dos especialistas em códigos. O conselheiro Iguchi chegou logo em seguida. Saburo perguntou-lhe se sabia onde estava Terasaki.

— Tentei ligar para ele diversas vezes, mas não tem ninguém em casa. Ele costuma levar sua família aos domingos para um passeio no campo. Talvez esteja lá.

— *Um passseio?* — num momento em que cada segundo contava, o homem responsável pelo cabograma de Roosevelt, sem sequer conferir se Grew o entregara com segurança, tinha *saído para um passeio!* — Quero esses novos cabogramas processados em velocidade máxima — disse para Iguchi, com firmeza.

— Está bem, está bem — o conselheiro parecia irritado. — Pedi a Okomura para datilografá-los, devem ficar prontos hoje à noite.

— Hoje à noite? — gritou Saburo, que não havia ainda erguido sua voz para nenhum membro da equipe. — É muito tarde, preciso disso mais cedo.

— Por quê? — Iguchi franziu as sobrancelhas de forma mais acentuada, como se não considerasse civilizado o comportamento do outro.

— Porque atingimos um estágio crítico. Há algo extraordinário acontecendo, a julgar por toda a atividade no lado deles desde a noite passada.

— Mas o memorando é apenas uma repetição de todas as discussõess até o momento.

— E aquela parte que chegou nesta manhã? Não saberemos até que ela seja codificada, certo?

Iguchi silenciou, seus olhos queimavam de rancor pelo fato de esse oficial visitante, um forasteiro, poder dar-lhe ordens.

O embaixador Tonomura apareceu agora e observava o andamento do laborioso trabalho de decodificação e datilografia. Okumura, porém, era do tipo "cata-milho". Trabalhando nervoso sob o escrutínio dos diplomatas mais velhos em pé atrás dele, começou a errar, pulando linhas.

Apenas um especialista em códigos aparecera. Às 11, apareceu outro, bocejando e de ressaca por causa da festa da noite anterior, mas mesmo assim foi útil ter dois homens trabalhando nisso.

O primeiro cabograma que decodificaram era uma nota de agradecimento do ministro das Relações Exteriores aos dois embaixadores e ao pessoal da embaixada pelo trabalho. Então, algum tempo depois, uma frase importante emergiu:

"Os dois embaixadores devem entregar o memorando pessoalmente para os americanos (se possível, para o próprio secretário de Estado) precisamente à 1 hora da tarde do dia 7 de dezembro, horário de Washington."

— Temos menos de duas horas — resmungou Saburo. — Temos que terminar tudo no máximo até meio-dia e meia. Vamos conseguir, Iguchi?

— Bem, ainda não decodificamos a última parte. Até meio-dia e meia? Você está pedindo demais...

— Nós *temos* que preparar a tempo. Esse é o nosso ultimato.

— Permita-me corrigi-lo — respondeu, irritado, Iguchi. — Não recebemos nada que sugerisse um ultimato.

— Vai estar na *última frase*! — gritou Saburo, batendo na mesa com a mão. O homem sentado olhou para cima assustado. — Veja! — sua voz ecoou por toda a sala. — Estamos vivendo um momento da história. Se falharmos para entregar o ultimato do Japão para os Estados Unidos antes que comecem as hostilidades, vamos receber o estigma da vergonha até o fim dos tempos...

A voz aguda de Iguchi o interrompeu:

— Estamos fazendo o melhor possível. Poupe-nos de seus discursos.

— Como se atreve... — disse Saburo, tremendo de fúria.

— Senhores! — Tonomura posicionou-se entre eles.

— Contate o Departamento de Estado — ordenou Saburo a um outro conselheiro — e solicite uma reunião com o secretário Hull às 13 horas.

O Departamento de Estado comunicou-lhes que Hull tinha um almoço de negócios e sugeriu que falassem com o subsecretário de Estado Wells. Quando Saburo começava a argumentar que esse documento importante não podia ser entregue para um subsecretário, uma nova ligação informou que o secretário de Estado iria vê-los às 13.

Okumura pegou um dos tradutores para ajudá-lo, e ambos começaram a datilografar com rapidez. Mas quanto mais rápido digitavam, mais erros cometiam. Então, um dos cabogramas decodificados dava-lhes a instrução para inserir novas linhas no documento, o que significava que todas as páginas que vieram depois da revisão teriam que ser novamente datilografadas.

Ao meio-dia e meia, as duas últimas frases foram finalmente decodificadas:

"AS SINCERAS ESPERANÇAS DO GOVERNO JAPONÊS DE AJUSTAR AS RELAÇÕES NIPO-AMERICANAS E DE PRESERVAR E PROMOVER A PAZ NA REGIÃO DO PACÍFICO ATRAVÉS DE COOPERAÇÃO COM O GOVERNO AMERICANO FORAM ENFIM CONTRARIADAS.

O GOVERNO JAPONÊS SENTE ENTÃO TER QUE INFORMAR AO GOVERNO AMERICANO QUE, EM VISTA DE SUAS ÚLTIMAS ATITUDES, NÃO PODE CONCLUIR ALGO DIFERENTE DE QUE CHEGAR A UM ACORDO POR MEIO DE MAIS NEGOCIAÇÕES É IMPOSSÍVEL."

Aí estava: um ultimato! Saburo olhou para Iguchi. O conselheiro ficou cabisbaixo, parecendo arrasado.

— Sinto muito — soluçou Iguchi.

Saburo concordou com a cabeça e perguntou a Okumura quanto tempo ele levaria para terminar de datilografar.

Mais uma hora foi a resposta. Se saíssem da embaixada às 13h30, chegariam em quinze minutos ao Departamento de Estado. Saburo, com relutância, pediu para alguém lhes telefonar e pedir um adiamento até as 13h45.

— Está pronto.
Ao som da voz constrita de Okumura, Saburo agarrou o documento e correu com o embaixador Tonomura até a porta de entrada. Era uma bela tarde de domingo, a avenida Massachusetts estava lotada; o tráfego era lento. Praças, panoramas de monumentos, silhuetas cortadas de árvores baixas que pareciam polidas sob um céu azul claro... e já eram 14 horas. Cinco minutos depois, a limusine adentrou o estacionamento do Departamento de Estado. Estavam vinte minutos atrasados; mas, quando chegaram à sala de recepção no terceiro andar, Cordell Hull não estava lá. Aguardaram.

Às 14h20, foram convidados a entrar. Hull permanecia rígido, com o peito inchado, como um promotor aguardando dois réus. Não estendeu sua mão. Saburo e Tonomura permaneceram em pé.

Tonomura suava bastante. Embaralhando-se um pouco com as palavras, disse:

— Recebemos instruções de nosso governo para entregar este documento ao senhor às 13 horas, mas nos atrasamos porque tivemos problemas ao decodificar os cabogramas — e entregou a Hull o memorando. O documento estava manchado em algumas partes e coberto de rasuras. Hull segurou-o com a ponta dos dedos, como se fosse uma coisa nojenta, e começou a virar as páginas.

— Ora — reclamou Hull com uma expressão severa —, vocês não queriam um encontro às 13? — sua testa estava enrugada com raiva, balançando incontrolavelmente enquanto falava.

— Foram ordens de nosso governo.
Como sempre fazia com documentos do lado japonês, Hull leu-o com uma velocidade acima do comum, como se apenas confirmasse algo que já conhecia. Depois de ler duas ou três páginas, perguntou:

— Isso está sendo apresentado sob instruções de seu governo?
— Sim, está.
Hull folheou indiferente o resto do documento, então olhou firme para Saburo e Tonomura e disse:

— Em todos os meus cinquenta anos de serviço público, nunca vi um documento mais cheio de falsidades e distorções. E falsidades infames e distorções numa escala tão grande que nunca imaginei até hoje que algum governo neste planeta fosse capaz de proferir.

Saburo não entendia por que Hull estava tão furioso. Quando a nota de Hull lhes fora entregue no dia 26 de novembro, ele e Tonomura expressaram muito mais espanto do que raiva. Comportaram-se como cavalheiros, não? Como podia Hull ser tão rude agora que eles estavam apresentando a resposta do governo deles? Tonomura começou a dizer algo, mas Hull acenou para ele, como se afastasse um cão, e indicou a porta com um movimento de queixo. Tonomura acenou com a cabeça para Saburo. Os dois homens saíram da sala sem dizer mais nenhuma palavra.

Havia uma comoção no lado de fora, no corredor: inúmeros repórteres de jornais, flashes piscando. Muitos correram em direção a eles, mas os dois diplomatas balançaram as cabeças e entraram rapidamente no elevador.

Na entrada da embaixada japonesa havia um grupo ainda maior de repórteres. O conselheiro Iguchi os encontrou na porta e, dirigindo-se a Saburo, sussurrou:

— Forças aéreas da Marinha Imperial atacaram Pearl Harbor. E parece que infligiram pesadas perdas aos americanos — hesitou por um instante, e então disse: — Foi às 13h25 do nosso horário.

# 5

Um pouco antes do amanhecer, Ken pilotava um Libélula Vermelha através dos céus ao norte de Tóquio. Era um voo noturno de treinamento sob a luz da lua. Ele voara em torno de cem quilômetros ao leste em direção a uma vila na costa pacífica chamada Oarai, e agora voltava para a Escola de Aviação. Chamavam isso de "voo noturno", mas na verdade tinha boa visibilidade. O Rio Tone, a Angra Kasumi e, principalmente, o próprio oceano brilhavam sob o luar como bronze embranquecido. Viam-se luzes nas cidades e vilas abaixo, e ele não tinha problema em saber sua posição.

Ken voara perfeitamente de acordo com o itinerário, e estava feliz por estar voltando à base. Seus olhos se acostumaram à escuridão, e via agora as montanhas de Inner Chichibu e Yatsugatake ficando mais claras a cada momento, espreguiçando-se por cima das nuvens. Um anel esbranquiçado de luz matutina espalhava-se por cima dos picos. Avistou enfim o Monte Asama, pintado de vermelho pelo sol nascente, e isso significava que a base não estava muito longe. A luz do sol brilhando atrás dele refletia nos cantos de seu para-brisa. Logo os campos de arroz começariam a faiscar.

De uma só vez, a terra abaixo começou a acordar. As grandes sombras das florestas e casas se alongavam através do solo. Então, bem abaixo dele, pôde ver a pista. Suas ordens foram para voar vinte quilômetros em direção à vila de Nagatoro, e não voltar para a base até que a manhã tivesse aparecido por completo e estivesse claro o suficiente para pousar. Ao passar sobre a pista, notou dois velames de sinalização. Normalmente, havia um velame em forma de T para indicar a direção na qual os aviões deviam pousar; quando havia dois, significava uma ordem de emergência para pousarem imediatamente. Ken fez um giro rápido e, tão logo ficou alinhado de forma apropriada, se dirigiu em direção à pista. Pousou com segurança na escuridão.

— É guerra! — alguém gritou.

— Auuuuuuuuuuu! — o grito partiu da garganta de Ken, um som que não era humano.

— Contra os Estados Unidos e a Grã-Bretanha! — disse Yamada. — Uma *grande* guerra contra dois grandes países.

— Onde? Na Tailândia? Na Indochina?

— Não, no Pacífico. Mas vai se espalhar pela Tailândia e pela Indochina, e por tudo quanto é canto.

Ken não conseguia pensar. Começou a correr. Ao chegar no escritório de controle de voos, relatou:

— Voo de treino realizado conforme o programado, senhor! — disse ao comandante de voo Otani.

— Kurushima, você sabe que a guerra começou? — perguntou o oficial, normalmente discreto.

— Sim, senhor, acabei de ouvir.

— Foi por isso que ordenamos a todos os aviões que fizessem um pouso de emergência. O seu pai estava cuidando das negociações com os Estados Unidos, não estava?

— Sim, senhor.

— Você deve sentir... — pensou por um momento, mas foi incapaz de colocar em palavras. E então, com aquele seu jeito estranho de mexer a boca, disse: — Está bem, pode ir.

Ken seguiu para o almoxarifado, onde deixou seu paraquedas, o capacete e os óculos. Quando saiu, Sugi e Yamada o aguardavam. Um barulho de comemoração feito por um grande número de pessoas o atraiu.

— São os cadetes — disse Sugi. — Hanazono veio nos buscar para irmos à montanha. Ele contou que toda a corporação estava se juntando para orar pela família imperial e recitar as ordens imperiais, e então, as palavras são dele, "dar três vivas ao Imperador e ajudá-lo a varrer a Inglaterra e os Estados Unidos do mapa". Nós nos escusamos dizendo que tínhamos de encontrá-lo. Veja, eles estão ficando loucos.

Postando-se de lado, podiam ver um círculo de jovens cadetes reunidos de forma solene ao redor dos oficiais da Aeronáutica, com um tenente fazendo um discurso apaixonado:

— Enfrentamos o formidável poderio aéreo de duas nações poderosas. Mas os pilotos do Exército Imperial são *invencíveis*! Neste momento, sobre o Pacífico, nossos aviões estão atacando como águias sobre suas presas.

Sob a liderança desse grupo, vamos conquistar o Pacífico, depois atacar o território americano, e por fim as Ilhas Britânicas! *Banzai* Sua Majestade, o Imperador! *Banzai* as águias do Império! *Banzai* o Exército japonês!

Ken, Sugi e Yamada, que esperavam permanecer como observadores e depois ir embora, começaram a receber olhares de desaprovação da multidão.

— Temos de acompanhá-los — sussurrou Ken.

Os três então caminharam para se juntar a eles. Estes eram apenas crianças com narizes escorrendo e bochechas avermelhadas em razão do vento gelado, mas tinham sido bem treinados na Academia Militar Juvenil e prestavam bastante atenção no jovem oficial que discursava para eles, encorajando-os a realizarem atos de bravura, pedindo que oferecessem suas vidas ao país. Os mesmos lemas eram martelados em suas cabeças seguidamente: "Libertem o povo da Ásia!", "Uma nova ordem no Oriente!", "Tornem-se os escudos de Sua Majestade!"...

Ken lembrou-se das últimas palavras que seu pai lhe proferira na estação aeronaval, antes de embarcar para os Estados Unidos. Ficara surpreso ao ouvi-lo dizer, em inglês: "Faça o seu dever." Não tinha sido "*Nimmu wo mattoseyo*", em que *nimmu* significava "obrigação", algo que você fazia porque um superior ordenava, mas o inglês "dever", que era algo que se fazia por conta própria. "Dever" era uma palavra que sua mãe usava com frequência. Quando o ministro das Relações Exteriores pedira para Saburo ser seu enviado especial nos Estados Unidos, aceitara isso como um "dever". Ken escolhera ser piloto do Exército Imperial, e o dever que ele aceitara incluía batalhar contra os Estados Unidos. Mas lá, junto a aqueles cadetes na manhã após o bombardeio de Pearl Harbor, as palavras que ouvia, a voz estridente encorajando-os a cumprir suas "obrigações", não o afetavam de forma nenhuma. O entusiasmo dos outros apenas o deprimia. Se lutar contra os Estados Unidos era agora parte de seu "dever", ele lutaria. Mas, no fundo de seu coração, sabia que nunca seria capaz de guerrear com o mesmo entusiasmo que via nos cadetes à sua volta. Não era por ter medo do imenso poderio aéreo do gigante adormecido; era por causa de Alice, e de Lauren e George, e por não querer assassinar a metade de si que era americana.

Alice tomava uma xícara de café. Acabara de dizer a Eri, que estava de uniforme escolar:

— Não se esqueça de nada.

— Ah, mamãe, você sempre diz a mesma coisa! — resmungara Eri.

Yoshiko serviu-lhe outra xícara. Nenhum deles escutara a notícia que acabava de ser veiculada. Ninguém na casa dos Kurushimas deixava o rádio ligado durante a manhã.

Saburo observou o céu iluminado pela lua que pairava sobre o Parque Rock Creek. Tudo parecia igual à noite anterior. Apenas uma coisa era diferente: estava agora numa cidade inimiga. A fraca esperança que mantinha até ontem se apagara, e tudo à sua volta parecia-lhe frígido. Agentes do FBI estavam posicionados nos cantos do jardim. Uma multidão enfurecida se juntara em frente ao portão principal, e era contida por uma linha de policiais. Todo o contato com o exterior fora cortado. Os diplomatas eram prisioneiros em sua própria embaixada.

Ao se virar, Saburo viu a equipe da embaixada reunida no saguão. Incapazes de permanecer em seus quartos, alguns estavam sentados nos sofás, outros vagueavam sem rumo. Pareciam deprimidos. Ninguém falava.

No bolso de seu casaco, seus dedos tocaram o frasco de cianeto. Uma coisa era clara: sua missão fracassara. Todos os seus esforços tinham sido em vão. E, no final, seu próprio governo o havia traído. Estava preparado para fazer o último pedido de desculpas por ter falhado em prevenir a guerra. Escolher o suicídio e pedir desculpas ao Imperador e ao povo japonês eram o que lhe parecia o correto a fazer. Mas *escolher* não era algo que homens de sua profissão faziam. Não tinha o poder de mudar o curso das coisas; ele era um intermediário, nada mais. A guerra começara sem ele, e continuaria sem ele. Portanto, esperaria; esperaria e veria...

Alice e Anna caminhavam em Ginza em direção à ponte Sukiya. Tinham ido ao teatro em Asakusa, e depois pegaram o metrô para ir à loja de departamentos Mitsukoshi em Nihonbashi. Mas esqueceram que a loja fechava às segundas, e por isso decidiram fazer compras em Ginza. Ainda não tinham escutado as notícias. Era um dia de céu azul, e caminhavam bem despreocupadas sob o sol de inverno. Alice vestia um casaco branco de pelo de raposa. Anna estava bem menos chamativa, com um casaco preto sobre um quimono azul-escuro; as cores eram tão sóbrias que parecia que ela fora a um funeral, e a imagem das duas juntas atraía mais do que alguns olhares.

Sinos soavam. Uma multidão pairava em torno de uma banca de jornais. Alice, curiosa em saber o motivo de tal agitação, pediu a sua filha para comprar um jornal, mas Anna relutou, pois não queria abrir caminho entre toda aquela gente. Alice, no entanto, não teve escrúpulos. Gritando "*Sumimasen! Sumimasen!*", conseguiu atravessar. As pessoas, assustadas ao ver essa estrangeira alta num casaco branco de pele gritando "Com licença", saíram da frente, e logo ela retornou com um jornal.

Alice sorriu e perguntou:

— Bem, o que diz o jornal, querida?

Anna parecia chocada e não respondeu. Alice acariciou-lhe as costas.

— O que foi, Anna?

— Mamãe, o Japão atacou os Estados Unidos. É guerra!

— Oh! — seu corpo foi para trás como se tivesse recebido uma porrada. Ela não compreendia, concluíra havia algum tempo que a guerra não seria possível. Acreditava em Saburo. Ele cuidaria disso; com certeza, teria sucesso em suas negociações.

— Oh! — disse Alice mais uma vez. — O que vamos fazer?

— Mamãe — disse Anna de forma gentil —, vamos para casa. — Percebeu que sangue escorria pelo rosto de sua mãe; parecia que ela ia desmaiar. Precisavam sentar, mas não havia bancos à vista e nem cafés por perto. Anna conduziu-a em direção à estação Yurakucho, mas nesse momento pessoas jorravam para fora da estação, transbordando das calçadas para a rua. Gritos animados, bandeiras balançando nas mãos, uma multidão dirigia-se ao Palácio Imperial.

— Mamãe! Você está bem? — Anna conseguiu espremê-la no espaço entre os pilares de uma construção. As duas recuperaram o fôlego.

De repente, um homem em um uniforme esfarrapado da Defesa Civil aproximou-se delas. Trazia na cabeça uma tarja branca com caracteres vermelho-sangue que diziam: "Doe sete vidas pelo seu país." Foi na direção de Alice e olhou-a diretamente.

— Ei, você é americana, não é?

Anna colocou-se entre o homem e sua mãe, e disse:

— Não, não é. A senhora é alemã.

— Ah, é? E o que faz uma alemã falando inglês?

— É porque *eu* não falo alemão, o que é bastante gentil da parte dela.

O homem rosnou, e virou-se para um grupo de homens com tarjas semelhantes na cabeça:

— Ei, rapazes, ela é alemã!

Os homens olharam para Alice. Todos de uma vez levantaram os braços direitos e gritaram:

— *HAIRU HITORAH!*

# 6

Foi em junho do ano seguinte, 1942.

O pôr do sol e a brisa fluvial perderam um pouco do calor. Os passageiros, libertos de suas cabines quentes e abafadas, saíam para o convés para pegar um pouco de brisa.

Infelizmente, a brisa não estava nada fresca. O calor da cidade durante o verão parecia jorrar do rio, e o ar fedia a borracha e fumaça de exaustor. As pessoas caminhavam pelas passagens estreitas, seus rostos suados estavam muito próximos uns dos outros. Havia gente por toda parte. O navio de repatriação carregava mais de mil japoneses, três vezes a quantidade normal de passageiros.

Evitando aqueles que o reconheceram como o enviado especial e que tentaram falar com ele, Saburo ficou em um canto do convés, observando o visual de Manhattan. Por trás do escurecido céu de fim de tarde, surgiam os ainda mais escuros arranha-céus. A cidade estava sob blecaute e não havia luz em nenhuma janela. Um ano e meio atrás, Saburo chegava aqui vindo da Europa escura como breu e, ao ver os iluminados arranha-céus, maravilhou-se com a imagem transparente de paz. E agora este país também se afundava na escuridão da guerra. Uma guerra contra sua própria pátria.

Um país inimigo. Sim, Nova York era agora uma metrópole em um país inimigo. A cidade com a qual ele se enamorara tanto em sua juventude, a cidade natal de Alice, o lugar onde ele havia se casado, quão longe isso tudo lhe parecia agora. Ele e os outros eram prisioneiros. Estrangeiros inimigos confinados neste navio.

As lanchas da Guarda Costeira sopravam com força seus apitos enquanto navegavam lado a lado com o navio. Nenhuma outra embarcação chegou perto deles. A partir do dia em que a guerra começou, ficaram isolados do mundo exterior. O confinamento, na verdade, os protegera de qualquer dano que a população local pudesse causar-lhes. Saburo tentou reprimir as lembranças de ódio que encontrara em rostos americanos nestes últimos seis meses. Piscou, tentando pensar em outra coisa. Mas as memórias ainda flutuavam ali, inafundáveis, bem dentro dele.

Ele fora detido, mas lhe permitiram o acesso ao rádio e aos jornais, assim sabia o que pensavam os americanos, e tinha uma ideia de como sucedia a guerra. Um dia, um jornal trouxe uma matéria especial sobre Pearl Harbor. O artigo dizia que o embaixador Kurushima fora enviado aos Estados Unidos sob ordens secretas do Imperador Hirohito e Tojo para ludibriar os americanos enquanto planejavam o ataque. O mesmo jornal trazia uma citação do secretário de Estado, Hull, em que este dizia que com certeza Kurushima viera para ganhar tempo, enquanto seu governo se preparava para o ataque sorrateiro. Hull disse que, desde o primeiro dia das negociações, via nesse homem um mentiroso cujo sorriso escondia suas intenções verdadeiras. Saburo conduzira conversas diplomáticas com um homem que, o tempo todo, considerava falsas todas as suas palavras. Porém, a verdade era que ninguém, nem o primeiro-ministro, nem o ministro das Relações Exteriores, dissera-lhe algo sobre um ataque planejado a Pearl Harbor. Portanto, se o objetivo de sua missão fora disfarçar tal ataque, ele era uma das primeiras vítimas dessa ação.

Mas o povo americano acreditava que ele era a figura-chave na traição. Os jornais e o rádio não cansavam de repetir que as grandes perdas que os Estados Unidos sofreram em Pearl Harbor eram resultado de os militares terem ficado com um falso sentimento de segurança, criado pela atuação diplomática do Japão, e que se manteve quase que até o último minuto antes do ataque. Num discurso no Congresso, o presidente dissera ter sido enganado pela diplomacia mentirosa do Japão. Foi o próprio Roosevelt, portanto, quem fixara na mente de seu povo a imagem do embaixador Kurushima como um homem diabólico e dissimulado.

Depois de navegar por metade de um mundo em guerra, parando em portos neutros e do Eixo, o navio de repatriação enfim chegou a Cingapura na manhã de 9 de agosto. Trinta barcos pequenos os aguardavam na entrada para o porto, cada um deles com uma flâmula do sol nascente balançando ao vento. Conforme iam se aproximando, apitos soavam de todas as embarcações, e as pessoas se alinhavam a bordo acenando para eles.

As docas, sem sombras em razão do sol tropical, também estavam repletas de pessoas que vieram desejar-lhes boas-vindas. A maioria era composta por soldados e repórteres.

— Finalmente chegaram ao Japão — disse o jovem oficial da Marinha que os cumprimentou no topo da passagem. Virando-se para a multidão, abaixo nas docas, ele de repente gritou: — *Banzai!* — E milhares de "*Banzai*" ecoaram em resposta.

Quando Saburo desembarcou, o jovem oficial contou-lhe que Cingapura agora chamava-se Shonan, sendo o primeiro ideograma o do Imperador Showa, e o seguinte representava "sul".

— Este é nosso novo território — disse com orgulho.

Os militares que estavam lá para recebê-lo pareciam ansiosos por mostrar a ele os campos de batalhas recentes. Enquanto dirigiam através da cidade, os oficiais apontavam para os esqueletos de aeronaves britânicas e os fortes arruinados, e reverenciavam as sepulturas temporárias de soldados japoneses pelas quais passavam. Saburo foi levado para ver o comandante do Exército e deu uma volta pela nova base naval, mas ficou doente com aqueles cumprimentos formais e as cerimônias. Toda vez que era apresentado como "o homem que encarou Roosevelt e Hull, e ganhou tempo para nosso ataque secreto", sentia uma dor interna que não podia admitir para ninguém. Depois do passeio do dia, fechou-se em sua cabine e evitou sair de lá.

Foi em sua cabine que recebeu uma visita repentina de seu genro. Arizumi vestia uma camisa cáqui de mangas curtas e bermuda do Exército. Sua pele estava bastante bronzeada, a cabeça raspada, e deixara crescer a barba. Mas a forma como movia seus lábios finos e mexia a cabeça enquanto falava era a mesma de antes.

— O senhor deve estar surpreso — disse ele. — Estou em Shonan como correspondente especial desde maio. Queria vê-lo, mas o senhor estava cercado de figurões do Exército e da Marinha e eu não consegui me aproximar — Arizumi contou a Saburo que Alice e a família estavam bem, que Ken se graduara na Escola de Aviação e em breve iria para uma divisão técnica trabalhar em projetos de aviões.

— E como está Anna?

— Ah, ela está bem! — depois de fazer sim com a cabeça, uma sombra cruzou seu rosto e ele disse: — O senhor sabe, a guerra é difícil principalmente para as mulheres — Saburo estava a ponto de perguntar se eles já tinham tido filhos, mas algo no silêncio do genro o conteve.

Deixando de lado sua vida conjugal e logo assumindo o tom de um repórter, Arizumi começou a lhe perguntar sobre as últimas negociações. Como Saburo só esperava responder a perguntas desse tipo numa conferência de imprensa assim que retornasse, essa reviravolta abrupta na conversa o incomodou. Mas não podia apenas ignorar o genro, assim respondeu a ele da forma mais curta possível.

— Qual foi a expressão no rosto de Hull quando ele lhe entregou aquela nota em 26 de novembro?

— Humm... Eu diria que insatisfeito.

— E a de 8 de dezembro, a sétima no período em que esteve lá?

— Bem, ele parecia furioso.

— Furioso?... Não parecia preocupado ou chocado?

— Não... Apenas furioso.

— O que o senhor acha agora das negociações?

— Eu não estava qualificado para a função. Minha missão foi um fracasso. Sinto-me triste por isso — e baixou a cabeça.

— Oh, mas é aí que o senhor se engana, pai. O senhor cumpriu sua função de forma magnífica. Foram sem dúvida os americanos que provocaram o conflito. O Japão cumpriu todas as demandas não razoáveis deles e apenas agiu em última instância. O resultado é que o senhor evitou que eles antecipassem o ataque. O senhor foi esplêndido!

— Espere um minuto! Eu não tinha a menor intenção de disfarçar qualquer plano militar secreto quando fui para Washington.

— Mas o *resultado* é que o senhor fez isso. Estamos agora no caminho de vencer a guerra, e o seu trabalho, pai, ajudou a prover a crença na vitória. Seu sucesso diplomático tornou-o um herói do Império!

— Pare com isso! — gritou Saburo. — Não quero mais falar sobre isso.

— Por que não? — Arizumi abaixou sua caneta, parecendo confuso.

— Sou um diplomata que falhou em sua missão. Fracassei — Saburo sentiu um ódio negro crescendo em seu estômago. Tratou de reprimi-lo, e suspirou. — Você não entende? Para mim, admitir meu fracasso é o *mínimo* que posso fazer agora.

— Ah, mas o povo não vê dessa forma. Para eles, o embaixador Kurushima é um herói nacional como o almirante Yamamoto, que planejou o ataque.

Arizumiu não ia embora e continuava com suas perguntas. Saburo, limpando o suor de seu rosto, sentiu-se muito fraco para se livrar dele. A visão da cegante paisagem tropical através da janela fez sua cabeça girar.

Na manhã de 20 de agosto, Saburo retornou para a casa em Nagata-cho. A família o aguardava na entrada. Alice correu para abraçá-lo, e ele cumprimentou calorosamente as crianças e a criada Yoshiko. Estava em casa. E pela primeira vez em quase um ano sentiu-se humano de novo. Para seus olhos, que tinham se acostumado às dimensões americanas, a casa parecia um tanto pobre: o telhado era baixo, as salas eram pequenas, as janelas deixavam entrar pouca luz. Mas os pilares de cipreste e as telas de papel, com o jardim atrás, traziam conforto a seus olhos, e, quando pisou no chão de ripas de madeira do banheiro e afundou seu corpo na água transbordante da banheira de madeira, o simples calor fez com que sentisse de verdade que retornara à pátria-mãe. Tudo — o cheiro da banheira, os ramos verdes das árvores cortados com precisão pelo jardineiro, o zunido das cigarras, a água clara que o cobria por completo — fez com que retornasse à realidade de sua terra. E a coisa mais agradável de tudo era a sensação de uma sutil mudança de estação, as libélulas vermelhas que pareciam flutuar no ritmo das cigarras, as sombras de um outono que ele podia ver se amontoando sobre os ramos novos de grama dos pampas.

Saburo vestiu um *yukata*, pensando em quão natural era esse quimono informal de verão, e seguiu para a sala de jantar. Lá, toda a sua família o aguardava. Ao centro da mesa de jantar, descansando sobre um tecido escarlate, havia uma caixa preta envernizada e uma garrafa de saquê. Ao notar o selo dourado de crisântemo brilhando na caixa, Saburo surpreendeu-se e ficou parado, como se estivesse tentando descobrir o que era.

— É um presente do Imperador: comida e saquê — explicou Ken. — Ontem um mensageiro veio do palácio e disse que era um agradecimento pelo seu "serviço especial ao país".

— Estou envergonhado. Como posso fazer justiça vestido dessa forma? — Olhou para as mangas de seu *yukata*.

— Vai vestir seu terno matutino, senhor? — perguntou Ken, malicioso.

Todos estavam vestidos informalmente, de mangas curtas. Estava quente e úmido. Vento algum entrava pelas janelas.

— Relaxe, Saburo. É um presente do Imperador, mas Eri não resistiu e pegou um pedaço ontem à noite — Alice provocava também.

— Não! Foi apenas uma mordidinha — protestou Eri.

— Não foi tão pequena — disse Ken. — Ela pegou com uma colher um pedação da sobremesa de castanhas, e também três pedaços de brotos de bambu, um *sweetfish* inteiro, e até um pouco do arroz cerimonial vermelho.

— Eri! — sua mãe olhou para ela. — O Imperador ficará brabo com você!

— Ah, eu estava com fome.

— Está bem, está bem — sorriu Saburo, e tomou seu lugar à mesa.

Alice distribuiu porções da comida nos pratos de todos. Yoshiko recebeu também sua parte. Um pouco depois de a guerra ter começado, o cozinheiro deles, Tanaka, fora recrutado; estava agora nas Filipinas. A criada mais jovem, Asa, retornara para sua casa em Chiba a fim de ajudar a mãe, pois o pai e o irmão mais velho entraram para o Exército. Sobrou apenas Yoshiko para cuidar sozinha da casa, com Alice ajudando na limpeza e na cozinha. Alice contava tudo isso para Saburo num tom de voz que exalava alegria pelo retorno do marido.

Ela perdera um pouco de peso, estava com mais rugas do que antes e alguns fios grisalhos no cabelo. Por terem sido suspensos os serviços postais entre o Japão e os Estados Unidos, e cortadas as chamadas telefônicas internacionais, a única comunicação entre eles fora uma mensagem curta que ela pedira para o ministro das Relações Exteriores enviar um pouco antes de começar a guerra, contando a ele que tudo estava bem.

— Deve ter sido difícil para você — disse Saburo para ela.

— Não, não — respondeu ela. — *Você* é quem passou por dificuldades, vivendo como um prisioneiro todos esses meses.

— Mas eu estava em mãos americanas. Mesmo sendo estrangeiros inimigos, eles nos tratavam com cortesia. Fiquei num hotel de primeira classe enquanto aguardava o navio de repatriação.

Depois que Ken o agradeceu pelos presentes que trouxera, todos os outros também agradeceram.

— Na verdade, eu pensei que não seria possível comprar nada, mas havia lojas bem ao lado do hotel, e me permitiram comprar algumas coisas.

Este rádio é impressionante, não é? O Japão ainda não é capaz de fazer algo tão complexo.

— E essa vitrola automática que o senhor nos trouxe no ano passado também é incrível — disse Anna.

— Eri a monopolizou. Ela nem nos deixa chegar perto — disse Ken.

— Não é verdade! Todo mundo usa.

— Eu a procurei por toda parte ontem, e tenho certeza de que estava em seu quarto.

— Eu peguei emprestada por um tempo.

— Seu "tempo" é o ano todo.

— A propósito — disse Saburo, batendo em seu joelho como se tivesse se lembrado de algo. — Quando eu estava em Washington, Norman, George e Lauren foram me ver.

Por ser esse um assunto de grande interesse para a família, ele contou em detalhes sua reunião com os Littles. Ouviram-se suspiros de admiração quando ele disse que Lauren estava estudando japonês. Então Saburo lembrou-se dos presentes de Norman, os quais tinham chegado separados num pacote, que ele logo abriu. Havia um par de luvas de renda para Alice, bonecas para Anna e Eri, e um brinquedo de madeira para Ken.

Quando entregou o cavalinho voador para Ken, perguntou-lhe:

— Você se lembra dele?

— Espere um segundo. Este é...

— Alice? Anna? Vocês se lembram disso?

— É uma relíquia. Um tempo atrás, as crianças americanas costumavam brincar com esse tipo de coisa — Alice tocou-o com o dedo. As asas do cavalinho começaram a se mover num vaivém.

— Ah! — gritaram juntos Ken e Anna. — Foi meu brinquedo quando eu era pequeno. É isso mesmo. Foi meu presente de Natal da tia Aileen.

— É incrível você se lembrar — disse Saburo.

O rosto de Alice clareou.

— Eu também me lembro! Ken adorava esse brinquedo. Por que o deixamos lá quando nos mudamos?

Ken virou o Pegasus de ponta-cabeça e segurou suas asas com os dedos. Colocando-o sobre a mesa, pôs o brinquedo em movimento. Segurando o queixo com as mãos, observou, com a mesma expressão de quando era garoto, o cavalinho bater as asas. Seus pais se entreolharam.

— Ken adorava esse brinquedo — disse Anna. — Ele não deixava ninguém tocá-lo. Ficava furioso se eu tentasse brincar com ele. Só a Lauren podia. Eu ficava cheia de ciúmes.

— Oh, então desde essa época Lauren era especial — disse Eri, como se estivesse impressionada.

— O que você quer dizer com isso? — Ken olhou para ela.

Ignorando o olhar dele, Eri mudou de assunto:

— Mas, se George é agora piloto, ele terá de lutar contra Ken?

Ficaram todos desconcertados com a pergunta. No passado, a possibilidade de Ken e George lutarem como inimigos fora mencionada, mas parecia uma fantasia inofensiva. Agora se tornava uma possibilidade bastante real, algo que podia acontecer num futuro não muito distante. Saburo empalideceu com a ideia de dois primos que haviam sido tão próximos, quase como irmãos, tentarem matar um ao outro no céu. Havia uma expressão de choque e dúvida em seu rosto.

Eri impressionou-se com o silêncio repentino à sua volta. Com uma voz chorosa, perguntou:

— Que foi? Por que todos pararam de falar?

Ken quebrou o silêncio com uma expressão carinhosa.

— Estamos em guerra. Nada pode ser feito. Se George vier pilotando, terei de derrubá-lo. Papai, o senhor sabia que aviões americanos bombardearam Tóquio nesta primavera?

— Ah, sim, o reide do capitão Doolittle. Li sobre isso. Houve manchetes gigantescas nos jornais americanos — Saburo mudara do inglês para o japonês. — Parece que não conseguimos derrubar nenhum avião deles.

— É verdade. A maioria de nossos aviões avançados, os Hayabusas e os Shokis, tinha ido para o sul do Pacífico, e nossos velhos 97 não foram páreos para os B-25 deles.

— Li que eles colocaram os B-25 num porta-aviões, que chegou a 1.200 quilômetros de Tóquio, e então, após o reide, os aviões pousaram numa base chinesa.

— Sim. Foi um plano bastante ousado. Mas imagino que a Marinha esteja agora monitorando os mares para evitar que isso aconteça de novo; é provável então que não haja outro reide como esse.

— E a Batalha do Midway?

— Ah, foi uma grande vitória nossa!

— Verdade?... — Os jornais americanos noticiaram que os japoneses perderam quatro porta-aviões em Midway, e os Estados Unidos apenas um. O fato de Ken acreditar ter sido uma vitória sugeria que as autoridades mentiram. Decidido a verificar isso mais tarde, Saburo mudou de assunto:

— Estou sabendo que você vai entrar para uma divisão de pesquisa nesse outono, trabalhar com projetos de novos aviões.

— Como o senhor soube disso, papai?

Saburo virou-se para Anna.

— Encontrei Arizumi em Cingapura, quer dizer, em Shonan. Ocupado com suas notícias, como sempre.

— Oh?... — Anna ficou cabisbaixa.

— Ele me fez algumas perguntas bastante inoportunas. Sugeriu que eu teria conduzido as negociações sabendo que Pearl Harbor seria atacada. Tive de mandá-lo embora.

Anna ergueu a cabeça.

— Vocês brigaram?

— Não foi bem uma briga, eu apenas pedi a ele para não fazer nenhuma insinuação estúpida. Veja, eu não sabia nada sobre Pearl Harbor. Eu nunca aceitaria uma missão cujo único objetivo fosse enganar o outro lado.

Alice não conseguia seguir a conversa deles em japonês.

— Sobre o que estão falando?

— Desculpe — voltou para o inglês. — Eu contava para eles sobre meu encontro com Arizumi em Cingapura.

— Anna e Arizumi não estão mais juntos, se divorciaram — disse ela, colocando-o a par dos fatos.

— O quê? — ele ficou chocado. — Por quê?

— Viram que suas personalidades não eram compatíveis. Os detalhes eu lhe conto mais tarde.

— Mas Arizumi não mencionou nada sobre isso.

— Ele provavelmente achou que não precisasse. Arizumi é assim. Ou talvez pensou que, escondendo o fato, conseguiria uma matéria melhor.

— Entendo... — Saburo lembrou-se de Arizumi chamando-o de "pai" com aqueles lábios finos e encrespados. Havia algum tempo tomara conhecimento dos problemas entre Anna e ele, e percebera os silêncios melancólicos da filha. Mas mesmo assim o divórcio o pegara de surpresa. Divórcio era algo sério. — Quando foi que isso aconteceu?

— Nesta primavera — disse Anna numa voz apática —, um pouco antes de ele ir a Shonan. Depois eu lhe conto tudo.

De repente a mãe bateu palmas.

— Sa-bu-ro — disse ela, carinhosamente —, você se lembrou do aspirador de pó?

— Ah! — disse ele, apertando o peito com as mãos. — Você quer dizer a haste? Lógico que sim.

— Então você não se esqueceu.

Já que todos queriam ver, Saburo foi pegá-la na caixa. Quando Alice colocou a nova haste no velho aspirador, o encaixe ficou perfeito.

A família inteira aplaudiu Saburo e a G.E.

# IV

## O Hayate

# 1

Ele podia ver o campo de amoras que ficava logo depois da pista. Em frente aos hangares, encontravam-se vários aviões, velhos e novos; parecia um museu da aviação. Junto com os já aprovados em batalhas Ki-43 (conhecidos como Hayabusa) e Ki-44 (Shoki) estavam quatro caças, refrigerados a água e ainda sob inspeção: um Ki-66 e três Ki-84 experimentais adquiridos recentemente da Aviação Nakajima. Ao lado dos Ki-84, a equipe de manutenção ouvia as instruções do novo chefe do setor, major Nakada.

O primeiro-tenente Ken Kurushima olhava seu jornal na cabine de um Ki-84, que refletia a luz do sol. Quando pretendia ler as notícias sobre a morte do almirante Yamamoto, sua promoção final e seu funeral com honras, teve a atenção desviada. Acendendo um cigarro Faisão Dourado com o seu Dunhill, observou as linhas perfeitas da novíssima carcaça de duralumínio.

— Belo desenho — disse para si mesmo, enquanto expirava lentamente a fumaça.

Já ouvira rumores de que esse novo caça estava em desenvolvimento quando, no ano passado, no outono de 1942, ele foi colocado aqui no Departamento de Inspeção Aérea em Fussa. Cada vez que o major Iwama, líder do setor de inspeção de caças, ia verificar o novo avião em construção na fábrica, voltava com notícias incríveis sobre ele. Iwama era responsável não apenas pelas decisões sobre o projeto básico, mas também pelas negociações com a equipe de projetos da Aviação Nakajima, pelas discussões sobre o processo de construção, e de conseguir a aprovação de seus superiores a cada etapa. E sua obsessão com o Ki-84 fora transmitida para todos os membros de sua equipe, incluindo Ken e seus colegas oficiais técnicos Sugi, cujo conhecimento era de engenharia mecânica, e Yamada, que estudara medicina de aviação.

Um dia, Iwama, quando abria uma grossa pasta de projetos para o novo avião, virou-se para Ken e os outros e disse:

— Ao contrário de vocês, técnicos, fui piloto de caças por um bom tempo. Já vi tantos combates que não sou capaz de contar as missões que já voei, na China e no Pacífico Sul. E, rapazes, o que aprendi em todas essas demonstrações foi que, para um caça, a performance em combate é tudo. Na Manchúria, a maneabilidade dos nossos 97 superou a dos soviéticos E-16. Os nossos 97 moviam-se com tanta leveza, indo de lá para cá, que nós mandamos aqueles E-16 metidos a besta para longe do céu. E quando essa Guerra do Pacífico começou, os inimigos Hurricanes, Buffalos, P-43 republicanos e Curtiss P-40 não foram páreos para os nossos Hayabusas do Exército e Zeros da Marinha. Com base nessas experiências, defini que a chave para a vitória está na performance em combate e na maneabilidade, e essa era minha filosofia até eu começar a trabalhar aqui. Mas... — O major parou. Havia um sorriso matreiro em seu rosto. — Eu estava errado. E foram os companheiros técnicos que me ensinaram isso. Percebi que era a velocidade que decidiria tudo a partir de agora. Os alemães tinham seus caças de alta velocidade, os Me-109 e os He-110, e o inimigo estava vindo com um caça de alta performance atrás do outro, como os Grumman F-6-F Hellcat e os P-51 Mustang. Isso significava problemas para nós. Mas aí eu ouvi falar do Ki-84. E vou lhes dizer, esse é o tal. Esse é o caça que estávamos esperando.

Fazia um mês desde que o protótipo do Ki-84 fizera seu voo inaugural, e agora teriam que acelerar a fase de testes. O chefe deles solicitara que uma centena desses aviões experimentais ficasse pronta para combate, dando-lhes seis meses no máximo para completar os testes.

Ao sentar no cockpit, Ken fez força para ouvir as instruções que o major Iwama grunia para ele da asa.

— Mais uma vez, tenente, quando chegar aos 7.000 metros, faça uma descida rápida e repentina. Quando atingir os 4.000 metros, sua velocidade deve estar em torno de 700 km/h. Fique lá e aguarde. Quando estiver já em 3.000 metros, retorne sem pressa. Se houver alguma turbulência, comece imediatamente a planar. Entendeu?

— Sim, senhor.

— Mais uma coisa. Os flaps, principalmente em alta altitude, podem não funcionar. Tenha cuidado.

— Sim, senhor.

— Está bem, pode ir.

Iwama pulou da asa. Ken deu ignição. O motor tinha um som bom. Acenou com as duas mãos. O pessoal da manutenção removeu as escoras. Quando ia fechar a capota, um dos soldados que guardava o avião fez um sinal para ele. Um homem gordo, trajando uma vestimenta branca de médico, vinha correndo do hangar. Era Yamada. Carregava alguma coisa. Tropeçando no eixo do propulsor, segurou-se na asa mas não conseguiu escalá-la. O soldado o empurrou pelas costas, e ele enfim subiu na asa.

— Aqui, leve isto com você.

— Que diabos é isso?

— É um coelho. Quero fazer um teste de força G com ele.

— E onde vou colocar essa gaiola?

— Pensei sobre isso. Vá um pouco para a frente — disse ele, e colocou a gaiola do coelho numa fenda embaixo do painel a prova de balas atrás do banco do piloto, e afivelou-a com um cabo.

— Você podia ter me dito antes — disse Ken, ciente de que Iwama lhes assistia.

— Não consegui aprontar a tempo. Arrumei um aparelho para monitorar o batimento e a respiração do coelho, mas tive que arranjar as baterias com pressa. Isso não vai interferir no seu voo, vai?

— Lógico que vai. Mas eu me viro.

— O nome do coelho é Lauren, o mesmo daquela garota estrangeira sobre quem você me falou uma vez. Tenho certeza de que vocês dois vão se dar bem.

Yamada pulou para fora, e Ken fechou a capota. Yamada, Sugi e um técnico chamado Aoyagi observaram Ken taxiar até a ponta do aeródromo. Ele verificou mais uma vez os instrumentos — bússola, altímetro, tacômetro... Havia uns vinte medidores, e mais de quarenta alavancas e botões. Todos em ordem. Pressionou os freios e ligou os motores a força total. Dois mil cavalos. A poeira dava voltas do lado de fora. Começou a corrida. Decolou.

Ken saboreou o sentimento de liberdade que sempre sentia no momento que saía da terra. Subiu mais e mais. O avião subia de forma bonita. O céu azul preencheu o para-brisa, e as poucas nuvens não ofereceram resistência. Seus tímpanos começaram a inchar e ele respirou fundo. A temperatura caíra. Ken tocou o tubo de ar bem em frente ao banco do piloto; o vento do lado de fora estava gelado. Não havia mais nuvens agora, o sol batia nas asas. O som do motor era sugado pelo vazio em volta dele. O altímetro marcava acima de 5.000 metros. Era difícil respirar. Sua cabeça começou a doer um pouco e ele colocou a máscara de oxigênio. Não havia nada, ninguém por perto; vazio total. Seis mil, 6.500, 7.000. *OK, planar, aumentar velocidade. Então, empurre com força o manche para baixo!* Podia ver a terra, o aeródromo, bem lá embaixo. Foi então que lembrou-se do coelho e gritou em inglês:

— Lauren, nós vamos descer!

A gravidade desapareceu e seu corpo pareceu flutuar. Manteve seus olhos fixos no indicador de velocidade aérea: 400 km/h, 500, 550, 600. O aeródromo se alongava abaixo dele. A fuselagem estava empacotada pelo ronco dos motores. O manche balançava bastante. Isso faria com que perdesse o rumo? Força máxima agora: 650, 655, 660. Mas o altímetro não passava de 4.000 metros, 3.500. Seus ouvidos doíam. Súbito, ficou quente. Ele estava suando. 660 km/h... E 3.200, 3.000 metros de altitude. Hora de voltar. Mas o manche não se movia. Puxou-o com toda a força. Enfim, um movimento. Foi empurrado com força no seu banco. G o atingira. Tudo à sua volta estava escuro de repente. O céu e a terra tinham se tornado noite, com um pequeno ponto circular de luminosidade, como se estivesse olhando por um cachimbo fino. Por esse pequeno ponto podia ver o horizonte. Parecia ter desnivelado. O altímetro mostrava cinquenta metros. *Cinquenta? Deve ser um erro, certamente são quinhentos.* Mas não, logo abaixo dele havia uma floresta de pinheiros, fazendas. Uma montanha vinha em sua direção. Ligou os controles, e lá estava o aeródromo, encharcado de luz.

Após pousar e taxiar para o hangar de manutenção, viu o major correndo ao seu encontro.

— O que aconteceu, Kurushima? Você apagou?

Ken desligou o motor e saiu do avião. Sentia o paraquedas pesado às costas, o passo hesitante.

— Desculpe, senhor. Não consegui fazer 700 km/h.

— Qual a velocidade que conseguiu?

— 660.

— Foi mesmo? Bem, já é alguma coisa.

— Não houve turbulência.

— Ótimo! O que você fez quando começou a descendente?

— Desnivelei, e então mergulhei, senhor.

— Esse foi o erro. Por isso que você não conseguiu os 700. Primeiro você faz uma volta, senão perde um pouco da velocidade inicial. E então desce com força máxima.

— Sim, senhor.

— Bem, vamos deixar isso de lado desta vez.

— Deixe-me fazer de novo, senhor. Tenho certeza que posso conseguir 700.

— Não vá se exceder hoje. Temos que checar o avião de qualquer forma.

Yamada estava em pé na asa com a gaiola na mão, fazendo um "*check-up* psicológico" no coelho.

— Ei, Lauren, você conseguiu — gritou ele. — Você cagou por tudo quanto é canto, mas sobreviveu à viagem, e todas as conexões elétricas ainda estão no lugar.

A manutenção disse a Ken que o avião precisava apenas de uma rápida checagem antes de estar pronto para voar novamente. Ele então pediu para alguém limpar as manchas de óleo da saída do exaustor; depois, subiu e olhou o motor.

— Está bem, Kurushima. Vamos tentar de novo. Mas sem erros desta vez. Você está pilotando propriedade valiosa.

— Sim, senhor, não se preocupe — disse Ken, com uma voz animada.

Yamada amarrou a gaiola do coelho a bordo.

— Lauren, lá vai você outra vez. Seja legal com seu namorado e não cague muito.

Em seis minutos, Ken já estava a 5.000 metros. Quando chegou aos 7.000, fez um giro longo para não perder velocidade. No ar fino, um giro perfeito era impossível. Tal qual Iwama o avisara, você perde a noção àquela altitude. O sol foi para baixo dele, o solo raso inclinava-se acima de sua cabeça. De ponta-cabeça começou a descer. Manteve os olhos fixos nos instrumentos. Seus tímpanos queimavam, a cabeça pulsava, mas ele não dava atenção para a dor. A 5.000 metros passou dos 670 km/h. E então 680. *Quero mais*. 690... e, enfim, 700, 705. Conseguira! Naquele momento, o manche começou a mover-se violentamente. Vibrações balançavam o avião. Parecia que todos os instrumentos iam pular do painel, e as alavancas e os pedais iam desintegrar. Segurou o manche com toda a força. Altitude: 3.000. *Vai dar tudo certo.* Tentou elevar lentamente o nariz do avião, mas o balanço era pior do que antes. Seu corpo sentiu como se o estivessem quebrando; sua visão escureceu de novo para o minúsculo ponto de luz. *Se a luz apagar, vou desmaiar.* Encarou-a com desespero. Todo o sangue em seu corpo corria para os pés. As vibrações diminuíram. A luz cresceu de tamanho. Ele era ainda um único corpo. Antes que percebesse, estava abaixo de 1.000 metros. Podia ver o aeródromo sorrindo para ele.

Mas, quando se ajeitou para a aproximação final, descobriu que ainda estava com problemas. O avião não ficava nivelado. De repente, a proa caiu. Trouxe-a para cima apenas para que afundasse ainda mais. Havia algo de errado com o manche. De alguma forma conseguiu manter o avião voando, e decidiu tentar pousar. Contando com o movimento constante de arfagem, seguiu em frente. Abaixou as rodas. Podia ver a pista. *Abaixar os flaps e reduzir a velocidade.* Mas os flaps pararam de funcionar. Trabalhou o manche com energia. Houve um solavanco feroz quando tocou o solo. Será que o propulsor batera no chão? Não, estava tudo certo, fora apenas a roda traseira.

O major Iwama, junto com o chefe da manutenção, Nakada, e o técnico Aoyagi vieram correndo.

— O que aconteceu? — perguntou Iwama, com a voz tremendo.

— Senhor, o manche não funcionava. E os flaps não abaixavam.

— E a velocidade?

— Consegui chegar até 705. Mas a turbulência começou logo em seguida.

— Então teve turbulência — Iwama virou-se para Aoyagi, que verificava o manche, enquanto a equipe e o major Nakada olhavam os flaps.

— Parte do manche caiu — informou Aoyagi.

— Então o manche estava tão ruim assim? Ele podia ter caído. Como estão os flaps?

— Exteriormente parecem bem — respondeu Nakada.

— Outro dia, tive problemas para abaixar os flaps — disse Iwama. — O problema foi a pressão de óleo. Mas resolvemos isso antes do voo de hoje.

— Kurushima — gritou Nakada —, tente abaixar os flaps de novo.

— Senhor, a alavanca não se mexe.

— Então vamos ter que deixar isso de lado. Parece uma falha mecânica.

A partir de um comando de Nakada, a equipe voltou rapidamente ao trabalho. Após algumas horas, verificou-se que a turbulência causara uma ruptura no cilindro de pressão de óleo e havia vazamento. Mas não conseguiram descobrir por que a turbulência começou quando o avião atingiu a velocidade de 700 km/h.

O Ki-84 possuía um motor leve, de alta performance, desenvolvido pela equipe técnica da Aviação Nakajima. Isso permitiu que mantivessem a fuselagem estreita e aerodinâmica, mas a complexidade do motor estava gerando problemas contínuos. Primeiro, o eixo do motor, que transmite potência para o propulsor, tendia a gastar o manche. Depois, os plugues tinham que ser trocados a cada dez horas; como havia 36 plugues para os dezoito cilindros, isso levava tempo. Bastava um plugue não funcionar para o motor não dar ignição. E havia a borracha isolante que ficava entre os cilindros colocados muito próximos. A borracha era de qualidade inferior, queimava com facilidade quando superaquecida, e tinha portanto que ser trocada a toda hora.

O major Nakada e sua equipe tiveram dificuldades para controlar esses problemas. Sempre que havia um voo de teste, ficavam trabalhando até de manhã. Qualquer mau funcionamento mantinha-os acordados a noite inteira. Mas todo o esforço cuidadoso e a atenção para os detalhes não eliminava a turbulência. Nem a reunião vespertina para analisar o voo de teste de Ken produziu alguma conclusão. A turbulência era provocada por um vento incomum? A instabilidade era causada pela rotação do propulsor?

Vários dias depois, o mesmo fenômeno se repetiu. Um Ki-84, com metralhadoras de vinte milímetros nas asas, voava sobre o mar na caça de um velho Hayabusa pilotado pelo tenente Sugi. A turbulência começou quando as armas estavam sendo disparadas durante uma descida rápida. As vibrações afetaram a mira do piloto, e ele, sem querer, deu um tiro na fuselagem do Hayabusa. Felizmente, ninguém se machucou, e Sugi conseguiu pousar com segurança. Mas o episódio serviu para confirmar que esse avião experimental seria perigoso num combate de verdade.

Após muitas discussões, o Departamento de Inspeção e a Aviação Nakajima asseguraram que o problema residia numa parte do propulsor conhecida como governante. Esse dispositivo, operado por meio de um motor de corrente contínua no cabo do propulsor, ajustava a arfagem das quatro lâminas da hélice. Sob certas condições de voo, um mau funcionamento do governante causava rotações não sincronizadas — a "caça" que balançou o avião da proa à cauda. Ken tinha uma intuição de que era algo bastante simples — uma pequena falha elétrica, talvez —, mas nada foi feito até ele compartilhar sua intuição com o técnico Aoyagi, e aí o problema exato foi isolado. Alguns dias depois, Ken recebeu um telefonema pedindo para que fosse ao hangar. Lá encontrou Aoyagi num macacão imundo, em pé ao lado de um eixo de hélices desmontado e sujo de óleo.

— Dê uma olhada nisso. É uma conexão no governante; a atual não é forte o suficiente. Por isso o motor que produz a arfagem não funciona a tempo. Quando mudarmos a conexão, garanto que não haverá mais turbulência. Você estava certo, é tão simples que é quase estúpido.

O ajuste funcionou, e a partir de então as coisas seguiram com rapidez.

Ao final de dezembro, um novo 22º Esquadrão Aéreo foi formado, e utilizou o Ki-84. O major Iwama era o líder do esquadrão, e os tenentes Sugi e Hanazono estavam entre os pilotos. Os tenentes Kurushima, Haniyu e Yamada foram escolhidos para a equipe de inspeção final do Ki-84 remodelado; o líder dessa equipe era o major Wakana, graduado na Universidade Imperial de Tóquio.

O tempo frio e a prática de combate árdua criaram novos problemas — falha na ignição, vazamento de combustível, o trem de aterrissagem não se recolhia, as capotas não fechavam. Mas na primavera do ano seguinte, 1944, o Ki-84 foi oficialmente designado para combate e recebeu o nome de Hayate (Vento forte), e o 22º Esquadrão se mudou para outro aeródromo, em Nakatsu.

## 2

De vez em quando, durante as pausas para o almoço e aos domingos, Ken andava até uma floresta, que ficava a dez minutos do portão de trás do Departamento de Inspeção. O caminho era uma ladeira leve. Ao subi-la, as pistas e os prédios da base aérea sumiam de vista e no lugar deles aparecia uma paisagem de campos de arroz e cabanas de palha. A floresta terminava num pequeno riacho, sobre o qual havia uma ponte de madeira um pouco podre. A água manchada pelo sol e o murmúrio do riacho eram relaxantes, e Ken costumava deitar-se lá.

Do outono ao inverno estivera muito ocupado e deixara de ir, mas agora que o Ki-84 já estava oficialmente em produção, e o perfume da primavera pairava no ar, decidiu ir à floresta mais uma vez durante um descanso vespertino. E levou sua arma de pressão para caçar alguns pássaros.

Por haver mais de um avião militar ultrassecreto no Departamento de Inspeção, a área estava sob severa vigilância. Vários guardas patrulhavam a cerca de arame farpado que formava o perímetro; havia até guardas que dormiam nas fazendas próximas. Quase todos os dias alguma criança levava bronca por tentar tirar fotos do aeródromo, ou alguém que se perdera e andava sem rumo era levado para interrogatório. Ken sempre trajava seu uniforme quando saía, e mesmo assim, com seu rosto estrangeiro, fora uma vez seguido por um membro da Polícia Militar local e parado ao entrar na floresta.

Hoje não havia policiais atrás dele, e Ken sentiu-se bem ao andar através dos campos, em direção ao arvoredo. Vários botões de plantas cresceram entre os ramos de amora, e havia o cheiro da florescência no vento quente. Entre as fazendas, a terra estava coberta de pétalas de cerejas, e as azaleias estavam vigorosas, suas flores vermelhas e brancas formavam uma massa conjunta.

Ken pisou sobre amoreiras pretas no caminho para seu velho canto próximo ao riacho, onde se deitou sobre uma cama de folhas secas.

O vento balançava os ramos das árvores, ao som do canto dos pássaros e do murmúrio da água. Ken fechou os olhos e deu um tapinha na boina para fazer sombra sobre seu rosto e protegê-lo do sol. Seu dia a dia de óleo, motores, barulhos mecânicos, foi se apagando como um sonho distante. Até a guerra lhe parecia um devaneio. Mas mesmo assim um sentimento de desconforto continuava em seu peito.

A guerra. O Japão estava bem no meio dela. E não havia como ele escapar da guerra.

O contra-ataque maciço do inimigo começara. A linha de defesa do Japão estava sendo empurrada para trás a cada dia. Em abril último, depois da morte do almirante Yamamoto, as tropas na Ilha Attu cometeram suicídio em massa. O Exército perdera a Nova Guiné, depois Guadalcanal; e, após derrotas em Makin e Tarawa, as Marianas com certeza seriam a próxima a cair. O inimigo queria aeródromos, de onde atacariam o Japão.

A grande vantagem dos aliados era o controle dos céus. Os caças de curta distância, como o Zero e o Hayabusa, foram derrubados um após o outro pelos Grumman F-6-F e pelos P-51 Mustang, capazes de voar a altas altitudes e velocidades. Os bombardeiros de longa distância B-24 e agora os B-29, vistos recentemente sobre a China, tornavam óbvia a inferioridade militar japonesa. O Japão enfim desenvolvera o Hayate, mas sua produção não estava indo nada bem. E não era suficiente para preencher a lacuna. Algum dia, provavelmente não tão distante, essa região campestre pacífica também se tornaria um campo de batalha. Estavam desenvolvendo aviões aqui, então o inimigo com certeza iria atacar a área. *E eu também terei que lutar. Aos 25...*

O ideograma para "morte" cambaleou pela sua mente como um pássaro roto. Ken estremeceu e sua boina caiu, a luz do sol veio então direto aos seus olhos. Sentiu fome; mesmo tendo acabado de almoçar, ainda sentia fome. No Departamento de Inspeção, pousavam sempre aviões da China e do Pacífico Sul, trazendo mais açúcar, arroz e cevada do que para as outras unidades, mas recentemente as rações deles tinham diminuído. O cardápio comum deles agora era arroz, arroz misturado com pedaços de legumes, e meio peixe seco. Bife e carne de porco somente uma vez por semana, se muito. Havia vezes em que tinham que caçar pássaros para ter o suficiente para comer.

Já fazia mais de dois anos e meio, um pouco antes da Guerra do Pacífico começar, que ele caçara pássaros pela última vez, em Karuizawa. Nesta primavera a família Kurushima mudara-se de Tóquio para Karuizawa por motivos de segurança. Sua mãe e irmãs estavam todas lá agora; mas seu pai, por causa de seu trabalho ocasional para o Ministério das Relações Exteriores, ficava ora na casa de Tóquio, ora na mansão no campo.

A sombra de um pássaro passou perto dele. Ken ergueu seu rifle e atirou, de reflexo, sua mira era boa. Era algum tipo de faisão, gordo e carnudo. Depois, abateu vários pequenos pássaros.

Ele os destripou, amarrou-os à sua cintura, e seguiu através da sombra da floresta. Ao sopé de uma ladeira, encontrou um poço com uma pequena cascata que dava num córrego, e o olhou. Sua boina militar oscilou enquanto fragmentos de seu rosto se juntaram para formar uma imagem. Não foi de admirar o fato de o policial ter suspeitado dele: era um rosto bastante estrangeiro. Ergueu sua arma e atirou sobre seu próprio reflexo. O rosto despedaçou-se.

Na sombra de um hangar, Ken tirou as peles dos pássaros. Enquanto colocava as penas numa bolsa, ouviu o ronco de um motor, mas de um avião que não conhecia, apesar de ele achar que conhecia todos. Era um som metálico, claro, peculiar aos motores refrigerados a água, mas era mais afiado do que aquele do Hien. Olhou para cima e viu um ponto preto no céu crescendo. Sua forma tornou-se visível, e depois inconfundível. Era um P-51 Mustang.

— Ataque inimigo! — gritou.

Largou os pássaros de lado e correu em direção ao quartel-general, onde homens corriam para abrir a pista. Yamada, vestindo um suéter e balançando seu corpo gordo, veio com seu cãozinho Momotaro ao encontro de Ken. Entre eles estavam também o major Wakana, o subtenente Mitsuda, o amigo de Ken, Haniyu, e o chefe deles, coronel Imamura.

— É um Mustang — disse Ken para Mitsuda.

— Sim. Nós o capturamos na China.

Mitsuda era baixo e forte, filho de um pescador. Cinco anos mais velho do que Ken, subira na carreira começando como um simples recruta.

— Ah, que interessante! — Ken bateu palmas, animado.

O Mustang pousou, levantando poeira na pista. Estava pintado de verde, com um desenho de dentes de tubarão.

— Que cruel! É bem isso que se espera dos ianques — disse Haniyu sobre a pintura.

— É a marca dos Tigres Voadores, cuja base é na China.

— Você esteve na China, não esteve, Mitsuda?

— Sim, mas esta é a primeira vez que eu vejo um Mustang.

O avião parou em frente a eles. A capota bulbiforme abriu e o major Kurokawa do 22º Esquadrão emergiu, pulando ao chão. Cumprimentou o coronel Imamura, e então fez um aceno com a cabeça para os outros. Três dias antes, Kurokawa transportara para a China alguns Hiens remodelados para serem usados no front.

— Foi uma viagem rápida — disse Imamura.

— Sim, senhor. Os outros devem voltar em aviões de transporte. Mas como esse Mustang tinha sido capturado, pensei em voar nele de volta. Tiveram tempo apenas para pintar o sol nascente sobre as estrelas americanas, e, quando eu parei para reabastecer em uma de nossas bases, chegaram a me dar uns tiros.

— Nenhum voo de teste? Veio direto? — perguntou Mitsuda.

— Foi um sossego. Os americanos fazem aviões que até um idiota pode pilotar. Você pode levar essa coisa direto para o combate.

— Sério? — Mitsuda fez um carinho na fuselagem do avião que não lhe era familiar. — Ei, tem algo escrito nele.

— Alina — leu Ken em voz alta. — É o nome de uma garota.

— Deve ser a queridinha do cara.

Ken ficou em frente ao avião. As asas eram similares às do Hayate, mas bem maiores tanto em comprimento quanto em largura. Para girar uma hélice como essa, era necessário um motor poderoso. O nariz saliente do propulsor dava ao avião um aspecto agressivo, e a impressão geral era de grande confiança. Ken seguiu Haniyu e Mitsuda até em cima da asa para dar uma olhada na cabine, mas foi chamado de volta para baixo pelo major Wakana.

Wakana, seu novo oficial comandante, era um homem nervoso e autoritário, e tinha uma voz aguda. Os membros do Departamento de Inspeção estavam sob pressão constante para cumprir várias ordens ao mesmo tempo, mas Wakana sempre insistia para que suas ordens fossem prioritárias.

— Kurushima, você nota alguma coisa nisto? — ele removera a capota do exaustor e olhava dentro.

— Bem, é um motor refrigerado a água, seis cilindros de cada lado.

— Sim, mas nota algo fora do comum?

Ken examinou cada parte do motor com cuidado.

— É muito bem construído.

— Não! Veja só isto — Wakana, carrancudo, apontou o exaustor. — Não há nenhum vazamento de óleo. Não se pode dizer que voou da China até aqui.

Vazamentos de óleo eram um dos maiores defeitos nos aviões japoneses. O próprio combustível era de baixa qualidade, e mesmo nos novos Hayates os exaustores ficavam pretos depois de todo voo.

— Que modelo é esse Mustang? — perguntou Wakana.

— Eles fazem modelos diferentes?

— Lógico que sim. Vocês são oficiais técnicos, não são? Não lhes ensinaram isso na Escola de Aviação? Tenente Haniyu, que modelo é esse?

— Não sei, senhor — Haniyu escondeu-se dos olhos que o encaravam.

Wakana, enfatizando com um movimento de cabeça cada palavra, disse para o grupo à sua volta:

— As ordens do chefe são para fazer uma investigação minuciosa nesse avião. Para quem não está familiarizado com o Mustang, é uma nova versão do caça que já foi visto em ação na Europa. A versão mais nova, modelo A, usava um motor Allison, mas o modelo B tem um Rolls-Royce. Agora o que temos aqui é o modelo D, com sua cabine remodelada na forma de uma bolha de ar.

Mitsuda, impressionado, perguntou de onde viera tanta informação.

— Um submarino alemão que aportou recentemente em Yokosuka tinha dados sobre os Mustangs usados no céu europeu.

— Entendo, entendo — disse Mitsuda. — Então esse é o P-51-D.

Ken então recebeu a ordem de entrar na cabine e descrever o que ele descobrisse.

— Painéis de aço a prova de balas atrás do banco, com trinta milímetros de grossura — reportou em voz alta.

— Esses ianques odeiam morrer — disse Mitsuda. — Logo que entram em perigo saltam de paraquedas.

— O perspex é sólido, tem vinte milímetros de largura.

Ken fechou a capota. De repente não podia ouvir mais nada — era incrível — e podia ver tudo à sua volta sem distorção. A cabine era mais clara do que a dos caças japoneses, que eram feitas de vidro plano.

Empurrou a capota, abrindo-a, e informou:

— A visibilidade é excelente.

— Dê ignição no motor — ordenou Wakana.

A equipe trouxe um veículo de ignição para a frente da aeronave.

— Tenente, não conseguimos achar o botão.

Ken observou as palavras dos vários marcadores: *velocidade do ar, altímetro, press. do óleo, temp. ext., giroscópio... ignição.* Antes de apertar o botão *ignição*, gritou:

— Saiam da frente, isso pode ser automático.

Fechou o regulador e apertou o botão. Houve uma resposta leve, então o motor rufou e ligou. O Japão não tinha nada tão avançado assim. Iniciar um motor envolvia ou utilizar uma ignição mecânica, encaixando uma alavanca de rotação num entalhe na parte da frente do propulsor, ou alguém ligava o propulsor manualmente. O 22º Esquadrão, que usava o Hayate, encontrava dificuldades com a ignição todos os dias. O chefe da equipe sinalizava com bandeiras nas mãos enquanto três homens, um na cabine e dois no propulsor, seguiam sua rotina. Comparada a isso, essa ignição automática era a simplicidade na acepção da palavra.

O major Wakana subiu na asa.

— Muito impressionante. E como são os outros equipamentos?

— Tudo é automático.

— Então eles nos derrotaram. Nós perdemos.

Ken olhou para ele assustado. Nenhum soldado japonês jamais dissera algo assim. Mas continuou:

— A cabine parece ser pressurizada. Não ouvi nenhum som externo. Vou procurar um botão de pressão.

Ken fechou a capota. Até as vibrações do motor pareciam amortecidas, era tudo tão silencioso. Ao procurar os controles, logo encontrou o botão do rádio e o ligou. Um som alto explodiu em seus ouvidos. Era a orquestra de Glenn Miller. Tinha um pouco de estática, mas podia ouvir com clareza a música cantada por uma mulher, talvez fosse uma transmissão do Havaí. Lembrou-se do baile em Chicago onde dançara *jitterbug* com Lauren. George estava lá, junto com tio Norman e tia Aileen. Ele era totalmente americano naquela época, há muito tempo; uma eternidade atrás.

Wakana estava batendo no vidro.

— Você está bem?

Ken quase respondeu em inglês, mas conseguiu se conter a tempo e desligou o rádio.

Próximo a Wakana estava o major Kurokawa, ainda vestindo seu capacete de voo.

— Veja, aqui é o botão de pressão. E ali um botão para ligar o oxigênio. Isso sim é luxo! Tentei elevá-lo a 10.000 metros; não houve problema.

— O compressor funcionou bem? — perguntou Wakana.

— Perfeito. Até responde automaticamente a pressão do ar.

— Automático, automático. Tudo é automático! — ouviram Mitsuda dizer.

— Está certo — disse Kurokawa com uma sonora risada. — É tão simples que até *você* poderia pilotá-lo.

O major Wakana decidiu que Ken deveria fazer um teste de performance com o Mustang. Como levaria várias horas para a equipe de manutenção preparar o avião, Ken retornou para o hangar onde ele estava depenando os pássaros. Quando chegou lá, no entanto, descobriu que a bolsa fora rasgada e penas se espalhavam por todo o chão. Os próprios pássaros tinham sumido, com exceção do faisão, deitado na grama com sua cabeça arrancada. Ken imaginou quem teria feito aquilo. Um cachorro vira-latas?

Para passar o tempo, decidiu visitar Yamada no Instituto de Medicina Aérea. Do lado de fora, o prédio de madeira de dois andares não era nada diferente dos quartéis-generais, mas por dentro era uma mixórdia comum de máquinas e instrumentos esparramados pelo corredor e pelos vários quartos. Não parecia haver ninguém por perto, e Ken andou pelo corredor até chegar nas casinhas dos animais no fundo. Nas gaiolas, havia gatos, hamsters e cachorros, com etiquetas indicando a data e o tipo das experiências. Um cachorrinho veio cheirá-lo. Era Momotaro. Yamada estava agachado perto de uma pia, envolto numa nuvem de fumaça e latidos de cachorrinhos.

— O que está fazendo?

— Como pode ver, estou dando banho nos bichinhos.

De uma montanha de bolhas de sabão emergiu o cãozinho Hanako, parecendo bastante contente. Ele jogou uma lata de água sobre o pequeno animal cinza, e o secou. Pingou água no rosto de Yamada, mas ele não percebeu; parecia contente também.

Depois foi a vez de Kintaro, que ficara latindo o tempo todo. O cachorrinho tentou fugir, mas Yamada o agarrou e afundou nas bolhas seu corpo magro e pintado de marrom.

— Alguns pássaros que eu havia matado foram roubados por um cão vira-lata.

— Um cão vira-lata? — Yamada tirou Kintaro de dentro das bolhas. — Não há nenhum por aqui.

— Sério?

— Se houvesse, eu o teria achado e trazido para dentro. Esses aqui eram originalmente selvagens. Na verdade, todos os cães nas gaiolas eram vira-latas quando os capturei.

— Se não era um cachorro, então o que era?

— Talvez um gato — Yamada afundou Kintaro na pia mais uma vez, e o deixou lá. Ken deu-lhe a mão para ajudá-lo a se levantar. — Ganhei tanto peso nos últimos dias que, quando me agacho, minha cintura desiste de mim e eu tenho dificuldade para levantar. Deus, eu fiquei pesado.

Yamada balançou sua bunda gorda e vestiu seu avental branco de médico. As mangas estavam amareladas por causa das fezes de animais, e não havia mais botões. O uniforme nojento pulsava enquanto ele andava, fazendo com que parecesse um vagabundo. Num espaço aberto do lado de fora, eles encontraram uma dúzia de gatos mexendo nos restos dos pássaros de Ken. Pedaços de pardal estavam por tudo quanto é canto.

— Então esses são os culpados!

— Desculpe — disse Yamada, juntando suas mãos num gesto de perdão. — São todos meus gatos. Já que não há comida suficiente para alimentá-los, eu os deixo soltos para poderem ir sozinhos em busca de alimentos. Acho que seus pássaros tornaram-se o jantar deles.

— Deixe para lá. A propósito, vou fazer um teste de performance no Mustang. Há algo que posso fazer contra o problema da força G? De acordo com o major Kurokawa, o avião pode voar a 9.000 metros numa velocidade de 700 km/h, e num mergulho deve-se conseguir mais dele. Quando eu cheguei aos 700 no Hayate e a G me atingiu, quase desmaiei, e com o Mustang o efeito deve ser ainda mais forte.

Yamada andou entre os gatos e pegou três deles.

— Lidar com a força G é a nossa maior dor de cabeça até agora. De repente temos um avião como o Hayate, e supõem que nós vamos encontrar uma solução. Quando um piloto é atingido pela G, todo o sangue vai para as partes inferiores de seu corpo, deixando a cabeça vazia. Por isso que ele desmaia. Precisamos inventar um tipo de travesseiro de ar para a cintura que impeça o fluxo de sangue. No momento, tudo o que podemos fazer são tangas de ar em volta da cintura e das pernas.

— Que solução preguiçosa!

— Bem, é tudo que há. Dizem que os ianques inventaram um uniforme anti-G, mas eu estou projetando o meu próprio, que deve estar pronto no próximo outono. Venha aqui no laboratório, vou lhe mostrar o projeto.

Yamada levou Ken para cima. Abriu uma porta que dava numa sala clara no lado sul do edifício. Para surpresa de Ken, Haniyu estava sentado lá ouvindo um disco.

— O que está fazendo aqui? Você parece estar tranquilo. Que música é essa?

— Beethoven. A "Sonata para violino em fá maior".

Ken sentou-se em frente a uma escrivaninha e acendeu um Faisão Dourado.

— É difícil relaxar naquele nosso quarto de oficiais juniores, não é? A gente nunca sabe quando um oficial vai entrar, e eles podem nos ver do aeródromo.

— Ei, Kurushima — disse Yamada. — Para me desculpar do roubo de seus preciosos pássaros pelos meus pequenos subordinados, vou lhe dar uma guloseima, umas rações de piloto que inventamos recentemente. E entregou-lhe um prato com vários objetos em forma de pílula sobre ele.

— Esse é o chocolate dos pilotos. São as vitaminas dos pilotos. E temos até o café dos pilotos para mantê-los acordados.

— Dê-me um pouco daquilo — Ken apontou para uma garrafa marrom na prateleira, na qual estava escrito "Boa saúde dos pilotos".

— Não, esse você não pode. Vão notar que está faltando. E eu não posso mandá-lo de volta bêbado para o quartel-general.

— E do chocolate não vão sentir falta também?

— Bem, sim, mas eu posso alegar que dei para você a fim de ajudar seu "ajuste psicológico" antes de testar o Mustang.

— Então você roubou comida o ano todo em nome do "ajuste psicológico". É por isso que está gordo. Bem, está bem, estou com fome, portanto obrigado — Ken enfiou meia dúzia das pequenas pílulas na boca.

Mordeu levemente a mistura, que não tinha gosto de nada que ele podia identificar, e então engoliu.

— Hum, delicioso!

— Eu diria que tem gosto de coisa artificial. Tal qual um motor de avião recém-inventado.

— Lave a boca com um pouco de chá — disse Haniyu, virando o disco.

— Chocolate, chá e música. Que luxo! — disse Ken. — Ei, Haniyu, eu não o ouço tocar seu violino há um bom tempo.

Haniyu olhou para Yamada e, piscando para Ken, pegou a caixa de violino da prateleira.

— Quer dizer que você toca *aqui*?

— Bem, de vez em quando — havia um pequeno sorriso em seu rosto. Normalmente era difícil dizer o que ele estava pensando. E havia uma certa delicadeza na forma como ele servia o chá.

— Toque algo, então.

Haniyu abriu a caixa sem muita cerimônia e, após afinar o violino, começou a tocar. Era Bach? Ken logo se lembrou do passado: Eri ao piano na casa em Nagata-cho ou na mansão em Karuizawa, sua mãe mexendo a cabeça no ritmo da música. Pensou no pai, em Anna, em Lauren... Principalmente em Lauren. *Se não tivesse havido uma guerra, eu a teria pedido em casamento*, pensou, lembrando-se do beijo que deram no escuro no caminho de volta da igreja.

Os dois ouvintes aplaudiram quando a peça terminou. As mãos grossas de Yamada fizeram um som bastante forte.

— Haniyu, você devia tocar profissionalmente — disse Ken.

— Todos me dizem que eu devia ser outra coisa. Ser um poeta. Ser um artista. Mas aconteceu de eu ser um soldado, um soldado do Exército Imperial.

— Com certeza. O que foi essa coisa que você acabou de tocar, soldado?

— "O gorjeio do diabo", de Tartini — respondeu Yamada.

— Fico surpreso de você saber.

— O que você quer dizer com isso? Essa peça é a especialidade de Haniyu, ele a toca toda hora.

Ken olhou o relógio de pulso.

— Bem, tenho que ir testar o Mustang. Obrigado pela comida.

— Mas já é quase noite — disse Haniyu, parecendo preocupado.

— Sem problemas. Os dias são bastante longos agora.

— Não sei como você consegue voar num avião desconhecido sem praticar primeiro. Ainda mais um avião inimigo.

— Vou me sair bem. Dizem que até um idiota pode pilotá-lo.

— Bem, você é certamente o melhor que temos — disse Yamada. — Deve ser o jogador de rúgbi que existe em você. Eles nunca mais me deixarão entrar numa cabine.

— Seu trabalho é importante também. Guarde um pouco daquela "bebida saudável" para mim.

Ao se aproximar do Mustang, Ken encontrou o coronel Imamura, os majores Wakana e Kurokawa e o suboficial Mitsuda, junto aos homens do 22º Esquadrão: major Iwama e os tenentes Sugi e Hanazono.

— Olá, Kurushima, há quanto tempo! — cumprimentou-o Sugi.

— Olá! — respondeu Ken, acenando com a cabeça também para Hanazono.

— Viemos voando direto de Nakatsu. Não conseguimos esperar para ver esse avião inimigo — o bigode de Hanazono estava mais grosso do que antes.

— Onde diabos você se escondeu, Kurushima? — perguntou Wakana.

— A manutenção terminou o serviço uma hora atrás. Ficamos todos aguardando o início do teste. Até o coronel está aqui.

— Desculpe, senhor.

— Vá devagar com ele — recomendou Iwama. — Nós não teríamos terminado a tempo de qualquer forma — ele estava queimado de sol e não se barbeara, parecendo mesmo um comandante de esquadrão de combate. Apenas Sugi mantinha sua feição limpa e barbeada.

Desaprovando a forma que um companheiro oficial de mesmo nível, mas de um comando diferente, interferia no tratamento a um de seus subordinados, Wakana entregou a Ken o plano de voo. Primeiro, ele deveria sobrevoar o aeródromo a 500 metros de altitude, e então subir para 3.000, onde faria um teste de velocidade, e mais outro a 5.000 metros; e depois fazer uma descendente com um ângulo de 60 graus.

— O senhor não quer que eu tente um voo de alta altitude?

— Hoje não. Quero apenas alguns dados básicos.

— Ora, major Wakana — disse Iwama. — Viemos de longe para ver isso. Precisamos conhecer o mais rápido possível a performance do Mustang ao girar, e ao fazer subidas e descidas repentinas. Vamos fazer alguns arrojos com ele.

— Desculpe, major — disse Wakana, com o respeito que merecia o outro oficial, ainda que com firmeza. — O objetivo de hoje é observar a performance em voos simples. É uma aeronave valiosa para nós, não podemos correr o risco de um acidente. Se a habilidade de girar tiver que ser testada, o major Kurokawa é quem deveria fazer. Ele trouxe o avião até aqui desde a China, já deve estar acostumado a ele.

— Não, não, eu não — disse Kurokawa, encolhendo seus ombros com força. — Apenas transportei a coisa, não tentei nada arrojado.

Ken subiu no avião. Ao apertar um botão, ligou os motores. Os protetores da roda foram retirados. Com um leve movimento do manche, o motor respondeu com potência instantânea. Ouviu aquele som metálico agudo comum dos motores refrigerados a ar. Mais uma vez deu uma olhada pelo painel de ferramentas desconhecido, verificando a posição de todas as alavancas de que precisaria. Tudo parecia diferente, mas na verdade as coisas básicas, o manche, os pedais e o acelerador, eram as mesmas. Tudo estava em ordem. Começou o taxiamento e então subiu com leveza.

Enquanto seguia o plano de voo simples, relaxou e aproveitou a vista através do para-brisa grosso e curvado. As Montanhas Chichibu, pintadas de poeira vermelha e roxa, pareciam sorrir para ele. Por trás da silhueta clara do Monte Fuji, o sol se punha silenciosamente, mas o céu conservava o azul do dia. Subiu para 5.000 metros. Que avião agradável era esse. Quando pisou no acelerador, deu um puxão para frente com incrível velocidade, empurrando seu corpo de volta para o assento do piloto. Cruzou a barreira dos 650 km/h com facilidade, o ponto em que o Hayate parecia bater numa parede dura.

— Eles nos derrotaram. Nós perdemos — murmurou para si mesmo, sem perceber que repetia o que dissera o major Wakana.

De repente sentiu a necessidade de uma pequena travessura. Desceu dos 5.000 metros para 3.000 e, numa velocidade de 500 km/h, voou sobre a base aérea em Fussa, e depois seguiu em direção ao norte. Quando teve certeza de que o aeródromo estava fora do campo de visão, começou a fazer giros e alguns rodopios. Pôde sentir a resposta segura do avião no manche e nos pedais, uma resposta sensível porém confiante. Executou os movimentos complexos como um atleta bem treinado. Ken sentiu a alegria de ser o tal com essa máquina incrível — apenas ele e o avião no céu azul —, e teve a certeza de que poderia superar qualquer caça japonês que viesse contra ele. Era apenas uma fantasia momentânea, mas por um momento sentiu-se um piloto americano em combate aéreo contra um avião japonês: acelerou e mergulhou, e fez mais um giro incrível antes de se nivelar e, com um ar de resignação no rosto, retornar ao aeródromo.

Depois que ele fizera um relatório ao major Wakana sobre as manobras básicas que lhe foram ordenadas, Sugi se aproximou.
— Como foi?
— Incrível. Assustador, se preferir, por ser um avião inimigo. Parecia que era uma parte de mim.
— Como você o compara com o nosso Hayate?
— Bem, não tenho certeza. Talvez eu os empatasse. O Mustang consegue ser mais rápido e tem mais capacidade em altas altitudes. Mas a maneabilidade é parecida.
— Maneabilidade? Então você o colocou à prova, não é? — era esse o olhar no rosto de Sugi. Quando percebeu que Wakana não os podia ouvir, deu uma piscada para Ken.
— Já faz algum tempo — disse Ken. — Por que você não vem ao meu alojamento? Podemos tomar alguma coisa.
— Hanazono está comigo — iam ficar por três dias a fim de observar o Mustang.
— Tudo bem, pode trazê-lo.
Hanazono concordou. Os três foram primeiro para o quarto dos cadetes. O suboficial Mitsuda estava lá, esquentando um *cuttlefish* seco, e lhes ofereceu um pouco de saquê gelado.
— Bem, Kurushima — disse Hanazono —, como é o avião inimigo? Supera o nosso Hayate?
— É rápido, e sobe bem. A 5.000 metros, consegui uma velocidade de 650 km/h sem qualquer problema. Falta ainda ver como ele gira e como atira.
— Aguardo com ansiedade os testes de amanhã — disse Mitsuda.

— Na verdade — disse Ken, coçando a cabeça —, eu testei alguns giros em segredo. Foi bastante impressionante. Talvez até melhor do que o nosso Hayate.

— É impossível — disse Hanazono. — O Hayate foi melhorado recentemente. É um excelente avião. Os P-40 não chegam perto dele. Mesmo os Mustangs não são páreos para ele.

— Sim, mas ainda assim o avião americano impressiona bastante. É totalmente à prova de balas, tem um escudo de aço de trinta milímetros em volta do banco do piloto. Balas não o assustam.

— É o que esperávamos deles: não têm coragem.

— Não — disse Ken —, se o piloto é morto, você perde a luta. Não é questão de coragem. Até o Hayate tem um painel de aço atrás do piloto. O importante é que o avião americano tem potência suficiente para garantir que toda aquela armadura de aço não afete o manuseio de forma nenhuma.

— Sim, mas a forma correta de lutar é se livrar da maior quantidade de armadura possível, e então derrotá-los com técnica superior. Esses aviadores covardes se preocupam apenas com o maquinário. Enquanto isso, nós estamos desenvolvendo capacidades mecânicas que se equiparem à nossa coragem.

— Com certeza. Mas mesmo com qualquer quantidade de coragem precisa-se ainda de uma máquina superior para auxiliá-lo.

— Você está errado! — disse Hanazono, com seu rosto escurecendo e seu bigode tremendo. — Não temos tempo para nos preocupar com isso: máquinas superiores e inferiores... esse é o pensamento do inimigo. Quando diabos foi que você se tornou um *deles*?

— Sobre o que você está falando?

— Tudo o que temos é o Hayate. Esse é o nosso ponto de partida. É nossa única arma. É por isso que estamos praticando com ele dia e noite. Nós vencemos no Hayate, nós morremos no Hayate. Você, nas suas funções legais e seguras, consegue fazer um teste com o Mustang. Você pode brincar com ele e babar pela tecnologia inimiga. Mas nós, pilotos de combate, não temos escolha!

— Ei, gente, parem com isso — tentou intervir Sugi.

— Se você é tão apaixonado por máquinas, então construa uma melhor do que o Hayate. Se não consegue, cale a boca!

— Hanazono, você já foi longe demais — Sugi sorriu para Ken. — Kurushima, não leve a sério. O esquadrão do Iwama está com um horário maluco. Hanazono é o grande piloto desse esquadrão. Ele acredita que pode destruir os ianques, mas, se você ferir sua confiança, ele explode. Portanto, não se irrite com ele.

— Não estou irritado — murmurou Ken —, é que...

— Não há mulheres em Nakatsu? — perguntou de repente Mitsuda.

— Mulheres? — perguntou Sugi de volta.

— Ouvi que há apenas um ônibus a cada duas horas que leva para a cidade mais próxima.

— Sim, você está certo. É um lugar bem inóspito. Há apenas um único restaurante de frutos do mar na vila, e está sempre tão cheio que não se consegue entrar.

— Por que não vamos pegar umas mulheres hoje? Conheço um lugar em Shinjuku.

— Você está falando sério? — Hanazono pareceu um pouco preocupado, o que não combinava com seu bigode.

— Sim, vamos lá — disse Sugi. — Cansei de viver como um monge. *Você* não me disse outro dia que desejava uma mulher?

— Sim, mas... — Hanazono parecia embaraçado.

— Ah! É virgem ainda, não é? Vamos lá, por que não experimentar?

— Eu topo — informou Ken. — Vou chamar Yamada e Haniyu para virem também. Por que não vamos antes comer e beber numa fazenda perto do meu canto? Tenho um pouco de saquê dos bons; na verdade, veio do Palácio Imperial. Podemos bebê-lo e depois ir para Shinjuku.

— Saquê do Palácio Imperial? — perguntou Sugi, receoso. — Você diz uma xícara ou duas?

— Não, um litro.

— Não acredito.

— Eu tenho uma pilha de peixe seco que trouxe de casa — disse Mitsuda, que era filho de pescador. — Posso levar também?

Os cinco saíram pelo portão principal e seguiram para a fazenda. Ken trouxe a garrafa de saquê que seu pai recebera do Imperador na sua volta de Washington. Mitsuda grelhou um pouco de peixe, e Yamada cozinhou umas verduras, também da família de Mitsuda, num *hibachi* emprestado pela família do fazendeiro. Era uma noite quente de primavera. Todos os presentes, com exceção de Mitsuda, foram colegas de classe na Escola de Aviação de Kumagaya, e a conversa logo se voltou para a época em que lá estiveram, três anos atrás. O líder do esquadrão deles, Otani, tornara-se um ás da aviação em Burma, mas fora morto em combate, e o instrutor-chefe morrera no front chinês.

— Todos eles morrem alguma hora, não é?

— Sim, morrem. E nós também vamos morrer.

— Entre nós, o único que tem experiência de combate de verdade é você, Mitsuda.

— Os aviões que pilotei são velhos agora. Minha experiência não conta, na verdade. A propósito, ouvi um boato de que o 22º Esquadrão vai para as Filipinas.

— Parece que sim — disse Sugi. — É por isso que tem havido todos esses voos de treino sobre florestas nos últimos tempos. É para combate aéreo sobre selvas.

Mitsuda contou que, uma vez, quando escoltava bombardeiros pesados sobre Burma, seu combustível acabara e ele precisou fazer um pouso forçado na selva. Depois, ficou andando por território inimigo durante três dias, e só então encontrou forças aliadas.

— Comparado a isso, combate sobre terra amiga é fácil. Se você tiver que saltar de paraquedas, pode cair com segurança sobre um campo de arroz. Toda aquela lama propicia uma queda suave.

— Não posso esperar o momento de ir — disse Hanazono, coçando os braços. Não estava bancando o herói, apenas demonstrando uma genuína ansiedade. Ken começou a sentir que poderia perdoar sua rudeza anterior.

Depois, já um pouco bêbados, começaram a cantar. Primeiro Hanazono levantou-se e cantou umas marchinhas que aprendera na Academia Juvenil do Exército. Yamada, que não era muito musical e desconhecia as letras, fingiu cantar sozinho. E então Mitsuda disparou músicas populares. Depois de Haniyu fazer um recital de canções folclóricas e cantigas de Schubert, Ken fez suas imitações: do coronel Imamura, do major Iwama e do major Wakana. Cada uma delas foi recebida por uma explosão de gargalhadas e aplausos.

Quando chegaram de trem em Shinjuku, já era meia-noite. A cidade estava escura por causa do blecaute. Mitsuda, que conhecia o caminho, guiou-os para a zona do baixo meretrício.

Quando a porta de treliça foi aberta, Hanazono hesitou:

— Ainda não estou bêbado o suficiente. Vou pegar antes num bar alguma coisa para beber.

— Não há bares abertos a esta hora da noite. Venha, entre — Mitsuda tentou empurrá-lo, mas Hanazono recusou-se a entrar e saiu.

— Nosso herói é ainda puro como a neve — sorriu Sugi.

Serviram-lhes chá numa sala coberta de tatame que ficava na entrada. Então, a madame da casa apareceu. Quando Mitsuda entregou-lhe uns pacotes de algas marinhas, um luxo naquela época, e disse-lhe que eram todos oficiais do Exército, ela tornou-se bastante receptiva e chamou as melhores garotas da casa.

Era a primeira visita de Ken a um lugar como esse. Invejou Hanazono por ter tido a coragem de ir embora no último momento, e começou a lamentar-se por ter vindo. Quando a mulher lhe perguntou se ele gostara de alguma garota, afundou-se no chão, desconfortável. Com olhos bem abertos, observou Mitsuda e Sugi conversando com familiaridade com as garotas, e ficou surpreso ao ver o inocente, de aparência aristocrática, Haniyu e o gorducho Yamada fazerem suas escolhas sem vergonha ou embaraço. Antes que se desse conta, todos já haviam desaparecido, e foi deixado sozinho com a madame.

— Nenhuma das garotas lhe agrada, senhor? — seus modos eram apologéticos, e ela serviu a ele uma xícara de chá. — Muitas meninas tiveram que ir servir no front, e estamos com poucas aqui... — a madame parecia ser uma velha simples. — Somos agradecidas a vocês, soldados, pelo que têm feito por nosso país. Tem certeza de que não há uma que lhe agrade? — a velha mulher tossiu ao beber o chá, e deu um tapinha em seu peito magro.

Quando percebia os olhares investigativos da mulher sobre si, Ken ficava ainda mais desconfortável.

— Tem alguma coisa pendurada na minha cara? — perguntou.

— Não, senhor — a mulher virou o rosto.

— Sou mestiço. Minha mãe é estrangeira.

— Oh, agora entendo por que é tão bonito...

— Mas sou bastante japonês. Servindo o Exército Imperial.

— É claro, é claro.

— Está bem. Já que sou alto, traga-me uma garota alta.

Ela assumiu imediatamente uma postura profissional e desapareceu para dentro da casa, reaparecendo com uma jovem mulher.

— Que tal esta aqui?

Era uma garota gorda, com feições escuras. A moça levou Ken por um corredor sombrio, com filas de pequenos quartos idênticos, que mais pareciam cavernas, em ambos os lados. No quarto em que entrou havia um modesto abajur, com um pano escuro sobre ele; a toalha vermelha sobre a penteadeira com espelho e o baú de gavetas avultavam eroticamente. A cama estava feita e tinha dois travesseiros.

— O senhor quer trocar de roupa, senhor? — perguntou a garota, com uma voz bastante refinada que desmentia sua aparência simples.

— Não... — Ken sentou-se, balançando a cabeça, e pensou que a maioria das *yukata* era muito baixa para ele, e essa também.

— O senhor então quer tomar um banho?

— Um banho? Não, na verdade, eu gostaria de um drinque. Você tem saquê?

A garota inclinou sua cabeça para um lado e perguntou:

— Senhor, é a primeira vez que vem a um lugar como este?

— Sim, é sim — respondeu. Revelar isso a ela o deixou mais confortável. — Por isso eu não sei como agir. Você não tem saquê?

— Não, não temos. Não distribuem rações de bebidas alcoólicas para estabelecimentos como os nossos.

A mulher não estava sorrindo. Ken gostou disso.

— Está bem, então vamos conversar. De onde você é?

— Asakusa.

— Ah, que bom. Eu sou de Tóquio.

Ken olhou a garota diretamente no rosto. Até aquele momento estava muito envergonhado, e pouco percebera a aparência dela. Parecia ser jovem ainda. Não usava maquiagem, o que tornava seus traços encantadores. Sentiu desejo pela garota. Mas sua relutância era ainda maior do que o desejo. Lembrou-se da noite que passara com Lauren no quarto do hotel Drake, em Chicago, onde estava hospedado. Isso era um segredo compartilhado apenas por eles dois.

— Vou embora — disse Ken, ao se levantar.

— Está chateado por algum motivo? — a garota parecia assustada. — Eu disse alguma coisa errada?

— Não, de forma nenhuma. Fico feliz por tê-la conhecido.

Ken deu à garota uma nota de dez ienes. Mas, como Mitsuda já pagara por todo o grupo, isso acabou sendo uma gorjeta.

Ken vagueou sozinho pelas ruas escuras. O efeito da bebida já abaixara, e andava com longas passadas, certo de onde estava pisando. De Shinjuku a Yotsuya não se via uma única luz, mas conhecia muito bem as ruas. Quando passou em frente à delegacia de polícia em Yotsuya-mitsuke, pensou que seria pego para interrogatório por estar andando na rua sem uniforme naquela hora da noite. Mas o patrulheiro pareceu não tê-lo notado. Desceu rapidamente a ladeira que dava em Akasaka-mitsuke, e quando chegou suando à casa da sua família em Nagata-cho seu coração martelava.

A casa estava bastante escura, todos dormiam. Mas logo viu um pequeno facho de luz na sala de jantar. Alguém ainda estava acordado. Pulou o portão com cuidado e tentou abrir a porta de treliça, mas estava trancada. Felizmente possuía uma chave da casa e entrou em silêncio. Quando tirava os sapatos, ouviu a porta da sala de jantar se abrindo e a voz de Yoshiko gritando:

— Quem está aí?

Ken escondeu-se atrás das escadas fazendo muito barulho.

— Quem é? — gritou ela, com medo em sua voz.

Ele via a ponta de uma vassoura. A corajosa Yoshiko iria caçar o intruso com uma vassoura.

Quando a ouviu pegando o telefone e dizendo "Alô, polícia...", apareceu rapidamente em sua frente.

— Mestre Ken! — gritou, espantada. Seu rosto era uma mistura de raiva e alegria. Quando a alegria venceu, deu-lhe um enorme sorriso. — Você me assustou. O que está fazendo aqui a esta hora da noite? Aconteceu alguma coisa?

— Não, eu estava bebendo em Shinjuku.

— Ufa, que alívio! Você está bem?

— Onde está meu pai?

— Saiu esta noite. Telefonou e disse que ficaria na casa dos Yoshizawas.

— E você ainda está acordada?

— Sim. Não consegui dormir não sei por quê.

Ken entrou na sala de jantar, onde encontrou a mesa cheia de cartas e fotografias. Pegou uma delas.

— Ei, é Tanaka! — exclamou.

— Sim, é de quando ele foi para o front.

O cozinheiro almofadinha de coração iluminado dos Kurushimas estava de uniforme com a cabeça raspada — uma recordação do treinamento básico —, parecia frágil e envelhecido. Infelizmente fora morto no campo de batalha apenas alguns meses depois de ter sido mandado para o front. Durante suas andanças a serviço pelo país, Ken encontrara com frequência recrutas de meia-idade e mais velhos sendo abusados pelos NCOs, e eram esses velhos recrutas os primeiros a cair no front.

— Quero lhe contar um segredo — disse Yoshiko. — Antes de ele partir, nós ficamos noivos.

— Sério? — ele percebeu logo porque as pálpebras dela estavam vermelhas e molhadas. Yoshiko estivera com certeza olhando as cartas e fotografias de Tanaka, eles combinavam realmente um com o outro. Ela ultrapassara a "idade apropriada para uma noiva" durante seu serviço para os Kurushimas. Recebera algumas propostas ocasionais, mas rejeitara todas dizendo que a família precisava dela, e os pais de Ken se sentiam culpados por isso.

— Quantos anos você tem, Yoshiko?

Seu rosto ficou vermelho de vergonha.

— Não se deve perguntar a idade de uma mulher — então, bem baixinho, completou: — Estou com trinta e poucos.

Quando Ken viera para o Japão pela primeira vez ficou sob os cuidados da velha Toku, em Ueda. A filha de Toku, Yoshiko, tinha uns 17 anos na época. A não ser durante as viagens pelo exterior da família, ela convivera com ele o tempo todo. Sempre estiveram tão próximos que ele nunca pensara nela como uma pessoa do sexo oposto; agora, porém, notou seu pescoço e seu busto bem servido, e isso o excitou. Será que o álcool ainda lhe fazia efeito?

— Gostaria de tomar um banho. Estou todo suado.

— A água já está quente. Preparei para seu pai antes de saber que ele ficaria fora. Vou já encher a banheira.

— Obrigado.

Ken vagueou pela sala de estar, observando as prateleiras e sentindo-se desapontado por não haver ali uma única fotografia da família. Devem tê-las levado para Karuizawa a fim de salvá-las. Percebeu que queria ver mesmo era uma foto de Lauren. Sentiu-se apático, e deitou-se no sofá, cochilando em seguida. Quando Yoshiko voltou para dizer que a banheira estava pronta, já havia riscos de manhã no céu. Da janela do banheiro podia ver os contornos do "jardim de Kyoto" de sua mãe tornando-se gradativamente mais claros. Em sua própria casa pela primeira vez em muito tempo, desejou ficar mais; porém, tinha que entregar um relatório sobre o Mustang para o major Wakana naquela manhã, o que significava que teria de pegar o primeiro trem de volta. Escorregou para dentro da água quente, que exalava um cheiro de madeira de cipreste, e deu várias respiradas fundas, que poderiam ser tanto bocejos quanto suspiros.

# 3

Um pouco além das formas verde-escuras das montanhas Chichibu, o pico branco tingido de azul-claro do Fuji sobressaía com languidez.

Vários militares estavam no aeroporto Fussa: generais do Comando Aéreo, oficiais veteranos do Instituto Técnico Aéreo, a equipe técnica da Aviação Nakajima, oficiais do Departamento de Inspeção e membros do 22º Esquadrão. Havia uma atmosfera de paz, como se todos estivessem ali para assistir a um evento esportivo. Apesar de não serforem bebidas alcoólicas, comida e chá passavam para lá e para cá, e a gargalhada surgia com facilidade.

Diante deles havia quatro aviões: um Hayate, um Hien antigo, o P-51 Mustang e um caça alemão FW-190. A equipe de manutenção tratou dos aviões com um cuidado acima do normal. O Hayate estampava um crisântemo em sua cauda; o Hien, a estrela vermelha do Esquadrão de Treinamento Aéreo de Chofu; o Mustang ainda apresentava os dentes de tubarão dos Tigres Voadores e o nome Alina, e o avião alemão tinha um desenho de nuvens negras.

Já dera o horário das 9 horas que haviam marcado. Os quatro pilotos, major Kurokawa, major Iwama, tenente Kurushima e o primeiro-sargento Mitsuda, ficaram diante do coronel Imamura e o saudaram. O coronel retribuiu as saudações e anunciou:

— Como previamente decidido, os senhores devem subir a 8.000 metros acima da Ilha Oshima e iniciar sua corrida com uma velocidade de 350 km/h. Sigam para o norte e, sobre Hiratsuka, mudem para um voo horizontal a 3.000 metros. Então verifiquem a velocidade sobre o aeroporto de Fussa. O Hien e o Focke-Wulf irão pousar e haverá uma falsa batalha aérea entre o Mustang e o Hayate. O propósito desse exercício é fazer uma comparação de desenho entre cada avião em combate.

Os quatro subiram em suas cabines. Iwama ficou no Hayate, Kurokawa no Mustang, Ken no Hien e Mitsuda no Focke-Wulf. Foi dada ignição no

Mustang com um apertar de botão, mas não demorou muito para os outros três aviões, ajudados por veículos de ignição, estarem com força total.

Iwama, Kurokawa e Mitsuda eram veteranos de combates de verdade, e Ken sentiu um curioso orgulho por estar em suas companhias. Sua experiência com o Hien era apenas em voos de teste, mas não estava tão familiarizado com ele quanto com o Hayate.

Os quatro aviões seguiram para a pista e, um após o outro, decolaram em direção a um vento sulino. Voaram em fila, subindo rapidamente, com Iwama à frente. *Não saia da fila, e não fique para trás*, Ken dizia para si segurando o manche. O motor do Hien, que era propenso a problemas, funcionava perfeitamente, pois fora verificado várias vezes pela equipe de terra.

O Monte Fuji estava a oeste, e se espalhava, imenso, nos lugares onde a planície cessava o mar. A Península Izu, a oeste, e a Península Miura, a leste, pareciam desenhos de um mapa, e a Baía Suruga brilhava com um tom bronzeado. Ele conseguia ver a Ilha Oshima. Estava voando a 7.000 metros de altitude. Quando passou sobre o vulcão da ilha, que cuspia fumaça, atingiu 8.000. O avião de Iwama sacudiu as asas e virou para o norte, à velocidade de 350 km/h. Novamente o Hayate sacudiu as asas. A corrida aérea se iniciava. Com força total, os quatro aviões começaram a descer. O chão crescia na direção deles. O Mustang sumia à frente, seguido pelo Hayate e o Focke-Wulf, deixando o Hien de Ken para trás. Ele não tinha como disputar com os outros. Ainda assim, Ken fazia o melhor que podia.

O avião alemão pousou primeiro, e depois o Hien. Após fazer seu relatório de desempenho, Ken foi até Yamada e Sugi.

— Qual foi o resultado?

Yamada, com a voz cheia de empolgação, disse:

— O Mustang foi o primeiro, com o Hayate três segundos atrás. Então, um segundo depois, o Focke-Wulf. O seu Hien não estava na disputa... já é uma antiguidade.

— Esse Mustang é um avião incrível mesmo — disse Sugi, suspirando.

— Vai ser um inferno lutar contra ele.

— Vai mesmo! — gritou Yamada.

O Mustang veio invadindo o sol e, com um movimento rapidíssimo, cruzou a base e os campos nos arredores, seguindo para o céu. Lá em cima, o Hayate, que o aguardava, se aproximou dele. Com sua maior velocidade, o Mustang se afastou, deixando o Hayate bem atrás, e girou num mortal. Os dois aviões seguiam juntos, esperando uma chance. O Mustang, de maneira abrupta, virou-se novamente, desnivelou e foi para bem longe. O Hayate foi em sua caça.

— Vá pegá-lo, Iwama! — gritou Sugi, da terra. — Pegue esse ianque do inferno!

Uma batalha aérea começou, os aviões aproximando-se, afastando-se, fazendo um mortal após o outro. Iwama, o veterano, dava muito trabalho na luta; talvez o seu *fosse*, na verdade, o melhor avião. Então, o Hayate finalmente conseguiu enfiar-se atrás do Mustang. Este, rápido como um raio, fez um *loop* bem curto, antes que o outro conseguisse perceber, e estava agora na *sua* cola.

— O que aconteceu? — perguntou Yamada, balançando a cabeça.

— Deve ser a mágica de Kurokawa — disse Sugi. — Nunca vi alguém voar assim.

— São os flaps de combate — explicou Ken. — O Mustang vem equipado com flaps especiais que permitem manobrá-lo dessa forma.

Agora, o Mustang estava na perseguição. O Hayate ia para cima e para baixo, tentando fugir, mas não conseguia se afastar dele. A batalha parecia ter terminado. O Mustang aproximou-se para o golpe fatal. Num combate de verdade, o Hayate teria recebido uma rajada de metralhadora e estaria vomitando fumaça. Mas então ele esquivou-se para um lado, o Mustang disparou para a frente, e Iwama deslizou para trás dele novamente.

— Ele conseguiu! — disse Sugi, dando um pulo. — É o *hinerikomi* dele... o movimento especial do Iwama.

— O que é um *hinerikomi*? — perguntou Ken.

— Vem do judô. Usar a força do oponente em sua vantagem. Todos temos praticado essa técnica. Quando um avião inimigo estiver atrás de você, faça uma pequena esquiva, bem pequena para que ele não note, então deixe-o passar à frente... e *pow*!

Ken e Yamada aquiesceram.

— O Hayate é como o Hayabusa, o leme é muito sensível. Outros aviões provavelmente não conseguiriam fazer isso.

O Mustang tentou esquivar-se sorrateiramente, mas o Hayate fincou-se em sua cola, a curta distância, por uns bons dez segundos, tempo suficiente para abater o avião americano. A luta acabara, e os dois aviões pousaram, um em seguida do outro.

O baixinho Iwama e o alto Kurokawa correram até o coronel e apresentaram seus relatórios. Então, rindo, foram até Ken e sua turma.

— Você me pegou — disse Kurokawa. — Não consegui competir com você. — Iwama fora seu professor na Academia do Exército, e na voz de Kurokawa havia tanto a intimidade de um colega de escola quanto a educação de um oficial mais novo.

— Nada disso. Foi bastante difícil manter o balanço. Suas técnicas de combate são muito boas, e o Mustang é um avião sensacional. Um verdadeiro adversário.

— Realmente é bem rápido.

— Não é só isso. Os flaps de combate podem ser operados naquela velocidade. E a armadura no entorno do piloto... Será um inferno conseguir derrubar um.

— Mas seu movimento *hinerikomi*... Isso é que fez a diferença.

— Concordo. Mas exige de um piloto muita prática antes de conseguir fazer bem. A pergunta fundamental é se temos todo esse tempo para isso.

# 4

A estação chuvosa não era o momento certo para se testar novas aeronaves, mas a situação de guerra exigia e não havia tempo para relaxar. Performance de voo, ângulos de tiro, detalhes de motor, endurecimento da fuselagem, tudo tinha que ser verificado, e pesquisas médicas acompanhavam todos os passos. Assim, o horário de treino do 22º Esquadrão tornou-se mais intenso. Aviões partiam e chegavam a toda hora, espalhando poeira pelas pistas não pavimentadas.

Ken estava quase terminando um aeromodelo, só faltava pintar e laquear.

— Esse sim é um avião que parece moderno — disse Yamada, que estava tricotando. Sim, a última paixão de Yamada era tricotar. Sempre que tinha um momento de folga, ia desenrolar a lã e manejar as agulhas. — Mas tem uma forma engraçada. Quem é o construtor? Nakajima?

— Sim, é o Ki-94. Foi projetado por Aoyagi, que fez o Hayate. Vai ter uma cabine pressurizada e um motor com um superalimentador.

— Igual ao Mustang — Yamada deu uma olhada no aeromodelo do Mustang na escrivaninha de Ken. Sua paixão de garoto por fazer aeromodelos renascera há pouco tempo. A perfeição dos detalhes impressionara todos na sala dos oficiais juniores, e falara-se sobre isso por todo lado. Até o coronel Imamura viera ver os modelos, e o 22º Esquadrão pedira a ele que fizesse edições extras para as aulas de treinamento. Fazer aeromodelos não era o seu serviço, Ken reclamou, mas gostou disso, e logo construiu modelos de todas as principais aeronaves, tanto do lado americano quanto do lado japonês.

— Isso mesmo, exatamente igual ao Mustang — Ken enfeitava o modelo com sua faca de bolso. — Nós estamos na era dos voos de altitude superalta. A era da estratosfera.

Yamada deixou cair uma das suas bolinhas de madeira e o cachorrinho Momotaro pegou-a com a boca.

— Obrigado — disse ele, dando-lhe um tapinha na cabeça.

Ouviu-se um rugido dos motores quando um esquadrão de Hayates voou por eles a baixa altitude.

— Veja, o avião de Iwama está na liderança — disse Ken. — Mas não teve um avião que apresentou defeitos de novo?

— Sim, mas todos estão voando bem agora — disse Yamada.

— O pessoal da manutenção é incrível, mas estão bastante ocupados.

Ouviu-se mais um rugido de motores. Dessa vez, era uma formação de Hiens, o som estridente dos motores refrigerados a ar fazia os vidros vibrarem.

— A estratosfera. É lá que o novo avião inimigo, o B-29, voa?

— Sim. Pelo menos de acordo com as minhas pesquisas.

Havia um diagrama do B-29 colado na parede. Tinha sido feito pela Divisão de Inspeção de Bombardeiros, que investigara um B-29 derrubado durante um bombardeio recente sobre Kyushu. Em 16 de junho, sessenta desses aviões seguiram de Chengdu, na China, para bombardear a cidade de Yahata; sete foram derrubados. O major Wakana e Ken fizeram parte da equipe de investigação. Ficaram espantados com o gigantesco tamanho do avião, com sua envergadura de 43 metros; era duas vezes maior do que o maior bombardeiro japonês, o Hiryu. Estimava-se que suas características eram:

| | |
|---|---|
| Peso vazio: | 30 toneladas |
| Peso equipado: | 50 toneladas |
| Velocidade máxima: | 600 km/h a 8.000 metros |
| Teto: | 12.500 metros |
| Autonomia de voo: | 9.000 quilômetros |
| Tonelagem de bombas: | 10 toneladas |

O B-29 tornou obsoleto qualquer bombardeiro antigo, principalmente sua capacidade de voo a 12.500 metros, uma altura que nenhum avião japonês jamais alcançara. Até os aviões de reconhecimento deles tinham teto de 11.000, enquanto os Hayabusas e os Hayates podiam alcançar apenas 10.500, e o Hien, 11.600. Tornara-se essencial desenvolver um novo caça que competisse com o B-29, mas o trabalho não ia muito bem. Quando Ken pensou sobre as dificuldades que estavam tendo para tirar os Hayates das fábricas, a tarefa de produzir uma nova geração de aviões parecia um sonho inatingível.

— E ainda *temos* que produzir o Ki-94 — dissera Aoyagi, a um projetista seu, uma semana atrás, socando o ar com seu pulso ossudo. — Se não o fizermos, estaremos indefesos quando os B-29 começarem a bombardear.

Ken era um técnico também, e por isso conhecia bem a situação precária em que o Japão se encontrava. Quanto mais estudava o Mustang e o B-29, mais percebia quão avançados eram a tecnologia e a fabricação do inimigo. Nas fábricas americanas, as partes eram produzidas de modo que os parafusos se encaixassem à perfeição. No Japão, o pessoal da manutenção tinha que lixar e quebrar as partes para fazê-las se encaixar. Quando os restos dos motores dos B-29 que haviam afundado foram resgatados, quase conseguiram reconstruir um único motor a partir dos fragmentos de vários.

A maquinaria usada nas fábricas de aviões japonesas estava estragando. E o pior foi terem mandado os melhores operários das fábricas para o front, deixando estudantes e temporários em seus lugares. Não havia como essas pessoas construírem com precisão o complicado motor do Hayate. A equipe de terra tivera que trabalhar dia e noite para corrigir todos os defeitos de fábrica. Sim, estavam caminhando para a era da estratosfera, mas o Japão não possuía a tecnologia ou a capacidade operária para se equiparar.

Recentemente, um submarino alemão que aportara na base naval de Yokosuka trouxera projetos e modelos do Me-262. O novo avião alemão dispensava hélices e no seu lugar usava um tipo de foguete para propulsão. A simples ideia de um avião com o chamado "motor de jato" empolgou e preocupou Ken ao mesmo tempo. Nesse ponto, os alemães estavam à frente dos americanos. Mas era claro que a era dos jatos estava a caminho. O que o avião movido a hélices não podia fazer, o avião a jato fazia com facilidade. O "avançado" Ki-94 sobre o qual ele colocara suas esperanças começava a parecer uma antiguidade antes mesmo de sair do papel. Era esse pensamento que agora preocupava Ken.

— É uma nova era.

— O quê? — Yamada colocou suas agulhas de tricô de lado.

— Estamos sendo deixados para trás. Todo mundo está desenvolvendo novas aeronaves. É isso que tem me deprimido.

— Olhe, quero discutir mais uma coisa com você — as mãos gordas de Yamada apertaram as agulhas de tricô, feitas de bambu fino, e ele deu uma olhada em volta. Eles eram os únicos no quarto dos cadetes. — Eu sou médico. O trabalho de um médico é curar as doenças das pessoas. Aqui estou envolvido com todo tipo de enfermidade relativo às atividades de voar. Mas, sabe, é como se me pedissem para inventar soluções médicas para retrocessos técnicos. Por exemplo, possibilitar que homens suportem oxigênio inadequado, pressão atmosférica inadequada, e a doença G. Treinar homens para enfrentarem sozinhos altas altitudes é bem mais fácil do que inventar novos aviões com cabines pressurizadas, sem que isso traga maior peso para o avião. Mas me parece que eles estão fazendo tudo no sentido inverso. Deviam primeiro inventar uma cabine pressurizada na qual um homem possa operar com segurança, e se isso envolver peso extra, desenvolver então um motor mais poderoso para aguentar esse peso. Essa seria a forma lógica de fazer a coisa. Mas não é como as pessoas no Comando Aéreo veem.

— Custa mais, é por isso.

— Certo. Veja como estamos lidando com o problema da força G. Os americanos inventaram o traje anti-G para os pilotos, enquanto aqui a responsabilidade toda é do próprio piloto: ele tem que usar tangas adicionais, pressionar partes do próprio corpo para que o sangue não pare de chegar à cabeça. Dizemos a nossos superiores que isso é impossível para o piloto; eles dizem que é falta de espírito de samurai.

— Isso não faz sentido — disse Ken, concordando com a cabeça. — Os generais entendem que as aeronaves são produtos de tecnologia avançada, mas não conseguem imaginar que quanto mais avançada é a tecnologia, mais ela ignora a fisiologia básica humana. Eles próprios nunca pilotaram aviões. Não têm ideia do que é experimentar um quinto da pressão atmosférica normal e uma temperatura de cinquenta graus negativos a 10.000 metros, ou o que o efeito fliperama faz ao corpo quando você está mergulhando ou é atingido por G3 ou G4. A única preocupação deles é quão rápido o avião vai voar, quanta maneabilidade tem, quão alto pode chegar. Acham que podem vencer apenas com aviões bons. Não pensam sobre a condição fisiológica do piloto.

— É isso mesmo. Os generais fazem todos os planos deles, e ficamos de mãos atadas tendo que limpar a merda que eles fazem.

Ouviram passos no corredor. Ken e Yamada pararam de conversar. Escutaram vozes altas, e a de Kurokawa sobressaía. A porta para o quarto dos oficiais veteranos se abriu, e o grupo entrou. Voltou o silêncio.

— Isso não me preocupa tanto — continuou Ken. — Os generais não são perfeitos, e precisam da ajuda de seus subordinados. O que eu não suporto é essa coisa espiritual em que eles se apoiam. Estão lidando com aviões, com ciência e tecnologia; mas, quando o assunto é ver quem pode mais, começam a falar sobre o "espírito de luta japonês".

— Sim. Esse é o problema. Era o que eu queria dizer.

— Espírito de luta... — uma lembrança ruim apoderou-se da mente de Ken.

Era início de maio. A simulação de batalha entre os Hayates e os Mustangs começara. No escritório do coronel, os generais da Aeronáutica se reuniam com o pessoal do Departamento de Inspeção.

O coronel Imamura dissera:

— O exercício de combate de hoje envolveu pilotos veteranos. Por que não tentamos de novo, mas desta vez com dois novatos sem experiência de combate? Major Wakana, o que você acha?

— É uma ideia interessante — respondera, concordando com a cabeça.

Wakana e Iwama decidiram que Ken guiaria o Mustang e o tenente Sugi, o Hayate. O segundo round estava programado.

Como piloto de testes, Ken se acostumara bem com o Mustang, mas nunca estivera em combate de verdade. E Sugi também não tinha experiência de luta, e estava recebendo treinamento rigoroso nos últimos dois meses sob a orientação do major Kurokawa. Os dois jovens foram da mesma turma da Escola de Aviação e, acima de tudo, eram tecnicamente competentes. Por isso tudo, pareciam uma escolha razoável para a segunda simulação de batalha. Mas o general Okuma vetou a seleção de Ken para ser piloto do Mustang. O avião capturado era muito valioso, alegou, para ser pilotado por um oficial sem experiência. Não podiam permitir um acidente. O major Wakana argumentou que Ken era o responsável pelos testes do Mustang, que o conhecia melhor do que ninguém, e que possuía grande técnica de voo.

Mas o general Okuma não deu ouvidos.

— Oponho-me por completo à ideia de Kurushima pilotar aquele avião — dissera.

— Mas não há ninguém mais qualificado para isso — respondeu Wakana, também insistente.

— Deixe o major Kurokawa pilotá-lo novamente.

— Mas aí não será uma luta entre novatos — argumentou o coronel Imamura. — Sinceramente, senhor, por que se opõe a Kurushima?

— Está bem — disse Okuma. — Apenas entre nós, me dói o estômago saber que aquele homem tem sangue ianque nas veias. Vocês podem não gostar de me ouvir falar isso, mas não me sinto confortável em permitir que alguém com sangue americano pilote um avião americano. Veja, major Iwama, eu sei que o tenente Kurushima, seu subordinado, é um grande oficial. Não nego isso de forma nenhuma. Mas considere apenas por um minuto. Estamos aqui com esse troféu precioso, o único Mustang que conseguimos capturar. E se, apenas *se*, houver um acidente? Isso não lhe pareceria estranho? Portanto, vamos colocar um oficial de sangue *puro* para pilotá-lo.

Em respeito à oposição do general Okuma, a segunda simulação de combate foi deixada de lado. E, no dia seguinte, Ken descobriu que fora também retirado da equipe que inspecionava o Mustang.

O major Wakana lhe contara isso tentando consolá-lo:

— O general Okuma é um velho graduado da Academia do Exército. Ele, por natureza, não confia em pessoas como eu ou você que frequentaram escolas civis. Na verdade, ele odeia a simples ideia de técnicos ocupando posições de prestígio. Portanto, não leve isso como algo pessoal.

Era verdade que graduados na Academia do Exército ocupavam todas as posições-chave, mesmo no departamento deles. Ao contrário das pessoas vindas de escolas civis, ou de NCOs como Mitsuda, ou dos jovens pilotos da Academia de Cadetes, os homens da Academia do Exército se consideravam uma elite, e recebiam tratamento especial. Ainda na Escola de Aviação de Kumagaya, Hanazono, que estivera na Academia, tratara muitas vezes Haniyu e Kurushima com rudeza pela falta de disciplina militar deles. Os três ficaram amigos mais tarde, mas ainda havia momentos em que Hanazono demonstrava intenção de manter distância entre ele e os outros dois. E quando os graduados na Academia do Exército, como os majores Iwama e Kurokawa, saíam para beber, convidavam Hanazono, mas não Ken. Quando o coronel Imamura dava seus banquetes ocasionais, Hanazono era convidado, mas o major Wakana e os outros oficiais técnicos, não. Isso não era tudo. Hanazono tinha o hábito de fazer pequenos relatórios aos seus companheiros graduados na Academia sobre Ken e os outros. Por que outro motivo teria o major Kurokawa, logo depois daquela noite em Shinjuku, dito a Ken com um sorriso falso:

— Rapazes, vocês têm se divertido ultimamente, não têm?

— Por que o silêncio repentino? — perguntou Yamada. — O que você estava dizendo sobre "espírito de luta"?

— É um grande problema, na verdade — Ken levantou-se, retirou o diagrama do B-29 da parede e o prendeu numa prancheta de desenho. Quando começou a traçar o esboço do avião, disse, como que brincando: — Queria saber quanto espírito de luta *japonês* eu tenho.

— Ora, você tem muito espírito de luta japonês.

— E quanto de espírito de luta ianque?

— Que diabos você está falando? — Yamada deixou cair suas agulhas de tricô no chão.

— Bem, minha mãe, ela é uma ianque.

— Isso eu não sei, não posso ver dentro de você.

— Então como você pode saber que eu tenho o espírito Yamato?

— Eu... — Yamada não sabia o que falar. Seu corpo grande deu uma leve tremida.

— Não se preocupe com isso. De qualquer forma, o general Okuma está certo. Eu *tenho* espírito ianque em mim. Por exemplo, se os ianques podem construir esse B-29, eu posso construir um modelo perfeito dele. — E voltou a desenhar os contornos do avião.

De repente Momotaro começou a latir. A porta se abriu e Sugi, vestindo seu uniforme de voo, entrou.

— Ei, Sugi!

— Ah, vocês dois estão aqui! — pegou Momotaro. — Você está crescendo.

— Como vai, Sugi? — perguntou Ken.

— Recebemos nossas instruções.

— Uau! — disseram Ken e Yamada juntos. — Para onde você vai? Quando?

— Logo que a chuva permitir vamos para a China. O primeiro esquadrão de Hayate do Exército Imperial.

— China! — Ken parecia surpreso. — Pensei que a grande batalha seria nas Filipinas. Não é por isso que vocês têm feito o treinamento para combate na selva?

— Achávamos isso também. Mas nos disseram que a Força Aérea americana foi reforçada no front, assim temos que ir para lá primeiro.

— Vocês vão quando o período chuvoso terminar. Isso vai ser na segunda metade de julho. Vocês têm apenas um mês — disse Yamada.

— Acho que sim. Uma campanha de verão.

— Bem, então parabéns. A primeira campanha com o novíssimo Hayate! — Ken pegou um modelo do Mustang com a mão esquerda e um modelo do Hayate com a direita, e os movimentou num duelo aéreo feroz. Terminou, é lógico, com o Mustang caindo.

— Kurushima, você ainda é uma criança! — um a um, Sugi pegou os aeromodelos na escrivaninha de Ken. — Eles são realmente perfeitos, não? Ei, como presente de despedida, por que você não me faz um modelo de avião inimigo? Posso usá-lo para treinamento no front. Que tal um Curtiss P-40 ou um P-47 Thunderbolt? Ou talvez um P-38 Lightning?

— Não posso fazer isso. Não sou um construtor de brinquedos. Sou um soldado.

— Então me dá esse Mustang.

— Tudo bem, já que você insiste, é seu.

— Obrigado. Vou tomar conta dele. Falando nisso, Yamada, como eu lhe dei boas notícias, que tal um Boa Saúde de Piloto para mim? Aliás, por que nós todos não tomamos um pouco?

— Você está ficando voraz. Mas acho que posso lhe dar um pouco. E se acabar sua ração posso fazer mais.

— É apenas álcool medicinal misturado com algo estranho — disse Ken.

— Eu sei. Mas uma boa safra de vinho vinda da destilaria Yamada é algo bastante especial.

Os três saíram sob enormes guarda-chuvas, sobre os quais estava escrito "Departamento de Inspeção", e andaram pela chuva em direção ao quarto de Yamada no Instituto de Medicina Aérea.

# 5

Apenas a pista principal estava aberta; no resto do aeródromo havia avião atrás de avião, todos com os motores ligados. Um enorme rugido ecoava nas montanhas a leste, onde o sol nascia azulando o céu. Quarenta Hayates e dez pesados bombardeiros 97, mais os planadores que cada bombardeiro seguia, faziam uma grande sombra, e todos os aviões estavam sendo verificados pelo pessoal da manutenção.

Um grupo grande realizava uma cerimônia de despedida, garrafas de saquê e xícaras esparramavam-se pelas mesas. Inúmeros cadetes circundavam o coronel Imamura, os majores Iwama, Wakana e Kurokawa, e o técnico Aoyagi. Sugi e Hanazono vestiam seus uniformes de voo; Ken, Yamada e Haniyu, uniforme completo. Tinham que elevar suas vozes para vencer o rugido dos aviões.

Ken, erguendo sua xícara de saquê, disse para os dois amigos:

— Cuidem-se. Que a "sorte do guerreiro" esteja com vocês.

— Obrigado — disse Sugi, erguendo sua xícara. — É um sentimento estranho. Nós cinco aqui da mesma turma da Escola de Aviação, e agora dois de nós estão partindo. Dependemos de vocês que ficam. Façam bons aviões para voarmos.

Yamada ergueu seu pulso gordo.

— Uma mão tem que ter cinco dedos ou não serve para nada. Vocês dois têm que sobreviver. Sobreviver e retornar para cá, para fazermos novos aviões juntos.

— Não planejo sobreviver — disse Hanazono, com os olhos brilhando. — Estou pronto para morrer.

— Não exagere — disse Yamada. — É um sentimento nobre, mas quanto mais a "sorte do guerreiro" durar, melhor para todos.

— Você conhece a situação na China tão bem quanto eu. Eles estão contra-atacando e têm grande vantagem material. Quarenta Hayates não vão mudar nada. Nós vamos morrer. A questão é o que vai acontecer depois. Vocês têm que construir aviões melhores, e continuar a luta.

— Sim, sim, é claro — Yamada ofereceu-lhe mais saquê. — Vamos beber.

— Não consigo pilotar quando estou bêbado — disse Hanazono, bebendo o que restava em sua xícara, num único gole.

— Um pouco mais não o prejudicará — disse Yamada, enchendo seu copo novamente, sem perguntar.

— Haniyu — gritou Hanazono. — Haniyu, estou bêbado. E por estar bêbado, posso contar-lhe. Quero me desculpar. Quero que você me perdoe, antes que eu parta para a morte.

— Sobre o que você está falando? — Haniyu deu-lhe um sorriso triste e infantil.

— Quando treinávamos juntos, eu sempre o reprimia, dizendo que você não tinha "espírito de luta" suficiente e coisas assim. Eu fui realmente duro com você. Tenho vergonha de me lembrar disso. Eu peço desculpas.

— O que você quer dizer? Eu deveria é lhe agradecer. Eu era um tanto neurótico naquela época, e você me ajudou a superar isso.

Um a um, os motores silenciaram; os testes haviam terminado e o pessoal da manutenção foi para as mesas. As túnicas deles estavam cobertas de óleo. O coronel Imamura chamou o líder da equipe de manutenção para perto de si.

— Obrigado pelo bom trabalho. O 22º Esquadrão está agora todo presente. Gostaria de fazer um brinde a Imamura, o líder do esquadrão, e a todos os homens da equipe, desejando-lhes o melhor da sorte do guerreiro e todo o sucesso no campo de batalha.

Cada piloto encheu as xícaras dos homens próximos de sua aeronave. A maior parte dos que estavam ao lado dos aviões de Hanazono e Sugi eram ainda adolescentes, alguns deles rejeitaram o drinque com embaraço, e outros deram um gole, fazendo careta enquanto a bebida descia.

Ken esperou uma chance para dizer adeus a Iwama, mas o major estava cercado por altas patentes do Comando Aéreo, entre elas o general Okuma. Ken não se sentiu confortável para se intrometer. Tentou acenar com a cabeça para ele, mas não conseguiu sua atenção. Yamada e Haniyu se juntaram a Ken e, quando iam chamar o major, o técnico Aoyagi os interrompeu.

— Houve algumas mudanças no projeto do Ki-94. Íamos colocar propulsores na frente e atrás para aumentar a velocidade, mas isso tornaria a ejeção difícil. Tivemos sucesso ao fazer uma cabine pressurizada experimental. Tudo o que restou é o superalimentador, e isso está se tornando o maior problema. Eu gostaria de dar uma olhada no projeto do tenente Haniyu para esse avião.

— Ah, é apenas uma ideia, não é um plano específico...

— Não, não, é muito bom — disse Aoyagi, virando-se para Ken. — Eu até pedi ao major Wakana para deixar ele vir trabalhar com a gente na Aviação Nakajima. Ele nos disse que o tenente está muito ocupado aqui agora, mas talvez, quem sabe, no futuro. De qualquer forma, venha ver o avião, vai estar pronto logo. Devemos ter um protótipo no próximo outono.

— Não posso esperar para ver.

— Como fizemos com o Hayate, queremos ter tudo pronto para começarmos logo a produção assim que o modelo experimental for aprovado.

— Adoraria ser o piloto de testes dele.

O major Iwama interrompeu de forma carinhosa:

— Ei, Kurushima, Yamada, Haniyu! — erguendo uma garrafa etiquetada com "Vinda do Palácio Imperial", ofereceu a cada um deles uma xícara. Os três jovens se enrijeceram para receber o saquê com a formalidade apropriada.

— À sua saúde, senhor — disseram.

— Obrigado. Vocês fizeram muito pelo esquadrão. Eu sou apenas um piloto de testes que não sabe nada sobre coisas técnicas. Mas vocês oficiais técnicos nos ajudaram de verdade.

— Líder do esquadrão, senhor — Ken não sabia muito bem o que dizer, mas perguntou sem pensar: — Por que Sugi e Hanazono foram escolhidos para o esquadrão, e não eu?

O major, que era uma cabeça mais baixo do que Ken, olhou para ele.

— É isso o que o está incomodando? Na verdade eu não sei. Foi uma ordem de cima.

— Eu queria acompanhá-lo na batalha, senhor.

— Mas você tem um trabalho importante a ser feito aqui em terra. O Departamento de Inspeção precisa de técnicos talentosos como você.

— Eu entendo, senhor, mas qualquer soldado que valha o que come gostaria de lutar num avião que ajudou a desenvolver.

O sorriso sumiu do rosto de Iwama. Olhou para Ken e Aoyagi ao mesmo tempo. Em vez da expressão plácida de sempre, havia um olhar duro no rosto.

— Não me sinto confortável em dizer isso na frente do senhor Aoyagi, que inventou o Hayate, mas o fato é que seu avião já está ultrapassado. O Hayate pode, num aperto, ser uma ameaça para o Mustang, mas contra o B-29 é inofensivo. Você não concorda?

— Sim — respondeu Aoyagi.

— Nós faremos o possível, mas... A questão é: o que vai acontecer depois? Aoyagi, você tem que criar um novo avião, um caça de alta altitude capaz de combater o B-29. Essa é a prioridade máxima de todos os seus jovens companheiros. É por saber que você vai seguir isso à risca que eu agora vou lutar seguro. Entende? — seu tom de voz suavizou-se de repente.

— Sim, senhor, nós entendemos — a cabeça de Ken estava quente, o calor crescendo dentro dele. Percebera que Iwama estava partindo com uma expectativa de sua própria morte.

— Muito bem, vamos lá — Iwama juntou todo o seu esquadrão de pilotos e ergueu a mão. — Ouçam todos! Vamos partir em dez minutos! — disse adeus mais uma vez para as pessoas importantes que ali estavam e caminhou para o avião principal.

— Ei, espere! — o major Kurokawa veio correndo das barracas em direção a Iwama, balançando seu corpanzil. — Sua espada, o senhor esqueceu sua espada!

— Droga, é verdade — o líder do esquadrão coçou a cabeça envergonhado e, com uma risada, pegou a espada e embarcou no avião.

O chefe da equipe de manutenção balançou uma bandeira branca. Os dois homens em frente a cada avião gritaram "Um, dois, três", e começaram a girar os propulsores. Os motores já aquecidos sugaram o ar e rugiram. O líder do esquadrão balançou as mãos. Os choques foram removidos e, com Iwama na frente, os aviões dirigiram-se para a pista. O ar preencheu-se com o rugido de milhares de cavalos, e então um avião atrás do outro partiu, brilhando sob a luz do sol. Os homens em terra acenaram desejando boa viagem.

Quando os caças estavam lá em cima, os pelotões embarcaram nos bombardeiros 97 e partiram, seguidos pelos aviões de transporte. Três dos bombardeiros levavam planadores com oitocentos quilos de equipamento.

Os planadores bateram no chão assim que saíram da pista, mas conseguiram levantar voo. Aplausos vieram de baixo.

— Partiram — disse Yamada.

— Agora é que começa a fase difícil — disse Ken. Yamada e Haniyu não entenderam se ele se referia aos que tinham acabado de partir ou a eles mesmos.

# V

## Os ecos

# 1

Ken foi acordado por um alvoroço à sua volta. Na plataforma da estação, viu um enxame de gente de luto. Eram todos velhos ou mulheres de meia-idade, e suas roupas pretas estavam desbotadas e enrugadas. Cada vez que um passageiro descia do trem com uma caixa branca no pescoço, todos se ajoelhavam. Na caixa estava escrito "O espírito heroico de [categoria e nome]"; dentro dela, as cinzas do homem morto. Junto aos enlutados havia estudantes com o nome de um morto gravado na blusa do uniforme.

Haniyu também acordou. Yamada ainda dormia, roncando mais alto do que nunca.

Ken e seus dois companheiros ficaram sabendo apenas ontem à noite que poderiam folgar hoje, domingo; assim, sua visita a Karuizawa fora decidida com pressa. Estavam acordados desde às quatro horas da manhã, e pegaram o primeiro trem na estação Ueno. Ken tentara telefonar várias vezes, mas não conseguira. A viagem deles seria apenas uma visita de um dia, já que Ken e Haniyu teriam que deixar a base na terça-feira para transportar alguns novos Hayates, fresquinhos da fábrica, para Hankou na China.

O vagão da terceira classe ao lado do deles estava lotado de passageiros, mas até no deles, de segunda classe, havia pessoas em pé nos corredores. À sua volta, misturadas com roupas da Defesa Civil, calças largas femininas de trabalho e uniformes de soldados, havia paletós de algodão branco e vestidos coloridos, como se o trem fosse de viagem de lazer para uma estância.

A porta se abriu e um grupo de estrangeiros entrou. O policial militar que cuidava deles olhou em volta, mas não havia lugares vazios. Os estrangeiros pareciam exaustos e quase não traziam bagagem; a maioria trajava sua roupa do dia a dia e cada um carregava uma única pasta. Uma senhora mais idosa se dirigiu a Ken numa língua que ele não conhecia. Ken balançou a cabeça.

— Aposto que é alemão. Yamada sabe falar alemão — disse Haniyu, tentando acordá-lo. Ken o impediu, e perguntou em inglês à mulher:

— A senhora é alemã?

— Não — a mulher sorriu, começando a falar em inglês. Não era um inglês de um nativo, cada palavra era cuidadosamente pronunciada. — Sou espanhola. Qual a sua nacionalidade?

— Sou japonês.

— Oh! — a mulher o encarou surpresa. Os japoneses nunca agiam de forma tão direta; sempre que tinham curiosidade sobre ele, olhavam-no de modo matreiro, disfarçando. Mas a espanhola não era assim. Ken preferia desse jeito.

— Sou mestiço... Onde a senhora mora no Japão?

— Yokohama. Vivemos lá por vinte anos. Temos um negócio importante: vinho e rolhas. De uma hora para outra, recebemos ordem de nos mudarmos para Karuizawa. Ficamos bastante surpresos. Somos naturais de um país neutro, e não há motivo para nos remanejarem. Nós protestamos, mas mesmo assim nos mandaram para cá, dizendo que havia uma instalação de defesa secreta no nosso bairro.

A mulher virou-se e acenou para um senhor de idade, certamente o seu marido, e para uma garota de uns 15 anos de idade que estava com um garoto de 10, sem dúvida, seus netos.

— Vocês passaram por dificuldades. Por que não se senta? — Ken levantou-se para oferecer-lhe o lugar. Haniyu levantou-se com ele. Yamada acordou, desnorteado, o sono ainda em seus olhos. A senhora se sentou, junto com a neta. O homem que trajava um paletó branco, no assento ao lado, os ignorou, mantendo os olhos nas florestas e montanhas que fluíam pela janela. O casal estrangeiro apertou o garotinho entre eles.

O policial militar, um cabo, veio na direção deles e disse:

— Não é permitido se separar do grupo. Voltem lá para junto dos outros.

Em japonês precário, a senhora espanhola lhe assegurou:

— Não vamos fugir. Não vamos fugir desse trem.

— Não! Eu disse para ficarem lá! — ele parecia querer impressionar os três oficiais à sua frente.

— Pare com isso, amigo — disse Ken para ele, calmamente. — Eles estão cansados.

O PM olhou-o com suspeita.

— E quem é...?

— Vamos lá — disse Yamada, empurrando-o de lado com seus ombros gordos. — Você deveria ser simpático com idosos e crianças.

O homem não podia discutir com um oficial, então disfarçou gritando com os outros estrangeiros.

— Ei! Eu não lhes disse que não podiam falar?

Os estrangeiros silenciaram na hora. O policial encarou Ken e Yamada. Havia raiva em seus olhos.

— Eu tenho que cuidar de todo o grupo sozinho. Se houver um acidente ou coisa parecida, será minha responsabilidade.

Quando o casal espanhol se levantou para retornar ao grupo, Ken colocou a mão no bolso do uniforme e ligou seu rádio portátil. Ignorando o policial assustado, piscou para os hispanos e disse-lhes para se sentarem novamente, quando uma voz metálica e clara no rádio anunciou:

— Como já anunciado pela GHQ, no dia 16 de julho, nossas corajosas forças na Ilha de Saipan escolheram suicidar-se em vez de se entregar. No dia 21, unidades móveis das forças inimigas tentaram tomar Guam; e no dia 23, Tinian. Nossas tropas estão agora combatendo essas unidades inimigas. O objetivo do inimigo parece ser usar essas ilhas nas Marianas para fazer ataques-surpresa a Tóquio, e a Divisão Oriental ordenou que redobrassem a atenção quanto à defesa aérea no front japonês. As famílias devem manter uma ração de comida emergencial, água potável, equipamento de incêndio e água. Além disso, é aconselhável...

O trem começou a subir uma ladeira íngreme. Atravessaram um túnel atrás do outro, e cada vez que saíam deles as folhagens brilhavam verdes, enquanto a luz do sol era filtrada nas árvores.

— Em junho passado, devido aos esforços calmos e diligentes da defesa aérea, foi mínimo o estrago provocado pelo bombardeio dos aviões inimigos sobre Kyushu...

Logo depois, o trem chegou à estação de Karuizawa. Na praça havia filas de mulheres de avental da Liga Patriótica das Mulheres, ao lado de moradores da cidade que vieram com seus pertences em sacos rústicos para permutar com os locais por comida. Mas, como era comum nessa estância, os estrangeiros se destacavam. O grupo da família espanhola estava sendo levado pela Polícia Militar para a pensão Peony, o velho hotel que ficava em frente à estação. Havia na pensão uma placa de madeira na qual se lia "Subestação da Polícia Militar de Karuizawa". Do lado de fora, rações estavam sendo distribuídas: um grupo de alemães, com suásticas bordadas nas camisas, se alinhava lá, conduzido por policiais.

— É como se tivéssemos vindo para um país estrangeiro — disse Haniyu.

— Parece mesmo. Essa é uma das áreas de remanejamento para estrangeiros — explicou Ken.

Assim que a guerra começou, veio uma ordem do ministro do Interior restringindo severamente o movimento dos moradores estrangeiros; sempre que um estrangeiro quisesse viajar para outro vilarejo tinha que ter permissão especial do governo e da polícia. Forasteiros inimigos, os americanos e os ingleses, estavam sob forte vigilância, e os militares desses países foram internados como prisioneiros de guerra. Os locais próximos a uma instalação de defesa foram evacuados, e algumas cidades e vilarejos baniram os moradores estrangeiros. Recentemente, três áreas — Hakone, Karuizawa e a região próxima ao lago Yamanaka — foram designadas distritos de residência compulsória para gringos, e o remanejamento forçado começou. Karuizawa, que sempre tivera um grande contingente de residentes estrangeiros, abrigava agora nativos de uns quarenta países. Além deles, uma grande quantidade de japoneses que possuíam mansões na região viera em fuga dos bombardeios. O resultado foi um crescimento explosivo da população.

Não se viam cavalos nos estábulos. Os jardins de muitas mansões tornaram-se hortas — feijão, cebola, batata e berinjela se esforçavam para crescer no solo vulcânico.

— Parece que há falta de comida por aqui também — disse Yamada.

— Sim, o lugar realmente mudou — Ken olhou em volta, impressionado. — Não vim para cá no último verão. Já faz dois anos.

— Dois longos anos — replicou Yamada. — Dois anos pelo bem do Hayate.

Mais adiante, avistaram a velha casa caiada, estilo ocidental, dos Kurushimas.

— Ei-la — disse Ken, apontando para a mansão. Haniyu e Yamada ajeitaram as mangas de seus uniformes e ajustaram os cintos nos quais carregavam suas espadas.

Ken abriu a porta de lariço na entrada da frente, mas não havia sinal de alguém por perto. Mostrou o jardim a seus amigos. Aqui também as flores e as árvores foram desenraizadas e substituídas por tomate e inhames, uma paisagem rústica em contraste com a varanda elegante e as janelas da mansão. Ouviram o som de flechas voando. Atrás da horta, no campo de arco e flecha, estava Saburo Kurushima, de quimono, com um arco nas mãos. Quando percebeu Ken e os outros, colocou de lado a flecha que estava prestes a atirar.

— Papai, recebemos uma folga repentina. Estes são os tenentes Yamada e Haniyu, do Departamento de Inspeção.

— É uma grande honra para nós conhecê-lo, senhor — saudaram-lhe ambos.

— Sou o pai de Ken. Ouvi bastante sobre vocês.

— Que honra, senhor! — estavam duros como pedra.

— Que bom que vocês vieram. Sintam-se em casa. Ken, sua mãe levou Eri e Anna para a igreja. Yoshiko está aqui. Eu acabei de completar duas séries.

Saburo caminhou em direção a casa, e os outros o seguiram. Seu cabelo ainda era abundante, mas bem mais branco. Emagrecera um bocado também, e seus ombros pareciam mais finos do que antes. Curvava-se para frente enquanto andava, o que lhe dava a aparência de um idoso.

Quando subiram na varanda, Yoshiko apareceu para cumprimentá-los. Deu um sorriso para Ken tão grande que parecia engoli-lo.

— Mestre Ken!

Ken apresentou seus dois amigos, e disse:

— Vou até a igreja ver minha mãe e minhas irmãs. O que vocês dois vão fazer?

— Não sei — disse Yamada, trocando olhares com Haniyu.

Saburo dirigiu-se a eles:

— Bem, jovens, por que não se sentam? — eles então se acomodaram rigidamente nas cadeiras de vime.

Eri contava as rugas no rosto do padre Hendersen. *Será que há mesmo 23 rugas entre os olhos e os lábios? Não, 24. Por que ele tem tantas rugas?* O pastor, para disfarçar seu constrangimento pela forma como Eri o encarava, deu-lhe um sorriso, e ela lhe sorriu de volta, um sorrisinho angelical de menina sobre cuja cabeça o padre Hendersen gostava tanto de dar tapinhas. O pastor continuou a ler a Bíblia em inglês. Lia pausadamente para que o policial na última fila pudesse entender, o que não era, porém, possível. Ele tinha que ler daquela forma ou o policial suspeitaria, já que estava lá com o propósito de ouvir uma única palavra: "paz". Para os ouvidos do policial, essa palavra significava propaganda antibélica e, como já acontecera antes, se ela fosse dita, ele poderia levar toda a congregação para interrogatório. Por isso Hendersen lia a Bíblia devagar, evitando aquela simples palavra "paz".

*Por que ele tem que falar tão devagar? Porque há russos brancos, italianos e suíços na congregação, pessoas que também não conhecem tão bem o inglês?* Quando Eri viu os ombros largos do russo à sua frente, começou a medi--los. Alguém a beliscou. Era Maggie.

— Não encare dessa forma. Preste atenção à leitura.

Maggie a olhava fixamente. Eri inclinou a cabeça com suavidade e passou a prestar atenção à leitura do pastor.

*Ame seus inimigos, abençoe aqueles que o amaldiçoam, faça bem àqueles que o odeiam, e reze por aqueles que o usam sem perdão, e o perseguem.*

*Que vocês possam ser as crianças do Pai, que está no Paraíso; nosso Pai, que tem a capacidade de fazer o sol nascer sobre o mal e sobre o bem, e mandar a chuva sobre os justos e os injustos.*

*Por amar os que nos amam, que recompensa temos...*

Alguém abriu a porta da igreja e entrou. Quem diabos poderia ser tão rude a ponto de entrar logo quando o serviço estava terminando? Eri indagava-se, e virou-se de forma furtiva. Para sua surpresa, viu seu irmão em pé trajando uniforme militar, bem aqui neste recanto de pacifistas. E seu espanto transformou-se rapidamente em alegria. Ela não o via desde que a família se mudara para cá a fim de evitar os bombardeios. Eri cutucou Margaret. Esta deu-lhe um novo olhar de reprovação. Então Eri apontou para o fundo da igreja. Foi engraçado assistir ao rosto de Maggie avermelhando-se.

O padre Hendersen também notou a presença de Ken, e uma expressão de surpresa tomou seu rosto — ele não conseguia esconder seus sentimentos —, o que fez com que várias pessoas nos bancos virassem as cabeças.

Ken andou pelo corredor, suas botas produziam um alto eco. Eri deu um pequeno empurrão em Margaret para produzir espaço, e chamou seu irmão com um aceno para ele sentar entre elas. Ken sentou-se. Um hino começou, e Ken cantou; sua voz de barítono, rica e macia, envolveu as meninas.

A congregação saiu da pequena igreja de madeira para um campo onde soprava um vento fresco e gelado, e podia se ouvir o som dos pássaros das florestas próximas. Depois que Ken abraçou Alice, Eri correu em seus braços.

— Ken! Não acredito que está aqui. Faz tanto tempo.

— Eri, você está bonita.

— Ken, Ken, quanto tempo você vai ficar? Vai ficar bastante tempo, não vai?

— Creio que apenas um dia. Tenho que voltar hoje à noite.

— Só um dia? Que droga! — Eri ficou furiosa com o Exército.

Ken abraçou Anna e beijou Maggie nas duas bochechas, e então o grupo todo, com Ken e a mãe ao centro, desceu a ladeira. Alice pegou o filho pelos braços, suas frases se embaralhavam. Quando percebeu que seu chapéu grande a impedia de ver bem o rosto dele, tirou-o e o entregou a Anna. Eri ajeitou o cabelo da mãe. A maioria das lojas na cidade estava de portas fechadas, mas havia pessoas nas ruas, e vários homens usavam bermuda; percebia-se os naturais de Tóquio em virtude de suas roupas.

Um jovem com um chapéu de caçador e óculos escuros veio na direção deles.

— Ei, Ken! Há quanto tempo — era Ryoichi Koyama, filho do dono da pensão Peony.

— Ryo-chan! Não o reconheci. Como andam os negócios?

Ryoichi ficou nervoso e, dando uma olhada em volta, respondeu:

— Um desastre completo! Quando nos preparávamos para o verão, a Polícia Militar tomou posse de nossas acomodações.

— Por que você não vai lá em casa hoje à noite?

— Está bem, irei lá assim que puder. Mas você não me verá mais cavalgando. Requisitaram todo o nosso estábulo. A quadra de tênis está reservada para forasteiros "do bem" — nós, japoneses, não podemos mais usá-la. Dizem que a piscina ainda está aberta. Preciso ir agora, tenho que fazer umas coisas.

Ryoichi foi embora com pressa, arrastando sua perna direita ruim.

Um grupo de alemães veio em sua direção. Os alemães gostavam de andar em grupos, mas esse marchava mais do que andava, sob a direção de uma senhora de meia-idade com uma suástica mostrada com orgulho na blusa, que sinalizava para eles como se conduzisse uma pequena orquestra. Sem sorrirem, ignorando quem não fosse alemão, moviam-se energicamente, alinhados. Comparados a eles, os outros estrangeiros pareciam apáticos, com roupas velhas e gastas, sem brilho na pele, mãos secas e rachadas. Sinos soaram. Eri viu uns garotos alemães de bicicletas, com bandeiras nazistas penduradas nelas; suas pernas finas saíam das bermudas de couro. Cantavam "Deutschland über alles", e quando uma velhinha, talvez francesa ou suíça, disse para eles tomarem cuidado, balançaram seus punhos para ela, fazendo soar alto seus sinos.

Alice ria enquanto conversava com Ken, uma risada alta e vigorosa. Quanto tempo fazia que Eri não ouvia sua mãe rindo assim.

Eri começou a pensar sobre como passariam o dia com Ken, já que ainda eram 11 horas e tinham o dia todo pela frente. *Não dá para jogar tênis. Tem a piscina, mas a água não é trocada há meses e está muito suja para se nadar. Podemos cavalgar* (ela começara a ter aulas para poder cavalgar com Ken algum dia), *mas todos os estábulos foram totalmente esvaziados pelo Exército. Portanto, não há nada a fazer. A guerra arruinou tudo. Tudo! Que tal fazermos um piquenique? Escalar? Isso sim é patriótico. Esquerda! Direita! Esquerda! Direita! O Monte Hanara não é alto o suficiente, o Monte Asama é muito alto. Temos que achar uma montanha no meio termo, algum lugar com uma bela paisagem e não tão distante...*

Na varanda, Saburo estava bem ajeitado na cadeira de vime, fumando calmamente um cachimbo, mas os dois jovens oficiais ainda estavam com seus uniformes abotoados. *Papai é sempre assim,* pensou Anna; *ele pretende ser um bom anfitrião, mas não tem o senso de sugerir-lhes que tirem suas jaquetas e que se sintam em casa, nem de lhes oferecer um drinque ou um cigarro. E os pobres coitados ficam ouvindo Sua Excelência de cabeças baixas...*

Ambos se levantaram para serem apresentados a Anna e sua mãe. Ken falara bastante sobre elas. O alto e gordo era o tenente Yamada, um médico que adorava animais, e o jovem magro de pele pálida, muito mais baixo do que Ken, mas de compleição média japonesa, era o tenente Haniyu, filho do comandante das forças japonesas na China e, de acordo com Ken, um bom violinista. O rosto de Haniyu era diferente das fotos do general que Anna vira nos jornais, tinha uma beleza clássica que herdara de sua mãe. Yamada não tinha os refinamentos de um médico militar, que em geral vinha da elite. Era também mais velho do que ela imaginara, talvez até 30 anos. Sentiu-se um pouco desapontada. Ele era tão gordo que parecia que os botões iam pular de seu uniforme e, para piorar as coisas, havia desagradáveis manchas de suor nas axilas e nas costas.

Alice bateu palmas.

— Bem-vindos todos. Vou alimentá-los. Vou oferecer-lhes um verdadeiro banquete. Portanto, sintam-se em casa. E tirem esses uniformes. Ken, você não tem alguma roupa mais leve para eles vestirem?

— Sim, tenho. Venham, rapazes, vamos subir e nos trocar.

Cada um deles carregava uma bagagem diferente: Ken, um baú de couro italiano que a família usava na Europa; Haniyu, o estojo do violino e uma valise; e Yamada, uma trouxa grande de roupa, tão cheia que não fechava o zíper — tal qual o corpo de seu dono.

Quando os convidados subiram para o segundo andar, Eri começou a tagarelar como uma criança do jardim da infância.

— Ei, ei, o que vamos fazer com Ken e seus amigos? Eu acho que devíamos ir escalar. O tempo está ótimo, e se escalarmos o Monte Sekison teremos uma vista incrível lá de cima. Por que não preparamos algumas lancheiras e vamos? Qual o problema, Anna, você não acha uma boa ideia? Quem sabe você esteja certa. Talvez esses homens grandes achem que fazer escalada é coisa de criança.

— Não, não sou contra a ideia... — Anna estava pensando em quão criança era sua irmã. *Lancheiras? Como, se não temos nem arroz? Desde o começo do verão, a cidade se enchia com a chegada de novas pessoas, e a questão da ração piorara na última semana de tal forma que tudo o que puderam comer foram algumas batatas-doces refogadas. E quando eu pensava que teria de barganhar alguma comida entre os locais, eis Eri falando sobre lancheiras para uma escalada. A garota vive num mundo de sonhos. Mas... e a mamãe? "Um verdadeiro banquete", ela lhes prometeu. Usando o quê?*

Ken foi até a cozinha, rebocando a mãe e Eri. Yoshiko verificou o pote de arroz, o granel e a geladeira, mas só achou flocos de trigo, farinha de trigo, batatas, cebolas e algumas poucas verduras.

— Está pior do que eu pensava — Eri parecia arrasada.

Mas foi sua mãe quem ficou mais abatida. Apertando as mãos, gritou:

— É terrível! Meu filho vem para casa e eu não posso alimentá-lo. E não tenho nada para oferecer a seus amigos.

Eri a abraçou e tentou acalmá-la.

— Não fique nervosa, mamãe — disse Anna, com uma voz baixa. — Eu vou sair para vender algo em troca de comida. Se eu for para Saku ou Ueda, tenho certeza de que encontrarei algo.

Eri estava preocupada.

— Mas, Anna, não temos nada para barganhar.

Como o povo da cidade ia sempre ao campo para tentar obter comida, os fazendeiros das vizinhanças se tornaram arrogantes. Não aceitavam dinheiro, apenas coisas, e coisas úteis. Até o ano passado, os moradores da região se deslumbravam com coisas estrangeiras, e compravam com alegria conjuntos de chá inglês e bordados e caixas de bijuterias francesas. Mas quando perceberam que esses artigos não eram de muito uso no seu dia a dia, começaram a querer algo mais japonês — pedaços de tecido e quimonos, futons e artigos de laca. Os Kurushimas, cuja maioria dos pertences era estrangeira — coisas que compraram em seus longos anos no exterior —, logo ficaram sem itens para barganhar. Foi quando os pertences de Anna tornaram-se úteis. Arizumi, seu ex-marido, era um aficionado de coisas tradicionais japonesas, e mandara fazer vários quimonos para ela. Os quimonos alimentaram os Kurushimas por um tempo, mas acabaram recentemente.

— Acho que mamãe pode ajudar — disse Yoshiko. A família dela vivia numa vila cheia de lagos de águas termais, próxima a Ueda; sua mãe, Toku, ainda lavrava seus terrenos lá, e sempre os ajudou a sair dos apertos.

— Oh, não, não podemos lhe pedir ajuda a toda hora — protestou Anna.

— Não, sem problemas. Minha mãe vive só, e ela tem mais do que pode comer. E, afinal, é o mestre Ken quem veio de tão longe para nos ver.

Anna a agradeceu, mas insistiu que antes eles mesmos fizessem um esforço e só aceitassem a ajuda de Toku em última instância.

— Desculpe interrompê-los, mas trouxemos um pouco de ração conosco — Yamada, que entrara na cozinha tão abruptamente a ponto de assustar Eri, despejou com um baque sua sacola de pano sobre a mesa da cozinha. Ele vestia uma calça de operário e camisa em mangas curtas. — Há arroz suficiente para várias tigelas cheias. — Pegou quatro envelopes de arroz empacotados em suas meias do Exército e uma caixa que parecia pesada. — São rações de pilotos: chocolate, vitaminas, suplementos antitérmicos, Boa Saúde do Piloto...

— Nossa, tanta coisa! — Eri arregalou bem os olhos. — Mas o que é essa última, uma bebida saudável?

— Na verdade é apenas bebida alcoólica comum. Vamos, pegue tudo. — E empurrou a caixa na direção de Anna.

— Muito obrigada! — disse ela, ajoelhando-se em reverência.

Yamada ajoelhou-se de volta, enrubescido.

— Se você for sair para barganhar, deixe-me ir junto. Poderia carregar as coisas para você.

— Oh, não, não queremos incomodá-lo — sentiu-se um pouco desconfortável ao perceber que ele ouvira parte da conversa de alguns minutos atrás.

— Desculpe, mas não pude evitar de ouvir — reprimindo a vergonha, forçou-se a falar. — Mas sou um especialista em escambo. Antes de ir para o Exército, em Tóquio, costumava fazer isso o tempo todo. E hoje tomo conta do nosso grupo; portanto, sinto ser apenas meu dever...

Eri caiu na gargalhada.

— Eu acho, senhor Yamada, que o senhor *quer* realmente sair para barganhar.

— É verdade, quero mesmo — deu um sorriso forçado, e limpou o suor do rosto.

— Bem, então, eu agradeço — disse Anna, com um sorriso. Sentiu que na verdade seria mais fácil se alguém fosse com ela. No passado, sempre saía com Eri ou com Ryoichi, nunca sozinha. — Eri quer que a gente vá depois escalar uma montanha.

— Não sou bom nisso. Você pode ver que sou gordo — disse, balançando a cabeça.

— Eri, vou fazer uns bolinhos com o arroz que o senhor Yamada trouxe — deu um tapinha nos ombros da irmã. — Vá lá e combine a escalada com os outros.

— Mas você tem que vir também, senão não tem graça.

— Não sou também uma boa escaladora de montanhas. Prefiro ir pechinchar com os moradores por comida, é mais fácil.

— Vou falar com os outros, então — Eri saiu saltitando da cozinha, incapaz de conter a alegria.

Yamada deu uma olhada pela cozinha.

— Posso ajudar? Sou bom cozinheiro.

— Oh, não! Os homens não podem ficar na cozinha — disse Anna, encarando-o. Yamada saiu um tanto desapontado.

— Por que não me deixa ir junto? — disse Yoshiko.

— Não, não precisa. Eu quero ir sozinha — havia confiança em sua voz. Anna era melhor do que Yoshiko em barganhar com os moradores do lugar. Yoshiko levava muito a sério suas raízes nessa região; não conseguia engolir o orgulho e passar pela humilhação de ter que barganhar, enquanto Anna, oferecendo suas próprias peças de roupa, pressionaria até ficar satisfeita.

Eri voltou e disse:

— Todos concordaram em ir! Mas querem que você vá também.

— Ah, Anna, por que você não vai? — estimulou a mãe. — Eu posso ir barganhar no seu lugar.

— Não, mamãe, não pode — sorriu Anna. Como cidadã japonesa, Alice tinha a liberdade de ir para onde quisesse, mas as pessoas a viam como uma estrangeira, e a família se preocupava com a possibilidade de ela ser parada e interrogada em um dos postos de verificação que a polícia colocara em Karuizawa. Seu japonês imperfeito poderia fazer com que parecesse mais suspeita. E o "troca-troca" da barganha era além de suas possibilidades linguísticas.

Yoshiko lavou o arroz, colocou a tigela no fogão, e acendeu o fogo. Anna e sua mãe descascaram umas cebolas. Foi quando um homem apareceu na janela da cozinha. Seu rosto era bastante bronzeado, e ele as encarou com firmeza. Yoshiko abriu a porta.

— Quer comprar carne?

— Que tipo de carne? — perguntou Yoshiko, desconfiada.

— De vaca — o homem tirou um pedaço grande de carne de seu carrinho, que estava coberto por uma esteira de palha.

Ela deu uma olhada no pedaço.

— Parece mesmo carne de vaca — recuando, cochichou para Anna: — Mercado negro.

Em inglês, Anna disse para a mãe:

— O homem está vendendo carne do mercado negro — inspecionou a peça com cuidado, aguilhoando-a e cheirando-a. — Hum..., está bem fresca. Como é um dia especial, estou certa de que seremos perdoados por comprar algo no mercado negro. — Voltou a falar em japonês: — Quanto quer pelo pedaço?

— Não estou vendendo por dinheiro. Quero *coisas*.

Alice deu um passo à frente.

— Que tipo de coisas?

Os olhos do homem brilharam.

— Vocês são gente muito rica, não são? Quero ouro.

— Não temos nada. Demos todo o nosso ouro para o grupo de apoio à guerra.

— Isso é ouro, não é? — o homem apontou para o pequeno crucifixo pendurado em seu pescoço. Era uma herança da família transmitida de geração a geração.

Alice balançou a cabeça com fúria.

— Não! Isso, com certeza, você não vai levar.

— Não vendo, a não ser que seja por ouro. É um belo corte de carne — o homem embrulhou-o num jornal e escondeu-o atrás da esteira de palha. Então, com um olhar matreiro no rosto, como que dizendo "você vai mudar de ideia quando ficar com muita fome", saiu empurrando lentamente seu carrinho. Depois de um tempo, ele deu um puxão no guidão e saiu em disparada.

— O que aconteceu? — perguntou Anna.

Yoshiko saiu para ver.

— Estranho. Não há ninguém por perto.

— Acho que vi um policial. Parecia bastante apressado.

Foi então que ouviram Yoshiko gritar. Ela entrou correndo na cozinha e apontou para fora.

— Oh, meu Deus! Há algo horrível lá fora.

— Não me assuste, Yoshiko. O que é?

Anna e sua mãe se aventuraram no lado de fora, guiadas pela criada. No pé de um lariço enorme havia uma coisa medonha. Era uma cabeça de touro cortada; seus olhos azul-escuros estavam bem abertos, e os chifres brilhavam como metal. Na grama, havia um rio de sangue.

— Que nojento — disse Anna, olhando para o outro lado.

— Aquele homem! Ele despejou isso na nossa casa — a voz de Yoshiko demonstrava que ela estava bastante ofendida. — Devíamos informar a polícia.

Alice tocou os chifres do touro e apertou-lhe os globos oculares.

— Bom e fresco — disse em inglês. — Não estão nem um pouco flácidos. Estamos com sorte. Yoshiko, não temos uma tigela do tamanho exato dessa cabeça?

— Mamãe, o que é que você tem em mente? — Anna parecia assustada.

— Vou preparar um prato delicioso com isso. Deixe comigo. Mas você promete que não vai contar aos outros. Podem achar um tanto decepcionante.

— Mas...

— Fique tranquila, Anna. *Tête de boeuf* é uma especialidade minha.

Yoshiko, com um olhar desconfiado no rosto, trouxe a tigela gigante e ajudou Alice a levantar a cabeça pelos chifres; e, animada, ajudou também a despejar a coisa toda dentro da tigela e a tampá-la. As três mulheres tiveram muito trabalho para arrastá-la para a cozinha; foi preciso virar a tigela para um lado e rolá-la. Assim que entraram, Eri apareceu.

— Vá para a sala de estar — ordenou sua mãe. — Estamos ocupadas preparando as lancheiras.

— O que é isso?

— Assado. Não se preocupe, querida, o almoço vai estar pronto daqui a pouco.

Assim que expulsou Eri, Alice deu um tapinha na tigela e piscou para as outras duas.

## 2

Uma longa fila se formara no ponto de ônibus em frente à estação de trem. Eles estavam bem no fim da fila e havia pouca chance de conseguir entrar, mas decidiram esperar.

Eri e os outros aguardavam com seus trajes próprios para escalada, em meio a uma multidão de mulheres vestindo calças largas de fazendeiro e homens com sapatos de operário de sola de borracha. Muita gente os observava, inclusive dois policiais militares, que se aproximaram deles caminhando pesadamente com suas botas. O olhar em seus rostos arrepiou Eri.

— Aonde vão?

— Vamos escalar as montanhas — respondeu Margaret em japonês fluente.

— Uma escalada! — era a última resposta que esperava ouvir. Num tom de voz mais delicado, perguntou: — Qual montanha?

— Monte Sekison.

— Deixe-me ver sua permissão de viagem.

Ryoichi deu um passo para a frente.

— Ela é suíça. Pessoas de países neutros têm autorização da prefeitura para viajar sem uma permissão.

— Humm — o policial parecia confuso. Era um praça. — Mostre-me sua identificação — disse ele a Margaret.

— Sim, senhor — pegou o passaporte. Ryoichi a lembrara de trazê-lo consigo quando saíram, e ela o enfiara no bolso de trás de sua mochila.

O outro policial, um sargento, encarou Ken com firmeza.

— Aquele lá também, deixe-me ver sua identificação.

— Aquele lá... Ah, você quer dizer eu? Sim, senhor — Ken, com uma grande demonstração de deferência, entregou-lhe seus documentos militares.

O homem enrijeceu-se, como se tivesse recebido um choque elétrico, mas conseguiu ainda saudá-lo e dizer:

— Por favor, perdoe a minha falha, senhor! — e devolveu os documentos de Ken. — Senhor, essa suíça está com o senhor?

— Sim, está — Ken sorriu para ele. — Estamos fazendo um "treinamento físico para a vitória".

O ônibus chegou. Era movido a vapor, com um grande tubo na parte de trás que vomitava fumaça. A fila começou a se mover, as pessoas se empurravam; em pouco tempo o ônibus encheu, e eles não conseguiram subir sem um pouco de esforço. Quando Eri conseguiu chegar aos degraus, Haniyu a empurrou com força para dentro. O corpo de Haniyu estava esmagado contra o dela. Eri sentiu o calor do corpo do rapaz, e fechou os olhos, curtindo a sensação.

O ônibus seguiu seu trajeto normal, em direção ao oeste. Dez minutos depois fez uma parada. Quando alguns passageiros saltaram, a porta enfim fechou, e Ken, que viera com metade do corpo no lado de fora, conseguiu entrar. O ônibus começou a subir uma ladeira, deixando uma nuvem de poeira para trás.

Em Oiwake, eles desceram e começaram a andar. Quando atingiram a trilha da montanha, que seguia por uma floresta de lariços, uma brisa gelada tocou-lhes os rostos suados.

— Esses PMs são um inferno — disse Ken para Ryoichi.

— Karuizawa está cheia deles. Apesar disso, eu não me lembrava de ter visto esses dois. Devem ter chegado há pouco.

— Você parece conhecer bem a lei, pelo menos a parte sobre os estrangeiros neutros.

— Não, sou apenas um amador. Nossa região está cheia de tiras, portanto é bom saber onde se está pisando.

O caminho tinha uma inclinação leve em direção ao topo da montanha. Quando a floresta de lariços terminou, encontraram-se em frente a outra que dava para o sopé da montanha. Um vento produziu ondas brancas num campo de grama dos pampas que ficava no caminho. Além das folhas vermelhas das bétulas, podiam ver o Monte Asama, sorrindo como um bonzo, com um penacho de fumaça em cima dele. Haniyu interrompeu a caminhada. Eri parou também.

— Não é bonito? — Haniyu acariciou um punhado de grama dos pampas. Ainda estava nova, um pouco úmida, com sombras avermelhadas nas hastes. — E macia.

— Olhe até onde vai isso — disse Eri, olhando para longe, onde a grama branca parecia fazer espuma nas pontas das árvores.

— Essas coisas fofas brancas parecem fantasmas. Quando as pessoas morrem, suas almas devem flutuar assim.

— O quê? — Eri olhou com curiosidade para a sobrancelha e o nariz proeminentes do rapaz. A fala dele parecia um tanto "fora de moda" para alguém tão jovem.

Um rouxinol cantava tão próximo que podiam ouvir sua respiração, ainda que não o vissem. De algum outro lugar, outro rouxinol cantou em resposta. Ken e Margaret iam à frente, Ryoichi alguns passos atrás. A distância, as pernas longas de Ken pareciam emaranhar-se com as de Ryoichi. Haniyu e Eri voltaram a andar, lado a lado.

— Seu irmão é um piloto incrível. A maioria dos homens no Departamento de Inspeção é veterana, e alguns já derrubaram uma porção de aviões inimigos. Ele é tão bom quanto qualquer um deles. É um piloto nato.

— E você... é um piloto nato também?

— Não, sou um inútil. Não tenho o menor dom para isso. Eu não tenho senso de verticalidade. Um avião se move na distância e na largura de um mundo cúbico. Mas o meu senso de movimento é limitado ao chão, é um senso de superfície.

— Mas... — Eri não sabia o que dizer. Não conseguia imaginar o que era um mundo cúbico.

Um enxame de libélulas voava contra o vento, preenchendo o céu azul com suas asas. Haniyu levantou a mão na direção do enxame.

— Nós temos um avião de treinamento chamado Libélula Vermelha. Três anos atrás, fiz meu treinamento num deles. Parece que foi ontem. Tenho estado com seu irmão desde a Escola de Aviação.

— Ken falou algumas vezes sobre aquele tempo.

— O que ele contou? — Haniyu parecia um pouco preocupado.

— Ele contou que você esteve no hospital por algum motivo, e ele passou pela sua janela num Libélula Vermelha. Fiquei surpresa por lhe permitirem fazer isso.

— Não permitem. Foi uma travessura do seu irmão.

Os dois se juntaram aos outros.

— Agora vamos atravessar a floresta — disse Ryoichi. — Fiquem próximos para que ninguém se perca. Ken, tome a liderança.

— Está bem! — Ken foi para a frente e voltou-se para sua irmã. — Eri, não comece a falar que está cansada e com fome. Você sempre fica para trás.

— Não é esse o motivo — disse Ryoichi, dando uma piscadela. — Ela quer ficar perto do Haniyu.

— Ryo-chan, seu...! — Eri beliscou o ombro dele de um jeito brincalhão, mas ele soltou um ganido. — Ah, me desculpe! Machucou?

— Sim, estou ferido. Os dedos de quem toca piano são fortes.

Assim que entraram na floresta, o chão ficou escarpado. Havia rochas vulcânicas grandes e pequenas pelo caminho, e era difícil andar. O ruído das cigarras os atormentava, estavam sem fôlego, e, como Ken previra, Eri começou a reclamar de fome. Margaret, com suas pernas finas vestidas com calça azul-marinho, seguia com firmeza atrás de Ken. Ryoichi, que tinha uma perna aleijada, subia chutando pedras para longe, de quando em quando. *Não vou deixá-los ficar à frente*, Eri prometia a si mesma, e escalou o caminho com coragem.

Haniyu começou a cantar. Tinha um timbre de tenor.

Vamos, meus amigos,
Todos juntos,
Passar o dia
Caminhando nas montanhas.

O tempo está quente,
O céu está claro,
A paisagem se desdobra
Sobre campos radiantes.

Ken se juntou a ele. Ryoichi cantou os tons mais graves, pois possuía uma surpreendente voz de baixo. Margaret não conhecia a letra, mas logo pegou o ritmo e cantarolou também.

O sol está alto
No céu de outono,
Então vamos passear —
Um dia perfeito.

A grama verde
Acena para cá,
E pássaros das florestas
Cantam para nós.

— Que canção é essa? É bonita.
— É uma velha cantiga infantil, "Passeando nas montanhas".

A voz de Haniyu sobressaiu nas outras cantigas. Eri ficou impressionada, certa de que ele tivera aulas de canto; ele parecia também conhecer canções folclóricas de quase todas as partes do país.

— Você teve aulas de canto?
— Sim, algumas. E meu professor de violino me deu algumas aulas de canto também.

Haniyu se cansou logo, e Ryoichi assumiu. A maioria das músicas que cantou eram canções folclóricas americanas, começando com Stephen Foster. Ken, Eri e Margaret adoraram e se juntaram a ele. Os dois Kurushimas eram loucos pelo jazz dos anos 1930 e por música *country*. E lá estavam eles soltando uma canção "inimiga" atrás da outra em meio à guerra. Estariam em apuros se alguém os ouvisse, mas Eri sabia que não teriam problemas enquanto Ken e Haniyu, oficiais do Exército, estivessem com eles, e cantou com toda a força. Mas então percebeu que Haniyu parara de cantar.

— Você não gosta dessa música? — perguntou-lhe.
— Não estou acostumado a esse tipo de música. Eu fui criado numa casa em que meu pai cantava marchas militares, e minha mãe, baladas tradicionais. Mas eu gosto, sim. Nada contra a música americana.

Eri estava feliz pelo fato de que, numa época em que tanto crianças quanto adultos saíam por aí gritando "Anglo-americanos porcos!", esse jovem os via como seres humanos. Na família Kurushima, ninguém os chamava de "porcos", assim como ninguém jamais dissera "japa". Alice ficara deprimida ao ver a palavra "japa" em todos os jornais que Saburo trouxera dos Estados Unidos. Nunca permitiria esse tipo de linguagem em casa.

— Ouçam! — disse Ken aos outros, que ficaram em silêncio. Por trás do leve assobio do vento veio o som de uma cachoeira. Todos logo se revigoraram, e com poucos passos subiram para o espinhaço de onde podiam vê-la.

— Vejam, a água é vermelha!

— É chamada de "Queda de sangue".

Gotas de vapor vermelho surgiam na luz mosqueada que brilhava através das árvores. Fazia um ano que Eri não visitava o lugar. Antes, costumava vir aqui várias vezes ao ano. Era como se o verão não terminasse para ela enquanto não visse essa cachoeira.

— Tem um jeito de chegar lá embaixo, bem perto dela — disse Margaret. — Vamos lá?

Desceram o desfiladeiro até o baixio do vale, e então marcharam em fila através da trilha estreita. O caminho estava escorregadio e Ryoichi, que andava atrás de Margaret, tropeçou. Quando caiu para trás, quase derrubou Eri, mas Ken o levantou e Haniyu ajudou Eri. Haniyu sorriu, parecia não querer deixá-la ir, e Eri se fez de indefesa por alguns demorados segundos.

Conseguiram atingir a caverna que dava de frente para a cachoeira, onde havia três Budas de pedra. Era grande o suficiente para dez pessoas sentarem dentro. A cachoeira, que estava agora tão perto que eles podiam quase tocá-la, tinha uma beleza sobrenatural. Como seu nome sugeria, parecia que sangue escorria de uma ferida na montanha.

— É vermelha mesmo. Queria saber por quê — disse Haniyu.

— O lago é bem lá em cima. A água é clara lá, mas logo fica vermelha. Provavelmente há ferro na água — explicou Ryoichi.

Uma brisa soprou através das árvores da floresta, e as folhas podres caíram. O chão estava coberto de folhas vermelhas e amarelas.

— Ah, sim, agora me lembro! — disse Ryoichi. — Na primavera passada alguém viu um urso ali.

— Onde, onde? Perto daqui? — perguntou Eri, apavorada.

— Logo em frente. Acharam um urso vivendo com seus filhotes dentro de um buraco. Depois um grupo de soldados veio e atirou neles.

— Não precisavam fazer isso. Um urso e seus filhotes não são criminosos.

— Não, mas andam com fome ultimamente, e podem talvez atacar pessoas.

— Mas que coisa. Matá-los por causa de um *talvez*.

— O que se há de fazer. E as pessoas estão fazendo isso umas às outras, não estão?

— Você acha que há mais ursos por aí? — Eri observou a folhagem densa no outro lado do riacho. Lá se distendia uma grossa escuridão, de onde um urso poderia emergir. O vento rugiu nas copas das árvores, e os cantos dos pássaros pareciam querer avisá-los do perigo.

— Não tenha medo, Eri — disse Haniyu. — Estamos em número suficiente para afugentar um urso.

— Estou com fome. Vamos comer alguma coisa — disse Ken. Comer dentro da caverna seria muito triste; decidiram então abrir as lancheiras perto da ponte de madeira ao lado das quedas. Os bolinhos de arroz e o milho grelhado foram deliciosos para seus estômagos vazios. Uma brisa constante escovava-lhes os rostos, e Eri se espreguiçou e olhou para as nuvens no céu.

— Parece ser muito divertido — disse Margaret, que seguiu o exemplo.

Eri olhou para os homens, que estavam rindo e contando piadas, e percebeu que havia algo de diferente em seus sentimentos. *Normalmente, quando Ken vem para casa depois de uma longa ausência, fico com ele o dia inteiro*, pensou, *mas dessa vez fiquei com Haniyu. Como se eu o ignorasse de propósito. Não, não é isso. Eu não estou junto de Ken porque ele está com Margaret, é isso.* Mas seus olhos continuavam voltando-se para o belo perfil de Haniyu. Percebia que Ryoichi a olhava de soslaio, provocador, e por pouco não lhe fez uma careta.

Eri virou-se para Margaret e olhou diretamente para seus olhos verdes.

— Você gosta de Ken? — perguntou para ela, bem baixinho.

— É lógico.

— Bem, você... o ama?

— Lógico que sim — respondeu Margaret, sem nenhuma hesitação.

— Verdade? Fico tão feliz.

— Eri — cochichou —, você não pode contar para ele.

— Está bem.

— Jura?

— Sim, é segredo.

Margaret virou-se e ficou quieta. Eri, tentando entender, observou-a. Ficou preocupada ao vê-la chorando.

— Ei, qual é o problema? — não conseguia entender, mas sentiu vontade de chorar também.

— Estou tão feliz por você ter me convidado hoje.

— Ah, é isso? Por você estar feliz? — Eri sentiu-se reconfortada. Mas a tristeza na voz de Margaret borrou seus olhos de lágrimas.

— Sou de um país neutro, portanto sou bastante livre. Mas a polícia, e principalmente os PMs, não gostam de ver japoneses misturados com estrangeiros. Hoje minha mãe não queria que eu viesse com vocês. Ela ficou com medo de que eu pudesse causar-lhes problemas.

— Ora, não há problema nenhum. Não há motivo para isso.

— Não é tão simples, Eri — uma pequena ruga apareceu no nariz de Margaret, como se estivesse a ponto de espirrar. — Minha mãe é de origem britânica, e os britânicos são inimigos.

— Bem, *minha* mãe é de origem americana.

— É verdade, e por isso está sob vigilância.

— Eu sei.

Houve vários pequenos incidentes. Mais de uma vez sua mãe foi seguida na rua por homens estranhos. As cartas que chegavam em casa pareciam ter sido abertas, e o nome do remetente na parte de trás do envelope vinha um pouco apagado. Um policial disfarçado de carteiro questionara Yoshiko sobre o que acontecia na casa deles.

— E mais uma coisa — Margaret assumira um tom de voz marcadamente adulto. — Rola um boato de que há armas escondidas em algum lugar por aqui, e as autoridades estão com medo de espiões estrangeiros.

— Isso é ridículo. Se tais coisas realmente existissem, nem deixariam os japoneses ficarem por perto. No mínimo haveria alguma placa dizendo "Não entre".

Ryoichi disse que deviam voltar a se mover, e o grupo se levantou. O caminho à frente era ainda mais estreito e íngreme. Parecia não haver ninguém escalando naqueles dias, já que a trilha estava escondida atrás de pilhas de galhos de bambu. Ryoichi tomou a liderança, cortando o bambu enquanto subia. Margaret, que vinha com força até aquele momento, começou a mostrar sinais de fadiga, e Ken reduziu seu passo para não ficar muito à frente dela. Ryoichi, Eri e Haniyu continuaram fortes sem eles. Depois de um tempo, sentaram-se numa clareira para esperar pelos outros dois.

— Eles são realmente lentos.

— Maggie está muito magra. Aposto que não come o suficiente. Ela parece malnutrida.

— A família dela passou por muitas — suspirou Eri, quando lembrou das circunstâncias em que vivia a amiga. Depois que a guerra começou, a igreja anglicana foi fechada, e o padre Hendersen e sua família mudaram-se para uma pequena cabana próxima ao Lago Kumoba. Mesmo assim, no verão, com o remanejamento forçado de estrangeiros, a procura pelos serviços religiosos crescera, e permitiram que o pastor reabrisse a velha igreja para as missas de domingo. Mas as polícias Militar e do Pensamento, sempre procurando "atividades pacifistas", interfeririam constantemente, e as missas eram conduzidas sob severa vigilância. Com toda a pressão que sofriam, a esposa do pastor, Audrey, que tinha problemas cardíacos, ficara de cama. Margaret estivera muito ocupada cuidando dela.

— Vou procurar por eles — disse Haniyu, voltando pelo caminho por onde tinham vindo.

Um pouco depois Margaret apareceu, ajudada pelos dois homens. O suor brilhava no seu rosto pálido.

— Maggie, você parece exausta. É melhor voltarmos.

— Também sugeri que voltássemos — disse Ken —, mas ela recusou a ideia por completo, e insiste em escalar o resto do caminho. — Havia preocupação em sua voz.

— Bem, *estamos* quase no topo — disse Ryoichi.

— Estou bem. Não tem nada de errado. Vou conseguir — Margaret seguiu na frente.

— Ela está se forçando — disse Haniyu. — Dá para ver que ela está exausta, embora determinada a continuar. Ela está exagerando. Posso dizer isso porque faço a mesma coisa.

— Você? — Eri lançou-lhe um olhar desconfiado. Ele estava na flor da idade, um jovem que ficava bem tanto de uniforme quanto numa camisa de colarinho aberto e boné de tenista.

— Eu tenho me forçado demais a vida inteira...

Depois de atravessarem o caminho que ziguezagueava uma subida íngreme, chegaram enfim a uma clareira coberta por pinheiros rasteiros. O pico era uma colina arredondada uns cinquenta metros acima. Margaret, tropeçando, subiu esse último pedaço, com uma obstinada Eri um pouco atrás. Quando atingiram o pico, sentaram-se e olharam em volta.

Num dos lados marrons da montanha, sombras de nuvens pequenas e grandes se moviam, curvando-se como pregas de roupa, com todos os detalhes, sobre penhascos e pinheiros acaçapados. A coisa toda parecia um desenho intricado e cheio de luz. Das nuvens nascia uma fumaça branca vulcânica, que mantinha uma forma imutável, como se insistisse em ser uma parte permanente da paisagem da montanha.

Margaret levantou-se e virou-se bem devagar.

— O que está fazendo, Maggie? — perguntou Ken.

— Quando você se vira dessa forma, pode ouvir os diferentes sons do vento. É como se a montanha falasse com você.

— Não brinca — disse Eri, que se levantou e experimentou. Dependendo da direção, o vento assobiava alto ou baixo, como se tocasse uma canção.

— Esse lugar é famoso pelos ecos — disse Ryoichi. — Grite aí alguém.

— OO-EE! — gritou Ken. Uma, duas vezes, e um eco retornou.

Então foi a vez de Haniyu. Sua voz de tenor voltou num tom ainda mais alto, como a voz de uma mulher.

Margaret gritou com todas as forças do seu pulmão. Sua clara voz de soprano transformou-se em ecos claros como gargalhadas de crianças.

— E se gritarmos todos juntos? — sugeriu Eri. Os gritos deles se dissolveram no ar antes de retornar como gritos de uma dúzia de pessoas.

O cabelo de Margaret balançava ao vento, o rosto ficara novamente cheio de cor. Eri pulou e plantou um beijo barulhento no rosto de sua amiga. *Que guerra estúpida*, pensou, *Haniyu e Ryoichi são japoneses puros. Maggie vem de um país neutro, metade de seu sangue é de forasteiro inimigo. Papai é japonês puro, mas a essência japonesa de mamãe fica comprometida por ela ter nascido num país inimigo. E Ken, Anna e eu somos japoneses com sangue do forasteiro inimigo. As mulheres têm menos problemas, nós não precisamos matar ninguém. Mas Ken, que situação estranha ele vive: metade japonês, metade americano, obrigado a matar americanos, sua outra metade. Que guerra estúpida, causada por pessoas incrivelmente estúpidas — americanas e japonesas! Tudo à nossa volta, até nossos ecos, parece dizer isso.*

— Vamos de novo — insistiu Eri. Todos gritaram outra vez, e ecos de clarinete voltaram para eles. O céu, as montanhas, as nuvens, o vento, tudo cooperou para produzir eco atrás de eco.

— Eu vou ficar bem, podemos ir agora — disse Anna para Yamada quando se levantou da varanda do santuário. Mas, ao subir na bicicleta, ela ainda sentia-se pesada, e logo recomeçou a suar. Apesar de estar com a garganta seca, o suor veio, roubando todo o líquido de seu corpo. Seus ouvidos doíam com o som das cigarras, como se fossem limas de ferro sendo raspadas umas nas outras.

— Você deve estar exausta. Por que não descansamos mais um pouco por aqui? — disse gentilmente Yamada para ela, mesmo já tendo levantado para ir.

— Mas não temos tempo — o sol logo iria se pôr, e ela estava preocupada. Precisavam achar logo algo para comer se quisessem chegar em casa a tempo de preparar o jantar.

As duas tentativas que fizeram foram em vão. Como Anna queria negociar um quimono formal de passeio, ela procurava fazendas onde pudesse haver uma jovem esposa na família. Na primeira casa, uma jovem mostrara interesse no quimono. Anna pensou por alguns minutos que o acordo estava feito, mas a sogra apareceu e impediu a negociação. Na segunda casa, uma velha disse-lhes que não tinha nada para vender, nem arroz, nem verduras, e os escorraçou como cachorros. Entraram então num parque escuro e denso próximo a um santuário para beber água e descansar um pouco. Mas, como a água no lago para peregrinos estava coberta de larvas de mosquitos, apenas se sentaram um pouco na varanda do prédio principal do santuário.

Nas margens de uma estrada que saía dos fundos do santuário em direção aos campos, havia várias fazendas de casas de palha. Apesar do calor do sol, Anna pedalou forte sua bicicleta. Ela estava sentindo pena e preocupava-se com Yamada, que a seguia como um servente leal, ignorando o calor. Um certo embaraço a dominava quando tinha que puxar o quimono na frente dele.

Chegaram a uma casa de fazenda que parecia bastante espaçosa; a ala principal se estendia para os lados e tinha vários quartos grandes. Na cozinha de chão de terra encontraram as mulheres da casa colocando batatas-doces em sacos de palha. A jovem esposa, que tinha mais ou menos a mesma idade de Anna, chefiava o serviço das outras mulheres e de umas garotas que pareciam ser ou suas filhas ou suas irmãs mais novas. Anna usou toda a sua força para conseguir algumas daquelas batatas-doces.

O rosto da mulher se enrijeceu ao ver os dois intrusos. Quando falaram com ela, a mulher ficou em pé em frente à porta, como se quisesse esconder o que acontecia na cozinha. Sugeriram uma troca. Ela balançou a cabeça.

— Não. Não temos nada para vender. Essas batatas são para o Exército, eles vão levar todas.

— Você não quer trocar um pouco de arroz ou cereais por isso? — Anna apanhou o pacote, embrulhado num pano, da caçamba de sua bicicleta e colocou-o com carinho na varanda. Do embrulho, emergiu uma linda roupa de seda, com belos desenhos nas mangas.

— Não. Não precisamos de coisas assim — a mulher mal olhou o quimono; apenas passou a mão vagarosamente sobre a peça de roupa, verificando o valor.

— Dez xícaras de arroz, seis xícaras de cereais e um pouco de verdura. Que tal? Você não conseguiria comprar isso em lugar nenhum por esse preço.

— Não, é muito caro — respondeu a mulher.

— Mas é seda pura, e está quase nova.

— Eu não quero. Não precisamos de artigos de luxo como esse.

O sinal de interesse no rosto da mulher começou a sumir, e ela, ignorando-os, voltou para a cozinha. Anna chamou-a novamente, mas ela parecia não ouvir. Desalentada, embrulhou o quimono, colocou-o de volta na bicicleta e a empurrou para fora do portão da casa.

Com uma boa dose de hesitação, Yamada aventurou-se a fazer uma proposta.

— Você me disse para não falar nada, e eu fiz isso. Mas por que você não me deixa tentar negociar agora? Na próxima casa, não diga nada e deixe-me falar.

— Está bem, mas acho que hoje não é nosso dia de sorte. Vamos ter que acabar pedindo de novo comida para a velha Toku.

— Sim, mas me deixe ao menos tentar. Apenas uma vez — os ombros redondos de Yamada se curvaram um tanto timidamente.

Chegaram às margens do rio. Garotos de tangas nadavam próximos a uma ilha. O Monte Asama, ao contrário da paisagem em Karuizawa, estava de lado, largo e lânguido; nuvens pairavam sobre a montanha. O vento era agradável para seus corpos suados.

Em frente ao rio, havia uma fazenda, cuja entrada era através de uma despensa. Um pouco depois da entrada acomodavam-se nos dois lados pilhas de lenha e de sacos de carvão. À esquerda, no quintal da frente, havia um pasto, e à direita ficava a casa principal. Yamada andou com cuidado pelo quintal e chegou até os aposentos da família.

— É um casal de idosos. Deixe-me tentar meu plano — ele pegou uma pedra de carvão de um dos sacos e escureceu com ela suas mãos, as bochechas e a testa.

— O que está fazendo? — disse Anna.

— Desculpe, mas você se importaria em passar também um pouco disso no seu rosto? Você pode lavar depois. Agora ouça. Vamos nos tornar um jovem casal miserável cuja casa foi destruída durante o reide aéreo em Yahata, que perdeu o filho e tudo o que possuía no bombardeio e conseguiu escapar para o campo. Não se preocupe, eu falo tudo. Você tem apenas que concordar e dizer "Oh, sim" e "Isso mesmo".

— Mas como vamos conseguir...?

— Não se preocupe. Deixe tudo por minha conta.

Anna estava nervosa ao passar o carvão pelo corpo. Ela era uma péssima atriz.

Yamada cobriu sua calça e sua camisa de lama e amassou suas roupas. Então, após deixar sua bicicleta na estrada, entrou, balançando seu grande traseiro, com Anna atrás. Abriu com cuidado a porta de vidro dos aposentos da família e, com uma voz sofrida, chamou:

— Há alguém aí?

Seus modos foram tão convincentes que Anna quase caiu na gargalhada. De dentro da casa surgiu uma velha senhora que parecia um tanto refinada.

— Ah, me desculpe — resfolegou Yamada. Cambaleou e segurou-se em um dos pilares. — Desculpe incomodá-los, mas nossa casa foi destruída pelo reide aéreo em Yahata, e conseguimos escapar para o campo. Temos um pouco de dinheiro. Será que a senhora poderia nos vender um pouco de comida?... A senhora tem um copo d'água?

A velha senhora ficou estupefata com eles e correu para dentro, reaparecendo com uma chaleira de água e dois copos.

— Essa é minha esposa — Yamada apontou para Anna com seu queixo. — É melhor você beber um pouco de água... A senhora vê, ela está grávida... ei, é melhor você sentar e descansar um pouco.

Anna, demonstrando uma habilidade que surpreendeu até ela mesma, fingiu estar à beira de um colapso. Sentou-se na varanda e bebeu como se não visse água havia dias, o que não foi difícil, pois estava realmente com sede.

— Então sua casa foi destruída no reide aéreo, é? — disse a velha. — Ouvi dizer que foi terrível.

— Sim, senhora — disse Yamada, baixando os ombros em desolação. — Foi terrível. Aqueles bombardeiros gigantes, os chamados B-29, vieram com seus motores rugindo e soltaram bombas incendiárias sobre nós. A senhora já ouviu o barulho de bombas incendiárias? São diferentes do som de bombas comuns. Quando uma delas atinge o solo, explode e solta chamas por todos os lados, e em poucos minutos todas as casas viram pó.

— É verdade! — disse a mulher, concordando com a cabeça. Seu idoso marido apareceu na varanda. Os dois se sentaram e ouviram atentamente Yamada contar sua história.

— A bomba incendiária é um cilindro de aço com seis lados — continuou, gesticulando com as mãos e o corpo, e bebendo água. — Os aviões vêm em dois grupos de dezoito. E, quando soltam esses pacotes grandes, a senhora deveria ver, eles se espalham por todos os lados, como um lago de chamas vermelhas. São como fogos de artifício, são bem bonitos no céu, mas, uau, quando atingem o chão, causam um incêndio dos infernos. Foi um desses cilindros que atingiu nossa casa e colocou-a rapidamente em chamas.

— Morreu muita gente?

— Sim. Mulheres e crianças. Foi um bombardeio indiscriminado, havia corpos chamuscados por todos os lados.

— Oh, mulheres e crianças também? — a boca do velho homem estava torta de raiva.

— O nosso lado ofereceu boa resistência. Derrubamos alguns aviões deles. Eu cheguei a ver alguns homens que pularam de paraquedas de um desses bombardeiros serem aprisionados.

— Monstros! Estão matando até mulheres e crianças! — o bigode do velho estava tremendo. — Deviam ser esquartejados.

— Sim, certo... bem, o que acontece é que eu e minha pobre esposa fomos bombardeados para fora de nossa casa, não tínhamos para onde ir. Minha esposa está grávida. Não sabia o que fazer. Lembrei-me de ter vindo aqui em Shinshu quando eu estudava, então pensei que devíamos tentar vir para cá novamente... Imaginávamos que talvez os senhores pudessem nos vender um pouco de comida. Podemos pagar por ela. — Pegou a carteira e mostrou-lhes algumas notas.

A velha trouxe uns *manju* e batatas, e adicionou mais uns cereais e batatas-doces. Colocaram tanta comida que os sacos de palha quase arrebentaram. Mal podiam carregar de tão pesado, e o velho casal vendeu isso por vinte ienes. Depois de agradecê-los com efusiva gratidão, os dois seguiram seu caminho.

Ao saírem da casa, colocaram os sacos nas caçambas de suas bicicletas, e pedalaram fortemente até chegarem à estrada, ensopados de suor.

— Fiquei tão preocupada. Tinha certeza de que iam desconfiar — disse Anna, colocando a mão sobre o peito num gesto de alívio, agora que a fazenda estava longe.

— Conseguimos, não conseguimos? — Yamada sorria enquanto limpava o rosto.

— Mas ainda me incomoda um pouco. Sabe, parece que os enganamos.

— Tudo o que disse a eles sobre o reide aéreo e os prisioneiros é verdade. Ouvi de seu irmão, que foi inspecionar um B-29 derrubado em Kyushu. Ele também imitou o jeito de falar das pessoas de lá, assim eu também fingi um pouco de sotaque. E o que pagamos pela comida foi quase o preço de mercado.

— Está bem, acho que está certo então... Não sei como lhe agradecer.

— Está tudo certo. O trabalho de verdade vai ser levar todo esse monte de coisa para Karuizawa, não?

— Sim, você vai na frente, senhor! — respondeu, como uma boa soldada.

A estrada tinha uma encruzilhada perto do rio e logo começava uma subida íngreme. A mesma estrada pela qual haviam descido com facilidade de bicicleta era agora uma dificuldade ainda maior por causa de toda a bagagem. Depois de várias tentativas de balancear a carga, perceberam que seria mais fácil carregar os sacos de palha nas costas. Yamada insistiu em carregar as de Anna também; e não aceitaria um não como resposta. Amarrou a mala dela na sua e seguiu pela estrada; uma torre de força, com uma torre de coisas nas costas.

*Que homem curioso*, pensou Anna. *Há pouco tempo ele reclamava que estava muito gordo para escalar montanhas, e eis agora subindo ladeiras, e com tanto vigor.*

— Espero que me perdoe por ter fingido que você era minha esposa.
— Ah, não se preocupe.
— Mas dizer que você estava grávida. *Foi* um pouco demais! Seu irmão vai me matar.

Anna não respondeu, apenas sorriu, sentindo-se um pouco desconfortável.

# 3

Eram cerca de 4 horas quando Eri e os outros chegaram em casa. Ela tomou um banho e, quando colocava a roupa, ouviu uma voz na porta da frente. Seu cabelo estava muito despenteado para que ela fosse atender. De algum lugar sua mãe gritou:

— Eri! Vá ver quem é. Yoshiko e eu estamos ocupadas na cozinha.

— Sim, mamãe — Eri prendeu o cabelo, colocando uma presilha nele, e se encaminhou em direção à porta da frente.

Havia um policial lá. Era um homem calvo, de meia-idade, ofegante e coberto de suor. O suor caía-lhe nos olhos, e quando Eri apareceu procurou por um lenço em seus bolsos, mas não achou.

— Esta... esta é a casa do senhor Kurushima, o embaixador... a casa de Sua Excelência o...

— Sim, é sim.

O homem se ajoelhou.

— Sinto muito, sinto muito incomodá-los, mas... há um grande problema...

— O quê? O que é?

— Se fizer a gentileza de vir comigo imediatamente... há um problema grande, e eu não entendo uma palavra do que estão dizendo.

— Desculpe, mas o senhor pode me dizer quem o senhor quer que o acompanhe e onde o senhor vai levá-lo?

O homem fez uma lenta reverência. Depois de puxar enfim um lenço amassado das calças e enxugar a testa e o pescoço, respirou fundo e fez outra reverência, dessa vez a Ken, que viera ver o que estava acontecendo, e mais uma a Yoshiko, que estava logo atrás.

— Peço desculpas, eu devia ter explicado antes. Meu nome é Yoneyama, sou patrulheiro da Delegacia de Polícia de Karuizawa. Uma multidão de estrangeiros está atacando a delegacia. Estão falando um monte de línguas estrangeiras, alemão, inglês, quem sabe o que mais, e não temos ideia do que estão dizendo.

O patrulheiro sorriu aliviado e enxugou o rosto mais uma vez. Seu lenço já estava ensopado. Enrolou-o com ambas as mãos e o torceu.

— E? — perguntou Eri, impaciente. Ela parecia enervá-lo.

— Sim, madame, bem, nós imaginamos que na família de Sua Excelência, o embaixador Kurushima, pudesse haver alguém que entendesse inglês. O chefe me disse para trazer um deles aqui, não, para perguntar se um deles poderia fazer a gentileza de...

Eri olhou para trás, em direção aos outros, tentando entender.

No curso da conversa, seu pai colocara a cabeça para fora de seu escritório.

— Em outras palavras, vocês precisam de um intérprete — disse ele.

Quando reconheceu o embaixador, o patrulheiro ficou rígido como um pedaço de pau.

— Oh, sim, um intérprete. Sim, senhor, é isso.

— Eri, vá você e ajude-os.

— Eu? — Eri inflou as bochechas com um bico grande. — Logo agora que eu ia me divertir com Haniyu e Ken. Além do mais, policiais me assustam, e eu nunca fui intérprete de ninguém.

Mas seu pai já desaparecera para dentro.

— Está bem, eu vou — disse Eri para o policial, que parecia preocupado. — Espere só um pouquinho. Por favor, sente-se.

Ela ajeitou rapidamente o cabelo e vestiu uma calça de fazendeiro. O patrulheiro viera de bicicleta, mas as duas dos Kurushimas haviam sido levadas por Anna e Yamada, e Eri teve que se sentar na caçamba da bicicleta do homem. Ele a conduzia com dificuldade; logo cambaleou e caiu na vegetação rasteira ao lado da estrada. Eri conseguiu pular a tempo, mas o patrulheiro precisou de ajuda para se levantar dos arbustos.

— Você guia a bicicleta — disse ele, tirando os espinhos do corpo. — Eu vou correndo atrás de você.

Quando chegaram à Delegacia de Polícia, encontraram uma multidão de estrangeiros gritando com ira contra os policiais. Ao lado de um velho homem com roupas gastas erguendo seus punhos, uma gorda batia em seu peito num gesto de ultraje. Como tinham suásticas nas mangas e blusas, Eri viu que eram alemães.

O patrulheiro Yoneyama apontou Eri para seus colegas de capacete que vigiavam a porta da frente, e levou-a para dentro. Na delegacia havia cinco representantes do grupo alemão, que estavam parados encarando o chefe de polícia. Yoneyama apresentou Eri para o chefe.

Este último se levantou e cumprimentou-a. Era mais baixo do que ela, com um corte escovinha e olhos estreitos. Eri não sabia dizer quantos anos ele devia ter, talvez 40 ou um pouco menos. Quando viu que Eri era apenas uma garota, pareceu ficar desapontado e guardou o cartão pessoal que ia lhe dar, mas depois pensou melhor e o entregou para ela. Em fontes grandes, dizia: "Ryumei Takizawa, Chefe de Polícia, Distrito de Karuizawa".

— Essas pessoas aqui são representantes de uma das áreas residenciais para estrangeiros. Parece haver algum tipo de desentendimento e nós não sabemos falar nenhuma língua estrangeira. Bem, o capitão Maruki — apontou para um esbelto policial de 30 anos de idade —, que é formado na faculdade, deveria saber um pouco de inglês, mas quando tentou falar com eles se complicou um pouco... Você fala inglês, não?

— Sim — concordou ela com a cabeça —, um pouco.

Maruki explicou rapidamente para ela que, como sempre, os estrangeiros estavam reclamando sobre as rações.

Eri falou aos representantes dos alemães:

— Algum de vocês fala inglês? Posso ser sua intérprete.

Um velho barbudo, cujas pernas finas saíam de sua bermuda, deu um passo à frente.

— Eu falo. De que país você é?

— Sou japonesa.

— Ah, sério? — o homem olhou-a de cima a baixo, em seguida fez um sinal com a cabeça como se estivesse finalmente convencido, e começou a falar num excelente inglês da corte. — O problema é que as rações dos estrangeiros não estão sendo distribuídas de forma correta. Anteontem, na sexta, distribuíram farinha de trigo. Deveria vir um quilo por pessoa, mas quando chegamos em casa e a pesamos, havia apenas setecentas gramas. Quando fomos pesquisar em outras áreas residenciais, descobrimos que *eles* haviam recebido um quilo inteiro por pessoa. Por isso viemos aqui protestar com a polícia, mas a resposta foi que eles haviam pesado as rações e que cada um de nós recebera, sem dúvida, um quilograma inteiro.

Mas, na verdade, nós recebemos mesmo rações pequenas. Continuamos a protestar, mas ainda não recebemos uma resposta satisfatória. Então ontem recebemos uma informação de que a polícia tem desviado nossas rações. Organizamos um comitê de investigação que seguiu a polícia desde a delegacia, e descobrimos, para nossa surpresa, que os sacos de farinha estavam sendo levados para a casa do chefe! Em outras palavras, o chefe de polícia tem roubado as rações dos estrangeiros!

— Entendo — disse Eri, sem ter certeza se devia ou não traduzir isso para o japonês. O olhar de expectativa no rosto do chefe tornou tudo mais difícil para ela.

— A que horas a farinha foi levada para a casa dele? — perguntou para o velho.

Após uma breve discussão com os outros alemães, ele respondeu com precisão:

— Ontem, sábado à tarde, entre 2h15 e 2h20.

— O senhor pode provar que aqueles sacos de farinha eram parte das rações para os estrangeiros?

O velho consultou os outros de novo, mas dessa vez não obtivera uma resposta clara. Uma mulher vestindo um uniforme nazista dirigiu-se a Eri. Tinha bochechas ossudas e um rosto de uma pessoa severa. Falou em inglês com sotaque alemão.

— Os sacos de farinha levados para a casa do chefe eram idênticos aos distribuídos para nós.

Eri deu um sorriso torto.

— O que não prova que os sacos na casa do chefe eram rações para vocês.

— Farinha de trigo não é distribuída para os japoneses. É apenas para os estrangeiros. Temos o direito de receber o nosso suprimento de comida integralmente. O tempo passou e mais uma vez suspeitamos de que o chefe anda desviando nossas rações. Nós, alemães, não temos recebido o suficiente para comer. Estamos com fome, e a culpa é toda da polícia.

— Acho que você está enganada — disse Eri. — Nós, japoneses, também não temos o suficiente para comer. O país inteiro sofre com a falta de comida. Você não está com mais fome do que ninguém.

— Mesmo que os japoneses passem fome, nós alemães não devemos passar. É uma questão de raça.

— Não me importa a sua raça; é a mesma para todos nós.

— Isso está errado. *Não* somos a mesma coisa que vocês.

O velho na frente interrompeu a mulher:

— O que queremos é...

— Eu entendo. Vocês querem distribuição justa das rações, um quilo por pessoa, certo?

— Exatamente.

O chefe de polícia, que observava o diálogo de Eri com os alemães com um crescente desconforto, queria saber sobre o que estavam falando.

— É complicado.

— Por favor, traduza tudo o que disseram.

— Está bem. As opiniões são diversas, e precisei me esforçar um pouco para conseguir uma conclusão deles. De qualquer forma, o problema é que nas rações de anteontem os moradores da área deles receberam apenas setecentas gramas cada, quando deveriam receber um quilo. Querem receber o resto da cota justa.

— Isso é tudo?

— Alegam que a polícia tem ficado com o resto da cota.

— Isso não é verdade. Que prova eles têm...?

— A mulher diz que, se eles não receberem a cota justa, ela vai reclamar na Justiça. Será que o senhor não pode dar a cada um deles mais trezentas gramas?

— Mas...

— Dizem que alguns deles viram sacos de farinha sendo levados da delegacia para a sua casa.

— É por isso que fizeram essa algazarra? — o chefe estava surpreso. — Aqueles sacos me pertencem. Eu os guardei na delegacia por muito tempo. Não é comida racionada.

— Eu lhes disse a mesma coisa; que ver apenas alguns sacos na sua casa não prova que o senhor os roubou.

— Não mesmo.

— O importante é que, quando receberem a cota inteira, vão parar de protestar.

— Está bem, diga-lhes então que não posso fazer nada agora porque a partilha atual já terminou, mas que na próxima rodada as rações vão primeiro para o distrito deles, e cada um vai receber também mais trezentas gramas.

Eri traduziu, e os alemães fizeram uma conferência. A mulher nazista pronunciou a conclusão deles em inglês:

— Faça com que ele coloque no papel o que disse, e que assine.

O chefe concordou com a cabeça. Eri preparou o documento, leu para eles e, ao conseguir a aceitação dos representantes, fez com que fosse assinado. Os alemães, satisfeitos, saíram da delegacia, e a multidão do lado de fora dispersou-se em silêncio.

— Estamos muito agradecidos a você, senhorita Kurushima — disse o chefe de polícia, ajoelhando-se de forma um tanto exagerada. — A senhora fez um trabalho excelente. Estavam aqui desde a manhã, e não se acalmavam. Tiraram-me de casa no domingo. Não tínhamos ideia de como lidar com eles, e então você veio e cuidou do assunto em menos de dez minutos.

— Meu inglês é inútil — disse o capitão Maruki.

— Deixe-me fazer-lhe uma proposta — disse o chefe. — Você sabe que a população estrangeira nas redondezas cresce a cada dia, e estamos tendo que negociar com eles o tempo todo: quem vai morar em que lugar, quem recebe as rações dadas pelo escritório de estoque de comida, como os tíquetes de ração e as rações são distribuídas. O capitão Maruki aqui não consegue lidar com todo o inglês que isso envolve. Estava pensando, senhora Kurushima, se a senhora não podia vir trabalhar para nós como intérprete num esquema de meio-período.

— Oh, não sei se sou capaz... Tenho que conversar com meu pai.

— Sim, faça isso, por favor. E irei visitá-los para fazer uma proposta formal.

Eri saiu e começou a andar em direção a sua casa, mas o patrulheiro Yoneyama veio correndo atrás dela.

— Essa é a bicicleta do chefe. Ele quer que a senhora vá nela para casa.

— Oh, mas depois vou ter que trazê-la de volta.

— Não, essa ele não tem usado.

— Mas eu não poderia...

— Então eu a acompanharei em outra bicicleta, e trarei as duas de volta sozinho.

— Isso é loucura. Não se consegue lidar com duas bicicletas ao mesmo tempo. Não, eu vou andando para casa.

— Não, eu não posso permitir que faça isso. Vá então com a minha bicicleta que eu vou correndo atrás da senhora. Assim eu me exercito.

Eri foi então para casa da forma que viera para a delegacia, pedalando, com o patrulheiro de meia-idade ofegando atrás dela.

# 4

Ryoichi levara Haniyu para mostrar-lhe os distritos próximos, e Ken estava na sala de estar, descansando um pouco dos esforços que realizara. Num canto da sala, sua mãe polia a prataria. Ken andou com cuidado atrás dela. Alice sentiu sua presença e levantou um prato de prata como se fosse um espelho para pegar o reflexo. Ken sorriu para o rosto sorridente na parte de baixo do prato.

— Mamãe, você ficou um pouco magra.

— Não fiquei magra. Fiquei *em forma*, como uma garota bonita.

— Está difícil conseguir comida ultimamente, não?

— Está sim, não há carne de vaca em lugar nenhum, e não fomos qualificados para ter direito às rações para estrangeiros. Não podemos comer como em Tóquio.

— É verdade, já faz um ano que se mudaram de Tóquio para cá.

— Yoshiko me contou que você foi ver a casa em Nagata-cho nesta primavera.

— Dei uma passada lá depois de ter ficado bebendo em Shinjuku, com os rapazes do Departamento de Inspeção. Você não a reconheceria, é como uma concha vazia. Tiraram todos os móveis, inclusive os quadros na parede.

— Mas nós trouxemos apenas parte de nossas coisas para cá. Tudo o que era pesado deixamos lá, e os livros do papai ainda estão na casa.

Ken deu uma olhada nas fotografias sobre a lareira. Na casa deles em Tóquio as fotos tinham sido arrumadas cuidadosamente: o casamento dos pais, o nascimento de cada filho, viagens, outras ocasiões. Aqui elas estavam abarrotadas em um espaço pequeno, tudo misturado. Um porta-retratos estava caído no fundo, e Ken o arrumou. Era uma fotografia de Lauren. Com um prazer semelhante ao de uma redescoberta, ele olhou para ela, seu peito e cintura. Memórias doces daquela noite em Chicago voltaram-lhe. Ao mesmo tempo, pensou sobre o que acabara de acontecer a Margaret. Quando o grupo voltou para casa depois de ter escalado o Monte Sekison, sua mãe convidou Margaret e Ryoichi para jantarem, mas Margaret recusou, dizendo que tinha que cuidar de sua mãe, que estava de cama. Ken disse que a acompanharia até o poço perto da casa dela. No caminho, Margaret entrara de repente numa rua estreita. Ken a seguiu, mas ela continuou na frente. Ao final da rua, ela correu para dentro de um cemitério. Ken continuou atrás e a alcançou, e eles se abraçaram. Os topos das árvores se dobravam com o vento. Maggie permaneceu com os olhos fechados. Seu rosto magro era bonito, e ele sentiu alegria e admiração pelo que acabara de fazer, e ao mesmo tempo repulsa por ela ser tão jovem. *Quando eu soltei, ela disse "Não!" e se agarrou a mim. "Mas...", eu queria dizer, "você é tão jovem, e eu não sei se poderia fazê-la feliz", mas me reprimi. Não tenho futuro. Quando piorarem os ataques inimigos, eu provavelmente não vou sobreviver. Só se a guerra acabar e eu ainda estiver vivo, serei capaz de fazê-la feliz. Mas eu não disse nada, e Margaret me esperou falar. Enfim, eu disse apenas "Por favor, entenda. Agora eu não posso prometer nada a você", e Margaret apenas concordou com a cabeça, as sombras dos arbustos cruzavam seu rosto. Ela parecia triste, a ponto de chorar. Eu a acompanhei até a frente de sua casa. "Cuide-se, Ken." "Está bem." "Quando você vem de novo?" "Não sei." "Bem, então cuide-se." Sem se virar, ela fechou a porta atrás dela.*

Ken colocou a foto de Lauren onde ela estava e disse para sua mãe:

— Nos dias de hoje, estamos alertas 24 horas por dia, e é quase impossível conseguir um dia de folga.

Alice abaixou o prato de prata e virou-se lentamente até ficar face a face com ele.

— Ken, há algo diferente em você.

— O quê?

— Parece que há algo lhe incomodando.

— Sério? — Ken lembrou-se da conversa desagradável com o general Okuma. Mas discutir isso com sua mãe apenas a preocuparia. — Bem, talvez seja porque estou trabalhando num novo caça. Atingimos o primeiro estágio de desenvolvimento.

— Oh, então é isso? — havia rugas embaixo de seus olhos, e ela ainda parecia preocupada.

— Qual o problema, mamãe?

— Bem — começou Alice, como se estivesse escolhendo as palavras —, outro dia ouvi alguém falando sobre um garoto, metade americano como você, que foi recrutado para o Exército. Tornaram a vida dele um inferno. Eu estava imaginando se algo parecido ocorreu com você.

— Ah, não se preocupe, estou bem — Ken abraçou a mãe e acariciou-lhe as costas. — Não se esqueça, eu me criei aqui sozinho. Eu tenho um físico forte, ameaças nunca me incomodaram. Mamãe, não é próprio da senhora se preocupar com esse tipo de coisa.

— Acho que você está certo — o sorriso voltou-lhe ao rosto. — Desculpe. Cá estou eu, após todo esse tempo sem te ver, tocando num assunto desagradável como esse. Não sei o que me aconteceu. Talvez seja a idade. Comecei a me preocupar com coisas pequenas.

— A senhora não está nada velha — enquanto a confortava, Ken olhou para o jardim e viu que seu pai estava agachado lá, regando as batatas. Ele estava dobrado, um velho homem agora. Ken sentiu uma onda de tristeza ao pensar que seus pais estavam chegando ao fim de suas vidas.

— Ken, quero lhe pedir um favor.

— Qualquer coisa, madame embaixatriz — tirou o chapéu e fez uma reverência cortês.

— Oh, não é nada, é que eu queria vê-lo num quimono. Faz tanto tempo.

— Um quimono? Sem problemas. Na verdade, eu queria mesmo me trocar.

Os dois subiram para seu quarto no segundo andar. Alice tirou do baú um quimono masculino de paulównia e o colocou com os lados interno e externo visíveis sobre a cama.

— Não, mamãe, esse é um quimono de inverno. Estamos no meio do verão. Preciso de um *yukata* leve.

— Oh, este é o errado? Eu queria vê-lo *neste*.

Ken sorriu com o engano de sua mãe e tirou um *yukata* da gaveta. Yoshiko ou Anna deve ter colocado as roupas em ordem, pois as coisas de verão estavam bem guardadas, tudo passado e dobrado. Sua mãe o ajudou a amarrar a faixa, mas ela amarrou muito acima da cintura, produzindo um efeito estranho.

— Pode deixar que eu faço, mamãe.

Enquanto Ken ajeitava a faixa dura em volta da cintura, seu pai, também trajando um *yukata*, entrou no quarto.

— Alice, vou dar uma caminhada. Ken, você vem comigo?

Ken olhou para a mãe.

— Sim, vá — disse ela. — Faz tempo que você não passeia com seu pai.

A estrada escura que passava entre duas filas de pinheiros estava deserta, apenas uma criança passeava de bicicleta.

— Como estão as coisas em Tóquio?

— Em julho passado começaram a mandar os estudantes para o campo. O deslocamento foi acelerado depois dos reides aéreos em Yahata e Nagasaki. Na manhã de hoje o trem estava abarrotado de gente que fugia da cidade.

— Saipam caiu, e Guam e Tinian estão também quase caindo. A situação é grave. Há uma possibilidade de Tóquio ser bombardeada.

— Não, não é apenas uma possibilidade. É uma questão de tempo. Os americanos estarão construindo bases para os B-29 nas Marianas. Isso colocaria Tóquio ao alcance deles. São apenas 2.500 quilômetros entre as Marianas e Tóquio, e os B-29 podem voar a 7.000 metros.

— O B-29 é tão poderoso assim?

— É sim, papai. Eu inspecionei um que foi derrubado em Kyushu. É um verdadeiro monstro. Pode voar a 700 km/h e a 10.000 metros. Nenhum dos nossos aviões pode alcançá-lo.

— Entendo...

Um canteiro de flores na intersecção fora transformado em uma plantação de milho. As cigarras ficaram em silêncio e por um momento tudo ficou meio tenso. As sombras dos dois homens se alongavam pela estrada vazia atrás deles.

— Estamos tentando desesperadamente projetar um caça de alta altitude que possa pegá-los.

— Vocês vão desenvolver a tempo?

— Para lhe dizer a verdade, é quase impossível. Os projetos avançaram, mas ainda não temos os materiais, principalmente o duralumínio. Com todos os funcionários talentosos longe em combate e a falta de combustível, a produção nas fábricas caiu bastante.

— Os Estados Unidos sempre tiveram uma base industrial na sua gigantesca indústria automobilística.

— Papai, quando o senhor partiu para as negociações, o senhor me disse para que "cumprisse meu trabalho". Eu entendo agora como o senhor se sentia naquele momento. Cumprir o trabalho mesmo sendo algo impossível.

— Eu estou pensando em fazer mais um esforço em favor da paz — disse Saburo, cuja sombra balançava atrás dele. — Temos que acabar com essa guerra em algum momento. E quanto mais cedo, melhor. Se eles pousarem no Japão será muito tarde. Eu sei que, se me ouvissem dizendo isso, provavelmente me taxariam de traidor, mas eu *tenho* que fazer isso. Você entende?

Ken sorriu.

— O filho luta para vencer a guerra e o pai luta para terminar com ela.

— Exatamente — Saburo sorriu também.

— É estranho — disse Ken. Chegaram a um lugar chamado "Intersecção de Seis Estradas". Um pouco mais além ficava o Lago Kumoba; e ao final do lago, a casa de Margaret. — É estranho — repetiu. — Falando assim parece até normal... No fundo eu acho que vencer a guerra é uma coisa vazia. O lado que assassinar mais vence; e isso é tudo. A vitória não significará nada mais do que a satisfação de ter massacrado milhões de pessoas. Uma pessoa luta pelo seu país, mata pessoas, e o ato de assassinar é a "obrigação" que ela tem que cumprir. Tente apenas sussurrar isso no Exército e causará um tumulto. "Pacifista!", "Traidor!", dirão eles. Uma morte que valha a pena, uma morte pelo bem de outras pessoas; não tenho medo de morrer dessa forma. Pode parecer que estou me vangloriando, mas eu realmente me sinto assim. Só que não tenho certeza quanto a morrer numa guerra, que isso seja uma "obrigação" válida. Talvez seja por causa do meu sangue americano, por eu não poder ser um verdadeiro japonês, que eu tenha essas dúvidas. Tem um oficial de alta patente que me trata como se eu fosse apenas meio-humano. Mas, mesmo que eu fosse totalmente japonês, ainda acho que não conseguiria considerar que morrer numa guerra seja uma morte válida.

— Você se arrepende de ter se tornado um soldado?

— Não — disse Ken, com firmeza. — Não me arrependo de ter me tornado um soldado, ou de ser japonês. Não é isso que estou dizendo.

Seu pai permaneceu em silêncio.

— Nem estou tentando tirar o valor dos homens que perderam suas vidas na guerra. Estou apenas questionando a causa pela qual têm morrido. O fato é que governantes deste mundo podem inventar quantas "obrigações" quiserem. No Exército, qualquer capricho de algum oficial superior pode se tornar "uma ordem de Sua Majestade, o Imperador". Podem construir uma "obrigação" atrás da outra, e cada uma dessas "obrigações" pode roubar a vida de um jovem. E tenho certeza de que a mesma coisa acontece no Exército americano. É assim que funciona o Exército.

Ken e o pai chegaram ao lago. Vários jovens estrangeiros ainda nadavam na água gelada. No outro lado ficava o pequeno chalé de teto vermelho onde viviam o padre Hendersen e sua família.

Ken, como se não conseguisse parar, continuou:

— Nós todos juramos lealdade a nosso país, e um exército é parte deste país. Enquanto exércitos existirem, pessoas serão obrigadas a lutar em guerras. Mas... e se todos os exércitos desaparecessem do mundo? Acho que estaríamos livres de termos que matar outras pessoas, de sermos assassinados, de sermos enterrados em tumbas de soldados anônimos. Você acha que isso é apenas um sonho?

— Não, Ken, não é um sonho — disse seu pai, gentilmente. Os dois estavam sentados num banco grande próximo à beira do lago. Umas garotas estrangeiras com os cabelos molhados voltavam para casa e passaram por eles, e não havia ninguém mais por lá, apenas o reflexo das nuvens e do Monte Asama na superfície da água coberta de algas.

— O que você tem em mente é o ideal de um diplomata: que todos os países do mundo se juntem em uma conferência internacional e assinem um tratado para abolir os exércitos e destruir seus arsenais. E, quando esse dia chegar, nenhum jovem jamais será chamado para matar jovens de outros países. E não irão mais se sentir obrigados a considerar suas mortes uma honra. Sim, é isso, esse é o ideal de um diplomata.

— Se tivesse a oportunidade de morrer por um ideal como esse, eu daria minha vida com alegria. Mas...

A palavra "mas" parecia vibrar no ar em volta deles. Ken gelou com o pensamento infeliz de que talvez esse ideal fosse uma fantasia, nada mais do que um sonho covarde para desculpar o medo da morte. Atirou uma pedra no lago e observou as ondas se expandindo e embaralhando as imagens refletidas nele: montanhas, nuvens, árvores.

— Não é um sonho — disse seu pai, lentamente, como se esperasse a água se acalmar. — Como eu disse agora, o único jeito de salvar vidas é por meio de negociações pela paz. Ken, três anos atrás fiz o que pude para evitar a guerra, mas meus esforços não foram suficientes. Quando voltei para o Japão no ano seguinte, o primeiro-ministro Tojo me disse: "Agora eu gostaria que você começasse a pensar como vamos acabar com esta guerra, se tivermos que fazer isso." Fiquei assustado com o fato de um homem na posição dele me dizer algo tão fútil, tão irresponsável; como se a guerra pudesse ser desligada no interruptor. Começar uma guerra é fácil, mas a paz é muito complexa. Na verdade...

Alguém se aproximava. Saburo se calou. Era um casal de idosos, provavelmente de Tóquio; o velho tinha um cavanhaque e vestia uma bermuda de cânhamo e capacete de cortiça, e a velha trajava um elegante vestido longo, que deixava rastro no chão. Uma olhada mais atenta mostrava que a bermuda do homem estava coberta de marcas de lama e que o vestido da senhora estava em farrapos. Ambos tinham olhos encovados e pareciam estar sem fôlego. A senhora esticou o braço em direção a Ken, que não entendeu o gesto, mas seu pai pegou uma moeda de dez centavos do bolso e entregou a ela. O casal ajoelhou-se e foi embora, ainda respirando com dificuldade.

— Na verdade — continuou Saburo, num incerto tom de voz —, um acordo de paz antes de a guerra começar seria a melhor coisa para o nosso país. Estávamos completamente despreparados para uma guerra longa e estúpida. Tojo achava que poderia conseguir uma vitória rápida. Não apenas o Exército pensava dessa forma, mas a Marinha também. O almirante Yamamoto nos presenteou com um ataque-relâmpago brilhante no Havaí, mas nada para sustentá-lo depois disso. São esses políticos e soldados de um tiro só, sempre querendo aparecer para o público, que conduziram o país pelo caminho errado. Antes que acabemos nos rendendo, que seria um destino trágico, temos que concluir um tratado de paz com as melhores condições possíveis para nós. Outro dia eu conversei com o príncipe Konoe, que está vivendo lá em cima, e Yoshizawa, que foi embaixador em Londres, sobre os processos de paz. Por exemplo, pedir à União Soviética para intervir. Eu até iria à União Soviética ou a qualquer outro lugar, isto é, se os poderosos do momento ainda me quiserem por perto. Eu faria qualquer coisa para pôr um fim às hostilidades. O que você acha, Ken?

— Se há alguma forma de conseguir a paz, isso seria ótimo. Mas você acha que os americanos estariam realmente interessados? Pelo que vimos, estão sedentos por vingança. Veja Attu e Saipan, veja os reides aéreos em Kyushu, onde pareciam não pensar em nada mais além de bombardear civis.

— É a "lógica" da vingança. Pelo fato de 2.000 americanos terem sido mortos em Pearl Harbor, milhões de japoneses têm que ser mortos.

— Tudo o que importa para eles agora é a vitória.

— Sim, mas eles também prefeririam uma paz antes da guerra, o que reduziria suas perdas. Ouça, Ken, eu não estou pensando apenas no que eu posso fazer pelo Japão, estou pensando também no país de sua mãe.

Ken abriu um sorriso.

— Faça isso, papai, faça isso.

— Ken... — sua voz falhou. — Até que consigamos a paz, quero que você fique vivo. Pelo bem de sua mãe.

Enquanto se moviam para longe do lago, a escuridão engrossava em volta deles, isolando a pequena luz vinda da casa dos Hendersens, num canto da floresta. Ken pensou em Margaret e logo se sentiu envergonhado por estar refletindo sobre o futuro das nações — o mundo, a guerra, o desenvolvimento de um novo caça —, quando tudo o que importava de verdade era Margaret. Andando atrás de seu pai na volta para casa, pintou no ar a imagem do rosto alvo da menina.

Anna adorava essa hora do dia, que, apesar de a umidade noturna já se pendurar nos galhos e folhas das árvores, a luz do sol de verão ainda se deitava sobre os campos.

Podia ouvir o som de um piano. Eri estava na sala de estar tocando o segundo movimento da "Sonata em Si Maior", de Mozart. Podia ouvir também as vozes de Ken e do pai na varanda.

Na cozinha, Alice e Yoshiko trabalhavam pesado, vertendo óleo de cozinhar, escoando água fervente. Anna lembrou-se da alegria da mãe quando voltaram com toda aquela comida: batatas, cereais e *manju*.

— Espere e veja! — disse Alice. O surpreendente era que ela já havia pegado a cabeça de touro, tirado a pele e retirado a carne, a língua e até o cérebro. A carne iria se tornar um cozido; a língua, um bife; o cérebro, costeletas. Nada seria perdido. Até os ossos seriam aproveitados como enfeite. Era incrível. Por toda a vida tivera cozinheiros à disposição. Onde aprendera a cozinhar sozinha? Até Yoshiko estava impressionada. Talvez o segredo estivesse naqueles cadernos em que ela anotava tudo. Havia dezenas de cadernos grandes, numerados na capa de trás, que ela guardava trancados na estante próxima à penteadeira. Ela normalmente não prestava atenção aos pequenos detalhes, ou os ignorava ou se forçava a esquecê-los, mas de vez em quando demonstrava uma incrível memória. Talvez tivesse lá uma velha receita de família para cabeça de touro!

Yamada se juntou a ela, seu cabelo escovinha ainda estava molhado do banho. Ele certamente não tinha nada novo para vestir, já que trajava camisa cáqui e calça de operário.

— Obrigada pela ajuda desta tarde.

— Pare com isso — disse ele, com um sotaque do campo.

Anna sufocou uma risada, mas se lembrou da atuação dele na fazenda como refugiado, e caiu na gargalhada.

— Somos profissionais, não somos? — disse Yamada, rindo também.

Eri terminou de tocar. Haniyu pegou seu violino e começou um dueto com ela, a "Sonata Kreutzer".

— Bem, bem — disse Saburo, adentrando a sala de estar com Ken. Alice também colocou a cabeça para fora da cozinha, enxugando as mãos num pano.

Haniyu, como Yamada e Ken, sempre tirava o uniforme de soldado quando saía. A diferença era que ele desejava nunca mais ter que vesti-lo outra vez; sentia-se que era quase doloroso para ele ter que se enfiar de volta no uniforme. Não só isso, mas a camisa azul-celeste e a calça branca que trouxera pareciam perfeitas nele. Eri não conseguia tirar os olhos do rapaz e, sempre que ele olhava em sua direção, ela ficava alvoroçada. Anna também percebia o quão apaixonada estava sua irmã.

Eri provavelmente suplicara para que Haniyu tocasse seu violino, e ele pareceu desconfortável nas primeiras notas, mas foi relaxando com o tempo até que encontraram um ritmo comum. O primeiro movimento terminou, e, depois de uma breve pausa, atacaram a próxima parte. Quando terminaram, receberam calorosos aplausos.

— Bravo! Bravo! — a voz alta que se espalhou pela sala era de Ryoichi. Quando foi que *ele* chegou?, se perguntou Anna. — Você tem que desistir do Exército e ser só violinista. Pessoas como eu é que deveriam ser soldados. Sem talento. Disponíveis.

— Ei — disse Ken, num tom de repreensão. — Há três oficiais na sala. É melhor prestar atenção ao que diz.

— É mesmo, Ken-chan? Você também não combina com a imagem perfeita de um soldado. Droga, se não fosse por minha perna imprestável seria um soldado melhor do que você. Coragem, obediência, ideais; tenho tudo!

— Sim, mas faltam-lhe as outras qualidades mencionadas na Receita Imperial para Soldados: cortesia e humildade. Três de cinco não são suficientes... Bem, é sua vez de tocar. Venha.

— Não consigo tocar nada erudito.

— Ah, jazz é legal.

— Se eu tocar jazz, a Polícia Militar virá até aqui.

— Você não nos contou que eles já estão vigiando sua casa? Venha, toque uma balada.

Ryoichi, com um sorriso maroto no rosto, tomou o lugar de Eri ao piano e começou a tocar "Summertime", de Gershwin. Haniyu e Yamada assistiram com os olhos arregalados, e Ken partiu para dançar com sua irmã mais nova.

— Não conheço nada desse tipo de música — disse Haniyu para seu amigo gordo.

— Se um músico não conhece, como diabos poderia eu conhecer?

— Diferentes os Kurushimas, não?

— Com certeza.

Ryoichi tocou três baladas em seguida. Quando Yoshiko começou a arrumar a mesa, Eri e Anna foram ajudá-la, ligando as bobinas antimosquito embaixo da mesa e trazendo as cadeiras.

Alice pediu ao marido para escolher um vinho da adega. Saburo concordou com a cabeça e, com uma cesta na mão, foi buscar uma garrafa. Sua coleção de vinhos diminuíra ao longo dos anos; desde o começo da guerra, não havia garrafas para substituí-las. Agora restavam apenas algumas, e ele só as tomava em ocasiões especiais.

Após alguns minutos, ele reapareceu com uma garrafa deitada na cesta. Carregou-a lentamente, tomando cuidado para não incomodar o sedimento no fundo da garrafa. Anna lembrou-se que Tanaka, antes de ser morto na guerra, também costumava trazer com cuidado o vinho para a mesa, não permitindo que o sedimento se movesse, e quão orgulhoso ficava ao servir tudo com limpeza. Mas seu pai, como era desastrado, bateu o cotovelo na porta da sala de estar e balançou a garrafa. Além disso, ao tirar a rolha do vinho, ele colocou a garrafa em pé, inutilizando todo o seu propósito de carregá-la lentamente pelas escadas.

Alice fez soar o gongo de bronze como na casa deles em Nagata-cho; era o toque para o jantar.

Alice e Saburo costumavam se sentar nas cabeceiras da grande mesa de jantar. À direita de Saburo sentaram-se Haniyu, Ryoichi e Eri; e à esquerda, Ken, Yamada e Anna. Esta não pôde deixar de notar o desapontamento no rosto de Eri por estar sentada longe de Haniyu.

Yoshiko apareceu com um vestido bordado estilo flamengo, que ela usava apenas em jantares formais para convidados importantes, e fazia tempo que Anna não a via com essa roupa. Como agora o cozinheiro Tanaka e a outra criada Asa não estavam mais com eles, Yoshiko é quem tinha que preparar e servir a comida, o que a mantinha ocupada, ora desaparecendo para dentro da cozinha, ora indo em direção a cada um dos convidados para lhes servir vinho. Ao mesmo tempo, empurrava o carrinho com a panela de cozido. Ao levantar a tampa, uma fumaça encheu a sala com um cheiro delicioso.

— Prato especial da madame Kurushima — anunciou, ventilando a panela com a tampa.

— Uau! — disse Ken, levantando-se quase que por inteiro de sua cadeira para olhar. — Incrível! Faz anos que não temos uma festa como essa.

Alice inflou o peito e sorriu. Yoshiko serviu em porções generosas com uma concha os pratos de todos.

— Está delicioso — disse Yamada.

Havia um olhar estranho no rosto de Eri.

— É carne de boi de verdade! Deve ter havido uma ração especial.

Anna tentou comer, mas a imagem da cabeça de touro ensanguentada acabou com seu apetite. Escrutinando com cuidado o pedaço de carne, percebeu dois furos nele, e pelos em volta dos furos.

Eri notou algo no comportamento de Anna.

— Qual o problema, Anna? Não está com fome?

— Nada não, Eri, estou apenas um pouco cansada — deu uma espetada na carne com a faca.

— A barganha deve ter sido dura — disse Haniyu. — Aqueles sacos de palha parecem pesados.

— O senhor Yamada carregou o meu para mim. Ele salvou o dia. E como foi a escalada?

— Foi bastante divertido — respondeu Haniyu. — Escalar é mesmo um luxo nos dias de hoje. Não vimos nenhuma pessoa o tempo todo.

— Fomos até o topo do Monte Sekison — disse Ken. — Ouvimos os ecos com clareza.

— Sim — disse Ryoichi. — Lá é sempre um bom lugar para ecos, mas hoje foi espetacular. Talvez porque o ar fica denso quando se aproxima o verão. A propósito, quando cheguei em casa fui chamado pelo chefe da Polícia Militar.

— Por quê? — perguntou Ken.

— "Chamado" não é bem a palavra certa — o músculo no canto de seus olhos começou a tremer, o que sempre acontecia quando estava tenso. — Já que "minha casa" é agora a delegacia da Polícia Militar, dei de cara com ele, e ele me levou para uma sala e me interrogou. O problema, como eu suspeitava, era Margaret. Ken, não me olhe assim. O chefe continuou me questionando sem parar. Queria saber por que subimos a montanha com uma inglesa.

— Margaret não é inglesa, é suíça.

— *Eu* não disse isso. Ele que disse.

— Se você apenas explicasse que ela é suíça...

— Foi o que eu fiz. Mas ele disse que, como ela tinha sangue inglês, isso a tornava inglesa.

— Que imbecil! Se é assim, então eu sou americano?

— Não, você tem sangue japonês. Em outras palavras, não tem lógica. Para eles, a única coisa que importa é o fato de Margaret ser caucasiana pura. Caucasianos são estrangeiros, e estrangeiros são inimigos. Não importa que sejam nossos aliados, se são brancos, *têm o cheiro* dos inimigos.

Ken pensou sobre isso por um momento e então disse:

— Mas como souberam que subimos a montanha?

— Ah, eles sabem. Estão monitorando todo mundo o tempo todo. Provavelmente quando descemos do ônibus em Oiwake havia um espião por perto. Os movimentos dos residentes estrangeiros estão deixando-os bastante nervosos.

— Mas Margaret ainda é uma criança.

— Não é, não — protestou Eri. — Tem a mesma idade que eu.

— Bem, me desculpe! — Ken colocou as duas mãos em cima da mesa e agachou-se até tocar o nariz na mesa.

— Que terrível, hein? — arrepiou-se Eri. — Eles o interrogam até pelo fato de Maggie ter escalado uma montanha com a gente. E o que você disse a eles?

— Lógico que disse que foi apenas uma escalada.

Anna resumiu a conversa para sua mãe. Alice examinou seus convidados e disse alto, em inglês:

— Outro dia eu estava conversando com o padre Hendersen em frente à casa dele. Quando voltei, dois homens, que pareciam estar me aguardando, me pararam. Queriam saber sobre o quê eu e o pastor conversamos. Logo percebi que era a Polícia Militar. Foram as camisas e boinas coloridas que os denunciaram, eles acreditam que se vestirem qualquer coisa chamativa ou colorida podem se passar por habitantes de Karuizawa. Eu me livrei deles dizendo "Como se atrevem a andar por aí com essas roupas chamativas quando meu filho está na Aeronáutica, trabalhando dia e noite para defender a nação? Que vergonha", eu disse, "vocês deviam estar no Exército!". E fugiram!

Uma gargalhada explodiu em volta da mesa. Anna traduziu para os dois que não haviam entendido.

— Mas mamãe — interrompeu Eri —, em que língua você os dispensou?

— Ora, em japonês, é lógico.

— A senhora conseguiu dizer tudo isso em japonês?

— Eu disse: *Anata-tachi, nani wo asonde iru ka? Baka! Uchi no musuko wa rikugun ni gohoko shite iru yo!*

— Bem, *isso* deve ter servido para eles! — Eri bateu palmas com prazer. — Mas vai acontecer alguma coisa a Maggie? — perguntou, preocupada.

Ryoichi ficou quieto por um instante. O estremecer constante no seu rosto tornava difícil ver o que ele estava sentindo.

— Não contem a ninguém que eu lhes disse isso, porque se isso sair daqui estarei em apuros, estou falando sério. Mas o que acabei descobrindo é que a Polícia Militar está verificando secretamente a correspondência das pessoas. Isso é algo que a Tokko anda fazendo também; faz parte da rivalidade entre eles.

— O que é Tokko?

— Ela é mais conhecida como Polícia do Pensamento.

— São assustadores?

— Sim, são. Têm poderes especiais. Podem pegar quem quiser por "atitudes não patrióticas". Dizem que o novo chefe da Polícia Civil daqui é um deles.

— O chefe? Mas ele não parece nem um pouco assustador.

Saburo, que só escutava, perguntou:

— Eri, o que aconteceu com você na polícia hoje?

— Os alemães criaram uma balbúrdia. Alegavam que o chefe estava roubando suas rações. Mas não podiam provar isso; mesmo assim a polícia garantiu um aumento nas rações deles na próxima leva. Ah, sim, e o chefe me pediu para ser intérprete deles, e disse que viria solicitar sua permissão. Mas, se eles são Polícia do Pensamento, não quero fazer isso. Papai, o que faço?

— Bem, pelo menos ao permitir que eles e o estrangeiros se entendam você está ajudando outras pessoas. Você não é muito ocupada mesmo.

Eri encolheu-se com o olhar do pai. Desde que a família saíra de Tóquio, parara de ir à escola. A escola para garotas em Komoro era muito longe. Saburo sugerira que estudasse em casa, mas, ao contrário de sua irmã, ela não gostava de livros; assim, acabou ficando sem nada para fazer o dia todo, e sua ociosidade irritava seu pai.

— É uma boa ideia — disse Ryoichi. — Ter contato com a Polícia do Pensamento pode ser muito útil para sua família. E acho honestamente que... — mesmo o indiscreto Ryoichi não podia continuar o que ele queria dizer na frente de Alice.

— Não gosto da ideia de tratamento especial — disse Eri.

— Não é só para sua família, pode ser útil também para outras pessoas. Para Maggie, por exemplo.

— Por que Maggie? — mais uma vez uma sombra de desconforto passou por seu rosto. Ouvira Anna dizer que a Polícia do Pensamento marcara o padre Hendersen, o ex-embaixador Yoshizawa e alguns outros como "pacifistas", e estava fazendo uma vigilância especial sobre eles. Parecia também que o nome de seu pai fora mencionado.

A fim de distraí-los e mudar de assunto, Yoshiko trouxe o próximo prato. Eri deu uma mordida e exclamou:

— Uau! Língua cozida, não acredito. E costeletas frescas. Isso é incrível!

Até Anna, ao ver sua salada favorita, uma mistura de couve, tomates e pepinos, recuperou seu apetite.

— O que aconteceu, Anna? Não se sente mais cansada? — perguntou Eri.

— Aposto que está nublado agora à noite — disse Yamada.

Anna abriu a cortina escura e olhou o lado de fora. Uma névoa branca, cor de leite, descansava pesadamente sobre o chão ao lado da varanda.

— Como você sabia? — perguntou.

— Nasci numa região montanhosa. Normalmente sei quando há umidade suficiente no ar para ficar enevoado.

— Ryoichi, você consegue voltar para casa quando está nublado?

— Sem a menor dificuldade. Nesta região posso andar de olhos vendados.

— Ryoichi, o lorde de Karuizawa — disse Ken. — Mas Karuizawa mudou bastante, não foi? Hoje, quando estávamos perto do lago, encontramos gente que parecia ser nobre, mas na verdade eram mendigos.

Ryoichi concordou com a cabeça.

— Aumentou muito o número de mendigos e ladrões. Os russos brancos que vieram para cá refugiados da Manchúria estão sem um tostão no bolso. Os alemães da Batavia sempre sofrem com a falta de comida; conseguiram um pouco roubando dos campos dos fazendeiros. E os japoneses estão sofrendo também. Quando ocorre um aumento populacional desses, não se tem o suficiente para viver.

— Oh, foi o que eu disse aos alemães lá na delegacia — contou Eri. — Disse que não são os únicos que estão vivendo com dificuldade.

— Muitos estrangeiros parecem não entender que os japoneses têm uma dieta diferente, e logo reclamam. Quando não distribuem pão, eles logo acham que estão sendo excluídos do racionamento. Quando as autoridades tentam compensar a falta de pão com batatas-doces, ficam furiosos. Mas os alemães e os italianos são aliados do Eixo, e pelo menos *têm o direito* de reclamar. Americanos, canadenses, os forasteiros inimigos não podem dizer uma palavra.

— A propósito, Ken, como você está pilotando? Melhor? — perguntou o pai, abruptamente. Anna torcia para que a conversa passasse longe do assunto "aviões".

— Kurushima — disse Yamada — é de primeira classe, um dos dois melhores pilotos de todo o departamento. E eu sou um dos piores.

— Ele é um piloto nato — concordou Haniyu. — Não apenas sabe pilotar, como atira muito bem. Ele é bom o bastante para participar de combates reais.

Ken fez um aceno.

— Não, não, não sou tão bom. Eles estão exagerando nos elogios.

— Eu adoraria assistir aos voos de vocês todos — disse Eri.

— Está bem, na próxima vez, nós três voaremos aqui — disse Yamada. — Vamos sobrevoar o pico da montanha que vocês subiram hoje, e depois seguir em direção àquela fazenda em Komoro. Sim, vamos nos aproximar de onde vocês escalaram e de onde fomos barganhar, então vamos fazer uma descida rápida e, em seguida, um *loop*, um *loop* bem acima da casa de vocês...

— Depois de amanhã vamos voar para a China — disse Haniyu. Ele estava um pouco bêbado. Ken logo fez-lhe um sinal, e ele se calou.

— Como é, Ken, vão voar até a China? — perguntou sua mãe.

— Não, não, Haniyu e eu vamos para a China — respondeu Yamada em um inglês bastante bom. — Seu filho fica no Japão.

— Oh! — ela parecia aliviada. — Bem, já que terminamos de comer, gostaria de informar que, infelizmente, não temos sobremesa.

— Mamãe — disse Anna —, que tal a comida de pilotos que o senhor Yamada trouxe? Por que não servimos isso?

— Boa ideia — Alice pediu para Yoshiko trazer o carrinho da cozinha.

— Vejam! — Eri pegava cada pílula e mostrava para todos enquanto Yamada explicava.

Anna pegou uma pílula de chocolate da bandeja de prata e colocou-a na boca. Era doce, uma doçura da qual ela se esquecera por completo.

— Fazia décadas que eu não comia algo doce assim — disse ela, e sorriu para Yamada.

Após a refeição, Haniyu começou a tocar violino. Dessa vez era uma peça suave. Eri nunca a ouvira antes e se confundira um pouco no começo quando tentou acompanhá-lo, mas logo pegou o jeito.

Ken levantou-se para dançar com sua mãe. Yamada aproximou-se de Anna e disse num tom de voz bastante cortês:

— Eu não sei dançar mesmo.

— Ah, nem eu.

— Quer dizer que há alguém nesta casa que não dança?

— Lógico que sim. Não consigo fazer nenhum passo difícil, e meu pai não sabe dançar nada.

— Fico aliviado por escutar isso.

— Esfriou um pouco. Você deve estar com frio.

— Nem um pouco — Yamada dobrou seu braço grosso e o coçou. — Na verdade eu prefiro o frio.

Anna acabara de vestir um suéter quando Ryoichi veio até ela e sussurrou:

— Eis um belo casal.

Anna, pensando que ele estava provocando Yamada e ela, começou a protestar, mas então percebeu que os olhos dele estavam voltados para Haniyu e Eri. Ficou aliviada, mas ao mesmo tempo, para sua surpresa, sentiu um pequeno desapontamento.

Ken dançava com sua mãe numa faixa de grama próxima à varanda. Sob a luz opaca que escapava das cortinas negras, a neblina parecia um grande rebanho de carneiros atravessando a floresta de lariços.

— Ken, em que você está pensando?

— No meu desejo de que toda essa neblina fosse um sorvete de fruta.

— Se fosse inverno, eu faria para você agora mesmo.

— Você continua dançando tão bem quanto antes, ainda é cheia de energia.

— Ah, sou jovem ainda. Continuo com meus 20 anos, querido.

— Ha ha... Você costuma ir à casa de Maggie?

— Ah, sim, quase todos os dias.

— Como está a mãe dela?

— O problema no coração da mãe de Maggie não é assim tão grave. Mas ela é do tipo que se preocupa fácil. É obcecada pela ameaça de o marido ser morto. E não é de estranhar. Assim que a guerra começou, todos seus amigos japoneses viraram-lhes as costas. Ninguém mais vai visitá-los. Você esteve lá hoje de manhã e viu que quase toda a sua congregação agora é composta de estrangeiros. Eu acho que devo ir lá de vez em quando para lhes dar apoio...

— Quando estávamos escalando hoje, fiquei preocupado com Maggie. Ela não me parece feliz.

— E como poderia? Para estrangeiros, este país não é o lugar mais confortável para se estar hoje em dia.

— E para você, mamãe?

— Eu? Eu sou japonesa. Estou bem aqui. Obrigada por perguntar.

— Mas...

— O que você está pensando? Sou mãe de um maravilhoso oficial militar japonês. Eu não dou a mínima para o que pensam os tiras ou a Polícia Militar.

— Bom saber. Mas, mamãe, você é forte; Maggie é fraca. Use um pouco de sua força para ajudá-la.

— Claro que sim... Você tem que partir hoje à noite? Será que você não pode pelo menos pernoitar aqui?

— Não posso. Amanhã tenho uma missão da qual não posso fugir. Tenho que voltar no último trem ainda hoje.

— Essa missão não é perigosa, é?

— Não.

— Você não vai para a China, vai?

— Não, mamãe. Por que a suspeita?

— Sou apenas uma mãe preocupada, que quer apenas que o filho permaneça vivo.

— Eu vou sempre permanecer vivo.

— Sim, sempre, sempre.

Alice pressionou seu rosto no peito do filho. Ken a abraçou.

Ken planejara atravessar a neblina a fim de fazer uma visita a Margaret, mas decidiu não ir. Vê-la novamente apenas lhe traria dor. Em vez disso, resolveu ficar com a mãe até o último minuto, e continuou acariciando suas costas suaves e quentes.

# VI

O SORRISO DO DIABO

# 1

Voar em formação era fácil quando se estava no segundo ou no terceiro avião. O major Kurokawa, que liderava o grupo, tinha mais de 1.500 horas de voo e realizara inúmeras viagens entre a China e o Japão. Tudo ficaria bem se Ken apenas o seguisse.

Ken virou-se para Haniyu, no avião à sua esquerda. Sem saber que era observado, Haniyu olhava apenas para frente. Ken acenou, mas ele não percebeu. *Está bem então*, pensou Ken, *vou abanar minhas asas na sua direção*. Mas, se exagerasse, Mitsuda, no bombardeiro atrás dele, poderia suspeitar. Ken, enfim, deu uma pequena sacudida em suas asas. Mas Haniyu continuou a não perceber.

Estavam a 2.000 metros de altitude. Abaixo, a vista do mar estava totalmente limpa, exceto por umas nuvenzinhas que flutuavam como fortalezas semiconstruídas. Apesar disso, sobre as montanhas Chugoku, à direita, e as Shikoku, à esquerda, formava-se um teto escuro de nuvens *cumulus* — colunas gigantescas com aparência pesada e sólida, que não flutuavam no céu, mas estavam ancoradas na Terra. As ilhas, grandes e pequenas, do Mar Interior pareciam-se mais com fragmentos de continentes que afundaram no oceano do que realmente ilhas. À sua frente, os picos das montanhas furavam as nuvens, dispondo-se como sinais de trânsito. Não podia perder tempo agora verificando sua posição no mapa. *Apenas confie no líder, e o siga*. Era bom não precisar pensar.

Ken virou-se para olhar o avião atrás do dele e viu Mitsuda na cabine, com suas sobrancelhas grossas, e seis tripulantes em fila mais atrás. Um bombardeiro bimotor era um avião grande, completo, com todas as partes de sua maquinaria embarcadas, parecendo um enorme pássaro abrindo caminho para seu pesado corpo através do ar. Ken ergueu a mão e acenou. Mitsuda respondeu. Parecia estar apontando para baixo.

O avião-líder abanou as asas e começou a descer. Ken abriu o manete de gasolina. Haniyu, distraído, manteve altitude, até que finalmente percebeu e voltou a seguir os outros, mas estava tão rápido que arrancou na frente. Altitude de 1.500, 1.000, 500 metros. A pressão nos tampos de ouvido de Ken era dolorosa. Engoliu seco, e sentiu-se melhor. O avião-líder abanou as asas novamente, era um sinal para olharem para baixo.

O que era aquilo ali embaixo? Parecia uma ilha longa e estreita.

Não, era um navio de guerra. Pelo rádio ouviu-se a voz de Mitsuda: "É o Yamato." O famoso Yamato. Era gigantesco.

Quantas armas havia nele? As poderosas armas na torre de tiro principal; as incontáveis armas de alta precisão. A imagem era assustadora. Não escondia sua razão de existir, divulgava-a na verdade: uma máquina de matar. Quanto a isso, era diferente da maioria dos aviões, que mantinha suas armas escondidas a fim de manter velocidade. Ken adorava aeromodelos quando criança, mas nunca se interessara por protótipos de navios de guerra; simplesmente não conseguia gostar de algo com todas aquelas armas penduradas. Pequenas figuras eram visíveis no convés, ananicadas pela maciça torre de comando e pelas enormes chaminés. Embrulhada por várias camadas de pesadas placas de aço, era uma fortaleza, construída sem se importar com a força da gravidade. O poder de flutuação na água era maior do que no ar.

Mas a fortaleza de aço ficava indefesa diante de um ataque aéreo. Assim foi em Pearl Harbor, assim foi com o Repulse e o Príncipe de Gales. Podia-se construir trezentos aviões com menos do que se gastou com o Yamato, e também com suas bombas e torpedos. Ken devia se sentir orgulhoso e estupefato ao ver esse navio de guerra inafundável, o maior do mundo, o orgulho da Marinha Imperial, mas ficou surpreso ao se perceber imaginando, por um momento, ser um piloto americano prestes a atacá-lo. Podia até ouvir o general Okuma falando sobre seu "sangue inimigo". Mas qualquer um que conhecesse o poder dos aviões consideraria aquele monte de aço complexo e bombástico algo ultrapassado do ponto de vista de defesa.

As armas brilhavam. O convés resplandecia. As bandeiras eram vermelhas. Parecia mesmo uma ilha. Ken não conseguia se livrar da fantasia de atacá-lo. Ao mesmo tempo, não podia evitar o medo de que aquelas armas estivessem apontadas para ele, prontas para acertá-lo.

Voou sobre o Yamato. Estava agora sobre as docas navais em Kure, onde havia cruzadores e contratorpedeiros nos ancoradouros. De repente percebeu que perdera de vista o avião-líder. Abriu o manete de gasolina, vasculhou o céu à sua volta, e então encontrou o bombardeiro 97 e os dois Hayates, e foi atrás deles a toda velocidade.

Do rádio veio a voz do major Kurokawa:

— Onde você está?

— Desculpe, senhor. Não estava atento — concentrou-se em manter-se em formação.

Voaram para longe da costa, em direção aos mares novamente. Passaram sobre o Estreito de Shimonoseki e sobre Kyushu. Bem à frente deles ficava o aeródromo de Gannosu. O avião estava lotado de munição, e se não tomasse cuidado com os flaps iria bater com tudo na pista e quebrar as rodas. Seguiu o avião-líder, fazendo pequenos ajustes de velocidade, e conseguiu realizar uma aterrissagem de três pontos. Ali iriam reabastecer e partir para Xangai.

Era um aeródromo civil, o qual os militares haviam requisitado temporariamente. Os homens que vieram correndo dos hangares pareciam nunca ter visto um Hayate, e se amontoaram em volta dele. Deixando a manutenção dos aviões para a tripulação que saiu do bombardeiro, Ken e os outros pilotos entraram no prédio.

O major Kurokawa abriu bem o mapa.

— Eis o plano de voo. Agora são 11h22. Vamos partir às 13 horas. Nosso primeiro objetivo será a Ilha de Chejudo, na península coreana; o segundo, Xangai. Um total de 1.000 quilômetros; o tempo de voo será de duas horas e meia. Primeiro, a Ilha de Chejudo. É fácil, apenas mirem suas bússolas para o oeste e voem em linha reta. Então girem para trinta graus ao sul para chegar a Xangai. Nesse caso, nosso ponto de referência será a água amarela na foz do Yangtze, que se abre em leque com o mar. Se mirarem as pontas do leque vão atingir Xangai. Entenderam?

— Sim, senhor — responderam sérios Ken e Haniyu.

Mitsuda fez um leve aceno com a cabeça, como se dissesse que isso era tão simples que já tinha entendido tudo.

— Atenção agora — Kurokawa retirou três pistolas de cano longo de uma sacola a seu lado. — Eu vou dar uma para cada um de vocês. Sabem usá-las?

— Sim, senhor — respondeu Ken. — Treinamos tiro na Escola de Aviação.

— Está certo. Cada um de vocês receberá dez balas. Sete delas são para disparar contra o inimigo, e três vocês guardam. Por que guardar três balas? Mitsuda, você não está falando nada. Eu acho que você sabe por quê.

Ken e Haniyu trocaram olhares. Ninguém sabia a resposta.

— Uma é para o tanque de combustível, para que vocês o incendeiem. As outras duas são para vocês se matarem com um tiro na testa. Se ainda não estiverem mortos, atirem novamente. Entenderam?

— Sim, senhor — respondeu Haniyu, com uma voz rouca. As pernas de Ken tremiam. Tentou reprimir a tremedeira, mas isso apenas piorou.

— Estamos a caminho de território inimigo. Há submarinos inimigos no mar, apenas aguardando algum peixinho para pegar, e aviões inimigos por toda a China. Se forem forçados a aterrissar, será em território inimigo, e lá é que vocês precisarão da arma. Está certo? Vamos comer alguma coisa.

O major removeu a tampa da sua tigela de arroz e enfiou a comida dentro da boca. Mitsuda serviu chá. Ken e Haniyu também começaram a comer.

— Se encontrarmos um avião inimigo, temos permissão para atacá-lo? — perguntou Ken.

— Não, seu imbecil! — Kurokawa parecia furioso, mas havia um resplandecer de sorriso em seus olhos. — Nossa missão é transferir os novos aviões para a China, não lutar. Se você vir um avião inimigo, apenas gire e fuja.

— Com o tanque de combustível extra, não se pode lutar.

— Certo — disse Kurokawa. — Não se esqueça, o combustível extra é carga também. É proibido jogá-lo fora.

Kurokawa polvilhou o arroz com pedaços de picles, carne seca e verduras cozidas, e devorou tudo misturado com uma xícara de chá. Seus ombros estavam arqueados agressivamente, e ele cuspia grãos de arroz enquanto falava.

— Como estão os aviões?

— Meu propulsor está com um pequeno problema — disse Ken, informando ainda que havia pedido à tripulação que desse uma olhada nisso.

— O meu está com problemas de pressão de óleo. Os aviões que estão rodando por aí me parecem ter sido feitos sem cuidado. Droga, está quente!

— Kurokawa limpou o suor do rosto. O edifício era de frente para o mar, com as janelas abertas, e uma brisa gostosa entrava através delas, mas a claridade da pista, os telhados de estanho e as paredes de alumínio ainda faziam com que parecesse uma fornalha. — Tenho péssimas lembranças desse lugar. — Quando terminou de comer seu arroz, ele se levantou. Colocando a cabeça para fora da janela, observou o mar e as bandeiras de sinalização vermelhas e brancas balançando com o vento. — Foi três anos atrás. Um esquadrão de Tsubasas partia para Taiwan, quando o segundo avião derrapou na pista e bateu na multidão que estava assistindo. Uma hélice pode cortar de verdade. E foi o que fez, fatiou a plateia. Havia sangue e pedaços de corpos voando por toda parte. Desculpem-me por contar isso durante a refeição.

Partiram no horário marcado. Os três aviões entraram na pista juntos. Os tanques extras estavam cheios, e os aviões mais pesados do que o normal. Taxiaram por um tempo interminável, mas as rodas não saíram do chão. Um pouco antes de terminar a pista e começar o mar, conseguiram levantar voo. Ken ia fazer uma curva, quando o pé que estava no pedal escorregou em algo molhado. Era óleo. De onde estava vazando? Não havia como voar 1.000 quilômetros daquele jeito.

— Aqui é o primeiro-tenente Kurushima. Senhor, estou com um vazamento de óleo. Vou voltar para verificar.

— Está bem, volte sozinho. Nós seguiremos em frente.

— Sim, senhor.

Fez um giro sobre o mar e aterrissou novamente no aeródromo.

— Qual o problema? — foi um velho homem que apareceu, um membro da equipe civil de manutenção.

— Estou com um vazamento de óleo.

— Não sei muito sobre caças.

— Vou olhar junto com você. Ajude-me, por favor.

Ken pegou emprestado um macacão e foi trabalhar na pequena cabine, suas mãos logo ficaram sujas de óleo, o suor pingava. Manutenção era um exercício físico duro. Custou-lhe muito desenroscar um simples parafuso de seu encaixe estreito. O homem da manutenção desenroscou um parafuso atrás do outro e retirou a tampa. Após duas horas de trabalho, descobriram o problema: havia um vazamento na bomba de pressão de óleo do trem de aterrissagem. Dois outros membros da manutenção apareceram, e só conseguiram consertar o vazamento um pouco antes das 16 horas. Se decolasse agora, estaria escuro quando chegasse a Xangai. Não tinha a menor confiança em sobrevoar território desconhecido à noite. Não, nem durante o dia voara sozinho sobre o mar por duas horas e meia. Pensou em seguir um voo civil para Xangai. Foi até o escritório e perguntou se havia um voo marcado para aquele destino naquele dia.

— O voo de hoje saiu de manhã.
— E amanhã?
— O próximo voo é em uma semana.

Não tinha escolha. Voaria sozinho.

Preparou-se para decolar às 16. Voou em direção ao oeste. Até as Ilhas Goto conseguia se encontrar no mapa. Altitude de 3.000 metros. E depois estava sobre água. Devia haver tubarões antropófagos e submarinos à espreita por todos os lados. Vestia seu paraquedas, mas teria utilidade? Mesmo assim mostrava-se impaciente, verificando as cordas do paraquedas. *Qual o problema, Ken, está com medo? Não, não estou com medo. Apenas calculando minhas chances.*

Trinta minutos se passaram, e então uma hora. A agulha no medidor de combustível começou a balançar. Devia haver alguma ilha por perto agora, mas no horizonte via apenas água. Pensou ter visto uma pequena ilha, mas na verdade era a sombra de uma nuvem. *Estou vagueando pelo espaço azul*, pensou, *azul acima de mim e azul abaixo de mim*. O pedal estava escorregadio. Talvez não tivessem limpado todo o óleo. De repente perdeu velocidade. Abriu o manete de gasolina, mas não obteve resposta. O motor estava a toda potência, mas não conseguia velocidade. Se não conseguir subir, um avião cai. Uma corrente de ar? *Não, o propulsor deve estar falhando novamente; a arfagem está muito curta.* O motor estava superaquecido. Ele deveria ter pedido aos tripulantes para verificar várias vezes, para ter certeza de que as conexões elétricas estavam funcionando.

O avião de Ken começou a cair. Caiu pelo menos uns setecentos metros, via já as cristas das ondas. Injetou mais metanol para esfriar o motor, e apertou mais uma vez o botão que ajustava a arfagem do propulsor. Dessa vez funcionou. E seguiu em frente. Então, bem abaixo dele — será que era mesmo? — sim, uma ilha. Era Chejudo. Praia. Terra. Estava salvo. Podia consertar o propulsor lá. Avistou uma pequena pista aterrissável próxima ao sopé de uma montanha. Era muito pequena, e não parecia haver nenhum hangar de serviço, apenas uma cabana que mais parecia um barracão de armazenamento. Seria impossível decolar de uma pista tão pequena. *Prossiga, siga até Xangai. O avião vai aguentar.*

*Meu Deus*, Ken começou a rezar em inglês, *dependo do Senhor. Coloco minha vida em Vossas mãos.*

*Estou sobre o mar mais uma vez* (ainda pensava em inglês). *Não tenho combustível suficiente para voltar, tenho que seguir em frente.* Um vento forte soprava do nordeste, com uma velocidade de uns quinze metros por segundo. *Tenho que verificar minha bússola de navegação.* Fez um rápido cálculo mental, dividiu a velocidade do vento pela velocidade do avião. *Apenas continue voando nesta direção. Não fuja de seu plano de voo.* O céu acima dele estava bloqueado por nuvens *cumulus* cinza. O avião estava sendo pressionado. Se conseguisse subir para 7.000 metros, estaria acima das nuvens, ar calmo, mas não conseguiria visualizar terra. Lembrou-se do voo visual que fizera na Escola de Aviação. Naquela vez, um vão repentino nas nuvens o salvara, e tinha o solo japonês sob ele. Não era o caso agora. Havia ondas... ondas gigantes. Jamais pousaria em águas tão fortes. Continuaria voando na direção que reconhecia como a certa. *Oh, Deus, estou sozinho diante do Senhor. O Senhor está me olhando?*

Ontem dançara com sua mãe sob um nevoeiro. O corpo dela estava quente, e exalava um cheiro gostoso. O nevoeiro flutuara em volta deles, como num sonho. Lauren também exalara um cheiro gostoso quando dançara com ela. E então a fragrância do corpo de Margaret no ar úmido do cemitério veio até ele, mais forte do que as outras. De repente Ken ficou cheio de desejo. Cercado por mar e céu, sua mente se afundava em um nada. O desejo, desejo que queimava agora seu corpo, era um sinal de que estava vivo.

A grossa cobertura de nuvens terminou e pôde ver, aqui e acolá, pedaços de céu azul. Raios de sol resplandeciam na superfície da água, e as ondas cintilavam como cardumes de peixes com escamas prateadas. O motor e o propulsor rugiam em perfeita sintonia, e o avião o carregava para frente com segurança. Sua vida dependia de uma máquina construída com inúmeros pedaços. Movia-se de acordo com a inocente vontade de seu projetista.

Duas horas e meia se passaram. Hora para a terra estar visível. Não havia mudança de cor no mar, nenhum sinal de água amarela abrindo-se em leque. *Estou perdido?* Seu peito ficou contraído, apertando-lhe como um fio de aço. *Não entre em pânico.* Fez mais um cálculo, a velocidade do vento em relação à sua velocidade aérea. Estava no caminho certo. *Apenas mais um pouco, mais uns dez minutos.* Mas o mar não apresentava nenhuma modificação. *Ei, o que é aquilo?* Tinha a forma de um navio negro, emergia do mar. *Um submarino? Deve ser. Amigo ou inimigo?* Não podia cravar. Deslizava para longe. *Será que eu devia voltar e verificar? Não, isso me tiraria do caminho, e não posso utilizar o tanque extra.*

O sol se punha avermelhando o horizonte, como se milhares de tochas vermelhas acenassem no mar. Então, de repente, foi engolido pelas ondas. O firmamento escureceu e o mar ficou sombrio, como se uma nuvem de tinta tivesse escoado de seu fundo. Tinha ainda trinta minutos dignos de luz do sol. A luz de alerta começou a piscar no medidor de combustível. O tanque da asa estava praticamente vazio; tinha apenas o tanque da fuselagem. O tempo corria sem descanso; estrelas começaram a surgir. Ligou o rádio. Havia apenas estática. Não conseguia ouvir nada. Comparado ao Mustang, o Hayate tinha uma fraca recepção de rádio. Era boa apenas para se comunicar com outros aviões em formação ou com o aeródromo ao decolar ou aterrissar. Então lembrou-se do rádio portátil americano e o ligou. Ouviu uma transmissão chinesa. Imaginou que deveria estar perto do país. Ia conseguir. Ficou alegre, e observou o sombrio céu noturno. Uma chama vermelha surgia do exaustor. Entre as estrelas que reluziam no vasto céu, havia uma luz brilhante e constante. *Será uma estrela, ou uma cidade? Não pode ser uma cidade. Disseram que Xangai estava sob ordens restritas de blecaute.*

Decidiu seguir na direção daquela estrela, sentindo que o simples fato de tomar uma decisão o acalmaria. Restavam-lhe apenas trinta minutos de combustível. Dez se passaram. A transmissão chinesa ficou mais alta. Estava se aproximando de terra. Seria sua imaginação ou a cor da água estava mudando? Na verdade, não podia ver a cor da água, mas sentiu uma mudança. Mais quinze minutos. Ilhas. Verificou o mapa. Não tinha erro. As Ilhas Zhoushan. Seguiu o Rio Yangtze, uma faixa branca reta. Sentiu-se dirigindo numa estrada. E Xangai estaria onde o rio se divide entre o Huangpu e o Suzhou. Mesmo à noite, o rio branco seria sua salvação. Voou em direção a uma pequena constelação; as estrelas ficaram quadradas e se transformaram em luzes de prédios. Prédios grandes ao lado do rio. Era Xangai. Os prédios da Alfândega.

De repente percebeu-se atingido por um foco de luz de vigia. Devem ter visto a insígnia do sol nascente em suas asas, pois não atiraram. Território amigo. Prédios negros ao lado do rio, navios negros abarcados aqui e ali no Huangpu. Uma ponte. Ainda vigiado pelo foco de luz, Ken começou a descer, escumando a ponte Garden, a qual conhecia de fotografias, na direção do aeródromo, que ficava ao norte. A cidade começava a ficar para trás, e ele chegou a um lugar que parecia um campo aberto. Sua pilotagem era tão precisa que ele mesmo se surpreendeu. Logo surgiram luzes vermelhas de pista; permissão para pousar. Sem a menor hesitação, desceu e tocou o chão em segurança.

— Estávamos preocupados. Você se perdeu? — o major Kurokawa estava lá para saudá-lo.

— Sim, senhor, me perdi.

— É impressionante que tenha chegado aqui. Como conseguiu? É território inimigo por tudo quanto é lado.

— Escutei uma transmissão de rádio.

— Com esse rádio? Ei, isso não é americano?

— Meu pai trouxe para mim como uma lembrança de lá.

— Cortesia do embaixador, é? — Kurokowa girou, com seus dedos gordos, o botão do rádio com dificuldade. Ouvia-se chinês nos alto-falantes. — Não é uma estação de Xangai, é uma transmissão inimiga de algum lugar aqui perto. Estão nos xingando.

— Kurushima! — Haniyu veio correndo, quase perdendo o fôlego. — Que bom que você se atrasou. Uma hora mais cedo e teria sido pego por um reide aéreo inimigo. Vários B-25 atacaram, escoltados por inúmeros P-40 e P-51. O major Kurokawa, pilotando um Hayate, derrubou um P-51.

— Bem, vá comer alguma coisa e descansar. Amanhã, depois de verificarmos os movimentos inimigos, vamos para Hankou.

O aeródromo estava escondido na escuridão, e havia tantas estrelas que parecia que iam cair do céu. O vento estava gelado e refrescante, como uma brisa de outono, mas havia nuvens de insetos e mosquitos. Próximo ao hangar de serviço, tinha uma sala com beliches colados na parede como teias de bichos-da-seda. Mitsuda e o pessoal da manutenção dormiam lá. Ken devorou os bolinhos de arroz frios que Haniyu lhe deu, e então mergulhou num beliche vazio. Ignorando os zumbidos dos mosquitos à sua volta, logo adormeceu.

Quando Ken acordou na manhã seguinte, todos os outros já haviam saído. Ele pulou do beliche e saiu para passear sob o sol matutino. Ficou chocado com o que viu. As vigas-mestras do hangar estavam vergando, e havia buracos no teto. Esqueletos de aviões se espalhavam por toda parte, e um avião inimigo, que fora derrubado, jazia queimado num canto. Apesar de estarem numa pacífica região campestre, onde as folhas amarelas dos caulins despontavam aos olhos, esse lugar era um campo de guerra. Um avião-patrulha retornava ao aeródromo após terminar seu turno. Um caminhão partia cheio de munição. Barris de armas e metralhadoras antiaéreas brilhavam sob o sol.

Ken correu até o fim do aeródromo, onde o major Kurokawa e os outros haviam se juntado ao lado dos Hayates e do bombardeiro; suas sombras se alongavam na pista. Felizmente os três aviões estavam sem danos. Os tripulantes limpavam o óleo das portas do exaustor e inspecionavam os motores.

— Está bem — disse Kurokawa —, depois do café da manhã vamos partir. Vamos nos vingar um pouco.

Já era de tarde quando chegaram a Hankou. Entre os aeronautas que vieram até eles, Ken reconheceu Sugi e foi em sua direção.

— Como vai, Sugi?

— Ah, vamos levando. Ei! Não acredito que vocês conseguiram chegar até aqui — seu rosto era fino e quadrado. Parecia velho. — Ando tendo diarreia. Uma encheção de saco. Mas consegui derrubar uns Bs.

Ken olhou em volta.

— Não estou vendo o major Iwama.

— Na verdade... — Sugi ia dizer alguma coisa, mas então começou a andar. — Está muito quente aqui. Vamos até o meu quarto.

Ken o seguiu, acompanhado por Haniyu e Mitsuda.

Os quartos dos aeronautas eram alojamentos provisórios tais quais seus velhos quartos em Nakatsu. As janelas empoeiradas estavam quebradas, e não havia porta.

— Assim entra uma brisa. Os malditos Bs destruíram a porta.

Um jovem NCO chamado Okano serviu-lhes chá. O chá chinês refrescou suas gargantas secas. Sugi então contou as novidades.

— O líder do esquadrão morreu.

Foi um choque para os três.

— Este lugar é um inferno — continuou. — O poder aéreo deles é devastador. Há muitos desses malditos. Você os derruba e eles continuam vindo como insetos. E recentemente apareceu esse inseto gigante chamado B-29. O B-29 é...

— Já o vi — interrompeu Ken. — Examinei um que Kyushu derrubou.

— Então você sabe. Nem o Hayate é páreo para ele — Sugi sorriu e as rugas se espalharam pelo seu rosto. — O Hayate é um avião fantástico. Pode superar um P-40 ou um P-38 sem muitas dificuldades. Com os P-47 e P-51, diria que empata. Até eu consegui...

— Quantos você derrubou? — Haniyu estivera esperando para fazer essa pergunta.

— Ah, nem tantos assim — Sugi, envergonhado, virou-se para o jovem cabo que servia chá. — Okano é o nosso ás aqui, tem doze mortes, incluindo três Mustangs.

— O tenente derrubou sete aviões — disse Okano.

— Que bom! — exclamou Ken. — Eu não me importaria de ver um combate de verdade. Estou cansado de testar aviões.

— O que aconteceu com o major Iwama? — perguntou Haniyu, impaciente.

Uma expressão de dor tomou conta do rosto de Sugi.

— Foi na semana passada. De repente, durante o jantar, recebemos uma ordem do líder do esquadrão. Oito homens teriam que voar para Shinkyo, na Manchúria, para preparar um ataque a uma base secreta inimiga a partir de lá. A partida seria às 19 horas. Assim, foram recrutados oito homens capazes de pilotar à noite por setecentos quilômetros, incluindo eu, Hanazono e esse Okano aqui. O líder do esquadrão estava num péssimo humor. Ficou o tempo todo resmungando sobre "aqueles imbecis no quartel--general", e isso vinha de um cara que nunca criticava seus superiores. Fiquei sabendo depois que houve uma porção de ordens conflitantes o dia inteiro. "Vá para lá, venha para cá, não, pare, volte, vá lá e ataque." Os generais nos moviam como se fôssemos peões de xadrez. Movem uma peça, mudam de ideia, e então a recuam, e enquanto isso nós atravessamos o inferno para satisfazê-los. O líder do esquadrão não aguentava mais.

O cabo Okano suspirou.

— Lembro-me de que ele nos conduziu de uma forma errada. Normalmente, ele era bastante habilidoso, mas daquela vez pilotava como um novato. Estava com o avião tão inclinado que parecia que o motor ia afogar. Um voo noturno em geral significa uma cruzada a baixa velocidade, certo? Mas ele foi à toda, chegando a Shinkyo antes mesmo de se dar conta.

— De qualquer forma, as coisas pioraram por aqui — prosseguiu Sugi. — A equipe de manutenção local conseguiu conectar a três aviões os tanques extras de que necessitávamos. Na pressa de partir, esquecemos de levar a engrenagem de empenamento. Assim, apenas o líder do esquadrão, eu e Hanazono saímos para o ataque, sem sequer dormir. E mais o Okano aqui, que disse que iria junto mesmo sem o tanque extra. Okano, termine a história.

— Sim, senhor — o cabo, que não devia ter mais de 18 ou 19 anos, levantou-se, com as bochechas vermelhas de vergonha, parecendo que ia fazer um relatório formal a um superior. — Partimos por volta da meia-noite, mas a visibilidade era zero. Logo percebi que apenas o líder do esquadrão e eu voávamos em formação.

— Você tem que explicar como isso aconteceu. Antes de tudo, depois de decolar, percebi que meu tanque extra estava vazando e voltei. E Hanazono, ao tentar decolar no escuro, saiu da pista, bateu na cerca e capotou. Ficou bastante machucado. Ele está agora num hospital militar em Xangai, com uma concussão grave e a perna direita quebrada.

Ken e Haniyu gemeram. Mitsuda permaneceu fumando um cigarro em silêncio.

— Sim, senhor. Bem, o líder do esquadrão e eu voamos na direção oeste por sessenta minutos, seguindo o curso do rio. Então, assim que o sol começou a surgir, chegamos ao aeródromo inimigo e soltamos as bombas. Havia trinta P-40 lá embaixo. Quando eles estavam dando ignição em seus motores, nós os atacamos com nossas metralhadoras, depois retornamos e disparamos contra eles mais duas ou três vezes. Havia muita fumaça e chamas. Eles apontaram as armas antiaéreas para nós, mas não nos atingiram. Foi aí que vimos um avião inimigo tentando decolar, e o líder do esquadrão fez um mergulho sobre ele. Mas não atirou. E quando imaginava que talvez sua arma estivesse emperrada, ele bateu com tudo nele. Ele se matou, seu corpo ficou todo queimado e em pedacinhos. A morte de um verdadeiro herói...

O cabo interrompeu sua fala aos soluços.

Sugi deu uns tapinhas no ombro do garoto.

— Calma, Okano — disse Sugi, e pediu para ele sentar. — Esse garoto voou de volta, dizendo para si mesmo que era sua obrigação informar como Iwama morrera. Lembrem-se, ele não tinha um tanque extra; portanto, quando finalmente chegou em território amigo, estava sem combustível, e fez um pouso de barriga no Rio Amarelo. E depois voltou andando para a base.

Okano chorava, enquanto o grupo o olhava sem reação; cinzas do cigarro de Mitsuda caíram em seus joelhos.

Um soldado de muletas entrou cambaleando. Talvez ele estivesse apenas aprendendo como usá-las, pois a ponta de uma delas escorregou no linóleo, e ele teria tropeçado se uma enfermeira não o tivesse segurado. O soldado ferido não tinha uma das pernas.

Todas as alas grandes da esquerda e da direita estavam lotadas. Não havia leitos suficientes, e muitos feridos estavam em colchões nos corredores. Parecia um armazém. Um soldado sem braços estava sendo alimentado por um companheiro que tinha apenas um braço. Um homem com uma bandagem que cobria sua cabeça e deixava apenas os olhos e a boca de fora, tentava desajeitadamente manejar seus pauzinhos, manchando a bandagem com missô. E outro, que por causa do calor estava apenas de calção, batia furiosamente com o ventilador nos insetos que infestavam a ferida aberta em suas costas magras. Um cheiro penetrante de ácido carbônico e amônia misturava-se aos odores de suor, fezes e comida. Ken sentiu-se um pouco enjoado.

— Eu me lembro de quando fui visitá-lo no hospital — disse para Haniyu.

— Ah, mas... — Haniyu olhou em volta e suspirou. — Aquilo foi em casa. Isso aqui é diferente. É quase como...

— O quê?

— Um asilo para inválidos e aleijados. Não há um único homem aqui que voltará inteiro para casa.

Ken concordou com a cabeça e virou o olhar para longe dos pacientes. Estava preocupado com Hanazono. O que significava "bastante machucado"?

Quando chegaram à ala dos oficiais, no segundo andar, havia um pano branco sobre a porta e não se podia ver lá dentro. Parecia um quarto comum de hospital. Perguntaram pelo tenente Hanazono na enfermaria. Um médico militar, de bermuda e casaco branco, apareceu e os guiou até o fim do corredor.

Olhando para o outro lado, disse:

— Normalmente não são permitidas visitas a esse paciente. Mas o comandante-chefe, general Haniyu, fez um pedido especial, e vamos deixá-los entrar. Qual de vocês é o tenente Haniyu?

Haniyu cumprimentou-o. O médico olhou-o de cima a baixo.

— Vocês treinaram juntos?

— Sim, treinamos.

— Então posso contar-lhe os fatos.

— Como ele está?

— A perna quebrada não é problema. Vamos poder tirar o gesso daqui a mais ou menos cinco semanas. O problema é a concussão. Houve uma hemorragia séria, e ele sofreu perda de memória. Está consciente, mas perdeu algumas de suas capacidades mentais. Por favor, não fiquem mais do que cinco minutos, e mantenha uma conversa simples.

— Compreendo — disse Haniyu. — A perda das capacidades mentais... ele vai se recuperar?

— Não sabemos ainda, mas não esperamos uma recuperação total.

O médico os levou para dentro. Na porta uma placa dizia "Seção psicológica e neurológica". O quarto tinha uma pequena janela com grades. Hanazono descansava com a cabeça enfaixada. O ar era úmido e sufocante, com um desconcertante cheiro de fezes humanas.

— Hanazono, somos nós. É Kurushima. Pode me ouvir?

Não houve resposta. O rosto que um dia resplandecera autoridade apresentava uma expressão fixa e abobada, repleta de suor. Quando Haniyu falou com ele, seus olhos moveram-se um pouco. De repente ele gemeu, "Rooooooooar!", como um animal, e mexeu o corpo. Tentou se levantar, mas não conseguiu. Foi quando perceberam que seus quatro membros estavam atados à cama. Mais uma vez soltou aquele rugido animal, e a coberta escorregou, revelando a fralda que vestia. O médico rapidamente colocou a coberta de volta.

— Ele não tem controle nem mesmo nas partes baixas.

— Ei, Hanazono! — Ken chamou-o de novo, mas nada aconteceu. Abaixo de sua testa oleosa os olhos estavam perdidos. Estava deitado, sem se mexer, como um inseto morto. Ken acenou para Haniyu, e saíram do quarto.

— Ele consegue falar alguma coisa? — perguntou Haniyu.

— Sim, uma palavra — respondeu o médico. — *Kaachan*.

— *Kaachan...* — Haniyu e Ken olharam-se. A palavra significava "mamãe".

Alguns minutos depois caminhavam pelo Rio Suzhou em direção à ponte Garden. Duas noites atrás, Ken observara aquela ponte de aço lá do céu. Tivera a ilusão de uma outra cidade embaixo dela, e agora entendia o motivo: o rio estava coberto de sujeira e sampanas. Próximos ao rio, inúmeros camelôs vendiam tâmaras chinesas, ameixas verdes, macarrão e nozes japonesas. Havia gente para todo lado: mulheres com camisas de gola alta, velhos de cavanhaque, garotos descalços.

Sim, era uma terra estrangeira. Parecia impossível que ele tivesse chegado aqui em pouco mais de duas horas. Ken moveu-se para evitar uma colisão com um riquixá, e observou o brilho negro das canelas do motorista enquanto ele ia embora. No assento havia uma matrona gorducha, que voltava para casa depois de um passeio de compras; o escano estava cheio de verduras, galinhas engaioladas e caixas de doces. O homem puxando o riquixá era idoso e malnutrido.

Esmagados pela multidão, atravessaram a ponte e, depois de comprar o ingresso, que custava trinta sens, entraram num parque. Estavam agora na parte da Concessão Internacional. Era um mundo diferente daquele próximo ao rio. Havia fileiras de olmos antigos, poucos pedestres por perto e uma montanha; havia também um pavilhão em frente a uma fonte, onde se podia descansar. Dali podia-se ver os prédios grandiosos que se alinhavam em frente ao Huangpu. Haniyu pegou o mapa e identificou alguns pontos, como a Embaixada Britânica e a Câmara de Comércio.

— Parece outro país — disse Ken.

— Em outras palavras, é uma colônia, um território chinês onde os chineses não têm liberdade. Disseram que costumava haver uma placa neste parque que dizia "Não são permitidos cachorros, nem chineses". Essa lei só foi abolida após a Primeira Guerra. O que não faz lá tanto tempo.

— Na certa foi escrita pelos ingleses e americanos, não é?

— Sim. A Inglaterra, os Estados Unidos e nós. A Câmara Municipal consistia de cinco ingleses, dois americanos e dois japoneses. Agora são três chineses, três japoneses e dois desses outros países.

— Então o resto foi afastado.

— Exato. Mas no lugar deles está o Japão, que vem expandindo suas forças. Meu pai diz que, lá no fundo, eles nos odeiam, e que há movimentos antinipônicos por todas as partes, como água subterrânea. Há casos de ataques a japoneses aqui. Não se deve andar sozinho pela cidade.

— *Nós* estamos correndo riscos?

— Talvez — Haniyu olhou por cima dos ombros dele, como se verificasse a existência de inimigos, e tocou sua espada e sua pistola. — Vamos para algum lugar um pouco mais agitado. Que tal comermos comida chinesa? — Começaram a andar apressados; logo chegaram à estrada Nanking.

A via pública tinha inúmeras placas em ambos os lados, uma onda constante de barulho vinha das paredes e janelas. Vapor de macarrão *wonton* pairava sobre ela, aliado a um cheiro de nozes fritas do Japão. Quando Haniyu encontrou o restaurante que seu pai mencionara, disse:

— Vamos lá.

Um garçom vestindo trajes tradicionais cumprimentou-os educadamente e os conduziu a uma sala. O lugar parecia um destacamento do Exército japonês, repleto de oficiais. Logo notaram o major Kurokawa e o subtenente Mitsuda em uma das mesas, onde havia quatro pratos de comida e uma garrafa marrom de *mao-tai*. Os dois já estavam bastante bêbados.

— Ei, sentem-se! — disse Kurokawa. — Vamos pegar aquele voo que sai cedo para o Japão amanhã, assim poderemos ficar acordados a noite toda... Haniyu, você conseguiu ver seu pai?

— Sim, senhor. Mas por apenas cinco minutos. Ele parecia ocupado; algum novo plano estratégico ou ordem.

— Mas, pelo menos, conseguiu vê-lo. Isso é bom. As pessoas deviam ver seus pais enquanto podem.

— Ouvi sobre o novo plano — disse Mitsuda, orgulhoso de possuir a mais nova informação secreta. — O poder aéreo inimigo dificultou o transporte marítimo, por isso vamos abrir um caminho terrestre entre o norte e o sul da China, e trazer mantimentos da Indochina.

— É uma possibilidade... — disse Haniyu, sem dar muita importância. Por dentro, reprovava tagarelices sobre segredos militares.

— Vimos Hanazono — disse Ken para Kurokawa. — Perdeu a memória. É provável que não vá se recuperar por completo.

— Pobre rapaz — havia uma expressão de dor em seus olhos.

Ken encheu o copo de Kurokawa, e depois os de todos os outros.

— Vamos fazer um brinde à memória do major Iwama, e mais um pelo espírito de luta dos esquadrões Hayates.

Kurokawa concordou com a cabeça.

— A luta vai ficar cada vez mais dura a partir de agora. Então vamos aproveitar enquanto pudermos; não teremos oportunidade de comer e beber assim em casa. Um brinde!

Os quatro homens bateram os copos e beberam o *mao-tai* de um único gole.

O major começou a cantar uma música sobre o Esquadrão Águia Vermelha, ao qual pertencera no começo da guerra. Ken e os outros dois se juntaram a ele, com suas agudas vozes estrangeiras, sem se preocupar com os que estavam à sua volta. O garçom que os atendia olhou-os com desprezo, e nenhuma das pessoas que estavam na rua — as garotinhas, os padres, os maltrapilhos magros e descalços, os estudantes, os membros da Resistência — mostrava o menor interesse pelo sentimento desses quatro homens. Ken, na verdade, sentiu um vazio, e isso fez com que cantasse ainda mais alto, o que potencializava a sensação de vazio. Em sua mente, piscava a imagem da expressão moribunda do rosto de Hanazono.

## 2

— Tire a roupa, por favor.

Ao ouvir o pedido de Yamada, Ken, de volta agora à terra natal, tirou a jaqueta, a camisa e as calças, ficando apenas de cueca. Ele parecia ter observado com atenção a última regra do major Iwama, que dizia que "um aeronauta deve manter sua cueca limpa para estar apresentável quando morrer".

O enfermeiro soltou um pequeno grito de espanto. Yamada entendeu sua reação, pois ele mesmo, quando vira Ken nu pela primeira vez, se espantara com a quantidade de pelos. Era uma característica oposta à da maioria dos japoneses.

Yamada amarrou um tubo de borracha em volta do peito de Ken e prendeu-o com fita adesiva. Colocou os eletrodos de um termômetro eletrônico embaixo de suas axilas. E nos braços amarrou um esfigmômetro. Então vestiu Ken com uma roupa térmica, elétrica, tomando cuidado para não soltar o tubo de borracha ou os eletrodos.

— Muito bom. Cabe com perfeição — Yamada tocou as mangas. — A sua é extragrande, mandamos fazer especialmente para você.

Yamada amarrou equipamentos anti-G no estômago e nas pernas de Ken.

— O que é esse tubo que você amarrou em volta de mim?

— Eu mesmo o inventei. Quando você o infla, ele contrai seu estômago e, abaixo dele, assim que a G o atinge, o sangue não cai para os pés.

— É bastante apertado. Sinto um pouco de tontura.

— Ah, é sinal de que o equipamento está funcionando — e o desinflou um pouco.

Yamada colocou em Ken um capacete com uma máscara de oxigênio acoplada. Quando ele a ajustava para não vazar, o major Wakana entrou, acompanhado pelo técnico Aoyagi e por Haniyu.

— Como está indo?

— Estamos quase prontos.

— Ele parece um mergulhador — disse Haniyu.

Ken saiu primeiro, seguido pelo doutor e o enfermeiro, carregando com cuidado os instrumentos eletrônicos, e foram devagar em direção ao aeródromo.

Lá, um Hayate com o motor ligado aguardava por eles. O avião não tinha nenhuma pintura para voos de altitudes extremamente altas, seu duralumínio puro brilhava.

— Como está o supercarregador desta vez? — perguntou bruscamente o major a Aoyagi.

— Funcionou bem nos testes em terra, mas só saberemos com certeza quando o testarmos em voos de verdade.

— Isso é óbvio — havia um sulco profundo em sua testa. — Quais são as chances?

— Eu diria que 50%, senhor — o pescoço esquelético do técnico parecia mais fino do que nunca. — Tentamos copiar o P-51, mas o material que temos recebido ultimamente das fábricas é pior do que nunca, e não temos alcançado uma mistura exata de combustível e ar.

Wakana virou-se para Yamada.

— Tenente, quanto pesam essas coisas anti-G e o traje térmico?

— Por volta de dez quilos, senhor.

— Isso é muito. Ei, essa coisa vai também?

— Sim, senhor, são instrumentos eletrônicos para medir a pressão sanguínea do piloto, pulso, respiração e temperatura do sangue — Yamada sabia o que o major Wakana tinha em mente. A fim de atingir maiores altitudes, o Hayate podia levar apenas o estritamente necessário: o escudo à prova de balas, o rádio, as metralhadoras, os faróis, o kit de primeiros socorros. E ele ainda queria adicionar mais duas coisas: uma gaiola com um coelho vestindo uma máscara de oxigênio; e uma câmara de aço pressurizada, idêntica a um cofre, com outro coelho. Juntas, pesavam 35 quilos.

— Quer dizer que está colocando 45 quilos a mais aí? — Wakana balançou o pulso para mostrar sua insatisfação.

— Nada pode ser feito. A coisa pesada, a câmara pressurizada, é a parte mais importante do teste.

Ken entrou na cabine. Yamada enfiou a cabeça para dentro e ajustou os vários equipamentos de medição. Ken começou a suar.

Sem fazer muito esforço, Ken foi subindo. A 5.000 metros, as nuvens e as montanhas já estavam todas abaixo dele. Estava frio, e difícil de respirar. Ligou o traje térmico e iniciou o fluxo de oxigênio. Por estar mais leve, o avião apresentava uma performance acima da média. Tufos de nuvens outonais flutuavam. Já estava a 6.000 metros. A Baía de Tóquio e a Península Izu se estendiam ao lado das asas. Alcançou 7.000. O manche estava ficando duro. Perdia um pouco de velocidade. Mesmo a toda velocidade, o indicador de velocidade aérea balançava para baixo. Agora, 8.000. Nunca estivera a essa altitude. Uma pequena dor de cabeça. Perdendo velocidade rapidamente, nivelou o avião e recebeu uma resposta. Subiu ainda mais: 9.000, e então 9.500. Puxando o manche, conseguiu mais uns 2.000, 3.000 metros; mas, que droga, o ar não aguentava suas asas. Abaixo dele estavam as ruas de Tóquio, os trens comunitários das linhas Chuo e Yamate, e Shinjuku. Estava sendo empurrado em direção ao leste. Quando um avião atinge 10.000 metros, encontra um vento oeste feroz, e, principalmente por volta do começo do outono, os ventos sazonais aumentam sua força, já que a velocidade deles sobe para sessenta ou setenta metros por segundo. Ele estava a 250 km/h, mas sentia-se parado, bem acima da região de lazer de Shinjuku. Devagar, bem devagar, ganhava mais altitude: 10.500, e depois 11.000. Sentia que podia ir ainda mais alto. Respirava com dificuldade, estava quase sem oxigênio. Mas o supercarregador funcionava bem. Bom trabalho, Aoyagi. Seria um erro? Não, lá estava ele, 12.000, e ainda podia ir mais alto. Pegasus, o cavalo voador, batendo suas asas, fazendo seu trajeto pelo céu. Era silencioso aqui, nem um som. *Um quarto em Chicago. Lembro-me das rosas do papel de parede. O segundo andar do consulado. Uma garota chamando meu nome. Eu dizendo "Lauren?".* Pegasus ainda batia suas asas. Mas, ei!, 11.000? Sim, sem dúvida, perdera altura, devia ser uma corrente de ar. *No escuro, atrás de uma escrivaninha, uma garota ria. "Lauren, onde você está?" Eu ouço meu nome sendo chamado, mas não é a voz de Lauren, é a de minha mãe. Mamãe* (pensava em inglês agora), *um pássaro estranho vem em minha direção. Que tipo de pássaro? Um pássaro prateado. É grande, e está vindo bem em minha direção...*

Ken viu um objeto enorme brilhando ao sol aproximando-se por baixo, à sua direita. Ficou sem saber o que fazer e se concentrou no objeto. Quatro motores nas asas compridas, um nariz em formato de atum. Era um B-29! Fizera outro dia um modelo dele, não tinha ângulos fechados. Ken, em vez de sentir medo, se excitou com a beleza dele. Era uma peça incrível, cada parte projetada para voos de longa distância e de altitude extremamente alta. O bombardeiro não pareceu notar o pequenino avião japonês com as costas voltadas para o sol, e manteve a rota do seu passeio aéreo, quatro trilhas brancas saíam de seus propulsores. Que confiança tinha esse piloto, invadir espaço aéreo inimigo sem a companhia de um único caça. Ken aguardou, utilizando o vento vindo do oeste e se escondendo na frente do sol. O B-29 estava 1.000 metros abaixo dele. *Mergulhe, e bata com tudo nele! Faça isso! Agora!* Fez uma curva longa para a direita e desceu rapidamente para trás dele... Mas, que droga, ele ficara muito longe. Calculou mal a distância, esquecendo-se do tamanho do alvo, com 43 metros de envergadura das asas, duas vezes maior do que um bombardeiro japonês. A parte de cima do seu campo de visão estava agora bloqueada por uma folha prateada. Podia ver claramente o rosto do atirador americano. O homem girou sua arma em direção a ele e atirou, mas errou. O avião enorme então o perseguiu. Ken percebeu que cometera um grande erro. Em primeiro lugar, por que caçara a coisa? Não pensara direito. Descia: 650 km/h. Estava sem oxigênio. *Antes de desmaiar, continue caindo!* Fumaça saía de seus braços. Os fios o queimavam. Não conseguia encontrar o botão. O botão!...

Yamada estava num Hayabusa. À sua volta, aviões japoneses apostavam corrida. Mas o B-29 afastava-se cada vez mais do enxame de caças que estava bem atrás dele, flanando pelo azul; uma trilha branca saía de seus motores...

Yamada, depois de assistir a Ken decolar no avião experimental, fora pegar algo para comer na sala de reuniões dos oficiais. Nesse momento a sirene disparou. No começo pensou que era para anunciar o início da jornada de trabalho na fábrica de aeronaves próxima dali, mas não, a sirene avisava a ocorrência de um reide aéreo. Logo uma mensagem da Divisão Leste veio pelos alto-falantes: um único avião inimigo penetrara no espaço aéreo japonês sobre a Península de Boso e se dirigia à capital. À capital! Não havia um reide sobre Tóquio desde o ataque dos B-25 em 1942. Então uma ordem de surtida foi anunciada. Recentemente, como prevenção contra os reides aéreos, foi formado um esquadrão emergencial de caças, sob a liderança do major Kurokawa. Haniyu, Ken e Mitsuda faziam parte desse esquadrão. Yamada era o líder da equipe médica de emergência.

Todos olharam para o céu. O avião prateado de quatro motores voava do oeste para o leste.

— Está voando baixo, bem baixo — disse alguém, confundido pelo tamanho dele.

Na verdade, parecia estar tão baixo que chegaram a imaginar que seus ocupantes tinham ordem de observar os geradores e as montanhas de munição na base. Parecia que podiam alcançá-lo se iniciassem uma caçada. Gritando "Liguem os motores!" para a equipe de terra, correram para os aviões, que eram uma mistura de tudo: Hayates, Hiens, Hayabusas e até um velho 97. Yamada não foi convocado; porém, ao ver os outros partindo, viu-se contagiado pelo frenesi, não por querer lutar, mas por desejar ver de perto, com os próprios olhos, o famoso B-29. Ainda vestindo seu avental branco de médico, pulou num Hayabusa que a equipe de terra acabara de ligar.

— Tenente, senhor, onde está seu capacete?

— Não preciso disso. Saia do caminho!

— O tubo de oxigênio não está...?

— Deixem-me decolar! — e saiu rugindo pela pista.

Quando estava no ar, Yamada logo percebeu como isso fora fútil. Para piorar as coisas, a visão horizontal do céu acima dele era inesperadamente ruim. Não pensara, apenas se apressara. Um pouco à frente dos campos de arroz, já colhido, o azulado Rio Tama apontava o caminho de volta para a base. Como a pista estava lotada, sobrevoou-a uma vez e fez uma volta. Na segunda vez, notou um Hayate soltando fumaça de sua traseira, descendo como se estivesse caindo. Era o avião de Kurushima, e algo muito errado estava acontecendo. Havia mais um avião à frente de Kurushima, mas ele ignorava a bandeira vermelha sinalizando para que aguardasse, e descia em linha reta em direção à pista. As rodas traseiras bateram forte no chão, e ele trouxe as rodas da frente com tanta força que elas quase quebraram. Foi apenas uma pequena queda.

Quando seus pés tocaram o chão, Ken sentiu a terra girar e balançar embaixo dele, e tropeçou. Posicionou os dois pés com firmeza no chão, mas não conseguiu manter o equilíbrio. Um membro da equipe de manutenção o ajudou a se levantar. Respirou fundo, mas não conseguiu livrar-se do ruído estridente em seus ouvidos e da dor de cabeça lancinante; sentia que sua cabeça ia estourar. As vozes da equipe de terra soavam distante, como se ouvidas através de uma parede. Não, não apenas as vozes, os rostos das pessoas, hangares, tudo parecia diferente.

— Aqui é o Departamento de Inspeção? — perguntou.

— Sim, senhor — um ar de surpresa tomou o rosto do homem. — Está tudo bem com o senhor, tenente?

— Sim.

— Há sangue em sua testa, senhor. Devo levá-lo à sala de emergência?

— Por favor. Estou com uma dor de cabeça terrível.

Ele deitou-se na mesa de exames e um médico o atendeu prontamente. Era um velho cabo que fora barbeiro numa cidade provinciana antes de entrar no Exército, e que ainda continuava a cortar cabelo de vez em quando nos tempos livres. Ele limpou o ferimento com algodão cirúrgico.

— Não vai doer, senhor, não vai doer — repetia, como se falasse para uma criança. — O senhor tem um corte feio aqui. Vamos ter que dar pontos.

— Onde está Yamada? — perguntou o major Wakana ao entrar na sala. Ken tentou se levantar e cumprimentá-lo, mas não deixaram. O major parecia furioso.

— O doutor Yamada se juntou à surtida, senhor — respondeu o assistente hospitalar. — Temos que dar pontos aqui. Não podemos deixar uma cicatriz nesse rosto bonito.

— Por que diabos Yamada foi passear? Será que todos perderam a cabeça por aqui?

— Você não precisa dar pontos nesse ferimento — disse Ken, levantando-se da mesa. — Eu já me machuquei assim antes quando jogava rúgbi. Coloque apenas uma bandagem. Major, tenho algo a informar. Encontrei um B-29 numa altitude de 12.000, não, 11.000 metros, e o persegui.

— Sério? — o rosto de Wakana iluminou-se de repente. — Qual?

— Como assim, senhor?

— Foi a 12.000 ou 11.000?

— Acho que a 11.000.

— Você não se lembra com exatidão?

Ken não conseguiu responder.

— Temos que saber a altitude exata do B-29. É um dado importante, portanto trate de se lembrar quando fizer seu relatório. A propósito, a que altura você chegou?

A dor de cabeça estava terrível, e não conseguia pensar direito.

— Um pouco acima de 12.000 metros.

— Um pouco acima? Qual foi a altitude exata?

— Eu só consigo me lembrar de ter chegado a 12.000.

— E você encontrou o B-29 logo depois disso?

— Sim, senhor.

— E isso o fez esquecer?

— Não exatamente, senhor...

— Todo mundo perdeu a razão por aqui! Que diabos acontece com vocês? Kurushima, qual tem sido sua obrigação ultimamente?

— Testar voos de grande altitude.

— A sua obrigação é coletar dados, dados de performance e fisiológicos, em voos de grande altitude. Certo?

— Sim, senhor.

— Então cumpra suas obrigações! Lógico que o B-29 é importante, mas esse foi um incidente inesperado. O importante é o experimento.

— Sim, senhor.

Yamada entrou correndo. Verificou o traje térmico de Ken.

— Que droga, você rasgou a fiação e os tubos de borracha!

Ken se esquecera. Estava acostumado a remover a máscara de oxigênio e o arnês do paraquedas, mas deixara os fios ligados, e agora estavam arrebentados.

Yamada tirou bruscamente a bandagem da testa de Ken e o examinou.

— Está feio. O sangramento não parou. Deite-se. Seu idiota, você nem deixou o ar sair do traje anti-G. Por isso o sangramento não parou. Enfermeiro! A agulha e a linha estão esterilizadas?

— Sim, senhor, está tudo pronto — o velho soldado colocou tudo numa bandeja.

Quando Yamada terminou de dar os quatro pontos, o major Wakana disse:

— Por que você abandonou o posto médico de emergência e decolou daquele jeito?

— Acho que me empolguei — respondeu Yamada, enquanto cortava a grossa linha cirúrgica.

— Você negligenciou as suas obrigações.

— Não negligenciei, não. Eu apenas queria ver o B-29 mais de perto. É um avião fantástico.

— Sua obrigação, tenente, é a pesquisa médica e fisiológica. Sua obrigação era aguardar o retorno de Ken, remover o aparato técnico e fazer relatórios precisos com os dados.

— Bem, me desculpe. Não há nada errado com os dados, coletamos todos. Como eu esperava, minhas pequenas invenções funcionaram muito bem.

— E as cobaias?

— Os coelhos? Os pobrezinhos morreram com a falta de oxigênio.

— Como assim?

— Eles sobreviveram a esse voo de grande altitude até o momento em que deixou de haver no avião a quantidade necessária de oxigênio para permanecerem vivos.

— Está certo, colete todos os dados; depois, quero vocês dois na minha sala.

Depois que Wakana saiu, Yamada enfaixou a cabeça de Ken. Esticando sua língua comprida, ele disse:

— Qual o problema com esse cara? Algo o está roendo por dentro.

— Talvez um dos oficiais da Academia. "Os seus técnicos estão ficando frouxos!", esse tipo de coisa... Minha dor de cabeça ainda está tenebrosa.

— Respire um pouco de oxigênio e logo vai se sentir melhor — Yamada pediu ao enfermeiro para preparar um tanque. — Você ficou uns seis minutos e meio a 12.000 metros com o oxigênio desligado. Você me impressiona! Um ser humano comum teria sufocado.

Yamada começou a remover o traje térmico. Ken sentia uma dor aguda no braço direito, e gemeu. Os fios superaquecidos em seus antebraços deixaram queimaduras nos pulsos.

— Isso está feio. Quando ficou muito quente, você devia ter desligado.

— Não consegui encontrar o botão. A dor de cabeça causou algo em meu cérebro.

Depois que as queimaduras foram tratadas, respirou um pouco de oxigênio puro. A dor de cabeça melhorou na hora, e finalmente sentiu-se humano de novo.

Quando Ken preenchia os relatórios do experimento no laboratório de pesquisas, um NCO entrou e lhe transmitiu uma ordem para ele se apresentar imediatamente no escritório do chefe. Superiores de vários comandos haviam chegado e queriam ouvir em detalhes sobre o encontro com o B-29.

— Todos aqueles figurões juntos! Quem veio do Comando Aéreo?

— Não sei, senhor.

— Como ele é?

— Tem bigode.

— É Okuma. Que droga!

— Kurushima, tenho uma sugestão — disse Yamada. — Leve seus modelos do B-29 e do Hayate. Esses oficiais de alta patente são um bando de desconfiados. Uma explicação verbal não vai adiantar nada.

— Boa ideia — no caminho, Ken parou no quarto dos oficiais e pegou os dois aeromodelos, que estavam brilhantemente pintados.

A atmosfera no escritório do chefe estava fria, com medalhas e dragonas espalhadas por toda parte. Depois de anunciar nome e função, Ken foi apresentado aos outros: tenente-coronel Asai, do Centro de Atividades do Imperador; tenente-coronel Shimamoto, do Comando de Defesa; e general Okuma, do Comando Aéreo. O major Wakana, o mais importante oficial técnico, estava ao lado do chefe, e os visitantes de alta patente sentavam-se num sofá de frente para Ken. Ken esperava um interrogatório, mas, quando viram os modelos do B-29 e do Hayate, os oficiais aclamaram, admirados:

— Muito bem! — disse um deles. — Eu gostaria que *nós* tivéssemos algo assim no Centro de Atividades.

— Vai ter que esperar sua vez — disse-lhe o chefe com uma risada. — Estamos inundados de pedidos dos outros esquadrões.

Então Ken contou com clareza o incidente, falando de forma confiante sobre altitudes e condições atmosféricas lá de cima. Com o B-29 na mão esquerda e o Hayate na direita, explicou como, depois de atingir 12.000 metros, fez uma curva fechada e se aproximou por trás do avião inimigo. Tudo isso já estava relatado no equipamento eletrônico de gravação de dados.

— Está certo. Entendi o básico. Tenho uma pergunta — disse o tenente--coronel Asai. — O que é esse "vento" alto a que você se referiu?

O major Wakana apressou-se em explicar.

— É um vento vindo do oeste, encontrado a 10.000 metros acima do nível do mar. Quando a monção sazonal se encontra com ele, chega até a sessenta ou setenta metros por segundo, o que equivale a 200 ou 250 km/h. Há um relato do fenômeno no livro de dados do B-29 que foi derrubado em Yahata. Chamam isso de *"jet stream"*.

— Fascinante! — disse o tenente-coronel Shimamoto. — Podemos utilizar esse *"jet stream"* para mandar bombas sobre os Estados Unidos.

— Bombas? — o escanhoado Asai virou-se para ele, boquiaberto.

— Sim. Colocar bombas em balões e mandá-las pelo *"jet stream"*. Nessa velocidade consegue-se atingir um alvo de longa distância. Na verdade, já colocamos nossa equipe de pesquisas técnicas para avaliar a possibilidade de anexar bombas a balões feitos de papel especial.

— E qual a utilidade disso?

— Bem grande. Primeiro, não precisa de combustível. E o *"jet stream"* cobre o continente norte-americano inteiro. Podemos enviar bombas sobre a costa leste, bombas sobre os estados sulinos. Podemos até mandá-las ao Golfo do México.

— Voltemos ao ponto — solicitou o general Okuma, repleto de medalhas.

— Espere — Shimamoto mantinha um sorriso no rosto. — Esse *"jet stream"* é o ponto. Por causa dele, o tenente Kurushima foi capaz de manter um voo estável a 12.000 metros, e o inimigo foi capaz de atingir a velocidade necessária para escapar.

— E daí?

— Tem um significado importante para a defesa aérea da capital. Essa incursão de um único avião veio, sem dúvida, de uma base nas Marianas. Adentrou o nosso espaço aéreo sobre a Península de Boso e seguiu na direção oeste sobrevoando os subúrbios ao norte, e então escapou. Provavelmente seu objetivo era fotografar Tóquio. Mas há uma possibilidade de, na próxima vez, eles irem ainda mais para oeste, perto do Monte Fuji, virarem para leste e se aproveitarem do *"jet stream"*. Se colocarmos nossos esquadrões lá, a grande altitude, aguardando com as costas voltadas para o sol, podemos mergulhar por trás e atacá-los. E mais: assim como o tenente Kurushima, vamos ter uma vantagem de velocidade se pudermos mergulhar neles.

— Gosto disso — disse Asai, acariciando sua espada.

— Senhor, tenho algo a dizer — era Ken. — O problema é a falta de aviões capazes de atingir 12.000 metros. Dessa vez, só conseguimos chegar àquela altitude porque removemos todo o equipamento pesado: as armas, o equipamento de comunicação, o escudo a prova de balas, tudo.

— Ora, é lógico que removeremos tudo — disse Shimamoto, enfatizando com a cabeça.

— É?

— Com todo o equipamento removido, aguarda-se lá em cima e, quando os B-29 vierem, batemos com tudo neles. Não há como errar.

— É isso, kamikazes — Asai bateu no chão com a espada. — Nas Filipinas, obtivemos resultados excelentes com os kamikazes atacando navios inimigos. Se não estivermos preparados para usar nossos aviões-suicidas, faltaremos com nossa obrigação de proteger o Imperador.

Ken teve uma sensação horrível ao observar esses dois: Shimamoto, cujo sorriso nunca lhe abandonava o rosto, como se tivesse nascido com ele afixado em sua compleição robusta; e Asai, com suas delicadas mãos brancas dobradas sobre a espada.

— Bem, tenente Kurushima, tem algo a dizer sobre o assunto? — perguntou Shimamoto.

— Sim, senhor, tenho. A 12.000 metros, o ar é bastante rarefeito, tornando difícil manter uma posição horizontal estável. Na minha experiência, basta apenas encostar no manche para o avião descer 500 ou 1.000 metros. E mais, quando se executa uma curva a grande altitude, pode-se perder facilmente uns 2.000 metros. Em outras palavras, senhor, caçar um avião inimigo é um enorme problema.

— Um pouco de treinamento extra pode resolver isso — foi a contribuição de Asai.

Imamura, o chefe de departamento que estivera quieto até agora, ajeitou os óculos e perguntou:

— Como funcionou o supercarregador?

— A versão melhorada de Aoyagi funcionou muito bem dessa vez — Ken olhou o chefe com firmeza. — Mas acho que ainda não está sendo produzido em massa.

— Esse é um problema sério. Os motores. Eles simplesmente não funcionam bem a grandes altitudes.

— Tem mais uma coisa — disse Ken. — O problema fisiológico. A 12.000 metros, a temperatura é 55 graus negativos e a pressão atmosférica é um sexto da que temos em terra. O oxigênio é reduzido a 4%. Ficar girando em tais condições iria causar uma dor física terrível.

— Nada que um treinamento extra não possa curar — insistiu Asai.

— Mas não é possível permanecer com nosso equipamento de oxigênio atual em tal altitude por qualquer período de tempo. Se pusermos mais oxigênio, o peso extra estragaria a performance.

— Problemas de pilotagem, dor física, dificuldades técnicas, isso são *detalhes*. Não temos *tempo* para ficar rodeando sobre detalhes. O destino da nossa nação está em jogo.

Ken não desistia:

— Eu acredito que a solução correta é concentrar todos os nossos esforços para produzir um caça de grande altitude. O Ki-94, em desenvolvimento na Aviação Nakajima, está sendo projetado com cabine pressurizada e um supercarregador melhorado para atingir resultados superiores em grandes altitudes. Se conseguíssemos colocá-lo em produção...

— Produção? *Quando?* — a voz de Asai era aguda. — Os americanos estão construindo bases enormes nas Marianas, e vão bombardear Tóquio a qualquer momento. Você consegue colocar esses aviões no ar a tempo?

— Não sei, senhor. Mas se nos enfiarmos nesse projeto...

— Nos enfiarmos em algo que sequer sabemos se vai funcionar? Você chama isso de solução? É nisso que vocês, oficiais técnicos, acreditam?

O rosto de Ken estava queimando.

— Táticas kamikazes envolvem a perda de homens e aviões. Seria melhor produzir um caça avançado...

— Seu covarde! — o general Okuma interrompeu a discussão. — Está tentando salvar sua própria pele?

— Como assim, senhor?

— Você disse que chegou tão perto do B-29 que poderia tê-lo tocado. Então por que não bateu com tudo nele?

Ken não respondeu.

— Conhece a frase "destrua a primeira onda"? Derrube todos os aviões no primeiro ataque, essa é a estratégia básica do Comando Aéreo. Não é isso, Asai? As ações de hoje do tenente Kurushima configuram negligência desse dever fundamental.

Ken permaneceu em silêncio, os olhos fixos no general.

O chefe de Ken balançou a cabeça.

— Não, o objetivo do voo era recolher dados sobre a performance em grande altitude.

— Mas, meu querido Imamura, derrubar aquele avião com certeza era mais importante do que qualquer dado que você pudesse ter coletado. Não há dúvidas de que o objetivo da incursão inimiga de hoje era fotografar Tóquio. Tenente Kurushima, você tem alguma *explicação* para ter deixado escapar um avião inimigo, o qual você era perfeitamente capaz de derrubar? Ou foi o sangue de sua mãe que paralisou sua mão?

Ken permanecia em silêncio. *Lá vamos nós de novo*, pensou, *sangue inimigo, sangue manchado*. Olhou para longe e observou as manchas no teto.

— Ora, vamos lá — disse o tenente-coronel Shimamoto. — Foi graças ao tenente que descobrimos um modo de derrubar os B-29. Por parte do Comando de Defesa, proponho que concentremos todos os nossos esforços para desenvolver aviões-suicidas. Quero a cooperação de vocês do Departamento de Inspeção. Major Wakana, conto com você.

— Sim, senhor — havia rugas profundas na testa de Wakana.

Muitos dias depois, Ken e Yamada foram ver a cabine experimental, de baixa pressão e de baixa temperatura, na fábrica de aviões Nakajima, em Mitaka. A pedido do técnico Aoyagi, foram testar a cabine pressurizada que estava sendo desenvolvida para o Ki-94.

Ken, com seu traje térmico elétrico, abriu a grossa porta de aço e se enfiou dentro da cabine, que tinha forma de casulo, idêntica à do avião de verdade. A porta de aço fechou-se com leveza, trancando-o dentro.

A voz de Aoyagi veio através do interfone.

— Vamos lá, feche a cabine.

Ken fez o que lhe foi dito. Não era tão simples como a cabine do Hayate, pois essa tinha isolamento duplo de borracha.

— Inicie a redução de pressão.

Um motor elétrico foi ligado com uma pulsação baixa. A agulha no altímetro deslizou para 1.000 e depois para 2.000.

— Por favor, aperte o interruptor de pressão.

Um pequeno motor elétrico atrás dele foi ligado.
— A pressão na cabine está subindo?
— Não, nenhuma mudança no medidor.
— Tem alguma coisa errada. Como você se sente?
— Bem. Tente reduzir um pouco mais a pressão atmosférica.

A 3.000 metros, a temperatura interna caiu. Enquanto isso, a umidade na cabine começou a crescer; cristais formaram-se na tampa. Num voo de verdade, seriam levados pelo vento, mas aqui ficaram grudados no vidro. A 5.000 metros, o oxigênio começou a fluir; a pressão, apesar disso, manteve-se estável. Tentou usar o interfone para contatar Yamada e Aoki, mas não podia falar. A baixa pressão atmosférica o impossibilitou de usar a voz. Gradativamente foi perdendo a consciência, mas o traje térmico funcionava muito bem, fazendo com que sentisse calor. A 10.000 metros, tudo escureceu à sua volta. Teve a impressão de que estava prestes a ver algo, uma sensação que experimentara no ar quando aquele B-29 apareceu. Sim, era o escuro do canto de uma sala na casa de Chicago onde brincara com Lauren; ele devia estar ouvindo o nome dela nesse momento, e vendo seus ombros brancos e delicados. Havia uma dor aguda em seus ouvidos; tentou engolir, mas a dor não sumia. Sentiu como se seus tímpanos fossem estourar.

— Meus ouvidos estão doendo — recuperou finalmente a voz.
— Tente segurar o nariz e engolir bem forte — sugeriu Yamada. Ken lembrou-se de ter feito isso antes. Tentou três vezes, e funcionou; a dor sumiu. Estava de volta a 2.000 metros agora. A temperatura subiu, e ele começou a suar. Desligou o traje térmico, e ainda assim sentia o corpo inteiro queimando.

— Estou quente.
— Parece que não vamos conseguir pressão suficiente — disse Yamada.
— Você está sofrendo os sintomas de perda de pressão.

A porta de aço se abriu, e pessoas entraram correndo. Ken empurrou a tampa da cabine, mas o isolamento estava congelado e impedia que a abrisse. Só conseguiu abrir com ajuda de fora.

Yamada parecia preocupado ao verificar a pulsação de Ken.
— Você ficou inconsciente por três minutos. Se tivéssemos baixado a pressão para o nível de 12.000 metros, você estaria em perigo, por isso nós interrompemos o experimento.

Investigaram o que acontecera de errado. Aoyagi descobriu que a válvula no tubo de ventilação da cabine pressurizada congelara, bloqueada pela umidade da respiração de Ken. Era um problema elementar, mas não foi a primeira vez (houve um impedimento similar com o regulador de velocidade do Hayate) que uma peça complexa era danificada por algo bastante simples.

— Você tem sorte de estar vivo — disse Yamada. — Mas você sempre consegue passar pelos obstáculos. Se fosse eu, não teria sobrevivido.

Ken estava fraco.

— As articulações dos joelhos estão doendo.

— É um sintoma de pressão baixa. Você precisa de oxigênio — Yamada colocou uma máscara de oxigênio nele. Vários minutos depois, a dor nos joelhos diminuiu.

Aoyagi assistia a tudo com uma expressão de preocupação no rosto.

Ken, num tom encorajador, disse:

— Arrume tudo e prepare um avião de testes o mais breve possível. Temos que nos apressar.

— Já temos um, com a cabine pressurizada nele. Mas ainda há muitos pequenos problemas a serem eliminados.

— Quero ser o primeiro a testá-lo.

— Ainda é muito perigoso.

— Mesmo assim, deixe-me vê-lo.

Num canto da fábrica, havia um hangar guardado por policiais militares. Em frente a ele, uma placa de madeira continha a seguinte frase em letras pretas: "Proibida a entrada de pessoas não autorizadas." Dentro da construção havia um Ki-94, o avião que Ken vira em cópias heliográficas, e até construíra um modelo, com suas asas abertas, como se pronto para decolar.

— É magnífico, estou pronto para pilotá-lo.

— Impossível... — Aoyagi balançou fracamente a cabeça, mas depois começou a fazer uma descrição detalhada e confiável de sua constituição: os materiais utilizados, o arsenal, a tampa da cabine, o vidro antiumidade. Enquanto falava, tossia de vez em quando.

— Você está bem? — perguntou-lhe Yamada.

— Não tenho dormido muito ultimamente — respondeu o técnico magricela —, e não consigo me curar de um resfriado.

Ken fez uma proposta. Um teste público formal do avião significaria que a fábrica estava se responsabilizando por sua performance; mas, se o testassem enquanto ainda estivesse sendo desenvolvido, poderiam mantê-lo em segredo. Ele sugeriu que testassem dessa forma. Aoyagi prometeu conversar com seus superiores.

No trem de volta, Yamada disse baixinho:

— Você viu aquelas manchas vermelhas nas bochechas do Aoyagi? São um sintoma, com certeza. Ele está com uma séria tuberculose.

Quando chegaram ao Departamento de Inspeção, Haniyu mostrou-lhes uma circular mimeografada sobre a defesa de Tóquio, que acabara de ser entregue.

1. Prevemos reides de alta altitude sobre a capital por B-29 inimigos, voando sozinhos ou em grupos, acima dos 10.000 metros.
2. A Aeronáutica está organizando forças especiais de ataque para combater esses reides.
3. Cada esquadrão deve organizar uma unidade especial de quatro aviões, cujo objetivo é colidir com aeronaves inimigas a altas altitudes e destruí-las.
4. Os aviões dessas unidades especiais estarão despojados de armas, equipamento de comunicação, e todos os outros equipamentos pesados, com o objetivo único de melhorar a performance a altas altitudes.
5. Serão membros das forças especiais de ataque, em princípio, voluntários não casados. Maiores detalhes serão fornecidos pelo Estado Maior.

— Agora sim, uma lista de ordens claras — murmurou Yamada.

— Um pouco claras demais, se me permitem. Tenho um mau pressentimento quanto a isso — Ken franziu as sobrancelhas. Era sinistro o modo pelo qual iriam aplicar sua experiência com o Hayate para tornar os aviões-suicidas mais eficientes. Lembrou-se da discussão com os oficiais de alta patente, a voz irada de Okuma gritando "Seu covarde!".

— Será que vamos ter uma dessas unidades especiais aqui? — perguntou Haniyu. Havia um tom de preocupação em sua voz.

— Não somos exatamente uma divisão de comando, assim acho que não seremos obrigados — disse Ken.

— Mas, se vamos inspecionar os aviões-kamikazes, não há como não termos que organizar nosso próprio esquadrão.

— O que quer dizer com isso, inspecionar aviões-kamikazes?

— O major Wakana é agora inspetor-chefe. Já enviaram pedidos de aviões-suicidas para a fábrica Nakajima, e também para a Mitsubishi e a Kawasaki.

— Até a Nakajima! — disse Ken, socando a mesa.

Uma semana depois, um voo solitário do Ki-94 foi realizado no aeródromo da companhia aérea Tachikawa. O piloto de testes era Ken. Era um assunto ultrassecreto, visto apenas por oficiais da companhia.

Ken fez uma subida suave. Entretanto, quando chegou acima de 5.000 metros, começou a perder potência; o supercarregador parou de funcionar e as turbinas estavam instáveis. Mesmo com potência máxima, não conseguia tirar mais do avião. Mas a cabine pressurizada funcionou perfeitamente mesmo a 10.000 metros. Foi muito mais fácil do que quando se esforçara para controlar o Hayate com a máscara de oxigênio e o traje térmico. Então, de repente, a 11.000 metros, o para-brisa estourou. Em um instante, todo o ar saiu. Ken sentiu uma dor aguda nos tímpanos. Colocou a máscara de oxigênio no nariz, mas seu corpo parecia inflar como um balão. Sentiu sua pele formigar nas costas inteiras. *Mergulhe! Mergulhe!* A rajada de ar vinda através do para-brisa quebrado jogou seus óculos para longe. Estava agora voando sem ver. Mas estava acostumado a descidas bruscas. A 3.000 metros, puxou com força o manche. *Vamos lá, voe na horizontal.* Via o aeródromo mesmo sem os óculos. *Mantenha a calma e leve-o de volta.* Conseguiu pousar inteiro.

— Está machucado, senhor? — Aoyagi estava sem fôlego. — Por que você não saltou de paraquedas?

— Pular? Isso nunca passou pela minha cabeça. Tudo o que eu queria era trazer esse caixote de volta para casa.

Yamada notou sangue saindo de uma veia do pescoço de Ken, que parecia ter sido cortada por um caco de vidro. Felizmente não pegou na artéria, e um pequeno curativo resolveu o problema. Os técnicos verificavam o para-brisa destruído.

Ken viu Aoyagi em pé sozinho, longe dos outros, e foi em direção a ele. Mas, antes que pudesse discutir sobre seu voo, Aoyagi interrompeu, com os lábios trêmulos:

— Acabamos de receber uma ordem de cima. Temos que interromper imediatamente a produção do Ki-94. E veio também uma outra ordem. A partir de agora, a fábrica terá que produzir apenas aviões-kamikazes.

# 3

O plano de transformar caças em aviões-suicidas foi encomendado inicialmente para o Instituto de Pesquisas Técnicas de Aeronáutica. Mas o instituto passou a projetar aviões que não precisassem de pilotos, radiocontrolados, e o Departamento de Inspeção recebeu a ordem de assumir as pesquisas e treinar voos-kamikazes tripulados. Foi decidido que, dentro do Departamento de Inspeção, a seção de bombardeiros se concentraria em missões suicidas contra navios, enquanto que a seção de caças iria remodelar os aviões para serem usados tanto contra navios como contra os B-29. O grupo do major Wakana escolheu o lado B-29 da operação.

— É uma ordem — disse-lhes Wakana. Mesmo Ken, que, ao voltar da fábrica Nakajima propusera que os experimentos com o Ki-94 fossem reiniciados, percebeu, pelo tom de voz do major, que era melhor guardar para si suas objeções.

Na manhã seguinte, eles viram na sala dos oficiais um filme produzido pelos companheiros da Marinha. Numa praia, flutuavam maquetes em tamanho real de navios American Liberty e Vitory. Segundos depois, aeronaves sem asas bateram com tudo neles: pedaços de propulsores voavam por toda parte, e motores estouravam os lados dos navios. Bombas colocadas na fuselagem explodiam, rasgando as placas de aço. Foi tudo filmado em alta velocidade, para que eles pudessem ver em câmara lenta cada estágio da operação em detalhe.

— Devem ter gastado uma fortuna com toda essa pesquisa — disse Mitsuda.

Ken também estava impressionado com a complexidade do trabalho, comparando com a resposta dada quase de reflexo pelos figurões à ameaça de reides. Para fazer as fuselagens, tiradas de suas asas, baterem na mesma velocidade que aviões de verdade, adicionaram foguetes, aplicando nesse problema a mesma técnica usada para catapultar aviões de navios. Os sucessos recentes contra navios de guerra inimigos no Mar Sulu e nas Filipinas não foram improvisos de última hora. Mesmo assim, Ken achou difícil entender a mentalidade dos teimosos cientistas que se dedicavam a fazer algo cujo único propósito era matar pessoas.

Quando Wakana lhe perguntou quais eram suas impressões sobre o filme, Ken pensou por um segundo, e então disse:

— Talvez os aviões antinavios precisem de um dispositivo interno para explodir, contra os B-29, porém, é impossível carregar uma bomba grande àquela altura. Acho que deveríamos estudar se uma simples colisão seria suficiente para derrubá-los. É um mistério, porque o peso de um avião sem seu equipamento pesado talvez não seja suficiente para uma colisão efetiva.

— Concordo. Devemos estudar os pontos fracos do B-29.

— Não apenas isso, devemos pensar sobre um sistema que permita aos pilotos se ejetarem um pouco antes ou no momento da colisão.

Wakana concordou com a cabeça.

— É assim que devemos conduzir nossas pesquisas — ele estava de bom humor, completamente diferente de quando censurou Ken por argumentar a favor da continuação das pesquisas no Ki-94.

— Sou contra isso — disse Haniyu, abruptamente.

— Hein? Mas por quê? — Wakana virou-se para ele, surpreso. Haniyu raramente emitia uma opinião.

— Se ejetar for uma opção... bem, as pessoas são fracas, e salvarem a si mesmas seria prioritário, o que destrói todo o propósito disso. A colisão tem que significar uma batida certa, uma morte certa — a frase "uma batida, uma morte certa" os jornais usavam em relação a missões kamikazes.

— Humm... — Wakana pensou sobre isso. Parecia estar inseguro. — O que você acha? — perguntou, esperando um comentário adicional de Ken.

— Eu acho que tornar a ejeção impossível iria na verdade diminuir a frequência de batidas. Evitar a morte é instintivo.

Haniyu estava agitado e com o rosto vermelho.

— O destino da nação depende do resultado dessa fase da guerra. Um soldado tem que estar preparado para dar a vida em tempos como este.

Quando foi que Haniyu mudara? Sua empolgação excessiva parecia quase irracional. Ken disse, gentilmente, com o intuito de acalmá-lo:

— É pelo fato de o futuro da nação estar em jogo que eu quero salvar o maior número possível de vidas de soldados. É fácil fazer aviões-suicidas, mas não tão fácil fazer novos pilotos. Você pode produzir aviões-kamikazes em massa, mas eles não voarão se não sobrar ninguém para pilotá-los.

— Não sei o que pensar... — Wakana observava os dois.

Haniyu ficou quieto, e assim Ken voltou a falar.

— Nós trabalhamos todo este tempo para desenvolver novos caças. A meta de um caça é derrubar o inimigo sem ser derrubado. O que temos que fazer agora é atacar e derrubar o inimigo com aviões controlados de forma remota. A ênfase atual em aviões-suicidas vai trazer somente a perda de preciosas vidas humanas; é um mecanismo substituto amador, apenas porque o mecanismo desejado não foi desenvolvido a tempo. Mesmo agora, a prioridade devia ser salvar a vida de pilotos em combate.

O oficial da Marinha que trouxera o filme a que assistiram era uma figura atarracada, um capitão.

— Que diabos está acontecendo aqui? — bramiu de repente. — Esse *gaijin* de merda só sabe falar sobre "vidas preciosas"? A vida dele é assim tão importante para ele? Então esse cara não é nada diferente daqueles porras dos americanos. A Marinha não permite esse tipo de conversa nem por um segundo. Vejam os submarinos-suicidas em Pearl Harbor, vejam os kamikazes. Nós morremos como samurais: uma dúzia de inimigos em troca de um de nós. Esse merda nem *parece* japonês. Bem, posso perdoar isso, mas vou avisá-lo: o único modo de derrotarmos um inimigo com tamanha vantagem material é se cada um de nós, cada servo leal do Imperador, der sua vida *com vontade* para o Império. Paraquedas para pilotos suicidas? Essa ideia me faz passar MAL!

O oficial pegou o projetor e o filme, abriu a porta com um chute e saiu da sala. Um pouco depois, ouviram sua motocicleta rugindo lá fora.

— Bem — acenou levemente com a cabeça Wanaka —, há vários lados da questão. Eis o que eu quero que a gente faça. Vamos inventar um avião em que, bem no momento da colisão, a tampa da cabine se abra, permitindo que o piloto escape. Mas vamos tornar difícil que se abra antes do impacto. Esse é o meio-termo que proponho. Que acham?

Haniyu concordou com a cabeça. O vermelho saíra de seu rosto; estava pálido agora, quase branco. Ken manteve a boca fechada e, meio relutante, concordou com a cabeça.

Os aviões deles haviam sido construídos para suportar força de atrito aérea e altas velocidades; ninguém pensara em colisões. Mesmo tendo um conhecimento detalhado da estrutura do B-29, eles ainda não tinham ideia de como cada parte seria afetada, que tipo de dano sofreria na colisão. O mesmo acontecia com os Hiens e os Hayates (os outros aviões não conseguiam atingir a altitude necessária), que deviam ser remodelados em aviões especiais de ataque. O B-29 possuía um arsenal: duas metralhadoras de 12.7 milímetros nos andares de cima e de baixo, na frente e atrás, na cauda e também junto a um canhão automático de vinte milímetros. A experiência com o B-29 em Kyushu mostrara-lhes que essas onze armas disparadas ao mesmo tempo formavam uma bela rede de tiros, sem ângulo perdido.

Após longa discussão, chegaram à conclusão de que não iriam entender nada até que alguém testasse uma colisão de verdade. A única esperança deles era o fato de o bombardeiro não ter sido projetado com a potência de arsenal necessária para fugir de um ataque suicida de aviões japoneses.

Ken foi visitar a fábrica Nakajima em Mitaka. Num canto do terreno da fábrica, que estava coberto de ferramentas e equipamentos para remodelar os Hayates, encontrava-se o Ki-94, largado como um pedaço de lixo esperando para ser recolhido.

— Muito ruim, não é? — disse Ken a Aoyagi. — Um pouco mais de esforço e teríamos terminado.

— Não é culpa de ninguém — respondeu o outro, mexendo levemente seus ombros finos. — Mas nós não trabalhamos todos estes anos para fazer algo assim. Apontou para um dos Hayates desmontados, e suspirou, e o suspiro tornou-se uma tosse. Estaria com febre? Seus olhos estavam vermelhos, as órbitas pareciam afundadas, mesmo as piscadas estavam fracas.

Ken sentou-se no assento do piloto e fechou a cabine. Comparado a um caça verdadeiro, tudo no avião remodelado parecia de mau gosto. No painel de instrumentos havia quatro medidores, o mínimo necessário para voar: altitude, velocidade, rpm e direção. E isso era tudo. O assento era feito de madeira compensada, e o manche não possuía nenhum botão para disparar as armas. Em vez disso, havia tomadas elétricas para o aparelho de oxigênio e para o traje térmico. Ken imaginou-se voando num B-29 nesse avião de brinquedo, e o pensamento o deprimiu. Não, mesmo que conseguisse destruir o bombardeiro e morresse como herói, ainda assim não gostaria de morrer numa tranqueira como essa. Seria um covarde por lhe passarem pela mente tais pensamentos? Será que Haniyu falou sério quando disse isso? Não falara com ele desde então. Ele o vira na sala dos oficiais e se cumprimentaram com a cabeça, mas não chegaram a se falar; pareciam estar se evitando. Mas o comportamento de Haniyu era totalmente incompreensível. Era estranho como aquele homem conseguia transferir seu entusiasmo, sem a menor hesitação, de desenvolver caças avançados para estripar aviões para missões suicidas. *Não,* pensou ele, *não sou melhor do que os outros. Olhe para mim, sou uma pessoa que uma vez disse para seu pai que queria construir algo que durasse...*

Aoyagi bateu na tampa da cabine. Ken tentou abri-la, mas ela não se movia. Foi então que notou uma maçaneta de giro duplo que Wakana inventara, a qual não era possível operar sem tirar as mãos do manche, e conseguiu abri-la.

— Tem algo que eu preciso lhe dizer — Aoyagi conduziu Ken para trás do Ki-94. — Ontem eu tirei uma chapa de raio-X; descobriram sombras nos meus dois pulmões. Vou ser hospitalizado. Gostaria de agradecê-lo por tudo que fez por mim.

— Isso é terrível.

— A doença está num estágio avançado. Acho que não vou viver por muito tempo. Eu espero que você acompanhe o resto de nossa missão. — Abafando uma risada, fez uma reverência esmerada a Ken.

— Cuide-se — Ken apertou-lhe a mão. Sentiu que ele estava quente.

Quando se afastava, Aoyagi foi atingido por uma rajada de vento, e seus ombros balançaram como um ventilador de papel.

Foi no final de novembro que as unidades especiais de ataques da 11ª Divisão Aérea, responsável pela defesa da capital, receberam do príncipe Higashikuni o nome oficial de Mestres do Céu. A divisão recebera ordens para escolher os Mestres do Céu entre os pilotos de cada grupo de caças, excluindo-se os primogênitos e os homens casados. No começo, os pilotos suicidas eram voluntários; e verdade era que aqueles que se adequavam ao critério de serem solteiros e segundo, terceiro ou quarto filhos eram mais fáceis de serem encontrados entre os recém-graduados na Academia Aérea Júnior. A paixão juvenil gerou um fenômeno em todos os esquadrões: os não voluntários eram imediatamente tachados de covardes. E, quando os líderes dos esquadrões gritavam "Kamikazes voluntários, levantem as mãos!", era difícil para qualquer jovem, mesmo que relutante, resistir à pressão dos olhares. Ken, cujo trabalho era entregar os aviões remodelados para os Mestres do Céu, que vinham de vários esquadrões para pegá-los, ficava cada vez mais deprimido com o que estava acontecendo.

Numa manhã, num dos hangares de manutenção do Departamento de Inspeção, Ken conheceu um desses jovens voluntários. Foi no momento em que o logotipo especial dos Mestres do Céu estava sendo pintado no avião, suas linhas vermelhas e brilhantes se estendiam pelo leme. Um garoto trajando um uniforme de piloto cumprimentou Ken. Foi um cumprimento vigoroso.

— Senhor, o senhor é o tenente Kurushima? — perguntou a jovem voz.

— Sim, sou eu.

— Sou o PFC Honda do 47º Esquadrão de Caças. Vim buscar meu avião especial de ataque.

Ken observou surpreso seu rosto de garoto. O jovem, envergonhado, baixou o olhar.

— Quantos anos tem?

— Dezessete, senhor.

— Dezessete? Esteve em Kumagaya?

— Sim, senhor, a décima quinta turma.

— Quando estive lá, há uns três anos, fiz meus treinamentos de voo com a décima primeira turma.

— É mesmo, senhor? Então o senhor está bem à frente de mim.

Agora Ken é que estava envergonhado com o olhar do garoto.

— Não tanto assim. Você deve ter se juntado ao esquadrão há pouco tempo.

— Sim, senhor, em 1º de agosto.

— Três meses atrás? Já pilotou um Hayate?

— Sim. Estou mais acostumado com o Shoki. Mas, desde que me voluntariei para essa unidade, treino todos os dias com um Hayate.

— Entendo — Ken concordou com a cabeça, e guiou o garoto até onde os aviões remodelados ficavam enfileirados, fora do hangar. Lá, três jovens pilotos do mesmo esquadrão o aguardavam.

— Eis seus aviões. São basicamente iguais a um Hayate comum, mas o manche está mais leve. Subam e experimentem o equipamento.

Os quatro embarcaram rapidamente nos aviões. Os lemes e as bandeiras balançaram para lá e para cá.

— Desembarquem! — quando ele gritou a ordem, os quatro garotos saíram imediatamente da aeronave e se alinharam para ouvir com atenção.

— O que acham do equipamento?

— Muito bom, senhor — respondeu Honda.

Os quatro pilotos tinham rostos jovens e queimados de sol; pareciam irmãos.

— Todos vocês são voluntários?

— Sim, senhor. No nosso esquadrão todos são voluntários, e nós quatro fomos escolhidos.

— Honda, seus pais são vivos?

— Não, senhor. Apenas minha mãe. Meu pai morreu quando eu tinha oito anos. Mas não tem problema, sou o mais novo de três filhos.

— Você contou para sua mãe que é voluntário?

— Sim, senhor. Eu escrevi uma carta para ela ontem. Pedi ao líder do nosso esquadrão que a enviasse quando minha missão estivesse completada.

— Entendo. E sua mãe...

— Vai ficar muito orgulhosa de mim. Quando me viu indo embora da vila onde moramos, na província de Fukushima, ela me disse que eu tenho mesmo de ficar feliz por dar minha vida pelo país.

— Na semana que vem você vai se juntar a pilotos de outros esquadrões para treinamento especial. Pode voltar agora para o alojamento.

Os quatros jovens o cumprimentaram e saíram. Quando Ken ia saindo para comer algo, Honda veio correndo em sua direção.

— Tenente Kurushima, senhor! — o garoto fez um cumprimento formal. — Tenho uma pergunta a fazer.

— O que é?

— Senhor, que tipo de pessoa é sua mãe?

— Por que você quer saber?

— Estava pensando, senhor, porque o senhor parece estrangeiro.

— Minha mãe é cidadã japonesa, mas nasceu nos Estados Unidos. Tenho sangue mestiço.

— Isso está certo, senhor? — havia agitação em seus olhos.

— O que você acha disso?

— Eu acho maravilhoso, senhor. Os Estados Unidos são um grande país, mesmo sendo inimigo. É grande. E faz grandes aviões.

— Ei, eu sou japonês, você sabe!

— Sim, senhor, mas quando vencermos a guerra, o senhor irá para os Estados Unidos, não irá?

— Você gostaria de ir para lá?

— Lógico, senhor, eu adoraria. Mas só depois que vencermos a guerra.

*Depois que vencermos a guerra...* Ken se afastou com longas passadas, evitando olhar o rosto sorridente desse garoto que estava prestes a morrer, mas que falava animadamente sobre o futuro. O soldado de pernas curtas tentou acompanhá-lo, mas enfim desistiu e foi embora.

Quando Ken chegou ao escritório dos oficiais, Yamada veio em sua direção. Sua boca estava cheia, pedaços de arroz eram espirrados por trás de sua mão.

— Sugi! Sugi morreu! — deixou escapar.

— O quê!? — a tigela de sopa que Ken segurava caiu no chão.

— Foi dez dias atrás. Estava numa surtida no sul da China, e foi atacado por um pelotão composto por chineses e americanos.

Quando, no começo de novembro, o 22º Esquadrão recebera a ordem de voltar para o Japão, deram a Sugi uma outra tarefa, a de viajar com o 25º Esquadrão, e ele permaneceu na China. Vinte Hayates foram entregues ao outro esquadrão. Sugi ficou encarregado de treinar os pilotos nos novos aviões.

— Até Sugi — Ken enfiou um pouco de sorgo de arroz vermelho na boca, mas estava sem sabor e ele cuspiu tudo. — Você contou para todo mundo? — apontou com o queixo para Haniyu, que estava num canto, comendo sozinho.

— Foi Haniyu quem me contou, e contou chorando.

— Chorando... — Ken começou a ir em direção a ele, mas Yamada o impediu.

— Não vá. Ele quer ficar sozinho.

Ken levantou-se. Não conseguia ficar sentado. Fúria, pena e frustração o tomavam, correndo como um riacho negro dentro dele.

— Espere, aonde vai? — chamou-o Yamada, enquanto ele se afastava.

— Não sei. Vou andar.

— Deixe-me ir com você.
— Quero ficar sozinho.
— Eu também.
— Não me siga.
— Você está indo aonde eu estava indo.
Os dois chegaram ao Instituto Médico Aéreo e foram à sala de Yamada, no segundo andar. Ken foi direto a uma estante e pegou a arma de pressão que emprestara para ele.
— Vai caçar pássaros?
— Talvez.
Saíram juntos. Era um belo dia, mas havia nuvens pesadas se movendo no céu, bloqueando o sol de vez em quando. Saindo pelo portão de trás, chegaram ao campo de amoras próximo. Os galhos descobertos das árvores pareciam espinhos negros. Os caules também estavam negros. Havia orvalho no caminho entre as árvores, e quando avançaram por ele sujaram os sapatos de terra. Podiam ouvir o som calmo do riacho próximo, mas nem sinal de pássaros.
— Sugi, seu idiota, por que você tinha que morrer? — Ken disparou um tiro contra o céu. De algum lugar veio um eco tenebroso.
— Iwama, Hanazono e agora... — disse Yamada. Hanazono fora mandado de volta para o Japão, mas ainda estava em coma, confinado a um leito no hospital militar de Kofudai. Disseram que ele nunca se recuperaria.
— E Aoyagi foi hospitalizado — Ken contou-lhe sobre os pulmões de Aoyagi.
— Então era verdade. A tuberculose estava expressa em seu rosto. Você sabia que ele estava sobrevivendo apenas com rações?
— Não.
— Tudo o que tinha para comer eram coisas como batata e brotos. Sequer tocava as rações especiais que davam para ele na fábrica de aviões. Por isso ficou desnutrido. Um dos superiores dele me contou. Eu mesmo o avisei, mas ele não me ouviu. Ele é estranho, um sujeito teimoso.
— Tentar sobreviver com ração nos dias de hoje é como cometer suicídio.
— Talvez fosse isso que ele queria. Ele me disse uma vez que estava cansado de construir caças, de saco cheio de fazer o que ele chamava de "máquinas assassinas".

— Máquinas assassinas? — Ken sentiu como se tivesse exposto uma fraqueza interna sua. — Na verdade, isso é tudo que elas são.

Um corvo voou através da folhagem escura de uma crimeia. O braço de Ken reagiu automaticamente. Mirou, mas não puxou o gatilho. Estava certo de que o teria atingido com facilidade, mas não sentiu vontade de matá-lo. Em vez disso, desceu para a margem do riacho e atirou na água. Quando as ondas se desformaram, pôde ver seu rosto; atirou novamente.

— Há peixes aí embaixo?

— Acho que sim — e continuou atirando.

— Ei, amanhã é sábado, por que não saímos para beber? Podemos convidar Haniyu. E talvez também Mitsuda.

— Boa ideia. Vem cá, por que não fazemos uma festa na casa da minha família em Tóquio? Eles foram para o campo e a casa está vazia.

— Boa ideia. Eu nunca fui lá.

# 4

Na vitrine havia apenas um capacete de aviação. Quando entraram, porém, as paredes estavam cobertas de uniformes de aviação, cachecóis longos e outros equipamentos de piloto; e as prateleiras de vidro, cheias de óculos de proteção, distintivos e chaveiros. Ficaram impressionados, pois era mais do que esperavam. Mitsuda chamou por alguém várias vezes, e foi então que o dono, um velho careca, apareceu, bocejando, vindo de trás da pesada cortina dupla, feita aparentemente de pano de paraquedas.

— Ora, é o subtenente Mitsuda! E ainda trouxe outras pessoas com o senhor.

Mitsuda, vestindo um uniforme da Defesa Civil, apresentou seus três amigos, que trajavam blazers. Quando ele percebeu que eram oficiais também, o velho homem assumiu uma postura mais educada do que o habitual.

— Membros das Forças Armadas sempre foram fregueses valiosos para a minha pequena loja. O subtenente Mitsuda, por exemplo, vem aqui desde o início da guerra contra a China — enquanto falava, observou por um segundo as feições estrangeiras de Ken, e em seguida sobreolhou a caixa de violino que Haniyu carregava.

— Hoje vamos dar um jantar para um amigo que foi morto em combate, e gostaríamos de comprar algo comemorativo. Tem que ser a mesma coisa para todos nós.

— Deixe-me ver, senhor — o velho, após pensar por um momento, mostrou-lhes carteiras decoradas com fotos do Hayabusa e do Hayate, e algumas agendas com o distintivo da Aeronáutica, mas nada disso os agradou. Alguém sugeriu um cachecol, que seria bastante útil a altas altitudes. O velho informou que, por acaso, ainda tinha quatro cachecóis de lã, e foi buscá-los lá dentro. Gostaram. A estampa dos cachecóis parecia uma história em quadrinhos, com estrelas amarelas sobre um fundo verde, e um sol nascente no meio. Contou-lhes que foram costurados pela esposa de um de seus parentes, que utilizou para isso a ferramenta "mais melhor". Pagaram, sem pechinchar, o preço de cinco ienes, e Yamada comprou também um kit de primeiros socorros pequeno o suficiente para caber no bolso da calça de um uniforme de piloto.

Vestiram os cachecóis e saíram para a rua. O vento estava úmido e nuvens pesadas se espalhavam pelo céu escuro. Parecia que ia chover. Apressaram o passo. Civis com trajes característicos da defesa aérea e capuzes almofadados, carregando água e kits de primeiros socorros, haviam se tornado uma imagem comum nas ruas da cidade. Assim, os quatro chamavam a atenção, e as pessoas se viravam para vê-los. De blazer e chapéu de feltro, Ken balançava sua mochila felpuda lotada de comida; a de Mitsuda estava cheia de verdura. Haniyu ia com seu violino. Pareciam um grupo de músicos viajantes. Yamada se orgulhava de ser o único a parecer um pedestre comum. Mas mesmo ele atraía olhares, um gordão carregando uma sacola de palha cheia de garrafas de bebidas alcoólicas.

Ao subirem o monte que saía da interseção Ogawamachi em direção a Ochanomizu, foram cercados por pessoas que aproveitavam a tarde de sábado para treinamento de defesa aérea. Como sempre, um oficial de meia-idade da Associação de Defesa da Polícia gritava ordens para as viúvas que estavam alinhadas para fazerem o revezamento de baldes. Em frente de cada casa, havia um recipiente cheio de água e um extintor de incêndio feito de pano amarrado a um poste de bambu. Tal preparação era feita na certeza de que reides aéreos eram iminentes, pois o Departamento de Inspeção previra que viriam bombardeios maciços. Mesmo assim os moradores locais pareciam tranquilos. As mulheres riam quando a água dos baldes espirrava em seus rostos, e as crianças se esbaldavam nas poças.

Os quatro pegaram a linha central urbana e fizeram baldeação para o metrô. Quando saíram em Toranomon, não havia ninguém nas ruas. Pareciam estrangeiros, até que um voluntário da defesa os parou e disse-lhes para procurarem um abrigo já que soara o alerta de reide aéreo. Ken ligou seu rádio portátil. A transmissão falava que "um único avião inimigo ia no sentido norte em direção à capital, vindo da Península de Izu". Voltaram então para o metrô e aguardaram embaixo da terra. Souberam que o avião vinha numa missão de reconhecimento, e recuou em virtude das nuvens chuvosas que cobriam a cidade. "O avião inimigo está voltando para o sul sem soltar nenhuma bomba." Pouco depois ouviram a sirene anunciar que estava tudo calmo. Pessoas voltaram a fluir pelas ruas; automóveis e bondes começaram a se mover.

Yamada, formado na Escola de Medicina da província de Matsumoto, não estava acostumado com as ruas de Tóquio. A região próxima a Akasaka e Nagata-cho era completamente nova para ele. Observava com cuidado cada mansão pela qual passavam, todas com jardins que pareciam parques florestais, e ficou impressionado com os prédios exóticos da embaixada mexicana.

— Chegamos! — gritou Ken para ele. — No local onde Ken parou havia muros altos de pedras ao lado de azaleias, e um magnífico portão de granito. Bem depois dos muros, havia um prédio branco parecido com a mansão dos Kurushimas em Karuizawa. A casa não era uma imitação barata, mas sim uma verdadeira mansão ocidental, completa, com todos os detalhes.

Quando Ken abriu o portão e guiou seus amigos em direção à porta da frente, o coração de Yamada começou a bater mais forte. "Então foi aqui", pensou, "que Anna cresceu. Essas árvores, essas pedras foram todas tocadas pelo olhar de Anna". Depois de voltar de Karuizawa naquele verão, escrevera uma carta de agradecimento para os pais dela e, junto a esta, uma carta para Anna. Era quase uma carta de amor, a primeira vez na vida que expressara seus verdadeiros sentimentos no papel. Não obtivera resposta.

Enquanto Yamada observava o terreno, Mitsuda disse:

— Meu Deus, que bela casa a do nosso tenente!

— Com certeza — concordou Yamada. — Eu pensava que sabia tudo sobre ele depois de termos feito a Escola de Aviação juntos. Mas, na verdade, eu não sabia quase nada.

— Não há ninguém em casa, podem vir — chamou Ken, do lado de dentro, empurrando os jornais que se amontoavam na entrada. — Eu pensei que meu pai estivesse usando a casa nas suas viagens eventuais para Tóquio, mas parece que ninguém vem aqui há semanas.

Enquanto caminhavam pelo corredor de chinelos, a poeira subiu em volta deles. Nos quartos havia poucos móveis e teias de aranha. Os vidros das janelas estavam cheios de pó. Com o som da chuva batendo no teto, Ken disse de forma animada:

— Chegamos a tempo. Os deuses estão conosco!

Ele pareceu ter renascido de repente. Haniyu e Yamada foram conhecer a sala de visitas, onde os sofás e os armários ainda estavam no lugar, o terraço e o jardim; depois, se juntaram a Mitsuda e Ken, que limpavam a sala de jantar e cozinha. Conseguiram deixar o lugar razoavelmente arrumado. Mas, na hora de cozinhar, Ken e Haniyu, os garotos mimados da cidade, foram inúteis. Um cochilava, enquanto o outro tocava violino. Mitsuda e Yamada se encarregaram de preparar a comida.

A comida para o jantar fora um presente de Mitsuda, descendente de uma família de pescadores na costa Chiba: uma porção de frutos do mar de sua cidade natal. Assim, preparou um pouco de sashimi e sushi, e cortou atum, cavala, olhete, saboga e lulas em fatias que pareciam profissionais. De alguma forma, conseguira arroz branco e algas marinhas, e trouxera até um pouco de carne, vegetais e óleo vegetal, os quais Yamada transformou num cozido. Yamada também serviu as bebidas. Ele trouxera várias garrafas de Boa Saúde de Pilotos, as quais seu trabalho propiciara juntar, e mais duas garrafas de saquê, obtidas na troca por seus contrabandos.

Ken, que saíra durante a chuva, contribuiu com alguns pássaros que matara.

— Você trouxe uma arma de pressão? — perguntou Yamada.

— Não — explicou Ken —, tinha uma velha arma do meu tempo de escola no segundo andar, e ela ainda funciona. — Ele contou a eles que depois do muro, na floresta de propriedade do príncipe Konoe, havia muitos pássaros nessa época do ano.

A chuva caía pesada, escura e fria. Acenderam o fogo na lareira, colocaram os pratos na mesa e, com a jaqueta de Mitsuda sobre o lustre servindo como uma cortina de escurecimento, deram início ao banquete. Mitsuda, vestindo um casaco *happi* de cozinheiro de sushi e uma faixa na cabeça, serviu primeiro os outros, e só depois começou a comer e a beber. Todos se serviram com a concha do ensopado do caldeirão, devoraram as aves, cada parte assada. Durante essa refeição semijaponesa, semiocidental, semielegante, semiprimitiva, ficaram bastante bêbados. Os restos de peixe, aves, carne e ração de pilotos grudaram nos pratos caros (seriam franceses ou ingleses?).

— Ei, Kurushima, coma mais! — Mitsuda ofereceu um pedaço de sushi com a palma da mão. — Qual o problema? Eu fiz com as minhas próprias mãos.

— E você coma a *minha* comida! — respondeu Ken, enfiando um pássaro assado na boca de Mitsuda. — Coma!

— Não posso. Tenho medo de pássaros. Sou um voador, e eles voam também, são a única coisa que eu não como.

— Você é bobo. Imagine que é um pássaro inimigo. Coma-o!

Seguiu uma batalha entre os dois homens. Ken era com certeza maior, mas Mitsuda, que saía em barcos de pesca desde pequeno, não era nada fraco. Quando Mitsuda enfiava a fatia de sushi na boca de Ken, este bateu com força na mesa, derrubando vários pratos no chão.

— Parem de brigar vocês dois! — gritou Haniyu com ferocidade. — Vocês são oficiais, não são? Mitsuda, vamos ter um pouco de dignidade.

Mitsuda voltou-se contra ele.

— Dignidade? O que você quer dizer com isso? Dignidade é para a corporação de oficiais, nada a ver comigo. Para filhos de generais, não para pescadores. Há dez longos anos, desde 1934, estou no Exército, e continuo sendo apenas um subtenente. Ah, e já vi muita ação. Norte da China, Manchúria, Malásia, Burma. Sabe quantos eu matei? Trinta e sete, exatamente. Já sangrei muito, garoto, portanto não me fale de "dignidade".

— Não foi isso que eu quis dizer — disse Haniyu, agora mais calmo. — Você é nosso melhor piloto, e eu o respeito por isso. É apenas que... Bem, nós não devíamos estar brigando *aqui*.

— Brigando? Não estávamos brigando — Mitsuda parecia ter perdido o fôlego. Sentou-se fazendo um baque, como o de um foguete ao ser disparado.

— Vamos beber — Yamada pegou uma garrafa de saquê, mas estava vazia. Tinham bebido também toda a Boa Saúde. — Ouçam, rapazes, estamos sem combustível. Acabou o gás do Império Japonês.

— Acabou o gás? — perguntou Mitsuda. — Então vamos usar óleo de pinho. É isso que fazíamos lá em casa. O único problema é... Será que o Hayate voa com óleo de pinho? Será que vai atingir aqueles B-29?

— Ei, Ken — gritou Haniyu. — Você não tem alguma bebida escondida em algum lugar dessa casa?

— Esperem aqui um minuto — disse ele, e saiu.

Ken estava bêbado, mas consciente o bastante para não deixar nenhuma luz sair pela janela. Subiu as escadas no escuro, e conseguiu chegar até seu quarto. Puxando a cortina sobre a janela, acendeu a luz. Seus livros, papéis e canetas estavam cobertos de pó. Um retrato dele mais jovem vestindo um uniforme de rúgbi olhava-o da parede, parecia uma pessoa completamente diferente. Nestes poucos anos, a guerra o transformara muito; ainda com seus 20 anos, sentia-se um velho, sem um futuro para sonhar. Certa vez, nesse quarto, sonhara em fazer coisas. Agora não via nada em seu futuro, um vazio, como a escuridão chuvosa do lado de fora da janela. Ken derrubou sua foto e arremessou-a no lixo. Atravessou o corredor, passando pela despensa, e depois pelo quarto de sua mãe. Tentou girar a maçaneta, mas a porta não abria. Alice tinha o hábito de manter a porta de seu quarto trancada. Adentrou o quarto que um dia fora de Anna e agora era de Eri. O ruído da chuva parecia mais próximo. Estaria a janela aberta? Não, o vidro estava quebrado. Apertou o interruptor, mas a luz não acendeu; ouviu seu eco pela parede. Não havia nada no quarto, estava totalmente vazio... exceto por uma pequena, sim, uma boneca, uma boneca na estante. Uma boneca americana. Era a preferida de Anna quando ela era criança. Estava sem cabeça.

Ao chegar ao escritório de seu pai, seus olhos já tinham se acostumado com o escuro, e ele podia ver o que havia dentro. Esquadrinhou através da janela. Além de chuva, parecia haver pontos de luz no céu, o que devia ser o brilho da lua acima das nuvens. O quarto, a escrivaninha, as prateleiras de livros e o sofá eram os mesmos de antes, prova de que seu pai usara esse quarto em suas viagens ocasionais a Tóquio. Puxou a cortina sobre a janela e ligou o abajur na escrivaninha, que estava envolto por um pano preto.

Numa pequena prateleira embaixo da estante de livros, havia garrafas de bebidas ocidentais: conhaque, uísque e gin. Algumas nem haviam sido abertas. *Obrigado, papai.* Ken pegou uma garrafa de Courvoisier XO e um copo, sentou-se no sofá e começou a beber.

Na estante havia fileiras de livros sobre diplomacia, metade em inglês, e os livros eram em sua maioria grandes e grossos. Imaginou que seu pai, para quem esses livros eram tão preciosos, não os levara para Karuizawa a fim de os preservar. Com um copo na mão, observou cada prateleira. Fingindo ser seu pai, sentou-se na escrivaninha. Então notou, bem à sua frente, um álbum, que parecia ter sido esquecido ali por seu pai após o ter olhado.

Era um álbum de fotografia. Tinha legendas concisas escritas em branco. "4 de fevereiro de 1910. Vice-cônsul em Hankou." Ken estivera lá havia pouco. *Papai nasceu em 1885, ele tinha 25 anos na época, a mesma idade que tenho hoje. Nós nos parecemos muito.* "15 de agosto de 1912. Honolulu." "16 de abril de 1913. Nova York." "26 de junho de 1914. Designado para ser cônsul em Chicago." Foi então que Alice Little apareceu. Sua mãe era uma jovem mulher. *Parece-se muito com Anna agora, com traços de Eri também; não, de Lauren. Aquele sorriso, aqueles ombros macios. O retrato de Lauren. E então tio Norman. E o pai de Norman, James Little, meu avô.* "3 de julho de 1914. O encontro anual da Sociedade Nipo-Americana de Chicago." Os dois jovens em pé com os braços em volta dos ombros do outro. "3 de outubro de 1914. Casamento na casa dos Littles em Nova York." O jovem casal; a porta da residência de Nova York acima de uma escadaria feita de ferro forjado. Americanos e japoneses sentados de forma intercalada, a maioria diplomata. "18 de novembro de 1916. Nascimento de Anna." *Um hospital em algum lugar. Mamãe na cama do hospital segurando o bebê. Aha! O próximo sou eu.* "8 de janeiro de 1919. Nascimento de Ken." *Nunca tinha visto essa foto antes. Não estava entre as fotos em cima do consolo na sala de estar.* O álbum era composto, com certeza, de fotos que significavam muito para Saburo, fotos que ele arrumara e colara com cuidado. Ken folheou-o rapidamente até o fim. "3 de novembro de 1941. Dia da Fundação. Bom tempo." Era uma foto de pai e filho tirada num estúdio de fotografia em Akasaka, um pouco antes de Saburo partir para os Estados Unidos. *Eu estava na Escola de Aviação, acabara de me tornar tenente. Meu novo uniforme não me servia muito bem, estava todo enrugado. O cabelo de papai ainda era preto. Três anos atrás. Uma época em que a guerra entre Japão e Estados Unidos talvez pudesse ter sido evitada.*

Ken ouviu passos. Fechou o álbum, levantou-se, e pegou o copo de conhaque.

— Onde você estava? Estamos esperando você — disse Yamada.

Ken, com um sorriso sem graça, serviu-lhe um copo.

— Beba, tem mais lá.

Yamada entornou o líquido marrom com um único gole.

— O que é isso? É álcool puro! — sua garganta queimava.

— É conhaque.

— Nunca bebi algo tão chique assim antes.

— Você tem que tomar mais devagar. Você deve *inalar* a bebida.

Yamada foi aos poucos se acostumando com o gosto. Depois de sugar a umidade da garganta, o líquido queimou seu estômago.

— Essa coisa seca a gente.
— O que você quer dizer?
— Álcool tem um efeito desidratante no corpo.
— Bem, talvez sim. Mas beba assim mesmo.
— Este é o escritório de seu pai? — Yamada observou toda a sala: a escrivaninha de madeira escura, a estante superlotada de livros, as inscrições douradas nas lombadas, a grande cama de madeira com desenhos em baixo-relevo. — A casa inteira é ocidental! — disse, impressionado. Yamada, que nascera nas montanhas de Shinshu, conhecera apenas uma vida de colchões de tatame e chãos de terra; depois, no Exército, uma vida de beliches de madeira e colchões de palha. Quando sentou na cama, ficou impressionado ao ver sua bunda afundar no colchão. Encantado com a suavidade do colchão, ergueu o copo de conhaque, tomando cuidado para não derrubar nenhuma gota. Logo experimentou uma embriaguez ocidental de alta classe.

— Tenho que lhe contar uma coisa — disse sem pensar. — Escrevi uma carta para Anna.

Ken abaixou seu copo e olhou-o fixamente. Os grandes globos oculares de Ken estavam dilatados pelo álcool. Havia manchas azuis em suas pupilas.

— Foi uma carta de amor. Mas não recebi resposta.
— Sério?...
— Você... você ouviu Anna comentar alguma coisa sobre isso?
— Não, nada.

Havia vezes em que era impossível adivinhar o que Ken estava pensando pela expressão do seu rosto. Era como o rosto de algum ator americano em filmes. Mesmo quando estava triste, não chorava como os japoneses; quando estava em perigo, nunca parecia entrar em pânico. Reprimindo seus sentimentos, seu rosto permaneceu sem expressão.

— Entendo. Bem, eu já desisti. Imaginei que não tivesse mesmo chance desde o início; o terceiro filho de um fazendeiro de uma vila montanhosa e a filha de um embaixador.

— Anna não sabe escrever em japonês — disse Ken, com um sorriso abatido.

— Eu não acredito! Ela fala de forma tão bela.

— Não, é verdade. Ela nunca passou muito tempo em escolas japonesas, por isso conhece poucos caracteres *kanji*. E escrever uma carta em inglês iria criar suspeita entre as autoridades.

— Ah... — um pequeno sol começou a nascer no peito de Yamada. — Kurushima, quero lhe pedir um favor. Significa muito para mim. Você poderia perguntar a Anna o que ela sente por mim? Mesmo que a resposta não seja lá muito animadora, eu gostaria de saber. Eu gosto dela. Eu a amo.

— Com certeza — a voz de Ken era clara e gentil. — Na próxima vez que encontrá-la eu pergunto. Prometo. Mas se eu viver para tanto.

— Obrigado — Yamada abaixou a cabeça e observou o fino e elegante copo de cristal, com desenhos intricados, que segurava com suas mãos gordas e deselegantes.

Ouviram-se passos desajeitados. Mitsuda e Haniyu entraram tropeçando. Mitsuda agarrou a garrafa de conhaque e gritou:

— Vejam! Conhaque de primeira linha! Isso que é coisa boa. Tomei um pouco uma vez na casa de uns holandeses nas Índias Holandesas. — Então bebeu diretamente da garrafa, gritando entre os goles: — Estou sem combustível... e, assim como a Força Aérea, estou meio gasto, mas, para o inferno, alegria! *Banzai!*

Yamada puxou a garrafa das mãos dele e encheu os copos de todos.

— Está bem. Primeiro, um brinde para a Força Aérea do grande Exército Imperial! *Kampai!*

O brinde foi então repetido.

— Para o Ki-94, o avião que nunca foi!

— Para o major Iwama!

— Para o tenente Sugi!

— Para o nosso ás da aviação, subtenente Mitsuda!

De repente, Haniyu pediu a atenção de todos.

— Com muita honra, proponho um brinde... — começou. Ken e Yamada protestaram. Mas, quando Haniyu continuou — ... para o nosso comandante-em-chefe, Sua Majestade, o Imperador —, Mitsuda balançou a mão e disse:

— Pare! Não estrague o clima! — e se recusou a participar.

Haniyu, olhando para ele, continuou:

— E vamos fazer um brinde ao Mestre do Céu! Na verdade, vocês deveriam estar brindando a mim, porque eu acabei de me voluntariar. Assim, bebam em minha homenagem!

Mitsuda virou-se para ele:

— Haniyu, sua brincadeira não é nada engraçada!

— Não estou brincando. Eu me voluntariei para o esquadrão kamikaze.

— É sério?... — sua voz estava pesada de emoção. — Eu o saúdo. *Eu* não conseguiria fazer isso. Desculpem-me. De verdade.

— Ei — disse Ken. Havia uma certa tensão em sua voz, como se estivesse tentando encorajar a si mesmo. — Para o valente tenente Haniyu, nosso Mestre do Céu.

Yamada encheu com conhaque os copos deles, e os quatro beberam tudo. Os copos de Ken e de Haniyu se tocaram com tanta força que quebraram, enquanto Mitsuda derrubou o seu. Yamada, sem saber a razão, sentiu que devia seguir o exemplo de Mitsuda, e também jogou seu copo no chão, mas ele bateu e rolou no carpete sem quebrar.

Haniyu pegou seu violino e começou a tocar "Gorjeio do Diabo", de Tartini, que ele tocava com frequência no Instituto Médico de Aviação. Como sempre, fechou os olhos e perdeu-se com a música. Não se parecia em nada com um oficial do Exército, muito menos com um piloto kamikaze cuja missão era bater num B-29. Mitsuda deixou cair sua cabeça e ouviu com atenção. Ken apagou a luz, puxou de volta a cortina, e abriu a janela toda. O ar fresco da noite fluiu, lavando o cheiro de álcool e nicotina, e as ondas da música se misturaram ao som da chuva pingando na terra.

Seis dias depois, os B-29 vieram. Não um de cada vez, e nem em reconhecimento. Setenta deles vieram de uma vez, num enorme reide aéreo. O bombardeio de Tóquio começava.

# 5

— Você não está com frio? — o guarda Yoneyama atiçou as brasas no forno com seu pauzinho.

— Não — respondeu Eri, enquanto continuava a ler a tradução que fizera da programação de ração para estrangeiros. Ela não conseguia traduzir o nome de um peixe. Como não havia muita carne, as autoridades substituíram por peixe, mas Eri não conseguia encontrar o nome em inglês para *umi unagi*, literalmente "enguia marinha". Soletrou em alfabeto romano, e decidiu perguntar para seu pai depois.

— Porcaria de lenha — disse Yoneyama, empurrando-a para dentro. — Veja isto. Parece um monte de pauzinhos. Não se consegue esquentar assim. É melhor você chegar mais perto.

— Obrigada — Eri moveu-se da cadeira à escrivaninha e colocou as mãos sobre o forno.

O policial colocava alternadamente pedaços de lenha e carvão, conseguindo tirar, de forma hábil, chamas da fogueira. Parecia encantado com o som de fumaça quente subindo pela chaminé.

— Agora conseguimos um belo fogo — disse, enquanto tirava o cabelo de seu rosto encardido com as mãos sujas de pó de carvão. — Para um homem simples como eu, tudo aqui é diferente. Por exemplo, essa fogueira, jamais vi coisa tão miserável. Onde eu trabalhava antigamente era só mato. E as pessoas aqui não pegam um pedaço de carvão com as mãos, usam pinças, são bem afrescalhadas. Acho que essas pessoas devem se banhar em leite. Ontem, quando eu fui ao hotel Mampei fazer um serviço para o chefe, vi uma jovem chique mandar um táxi de volta só porque ele estava cinco minutos atrasado. Atualmente não há muitos táxis na estação, e o hotel deve ter encontrado dificuldade para chamar um, mas ela nem se importou com isso. Ah, me desculpe! Cá estou eu dizendo coisas ruins sobre jovens chiques quando tenho uma bem à minha frente.

— Não sou nenhuma "jovem chique".

— Peço desculpas, de qualquer forma — o guarda apertou com seus dedos as batatas-doces que colocara em cima do fogão. — É engraçado — murmurou. — Não estão ficando macias. Imagino que batatas congeladas não cozinhem nisso.

Eram pouco mais de 15 horas e o sentimento na delegacia era de que o expediente estava no fim. Uns tampavam os tinteiros e enxugavam as canetas de pena com jornal; outros colocavam pilhas de documentos de volta nas prateleiras; e havia também pessoas sorvendo chá gelado, grosseiro.

O capitão Maruki, o chefe magricela da seção de Segurança Intena, saiu da sala de interrogatório. Ele tinha um modo estranho de andar, parecia flutuar sobre o chão. Quando viu Eri, a expressão em seu rosto ficou mais suave. Eri fez-lhe uma reverência delicada. A atmosfera na sala havia mudado; havia agora tensão no ar. Yoneyama contara a ela que Maruki era membro da Polícia do Pensamento, e não só ele ali, como também o chefe e alguns outros guardas. Mas nenhum deles vestia uniforme especial. Quando Eri o pressionou sobre o assunto, Yoneyama admitiu que não tinha certeza absoluta, apenas ouvira rumores. Mas *havia* algo de diferente no capitão Maruki. Uma vez, quando prenderam um jovem de uma família remanejada por "atitudes antiguerra", fora Maruki e o chefe que investigaram. Se era Tokko quem cuidava dos "crimes de pensamento", Maruki devia ser Tokko. E ele parecia fazer as pessoas comuns morrerem de medo.

Apesar disso, era simpático com Eri, e simpático até demais, o que a assustava. O inglês dele era bom o suficiente para negociações simples com os estrangeiros; mas, quando as coisas se complicavam, pedia a Eri para traduzir. Seus modos com ela sugeriam intenções outras do que apenas relações profissionais. Era isso que a assustava.

Atrás do capitão havia um garoto branco russo com um guarda ao lado. Ele fora pego roubando batatas do celeiro da casa de um fazendeiro. O garoto não falava inglês, só francês. Mas Eri conseguia entender o que ele dizia porque, quando sua família morou na Bélgica, frequentara por três anos uma escola em que se falava francês. Se apenas sua habilidade com inglês já impressionara o chefe e Maruki, ficaram ainda mais espantados ao ouvirem-na falando francês. Recebeu logo um alto elogio:

— Impressionante... Mas o que mais poderia se esperar da filha de um embaixador?

O garoto parecia bem desnutrido. Sua pele estava pálida, e suas bochechas afundadas tão brancas que pareciam maquiadas. Eri traduzira os detalhes do miserável dia a dia dele, o que persuadiu o capitão a soltar o garoto, não sem antes lhe dar uma severa bronca. Seu pai sumira, sua mãe estava de cama em virtude de uma consumpção, e o garoto (que tinha 14 anos) fora contratado como ajudante numa fazenda próxima, mas perdera o emprego quando o inverno chegou. Tanto ele quanto sua mãe passavam fome, e ele roubara por desespero. O capitão, demonstrando achar que as rações para os estrangeiros não eram suficientes para se sobreviver, começou a resmungar sobre a lerdeza dos funcionários do município, e deixou o garoto ir embora.

— Já cozinhou as batatas? — perguntou Eri.

— Ainda estão duras, mas devem estar comíveis.

Eri embrulhou as batatas cozidas num jornal e saiu para dá-las ao garoto, que estava parado em frente à estação sem ter ideia do que fazer. O rapaz agradeceu em bom francês com um sorriso morno. Ela virou-se rapidamente e correu para dentro.

— Você deu tudo aquilo para o menino?

Um olhar desapontado atravessou o rosto de Yoneyama quando se deu conta da perda da comida.

— Está muito gelado lá fora.

— Sim, as estradas estão congeladas.

— É complicado quando fica tão frio assim. O inverno este ano foi terrível.

O rosto do garoto russo parecia mesmo como se tivesse sido enfarinhado, e seus lábios descoloridos, quase transparentes, tremiam com o frio.

— O reide aéreo de ontem foi devastador. A estação de trem de Tóquio queimou todinha.

O guarda colocou no bule um pouco de água quente da chaleira.

— Deixe-me fazer isso — disse Eri.

— Não, não, você sempre faz isso. Pegue essa xícara.

Um detetive que estivera em Tóquio voltou ao meio-dia daquele dia e contou a todos sobre o reide aéreo. A estação de trem de Tóquio sumira nas chamas, e todos que se abrigaram embaixo da ponte de trilhos perto de Yurakucho morreram queimados. As bombas fizeram um grande estrago no distrito de lazer de Ginza, e as pessoas que tiveram suas casas bombardeadas vagavam como fantasmas. Dezenas de B-29 lançaram bombas incendiárias, que pareciam ser muito mais devastadoras do que as normais.

Eri ficou preocupada com o pai e a irmã, que estiveram na casa em Nagata-cho nos dois últimos dias. No início da guerra, os aviões inimigos miravam apenas fábricas de armamento, mas desde o começo deste ano passaram a bombardear também distritos civis. Saburo decidira que seria melhor trazer todos os seus livros para Karuizawa. Ele e Anna fizeram várias viagens a Tóquio. Quando Eri confessou sua preocupação para o chefe, ele ligou para os quartéis-generais em Tóquio e soube que o distrito de Nagata-cho ainda não fora atingido, o que foi um certo alívio.

— Pelo menos eles não vão atacar Karuizawa — disse Yoneyama. — Está cheio de americanos aqui.

Assim que o guarda começou a bebericar seu chá, a porta da delegacia foi aberta de forma violenta. Um estrangeiro idoso de cabelo branco, trajando roupas pretas e algemado, foi empurrado para dentro por dois detetives. O estrangeiro era o pastor Hendersen.

O guarda Yoneyama olhou seu relógio.

— A esta hora do dia?

O capitão Maruki parecia esperar por isso. Ele logo se levantou, apontou para a sala de interrogatório e se encaminhou em direção a ela. O chefe e seu ajudante o seguiram. Os outros policiais ficaram agitados, e isso parecia indicar que estavam de posse de um criminoso dos grandes.

— É alguém que você conhece?

— Sim. Ele é nosso pastor. Não é o tipo de pessoa que faria algo ruim.

— Oh! — Yoneyama parecia estar sem palavras. — Ele é um padre?

— Vou ver o que está acontecendo — disse Eri, e se levantou.

Mas um olhar do guarda interrompeu seu movimento.

— É melhor não. Essa é a Polícia do Pensamento.

Eri viu que cinco pessoas entraram na sala de interrogatório. Serviu chá em cinco xícaras e colocou-as numa bandeja. Bateu, e abriu a porta.

A figura alta do pastor Hendersen estava desconfortavelmente sentada numa cadeira pequena, sem algemas e sem seu casaco. O chefe de polícia, Takizawa, que o interrogava, olhou-a irado.

— O que foi? — perguntou bruscamente o capitão Maruki.

— Trouxe chá.

— Coloque aqui — disse num tom de voz mais calmo.

Quando Eri saiu, o chefe a acompanhou para fora e perguntou-lhe baixinho se ela o conhecia.

— Sim, ele é nosso pastor.

— Ele fala japonês?

Por um segundo ela ficou surpresa, e então percebeu o que estava acontecendo: o pastor escondia o fato de ser fluente na língua japonesa.

— Ele fala muito pouco. Memorizou algumas frases da Bíblia, mas não entende o significado de palavras separadas.

— Então, por favor, traduza para nós.

— Sim, senhor.

Eri ficou entre o chefe e o capitão Maruki, mas o pastor fingiu não reconhecê-la. O interrogatório começou, e ela foi a intérprete.

— O senhor distribuiu um documento contendo propaganda antiguerra?

— Distribuí um panfleto citando o evangelho do Senhor.

— O evangelho do Senhor contém sentimentos antiguerra?

— O Senhor proíbe a matança de pessoas.

— A guerra se constitui em matança de pessoas?

— Depende do propósito da guerra.

— E estão sendo mortas pessoas na guerra no Grande Leste Asiático?

— Analisar a natureza dessa guerra não é de minha alçada. Mas acredito que pessoas estão sendo massacradas sem motivo nessa guerra.

— E quem está realizando esse massacre sem motivo? O lado japonês ou o lado anglo-americano?

— Ambos os lados.

— O senhor tem conhecimento de que a Inglaterra e os Estados Unidos são inimigos do Japão?

— Para quem acredita em Deus, somente os inimigos de Deus são nossos inimigos.

— Vamos tornar isso mais claro. A Inglaterra e os Estados Unidos não são inimigos do Japão?

— Sou um cidadão de um país neutro, assim olho para as coisas de forma imparcial. Não considero o Japão inimigo dos Estados Unidos ou da Grã-Bretanha.

— Em outras palavras, o senhor está dizendo que os Estados Unidos e a Inglaterra não são inimigos do Japão?

— Para um cidadão de um país neutro, a questão é impossível de ser julgada.

O chefe parecia perplexo por um momento. Olhou para Maruki. Então pegou de uma gaveta uma folha de papel mimeografado, cujo texto estava em inglês.

— O senhor chegou a ver isso?
— Sim. Eu escrevi.
— O senhor concorda que isso é propaganda pacifista?
— É uma oração pela paz.
— Em outras palavras, um ato antiguerra ajudando o inimigo.
— Não acho que isso possa ser interpretado dessa forma. A paz é mais do que a ausência de guerra; é um estado de serenidade espiritual.

Eri fez o que podia para traduzir tudo isso corretamente, mas a palavra "paz" tinha significados bastante diferentes para o pastor e para o chefe de polícia. Enquanto o policial continuava repetindo as mesmas perguntas, e o pastor continuava respondendo de uma perspectiva cristã, a distância entre eles só crescia.

Então trouxeram um envelope. Nele havia uma carta que o pastor enviara para um diplomata de um terceiro país (o nome parecia russo) que fora remanejado para Hakoma. A carta continha os últimos detalhes acerca da situação dos estrangeiros em Karuizawa e, no entender do chefe, era um ato de espionagem.

— Eu não escrevi essa carta.
— Nós a achamos em sua escrivaninha.
— Não sei nada sobre isso.
— Não sabe? — o chefe soltou uma risada de escárnio. — Mas foi datilografada em sua máquina de escrever.
— Não sei nada sobre isso.

De súbito o olhar do chefe se tornou apavorante, e ele mandou Eri sair da sala.

Quando Yoneyama perguntou-lhe o que estava acontecendo, ela disse:
— Parece que há algum desentendimento.

O pastor respondera a todas as perguntas do chefe sem se esquivar, e ainda assim Eri sentia que ele escondia alguma coisa, e isso a preocupava. A sala de interrogatório, com sua porta de madeira grossa fechada, estava agora em silêncio. Eri ficou por perto caso precisassem dela de novo, mas mesmo às 17, hora em que os funcionários se preparavam para ir embora, não vinha som nenhum de dentro. Ela olhava os outros pegando seus casacos sem saber se deveria ficar ou não.

— É hora de ir para casa, senhorita Kurushima — Yoneyama morava perto da mansão dos Kurushimas, e era sua tarefa diária acompanhá-la para casa.

— Mas...

— Não há nada que você possa fazer. Deve haver algum motivo, algo de que não sabemos.

— Mas eu apenas...

— Senhorita Kurushima — ele soava um pouco mais insistente. Alguns homens ficaram para o turno da noite. Entre eles, dois tinham a fama de serem membros da Polícia do Pensamento.

— Pode ir. Estou preocupada com o pastor.

— É melhor você ir embora — sussurrou —, caso contrário...

Foi então que veio um som alto da sala de interrogatório, e em seguida um baixo, que parecia um uivo abafado de cão. Ela ficou imóvel, dura como uma estátua. Tinha reconhecido: era o som de alguém sendo torturado.

Eri nunca vira isso acontecer de verdade, assim não sabia o que tinham feito exatamente. Mas vira naquela sala, junto às algemas e cordas, alguns estranhos instrumentos de metal, e fora testemunha do estado em que algumas pessoas saíram de lá. No caso de estrangeiros, paravam quando ela estava ali para traduzir; os homens que realizavam as torturas, geralmente o chefe e o capitão Maruki, não queriam que ela visse. Eri então resolvera servir chá quando a tortura começava. No momento em que ela batesse na porta, eles parariam e, de forma embaraçada, tentariam esconder o que estavam fazendo.

Sem a menor hesitação, Eri colocou chá nas xícaras, andou em direção à porta, e bateu. Tentou abri-la, mas estava trancada. Nunca estivera trancada antes. E, pela primeira vez, os gemidos continuaram depois que ela bateu. Um sargento forte, que parecia ser Tokko, veio correndo e a empurrou para longe.

— Você não pode entrar hoje. Esse prisioneiro é um espião — disse ele. — É melhor você ir para casa, senhorita.

Com a palavra "espião" ainda ecoando na sua cabeça, Eri saiu com Yoneyama. Tiveram que correr pois estava escurecendo, e era proibido acender as lanternas das bicicletas. Agarrada ao guidão, Eri pedalou com vontade sua bicicleta pela estrada congelada e escorregadia. Depois de se despedir do guarda em frente a sua casa, virou-se de repente e chamou-o de volta.

— Há algo de errado. *Tem* que haver algum engano.

Yoneyama disse a ela numa voz baixa para ninguém mais ouvir.

— Há coisas sobre as quais nada sabemos.

— Ele não pode ser um espião — disse ela, insistente.

Yoneyama não respondeu. Em um segundo desapareceu, engolido pela escuridão.

Alice, que emagrecera muito nas últimas semanas, tirou as roupas que colocara no varal para secar, e Yoshiko verificava a panela no fogo. A fim de economizar combustível, e para não ter que se preocupar em economizar energia em cada quarto, a família mudara-se para a sala de estar. Cozinhavam, comiam e dormiam em uma sala grande. Trouxeram camas de ar e penduraram cortinas entre elas; a área ao redor do fogão tornara-se uma pequena cozinha, com panelas e tigelas, pratos e temperos guardados por todos os lados. Havia traços do estilo flamengo, do qual Alice era tão orgulhosa, na fita drapejada sobre o sofá, mas a fumaça vinda da cozinha tornara-a quase irreconhecível.

Yoshiko cumprimentou Eri com uma reverência.

— Bem-vinda de volta. O jantar está quase pronto.

— Chegou um telegrama do papai — sua mãe entregou-lhe uma folha de papel que dizia: "CASA INTACTA VOLTO AMANHÃ SABURO."

— Que bom que não aconteceu nada com a casa — disse Yoshiko, tampando a panela e verificando o fogo. — Disseram que o reide aéreo em Tóquio foi aterrorizante.

— As estações de Tóquio e de Ginza foram destruídas. Temos que trazer o resto de nossas coisas para cá o mais rápido possível.

O jantar delas consistia em bolinho de trigo e repolho refogado temperado com molho de soja. Faziam a mesma refeição havia uma semana, e não distribuíam rações havia mais de quinze dias. As três fizeram suas preces e pegaram as colheres. Eri tentou comer, mas seu estômago doeu quando se lembrou do que estavam fazendo ao pastor Hendersen.

— Alguma novidade na delegacia? — perguntou sua mãe.

— Não — Eri deu um sorriso. — Todo dia é a mesma coisa.
— O trabalho não é duro?
— Não, sem problemas. Já estou acostumada.

Uns dois bolinhos e três bocados de repolho, e a refeição terminava. A alimentação escassa de sua família fez Eri se sentir mal por ter dado três batatas assadas ao garoto russo. Era errado pensar daquela forma, mas não conseguia evitar. E imaginou a aparência do pastor sendo torturado. Podia quase sentir o cheiro do sangue e do suor. Mas não podia contar isso a sua mãe; Alice iria na hora arrombar a delegacia e ordenar que o soltassem. Uma mulher nascida nos Estados Unidos ir defender o pastor Hendersen, cuja esposa era inglesa, iria apenas fazer a polícia endurecer ainda mais o tratamento.

— Algo a incomoda, não? — disse Alice para a filha. — Vamos lá, diga o que é.

Anna sempre provocava Eri dizendo "O que se passa em seu coração aparece em seu rosto", e Eri tinha consciência de que não sabia esconder seus sentimentos.

— Não, nada não — disse, sem conseguir convencer. Teria ajudado se tivesse pensado em algo alegre para falar, mas não havia mais assuntos alegres. Ken fazia parte do esquadrão de caças que defendia Tóquio, seu pai e sua irmã estavam na cidade sob reides aéreos, a mãe de Maggie estava doente, e agora o pastor fora preso. Além disso, a polícia vigiava o embaixador Yoshizawa por ele ser simpático aos aliados, não havia comida suficiente, fazia frio, todos estavam arruinados, pessoas morriam aos montes...

Eri levantou a tampa do piano. Aquele dia de verão em que tocara um dueto com o tenente Haniyu era sua última lembrança agradável. "Concerto para piano K 570", de Mozart. Folheou o livro de música e começou a tocar as notas à sua frente. Aos poucos, tudo que era dolorido, tudo que era triste, parecia se desfazer e, alongando-se a partir de seus dedos, um mundo mais calmo voltou, o mundo que conhecera quando garotinha em suas idas à casa do professor Duval, em Bruxelas, para ter aulas de piano. Então começou a tocar prelúdios de Chopin, um atrás do outro, sem uma ordem em particular. Decorara todos eles. Cada peça que tocava alentava-a, sentia-se vagando por um parque no começo do verão. Divertia-se ao tocá--las... mas a alegria desapareceu quando olhou através da sala sombria e viu o rosto carregado da mãe.

— Mamãe, você está muito magra.

— Sério? O meu peso não mudou nada desde o verão. Ainda tenho muita energia.

— Eu também emagreci?

— Você não mudou nada, você sempre foi magra. E está tocando melhor do que nunca.

Uma ideia passou pela cabeça de Eri.

— Mamãe, posso ligar para Ken?

— Ken? — ela ficou surpresa. — Bem, pode sim. Mas você sabe que ele está morando no quartel agora. Não sei se seria bom uma garota ligar para ele lá.

— Deixe-me tentar.

O corredor estava gelado, e suas meias crepitavam enquanto andava. Tirou o telefone do gancho e ligou para o quartel de Ken, mas não atenderam. Então ligou para a casa em Nagata-cho. Quando Anna atendeu, seus olhos encheram-se de lágrimas.

— Eri! Tentei ligar daqui, mas não consegui. Não aconteceu nada com a casa. Receberam o telegrama de papai?

— Sim. Graças a Deus que não aconteceu nada com a casa... Papai está aí?

— Ele saiu. Vou pedir para ele ligar para você quando voltar. O que foi?

Não era algo que podia falar pelo telefone. Se a polícia ouvisse a palavra "espião", estariam em sérios apuros. A polícia sempre tinha informações que só podiam ter sido obtidas de grampos. (Por que então telefonou?, se perguntou.)

— Não é nada. Está tudo bem.

— Eri, você está estranha. Aconteceu alguma coisa?

— Não.

Desligou e foi para o banheiro, onde lavou os olhos com água, que mantinham correndo para evitar que congelasse. Quando voltou, sua mãe tricotava e Yoshiko cerzia meias.

— Ken não estava. Vou dormir. Boa noite.

Ouviu som de gelo quebrando lá fora. Alguém que caminhava pesadamente espionava a casa. Um detetive, um policial militar. Botas, como aquelas usadas pelo sargento Tokko, que dissera a ela "É melhor você ir para casa agora, senhorita".

Eri começou a tremer, fazendo ranger o estrado. Ouvindo com atenção, podia escutar lenha crepitando e quebrando-se no fogão, a respiração regular da mãe, o tic-tac do relógio do avô.

*Mamãe, que devo fazer? Diga-me. O que papai diria?* Na escuridão, Eri tremia, indefesa. O frio penetrou suas entranhas. *Estou com frio, muito frio. Ken está longe, está ocupado. Será que eles entenderiam? Ninguém me entende. Sinto-me só.* As lágrimas começaram a fluir. Ouviu o uivo abafado de um cão. Ouviu os gemidos do pastor. Não aguentou mais, pulou da cama e jogou-se aos joelhos de sua mãe.

— O que foi, menina?

— O que faço, mamãe? Diga-me.

A mão delicada de sua mãe tocou seu cabelo.

— Fique calma. É sobre o pastor Hendersen, não é?

— Como você sabe?

Segurando o rosto de Eri nas mãos, Alice olhou-a diretamente nos olhos.

— Alguém que viu o pastor sendo levado veio me contar. Você deve tê-lo visto na delegacia.

— Mamãe, estou preocupada. A polícia pode fazer coisas terríveis às pessoas. E Maggie, e tia Audrey?

— Eri, ouça-me com atenção — sentou-se ao lado dela. — Vou à casa dos Hendersens ver como estão as coisas. Tentei ir durante o dia, mas um detetive estava tomando conta da casa e não consegui chegar perto. Mas vou conseguir agora, nenhum policial vai ficar de vigília a noite inteira, senão congelaria. Espere aqui. Eu conto depois o que descobrir.

— Quero ir também. É muito perigoso você andar sozinha pela estrada à noite.

Yoshiko também se ofereceu para acompanhá-la.

— Não, muita gente vai chamar a atenção. Vou sozinha.

— Não, mamãe! Quero ir também.

Num segundo, a filha teimosa estava vestida e pronta para ir. Alice deu de ombros. Queria levar um pouco de comida para os Hendersens. Pegou do estoque pobre deles um pouco de salmão enlatado, batatas e pedaços de abóbora, dividindo os itens em duas mochilas que fez Eri carregar, enquanto ela puxava uma mala grande cheia de lenha. Quando saíram para a estrada, havia no céu gelado uma lua brilhante e inúmeras estrelas.

Se fossem cuidadosas, poderiam chegar lá sem usar uma lanterna. Porém, ao chegarem ao trecho da estrada coberto por pinheiros, a escuridão tornou-se impenetrável; não conseguiam ver um metro à frente. Eri ficou perto da mãe e olhou em volta. Não havia uma alma viva, só se ouvia o assobio do vento no topo das árvores. Ligou a lanterna, iluminando o caminho.

— Eri, temos que nos apressar.

— Eu sei. Oh, cuidado com a pedra.

Atravessaram o cemitério e saíram em frente ao poço. Do outro lado podiam ver a luz da casa dos Hendersens.

— Mamãe, cuidado para não tropeçar.

— Não tem problema, está congelada. Poderíamos até andar por cima dela.

Eri pensou ter escutado alguém e desligou a lanterna. O som do vento no vazio em volta delas se misturava com o latido de um cão. As estrelas piscavam como incontáveis almas congeladas no céu, e Eri, pela primeira vez na vida, sentiu medo de verdade. Não havia ninguém para protegê-las, nenhum sinal de deus naquele céu vasto e cruel.

— Mamãe, estou com medo.

— Acalme-se, filha. Estou aqui. Estou com você.

Alice tocou o cincerro da porta da frente e assobiou três vezes. Logo a porta foi aberta. Margaret, de camisola, acenou, chamando-as para dentro.

— Deve ter sido difícil chegar aqui numa noite como esta.

— Não se preocupe conosco. Ouvimos que levaram seu pai.

— Foi sim. Isso é terrível!

Audrey acenou para elas do sofá onde estava deitada. Quando Alice pegou-lhe a mão, ela começou a chorar.

— Não se exalte, minha querida, é ruim para o coração.

Mas Audrey soluçava sem parar. Foi Margaret que, ainda calma, contou-lhes o que acontecera.

Naquela tarde dois detetives entraram sem pedir licença e revistaram a casa. Mas não acharam nada, levaram apenas o papel do sermão religioso de domingo, a máquina de escrever, o mimeógrafo e... o pastor. Ele estava sob suspeita de "divulgar segredos de Estado". Policiais ficaram em frente a casa até o começo da noite, ninguém pôde sair. As rações deles tinham acabado e não jantaram nada. A prisão do marido deixou Audrey histérica. Margaret disse que ela estava se comportando de forma estranha.

— Estranha como? — perguntou Alice.

Margaret enxugou os olhos de sua mãe.

— Mãe, é a tia Alice, a senhora Kurushima.

— Oh, que gentil de sua parte ter vindo. Bem-vinda! Maggie, sirva a elas o bolo inglês que compramos há pouco.

— Não temos nenhum bolo inglês.

— Sério? Comemos tudo? Bem, então, dê-lhes um pouco de chocolate quente.

— Mãe, é a senhora Kurushima.

— Linda, que bom vê-la.

— Querida, é Alice... — Alice acariciou gentilmente a mão de sua amiga.

— Linda. Há quanto tempo. Cinco? Não, dez anos — sucumbiu novamente.

— Mãe! — Margaret balançou-a. — Acorde! É a senhora Kurushima.

— Eu a conheço. É Linda Preston, minha prima.

— Está vendo? Ela está assim — disse Margaret. — Qual o problema com ela? O que devo fazer?

Alice chamou-a para um canto da sala e sussurrou:

— Vamos levá-la a um médico amanhã. Tenho certeza de que ficará bem. O choque que teve ao ver seu pai desaparecer daquela forma deve ter-lhe afetado a mente. Deixe-a dormir um pouco.

Ajudaram Audrey a se mover até sua cama no quarto adjacente, onde, para surpresa geral, deitou-se calmamente. Cobriram-na com um cobertor. Estava muito gelado. No momento em que entrou na casa, Eri notou que o fogo no grande fogão suíço não estava aceso. Colocou nele um pouco da lenha que sua mãe trouxera e acendeu com jornal.

— Maggie, vou pedir para Yoshiko trazer amanhã um pouco mais de lenha. Para hoje à noite, isso aqui vai dar.

Alice colocou uma frigideira no fogão e começou a fritar umas batatas fatiadas bem fininhas.

— Vi seu pai na delegacia — contou Eri para Margaret. — Não se preocupe, ele pareceu estar bem.

— Sério? Por quanto tempo você acha que vão mantê-lo lá?

— Não sei. Mas tenho certeza de que sua prisão foi um engano. Como podem eles considerar um sermão religioso uma peça de propaganda pacifista?

— Espero que esteja certa.

Pela primeira vez naquela noite um sorriso morno apareceu em seu rosto pálido.

— Sua mãe vai melhorar assim que seu pai voltar.

— Mas e se... e se ele não voltar?

— Isso não vai acontecer. É tudo um engano.

— O jantar está pronto! — Alice chamou, batendo na frigideira.

Um cheiro delicioso saía do prato de batatas fritas com salmão e ketchup.

— Leve isso para Audrey. Maggie, coma um pouco também.

Era tarde da noite, depois das 23 horas, quando Alice e Eri saíram da casa dos Hendersens. Lá fora, parecia que o mundo congelara.

# 6

No dia seguinte, o pastor Hendersen ainda não fora solto. O interrogatório foi longo, com o chefe e o capitão Maruki se revezando. Várias vezes, Eri, usando o chá como desculpa, entrou para ver o que estava acontecendo. Os olhos do pastor estavam vermelhos e úmidos. Ele estava inclinado e havia manchas azuis em suas mãos e punhos, marcas evidentes de ter sido amarrado. À medida que as horas passavam, o humor do chefe piorava. Três membros da congregação do pastor Hendersen foram trazidos e interrogados numa sala separada, mas soltos logo depois.

 À tarde, Eri se assustou por seu pai aparecer na delegacia, trajando um sobretudo com um colarinho de pele de leopardo sobre um terno de seda preto, e cartola na mão. Levaram-no para uma sala VIP, e ele foi anunciado na antessala com a maior das reverências.

 — Como está o pastor? — perguntou ele para a filha.

 — Parece muito fraco. Interrogaram-no durante toda a noite.

 — Entendo... Sua mãe me contou, e eu vim para cá assim que pude.

 O chefe apareceu e, com um gesto de seu pai, Eri saiu da sala. Um policial foi chamado para tomar notas. Saburo devia estar dando uma declaração sobre o assunto. Trinta minutos depois ele surgiu. O chefe o acompanhou até a porta, dizendo enquanto se curvava em reverência:

 — Senhorita Kurushima, não temos mais nenhum serviço para você hoje, pode ir para casa com seu pai.

 Eri caminhou a seu lado, empurrando a bicicleta.

 — O que aconteceu?

 — Bem... — ele parecia estar perdido nos pensamentos. Não era uma pessoa falante, mas quando falava sempre deixava claro o que se passava em sua mente. Eri esperou.

 Saíram da estrada principal em direção a um caminho que dava nos campos. De repente seu pai falou:

— Eri, temo que o padre Hendersen esteja em apuros.

Ela segurou a respiração, e observou o rosto sério embaixo da cartola.

— Eles têm provas. Cadernos, cartas. Descobriram até um transmissor sem fio no teto da igreja. Eles têm os nomes de seus cúmplices japoneses, e os prenderam.

— Então ele é um espião.

— As evidências apontam para isso. Vão transferi-lo para uma prisão em Tóquio.

— Eu não consigo acreditar.

— Eu também não quero acreditar. Mas eles têm provas, e muitas. E ele tentou ocultá-las. Por exemplo, mentiu sobre não falar japonês, quando na verdade escreveu bilhetes e cartas em um excelente japonês.

— Então... — Eri lembrou-se de como ela fora seu "intérprete" no dia anterior. Começou a suar frio. — O que acontece a um espião?

— É fuzilado — havia dor em sua voz. — Não diga uma palavra sobre isso para sua mãe ou para Maggie. Isso iria apenas preocupá-las mais ainda.

— Só por ele ter sido preso, a tia Audrey perdeu a cabeça. Pobre Maggie!

O pequeno riacho estava congelado, a água gorgolejava calmamente por baixo do gelo. O céu sombrio parecia estar tão perto, como se fosse bater na terra. Eri fez uma promessa para si mesma. *Vou visitar Maggie hoje à noite. Vou levar-lhe comida e lenha. Não me importo se a Polícia do Pensamento estiver vigiando. Vou fazer isso por Maggie. Vou fazer isso todos os dias.*

# VII

## O poço congelado

# 1

As gaivotas flutuavam sobre suaves almofadas de vento. Pareciam estar paradas lá no meio do céu, as asas acariciavam preguiçosamente o ar, os olhos estavam fixos no horizonte, onde o oceano fervilhava com o calor do sol poente. De um pequeno ponto bem longe elas se alongavam, numerosas, através do céu, voando, numa fila perfeita, em direção a outro pequeno ponto no lado oposto. A fila quase interminável de pássaros oscilava para cima e para baixo no céu transparente e sedoso.

De repente fez-se um estrondo e a fila se desmanchou, as gaivotas se dispersaram pelo céu, e uma delas, suja de sangue, caiu no mar. Mais um estrondo, e mais uma caiu, até que o mar ficou manchado com sangue de gaivota...

Ken acordou e olhou os outros pilotos de caça dormindo no chão e sobre as mesas à sua volta. Sob a morosa luz do céu matutino estavam dispostos como cadáveres alinhados numa tumba. O corneteiro fez soar o toque de alvorada e, milagrosamente, os pilotos renasceram das trevas; despertaram, esfregaram os olhos e levantaram-se. Aqueles que dormiam com uniforme de voo vestiram suas botas e ficaram prontos para partir a qualquer momento.

Um anúncio veio pelo alto-falante:

— Nesta manhã, às 6 horas, uma força-tarefa inimiga foi vista saindo da praia de Kujukuri. Parece ser a mesma formação que voava de Iwo Jima para o norte.

— Eles estão vindo, não é? — disse uma voz. Uma outra continuou:

— Parece que sim — e uma terceira completou:

— É melhor a gente se apressar e comer.

Sem se preocuparem em lavar os rostos, os homens correram para o refeitório, devoraram bolinhos de arroz frios e seguiram em direção à sala dos pilotos no segundo andar. A sala grande e pentagonal tinha janelas em toda a sua volta, o que permitia uma visão ampla do aeródromo e do céu. Além das escrivaninhas e cadeiras onde os pilotos aguardavam suas missões, havia uma área um pouco elevada que continha as salas de comando e de comunicação.

O alto-falante transmitia tanto a rádio civil quanto informes militares vindos do quartel-general da Aeronáutica, a maioria informando sobre ataques americanos iminentes. Os B-29 apareceram nos céus japoneses pela primeira vez em novembro último. Os alvos iniciais foram as fábricas de aviões Aviação Nakajima, próxima a Tóquio, e Aviação Mitsubishi, em Nagoya, mas no começo do ano passaram também a bombardear alvos civis. O estrago estava ficando grande. O Exército formara esquadrões de caças com todos os homens que haviam pilotado algum avião na vida. Estavam agora em estado de alerta permanente. Nos intervalos entre os bombardeios americanos, os pilotos eram mantidos numa programação rígida de testes de novos aviões, exames de aviões inimigos derrubados, treinamentos para voos a altas altitudes, onde os B-29 rugiam, e treinamentos para o esquadrão dos Mestres do Céu.

Quando se juntaram na sala dos pilotos, um aviso veio pelo alto-falante. Dez minutos depois, ouviram o anúncio de um ataque iminente.

— A Divisão Leste informa que várias formações de aviões inimigos leves, vindas de Kashima, estão invadindo o território aéreo japonês e se dirigindo à planície de Kanto, ao norte.

Em seguida, foram ouvidos dois anúncios oficiais do quartel-general da Aeronáutica.

— Os aviões leves que estão invadindo Kashima foram identificados, são Grumman F-6-F. Aproximadamente sessenta aviões se dirigem ao oeste a 5.000 metros. Há uma possibilidade de que se separem e ataquem vários aeródromos por toda a planície de Kanto... E outros Grumman F-6-F foram vistos entrando no espaço aéreo japonês pela Península de Bozo e sobre Izu. Estimamos que há mais de duzentos aviões inimigos. Todos os esquadrões de caças: preparem-se imediatamente para o combate!

Os pilotos se levantaram todos de uma vez. A voz estrondosa do comandante de voo Kurokawa soou:

— Esperem! Ouçam! Como podem ver, o céu está coberto de nuvens *stratocumulus* a uma altura entre 1.000 e 1.500 metros. O inimigo terá que descer através dessas nuvens. O que é bom para nós, já que estamos em desvantagem em altitudes muito altas. Essa é nossa chance de mostrar aos ianques o que temos. Como vocês bem sabem, os Grumman F-6-F possuem três canhões de 12,7 milímetros em cada asa, perfazendo um total de seis, e podem chegar a 600 km/h a 5.000 metros. Enquanto isso, nossos Hayates tem canhões de vinte milímetros e fazem 620 km/h à mesma altitude. O que significa que podemos pegá-los. Subtenente Mitsuda, tem algo mais a dizer?

— Sim, senhor — Mitsuda levantou-se da cadeira. — Pelo que sei, os ianques sempre voam em pares. Enquanto um avião ataca, o outro fica na retaguarda, por cima ou por trás. Então vocês têm que tomar cuidado com o outro avião enquanto atacarem o primeiro. E lembrem-se daquele truque deles: quando, de repente, um sobe e o outro desce, ambos pulverizam o ar com seis armas. Você está morto se ficar entre eles. Assim, se vierem em sua direção, fujam *para o lado*.

— Está bem — disse Kurokawa. — Dispersar!

Os pilotos o saudaram e saíram da sala. Ken permaneceu em pé em frente ao comandante de voo.

— Tenente Kurushima, senhor. O avião no qual eu estive trabalhando anteontem foi designado para o 18º Esquadrão. E não me foi designado um outro avião.

— Então fique disponível até que *lhe* seja designado um — o chão parecia balançar sob o peso das pernas grossas de Kurokawa enquanto ele caminhava em direção às escadas. De repente ele parou. — Está bem, você pode transferir um P-51 capturado para o aeródromo militar em Ueda. Recebemos o avião da Marinha e ainda não terminamos de examiná-lo. O quartel-general quer que todos os aviões capturados sejam transportados para Ueda com o intuito de resguardá-los, mas não tivemos tempo para fazer isso. Assim você pode voá-lo para lá agora.

— Mas, senhor, assim eu não poderei participar dos combates.

Kurokawa fez um giro.

— Tenente, transportar um avião capturado é tão importante quanto combater. Você é o único por aqui que sabe operar esses Mustangs. (Ele pronunciou "Ma-su-tan-gu".) Apenas não se esqueça de voar com a insígnia do sol nascente à mostra, para que os nossos não o confundam com o inimigo.

— Sim, senhor.

— Ah, Kurushima, e pegue o trem de volta assim que chegar lá. Muitos trens não estão operando ultimamente; embarque, portanto, no primeiro trem que encontrar. Entendeu?

— Sim, senhor. Estarei de volta o mais rápido que puder.

Os pilotos corriam através do macadame. Os aviões remodelados para agir contra os B-29 estavam estacionados num lado do aeródromo. Os Hayates e os Shokis equipados para lutar contra caças inimigos é que foram ligados, e partiram para os céus, um atrás do outro.

Ken viu Haniyu correndo em direção ao seu avião e foi atrás dele.

— Ei! — gritou.

Haniyu parou no meio do caminho, seus ombros pesavam.

— Você vai partir para o ataque também?

— Não. Vou voar um Mustang capturado para Ueda.

— Ah...

— Haniyu, tenha cuidado.

— Não se preocupe. Não há nenhum B-29 hoje. Ainda não é minha vez.

Haniyu já terminara seu treinamento kamikaze.

— Bem, talvez haja algum mais tarde.

— Irei até eles quando vierem.

— Sim, bem, apenas tenha cuidado quando for sua vez.

— Está bem, está bem — Haniyu sorriu, e foi embora correndo de forma militar, as duas mãos na cintura.

O Mustang estava estacionado, como um convidado inesperado, num canto distante da pista. O soldado que o guardava conhecia Ken, e contou-lhe que o avião tinha uma carga completa de combustível e munição.

Yamada veio correndo. Estava coberto de suor.

— Ei! — disse Ken. — Você vai voar também?

— Não, vou ficar de prontidão na sala de emergência. Ouvi que você está indo para Ueda e vim dar tchau.

— Não precisava fazer isso. Não vou combater hoje, vou apenas transferir um avião.

— Vai parar em Karuizawa no caminho de volta?

O aeródromo de Ueda não era longe do local onde a família de Ken vivia agora.

— Não vou ter tempo. Tenho que voltar de trem logo em seguida.

— Oh... — ele parecia desapontado. — Bem, até mais — disse, acenando com a mão.

Ken sentou na cabine do Mustang vendo Yamada partir cabisbaixo. Ele provavelmente queria que Ken perguntasse a Anna se ela se casaria com ele. Mas de que forma poderia ajudá-lo em meio a uma guerra feroz? Ele mesmo não via sua família havia meses. Ninguém mais via suas famílias.

Depois que partiram todos os aviões do esquadrão de caças, Ken decolou. Ainda subindo, viu uma formação de sete Grumman F-6-F se aproximando por baixo das nuvens, subindo e descendo como um cardume de pequenos peixes. Era uma manobra estranha, talvez para evitar que fossem atingidos por tiros de armas antiaéreas. De repente os caças americanos fizeram um mergulho e começaram a metralhar violentamente o aeródromo. Ken cogitou entrar na briga, mas então percebeu um avião japonês mergulhando para atacá-los, e lembrou-se que suas ordens eram para levar o Mustang com segurança para Ueda. Evitando os inimigos, voou a toda velocidade em direção às montanhas ao norte. Permaneceu um pouco abaixo das nuvens; assim poderia desaparecer caso visse algum avião inimigo. Manteve uma altitude de cerca de 1.500 metros e uma velocidade de 400 km/h. Depois de um tempo, viu a pista da Escola de Aviação de Kumagaya bem abaixo dele. Libélulas Vermelhas em fila, e pequenas figuras se dirigiam a elas. Então um foco de luz explodiu bem à sua frente. Era um tiro antiaéreo; estavam atirando nele do solo. Assustado, entocou-se nas nuvens. Voando cego agora, ligou o rádio. Com uma clareza que incomodava, ouviu uma conversa em inglês.

— Aqui é Big Henry. Venha, George.

— George aqui.

— Paul?

— Sim, senhor.

— Bob?

Não houve resposta.

— Bob. Onde está Bob?

— Paul aqui. Senhor, Bob estava liderando o pessoal alguns minutos atrás para AD 10421.

— Vê aqueles pontos verdes e pretos logo abaixo de nós? — estava se referindo aos sinais em seu radar.

— Sim, vejo.
— São hangares. Vamos acabar com eles.
— George aqui. Meu radar mostra um ponto em 9M.
— Será o pessoal?
— Não sei, senhor. É apenas um avião, pequeno. Parece um caça.
— Está bem, George, verifique novamente.
— Está bem.

Ken girou com cuidado para o oeste, em direção às montanhas. Podia escapar dos radares deles caso voasse entre elas. Segundos depois de ter girado, as nuvens se afinaram e ele viu ao longe a silhueta barriguda de um Grumman F-6-F. Não conseguia ver as estrelas no avião americano. Eles provavelmente não podiam ver também o emblema em seu avião.

— George aqui. É estranho, senhor, mas parece um de nossos P-51.
— Um P-51? Mas não há nenhum no ataque de hoje. Cuidado, pode ser um Tony japa. Ordem de disparo para o alvo em terra cancelado. Formação de ataque!
— Não, senhor, é um P-51. Não é um Tony.
— Chame-o.
— P-51, identifique-se.

Ken teve que responder. Virou o botão em seu rádio para transmissão. Enquanto pensassem que ele era um deles, poderia se divertir um pouco.

— F-6-F, identifique-se.
— Mas que... P-51, diga sua unidade!
— Aqui é o capitão Little, Ken Little. Como vão as coisas, George?
— Tudo bem, capitão. Mas que o está fazendo aqui, senhor?
— Reconhecimento. Mas está tão cheio de nuvens que minha visibilidade está próxima de zero. Ei, George, você é do Texas, não é? Deixe-me adivinhar. Aposto que você é de Dallas.
— Quase, senhor. Houston.
— Eu sou de Chicago. Esta é a primeira vez que vem ao Japão, George?
— Sim, capitão. Mas é um pouco decepcionante, não há muita resistência. Metralhamos Tóquio na manhã de hoje. Fomos com tudo. Você devia ter visto eles correndo, tentando fugir para tudo quanto é lado. Acertei um pátio cheio de pequenos japas.
— E você os matou?

— Sim, senhor. Você devia ter visto. Eles caíam para tudo quanto é lado.

— Big Henry aqui — a voz estava bastante distante. — Você conseguiu confirmar?

— George aqui. Ainda não, senhor. Mas parece um americano. Um capitão.

— Cuidado, George, pode ser uma armadilha... — veio uma onda de estática e as vozes foram se apagando.

Ken voou para baixo do nível das nuvens. À sua esquerda estava o Monte Myogi, nuvens cobriam seu pico. À sua direita havia — meu Deus! — um Grumman F-6-F, talvez a trinta metros de distância. Não havia como confundir aquela estrela na fuselagem. Viu-se olhando de frente para o piloto, um jovem cheio de espinhas no rosto.

— É um inimigo! — gritou o homem horrorizado.

— Ei, George? Vá com calma!

O Grumman começou uma subida repentina, tentou escapar para dentro das nuvens. Ken estava bem atrás dele, numa posição perfeita para disparar. Seus dedos tocaram no gatilho automaticamente. *Não tenho que fazer isso, não são essas as minhas ordens*, pensou. Decidiu deixá-lo escapar.

De repente foi atacado por trás. O Grumman que ele acabara de deixar escapar fizera uma volta e mergulhava em sua direção, disparando fogo. Ken levou dois tiros na sua asa esquerda. Diminuiu a velocidade, fez um mergulho íngreme para a esquerda, e deixou o Grumman ficar à sua frente. Então mirou com cuidado seus canhões de vinte milímetros e disparou. Houve três sons de explosões, e o Grumman foi atingido por um feixe de balas, seu rabo foi jogado para cima como um peixe sufocado, e fez um parafuso.

Foi a primeira morte que Ken causou. Impressionado pela facilidade com que fizera isso, assistiu ao ponto preto girar pelo ar até explodir na floresta abaixo e se transformar em um penacho preto avermelhado de fumaça. Ken sentiu um estremecimento na fuselagem. Mais dois Grummans o atacavam das nuvens. Deveria tentar causar-lhes turbulência voando próximo ao chão — ele conhecia bem esta área —, ou subir bastante e despistá-los? Decidiu rapidamente pela primeira opção.

Logo abaixo dele uma estrada retorcia-se através das montanhas. Voava tão baixo que quase podia tocar as curvas da estrada em forma de grampo de cabelo, que serpenteavam através dos caminhos cobertos de neve. Ken seguiu a estrada, permanecendo a uma altitude de cinquenta metros. Os Grummans, talvez com medo dos disparos antiaéreos, os seguiam a uns quinhentos metros de distância. Estavam tão perto das montanhas que provavelmente bateriam se tentassem mergulhar para vê-lo. Tudo que podiam fazer era segui-lo. Quando Ken terminou de atravessar a região montanhosa, reduziu a velocidade e voou sobre a região das mansões em Karuizawa. Estava quase escumando o solo. Conseguiu ver o teto e o jardim da casa de sua própria família. A mulher no jardim devia ser sua mãe. Então viu um telhado vermelho ao sopé do Monte Hanare. A casa de Maggie. O que ela estaria fazendo bem agora?

Os Grummans ainda o seguiam, procurando uma oportunidade de se aproximar. Não estavam usando os rádios, não queriam ser ouvidos. Bem à sua frente surgia o Monte Asama. A parte de cima do vulcão estava envolto por nuvens. Ken subiu sem desvios procurando proteção. Os Grummans, que tinham ficado para trás, dispararam várias vezes em sua direção, mas erraram. Ken subiu até quase metade da montanha, e então fez um giro para as nuvens da esquerda e retornou à sua posição original. Nesse momento os Grummans já o haviam perdido. Ken os atacou quando vagueavam por baixo das nuvens. Atingiu o primeiro avião com facilidade, e lhe assistiu cair em chamas.

— Paul, onde você está?

Não houve resposta.

Sobrara apenas mais um deles. Devia ser Henry, o líder. Ken fez um giro e deslizou por cima do platô, deixando o Grumman bem para trás. Chegou ao Monte Asama de novo e, como um mágico realizando um truque de desaparecimento, sumiu nas nuvens. Dessa vez, quando saiu, se dirigiu ao Rio Chikuma, onde ficava o aeródromo de Ueda. Felizmente não havia outros aviões pousando ou decolando. Assim que tocou o solo e pisou no breque, um Grumman passou bem acima da sua cabeça; não era Henry. Ken abriu a cabine e pulou para o solo. Um outro caça americano apareceu rugindo e abriu fogo. O Mustang de Ken começou a tremer, e então explodiu, cuspindo fumaça negra. Três Grummans atacavam; não, quatro. Ignorando Ken enquanto este corria pela pista, centraram fogo no Mustang capturado. O Mustang explodiu. Saraivadas de óleo e metal choveram sobre o abrigo no canto da pista. Depois, metralharam o resto do aeródromo. As pobres armas antiaéreas eram inúteis contra eles, os Grummans perambulavam à vontade. Colunas de fogo subiam do hangar, e os caças mais velhos na pista foram envoltos pelas chamas. A missão de Ken terminara em desastre.

A estação de trem em Ueda estava tumultuada. Havia uma placa afixada na parede: "Por causa dos reides aéreos, o serviço ferroviário da linha Shin-Etsu para Tóquio está suspenso por tempo indeterminado."

Ken andou pelo meio da multidão em direção ao guichê, onde havia um cobrador de cabelo branco. Pessoas agarravam o velho homem pelo braço querendo saber quando o trem partiria, e ele respondia pacientemente às perguntas. Quando viu Ken se aproximando, porém, ficou quieto e o encarou. Ken se deu conta de quão estranha é sua aparência. O uniforme que guardara no P-51 para sua volta fora reduzido a cinzas. Sobre seu uniforme de voo, trajava um sobretudo que pegara emprestado em Ueda e um capacete que alguém lhe dera. O capacete estava manchado de óleo, e o sobretudo era muito pequeno, as mangas tão curtas que pareciam ser de um anão. Ele já havia sido interpelado duas vezes por causa da vestimenta estranha. A primeira vez foi quando saía do aeródromo. O policial militar à porta suspeitou que ele fosse um piloto americano de um dos Grummans que, após roubar um uniforme japonês, tentava escapar. E depois, quando passou pelo posto policial em frente à estação de trem, um guarda correra em sua direção, exigindo ver sua identidade. Agora o cobrador o encarava com olhos bem abertos.

— Sou da Aeronáutica — disse Ken.

Os olhos do velho homem brilharam de alívio quando o ouviu falando japonês. Ken continuou:

— Será que consigo chegar em Tóquio se eu mudar para a linha Chuo?

— Não tenho certeza, mas ouvi dizer que também não há trens circulando na linha Chuo.

— Que droga! Qual a situação da linha Shin-Etsu?

— Bem, estamos sem telefone. Não sei as últimas notícias, mas ouvi que os trens estão percorrendo parte do caminho, de Karuizawa para Tóquio. Portanto, você pode ter melhor sorte se andar até Karuizawa e tentar pegar um lá.

Enquanto fazia o caminho de volta através da multidão, Ken pensou sobre a situação em que se encontrava. Agora eram 22h30. Se andasse até Karuizawa através da neve, iria caminhar até o amanhecer. Lembrou-se da antiga moto BMW que deixara na casa de Toku, a criada velha de sua família, que morava na província quente de Bessho. Esperava que a motocicleta ainda funcionasse, assim iria ganhar um bom tempo.

— Os trens para Bessho estão funcionando?

— Sim, estão. As ferrovias até Bessho não foram bombardeadas.

Olhou o horário. O próximo trem partiria em dezessete minutos. O "trem" consistia num carro único numa pequena ferrovia de mão única. Estava vazio, e Ken podia sentar onde quisesse. O trem partiu a uma velocidade agradável, cruzou o Rio Chikuma, e se dirigiu à parede de montanhas cobertas de neve no horizonte. Os sinos em cada cruzamento da ferrovia soavam de forma aguda enquanto eles atravessavam a planície de plantações de arroz murchas. Toda vez que o trem fazia uma curva, as balançantes presilhas de mão batiam no bagageiro de uma vez. Ken lembrou-se de como, quando era bem pequeno e Toku o levou para passear nesse trem, ele aguardara ansiosamente que isso ocorresse. Algumas vezes, quando o trem ia muito devagar, ou muito cheio, as presilhas de mão nem chegavam a bater no bagageiro, deixando-o bastante desapontado.

## 2

A estrada que saía da estação era uma subida íngreme. Havia velhas pousadas em ambos os lados e um riacho barulhento e gorgolejante. Uma ravina acompanhava um dos lados da estrada. Quando Ken olhou para baixo, viu grandes trechos cobertos de neve nas partes sombrias. Depois da última pousada, havia um quarteirão de lojas de suvenires, mas todas as portas estavam fechadas. A cidade inteira parecia morta. Passado o distrito das águas termais, chegou a uma vila onde fazendas com tetos de palha se grudavam às ladeiras escarpadas e aterradas. Mulheres agachadas em galpões abertos, expostas ao vento, trançavam cordas com palhas. Crianças com jaquetas de algodão acolchoadas e pesadas brincavam no gramado. Velhos se dobravam ao meio para cumprimentá-lo. Não havia jovens. E mesmo assim era uma visão bem diferente daquela da arruinada Tóquio, onde as pessoas se amontoavam em abrigos antiaéreos; aqui as casas pareciam pacíficas, e isso era muito nostálgico. O sentimento de nostalgia tornou-se ainda mais forte quando Ken viu a casa de Toku. Deslizando por entre o celeiro e o pasto, chegou até o pátio interno.

A velha mulher, que colhia pedaços de caquis secos nas cimalhas da fazenda, soltou um grito de susto e alegria.

— Ora, mestre Ken! O que está fazendo aqui? — Ela parecia assustada também com a aparência dele. — Machucou-se em algum lugar? Há sangue em seu rosto...

— Ah, não é nada. Devo ter-me arranhado quando pulei para o abrigo contra reides aéreos. Voei de Ueda para Tóquio, e acabei num ataque inimigo. Tenho que voltar para Tóquio o mais rápido possível, mas os trens só estão partindo de Karuizawa. Pensei então em pegar minha velha motocicleta.

— Entendo — disse Toku, com um olhar preocupado. — Não sei se ela ainda funciona.

— Vamos dar uma olhada.

Segurando a cesta de caquis secos com cuidado em seus braços, Toku observou Ken dos pés à cabeça com gentileza nos olhos.

— Você se tornou um rapaz muito robusto! Já que veio até aqui, deveria tomar um banho de água quente, comer alguma coisa e passar a noite.

— Não posso, estou com medo. Ainda estou em serviço, e tenho que voltar logo.

Toku levou Ken para o alto armazém de estuque em um canto do pátio. Parecia um museu: todas as coisas que ele já usara estavam preservadas como artefatos. Quando tirou o pano branco empoeirado de cima de um baú de vime e olhou dentro, encontrou sua raquete de tênis, seus patins de gelo, seus esquis e botas de cavalgar. A velha senhora até manteve as lâminas de seus patins limpas por todos estes anos; não havia nelas sinal de ferrugem. Em outro baú, encontrou, guardados com cuidado, seus brinquedos de infância: blocos de construir, um cavalinho de balanço, uma pequena catapulta, uma pistola d'água e um pião. E, acomodada num canto, estava sua BMW. Quando tirou a capa de lona, a intrépida máquina parecia que tinha acabado de ser polida.

— Oh! — gritou, admirado, segurando o guidão.

— Toda vez que venho aqui, tudo me faz lembrar dos anos que passei com você, mestre Ken. Por isso venho bastante aqui.

— Esta máquina deve estar funcionando — Ken retirou a capota e pulou nela. Se as baterias pelo menos estivessem boas... Encontrou um velho carregador. Funcionou. A agulha do medidor de combustível começou a subir. Havia gasolina suficiente para chegar a Karuizawa.

— Isso vai me fazer chegar a Karuizawa três horas antes do trem.

— Oh, *fico* feliz — o rosto de Toku enrugou-se de satisfação. — Então você pode tomar um banho e comer algo.

Ken concordou com a cabeça. Toku ajudou-o a vestir um robe de banho e meias *tabi* pretas. Eram roupas dele mesmo, cheirando a cânfora, mas guardadas sem uma única ruga. Então, com toalha e sabão embaixo dos braços, foi-se em tamancos de madeira. Ao pé da montanha havia uma pequena pensão onde Toku disse que lhe permitiriam usar a banheira se mencionasse que ela o tinha mandado. Ao chegar lá perto, porém, mudou abruptamente de ideia. Lembrou-se da velha pensão grandiosa pela qual passara quando caminhava pela cidade. Ficava ao lado de um armazém alto e branco, e a entrada era magnífica. Ken costumava brincar lá com o filho do dono. A pousada fora construída em estilo puramente japonês, as suítes eram ligadas por corredores de madeira, e havia água sulfúrica canalizada diretamente para as banheiras de cada suíte. Era o tipo de arquitetura tradicional que Ken adorava. E, já que ia tomar um banho de água quente, podia também curtir um pouco de luxo.

Chegou ao corredor de entrada e chamou alguém. Reconheceu o homem de cabelos brancos que veio atendê-lo, o pai de seu amigo. O velho trajava um engomado uniforme da Defesa Civil.

— Gostaria de usar uma banheira, se possível — disse Ken, agachando-se. As grandes pousadas japonesas costumavam abrir suas banheiras para viajantes por uma pequena taxa.

— Como? — perguntou o proprietário, olhando com suspeita o rosto e o quimono de Ken. — Não temos esse serviço.

— Mas pensei que estavam abertos para viajantes durante o dia.

— Somente hóspedes registrados podem usá-las.

— O que foi? — vindo do fundo do corredor apareceu um soldado. Vestia um avental branco de médico. — O que você quer? — O homem andava com uma bengala feita de ramo de pinheiro. Sua perna esquerda era de madeira. Quando lhe informaram o pedido de Ken, observou-o de uma forma hostil. — Esta pousada foi requisitada para ser usada como um hospital do Exército. A população local não é permitida aqui.

— Não sou da região.

— Não? Então quem é você? É estrangeiro, não é? Um *gaijin*. Isso é muito pior. *Gaijin* são proibidos aqui.

— O que está acontecendo? — apareceu um sargento, trajando seu uniforme. Trazia uma faixa de médico no braço. — Um *gaijin*! — gritou com uma voz rouca. — O que está fazendo aqui? Esta área é fora dos limites do seu povo.

Ken virou-se sobre os calcanhares e foi embora.

— Sou japonês — disse, chutando o cascalho com seus tamancos de madeira. Estava cansado de ter de pagar por sua aparência. A expressão no rosto do sargento e o tom de voz fez com que se lembrasse do NCO que o atormentou havia tempo no campo de treinamento. Mas estava cansado também de mostrar autoridade para fanfarrões como ele.

Ken acabou indo para a pousada indicada por Toku. Reconheceu o pequeno estabelecimento, onde havia uma placa de madeira com os dizeres apagados "Banho quente". Toku o trazia aqui durante as férias de verão. Uma criada, trajando calças largas de camponesa, apareceu e acompanhou-o para dentro. A sala de jantar estava repleta de estudantes de primeiro grau, sentados rígidos e formais sobre seus calcanhares, com seus livros escolares nos colos; uma professora em pé em frente a uma lousa lhes dava aula.

— Crianças que fugiram de Tóquio — informou a criada.

Ken lembrou-se do corredor de madeira que o levava até a banheira: descia-se um lance de escadas e então saía-se para um lugar bem ao lado do rio. Apressou-se à frente da criada.

Havia uma expressão de surpresa no rosto dela.

— Eu já não o vi antes, senhor?

— Sim, quando eu era pequeno... — e contou-lhe sobre Toku.

— Ah, da família para a qual Toku-san costumava trabalhar... Logo você deve ser o filho dos Kurushimas.

— Sim.

— Meu Deus, faz tanto tempo. Mas lembro-me do senhor muito bem. Sua mãe é uma senhora americana. O senhor não se lembra de mim? Costumávamos ser vizinhos de Toku. Sou a mãe de Mamoru.

— Mamoru. Mas é claro! Como está ele?

— Foi morto em combate. Nas Filipinas. Ano passado. Outubro.

— Sinto muito...

— Bem, eis a banheira! — ela parecia querer se consolar. — Acho que está um pouco suja pois as crianças a têm usado. Mas espero que aproveite.

Ken estava sozinho no silencioso vestiário. Andou em direção à banheira, tirando suas roupas. O vento estava gelado.

A água sulfúrica caía de uma pequena cascata próxima ao rio e corria em direção a três piscinas feitas de pedras verdes, onde a água se resfriava conforme se ia mais fundo. Ken começou seu banho morno na parte mais funda; assim que a pele gelada foi se aquecendo, moveu-se para a parte mais rasa da banheira, deixando seu corpo submergir vagarosamente na água escaldante. A superfície da água estava dura no começo, como se rejeitando essa coisa estranha, mas depois pareceu relaxar a tensão e deixou-o confortável. Deitou-se e se esticou. A barriga e as pernas boiavam. Como uma criança, batia na água com as pontas dos dedos. O vapor subiu numa nuvem única, dançando e girando através do ar, ganhou espaço e atravessou a janela um pouco acima da banheira. Sim, pensou Ken, tudo está do mesmo jeito — o jato d'água, o revestimento de madeira, a dança do vapor sulfúrico; estava tudo igual à época que Toku o trazia aqui. Lembrou-se da criada entrando na banheira com ele.

Em 1927, quando Ken tinha 8 anos, seu pai foi transferido de Chicago para Atenas, onde era cônsul-geral. Prestes a assumir seu novo cargo, trouxe sua família para o Japão para fazer uma visita. Quando sua família partiu para a Grécia, Ken foi deixado sob os cuidados de Toku numa casa alugada em Tóquio, período em que frequentava o ensino médio; mas as férias de verão ele passava aqui no povoado de Toku. Viveu assim por cinco anos, até 1932, quando seu pai retornou para se tornar diretor da Agência de Comércio no Ministério das Relações Exteriores. Ken foi morar com sua família na casa nova que construíram em Nagata-cho, no penhasco que ficava acima do hotel Sanno. Naquele ano, a filha de Toku, Yoshiko, foi ser criada deles.

Em 1936, seu pai foi designado enviado especial na Bélgica e deixaram Ken de novo no Japão. Toku veio de seu povoado para Tóquio, e os dois viveram juntos pela segunda vez até 1940, quando ele se formou no Colegial Técnico de Engenharia em Yokohama. Somando tudo, Ken estivera sob os cuidados da velha mulher por nove anos.

Tempo... O tempo girava como uma nuvem de vapor, indo para diversas direções, e sumia. Mas as lembranças daqueles dias com Toku permaneciam como mechas brilhantes perto do teto acima dele.

Guerra... Guerra não era algo abstrato, inimigo invisível, eram os novos caças saindo das fábricas, era o sangue dos soldados. Viu-a nos olhos dos pilotos kamikazes quando decolavam para encontrar a morte, ouviu-a no rugido dos B-29. Bombardeios, Grummans metralhando o chão... A guerra o agrediu, corroeu sua vida comum. Ao se sentar na água sulfúrica quente, sentiu o sangue pulsando nas veias de seu crânio. Lembrou-se que os kamikazes, na noite anterior às suas missões, tomavam um banho final, como um ritual de purificação, e de repente pensou: *Hoje eu também finalmente matei alguém. Dois americanos, George e Paul, que caíram antes que pudessem abrir seus paraquedas. Tudo o que sei é que os tiros disparados por mim os atingiram de verdade. Tenho sangue em minhas mãos. Mãos que apertaram o gatilho, mãos que tiraram as vidas de dois jovens.* Ken esfregou as mãos na banheira. Percebeu que, por mais que as esfregasse, jamais conseguiria limpar o sangue pegajoso incrustado nelas.

Pulou para fora da banheira e começou a se lavar. Toku lhe dera um novíssimo sabão americano. Seu pai deve tê-lo comprado nos Estados Unidos na volta de Berlim, depois de ter deixado o cargo de embaixador. Sabão japonês nos dias de hoje era muito ruim. Quando você o molhava na água, cheirava mal como óleo de baleia. Mas esse sabão tinha cheiro de perfume, aroma da civilização, a fragrância do país de sua mãe. Ken fez uma espuma grossa e olhou o espelho. A pessoa que via não era japonesa; viu alguém tão branco quanto o homem que assassinara hoje. *Não é de se estranhar que as pessoas me vejam como um gaijin, um estrangeiro, um americano.*

Mas então pensou: *Não dou a mínima para meu corpo, pois sei em meu coração que sou japonês. Penso em japonês, frequentei uma escola japonesa, sou um soldado do Exército japonês. E mesmo assim, ao contrário de outros soldados japoneses, não consigo ver os americanos como "inimigos" e matá-los sem pestanejar. No Exército, matar um homem é uma virtude. Derrubar, afundar, subjugar, destruir — como eles ostentam atos assassinos! Ninguém considera isso um homicídio. O inimigo simplesmente não é humano. Americanos são humanos. Eles não se encaixam na definição de "inimigo".*

*Mas também quantos americanos consideram "os japas" menos que humanos? A forma como George metralhou aqueles estudantes durante a aula matutina foi uma óbvia demonstração de que ele não via esses seres como humanos.*

*Que guerra terrível e estúpida!*

Ele estava congelando. Não conseguia parar de tremer. Despejava sobre si baldes e baldes de água quente. Então mergulhou de volta para a piscina, da mesma forma que fazia quando garoto, e nadou debaixo d'água. Sentiu seu crânio espremido sob a água quente e densa. Primeiro nadou de um lado a outro, depois se dirigiu a uma pequena cachoeira e nadou entre as rochas e seixos espalhados abaixo dela, balançando seu corpo, sentindo como se tivesse se tornado um peixe. As sensações voltaram-se para aquele tempo distante, quando costumava nadar no Rio Chikuma.

De repente teve a impressão de que alguém o observava. Colocou a cabeça para fora da superfície. Devia estar imaginando coisas, já que não havia nada além do vapor sulfúrico, o som da cachoeira e o brilho da água. Por que ele não podia ser criança para sempre? Por que ele não podia simplesmente fugir da guerra? Por que não? Por que não?... Lembrou-se do olhar de sofrimento no rosto de Margaret na última vez em que a deixou para retornar ao Exército. E pensou: *Sou alguém que pode fazê-la feliz, mas não há uma única promessa que posso lhe fazer agora. Como pode um homem sujeito a morrer a qualquer momento fazer promessas a uma mulher? Deixo então Margaret com sua tristeza. E eu fico com a minha.*

Enquanto se enxugava e vestia de volta seu quimono, ouvia vozes finas e agudas de crianças rindo. Uma das portas deslizantes estava bem aberta, e meia dúzia de garotos se empurravam para espiar.

— É verdade!

— Eu disse para você que era um *gaijin*!

— Ele é mesmo alto!

Quando Ken sorriu na direção deles, soltaram um grito e fugiram. Um pouco depois, eles novamente se juntaram e enfiaram com cuidado as cabeças através da porta.

— De que escola vocês são? — perguntou ele aos garotos.

— Do Ginásio Hongo, senhor — respondeu um dos menores, e outro garoto engasgou:

— Ele fala japonês!

— Ah, então vocês são de Tóquio — disse Ken. — Sou de lá também.

— E saiu para o corredor, os garotos o seguiram.

O mais baixo deles ergueu os olhos em sua direção.

— O senhor é japonês? — perguntou.

— Lógico que sou.

— Que droga, pensei que você era um estrangeiro *de verdade*! — os garotos acenaram com as cabeças; pareciam ter finalmente concordado quanto à nacionalidade de Ken.

Devia ser a hora do recreio, já que inúmeras crianças barulhentas corriam no refeitório e no jardim. Algumas notaram Ken e o encararam com curiosidade, mas a maioria estava envolvida nas brincadeiras. Com compleições desengonçadas e corpos ossudos, eram com certeza garotos da cidade.

Ken estava corado em razão do banho quente, e achou refrescante o vento gelado enquanto andava pelas ruas desertas do povoado. Quando retornou à casa de Toku, a velha senhora o aguardava. Parecia encantada ao conduzi-lo a um assento ao lado da lareira submersa. A lenha queimava vigorosamente na lareira, cujo entorno era quente. Seu jantar estava disposto numa grande bandeja preta envernizada; fatias de carpa lavadas em água fria, verduras frescas da montanha, vegetais cozidos e pepinos enchiam as chiques tigelas vermelhas envernizadas que um dia foram usadas pelos hóspedes da pousada.

— Ei! — disse Ken, admirando a refeição.

— É comida do campo, nada de especial.

— Não, não é, é um banquete — na verdade, atualmente isso *era* extravagante, o tipo de refeição preparada apenas em ocasiões especiais.

Sobre a lareira estava pendurado um *jizai-kagi*, uma corda suspensa no teto com um gancho na ponta, na qual era amarrada uma grande chaleira de ferro.

— Vamos lá, coma — disse Toku, levantando uma garrafa quente de saquê da chaleira e enchendo o copo de Ken. Ele tomou num único gole. Tudo o que comera durante o dia fora uma única tigela de arroz, e o saquê quente atingiu seu estômago vazio como um golpe.

— Sinta-se à vontade — disse a velha senhora. Ken estava sentado no estilo japonês formal. Relaxou, cruzou as pernas, mexeu o óleo de gergelim na tigela vermelha, e começou a comer.

— Delicioso!

Toku olhava-o com orgulho; ele poderia ter sido seu filho. Havia também uma certa tristeza em seus olhos, como se ela soubesse que essa seria a última refeição deles juntos.

Ken acelerou sua motocicleta e subiu a ladeira. O tempo estava melhor, e a grande figura branca do Monte Asama parecia um gigante sorrindo no céu. O sol aparecera assim que ele saíra das margens do Rio Chikuma, que brilhava congelado. Teve uma vaga ideia de sua velocidade ao observar sua longa sombra flutuando sobre os campos secos de arroz. O vento gelado cortava-lhe as orelhas e fazia seus olhos doerem. Mas o coração de Ken ardia: decidira visitar sua casa em Karuizawa, custasse o que custasse. Mesmo que apenas por alguns minutos, queria ver sua família — mamãe, papai, irmãs — e tinha também que transmitir os sentimentos de Yamada em relação a Anna, e perguntar-lhe os dela. Então pensou em Margaret. Na verdade, não seria Margaret quem ele queria ver? O pensamento apareceu no momento em que viu o telhado vermelho da casa dela ao sobrevoar Karuizawa naquela manhã. Mas também era forte a hesitação. De certa forma, não parecia certo ir encontrar a amante enquanto estava em serviço.

E então imaginou como seria doloroso ter que deixá-la mais uma vez. A ladeira ficou mais escarpada, e ele começava a escorregar nos cascalhos e cinzas vulcânicas. A estrada aqui era muito dura e irregular. O que mais o preocupava era a gasolina, o medidor de combustível vacilava perto do zero.

Um caminhão do Exército passou rugindo por ele, deixando as bicicletas e as carroças para trás numa nuvem de fumaça. A BMW de Ken podia ir mais rápido do que o caminhão, mas ele não queria arriscar furar um pneu, e nem chamar atenção sobre si, de modo que seguiu devagar. Toku lavara o capacete de piloto e o sobretudo — não imaginava como a velha senhora conseguira secá-los a tempo —, e alargara as mangas e a bainha do sobretudo, o qual parecia agora rudemente apresentável.

O ar estava gelado quando chegou a Oiwake, e o lago perto da estrada estava congelado. Tranças de gelo cintilantes cobriam as árvores desfolhadas. Podia enxergar através da floresta as variadas cores de telhados das mansões.

Não muito longe da estação de Karuizawa, o motor falhou. Pisou no pedal várias vezes, mas a droga da moto não dava partida. Estava sem gasolina. Usou mais combustível do que previra. Levantou-se e começou a empurrá-la. Agora até as bicicletas dos estudantes colegiais deixavam-no para trás.

Surpreendeu-se ao encontrar a estação bastante parada e quieta. Todos os funcionários haviam se retirado. Um cartaz na parede dizia: "Por causa dos bombardeios em Ueda e Nago, a linha norte foi suspensa. Um trem partirá para Tóquio hoje, mas sem previsão de horário."

Ken chamou um dos funcionários da estação na janela da bilheteria. Este também era um velho, que lhe disse:

— Há um rumor de que o trem irá chegar aqui bem tarde. Volte às 17 horas. — Agora eram 15h42. Tinha uma hora e meia.

— Ei, soldado! — o velho o chamou de volta. — Você tem passagem? Não pode viajar sem passagem. Apenas as pessoas que vão para as fábricas de munição podem pegar o trem. Não vendemos passagem para ninguém.

— Deixe-me falar com seu supervisor. Tenho que voltar para Tóquio por motivos militares.

— Eu sou o supervisor — Ken notou as faixas douradas no chapéu do homem. — Mesmo soldados não podem comprar passagem sem uma permissão especial escrita. Se lhe vender uma, terei problemas.

Protestar seria certamente inútil. Ken teria que voltar para casa e pensar numa forma de resolver isso.

# 3

Dois policiais militares bateram no capô e olharam a lancheira amarrada na traseira da moto de Ken. Embora o tenham cumprimentado ao perceberem que se tratava de um oficial do Exército, continuaram a olhá-lo com suspeita. O mais velho deles, um sargento, falou primeiro.

— De onde você está vindo?

— De Ueda.

— E aonde está indo?

— Para Tóquio.

— O que há aí dentro? — o sargento apontou para a lancheira.

— Algumas verduras e arroz — Toku empacotara para ele.

O sargento se afastou um pouco e trocou algumas palavras com seu colega. Ken tentou se colocar no lugar deles: como *ele* interpretaria um estrangeiro vestindo sobretudo e uniforme de aviação do Exército japonês, com um carregamento de arroz e verduras nessa moto alemã? Decidiu que era melhor se explicar.

— Sou um primeiro-tenente da Aeronáutica. Nessa manhã voei para o aeródromo em Ueda. Estou voltando agora para Tóquio.

— Seu nome? — perguntou o sargento, com uma expressão de desdém, típica da Polícia Militar.

— Kurushima.

Um pequeno tremor em seu rosto indicou que ele reconheceu Ken. Seu barbicacho deslizou, revelando uma linha de pele clara.

— Kurushima? Como o embaixador?

— Sim, sou filho dele.

Ken pensou que isso acabaria com qualquer dúvida remanescente. Mas, ao contrário, a expressão no rosto do sargento tornou-se ainda mais severa.

— Você deve vir conosco até o quartel-general.

— Não posso, estou com pressa.

Mas o sargento colocou-se ao seu lado e escoltou-o numa direção fixa. O outro homem empurrou a moto.

Os corredores da pousada Peony, a pequena hospedagem em frente à estação que pertencia à família de um amigo de Ken, Ryoichi, estava repleta de policiais. Numa porta no salão, logo depois da entrada principal, uma placa dizia "Sala do comandante". Ken esperou uns minutos e logo foi chamado.

Dentro da sala havia um grande fogão a lenha. O comandante era um capitão do Exército, com cerca de 30 anos, e tinha uma cicatriz de faca na bochecha esquerda. Ele estava sentado tão rigidamente que seu corpo parecia engessado.

— Bem, tenente Kurushima, sente-se por favor. Você fuma? — ergueu um maço de cigarros Faisão Dourado.

Ken aceitou um. Quando o comandante acendeu-o para ele, Ken notou que tinha unhas azuis de tinta.

— Posso ver sua identidade militar?

— Não a trouxe comigo. Houve um ataque inimigo repentino nessa manhã, e tive que decolar em estado de emergência.

— Você traz *alguma* identificação?

Pensou em chamar Ryoichi e pedir para ele o identificar. Mas então a ideia de ter que se identificar começou a ofendê-lo. Que outro oficial japonês teria que passar por tudo isso? E não respondeu.

— Tenente — o comandante soltou uma baforada de fumaça. Com um olhar doce inesperado em seu rosto, e acenando com a cabeça a cada frase, contou a Ken: — Aqui é Karuizawa. Como você deve saber, é uma área residencial compulsória para estrangeiros. Outro dia um jovem do Canadá, de uma nação inimiga, portanto, escapou disfarçado, acredite ou não, como soldado japonês.

— Entendo sua preocupação. Mas minha família vive aqui. Na estrada Nova Karuizawa, logo depois do estábulo.

O comandante examinou o mapa na parede. Pediu que o sargento lhe trouxesse alguns documentos, os quais começou a analisar.

— Qual o primeiro nome de seu pai?

— Saburo.

— E o de sua mãe?

— Alice.

— *Arisu?* Ora, é um nome estranho. Sua mãe é estrangeira?

— Ele é uma cidadã japonesa agora, mas nasceu nos Estados Unidos.

— Então, tenente, seu sangue é misturado, você é "meio?... Bem, o fato é — disse ele com uma risadinha afetada — que sabemos sobre você. Está tudo nestes documentos. Só queríamos ter certeza de quem você era. A propósito, por que foi mandado para Ueda?

— Transportei um avião para lá.

— Entendo. Sim, isso explica o uniforme de voo. Bem, tenente, que tipo de avião era exatamente?

— Uma aeronave militar. Não posso lhe contar nada mais.

— A que horas você chegou ao aeródromo de Ueda?

— Por volta das 10 horas essa manhã, bem durante um ataque inimigo. Senhor, agora já fui identificado. Gostaria de seguir meu caminho. Minhas instruções são para voltar a Tóquio assim que possível.

— Só um minuto. Você disse que chegou a Ueda às 10. Agora são 16 horas. O que esteve fazendo nessas seis horas?

— Fui visitar uma conhecida em Ueda.

— Ah, entendo, foi lá que você conseguiu a moto e a comida. Isso explica tudo. E quem é essa sua "conhecida"?

— Isso é pessoal. O senhor não tem o direito de perguntar — Ken decidiu não revelar o nome de Toku para a polícia. Ele faria qualquer coisa para evitar problemas para a velha senhora.

— Em razão da minha posição, sinto que *tenho* que perguntar — as bochechas do homem ficaram coradas com o calor do fogão, e sua cicatriz brilhou como uma fatia de bacon.

— Eu me recuso. Sou um oficial do Exército Imperial. Exijo que me deixe ir.

— Um oficial *técnico* — disse o comandante, com um certo escárnio. — E, por ser um oficial técnico, você tem acesso a muitos segredos militares. E eu, como policial militar, não tenho outra escolha a não ser fazer-lhe essa pergunta. Você entende, não?

— É inacreditável!

— Tenente, se quisermos, podemos investigar com facilidade todas as suas atividades. Mas queremos ouvi-las de você — abrandou o tom de voz de repente. — Sabemos tudo sobre sua missão. Você transportou um

Mustang da Divisão de Kanto Oriental para o aeródromo de Ueda. Correto? Mas queremos saber exatamente o que esteve fazendo nas seis horas seguintes ao cumprimento de sua missão. Onde esteve? Viajando de moto por seis horas, você poderia ter ido bem longe, não? Por exemplo, até o Lago Nojiri? Até as casas dos estrangeiros neutros no Lago Nojiri?

— Está me acusando exatamente do quê? — perguntou Ken, meio nervoso, meio enojado.

— Não sou eu quem suspeita de você — respondeu o comandante, dirigindo um olhar cúmplice para o sargento e seu parceiro. — É o alto comando do Exército.

— Não sei sobre o que está falando.

— Ora, tenente — disse com um sorriso condescendente —, você deve imaginar.

— Não, na verdade não.

— Você está sob suspeita. O Exército está vigiando seus passos. E nossas ordens são para reportar todos os seus movimentos nas últimas seis horas. Portanto, diga-nos, o que esteve fazendo?

— Eu me recuso. Não fiz nada que me colocasse sob suspeita.

— Você se recusa a cooperar?

— Sim, me recuso.

— Bem, então não temos outra escolha. Vamos nós mesmos fazer uma investigação completa. Não será muito difícil. Temos a placa de sua moto, e podemos descobrir de onde veio aquela lancheira. E até descobrirmos, você terá que permanecer aqui.

— Isso é um ultraje! — gritou Ken para eles. — Sou um membro do esquadrão de caças defendendo a capital imperial. Como ousam me prender aqui enquanto Tóquio está sujeita a bombardeios diários? Vocês os estão ajudando e sendo cúmplices do inimigo. E você se considera um oficial imperial?

O homem recuou diante da explosão de Ken, com um sorriso desconfortável em seus lábios.

— Ora, tenente, não se exalte.

— Como posso não me exaltar? Dê-me aquele telefone. Vou falar com meu superior.

— Nenhuma linha para Tóquio está funcionando no momento.

— Bem, você pode me investigar o quanto quiser. Eu vou embora.

Os PMs não esboçaram reação a fim de impedi-lo quando ele saiu esbravejando da sala. Batendo a porta atrás dele, deu de cara com Ryoichi Koyama, que parecia ter escutado por trás da porta.

— Oh, me desculpe! — disse Ryoichi. — Ouvi dizer que tinham trazido um oficial que parecia estrangeiro, e vim ver se era você. Já acabou?

— Não devo mais nada a essas pessoas.

— Eles o importunaram, não? — Ryoichi deu uma olhada na sala do comandante. Observou os policiais no salão, então, decidido de que era algo seguro a se fazer, saiu junto com Ken.

De início, Ken empurrou sua moto lentamente para que seu amigo aleijado pudesse acompanhá-lo, mas a ira apoderou-se dele e acabou dando passos compridos e impacientes. Ryoichi se esforçou para acompanhá-lo, balançando como alguém que se prepara para mergulhar.

— Sabe, Ken, esses PMs andam colocando suas asinhas para fora ultimamente. Qualquer *gaijin* que lhes cause suspeita acaba sendo detido. Com seu rosto estrangeiro, eu não andaria sozinho por Karuizawa. Todos estão ficando histéricos por causa de espiões. Mesmo em Tóquio, pegaram o bispo anglicano. E nosso pastor aqui foi preso pela Polícia do Pensamento no ano passado. Ouvi dizer que morreu torturado na prisão.

— O quê? Você quer dizer o padre Henderson? — o dia somente lhe trouxera notícias estranhas e deprimentes.

— Você não sabia? — Ryoichi parecia tão surpreso quanto Ken.

— Como diabos eu poderia saber? — disse Ken de forma rude. — Minha família não podia discutir isso nas cartas, podia?

— Lógico que não — disse Ryoichi num tom de voz mais calmo. — Ouvi dizer que Tóquio está ficando em pedacinhos, mas não há uma palavra sobre isso nos jornais. Mesmo assim os estrangeiros em Karuizawa sempre conseguem descobrir o que realmente está acontecendo. Acabei de ouvir que houve um reide aéreo enorme em Tóquio hoje. Eram trezentos aviões vindos de porta-aviões e uma centena de B-29. Os neutros daqui sabiam tudo, até o último detalhe. Deve haver espiões em algum lugar, mas como a polícia vai descobrir quem são entre milhares de *gaijin*? O resultado é que a competição entre os PMs e a Polícia do Pensamento esquentou bastante, e estão prendendo todo mundo. A propósito, Ken, o que você *está* fazendo aqui?

— Realizei uma missão em Ueda.

— Uma missão, é? Vai voar de volta para Tóquio?

— Não, impossível.

— Ah!... Ken, tenho que ir agora. Desculpe-me por dizer isso, mas as pessoas suspeitam de quem fala com um *gaijin*. Vejo você por aí, Ken. Cuide-se. — e saiu cambaleando pela rua, puxando sua perna ruim.

Ken saiu da rua principal para o caminho entre as plantações de arroz atrás do estábulo. O estábulo estava vazio, e o pátio estava sujo com garrafas quebradas e rodas de carruagem apodrecendo. Um pouco adiante havia um silencioso e acinzentado riacho congelado. A única coisa brilhante na paisagem eram as pontas dos filetes de gelo penduradas nos telhados cobertos de neve que resplandeciam com a luz do sol esvaecente.

Ouviu galinhas cacarejando no jardim, e fez a volta para olhar. O jardim fora transformado num pomar. Lá na ponta dele viu sua mãe, andando atrás de um galo com uma cesta grande nas mãos.

Ken jogou a moto no chão e correu em direção a ela.

— Mamãe!

Alice soltou a cesta.

— Ken! Mas o que você está fazendo aqui?

Ele a abraçou, notando que ela parecia estar da metade do tamanho.

— Creio que não tenho muito tempo. Tenho que voltar no trem das 17. Queria apenas vê-la antes de partir.

— Bem, ao menos você pode entrar por um instante. Temos café, e talvez até doces.

— Onde está papai?

— Está em Tóquio há três dias. Levou Anna com ele.

— Tóquio? Os bombardeios estão só piorando.

— É por isso que foram para lá. Foram pegar os livros e papéis diplomáticos antes que fosse tarde demais.

— E onde está Eri?

— Ah, você não soube? No verão passado, a polícia a pressionou para trabalhar como intérprete.

— Então você está sozinha aqui.

— Yoshiko está aqui comigo, deve estar lavando roupa agora. Ken, você está muito magro! Devem mantê-lo bem ocupado no Exército. Por que o enviaram aqui desta vez?

— Tive que pilotar um avião para o aeródromo em Ueda. Mas foi destruído num reide.

— Não acredito que estão bombardeando até aqui no campo. Vi um avião americano pela primeira vez. Ken, você correu perigo? Há cortes em seu rosto.

— Não é nada, apenas alguns arranhões. Tem morrido pilotos quase que diariamente. Todos mais jovens do que eu. Comparado a eles, estou com sorte.

Alice olhou intensamente para o filho com seus grandes olhos verdes.

— Ken, não morra.

— Não seja tola, mamãe — segurou firme os braços dela. — Não era você quem dizia que não depende de nós viver ou morrer, que isso depende da vontade de Deus?

— Sim. Mas, Ken, você não pode morrer.

Ele beijou-a na testa e acariciou seus ombros delicados.

Yoshiko observava-os da varanda. Ken acenou para ela.

— Espere um minuto — disse a mãe. — Tenho que colocar o galo de volta no cercado. — Pegou a cesta e começou a colher uns brotos verdes frescos da terra. — Veja: brotos frescos, mesmo com este tempo gelado. O galo os come. E, se o galo pode comê-los, nós também podemos. Deixo o bicho achar os brotos de grama e os colho.

— Isso é típico de você.

Yoshiko se juntara a eles. Ela emagrecera ainda mais do que Alice. As rugas profundas em seu rosto faziam com que parecesse uns dez anos mais velha. Suas bochechas coradas estavam molhadas de lágrimas.

— Você está com boa aparência, mestre Ken... Não acredito que você esteja mesmo aqui.

— Dei uma passada no povoado de sua mãe. Ela me preparou um verdadeiro banquete. Mas estou aqui apenas para uma rápida visita. Vou pegar o trem das 17.

— Você ainda tem uma hora. Por que não entra?

Ele mal reconheceu a sala de estar. Duas camas, onde as mulheres dormiam, ocupavam a maior parte dela; roupas secavam em volta. Um fogo baixo era mantido no fogão para aquecer um pouco o ambiente. Ken queria ligar para sua base, mas lhe disseram que o telefone não funcionava havia três meses. Ninguém vinha para consertar. Yoshiko tirou a chaleira do fogão e serviu-lhe um copo de chá verde quente. Ao bebericar o chá cheiroso, Ken lembrou-se de algo que guardara no fundo da mente.

— Não tenho passagem para o trem. Creio que posso embarcar escondido se precisar.

— Você não tem passagem? — gritou sua mãe. — Então eles não vão deixá-lo embarcar de jeito nenhum. Quando papai e Anna foram para Tóquio, ele teve que ir até o Ministério das Relações Exteriores com um mês de antecedência para conseguir as passagens.

— E se pedíssemos para a senhorita Eri ajudar? — sugeriu Yoshiko.

— Você quer dizer pedir ao chefe de polícia? — disse Alice, fazendo uma careta.

— Bem, é uma emergência, e com certeza bastante justa — Yoshiko virou-se para Ken, como que procurando apoio. — Afinal, a senhora Eri queria deixar o trabalho, mas o chefe insistiu para que permanecesse, dizendo que ela era indispensável ali como intérprete. Portanto, eles estão em dívida com a gente. No ano passado, quando prenderam o padre Hendersen, seu pai implorou para o chefe deixá-lo entrar, mas não deixaram. Essas pessoas têm duas caras, são muito legais e simpáticas quando querem algo de você; mas, quando você pede um favor *para elas*, esqueça! Elas nos devem pelo menos uma passagem de trem, e queira Deus que vou conseguir isso com elas! — e saiu da sala antes que pudessem dizer alguma coisa.

— Ouvi dizer que o padre Hendersen morreu no ano passado.

— Sim — a mãe de Ken soltou um suspiro profundo e deprimido. — Foi assassinado pelo chefe de polícia. Alegaram que ele morreu de uma doença, mas não acredito numa palavra disso. O chefe é membro da Polícia do Pensamento, e é um bruto. Audrey entrou em colapso nervoso. Maggie tem cuidado dela. De vez em quando vou lá ajudar. Normalmente levo um pouco de comida, pois não recebem o suficiente para comer nas rações para estrangeiros.

— Oh, Maggie.

— Sim, pobre criança.

— Se eu tivesse tempo, gostaria de ir vê-las.

— Ela ficaria radiante caso você fosse. Tenho certeza de que essa garota o ama.

— Eu não apostaria nisso...

Ken tentava imaginar o quanto sua mãe sabia sobre a relação deles, quando ela disse:

— Eri me disse. Parece que Maggie contou-lhe tudo.

— Ora, isso é apenas um jogo para Eri. Ela joga verde há muito tempo.

— Bem, você tem razão — disse Alice, sorrindo.

— A propósito, Toku me pediu para lhe entregar uma coisa — Ken foi pegar a lancheira na traseira de sua moto. A lancheira estava cheia de arroz, batata-doce e truta seca.

— Nós devemos muito àquela mulher. Se não fosse por ela, teríamos morrido de fome — ela fez o sinal da cruz. — Vamos dividir isso com Maggie e sua mãe. Por que não cozinhamos agora um pouco de batata-doce?

— Vou fazer isso — Ken levou a lancheira para a cozinha e lavou as batatas na pia. Num impulso repentino, abriu o congelador para ver que mais tinham. Estava vazio. A prateleira de pão, a caixa de arroz, os recipientes de verdura, tudo vazio. Ken sentiu vontade de chorar enquanto carregava as batatas lavadas para a sala de estar e colocava-as no fogão. Suspeitava que sua mãe não comera nada naquele dia. Provavelmente ela passara o dia andando para lá e para cá à procura de brotos de grama.

— Mamãe — ele sabia o quanto sua mãe odiava que sentissem pena dela, e como ela odiava receber ordens. Mas, se saísse de Karuizawa e fosse morar com a velha criada, pelo menos teria o suficiente para comer. — Mamãe — repetiu, olhando-a nos olhos. Ela esperava avidamente ouvir o que ele tinha a dizer.

— O que é? — ela deu um sorriso que tinha o calor de uma lamparina antiga.

Ken sorriu de volta — antes de ir, gostaria de lhe perguntar uma coisa.

— Pergunte.

— Por que você me deixou no Japão quando eu era garoto?

— Porque... — o sorriso sumiu e a expressão mudou. — Seu pai é um diplomata, e a família de um diplomata perambula por vários países, como um navio à deriva. As crianças a bordo do navio podem ver todos os países do mundo, mas logo acabam se esquecendo do porto do qual partiram pela primeira vez. Mas elas *têm* um porto, toda pessoa tem um porto em algum lugar, o lugar de onde partiram algum dia. Um porto de origem. Papai e eu achamos que isso era especialmente importante para você pois era um garoto. E assim lhe deixamos no Japão. Para mim, que sou sua mãe, foi muito difícil... mas eu...

— Entendo. Você decidiu que esse deveria ser meu porto de origem...

— Ken, eu nasci nos Estados Unidos. Lá é um lugar onde pessoas de várias partes do mundo se juntam. E há algumas pessoas que, assim que se firmaram lá, passaram a não dar a menor importância para o porto de onde partiram originalmente. Mas, na minha cabeça, pessoas assim acabam cortando a raiz de sua existência. Eu sinto pena delas. Apenas quando você conhece suas origens é que você pode lançar âncora num novo porto.

— E você, mamãe?

— Meus pais partiram da Escócia e assentaram âncora nos Estados Unidos. Eu parti dos Estados Unidos e assentei âncora aqui no Japão. Passei minha vida viajando de um país a outro, mas eu sempre soube que meu navio tinha uma âncora, e um porto para retornar.

— Você quer dizer que...?

— Sim. Eu sou japonesa. Uma japonesa que um dia foi americana, cujos pais eram escoceses. E, para mim, isso é a coisa mais natural do mundo.

— Então você embarcou no mesmo navio que o papai, e navegou sob sua bandeira.

— Exatamente. E nunca me arrependi disso, nem por um instante. Tenho orgulho do que fiz. Apesar de tudo, o Japão é um país maravilhoso.

Ken jogou um galho enorme no fogo e observou com atenção as fagulhas.

— Ken — a mãe segurou seu rosto com as mãos e mirou seus olhos. — Eu quero que você lute bravamente por este país. Mas eu quero que você sobreviva. Porque se você morrer agora, terá morrido apenas pelo Japão. Mas se você sobreviver, viverá tanto pelo Japão quanto pelos Estados Unidos. Esta guerra não pode continuar por muito tempo, e quando a paz chegar você será uma ponte entre os dois países. Eu quero que você viva até lá.

Ken permaneceu em silêncio quando a mãe enterrou a cabeça no peito dele. A lenha queimava com rapidez no forno. Nisso, ouviram um som de passos se aproximando.

— Que homem desagradável! — anunciou Yoshiko. — Quando a senhorita Eri pediu-lhe ajuda, disse que era "teoricamente possível" arrumar uma passagem para Ken, mas primeiro ele teria que conversar com Ken. "Terei problemas sérios com meus superiores", disse ele, "se eu der permissão para isso sem antes fazer uma investigação profunda e *responsável*." Tudo o que ele falou foi sobre "princípios" e suas "responsabilidades". Esqueceu-se de todas as suas dívidas com a senhorita Eri. Um homem verdadeiro teria se calado e dado a permissão.

— Obrigado, de qualquer forma — disse Ken. — Pelo menos ele concordou em me ver. Vou falar com ele.

— Oh, veja, estão quase queimando! — Yoshiko pegou as batatas tostadas do forno e colocou-as num prato.

Alice serviu-lhes um pouco de café que comprara no mercado negro. Então cortaram as batatas-doces em fatias redondas, salgaram e começaram a comer. Depois de poucos minutos, Ken olhou seu relógio e levantou-se para ir embora. As duas mulheres queriam ir junto até a delegacia, mas ele impediu. Abraçou a mãe e apertou a mão de Yoshiko.

— Ken! — Alice correu em sua direção mais uma vez. — Não morra.

— Não vou morrer — disse com firmeza.

— Deus o abençoe.

— Vou voltar qualquer hora. *Sayonara* — reverenciou-as e foi embora com passadas largas. Quando chegou ao estábulo, virou-se. Sua mãe e Yoshiko ainda estavam lá, observando-o, acenando com ardor.

A porta da delegacia se abriu e Eri saiu. Com seu cabelo curto e trajando calças, parecia um garoto.

— Ken!

— Eri!

O normal seria eles se abraçarem e se beijarem, mas, conscientes das pessoas que os rodeavam, ficaram apenas se olhando.

— Você parece estar bem.

— Você também está ótima.

Eri o conduziu para dentro do escritório do chefe. Sentado atrás de uma grande mesa havia um homem de meia-idade baixo, magro e de aparência gentil. Sua cabeça pequena, com cabelo curto em estilo militar, brilhava como se tivesse sido polida.

— Permita-me me desculpar pela inconveniência que lhe causamos — o chefe levantou-se e cumprimentou Ken, indicando então uma pequena cadeira de madeira. — Tenho que lhe fazer algumas perguntas para evitar problemas. Sua irmã aqui — deu uma olhada para Eri — tem-nos sido indispensável. Estamos aqui para auxiliar os estrangeiros, e você sabe quão difíceis eles podem ser, com todos seus costumes estranhos. Toda vez que um grupo de *gaijin* chega de Tóquio, temos que achar algum lugar para eles viverem. Trabalhamos em parceria com o governo para garantir-lhes rações de comida em número suficiente. Pode-se dizer que somos uma mistura de imobiliária com mercado para eles, e quando eles não falam japonês não sabemos o que fazer. Bem, o inglês de sua irmã é o melhor que há, e dependemos totalmente dela, sobretudo com aqueles malditos alemães. A maioria dos estrangeiros é russa ou alemã e, vou te contar!, os alemães são os piores: são arrogantes, tratam mal a gente, os orientais, e ignoram nossas ordens. Bem, a senhorita Kurushima vem e fala uma porção de coisas para eles, e eles se calam rapidinho. Sim, senhor, não sei o que faríamos sem ela. Ei, senhorita Kurushima, pode esperar um pouco lá fora? Gostaria de falar em particular com seu irmão. Apenas um ou dois minutos.

Logo que Eri saiu da sala, o chefe abaixou a voz.

— Eu imagino que você vai retornar para o seu esquadrão em Tóquio.

— Isso mesmo. Gostaria de pegar o trem das 17.

— A sua passagem foi aprovada. Você pode pegá-la no escritório do diretor da estação de trem.

— Muito obrigado.

— Não precisa agradecer. A propósito, tenente... — seus olhos perscrutaram nervosamente a porta e as janelas —, imagino que você acabou de ver sua mãe.

— Sim, é verdade.

— Conversou com ela sobre algo em particular?

*Lá vamos nós de novo.* Ken enrijeceu-se.

— Não... Eu não a via há muito tempo, e conversamos sobre assuntos de família.

— Não falaram sobre o último pastor, falaram? Padre Hendersen?

— Não, não falamos. Por que pergunta?

— Por nenhuma razão em particular. Eu apenas... Seu pai está fora agora, não? Pode-me dizer onde Sua Excelência foi?

— Pelo que sei, foi a Tóquio buscar livros e documentos diplomáticos em nossa casa. Ele teme que possam ser destruídos nos bombardeios. Mas por que o interesse?

— Receio que não posso lhe dizer. Mas há uma razão muito forte — fez uma pausa. — Gostaria de saber o motivo da pergunta, tenente?

— Não faço questão — Ken balançou a cabeça. — Não é da minha conta saber o que o senhor anda fazendo.

— Na verdade, tenente — ele ficou desconcertado —, neste caso é da sua conta. Tem a ver com seus pais. Dizem que seus pais correm perigo.

— Que tipo de perigo?

— Veja — disse, com um sorriso triunfante no rosto —, você está interessado, não?

— Como poderia *não* estar preocupado quando o senhor me diz que meus pais correm perigo?

— Bem, então, vou contar nosso segredo. Mas primeiro você tem que me contar algo. Uma troca, tenente. Você foi interrogado nesta tarde pela Polícia Militar. Quero saber o que eles lhe perguntaram.

— Nada que interesse o senhor. Perguntaram-me sobre um assunto militar.

— Assunto militar! Foi o que imaginei!

— E é por isso que não interessa ao senhor.

— Ah, mas tem bastante a ver conosco. E com o perigo que seus pais correm.

— Você está me dizendo que o perigo tem a ver comigo?

— Exatamente — disse o chefe, feliz, alongando seus braços curtos e agarrando a ponta de sua enorme mesa.

— A Polícia Militar me perguntou como vim do aeródromo de Ueda para Karuizawa.

— E você lhes contou? — os olhos do chefe brilhavam de curiosidade.

— Sim, contei — disse Ken com uma voz clara. — Contei-lhes que vim andando porque os trens não estavam em operação. Foi tudo que disse. Deixaram-me ir logo em seguida.

— Está bem. Agora vou contar nosso segredo. Por você ser um oficial do Império, sinto que posso confiar-lhe esta informação. As autoridades suspeitam que seus pais são pacifistas, e estão questionando o esforço de guerra. O fato é que seu pai foi visto em companhia do antigo embaixador pró-ingleses, Yoshizawa, e do antigo primeiro-ministro, o moderado príncipe Konoe. Sua mãe também tem feito visitas frequentes à casa de uma possível espiã, a senhora Hendersen. *Essa* é a evidência.

— Mas isso é ridículo.

— Sim, concordo com você. Mas estou preocupado com sua família, pois nos dias de hoje rumores ridículos, quando repetidos com frequência, tendem a se tornar verdade. E a senhorita Eri, por ser uma garota, não entenderia que as autoridades têm averiguado seriamente o comportamento de sua família. Portanto, eu gostaria que você a aconselhasse. Eu acho que ela ouviria o irmão mais velho.

— O senhor quer que eu lhe dê que conselho?

— Aconselhe-a a ficar longe da casa dos Hendersens.

— Entendo — respondeu Ken sem pensar.

— Excelente, tenente! Esta foi uma conversa bastante útil — o chefe fez-lhe uma saudação militar e entregou-lhe a autorização para a passagem. — Não precisa me pagar nada. A senhorita Eri pediu que a taxa fosse deduzida do salário dela. Até logo, tenente. Contamos com você.

— Foram dois minutos bem longos — disse Eri assim que saíram da delegacia. — Sobre o que falaram?

— Apenas conversa fiada. O cara é tagarela.

— A conversa dele é uma armadilha. Ele cria uma fumaça de palavras para enganar você e fazer com que você diga para ele o que ele realmente quer saber. Você tem certeza de que ele não lhe disse nada?

— Ah, eu tive cuidado. Ele parecia bem interessado no papai.

— Ele me pergunta sobre ele o tempo todo. E eu lhe digo um monte de bobeiras. Como papai corta os pelos do nariz de manhã, como usa uma gilete americana ao se barbear, como tropeçou numa pedra no jardim. E aquele boboca anota tudo no caderninho.

— O que aconteceu ao padre Hendersen?

— O chefe o matou com as próprias mãos, é o que eu acho. Eu o vi quando eles o trouxeram depois de ter sido interrogado. Estava branco como um fantasma, e mal conseguia ficar em pé. Eu quis pedir demissão quando vi o que tinham feito, mas decidi ficar pelo bem da mamãe e do papai. Enquanto estiver trabalhando aqui, aquele homem não vai poder encostar um dedo neles. Ken, olhe a hora! Você vai perder o trem.

Faltavam três minutos para as 17. Começaram a correr. Ao chegarem à estação, encontraram um recado dizendo que o trem marcado para sair às 17 para Tóquio estava atrasado. Os passageiros estavam sentados, as cabeças envoltas por capuzes de reides aéreos e os colarinhos de seus sobretudos virados para cima a fim de se protegerem do vento gelado que soprava na sala de espera aberta. Pareciam partes da bagagem. Ken foi ao guichê de passagens ver se conseguia alguma informação, mas não havia ninguém lá.

— O que você vai fazer? — perguntou Eri.

— Vou ter que esperar.

— Está gelado aqui. Você vai pegar uma gripe — Eri desamarrou o cachecol de lã de Ken e o usou para cobrir o rosto dele. — É um bom cachecol. Parece feito a mão. Ken, me desculpe, mas tenho que ir. Os alemães estão aguardando as rações de comida.

— Obrigado por tudo, Eri. Você salvou minha vida. Eu não tinha muito tempo, mas fico feliz por ter visto você e mamãe.

— Quando você volta?

— Com a guerra indo desse jeito, quem sabe?

— Como estão seus amigos, Yamada e Haniyu?

— Ah, estão bem. Mas Haniyu está num esquadrão de ataque especial.

— Como assim?

— Os kamikazes. Eles batem seus aviões em B-29 americanos.

— Oh, meu Deus! — Eri engasgou. Por um momento ela se tornou de novo uma garotinha. — Mas eles não morrem quando batem os aviões?

— Não necessariamente. Eles podem se ejetar um pouco antes do impacto.

— Graças a Deus! — Eri soltou um suspiro profundo. — Ken, me desculpe, mas eu tenho mesmo que ir. Venha nos visitar de novo o mais rápido que puder. E cuide-se. Por favor, cuide-se.

Eri abriu os braços, mas, como todos na sala de espera os observavam, eles não puderam se abraçar de verdade. Ela foi embora com um olhar triste, virando-se duas ou três vezes. Ele percebeu quão ossudas estavam suas costas, e que ela parecia um garoto, magra daquele jeito.

O chefe da estação limpou a garganta ruidosamente e se dirigiu à multidão:

— Este é um anúncio de emergência. O trem, que está atrasado em razão de um reide aéreo, vai demorar ainda mais. Deve chegar agora por volta das 19 horas. O horário de seu retorno a Tóquio será anunciado quando ele chegar. De qualquer forma, não podemos garantir que irá partir às 19...

Pequenas reclamações foram murmuradas, e alguns passageiros se levantaram dos bancos e se dirigiram para suas casas, mas a maioria permaneceu sentada, cabisbaixa de resignação. Estavam acostumados a aguardar.

Ken saiu imediatamente. Duas horas inteiras! Era como um presente dos céus. Havia tempo para ver Margaret.

Queria pegar a rota mais curta, apressou-se então pelos caminhos estreitos que ziguezagueavam através das plantações de arroz. Os caminhos de terra estavam encrustrados por uma camada de neve dura, ele tinha a sensação de estar andando por ruas pavimentadas. Em poucos minutos, o céu se cobriu de nuvens plúmbeas. Quando chegou à região das mansões, o ar úmido e pesado aderiu-se a ele como uma mancha de óleo. Aqui os veranistas costumavam passear e curtir a brisa refrescante e fria; agora estava tudo deserto.

O declive escarpado do Monte Hanare lhe parecia uma parede de lascas pretas, e o frio era ainda mais penetrante do que antes. A floresta, cheia de árvores perenes, ficava lúgubre no inverno. A escuridão imensa parecia pressionar as casas contra a terra. O telhado vermelho da casa dos Hendersens estava coberto por uma espessa camada de folhas de lariço, e as calhas estavam apodrecendo. Os pilares brancos da porta, feitos de madeira de vidoeiro, tendiam para um lado; e a porta balançava nas dobradiças. Olhou a chaminé. Não havia sinal de calor. Nem se via luz nenhuma por trás das cortinas.

Ken ouviu o som de galhos quebrando atrás dele. Virou-se, e viu uma sombra se movendo por trás da árvore seca e solitária no jardim da casa ao lado. Estaria sendo seguido? Ou haveria sempre um vigia aqui? Ken se agachou atrás da cerca e observou a árvore por alguns minutos. Nesse tempo, nenhum som veio de dentro da casa. Ela devia estar deserta também.

Não, não havia ninguém no jardim da casa ao lado; devia estar imaginando coisas.

Tocou a campainha três vezes, e finalmente, depois do terceiro toque, escutou movimentação dentro da casa. Percebeu alguém espreitando por trás das cortinas, e então a porta abriu-se lentamente.

— Oh, meu Deus, Ken!

— Maggie!

— Entre! O que está fazendo aqui? Não consigo acreditar!

Assim que fechou a porta e trancou o cadeado, Margaret correu em direção a ele. Ele a agarrou pela cintura, e se beijaram com ardor.

— É você, Ken. É você mesmo, não é? Deixe-me ver seu rosto.

— Está muito escuro aqui, como consegue ver alguma coisa? A luz está quebrada?

— Vamos entrar. Mantemos a entrada escura de propósito. A polícia está sempre observando a casa.

Foram à sala de visitas, onde podiam ver além do lago.

— Então *havia mesmo* um policial lá fora.

— Você viu alguém?

— Senti que havia um homem no jardim da casa ao lado.

— Ah, é um detetive. Está sempre lá. Mas, Ken, se ele o tiver visto você terá problemas.

— Não se preocupe comigo. Afinal de contas, não estou fazendo nada de errado. Mas *estava* preocupado com você. Ouvi dizer que seu pai faleceu. Sinto muitíssimo.

— Obrigada.

— Como está sua mãe?

— Está no quarto ao lado. Está dormindo agora, temos que fazer silêncio.

Olharam-se. Os olhos de Margaret eram tão diferentes dos de sua mãe. Por um momento, fizeram-no pensar em piscinas de água gelada. Seu rosto pequeno estava macio quando ele o tocou. Quando ela sorriu, havia rugas profundas embaixo de seus olhos, mas seu rosto estava emoldurado por cabelos longos e da cor do linheiro. Era bonita. O desejo que sentiu de repente deixou-o envergonhado, e começou a falar para disfarçar o constrangimento.

— Devo parecer ridículo — disse, desabotoando o sobretudo para revelar o uniforme de voo que vestia por baixo. — Hoje pilotei um avião até Ueda.

— Você parece bem — havia alegria em sua voz. — Eu nunca o tinha visto com roupa de piloto. Assim você parece um herói. Eu adoraria vê-lo voar.

— Falando nisso, voei sobre sua casa hoje de manhã. Um pouco antes das 10. Você não ouviu um avião passando?

— Sim, ouvi. Mas temos que permanecer escondidas aqui, e eu não pude sair para olhar. Nos dias de hoje, mesmo que você procure, não há nada que valha a pena ser visto — e deixou cair a cabeça em suas mãos.

Ken não sabia o que dizer. Olhou para ela mais uma vez. O rosto de Margaret parecia pálido e um tanto inchado. Ken notou a blusa desbotada e desfiada que ela vestia por baixo do suéter. Sentiu uma dor muito forte ao perceber que era uma blusa de verão.

— É melhor você ficar por mais tempo desta vez — disse ela, com seus olhos redondos e grandes provocando-o com um sorriso. Ela parecia ter banido toda a miséria e a solidão de seu rosto a fim de que pudesse dar-lhe esse sorriso. — Vou preparar algo para comermos. Já sei, vou fazer uma torta com a farinha que sua mãe nos deu.

— Desculpe, Maggie, mas não tenho tempo para comer. Minhas ordens são para voltar ao esquadrão assim que puder. Tenho que estar de volta na estação de Karuizawa às 19...

— Quer dizer que só temos duas horas? — olhou para ele quase chorando. — Faz tanto tempo que não vejo você. Deixe o trem para lá. Fique aqui hoje à noite.

— Não é possível. Tenho minhas instruções.

— Suas instruções? Você quer dizer sua guerra, sua guerra assassina — Margaret tremia. Observou o sobretudo militar dele. — Bem, então vá, volte para sua guerra maldita!

— Maggie! — pegou-a pelos ombros magros. — Não posso fazer nada. Sou um soldado.

— Sim. E eu sou o inimigo, não sou? — ela estava chorando. Ele nunca a vira chorar antes.

— Não, você é a Maggie. Minha linda menina.

— Sou? — os cílios dela roçaram o rosto dele.

— Sim, é sim — Ken segurou-a forte, como se quisesse espremer toda a tristeza de seu corpo.

— Maggie! — era a voz de uma mulher idosa, vinda do quarto ao lado. Margaret afastou-se dele com relutância. Ken tentou segurá-la, mas os olhos dela diziam para que não o fizesse. Então, com passadas lentas, como se quisesse adiar uma tarefa desagradável até o último momento, Margaret foi para o quarto ao lado. Alguns minutos depois, retornou com a mãe nos braços. Audrey vestia uma camisola. Ken ajudou Margaret a deitá-la no sofá. No cabelo loiro com manchas vermelhas de Audrey havia um coque. Mas suas bochechas estavam magras, e os olhos afundados. Era doloroso olhar para ela.

— Muito gentil de sua parte ter vindo, meu jovem. Você parece tão bem. Que belo marinheiro você se tornou!

— Ele está no Exército, mãe.

— Ah, sim, o Exército. Eu sei disso, Maggie. Oh, está tão frio aqui. Por que você não acende a lareira?

Ken deu uma olhada na sala. Não havia um pedaço de lenha sequer.

— Aqui, mãe, vista isto — Margaret drapejou um cobertor sobre suas pernas.

— Agora, conte-me tudo sobre a Marinha Real. Em que tipo de navio você está?

Margaret piscou para Ken, e assim ele decidiu alegrá-la.

— É um navio grande. Na verdade, é um porta-aviões.

— Oh... mas eles afundam, não? Navios de guerra afundam, não? Que triste. Os japas estão afundando todos os nossos navios! — com um grito, a velha louca chutou o cobertor para longe e tentou se levantar, e então cambaleou para o chão.

Margaret correu para ajudá-la.

— Venha cá, agora vamos voltar para a cama. É hora do seu remédio.

— Não, Maggie. Não vê que temos visitas? Esse marinheiro simpático vem nos visitar e o mínimo que podemos fazer é acender o forno. Está tão frio. Tão frio! Vamos todos morrer, está muito frio!

Ken tentou ajudar a levantá-la do chão. Colocou suas mãos entre os braços dela.

— Como se atreve? Como se atreve a tocar numa dama? — gritou.

— Vamos lá, senhora Hendersen — disse ele com gentileza, apontando para o quarto dela.

— Não me chame de senhora Hendersen! Que imprudência! Vá embora, saia já da minha casa!

— Mãe — Margaret era também gentil com ela. — É Ken. Ken Kurushima.

— Nunca vi esse homem na minha vida. É uma desgraça, um marinheiro da Marinha Real, e olhe para ele! Veja sua cabeça raspada. Ora, ele parece um japa! Como ousa me chamar de senhora Hendersen?

— Acho melhor eu ir embora — disse ele para Margaret em japonês.
— Mas eu volto.

— Espere! Não vá. Espere eu dar o remédio para ela.

Foi uma ordem firme, e o simples ato de pronunciá-la pareceu dar forças aos seus braços fracos, com os quais tirava sua mãe do chão e a carregava de volta para o quarto. Os gritos continuaram por alguns minutos, e então a casa ficou de novo quieta. Margaret saiu do quarto vestindo um sobretudo.

— Ela dormiu. O remédio sempre faz efeito. Lamento se ela o chocou. Ela nunca se recuperou da morte de papai... Ken, vamos lá para fora? Quero que mamãe durma e preciso de um pouco de ar fresco.

Os dois foram para um canto do lago.

O lago estava congelado. Ken colocou um pé no gelo. O gelo rachou um pouco, mas o segurou. Com receio, tentou colocar o outro pé. Uma rachadura enorme se abriu à sua frente.

— Ken, é perigoso!

Ele voltou para a margem e se agachou ao lado dela. Cavou um pequeno buraco no gelo e olhou através dele. Algas dançavam no fundo azul e negro do lago. Sombras turvas de nuvens que serpenteavam por cima deles escureciam as lânguidas plantas verdes.

Ken atirou uma pedra no lago. Ela deslizou sobre a superfície congelada soltando um eco seco e melodioso.

— É como se o lago estivesse cantando — Margaret continuou a brincadeira e atirou outra pedra. Após soltar um som rítmico, *karan karon karan karon*, a pedra dela pousou mais distante ainda.

Então Ken pegou uma pedra ainda maior e atirou com toda a força. A pedra deslizou pelo gelo com um som pesado e sonoro, bateu na pequena ilha no meio e ricocheteou para longe.

— Parece você fazendo um discurso — disse ela.

Ken olhou para ela. Seu rosto estava cheio de vida de novo.

— Lembra-se de quando você ia patinar na pista de Kutsukake? Você era muito boa nisso — a primeira vez que viu Margaret patinando foi em Karuizawa, durante o inverno, na pista aberta no jardim da pensão Kutsukake. Uma mulher ocidental conduzia a filha sobre o gelo. Ken ficou intrigado com a garotinha de cabelo claro, que devia ter 8 ou 9 anos, serpenteando para lá e para cá pela pista. — Você era boa em tudo que fazia. Patinação, natação, equitação, tênis...

— Não, Ken, o atleta aqui é *você*.
— Vamos jogar tênis de novo qualquer hora.
— Sim. Mas podemos jogar agora se você quiser.

Estava escurecendo. A montanha negra parecia engolir o pôr do sol e ocupar a linha do horizonte como um monstro gigante. Já eram mais de 18 horas. Ken não tinha certeza, mas sentia que alguém os vigiava da sombra da casa.

— Não temos muito tempo. Vamos andar um pouco.

Deram uma volta pelo lago e chegaram a uma represa que marcava a foz de um riacho. Seguiram um pouco o rio. Só as poças estavam congeladas; no meio, corria uma faixa de água clara, que retinha a luz escura do pôr do sol, borbotando contra o gelo pendurado nas raízes das árvores mortas à margem. Ken puxou uma das raízes e a segurou. Estava coberta com pedacinhos de gelo que pareciam dedos enrolados.

— Que bonito — disse Margaret, tocando o gelo.

Soltando a raiz de volta no rio, Ken pegou a mão de Margaret, abraçou e beijou a moça.

— Ken, estou tão feliz... — disse ela, deixando seu corpo cair sobre o dele.

— Margaret, eu te amo — o ar estava tão frio que parecia gelo negro, mas o calor do corpo delicado de Margaret penetrava-o profundamente. Em algum lugar, um homem ainda os observava. *Olhe! Olhe o quanto quiser. Não importa o quanto vocês, seus malditos, nos vigiem, nos proíbam, tripudiem sobre a gente, eu amo Maggie!*

— Ken, eu te amo.

Andando lado a lado, retornaram à casa de Margaret. A mãe dela dormia tranquilamente. E continuaram as carícias no sofá.

# 4

Na manhã seguinte, o tenente Ken Kurushima retornou enfim para sua base. Uma hora depois de partir de Karuizawa, o trem teve que parar por um tempo que pareceu uma eternidade, em virtude de reparos nos trilhos que haviam sido destruídos num reide aéreo. Já era meia-noite quando voltaram a se mover, mas apenas por pouco tempo, pois uma tempestade de neve os atrasou novamente. Só depois das 7 da manhã seguinte é que o trem chegou à estação Ueno, em Tóquio. Todos os trens urbanos estavam atrasados em razão da tempestade. Ken teve de fazer várias baldeações. Os trens seguiam por vários quilômetros, paravam por causa de avisos de reides aéreos, e então voltavam a funcionar. Ele chegou finalmente a Tachikawa, nos subúrbios do norte, depois das 10, e embarcou num ônibus para o aeródromo, retornando exausto e faminto.

O aeródromo tinha sido devastado. Uma boa parte dos hangares fora destruída, suas estruturas de ferro estavam deformadas e expostas. Chamas róseas ainda lambiam o céu vindas dos reservatórios onde era guardado o combustível. Ken sentia uma forte dor toda vez que passava por um avião arruinado. Caças Hayabusas e Shokis, e até sua própria criação, de que tanto se orgulhava, o Hayate, ardia lentamente no chão, arrebentado, irreconhecível. Não conseguia acreditar. *Que vergonha, que tragédia!* Explodiram o quartel-general, do qual restaram apenas suas pedras inaugurais. Só a sala dos pilotos e o departamento médico continuavam em pé entre as ruínas.

Não conseguia se mover quando o motorista do ônibus o deixou, bem no meio de tudo. Estava muito abalado para ir a qualquer lugar. Cabisbaixo, viu Momotaro brincando abaixo de si, e seguiu o cão.

As gaiolas dos animais estavam todas tostadas. Esquadrinhando uma montanha de fios emaranhados, descobriu que os coelhos e os ratos brancos tinham queimado e se transformado num bolo de cinzas. O prédio todo parecia prestes a desmoronar: o revestimento de madeira fora arrebentado, o chão era uma confusão de tubos de ensaio quebrados e produtos químicos derramados. Não havia por onde andar. Mas Momotaro o conduziu através dos escombros, e ele conseguiu chegar ao segundo andar. Lá, entre as vidraças quebradas e as mesas e cadeiras que tinham deslizado para uma pilha no canto mais baixo do andar, encontrou Yamada sentado.

Ken o chamou. Yamada levantou a cabeça devagar. Seus olhos não pareciam capazes de focar.

— É você, Kurushima? Eles finalmente vieram. Os malditos finalmente vieram.

— Você está bem?

— Acabou tudo. O laboratório das cobaias, o uniforme anti-G, todo o meu trabalho foi destruído — levantou o capacete que pousava em sua coxa e mostrou-o para Ken. Era um capacete pressurizado experimental que acabara de projetar. Tinha um enorme buraco de bala bem no meio, e o aparato na parte de trás estava despedaçado.

— Você pode fazer outro.

— Não, não posso. Destruíram a fábrica onde consegui o material para ele.

— Onde estão todos?

— Todos?... Ah, sim, todos. Estão na sala dos pilotos, onde é agora o quartel-general.

A neve entrava através das janelas quebradas. Ken não acreditava que podia ficar tão frio.

— Vou informar meu retorno. Por que não vem comigo? Você vai congelar aqui.

— Quero verificar o estrago um pouco melhor.

Quando Ken ia saindo, Yamada gritou para ele:

— Haniyu sumiu. Saiu num ataque contra os B-29 na manhã de hoje, e não voltou. O comandante de voo Kurokawa foi seriamente ferido e está no hospital. Sua perna direita estava em pedaços; é incrível que tenha conseguido pilotar assim. Estava sangrando muito quando pousou, mas consegui amarrar bem a artéria. Na certa terão que amputar. Muitos mortos e feridos por aqui. Sim, senhor, e muito, muito medo.

— Então Haniyu... — Ken lembrou-se de seu sorriso, ontem, um pouco antes de partir, a forma que correu com as mãos nos quadris. Lembrou-se do jovem tocando "O gorjeio do diabo" com emoção no violino, e o rosto de Eri ao vê-lo cantando. Pequenas lembranças daqueles dias vieram-lhe à mente, todas misturadas...

Alguns minutos depois de Ken ter informado seu retorno, receberam a notícia de que um B-29 fora derrubado sobre a área de Kanda, no centro de Tóquio. Disseram que partes do avião americano ainda estavam intactas. O major Wakana foi indicado para liderar uma unidade de investigação composta por Ken, Yamada, Mitsuda e vários técnicos especialistas em bombardeiros. Dois caminhões atravessaram a estrada cheia de neve, seguindo em direção ao centro da cidade.

Nas cidades suburbanas de Mitaka e Tachikawa, Ken passou por várias ruas que foram atacadas por bombas, mas nada comparado com a devastação ocorrida no centro de Tóquio. Muitas fileiras de casas tinham sido incineradas. Montanhas de telhados de zinco, porcelana e encanamentos deformados jaziam no chão. Na cidade que já fora a maior do país, podia-se ver claramente a linha do horizonte, a área toda era agora apenas uma vasta extensão de entulhos, com os sobreviventes peneirando-a como animais à procura de algo para comer. Ken, sentado ao lado do major Wakana, se esforçava para não cair no sono, mas seus olhos estavam tão pesados que não conseguiu permanecer acordado.

Acordou com o som da sirene anunciando um reide aéreo. Os bondes tinham parado de funcionar, e os passageiros corriam para os abrigos mais próximos. Ken podia ver o fosso e os muros de jade do Palácio Imperial. Sentiram a terra tremer quando foi disparada uma rajada de tiros antiaéreos de longo alcance.

— Major, não é melhor a gente se abrigar em algum lugar? — perguntou o motorista.

Ouvia-se a pulsação metálica dos motores dos bombardeiros que se aproximavam em voo rasante sobre a cidade.

— Não — respondeu Wakana, com voz estridente. — Eles ainda estão longe. Continue dirigindo!

Linhas afiadas de luz choviam sobre ruas distantes, e quando cada uma delas atingia a terra surgia uma chama vermelha. Uma neve pesada cobrira a cidade de branco, e apenas os locais atingidos pelas bombas agigantavam-se e brilhavam, como ampliações fotográficas.

— Parece que atingiram Nihonbashi — disse o motorista.

Estavam se aproximando do Templo Yasukuni, o templo dos mortos de guerra. O bosque em torno dele estava coberto de neve. De alguma forma, essas terras sagradas conseguiram permanecer com sua santidade intacta. Mas, quando o pequeno comboio de Ken passou pelo templo e chegou ao topo da ladeira, viram que as baixadas da Velha Cidade à frente deles estavam incandescentes. Mais ao longe, inúmeras chamas, grandes e pequenas, envolviam a estação Ueno e a ponte em Nihonbashi. Bem abaixo deles, focos de incêndio pontilhavam as ruas de Kanda. Era como se um gigante tivesse borrifado tintas vermelha e preta sobre um campo de pó branco. O vento mudava de direção a todo momento, enviando para a estrada nuvens espessas de fumaça misturada com neve. Os soldados sentiam-se sufocados com o ar que cheirava a queimado.

Livros queimam fácil, e Kanda era cheia de livrarias. Quando uma das lojas arrebentou em chamas, resmas de papel palpitaram no ar. O fogo se espalhava pelas lojas, pelas casas, pelas ruas. Duas brigadas de incêndio foram chamadas, mas perdiam seus tempos. Algumas poucas pessoas atiravam bolas de neve contra as chamas, rindo histericamente.

— O que vamos fazer, senhor? — perguntou o motorista.

— Podemos descer a ladeira? — perguntou Wakana.

— Sim, acho que sim. Temos corrente nas rodas.

— Então vá. Nossas ordens são para resgatar o que sobrou daquele B-29.

Assim que iniciaram a descida, o caminhão começou a deslizar. Uma multidão fugindo do fogo apareceu na estrada, e apenas buzinando com força foi que o motorista conseguiu atravessar com segurança. Porém, a estrada à frente estava agora bloqueada por uma montanha de fiação telefônica caída. Tiveram que retornar. A neve caía incessante. Ao lado da estrada, passaram por mulheres embalando seus bebês em cobertores queimados, velhos amarrando os pertences que tinham amontoado sobre carretas de madeira, oficiais das associações do bairro gritando instruções em seus megafones.

Yamada estava quieto até então.

— É uma barbaridade — murmurou. — São apenas civis.

— Aí está! — gritou Wakana.

Apoiada em um poste telefônico havia uma enorme asa prateada com a estrela da Força Aérea Americana. Uma corda cercava uma parte da estrada, onde os restos do B-29 caído estavam arrumados como uma exibição de despojo de guerra. Centenas de pessoas se alinhavam nas calçadas para vê-lo. Um grupo de velhos reservistas do Exército puxava um carreto cheio de fragmentos das asas e da capota do B-29. Com orgulho, colocavam seus troféus no chão.

— Deus, é enorme — disse Yamada, contemplando a asa.

Mesmo Ken, que já vira um B-29 antes, se maravilhou com a visão.

Espalhados no chão à frente deles estavam o assento do piloto, o aparelho de radar, metralhadoras, o rádio, uma única bota, um capacete e uma máscara de oxigênio; tudo queimado e deteriorado. Um velho de cabelo branco, que parecia ser o chefe da Defesa Civil local, explicou onde cada item fora "capturado". Com um olhar cheio de orgulho, contou-lhes que pedaços do avião gigante estavam espalhados por vinte quarteirões, de Jimbocho até o Monte Suruga, e que tinha certeza de que encontrariam muitos outros por aí. Era como se ele mesmo tivesse atirado na coisa.

— O que é isso? — Ken pegou um livro pequeno e grosso.

— Uma Bíblia, provavelmente — disse Yamada. — Os ianques sempre carregam uma.

Ken leu as letras negras na capa marrom: *Voos e manual operacional, Boeing B-29, 1943.*

— Parece importante. Encontraram um nos escombros em Kyushu, mas a maior parte dele estava muito queimada para ser lida. Deve dizer tudo sobre o avião.

Wakana arrancou o manual de Ken e fitou o texto inescrutável.

— Você tem razão, *é* importante. Quero que você comece a traduzir agora e me entregue sem falta hoje à noite — o major andava em volta do fantástico sortimento de fragmentos. — Os motores! — gritou de repente. — Onde diabos estão os motores? Sem eles, isso aqui é um monte de lixo.

Sentindo-se ofendido, mas incapaz de reclamar, o chefe da Defesa Civil virou-se para os espectadores e, aos gritos, pediu para se afastarem. A multidão de estudantes primários, trabalhadores em uniformes da Defesa Civil e idosas vestindo quimonos esfarrapados parecia muito mais interessada no espetáculo do que no bloco de edifícios queimando no outro lado da estrada. Um jovem chutou um pedaço da asa, gritando:

— Que legal, como isso faz bem!

— Para longe! Para longe! — gritou uma voz, e um esquadrão de trabalhadores da Defesa Civil, liderados por um policial, veio puxando um carreto em que havia um pacote embrulhado com uma esteira de palha. Quando abaixaram o pacote, a esteira caiu, revelando o cadáver de um jovem piloto americano. A multidão agitou-se.

A metade esquerda do rosto fora vaporizada, mas a metade direita se apresentava bonita, com feições regulares. O paraquedas não aberto do jovem ainda estava amarrado em suas costas. Ken ordenou ao chefe da Defesa Civil para procurar bens pessoais na roupa do cadáver, e ele começou a vasculhar pelos bolsos, onde encontrou uma pistola, uma faca, um cantil, uma lancheira de alumínio e vários mapas amarrados. O lanche estava meio comido. Restos queimados de carne estavam grudados na lancheira.

— Eles têm mais para comer do que nós — gritou alguém.

Quando abriram o colete à prova de balas do piloto e desamarraram a parte de cima do uniforme de voo, encontraram uma etiqueta de identificação redonda pendurada em seu pescoço: Kenneth Hamilton Stuart B. 1923. Tinha 21 anos. *Ken, você e eu temos o mesmo nome.* Havia uma foto em seu bolso.

— Deixe-me ver isso — disse Ken, pegando-a do chefe da Defesa Civil. Era uma foto de batismo; nela, a mãe do garoto escrevera "Deus te abençoe". Havia um pequeno carimbo na parte de baixo da foto que dizia: "San Jose, Calif.". Esse Ken era um garoto da Califórnia. Ken fez mentalmente o sinal da cruz. Sentia vergonha por não o fazer abertamente na frente da multidão. Pensou em George e Paul. *Os dois pilotos americanos que matei eram jovens como ele.* Podia sentir o pesar de suas mães quando foram notificadas das mortes dos filhos.

Yamada deu-lhe um tapinha no ombro.

— O major está nos chamando. Encontraram um dos motores.

Sob a supervisão do subtenente Mitsuda, o conjunto todo fora colocado em caminhões. A essa hora, o fogo já devorara todos os prédios do outro lado da estrada. Uma fumaça branca ardia lentamente entre os vestígios carbonizados.

Passaram pela rua onde, em novembro último, Ken, Yamada, Mitsuda e Haniyu haviam comprado cachecóis idênticos, cujas estampas do sol nascente se tornaram símbolos da amizade deles. Todas as lojas tinham queimado. O chão preto estava manchado de neve.

— Queria saber o que aconteceu com aquele velho homem — disse Yamada.

À frente deles, alguns quarteirões se mantinham intactos — um distrito de editoras e gráficas —, e podiam ver pelas janelas silhuetas de pessoas trabalhando. O guia, um velho reservista do Exército, apontou para a casa onde o motor do B-29 fora encontrado. Disse-lhes que a enorme peça de maquinaria — dezoito cilindros refrigerados a ar — caíra atravessando o telhado e o segundo andar, e pousara bem no meio da sala de estar no térreo. E lá permanecera com sua hélice.

A casa estava vazia. Seus ocupantes se mudaram para o campo, como a maioria dos habitantes de Tóquio que tinha parentes na área rural para recebê-los.

A sala de estar estava com um pesado cheiro de gasolina. A mais ínfima fagulha poderia fazer o local todo explodir. O major Wakana ordenou que o policial evacuasse as casas próximas e mantivesse os espectadores a uma distância segura.

Ao vasculhar a parte de baixo do motor para procurar o supercarregador, Ken percebeu que havia outro motor meio queimado no solo abaixo do piso. Chamou todos para olharem, mas não conseguiam enxergar direito com a escuridão. Ken queria usar uma lanterna, mas não podiam arriscar um curto-circuito naquela sala cheia de gasolina. Assim, os técnicos primeiro fizeram o combustível parar de vazar, então abriram as portas e as janelas para arejar a sala, e só depois é que Ken se agachou sob o piso com uma lanterna. Encontrou o motor de um caça Hayate. Não havia dúvidas. O B-29 fora derrubado por um kamikaze. Ken notou um pedaço de pano preso no condensador de ar. Engasgou. Era o cachecol de Haniyu. Tinha a mesma estampa dos outros que compraram naquela vez. Ken deu um puxão e o arrancou do motor. O pano rasgado estava manchado de sangue e cheio de fios de cabelo.

# 5

Sentindo como se o sol matutino o estivesse cegando, Ken abriu os olhos, mas encontrou-se numa sala escura e cinzenta. Havia sinais da manhã do lado de fora: as estrelas tinham se esvaído do céu azul empalidecido, e as montanhas se agigantavam negras e distintas. A neve enfim deixara de cair. Ken estava com febre e não conseguia parar de tremer. Ontem, depois de sua unidade carregar os motores do B-29 e do Hayate para o caminhão e retornar para a base aérea, começou a sentir calafrios e uma terrível dor de cabeça. Quando Yamada o examinou, Ken tinha 39,5 graus de febre. Era uma gripe forte e que poderia se tornar uma pneumonia, por isso ordenaram-lhe que permanecesse em repouso. Yamada o fez deitar-se numa das mesas de exame na sala de emergência, e colocou quatro cobertores sobre ele e bolsas de gelo cheias de neve em sua testa. Deu-lhe também umas injeções. Isso deveria ter feito com que dormisse rapidamente, no entanto, a sensação de congelamento na cabeça manteve-o acordado. Muito acontecera nos últimos dois dias — não, nos últimos meses —, um incidente espantoso atrás do outro. Agora, cada um deles aparecia para ele como um sonho, e então se esvaía... porém, nada se esvaía por completo, pedacinhos prologavam-se em sua mente febril.

— Anna não estava lá — disse para Yamada, respirando com dor. — Estava em Tóquio com meu pai.

— Oh... — suspirou Yamada. — Ken, acho que estou apaixonado por ela. Mas eu me convenci de que é errado me apaixonar. Posso morrer a qualquer momento, como Haniyu.

— Sim, como Haniyu — repetiu de forma mecânica, pois sua mente estava focada em Margaret. Decidiu contar isso a Yamada. — Quando estava em Karuizawa, também me apaixonei por uma mulher. Na verdade, eu a amo já faz um bom tempo, mas, como você, eu me convenci de que é errado levar isso adiante em tempos como este. Bem, mas ontem mudei de ideia. Decidi me casar com ela, e levei isso adiante.

— Verdade? Assim desse jeito? Tem que ter muita coragem.

— Não foi coragem, foi o oposto. Não, na verdade nenhuma das duas coisas. Aconteceu naturalmente. E você a conhece.

— Posso adivinhar quem é. Mas... e as consequências?

— As consequências? Bem, pensei sobre elas. Podemos morrer amanhã; mas podemos também não morrer. Há uma boa chance de não sobrevivermos. Deixar, porém, isso dominar nossas vidas — a vida de um homem *e* a vida de uma mulher —, quando não temos certeza, é apenas presumir... Coragem, na verdade, não vem ao caso.

— Entendo...

— E se você ama Anna de verdade, pelo amor de Deus, conte para ela, conte para ela agora. Se você sobreviver, não vai se arrepender; e, se morrer, pelo menos não carregará esse segredo para o túmulo.

— Você mudou, não costumava falar assim. Faz-me sentir desconfortável.

Ken soltou uma risada alta e carinhosa, e logo adormeceu.

Agora, umas nove horas depois, percebeu que o que ele achava ser o sol matutino era na verdade um sonho com Margaret.

Tentou se levantar. Parecia estar flutuando levemente, e isso não era um sentimento ruim. Em silêncio, para não acordar Yamada, que roncava a sono solto, vestiu o suéter e o sobretudo, e colocou seu chapéu de aviador. Empurrou a porta e sentiu o ar gelado refrescar suas bochechas quentes. Enquanto caminhava, verificando a firmeza da terra coberta de neve a cada passo, o vapor de sua respiração formava uma trilha que parecia uma fita branca.

A via principal estava cheia de pequenos pontos negros de uma ponta a outra; eram pessoas limpando a neve. Ao se aproximar, viu que entre os soldados havia mulheres locais. Era uma tarefa árdua. Primeiro juntavam a neve em pilhas e colocavam-na em grandes cestas de palha. Depois, penduravam as cestas em troncos de bambu. Duas delas colocavam nos ombros cada um dos troncos, com a cesta de neve pendurada no meio, e carregavam-na para a beira da estrada. Deviam estar trabalhando desde a meia-noite, hora em que a neve parou. Cerca de dois terços da estrada já estavam limpos, revelando a terra avermelhada. Os soldados e as mulheres trabalhavam em silêncio no frio congelante. Mecânicos consertavam os aviões nos hangares e nas vias de acesso. Sob o brilho de lanternas, parafusavam e martelavam, ajeitando os duralumínios tortos, assoprando a todo instante os dedos dormentes.

Ao leste, além da estrada, pôde ver a fábrica de aviões Tachikawa. O fogo de ontem estava enfim sob controle. Pela planície alongava-se uma pacífica paisagem de neve. O horizonte era de início uma fina faixa vermelha, então listras douradas se espalharam sobre o vermelho, e um sol laranja brilhante despontou no céu. Faíscas de ouro caíam sobre a planície coberta de neve como milhares de foguetes vindos das estrelas. Os aviões e os anemômetros começaram a apresentar grandes sombras.

O sol trouxe um pouco de calor. Acima da forma púrpura das montanhas Chichibu, via-se um Fuji avermelhado. Desde que viera para cá, Ken cresceu acostumado a ver a montanha, mas nunca teve o prazer de apreciá-la em sua glória completa. Nesse momento, desejou que nada acontecesse hoje. Após os ataques ferozes dos dois últimos dias, certamente até a Força Aérea americana, com todo seu poder de fogo e espírito de luta, gostaria de ter uma folga.

O frio céu azul guardava uma promessa de primavera, e o cheiro doce de amoreiras florescendo em frente à torre de controle era um sinal de que o inverno estava chegando ao fim. *Logo a neve vai derreter, as cerejeiras vão dar flores, e quando a primavera estiver plena Margaret e eu nos casaremos. Não me importo com o fato de ela ser estrangeira, vou casar-me com ela. Mesmo se esta guerra nunca terminar, vamos viajar para o país dela, para a Suíça...* Por um instante, sentiu remorso ao se lembrar de Lauren. *Eu ia encontrar você quando a guerra terminasse. Se pelo menos a paz viesse...* Paz. Não podia mais imaginar o mundo a que essa palavra se referia. Todos os deveres o cegavam (não obrigações, mas deveres, a expressão que seu pai usava): o desenvolvimento de um novo caça, as pesquisas para contra-atacar a altas altitudes, o caça atual que ele fizera. Todas essas tarefas pelas quais se responsabilizou para que seu país, o porto no qual ancorara, pudesse vencer a guerra. Mas agora não havia chance de o Japão vencer. Ken via com os próprios olhos que a diferença de poderio aéreo era impressionante. Um pouco depois de Pearl Harbor, eles foram capazes de manter uma certa vantagem. Os Zeros e os Hayabusas eram aviões melhores do que qualquer caça que os britânicos e os americanos pudessem colocar contra eles, e os próprios pilotos davam o máximo de si. Mas, quando os ianques começaram a construir P-51 Mustang, Grumman F-6-F, e os pesados B-29, os aviões japoneses não tiveram chances. E agora bombardeavam as fábricas de aviões. Os japoneses não estavam manufaturando com a habilidade de antes, faltavam peças sobressalentes, as premissas básicas estavam sendo negligenciadas. E os aviões decolavam com combustível com pouca água e com pilotos sem experiência. Pela primeira vez, um novo pensamento lhe assomou, assim também como àqueles que o cercavam: o Japão caminhava para uma derrota certa, e até esse dia chegar era dever deles — o "dever impossível" deles — continuar lutando.

Yamada veio até ele, seguido por sua sombra gorducha, que fazia parecê-lo um palhaço.

— Você acordou cedo. Como está a febre?

— Sinto-me um pouco quente, mas devo estar bem melhor. Este ar gelado na verdade me refresca.

— Fico feliz em ouvir isso. Mas é melhor se cuidar, a gripe este ano tem sido tão persistente quando os B-29. Ha ha! — Yamada respirou fundo. — O tempo está bom hoje. Provavelmente, vai ficar mais quente. Ei, vamos comer. Ouvi dizer que consertaram a despensa.

Motores eram ligados. As hélices começaram a zunir em dois aviões, depois cinco. Algumas das aeronaves iniciaram o taxiamento na pista auxiliar, pois a principal ainda estava sendo limpa. O sol já estava bem acima da linha do horizonte, e a neve nos telhados dos hangares emitia um brilho prateado.

Como a despensa dos oficiais fora destruída, montaram um refeitório temporário numa tenda, com mesas e bancos de madeira. Quando Yamada e Ken tomavam o café da manhã, o major Wakana apareceu e sentou-se à frente deles. Wakana não se barbeara, e pelugens brancas destacavam-se em seu queixo pontudo.

— Conseguimos fazer o motor do B-29 funcionar — disse-lhes. — Passamos a noite toda verificando seu funcionamento. Os cilindros, o supercarregador e o motor de arranque estão em perfeitas condições. Infelizmente parte da fiação e uma porta do exaustor foram danificadas, mas é certo que poderemos consertá-las.

Nunca tinham visto o major de tão bom humor. Raramente ele se sentava na mesa dos tenentes. E continuou falando sem parar sobre o motor.

— Vamos nos ocupar com isso no workshop desta manhã. Kurushima, gostaria que você nos desse uma mão. A fiação danificada é um problema. Uma pena mesmo. Se nosso piloto tivesse ao menos batido num ângulo mais inclinado...

Ken ficou incomodado com a insinuação de que Haniyu falhara em sua missão, que ele não se matara da "forma correta". Mas lembrou-se de que estava sob suspeita, e tinha que ser cuidadoso com seus superiores, assim engoliu sua indignação em silêncio.

De forma espontânea, sugerindo que o pensamento acabara de passar por sua cabeça, perguntou:

— A propósito, senhor, os restos de Haniyu já foram encontrados?

— Não. Mas, julgando pelo estrago no motor, calculamos que ele bateu um pouco abaixo do centro. A hélice do B-29 provavelmente retalhou a cabine, seu corpo deve ter sido cortado em pedacinhos.

Ken e Yamada se olharam. Parecia que ele falava sobre carne. Ken lembrou-se da forma que um de seus superiores descrevera um acidente num espetáculo aéreo: quando um dos aviões escapou da pista e foi em direção à multidão de espectadores, houve uma "explosão de tinta vermelha".

— Mas, senhor, mesmo os "pedacinhos" não foram encontrados? Tenho um pedido a fazer. Gostaria de ser indicado para o grupo de busca.

— Não haverá um grupo de busca — Wakana se irritava. — Julgando pelas evidências científicas, é óbvio que o piloto está morto e que seus restos não podem ser achados.

— Não pretendo contradizê-lo, senhor, mas deduções científicas sempre incluem a possibilidade de erro.

— Estou bem ciente disso, tenente. Mas é mais urgente testar o motor do bombardeiro.

— Não, senhor. Se o corpo de Haniyu foi retalhado, quanto mais demorarmos mais difícil será a recuperação desses restos. Isso, com certeza, é a tarefa mais urgente.

Wakana bateu a tigela de missô na mesa.

— Corrija suas prioridades! Estamos sendo massacrados por aquele avião, portanto, descobrir seus pontos fracos é *crucial*! Você, tenente, vai passar o dia tentando fazer aquele motor de B-29 funcionar. Isso é uma ordem.

— Sim, senhor.

Não houve mais discussão. Uma ordem de um major para um tenente era equivalente a um comando do Imperador, mesmo se a própria Vontade Imperial fosse flexível, determinada pelos caprichos daquele superior.

Quando Wakana saiu, Ken e Yamada se entreolharam. Não podiam dizer nada sobre ele na frente dos outros homens, mas ambos sabiam exatamente o que o outro pensava.

Trajando um macacão de mecânico e deitado de costas, Ken adentrou o espaço estreito entre os cilindros do motor e começou a soltar, um a um, os cabos elétricos. As pontas dos dedos, manchados de óleo, sangravam, cortados por uma fiação de cobre rompida; suas costas e quadris estavam dormentes por estar deitado no chão gelado. A essa altura, sua febre estava prestes a piorar.

Nesse momento, a sirene anunciou um reide aéreo. Aproveitando-se do bom tempo, três esquadrões de aeronaves leves foram vistos sobre a Península de Boso. Iam em direção a Tóquio, com mais oito pesados bombardeiros — com certeza oito B-29 — vindo mais a oeste. Todos os aviões disponíveis decolaram imediatamente. E os especialistas em bombardeiros que limpavam os cilindros do B-29 tiveram que partir. O major Wakana foi chamado ao quartel-general. Apenas alguns mecânicos e Ken ficaram lá.

Quando terminavam de consertar os cabos quebrados, ouviram rugidos de aviões se aproximando e o tamborilar de rajadas velozes de balas.

— Protejam-se! — gritou alguém, e todos os mecânicos levantaram-se e correram para o abrigo do lado de fora.

Ken reconheceu o som dos Grumman F-6-F atirando com canhões de 12,7 milímetros. Balas zuniam através do telhado do hangar e ricocheteavam contra a estrutura de metal do edifício. Ken permaneceu onde estava; em vez de tentar chegar ao abrigo, estaria mais seguro aqui embaixo do motor. Mas a rajada de balas seguinte, depois de perfurar cinco aviões que estavam sendo reequipados para missões kamikazes, atingiu o tanque de combustível do motor do B-29. Alguns segundos depois de Ken ter rolado para longe, a coisa irrompeu em chamas. Ken ouviu dois, e então três explosões atrás dele enquanto corria para fora do hangar e pulava para dentro do abrigo aberto. Ouviu-se o som de tiros antiaéreos. Olhou para cima e viu seis Grummans vindo, dois de cada vez, bombardeando em mergulho. Uma dúzia de Hayates e Shokis estavam em chamas na pista, assim como vários hangares. Depois de uma varredura final no aeródromo, os aviões inimigos voaram para longe em direção ao horizonte, e logo desapareceram. Foi um ataque-relâmpago.

— Estão todos bem? — gritou Ken. Um a um, os mecânicos emergiram do abrigo. Por sorte ninguém se feriu. Porém, o motor do B-29 sobre o qual estiveram trabalhando desde a noite passada fora reduzido a uma bola de metal enegrecida.

Foi então que ouviram a pulsação inconfundível dos B-29. Oito aviões gigantes, com suas encantadoras fuselagens prateadas desfilando perigosamente no céu azul, vinham do oeste. Porém, Ken não conseguia ver nenhuma trilha de vapor. Estavam, para surpresa geral, voando baixo, por volta de 6.000 metros, na certa para se proteger de caças vindos de porta-aviões. Ken firmou a visão e, bem certo disso, viu que vários Grummans os escoltavam. A procissão vagarosa estava toda indo para leste. Ao observar o céu a oeste, viu mais outro esquadrão de aviões americanos seguindo-os, apenas faíscas prateadas no céu em volta do Monte Fuji.

Ken virou-se para um membro da equipe de manutenção e disse:

— Ei, você tem algum Hayate pronto para decolar?

— Sim, há cinco aviões reservas para o esquadrão de caças. Não foram atingidos ainda pelo reide.

— Que bom! Dê ignição em um para mim. Vou decolar.

O homem o olhou sobressaltado.

— O que você está esperando, soldado? Sou membro do esquadrão de caças.

Yamada encontrou-o no vestiário vestindo seu uniforme de voo.

— O que está fazendo? Você ainda está com febre. Não pode subir nessas condições.

— Não se preocupe. Os caras estão apenas a 6.000 metros. Não é nada demais.

— Não seja bobo. Mesmo a essa altitude, a pressão atmosférica cai à metade.

— Fique tranquilo.

Yamada não conseguia acreditar. Todos os pilotos sabiam do perigo de se voar gripado. Fazia a trompa de Eustáquio inchar, bloqueando a passagem de ar entre os tímpanos e a cavidade nasal. A intensa pressão de ar preso podia romper os tímpanos. Pilotos eram expressamente proibidos de subir se apresentassem o menor sinal de gripe. Yamada continuava balançando a cabeça, mas Ken se recusava a ouvir.

— Você está sendo teimoso, Kurushima... Mudando de assunto, encontraram o corpo de Haniyu nos bancos do Rio Kanda. Estava bastante queimado, mas inteiro. Haniyu era teimoso também. Não se preocupou em levar o paraquedas.

— Então encontraram o corpo dele? Ele agora pelo menos pode ter um funeral decente.

— Será que *você* poderia ao menos levar o paraquedas?

— Não se preocupe — Ken amarrou o paraquedas em sua cintura.

— Tenha cuidado — disse, tocando a testa de Ken. — Você ainda está com febre.

— Não sou um kamikaze. Se atacar, será com minhas armas.

— É lógico! Olhe, pelo amor de Deus, não faça nada de insano. Volte vivo.

— Ah, eu voltarei — Ken sorriu para ele. — Sabe, acho que Haniyu não atacou pela frente. Ele se chocou contra eles vindo de trás, mirando a cabine. Eu olhei o motor daquele B-29, e essa é a única conclusão a que pude chegar.

— Então por que não contou ao major Wakana?

— Porque não se pode discordar dele. Ele é o grande conhecedor de motores.

Yamada foi com Ken até o avião e ficou ali vendo-o subir a bordo.

— Será que não é melhor você dizer ao quartel-general que vai subir sozinho?

— O esquadrão recebeu uma ordem de atacar. Sou membro do esquadrão.

— Mas não há ordem para ataques solitários.

— Bem, tenente Yamada, por que você não vai lá e os informa? Vou subir sozinho, não me importam as ordens. Olhe, o maldito céu está repleto de aviões inimigos. Como posso ficar aqui embaixo e não fazer nada? E mais uma coisa, Yamada: estou bastante cansado de seguir ordens.

— Sei como se sente... Mas não faça nada insano.

O Hayate estava na pista, iluminado pelos raios solares. As hélices começaram a girar, e um rugido de satisfação encheu o ambiente. Com um aceno de mão de Ken, um membro da equipe de chão puxou os calços. Ken fez um sinal com a cabeça para Yamada, e taxiou em direção à pista. Havia vozes no rádio, vozes altas e insistentes. Do quartel-general o chamavam. Iam ordenar para que parasse.

    Ken não queria discutir. Desligou o rádio e seguiu pela pista por sua própria conta. A todo vapor, rugiu pela faixa coberta de neve e decolou. Suas armas estavam cheias de munição e o avião estava pesado, mas seu motor funcionava bem.

    Seguiu na direção norte, longe de todas as aeronaves hostis, e então deu uma guinada para leste e iniciou uma subida íngreme. Tudo indicava que os Grummans não o notaram, já que permaneceram em formação, seguindo para leste. Ken imaginou que os bombardeiros estavam a 5.000 metros, e a escolta de caças a uns quinhentos metros acima. Quando chegou a 6.000 metros, viu três aviões japoneses a 8.000 metros. Pareciam Shokis. Três deles desciam direto em direção aos B-29. Ken sentiu como se estivesse assistindo a um filme numa enorme tela de cinema. Quando os aviões de ataque se aproximaram, os Grummans dispersaram-se como um cardume de peixes assustados, depois deram meia-volta, e vários deles voaram contra cada um dos intrusos. O primeiro Shoki queimou como um fósforo e caiu. O segundo fez um mergulho rápido e conseguiu fugir. O último estava perto de colidir contra a cauda de um dos B-29, quando, como uma mariposa voando em direção a uma armadilha de luz, atingiu uma cortina de tiros e caiu, girando em parafuso. A cena mostrou como eram seguras as defesas americanas.

    Ken decidiu subir a 7.000 metros. O céu estava limpo ali em cima, sua visão horizontal era excelente. Porém, a 1.000 metros abaixo dele havia uma camada fina de nuvens da qual poderia se aproveitar para um ataque surpresa.

    A pressão atmosférica caiu. Ken sentiu uma dor lancinante nos ouvidos. Apertou o nariz e tentou engolir fundo, mas não pareceu ajudar. A gripe causava isso, como Yamada alertara. Quando imaginou ligar seu traje térmico, percebeu que não vestia um. Ainda assim, o oxigênio flutuava pela máscara.

    Sete mil metros. Ken estava agora bem acima de Tóquio. Viu os B-29 despejarem suas bombas sobre a cidade. Flores de chamas brilhantes se abriam no chão, uma atrás da outra. A mira deles era incrivelmente apurada: as bombas eram jogadas apenas nos distritos que haviam sobrevivido aos reides anteriores. Tiros antiaéreos dispersos foram dados, mas não produziram nenhum efeito. Com o sol nas costas, Ken permaneceu sobre eles, esperando uma chance. Então, de algum lugar do alto, viu um Hayate sozinho se atirar contra o enxame de bombardeiros. Era um kamikaze, com um brilhante sol nascente vermelho na fuselagem. O piloto devia ser um dos jovens que ele mesmo ensinara a pilotar, uma criança como PFC Honda. O piloto na certa escolhera um grupo de B-29 sem escolta de caças, e seguiu direto para o avião-líder. Levou um tiro na asa direita, que entrou em chamas. Continuou voando através de um emaranhado de rastros, e então bateu na asa esquerda do avião, bem onde se juntava com o resto da aeronave. A enorme estrutura do bombardeiro chacoalhou, e pegou fogo. Quatro e depois seis tripulantes foram ejetados e abriram seus paraquedas. A aeronave gigante começou a cair, fazendo grandes espirais no céu, e com um rastro de chamas púrpuras atrás dele. O que aconteceu ao Hayate? Devia ter sumido no impacto. Mas não, uma de suas asas e um pedaço do manche caíam dançando. Aparentemente a maior parte da fuselagem foi enterrada no B-29.

Após perder seu líder, o resto da formação se desarrumou; a distância entre os aviões ficou irregular, suas descargas caíam longe da marca. Pelas costas, Ken escolheu um. Mil metros acima dele, empurrou forte seu manche. *Mamãe, lá vou eu!* Motor a toda potência, o vento gritando, velocidade de 700 km/h, nenhum tremor. Conhecia cada centímetro do seu Hayate. O avião que queria atingir saiu da formação. *Eles estão me vendo chegar. Vão atirar.* Balas com rastros vinham de todas as direções, como um bando de espinhos eriçados. *Lá está.* A junta da asa principal, pouco coberta por tiros de defesa. *Deve ter sido isso que Haniyu almejou.* Está agora a trezentos metros de distância. Começa a atirar. As armas não funcionam. *Qual o problema? Droga, fui atingido.* Sopros de fumaça branca saíam de sua fuselagem e asa. Aperta com força o gatilho, mas nada acontece. Ou emperraram ou foram atingidas por balas inimigas. É atingido de novo, e de novo. Há chamas dos dois lados. O tanque está pegando fogo. *Está muito quente.* Mais cem metros. *Meu Deus, é um avião enorme.* O canhoneiro acima vem nesta direção. *Ele vai atirar. Tenho que bater nele antes que me atinja!* Cinquenta metros... vinte... cinco. Um olhar de terror no rosto do canhoneiro. *Consegui.* IMPACTO!

Um spray de pó amarelado irrompe por toda a sua volta. Pó? Não, sangue. *Esse cheiro de queimado é cheiro de sangue.* Lá embaixo as ruas brancas da cidade, Tóquio; não, plantações de arroz na área rural, campos cobertos de neve. *Não está mais quente.* O bombardeiro já era.

*Estou balançando. Assim como em nossa casa em Chicago, as balanças em nosso verde jardim. Estou indo para a frente e para trás. Posso ver as folhas nas árvores, agora perto, agora distante. "Mamãe, mais forte." "Ken, tenha cuidado, você vai cair." "Mais forte, mamãe, empurre-me com mais força."*

*Alguém está chamando. "Lauren?" A voz de um homem. Não é George, é o tio Norman.*

*Uma voz agradável diz "Estou aqui, papai". E onde estou? Estou balançando no ar. Ken Little, balançando no verde jardim, empurrado pela mamãe. O vestido branco de mamãe, seu vestido de casamento, abre-se com o vento como um grande guarda-chuva branco. Será que Maggie vai vestir um vestido de casamento como esse? Estou balançando, balançando. Como se diz "estou balançando" em japonês? Como se diz "eu te amo" em japonês? Eu te amo, Maggie.*

*Não é um vestido branco que se abriu, é um paraquedas. Meu Deus, estou pensando tudo isso em inglês. Estou sentindo isso em inglês, sonhando isso em inglês. O que aconteceu ao meu japonês?*

*Estou bem. Umi. O mar. Consigo lembrar "o mar" em japonês. Aquela extensão azul ali embaixo é água. Uma praia se alongando abaixo de mim como uma terra não descoberta, uma linha branca delicada de ondas quebrando nas pontas. Aonde estou sendo levado?*

*Espere, conheço aquela praia. É a costa de Chiba. Várias filas de ondas brancas desaguam na costa. Estou balançando. O vento está quente, como se estivesse sendo soprado de alguma terra sulina. Estou sendo levado, acho que vou chegar naquele campo próximo ao mar. Vou viver. Maggie! Consegui.*

*Nenhum movimento em minha perna direita. Estou todo dormente. Mas agora alguma coisa, alguma parte de meu corpo começa a se mover. Parece, no entanto, de outra pessoa. Posso mover minha perna direita... e, Deus, sinto uma dor cavernosa do joelho para cima quando me movo. Mas não importa, posso me mover. Meus braços... meu braço esquerdo está fraco. Por que está tão molhado? Sangue. Molhado do ombro para baixo, sangue fresco. Manchando de vermelho meu uniforme de voo, misturando-se com o sol nascente no meu pescoço. Meu braço... parece que estou com um pedaço grande de carne vermelha pendurado. Ainda sangro, um spray de sangue. Talvez possa desamarrar o cachecol com meu braço direito e usá-lo para apertar meu ombro. Estranho não sentir nenhuma dor. Ah, agora o cachecol ficou todo vermelho.*

*Um bosque de pinhos perto da margem, um quebra-mar. Quero fazer um bom pouso, mas como com essa perna inútil? Já sei, vou pousar com todo meu peso sobre a perna esquerda, como se estivesse sendo tacleado no rúgbi.*

*Estou baixo. Posso ver bem as plantações de arroz. Está quente aqui. É inverno ainda, mas os campos estão cobertos por flores bagaçadas. Estou em casa, de volta à minha terra, vindo de algum lugar distante e estranho.*

*Pessoas correm através das plantas bagaçadas. Vários homens. Homens com roupas esfarrapadas. Devem ser do vilarejo próximo. "Ei, estou aqui!" Tento gritar, mas minha voz se foi. Será que fui atingido também na garganta? De qualquer forma, consegui. Estou salvo.*

Ken levantou-se com seu braço esquerdo e fez um aceno com a cabeça para os seus resgatadores — homens com rostos grosseiros e queimados de sol.

Não acenaram de volta.

— *Amerika hei da!*

— *Amerika hei da! Yatchimae!*

Os homens ergueram suas lanças de bambu. Um forçou a dele contra o peito de Ken. A lâmina afiada perfurou sua carne, penetrando fundo em seu corpo. O mais velho enfiou a dele contra a garganta de Ken.

*O que está acontecendo?*

Um terceiro homem atirou a lança dele em Ken.

— Não! — gritou Ken, em inglês. — Não! Sou japonês!

Mas o som apenas escapou pelo buraco em sua garganta como o assobio de uma flauta.

# 6

A neve encharcara as meias *tabi* brancas de Eri. Os dedos de seus pés estavam dormentes, e ela não conseguia sentir as tiras de seu tamanco de madeira. As estacas no chão estavam congeladas com neve e lama. Com medo de escorregar e cair, andou com cuidado, um passo de cada vez. Nunca levara mais do que alguns minutos para atravessar a estrada que dava no portão da escola primária. Mas agora, ao marchar à frente da procissão no funeral de seu irmão, a estrada parecia muito comprida.

— Eri, espere — chamou seu pai. Ele ajoelhou e começou a tirar com as mãos a lama e a neve dos tamancos dela.

O chefe da Polícia Militar o impediu:

— Sinto muito, eu devia ter percebido antes. Sua Excelência, por favor, não suje as mãos — ao dizer isso, ordenou a um assistente para limpar os tamancos dela com o galho de um lariço da estrada.

Como Eri carregava uma urna que continha as cinzas de um Herói do Império Japonês, assim que ela parou a procissão inteira parou atrás dela. Eri era seguida por Anna, que trazia uma fotografia, colgada de preto, de Ken de uniforme. Atrás dela vinha seu pai, e então uma fila serpenteada de dignitários: o prefeito, o chefe da estação, o chefe de polícia, o chefe do correio. Os velhos soldados da Associação Provinciana de Veteranos e as senhoras de quimono preto da Liga Patriótica de Mulheres fechavam o grupo.

Eri voltou a andar, com os olhos voltados para o chão. As pessoas que se alinhavam pela estrada ajoelhavam-se quando a procissão passava. Podia-se dizer de uma olhada só quem era da cidade — vestidos com roupas de trabalho cinza — e quais os refugiados de Tóquio — trajando roupas um pouco melhores. Vários estrangeiros encontravam-se entre eles, mas pareciam bastante deslocados. Toda a Polícia Militar estava presente, formando uma parede sólida de uniformes e sabres na frente da multidão.

Quando foi anunciado que um funeral municipal seria realizado para o falecido tenente Ken Kurushima, as Polícias Civil e Militar travaram uma disputa sobre quem faria a escolta oficial. A Polícia Militar insistiu que eles é que deveriam fazer, pois era o funeral de um oficial do Exército, enquanto que a Polícia Civil reivindicou essa prerrogativa, já que o falecido tenente residira em Karuizawa. Um acordo foi finalmente feito: a Polícia Militar escoltaria a procissão da estação de trem à escola primária, onde a cerimônia seria realizada, e os policiais civis se alinhariam pela estrada o resto do caminho, da escola até a casa dos Kurushimas. Quando Saburo soube da disputa, disse que pareciam gangues de bairro brigando por território.

De início, Saburo fora totalmente contra quando o prefeito sugeriu um funeral municipal para seu filho. Mas o homem implorara, dizendo que a morte do jovem aviador pelas mãos dos inimigos americanos fora notícia nos jornais, e que o governo local ficaria envergonhado se não fizesse *algo* para receber esse Herói do Império de volta a sua cidade natal. O chefe de polícia fez um apelo patriótico, afirmando que uma cerimônia para o tenente iria animar a população local a lutar contra os monstros responsáveis pela sua morte. Além disso, o comandante da Polícia Militar informara que seus superiores queriam que o funeral fosse realizado a fim de manter a dignidade da Força Aérea do Exército.

Saburo cedeu. Eri ficara afastada de todas as negociações militares na delegacia de polícia, e agora, quando viu a extravagante escolta de PMs, mordeu forte seus lábios para evitar sorrir. Achou graça nas reverências obsequiosas e na preocupação do comandante, "Sua Excelência, por favor, não suje as mãos". Ora! Lógico que o pomposo velho idiota estava preocupado com a possibilidade de alguém fotografar o embaixador se agachando para limpar a lama de seus pés e mandar a foto para os jornais.

A procissão chegara ao portão da escola primária. Ao entrarem, todos fizeram a mais profunda das reverências para as fotos do Imperador e da Imperatriz, que estavam santificadas sobre um pequeno suporte — havia um em cada escola do Império. Então seguiram pelo jardim da escola, onde os estudantes se alinhavam com suas bermudas pretas. Eri sentiu pena das crianças por estarem aguardando por eles naquele frio.

Depois de colocar a urna do irmão sobre o altar, Eri sentou-se. Discretamente, tirou os tamancos e esfregou seus pés congelados. Mas os dedos do meio e o mindinho estavam inchados, com o dobro do tamanho, por causa das frieiras, e o esfregar apenas fez com que piorassem. Devia ter vindo de botas.

O pastor xintoísta caminhou solenemente para o altar, e a cerimônia começou. Eri mal escutava os discursos. Achava enfadonhos esses discursos proferidos por pessoas que sequer conheciam Ken, e que não poderiam ter se importado menos por ele se o tivessem conhecido — será que algum deles sentia vergonha disso tudo? Encarou com ódio no olhar os velhos que se levantavam, um após o outro, para tagarelar sobre os jovens aviadores heróis. Seu olhar percorreu a multidão, mas só se deparou com poucos rostos conhecidos. Eri observou os joelhos brancos trêmulos dos estudantes. Então, de repente, percebeu o olhar atordoado no rosto de seu pai.

Dois dias atrás, seu pai e Anna retornaram subitamente de Tóquio, com os rostos manchados de fuligem e as roupas cheias de buracos de queimaduras. Eles contaram que houve um reide aéreo maciço, que tinham visto a cidade inteira queimando, e como tinham conseguido escapar sozinhos do incêndio que destruíra a casa deles em Nagata-cho. Enquanto falavam, Eri percebeu que havia algo errado com seu pai. De repente, no meio de uma frase, ele se calou. Quando ela lhe pediu para continuar — E, então, o que aconteceu, papai? —, ele começou a falar sobre uma outra coisa bem diferente. Para desespero de Eri, ele passou a lembrá-la da pobre senhora Hendersen. Depois, calou-se novamente e fixou o olhar num distante vazio, por cima dos óculos pousados na ponta do nariz. Ontem, ele pareceu ter voltado ao normal, mas agora apresentava outra vez aquele olhar atordoado, boquiaberto, olhando para o nada. — Papai! — gritou ela, cutucando seu braço com o ombro. Ficou aliviado quando ele respondeu rigidamente: — O que *foi*, Eri?

Durante o funeral, todos se levantaram para cantar "Devo seguir em frente pelo mar", o hino para os mortos de guerra.

> Devo seguir em frente pelo mar,
> deixar meu corpo afundar nas ondas.
> Devo seguir em frente pelas montanhas,
> deixar meu corpo transformar-se em grama.
> Não devo me arrepender
> devo morrer a morte de um soldado
> pelo Meu Senhor, o Imperador.

Ken sempre brincava dizendo que o hino era todo errado.

— Somente com o mar e as montanhas, a Marinha e o Exército, estamos atrasados — dizia. — E nós, os aviadores? No dia do meu funeral, quero que cantem: "Devo seguir em frente pelo céu, deixar meu corpo caminhar pelo ar."

Se Ken soubesse... Ela gostaria de ter conversado um pouco mais com ele naquele dia. "Quando você vai voltar?", teria perguntado, e ele teria respondido: "Com a guerra evoluindo dessa forma, quem sabe?" Seu rosto sorridente foi a última visão que teve dele. Ela começou a chorar.

A cerimônia oficial terminou, a urna e a fotografia foram levantadas, e a procissão se formou novamente. O céu clareara. Atravessaram uma tropa de policiais que homenageavam um oficial, detalhe um pouco sinistro da cerimônia. Mas a estrada estava muito mais escorregadia do que antes, e Eri mal conseguia andar direito. Enquanto guiava a procissão através do estábulo e pelo caminho que levava à sua mansão, seus tamancos enlameados escorregaram. Deve ter sido porque suas pernas cansadas vacilaram no momento em que viu o telhado de sua casa. E, quando escorregou, alguém a pegou pela cintura, deixando ali suas mãos alguns segundos a mais do que o necessário. Ela logo reconheceu os dedos manchados de nicotina do chefe de polícia, e o fedor dos baratos cigarros Asahi que ele fumava sem parar.

— A urna é pesada para uma garota como você — disse ele.

*Pesada? Você deve estar brincando. É muito leve. Tive nojo pela forma com que Ken tornou-se tão leve.*

Yoshiko saiu da casa para encontrá-los. O pai de Eri fez um breve discurso agradecendo a presença de todos, e então todos dispersaram. Depois que a família Kurushima e alguns poucos amigos entraram, as portas corrediças foram fechadas atrás deles.

Alice, Margaret e Manabe, o novo pastor, os aguardavam na sala de estar. O pastor estava lá para realizar a cerimônia privada.

— Você deve estar congelando — disse Alice. Ela vestia roupas matutinas pretas. — Entrem e se aqueçam no fogo.

Yoshiko colocou mais lenha no forno, mas a madeira estava úmida e mal fez fumaça. Procuraram algum pedaço de papel para queimar, mas não encontraram. Papel estava em falta no último inverno da guerra. Toda folha de jornal era guardada para ser usada como papel higiênico ou para embrulhar coisas.

— Aqui, queime isto — Saburo trouxera um pacote pesado amarrado com um cordão.

— Papai! — Anna o agarrou pelo braço. — Isso é valioso, são seus papéis diplomáticos.

— Eu não preciso mais deles.

— Mas papai... — Anna desamarrou o grosso feixe e colocou os documentos sobre a mesa. Havia memorandos manuscritos pela equipe do Ministério das Relações Exteriores, documentos datilografados em inglês e alemão, e cadernos com capas de couro.

— Fomos até Tóquio para salvar esses documentos. Você não disse que precisava deles para escrever suas memórias?

— Queime-os. Não preciso mais deles.

*Papai, você está com todas as suas faculdades mentais?* Eri e sua mãe vasculharam o rosto dele em busca de uma explicação para aquele comportamento.

Saburo olhou a mulher e as filhas. Acariciando seu bigode branco, disse-lhes:

— Eu larguei o Ministério das Relações Exteriores para o nosso bem. Enviei minha renúncia ontem. Minha vida como diplomata foi um fiasco completo. Falhei na tentativa de evitar a guerra. *Falhei*, e o resultado é a morte de meu próprio filho. Escrever minhas memórias seria agora um empreendimento totalmente sem sentido. Quero queimar tudo. Queimar essa vida diplomática. Se puder prover um pouco de calor para o funeral de meu filho, seria uma consolação.

— Oh, papai, eu entendo — Anna começou a chorar e apertou o rosto no ombro de seu pai.

Saburo pegou um bocado de documentos e atirou-os no fogão. Os papéis arderam por alguns segundos, como se relutando em queimar, e então tornaram-se chamas, que iluminaram o pálido rosto de Saburo.

— Deixe-me fazer isso — disse Anna. Puxando com delicadeza as folhas uma a uma, alimentou o forno com elas, e então colocou lenha em cima. O forno renasceu e aqueceu a sala com um agradável som de estalos.

O pastor iniciou a cerimônia. Fizeram uma prece pelo morto, e cantaram um hino. Este, o último dos muitos funerais de Ken, foi o único cristão.

Na metade da cerimônia, Margaret começou a soluçar em meio ao choro. Seus soluços tornaram-se uma barulhenta tosse. Eri acariciou as costas da amiga enquanto esta apertava o estômago, dobrando-se de dor. Eri colocou o braço em torno de seus ombros magros e a levou para a varanda.

— Obrigada, Eri.

As duas sentaram-se nas cadeiras de vime. Margaret agachou-se e começou a vomitar. A dolorosa ânsia continuou por vários minutos. Eri parecia desnorteada e assustada.

— Maggie, o que há de errado? — pegou um lenço e enxugou a testa de Margaret, puxando o cabelo úmido.

— Não é nada, Eri — Margaret endireitou-se e lhe deu um sorriso carinhoso, como se tivesse tido apenas um momento de mal-estar.

— Não me assuste assim — Eri ainda sentia-se chocada, mas se aliviou quando viu uma expressão iluminada no rosto da amiga. Sorriu de volta para ela.

Do lado de fora, o ar estava repleto de borboletas negras, um enxame delas flutuava sobre o jardim coberto de neve. Subiam tão vivazes, cada uma numa direção, que Eri e Margaret demoraram um pouco para perceber que não eram coisas vivas, mas cinzas da carreira diplomática de Saburo saindo pela chaminé.

# 7

Na casa dos Kurushimas havia um rádio alemão, que fora comprado anos atrás em Berlim. E quando o Imperador falou à nação naquele dia de agosto, em 1945, sua voz surgiu alta e clara. Era a primeira vez na história que um imperador condescendera se dirigir ao povo através do rádio. Mas o discurso de Sua Majestade estava cheio de difíceis palavras clássicas chinesas — ele podia muito bem estar falando em latim. Apesar disso, Alice decifrou uma frase que soava como "suportar o insuportável, resistir ao irresistível", mas a maior parte do que a voz rápida e aguda dizia ela não compreendia.

A voz do Imperador estava trêmula; chegou até a gaguejar em algumas frases. Ela soava *indigna*, o que surpreendeu Alice. Seria mesmo a voz de Sua Majestade Imperial, o Filho do Paraíso, o Comandante Supremo das Forças Armadas Japonesas?

Mas Saburo reconheceu de pronto a voz e curvou a cabeça assim que ouviu a primeira palavra. "Sim, é Sua Majestade", disse ele com um toque de nostalgia, e escutou atentamente o discurso do começo ao fim. Quando acabou, suas bochechas estavam encharcadas de lágrimas. Pela expressão em seu rosto, Alice soube que o Japão perdera a guerra.

Saburo virou-se para a família. Eri estava na delegacia trabalhando, mas Anna e Yoshiko estavam lá.

— *Senso wa owatta* — disse ele. — O Japão se rendeu às forças aliadas. — Começou a repetir em inglês o que dizia para Alice, mas ela acenou com a cabeça e disse para ele:

— *Wakarimashita*. Eu entendi tudo o que você acabou de dizer em japonês.

Desde a morte do filho, Alice demonstrara um repentino e entusiasmado interesse em aprender japonês. Tendo Saburo como professor nos últimos meses, atingira o ponto em que podia levar uma conversa corriqueira, e era até capaz de escrever algumas frases simples na complicada escrita japonesa. Carregava sempre consigo um livro de vocabulário, cujas páginas continham palavras japonesas num lado e seus significados em inglês no outro.

— Que guerra mais estúpida e sem sentido — disse Saburo, deixando desabar os ombros. — Perdemos tudo.

Alice tocou com ternura o ombro do marido e sorriu. — Sim, mas a paz chegou. Vamos lá contar para Ken.

— Sim — respondeu ele. — Vamos fazer isso.

A sepultura de Ken se estendia ao lado do jardim de lariços atrás da casa. Fizeram uma pequena lápide empilhando pedaços de lava do Monte Asama em forma de pirâmide. Essa sepultura simples não trazia inscrições, mas os buquês que a rodeavam demonstravam o carinho que a família devotava a ela. As flores estavam sempre bem cuidadas. Campânulas roxas e convólvulos rosas, as flores silvestres que Alice colhera, balançavam com a brisa vespertina. As cigarras gritavam alto e insistentes, e o céu estava repleto de grandes massas de nuvens. Em Tóquio, o calor devia estar insuportável, mas aqui nas montanhas, bem para dentro da floresta, o vento era gelado, e a superfície úmida da grama crescente na sepultura quase parecia refrescante.

# EPÍLOGO

Margaret Hendersen morreu de tuberculose, um pouco depois de ter dado à luz um menino. "Nosso bebê", como Alice o chamara, era filho de Ken.

Ken Júnior foi criado por Anna e Shigeo Yamada, que se casaram em 1946.

Eri casou-se com um oficial do Exército de Ocupação americano e mudou-se para os Estados Unidos.

Saburo Kurushima se livrou, sem ir a julgamento, de todas as acusações feitas pelo Procurador-Geral no Tribunal Internacional de Crimes de Guerra. Isso aconteceu em parte pela força da evidência congressional mostrada por Joseph Grew, embaixador americano no Japão na época. Grew considerou "bastante improvável" que Saburo soubesse de antemão do ataque japonês a Pearl Harbor, e o descreveu como "firmemente pró-americanos em ponto de vista e sentimentos". Saburo morreu em abril de 1954, logo depois de Eri ter-lhe dado um segundo neto. Um obituário de um jornal norte-americano o chamou de "uma outra vítima de Pearl Harbor".

Alice viveu por mais vinte anos, dividindo a pequena casa que Anna e seu marido construíram no lugar da antiga em Nagata-cho, que havia queimado. Aos 80 anos, sofreu um repentino ataque cardíaco. Na ambulância a caminho do hospital, sabendo que sua morte era iminente, murmurou, "*Watakushi wa Nihonjin desu*" — eu sou japonesa.

Numa lápide no cemitério Aoyama, seu nome ficou à direita, o de Saburo à esquerda, e o de Ken no meio. Sobre os nomes estão as palavras de Heródoto que ela escolhera para epitáfio de seu marido:

> EM TEMPOS DE PAZ, FILHOS ENTERRAM SEUS PAIS.
> EM TEMPOS DE GUERRA, PAIS ENTERRAM SEUS FILHOS.

ESTE LIVRO FOI COMPOSTO EM ADOBE GARAMOND PRO
11,6 POR 15 E IMPRESSO SOBRE PAPEL OFF-SET 75 g/m$^2$
NAS OFICINAS DA ASSAHI GRÁFICA, SÃO BERNARDO DO
CAMPO - SP, EM MARÇO DE 2014